Kyss by rowohlt POLARIS

NIKOLA HOTEL

# EVER

WANN IMMER DU
MICH BERÜHRST

Roman

KYSS

3. Auflage Januar 2022
Originalausgabe
Veröffentlicht im Rowohlt Taschenbuch Verlag, Hamburg, Juli 2021

Zitat auf Seite 7 aus dem Song «More Than Words» von Extreme.
Melodie und Text von Nuno Bettencourt, Gary Cherone.
Zitat auf Seite 50 aus dem Song «Do You Remember» von Jarryd James.
Melodie und Text von Jarryd James Klapper, Joel Little.
Zitat auf Seite 64 aus dem Song «Work Bitch» von Britney Spears.
Melodie und Text von Anne Cunningham, Anthony Preston,
Britney Spears, Otto Jettman, Sebastian Ingrosso, William Adams.
Zitat auf Seite 66 und 222 ff aus dem Song «Wonderful Life»
von Black. Melodie und Text von Colin Vearncombe.
Zitat auf Seite 199 ff aus dem Song «Fever» von Elvis Presley.
Melodie und Text von Eddie Cooley, Otis Blackwell.
Covergestaltung ZERO Werbeagentur, München
Coverabbildung Shutterstock
Satz aus der Quadraat
Gesamtherstellung CPI books GmbH, Leck, Germany
ISBN 978-3-499-00576-3

*Für David, der mich gerettet hat.*
*Für das, wofür er steht.*
*Und für alle, die einen David brauchen.*

All you have to do is close your eyes
And just reach out your hands and touch me
Hold me close don't ever let me go

EXTREME

# PLAYLIST

*World Gone Mad* – Bastille
*Do You Remember* – Jarryd James
*Losing Sleep* – Tom Gregory
*Blood, Sweat & Tears* – Ava Max
*Wonderful Life* – Black
*Eyes Shut* – Years & Years
*Small Steps* – Tom Gregory
*Pictures* – Tom Gregory
*The Power Of Love* – Frankie Goes To Hollywood
*Give Me Something* – Jarryd James
*Fever* – Elvis Presley
*Another Place* – Bastille, Alessia Cara
*Desire* – Years & Years
*Always On My Mind* – Elvis Presley
*More Than Words* – Extreme
*Don't Panic* – Years & Years
*The World Is Not Enough* – Garbage
*Hypnotised* – Years & Years
*The Reason* – Hoobastank
*When I Watch The World Burn All I Think About Is You* – Bastille
*1000x* – Jarryd James ft. Broods

1. KAPITEL

# ABBI

Ich presse die Lippen zusammen. Obwohl ich Angst habe, versuche ich, an etwas Schönes zu denken, so wie meine Physiotherapeutin es mir geraten hat. Ich soll mir etwas Konkretes vorstellen. Dinge, die ich tun möchte, wenn ich wieder laufen kann. Aber jetzt in diesem Moment möchte ich einfach nur nach Hause.

Keiner ihrer Vorschläge will mein Kopfkino in Gang bringen. Auf einer Party wild tanzen (das war noch nie mein Fall), eine Radtour durch die White Mountains machen (ich hasse Radfahren) oder einfach in Chase' Diner ein Stück Blueberry Pie essen – okay, die Vorstellung ist wirklich toll. Leicht säuerliche Beeren, der süße Teig, ein Klecks lockerer Sahne. Bei jedem Bissen explodieren die Geschmacksknospen im Mund. Aber ich schaffe es trotzdem nicht, mich auf dieses Bild zu konzentrieren. Weil es leider so weit von meiner Realität entfernt ist, dass es den Schmerz nicht überlagern kann, der in meinem Bein pocht. Und auch nicht die Angst. Das Einzige, was bestimmt gleich explodieren wird, ist mein Kniegelenk.

Ich spüre es jetzt schon kommen.

Es startet immer mit einem leichten Stechen, schraubt sich nach oben, bis es wie eine Stichflamme hochschießt, die ewig nicht verebbt. Mit einem Wimmern schiebe ich mich auf der Matratze zurück, kralle die Fingernägel in das Laken.

«Wie lang machen wir das jetzt schon?», fragt Kadence in einem Tonfall, der mich an meine alte Cello-Lehrerin erinnert.

Sie muss so sehr von mir genervt sein. Ich bin selbst von mir genervt, weil ich es einfach nicht schaffe, diese Angst zu unterdrücken. Ich versuche, ruhig durch den Mund zu atmen und mich zu beruhigen, aber vom Flur her höre ich neben den gewohnten Klinikgeräuschen auch noch einen weit entfernten Alarmton.

Kadence' Finger sind kühl, und ich bekomme eine Gänsehaut, als sie meinen rechten Fuß umschließen. Es ist die Art Gänsehaut, die einen überzieht, wenn man etwas Schlimmes erwartet. Seit dem Unfall vor drei Monaten habe ich diese Erwartung jeden Tag. Immer. Und ich kann sie nicht abstellen.

«Wie lange üben wir das schon?», fragt Kadence noch einmal.

«Ich weiß nicht, wie lange sitzt man denn sonst im Fegefeuer?», keuche ich und gebe schließlich nach. «Seit genau sechs Minuten.»

Ihr kehliges Lachen wirkt zwar versöhnlich, kann das Stechen in meinem Knie aber auch nicht abmildern. «Ich meine, seit wie vielen Tagen.»

«Seit drei Wochen. Und diese Übung hier zum fünften Mal.» Ich wünschte, sie würde mich nicht so quälen, auch wenn ich weiß, dass es notwendig ist. Ich wünschte, ich müsste in meinem Leben nie wieder Schmerzen haben.

«Eben. Schon fünfmal, und du vertraust mir immer noch nicht. Es wird echt Zeit, dass wir Fortschritte machen. Du kennst mich inzwischen gut genug, um zu wissen, dass ich dir nicht weh tue.»

Nicht absichtlich, nein. Unwillkürlich schiebe ich mich noch einige Zentimeter mehr zurück, um dem Druck, den sie auf mein Gelenk ausübt, zu entgehen.

Kadence seufzt und legt mein Bein vorsichtig zurück auf das Klinikbett. «Natürlich ist der Schmerz real, aber dein Körper erwartet ihn inzwischen auch. Er erinnert sich daran, und sobald ich dich anfasse, spult er diese Erinnerung ab. Das ist nicht gut.»

Das kann sie laut sagen. Der Gedanke ist beängstigend, weil er bedeuten könnte, dass ich den Schmerz vielleicht nie wieder loswerde. Nun nimmt Kadence ein zusammengerolltes Handtuch in die Hände, und ich weiß nicht, was sie damit vorhat. Es sieht wie eine Würgeschlange aus.

«Es ist wahrscheinlich besser, wenn wir wieder eine Übung machen, bei der ich dich nicht anfasse und dein Körper nicht sofort jede Zelle in Alarmbereitschaft versetzt. Also, du bist dran. Halte die Enden mit beiden Händen fest und leg das Handtuch um dein Schienbein. Und dann ganz vorsichtig ziehen. Nur so stark, wie es für dich auszuhalten ist. Du weißt, wenn du dein Bein easy in einen 90-Grad-Winkel bekommst, darfst du bald nach Hause.»

Toll. Dann kann ich mich hier auch gleich häuslich einrichten. Niemals werde ich es schaffen, mein Bein so weit anzuwinkeln, und ich möchte aufgeben, bevor ich es überhaupt versucht habe. Doch um Kadence nicht noch mehr zu enttäuschen, ziehe ich dann doch mit dem Handtuch meinen Unterschenkel nach unten und spiele mit dem Schmerz. Als würde ich zwanghaft immer wieder mit der Zungenspitze gegen einen entzündeten Zahn stoßen, übe ich Druck auf mein Bein aus, womit das Stechen mal mehr und mal weniger stark aufbrandet. Tränen steigen mir in die Augen.

«Du musst dir schon etwas mehr zutrauen, Abigail Hayden.»

Ich blinzle. Das sagt sie nur, um mich herauszufordern. Sie weiß genau, dass mein voller Name mich jedes Mal zusammenzucken lässt. Es ist der Name meiner Grandma, und für mich hört er sich einfach nur falsch an. «Abbi, bitte. Abigail klingt so altmodisch. Als wäre ich hundert.»

«Im Augenblick bewegst du dich auch wie eine Hundertjährige. Ich habe Omas mit Schenkelhalsfraktur auf dieser Station, die sind agiler als du.» Sie hebt die Brauen über ihren stark geschminkten Augen aufmunternd nach oben.

Das glaube ich ihr. Aber diese Omas haben vielleicht auch keinen schweren Autounfall hinter sich und lagen innerhalb einer Woche zweimal auf dem OP-Tisch. Auch wenn ich beim zweiten Mal nur narkotisiert wurde, weil das Einrenken meines Hüftgelenks im Wachzustand zu schmerzhaft gewesen wäre – ich kann es immer noch spüren. Inzwischen habe ich so viele Arten von Schmerz kennengelernt, dass ich eigentlich daran gewöhnt sein müsste. Aber man gewöhnt sich nie daran, ganz im Gegenteil. Doch ich will Kadence beweisen, dass ich an mir arbeite, dass ich *wirklich* an mir arbeite, und ziehe noch fester am Handtuch. Eine Sekunde später lasse ich mit einem Schmerzenslaut die Rolle fallen.

«Heyheyhey, ich habe doch gesagt, nur so weit, wie es gut auszuhalten ist.» Besorgt beugt Kadence sich über mein Knie, das unter ihrem Blick pocht, als würden darin die sieben Zwerge Diamanten abbauen. «Ich kann dir gleich etwas zum Kühlen holen. Ach verdammt, Abbi, ich geb's auf mit dir. Und ich schwöre dir, das ist mir in fünfzehn Jahren als Physio noch nicht passiert.»

Ich habe nach dem Bettgitter auf der linken Seite gegriffen und halte mich daran fest. Jetzt erst merke ich, wie fest. Meine Hand ist fast taub. «Es ist ... schon in Ordnung. Geht gleich wieder.» Aber das sage ich nur, um mich selbst davon zu überzeugen. Irgendwann wird das alles nur noch eine Erinnerung sein. Irgendwann ist es vorbei. Alles, was passiert ist. Auch das, was vor dem Unfall war. *Überleg dir, woran du dich in sechs Wochen oder in einem Jahr noch erinnern wirst, Abbi. Wird es dann noch eine Rolle spielen? Wenn nicht, dann hake es ab.*

Ich hoffe so sehr, dass Dad damit recht hat und ich in einem Jahr wirklich nicht mehr daran denken muss. Aber so richtig glauben kann ich es nicht. Wachsam beobachte ich Kadence' Hände, die nun das Handtuch auseinanderrollen und zu einem Quadrat falten.

«Was hast du vor? Hören wir für heute auf?» Meine Frage klingt viel zu hoffnungsvoll. Dabei muss ich üben. Jeden Tag. Ich muss trainieren, damit ich irgendwann wieder gehen kann. Ich will es unbedingt, ich will nach Hause, aber dieser Schmerz ...

Die Aussicht, diese Übungseinheit einfach auf den nächsten Tag zu verschieben, ist zu verlockend.

«Wir machen nur eine Pause.» Als sie die Enttäuschung sieht, die sich auf meinem Gesicht abzeichnen muss, fügt sie hinzu: «Ich komme später wieder, wenn ich mit dem nächsten Patienten durch bin. Aber ich überlege, ob wir es bei dir nicht lieber wieder mit einer automatischen Bewegungsschiene versuchen.»

«Was? Nein!» Auch wenn in den letzten Wochen so viele Fremde an mir rumgedrückt haben, dass ich froh wäre, mal etwas Ruhe vor Menschen zu haben, löst die Aussicht auf diese Maschine eher das Gegenteil in mir aus.

«Es sei denn, es gibt an dieser automatischen Bewegungsschiene inzwischen einen Not-Ausschalter, den ich in die Hand nehmen kann. Den werde ich nämlich brauchen, weil ich ...»

«Du bist wirklich ein Angsthase», unterbricht sie mich mit einem Kopfschütteln. «Dann hetze ich dir eben einen Kollegen auf den Hals. Jemanden, der mehr Geduld hat als ich.»

Noch jemand Fremdes, der mich anfassen wird. «Die Maschine ist vielleicht doch okay», sage ich schnell. «Ich nehme die Maschine. Vielleicht ist es gar nicht so schlimm, wie ich es in Erinnerung habe.»

«Vielleicht, vielleicht.» Kadence' Lachen klingt so heiser, als hätte sie sich in den letzten Tagen ausschließlich von Whiskey und Zigaretten ernährt. Dabei weiß ich, dass sie sehr viel Wert auf ihre Gesundheit legt. Was man ihr unter dem hellblauen T-Shirt mit dem Logo der Rehaklinik auch ansieht: Sie ist in Topform. Was man von mir leider nicht sagen kann, denn die vergangenen Wochen in diesem Krankenhausbett haben jeden noch so kleinen Muskel von mir verkümmern lassen.

«Ich besorge dir eine der studentischen Aushilfen.» Sie klemmt sich das Handtuch unter den Arm. «Die sind supermotiviert. Ich habe sogar schon jemanden im Kopf.»

Das meint sie hoffentlich nicht ernst. Dann kann ich mir das Label *Versuchskaninchen* auch gleich auf die Stirn tätowieren. «Wir können es doch einfach morgen noch mal versuchen.» Aber weil Kadence daraufhin nur einen Mundwinkel anhebt, sage ich schnell: «Ich vertraue dir. Wirklich. Und ich werde ab sofort Überstunden machen, das verspreche ich.» Zum Beweis hebe ich mein Bein an und versuche, es aufzustellen. Was mir aber nicht gelingt.

«Ich denke, es tut dir gut, wenn jemand frischen Wind in deine Behandlung bringt. Ich weiß, dass dein Vater das nicht gern sieht, aber unsere Aushilfen sind mitten im Studium und voll drin im Thema. Sie wissen, was sie tun. Und sie sehen noch mal mit einem anderen Blick auf deine Probleme.»

Meine Probleme.

Ich schlucke, weil sich das anhört, als wären meine Probleme irgendwie eingebildet. Als wären die Schmerzen wirklich nur in meinem Kopf. Aber das stimmt nicht. Ich habe Schmerzen. Echte Schmerzen. Das ist mein Problem, ja, trotzdem würde dieses Wort meinem Dad gar nicht gefallen. Hätte er das mitbekommen, würde er meiner Physiotherapeutin jetzt einen Vortrag darüber halten, wie wenig positiv das formuliert ist und dass sie mich mehr motivieren müsse. Dabei versucht sie es andauernd. Von ihr habe ich mein Mantra. *Ich werde bald wieder laufen können. Ich werde bald wieder laufen können. Ich werde bald wieder laufen können …*

Und ich glaube daran.

Vielleicht.

Nachdem Kadence gegangen ist, verstummt auch endlich das Alarmpiepsen vor der Tür. Ich seufze und greife nach dem Handy auf meinem Nachttisch, um meinen Dad anzurufen. Mein Finger hat bereits seinen Namen aufgerufen, als ich es mir anders überlege. Ganz bestimmt ist er gerade in einer seiner Besprechungen mit dem Wahlkampfteam. Seit Anfang Juni befindet er sich offiziell im Wahlkampf für das Gouverneursamt und hat selbst für seine Firma kaum noch Zeit. Da sollte ich ihn lieber nicht stören. Ich könnte stattdessen meine Mutter anrufen. Nur dass Mom ... sie ist eben Mom.

Als das Gerät in meiner Hand vibriert und das Foto meines Dads plötzlich den gesamten Bildschirm einnimmt, denke ich im ersten Moment, dass ich aus Versehen doch draufgetippt habe, aber es ist ...

Gedankenübertragung.

Das ist so typisch, dass ich lächeln muss. So was passiert uns andauernd. Und es ist etwas, worüber Mom sich regelmäßig aufregt. Weil Dad und ich eine Verbindung zueinander haben, die zwischen meiner Mom und mir fehlt, egal wie sehr ich mich bemühe.

«Hi, Dad. Gerade wollte ich dich anrufen.»

«Dachte ich mir.» Er lacht leise. «Du hast sicher die Mappe bekommen. Ich habe sie extra in die Klinik an deine Physiotherapeutin schicken lassen, damit sie sie dir nach dem Training geben kann.»

Dad nennt es immer Training. Als wäre das hier ein Sportcamp. Damit will er vermeiden, dass ich mich krank fühle. Was natürlich nicht klappt, denn ich fühle mich trotzdem krank. Und kaputt. Und ziemlich unfähig.

«Gefallen dir die Papiere?», fragt er nach. «Sind sie so geworden, wie du dir das vorgestellt hast? Große Dinge passieren nämlich nie aus der Komfortzone heraus. Und ich finde, damit hast du etwas Großes in Angriff genommen.»

Normalerweise muss ich über seine ständigen Motivationssprüche lachen, aber die Mappe, um die es geht, lässt gerade keinen anderen Gedanken zu. «Die neuen Muster? Sind sie schon fertig? Davon hat Kadence gar nichts gesagt. Warte, vielleicht habe ich nur nicht mitbekommen, dass sie mir etwas hingelegt hat.» So schnell ich es mit meinem lahmen Bein schaffe, rolle ich mich auf die Seite und ziehe den Schubkasten des Nachttischs auf, weil nichts auf dem Tisch liegt. Als ich in der Schublade keine Mappe finde, hänge ich mich über die Bettseite nach unten, um in das untere Fach gucken zu können. Aber auch dort ist nichts. «Mist. Sie hat die Mappe vermutlich vergessen. Hier ist sie jedenfalls nicht.»

«Sie sollte sie dir geben, wenn du deine Übungen heute schaffst.»

*Danke, Dad*, denke ich zähneknirschend. Jetzt weiß ich auch, warum Kadence nichts gesagt hat. Wenn sie doch vorher mit der Mustermappe gewinkt hätte! Dann wäre die Übung vielleicht anders verlaufen. Vielleicht ist diese Mappe das Wundermittel für mein verfluchtes Knie. Ich würde alles geben, um sie endlich in den Händen zu halten, ich warte schließlich schon seit Monaten.

«Wie ist es heute gelaufen?», fragt er. «Machst du Fortschritte?» Die Sorge in seiner Stimme, die Sorge und auch das Mitleid, das mitschwingt, führt dazu, dass ich mich noch schlechter fühle.

«Es war in Ordnung. Es geht nur nicht ganz so schnell, wie ich dachte.»

«Ich verstehe», brummt er. «Hast du deine Tabletten genommen?»

«Der Arzt meinte, dass wir es jetzt reduzieren müssen. Ich darf nicht über Monate hinweg so hochdosiert Schmerzmittel nehmen. Er will, dass ich nur noch bei Bedarf etwas einnehme. Also nur vor den Übungen.» Keine Ahnung, wie ich das überleben soll.

«Kommst du denn damit zurecht?»

«Ich denke schon», sage ich. Was eine glatte Lüge ist. Ich komme nicht mal *mit* Schmerzmittel zurecht, wie soll ich es da ohne schaffen?

«Wenn ich mit deinem Arzt reden soll, dann sag es mir. Deine Mutter hat außerdem vorgeschlagen, dass wir einen Termin mit einem Schmerztherapeuten ausmachen. Einen Spezialisten zu kontaktieren, der genau für so etwas zuständig ist, kann sicher nicht schaden.»

Für *so etwas*. Für Patienten wie mich, die sich einbilden, dass sie Schmerzen haben, meint meine Mutter wohl. Das ist es jedenfalls, was sie mir vor ein paar Tagen vorgeworfen hat. Dass ich mir das alles nur einbilde, dass es doch jetzt langsam mal gut sein müsse, dass ich mich anstelle. Sie würde mich sicher lieber zu einem Psychotherapeuten schicken.

«Ich denke darüber nach. Vielleicht können wir das beim nächsten Mal besprechen. Wie läuft deine Kampagne an? Hast du nicht heute dieses superwichtige Interview wegen der Kommission zur Untersuchung der Todesstrafe?»

«In einer Stunde. Aber ich würde mir ein schöneres Thema fürs Telefonieren mit meiner Lieblingstochter wünschen.»

«Lieblingstochter, hm? Das lässt sich leicht sagen, wenn du nur die eine hast.»

Er gibt ein gespieltes Stöhnen von sich. «Ich habe keinen Vergleich, also lass mir bitte meine Illusion, dass du die beste Tochter bist, die man sich vorstellen kann.» Das Lächeln in seiner Stimme ist nicht zu überhören. «Wir können gerne noch ein paar Minuten über Gewaltverbrechen reden, wenn du willst, aber deswegen habe ich nicht angerufen. Ich wollte nur wissen, ob die Papiere deine Erwartungen erfüllen. Vielleicht solltest du dich auf die Suche nach Ms. Sawyer machen. Nimm den Unterarmgehwagen. Sie hat mir gesagt, dass das mit deinen Rippen in Ordnung ist und du ihn schon benutzen darfst.»

«Eine gute Idee. Mache ich.»

Auf gar keinen Fall nehme ich das Ding, aber ich lasse Dad lieber in dem Glauben, dass ich es versuche. Ich habe den Gehwagen schon gesehen und allein von seinem Anblick ist mir der Schweiß ausgebrochen. «Viel Erfolg bei deinem Interview.»

«Viel Erfolg beim Kampf gegen die Schwerkraft, mein Liebling.»

Nachdem ich aufgelegt habe, kann ich an nichts anderes denken als an die Mustermappe mit den neuen Papiersorten. Ich habe so lange daran gearbeitet und kann es nicht erwarten, sie endlich zu sehen. Ich liebe Papier. Und natürlich besitze ich alle Mustermappen, die von Dads Firma, der Hayden Paper Group, seit 1898 herausgebracht wurden. Inzwischen sind es einundzwanzig Stück. Aber diese ist etwas Besonderes. Weil ich sie zusammengestellt habe und mich an der Entwicklung der neuen Serie mit alterungsbeständigen Naturpapieren beteiligen durfte. Dad hat mir fast freie Hand gelassen, weil er mit den Vorbereitungen für seinen Wahlkampf beschäftigt war. Das war eine Heidenarbeit neben meinem Studium, aber hoffentlich hat sie sich gelohnt.

Ich muss Kadence suchen, aber ganz sicher nehme ich dafür keinen Gehwagen. Der Rollstuhl neben meinem Bett ist meine einzige Option. Etwas unbeholfen rutsche ich bis an die Bettkante und schiebe meine Beine vorsichtig über den Rand. Mit dem nackten Fuß taste ich über den Boden und stoße an meinen linken Sneaker, in den ich zum Glück ganz leicht reinschlüpfen kann. Das rechte Bein halte ich steif nach vorne und beiße die Zähne zusammen, bis ich mich umständlich in den Rollstuhl gewuchtet habe. Autsch, meine Hüfte! Unwillkürlich geht meine Hand an die Stelle.

Vielleicht hätte ich mich vorher umziehen sollen. Ich trage nur eine kurze Pyjamahose und ein ärmelloses Top und sehe damit etwas verwahrlost aus. Meine Beine sind blass und nicht enthaart. Die Härchen sind blond und nicht sonderlich auffällig, aber das ändert auch nichts daran, dass ich, würde ich ein Foto davon auf Instagram hochladen, wahrscheinlich einen Shitstorm ernten würde. Meine Freundin Willow würde witzeln, dass ich damit zum Casting von «Planet der Affen» oder «Der Hobbit» gehen könnte. Aber ich bin momentan einfach zu unbeweglich. Ich kann schon froh sein, dass eine der Schwestern mir gestern die Fußnägel geschnitten hat. Ich kann sie schlecht darum bitten, mir auch noch die Beine zu rasieren. Die haben hier wirklich andere Sorgen.

In der Hoffnung, dass mich niemand so genau ansieht, stoße ich die Räder mit den Händen an, rolle an dem kleinen Tisch mit den zwei Stühlen vorbei und schnappe mir den Bademantel, der darüber hängt, um ihn mir über die Beine zu legen, bevor ich die Tür aufdrücke und das erste Mal seit drei Tagen mein Zimmer verlasse. Beim letzten Mal hat Kadence mich ins große Badezimmer gefahren, um mir auf der Waage zu zeigen, wie viel zwanzig Kilo sind. Denn mit mehr darf ich mein rechtes Bein noch nicht belasten. Deshalb weiß ich jetzt, dass das so gut wie nichts ist. Selbst wenn man den Fuß ganz ohne Druck nur auf der Waage abstellt, sind es schon zwölf Kilo. Um den Unterarmgehwagen zu benutzen, müsste ich mich mit vollem Gewicht auf die Arme stützen und quasi in der Luft hängen. Unmöglich.

Auf dem Flur herrscht wie immer Betrieb. Manche Zimmer stehen offen, und ein Senior auf Krücken dreht grad seine Runden. Ein monströses Gerät, das so aufgeblasen aussieht wie der Anzug eines Astronauten der NASA, steht mitten auf dem Flur. Ich weiß, dass so was zur Lymphdrainage benutzt wird, weil ich da auch schon mal dringesteckt habe. Dazu kann ich nur sagen: Bitte nie wieder.

Mit Schwung schiebe ich mich daran vorbei und entdecke Kadence mit einer älteren Patientin. Sie redet gerade auf den Typen ein, der die alte Frau stützt und mit ihr langsam einen Fuß vor den anderen setzt. Er ist groß und sportlich, und neben ihm sieht die Oma an seinem Arm geradezu winzig aus. Sie hat einen ausgeprägten Damenbart und himmelt ihn an. Er lächelt, runzelt aber nur eine Sekunde später die Stirn, als er mich bemerkt.

Kadence gestikuliert.

Seine Lippen bewegen sich, ich meine, ein «Scheiße, was soll das, Kady?» daraus ablesen zu können. Er schüttelt den Kopf, dann trifft mich sein Blick, und das Stirnrunzeln verstärkt sich noch einmal mehr. Er sagt etwas, und Kadence blickt ebenfalls kurz zu mir, was es für mich aussehen lässt, als hätten die beiden gerade über mich geredet. Aber das ist Unsinn, es geht ganz sicher nicht um mich.

Ich hebe die Hand, um Kadence' Aufmerksamkeit zu erregen, aber sie redet angestrengt weiter auf ihren Kollegen ein. Ich sollte es lieber lassen. Die beiden sind beschäftigt, und die Mustermappe läuft mir nicht weg. Dann frage ich sie eben später, wenn sie für unsere Übung wiederkommt, auch wenn es mir schwerfällt.

Seufzend ziehe ich den Bademantel über meinen Knien ein Stück höher, weil er nach unten gerutscht ist, und will nur das rechte Rad bewegen, um auf dem Flur zu wenden. Was aber nicht geht.

Ich hänge irgendwo fest. Mist.

Mit einem Fluch auf den Lippen umfasse ich das Metallrad und stemme mich dagegen. Dennoch rolle ich nur wenige Millimeter vor und zurück und kann nicht erkennen, wo zum Teufel ich überhaupt festhänge. Hat sich die Bremse aus Versehen festgestellt? Nein, das ist es nicht. Ich ziehe am Bademantel und begreife, dass ich über den blöden Gürtel gerollt bin und er sich in den Speichen verfangen hat. Es geht nicht vor und nicht zurück. Schweiß bricht mir aus, ich zerre an dem Gürtel und hoffe gleichzeitig, dass niemand sieht, wie dämlich ich mich anstelle und dass ich gerade einen aussichtslosen Kampf mit einem verflixten Bademantelgürtel führe.

«Schwester!», ruft der alte Herr mit Krücken und hebt das Kinn in meine Richtung. «Da braucht jemand Hilfe.»

«Nein, danke, es geht schon», zische ich ihm zu und spüre, wie mein Gesicht heiß anläuft. Oh Gott, hoffentlich hat ihn niemand gehört.

«Schwester!», kräht er noch lauter.

Mit aller Gewalt zerre ich an dem verdammten Frottee-Gürtel und würde ihn am liebsten abreißen. Dann bewegt er sich tatsächlich ein winziges Stück. Nur dass ich jetzt auf der Stelle rotiere wie ein Käfer, der auf dem Rücken liegt, aber immer noch nicht vom Fleck komme.

Als ich aufblicke, stelle ich fest, dass ich Kadence' volle Aufmerksamkeit habe. Sie übernimmt die alte Dame und verpasst ihrem Kollegen einen Stoß in die Seite. Unschlüssig fährt er sich durch das kurze Haar und starrt mich an, bevor er sich sichtbar einen Ruck gibt und auf mich zugeht.

2. KAPITEL

# DAVID

Schon seit dem Aufstehen weiß ich, dass dieser Tag einfach nur beschissen wird. Eigentlich war das schon gestern Nacht klar, nachdem ich Jane und ihre Freundin um halb drei von der Straße gekratzt habe. Achtmal hat sie mich auf dem Handy angerufen, bis ich das nervtötende Klingeln nicht mehr ignorieren konnte und mich im Halbschlaf hinters Steuer gequält habe. Irgendwann lasse ich sie laufen. Aber das habe ich mir schon verdammt oft vorgenommen. Und garantiert werde ich es auch beim nächsten Mal nicht schaffen, das verfluchte Verantwortungsgefühl niederzuringen.

«Das muss ja eine wilde Party gewesen sein», bemerkt Madame Mustache, als ich sie mit ungewohnt rauer Stimme begrüße. Sie heißt nicht wirklich *Madame Mustache*, aber die ganze Station nennt sie so, weil ... verdammt, mit diesem Schnurrbart könnte sie Wettbewerbe gewinnen. Ich reibe mir über das Kinn, wo meine eigenen Stoppeln mich daran erinnern, dass ich heute Morgen keine Zeit hatte, mich zu rasieren.

«In deinem Alter habe ich das auch gemacht. Aber irgendwann habe ich den Alkohol nicht mehr so gut vertragen.»

Wenn sie wüsste. Ich trinke nichts. Erst recht nicht, wenn ich am nächsten Tag in die Klinik muss. Das Einzige, was mich letzte Nacht beschäftigt hat, war die miese Vorahnung, dass ich meinem Schicksal heute nicht entgehen werde. Kadence will mich seit Tagen in das Zimmer Nummer zwölf schleifen, und seit

Tagen lasse ich mir unentwegt Ausreden einfallen. Ich habe nur leider das untrügliche Gefühl, dass ich heute fällig bin.

«Sie könnten mich ganz sicher immer noch unter den Tisch trinken, Mrs. Mus… Browning.»

Scheiße, ich brauche dringend eine Pause. Schlaf ist ein Luxus, von dem ich nicht mal tagträume, aber zehn Minuten an der frischen Luft würden mir schon reichen, um wieder einen klaren Kopf zu kriegen.

Mrs. Browning kichert. Ich gähne unauffällig gegen meine Schulter und halte dann ihr linkes Fußgelenk fest. Seit ihrem Sturz vor zwei Wochen ist sie nicht wirklich mobiler geworden, und wenn das nicht langsam besser wird, kommt sie nie wieder zurück in ihre eigene Wohnung. Ich überprüfe die Funktion des *tibialis posterior*, indem ich sie versuchen lasse, die kleinen Zehen herunterzudrücken, während ich den Muskel palpiere. Alles okay. Danach lockere ich den Flexor am Sprunggelenk und massiere sie nach oben bis zu ihrer Kniekehle. Nicht, weil das unbedingt nötig wäre, sondern weil ich weiß, dass sie das mag. Sie wird gerne angefasst. Eigentlich gibt es meiner Erfahrung nach kaum jemanden über siebzig, der sich nicht insgeheim danach sehnt, berührt zu werden.

Mrs. Browning bekommt nie Besuch. Ihre Tochter lebt in Miami und hat sie, wie ich rausgehört habe, das letzte Mal an Thanksgiving besucht. Wahrscheinlich Thanksgiving im letzten Jahrtausend. Keine Ahnung, ob sie seitdem auch nur einmal jemand umarmt hat. Es ist erbärmlich, wie wenig Körperkontakt Menschen in ihrem Alter haben. Ich habe schon Patienten massiert, die dabei in Tränen ausgebrochen sind, weil es ihre erste Berührung nach Jahren war, die nicht mit Waschen oder Hinternabputzen zu tun hatte.

Das ist etwas, was nicht in meinen Kopf will. Was so schwierig daran ist, jemanden spüren zu lassen, dass er wichtig ist. Egal in welchem Alter. «Was macht Ihr Rücken heute?», frage ich sie deshalb und weiß schon vorher, was sie mir antworten wird.

«Oh, David, du kannst es dir nicht vorstellen. Meine Schulter ...» Sie verrenkt sich, überraschend gelenkig, um über eine Stelle an ihrem Oberarm bis zum Nacken zu streichen. «Vielleicht könntest du dir das mal ansehen. Das kommt vom Liegen. Ganz bestimmt kommt das vom Liegen. Und du hast wirklich goldene Hände, mein Junge.»

Es fällt mir schwer, das Grinsen zu unterdrücken. Ganz genau lasse ich mir von ihr erklären, wo es am schlimmsten ist. Und nachdem ich ihre Schulter massiert habe, kann ich sie dazu überreden, endlich ein paar Schritte mit mir zu gehen.

Ich helfe ihr in die Pantoffeln mit der rutschfesten Sohle. «Auf drei», sage ich, um sie vorzuwarnen, aber Mrs. Browning zieht sich beinahe sofort an meinem Arm hoch und fällt nach halber Strecke auf die Bettkante zurück. Überrascht davon, dass ihr mit Sicherheit gerade jegliches Blut in die Beine gesackt ist.

«Alles klar», sage ich mit todernster Miene. «Die Drei war's also nicht. Welche Zahl würde Ihnen denn besser gefallen, Ma'am?»

Sie schlägt mir auf den Arm. «Mach dich nicht über mich lustig. Ich war nur etwas voreilig.»

Beim nächsten Versuch klappt es problemlos. Sie zählt diesmal mit. Für einen Moment wankt sie, dann setzen wir gemeinsam einen Fuß vor den anderen. «Wir können Sie nächste Woche gleich beim Fitness anmelden, würde ich meinen. Sie laufen mir ja jetzt schon davon.»

«Sei nicht albern, David», sagt sie, zeigt mir bei ihrem Lächeln aber beide Zahnreihen. Dabei bin ich das nie. Albern. Doch Jane meint, dass man immer an meinen Augen sehen kann, wenn ich innerlich lache, und ich schätze, Mrs. Browning hat das auch schon durchschaut.

Auf dem Flur müssen wir als Erstes Mr. Hamilton ausweichen,

der mit seinen Krücken den Gang unsicher macht, aber schon nach wenigen Metern geraten wir in Kadence' Radar. Als sie auf uns zusteuert, liegt mir sofort ein «Scheiße» auf den Lippen, das ich nur wegen Mrs. Browning zurückhalte. Ich ahne, was sie von mir will, bevor sie auch nur den Mund aufmachen kann. Also komme ich ihr zuvor: «Vergiss es, Kady. Ich werde deine Patientin nicht übernehmen. Viel Spaß noch mit ihr!» Danach versuche ich, sie zu ignorieren. Was nicht funktioniert, weil sie mir an den Sohlen klebt wie ein ausgespuckter Kaugummi.

Sie hakt sich an meiner freien Seite ein. «Ich kenne niemanden außer dir, der das mit ihr hinkriegen könnte. Solltest du dich davon nicht eigentlich geschmeichelt fühlen?»

«Nein. Das lässt mich völlig kalt.» Und damit schüttele ich sie ab.

«Komm schon, David. Du kannst doch sonst nie nein sagen. Warum ausgerechnet bei ihr? Sie ist okay, wirklich. Nur eben total panisch. Ich weiß genau, dass du in fünf Minuten mit ihr weiter kommst als ich in drei Wochen. Muss an deiner vertrauenerweckenden Ausstrahlung liegen.»

Klar, Kadence, netter Versuch. Stur halte ich Mrs. Brownings Arm fest, und die alte Dame blickt mit einem Ausdruck zu mir hoch, als wäre ich der persönliche Schutzheilige dieser Klinik. «Du hast doch ein weiches Herz, David. Warum tust du ihr nicht den Gefallen?»

Weil ich verdammt noch mal kein weiches Herz haben will. Mit meiner freien Hand reibe ich mir über die Schläfe, weil es anfängt, dahinter zu pochen, und das ziemlich hartnäckig. Als ich vor drei Wochen erfahren habe, dass die Tochter von William Hayden unsere Patientin wird, dachte ich, das muss ein beschissener Witz sein.

Ist es auch, aber einer von der Sorte, die das Schicksal sich erlaubt, weil es die Popcorn-Maschine schon angeschmissen hat. Eher würde ich freiwillig im *New Hampshire State Prison* eine Schicht einlegen und allen Männern dort die Füße waschen, als mich um William Haydens kleinen Liebling zu kümmern.

Bisher konnte ich es erfolgreich vermeiden, seiner Tochter auch nur auf dem Flur zu begegnen. Ich weiß nicht mal, wie sie aussieht, weil ich auf keinen Fall anfangen will, irgendwelche Vergleiche zu ziehen. Ich werde ihre Therapie nicht übernehmen, und das sage ich Kadence jetzt bestimmt schon zum zehnten Mal. «Ich mach's nicht. Und es ist mir egal, ob du mich deswegen die nächsten Wochen die Klos putzen lässt. Also schmink es dir ab, Kadence Sawyer.»

Kadence' Augen blitzen. Dann lächelt sie sanft, was mir eigentlich Warnung genug sein müsste. «Weißt du was, ich werde dich die nächsten Wochen einfach gar nicht mehr einteilen, wegen Dienstverweigerung. Wie klingt das für dich, David Rivers?»

«Scheiße, was soll das, Kady?» Ruckartig bleibe ich stehen, weil ich nicht glauben kann, dass sie das wirklich ernst meint. Sie weiß genau, dass ich das Geld brauche. Die verdammten Studiengebühren betragen zwölftausend Dollar pro Semester, und mein Stipendium deckt gerade mal die Hälfte ab. Wenn ich in diesen Ferien nicht mindestens viertausend zusammenbekomme, habe ich ein Problem.

«Du kannst dir die Patienten nicht aussuchen», sagt sie in sachlichem Ton. «Kann ich auch nicht. Oder denkst du, ich arbeite gerne mit Mr. Hamilton und lasse mich von ihm betatschen?»

Was zum Teufel ...? Ich starre sie entgeistert an.

Sie zuckt mit den Achseln. «Er ist ein verdammter Busenstreifer. Bei jeder Übung streift er mich mit seinem Ellbogen und entschuldigt sich nur halbherzig. Das ist der mit Abstand älteste Scheißtrick, um einen anzugrabschen.»

Ist das ihr Ernst? Sie erwidert meinen schockierten Blick nur mit einem erneuten Achselzucken. Hölle, ja, sie meint das wirklich ernst. Ich versuche, das Entsetzen runterzuschlucken, das sich in meinem Hals anstaut, was mir nur halb gelingt. «Warum hast du nicht früher was gesagt? Ich kann Mr. Hamilton übernehmen. Dann werde ich *ihn* mal ganz aus Versehen streifen.» Dieses Arschloch. «Ich werde ihn das so was von bereuen lassen. Sag nur wann und wo.» Mein Blick findet den Mistkerl, der sich ein Stück weiter den Flur runter immer noch mit seinen Krücken abmüht, während irgendein Mädchen im Rollstuhl dabei ist, sich im Slalom an ihm vorbeizuschieben. Für einen Moment lasse ich meiner Phantasie freien Lauf und überlege, was ich mit ihm anstellen würde, wenn ich nicht auf diesen Job angewiesen wäre. Wenn mein Stipendium nicht ohnehin schon auf der Kippe stehen würde, weil ich eine wichtige Klausur plus den einzigen Nachholtermin verpasst habe. «Ich kann dir Hamilton abnehmen», biete ich ihr noch mal an.

«Mit dem werde ich fertig», winkt Kadence jedoch ab. «Aber nicht mit der Hayden. Ich will, dass du dich um dieses Mädchen kümmerst.» Sie nickt den Flur runter, und ich merke, wie das Pochen in meiner Schläfe noch einmal zulegt. Weil sie das sein muss. Das Mädchen in dem Rollstuhl, das gerade den Arm hebt, um unsere Aufmerksamkeit zu erlangen. Das Mädchen aus Zimmer zwölf.

Abigail Hayden.

Scheiße.

Sie sieht ganz anders aus, als ich sie mir vorgestellt habe. Unscheinbar fast. Mit einer Haarfarbe wie nasser Sand und erschreckend blass. Jedoch nur auf den ersten Blick. Auf den zweiten wird ihr Gesicht jetzt ziemlich rot, weil sie Probleme mit ihrem Rollstuhl hat und ihn nicht von der Stelle bekommt. Was mir nicht leidtun sollte, definitiv nicht. Es sollte mir völlig egal sein. Aber wie Mrs. Browning schon festgestellt hat: Ich habe verdammt noch mal ein weiches Herz.

Hamilton schreit nach einer Schwester, und ich möchte ihm jetzt endgültig den Hals rumdrehen. Nun kann ich nicht mehr so tun, als hätte ich sie nicht gesehen, ohne grob unhöflich zu werden. Außerdem ... Verdammt, ich kann auch nicht mitansehen, wie sie sich hilflos auf der Stelle dreht.

«Kadence», knurre ich, bekomme aber nur ein betont unschuldiges Lächeln zurück. Sie wird ihr nicht helfen.

«Sie braucht dich, David. Ich gehe noch ein paar Schritte mit Mrs. Browning.» Sie entzieht mir den Arm der alten Dame und stößt mich grob in die Rippen. Und nun weiß ich nicht, was mehr pocht. Der Presslufthammer hinter meiner Schläfe, meine Rippen, die sie gerade malträtiert hat, oder mein verdammtes Herz, das Angst hat, an einem uralten Schmerz zu zerbrechen, wenn ich zulasse, dass auch nur ein winziger Splitter dieser Familie in mein Leben dringt.

Ich atme einmal tief durch. Okay, ich kriege das hin. Ich muss einfach nur professionell sein. Ohne Rachegedanken, ohne Emotionen. Ich mache ein paar Übungen mit ihr, bringe sie dazu, sich zu entspannen, und danach übergebe ich sie wieder an Kadence. In spätestens zwei Wochen ist sie weg. Hoffentlich für immer.

Jetzt sehe ich auch, was passiert ist: Der Bademantelgürtel hat sich im Reifen ihres Rollstuhls verheddert. Abigail Hayden versucht verzweifelt, ihn herauszuziehen, und blickt dann in meine Richtung. Dieser Blick. Es ist kein hilfloser Blick, sondern eher ein «Bleib mir bloß vom Leib!»-Ausdruck. Als ich das begreife, fühle ich mich noch mieser. Sie hat überhaupt keine Ahnung. Sie ist einfach nur ein verletztes Mädchen. Frustriert hole ich Luft und gebe mir einen Ruck.

*Professionell, ohne Emotionen, David.*

Ich gehe auf sie zu und schlage einen freundlichen Ton an. «Warte, ich helfe dir.»

## 3. KAPITEL

# ABBI

«Warte, ich helfe dir.»

Im ersten Moment nehme ich nur die weißen Hosen wahr, als er an mir vorbeigeht, und dann erst die Hand, die meine Armlehne packt. Er geht neben mir in die Hocke, und plötzlich bin ich frei. «Danke», murmle ich, ohne aufzublicken, weil sein Reha-Shirt einen viel zu tiefen V-Ausschnitt hat und ich keinesfalls auf seine muskulöse Brust starren will. Wer trägt denn heute noch V-Ausschnitt? Ich hoffe, er kann sich das nicht aussuchen, wenn es seine Arbeitskleidung ist.

«Ich bin David», sagt er, und jetzt muss ich doch zu ihm hochgucken. «Kann ich dich irgendwo hinfahren?»

Er hat kurzes braunes Haar, nur vorne fällt es ihm bis in die Stirn. Und helle Augen, deren Farbe ich nicht identifizieren kann. Ich würde gerne etwas Scherzhaftes antworten. *Einmal nach Prag bitte, ich war noch nie in Europa.* Aber er macht auf mich nicht den Eindruck, als würde er so was witzig finden. Er hat sich nicht mal so angehört, als würde er mich das überhaupt aus freien Stücken fragen. Eher so, als drückte ihm jemand einen Revolver an die Schläfe.

«Abbi. Und ich möchte nach diesem peinlichen Rollstuhl-Zwischenfall eigentlich nur noch in mein Zimmer», murmle ich und weiche seinem Blick aus.

«Kein Problem. Also erst mal in dein Zimmer, danach kannst du dir ja immer noch überlegen, ob dir nichts Besseres einfällt.

Die *Glen Ellis Falls* zum Beispiel», sagt er. «Kann ich sehr empfehlen, die Wasserfälle dort sind wirklich schön.»

Mein Kopf fährt hoch, und ich öffne den Mund, halte dann aber für einen Moment inne, weil er aussieht, als würde er erst ein negatives Gefühl abschütteln müssen, um dann zu lächeln. Es verunsichert mich genug, dass ich kurz angebunden antworte: «Mein Zimmer reicht, danke. Und ich schaff das eigentlich auch allein.» Was ich gerade eindrucksvoll bewiesen habe. Gescheitert an einem Bademantelgürtel, na großartig.

David tritt ohne ein weiteres Wort hinter mich, und eine Sekunde später bewegen wir uns in Richtung meines Zimmers. Ich drücke die Tür für uns auf, aber anstatt mich zum Bett zu schieben, bleibt er nach wenigen Metern mitten im Raum stehen. «Kurze Frage», sagt er. «Wer hat denn dein Bett so bescheuert hingestellt?»

Ich habe keine Ahnung, warum er das bescheuert findet. Und was daran so wichtig ist. «Das war meine Mutter. Sie dachte, es wäre schöner, wenn ich vom Bett aus auf den Mount Washington sehen kann.»

Er umrundet mich mit langen Schritten und deutet auf meinen Rollstuhl. «Das Problem ist doch dein rechtes Bein. So kommst du nur umständlich ins Bett rein und wieder raus. In deinem eigenen Interesse sollte es an der anderen Wand stehen. Was dagegen, wenn ich es umstelle?»

«Was? Nein. Wenn du meinst, dass es so besser ist?»

«Allerdings.» Er fackelt nicht lange, schiebt meinen Nachttisch zur Seite und zieht den Stecker meines elektrischen Betts aus der Wand, bevor er das schwere Teil einmal im Raum dreht und das Kabel an der anderen Wand wieder einsteckt. Mit ausgestreckter Hand lässt er mir den Vortritt, und ich rolle mich zum Bett. Und ... Er hat recht. Wenn das Bett hier steht, muss ich beim Aus- und Einsteigen nicht erst umständlich umgreifen, weil ich mein rechtes Bein nicht belasten darf, und ich kann mich so viel besser am Bettgitter festhalten. Warum ist mir das eigentlich nicht selbst aufgefallen? «Danke. Den Rest schaffe ich allein.»

Er nickt nur.

Unschlüssig warte ich darauf, dass er geht, aber das tut er nicht. Stattdessen streckt er die Hand nach meinem Bademantel aus.

Ich keuche überrascht auf, aber er wartet nicht ab, sondern zieht den Bademantel einfach von meinem Schoß, um ihn aufzuhängen. Sofort schießt mir die Hitze ins Gesicht, weil ich an nichts anderes denken kann als an die Haare an meinen Beinen. Will er mir nun unbedingt dabei zusehen, wie ich umständlich in mein Bett steige? Langsam manövriere ich mich so dicht wie möglich an die Bettseite, weil ich ihn wohl so schnell nicht loswerde. Ich stelle die Bremsen fest und versuche, mich hochzustemmen.

«Hey, Moment.» Mit einem Satz ist David bei mir, und ich lasse mich im Sitz wieder zurückfallen, was meine Hüfte sofort mit einem fiesen Stechen beantwortet.

«Es wäre leichter für dich, wenn du erst einmal das Bett tiefer stellst.» Er betätigt einen Druckknopf am Bettgitter und lässt es damit runterfahren, dann dreht er sich zu mir um. Für eine Sekunde bilde ich mir wieder ein, dass er sich einen Ruck geben muss. Dann sagt er: «Nicht erschrecken.» Aber als er sich zu mir runterbeugt und mich ohne weitere Vorwarnung mit den Händen an den Hüften packt, ziehe ich dennoch überrascht die Luft ein. Ganz automatisch weiche ich mit dem Oberkörper zurück, weil Davids Gesicht mir so nah kommt, dass ich ein paar Sommersprossen auf seiner Nase sehen kann und dass seine Augen grau sind. Nicht so hell, wie ich im ersten Moment gedacht habe, sondern wie ein Gewitterhimmel. Ich rieche sogar das Waschpulver, mit dem er seine Klamotten gewaschen hat. Mein Blick bleibt nun doch an dem tiefen V-Ausschnitt hängen, und ich schicke ein Stoßgebet zum Himmel. *Bitte lass diese absolut peinliche Situation ganz schnell vorübergehen. Bitte gib mir Kadence zurück.*

Kadence hat eine Vorliebe für Übungen, die sie *Hands off* nennt. Übungen, die ich selber machen kann, bei denen sie mich nicht anfassen muss. Leider hat dieser David da wohl ganz andere Vorstellungen. Und er hat auch kein Problem mit Körperkontakt. Seine Hände schieben sich ein Stück unter meinen Hintern, was mein Gesicht, nein, mein ganzer Körper mit einem deutlichen Temperaturanstieg beantwortet.

«Wenn du erst mal nach vorne rutschst, wird es ebenfalls leichter für dich, aufzustehen.» Abwechselnd zieht er erst die eine, dann die andere Seite meiner Hüfte nach vorn.

«Okay», stammle ich. «Danke. Aber das bekomme ich wirklich alleine hin.» Zum Beweis stelle ich den linken Fuß auf, und als er daraufhin endlich ein Stück zurückweicht, stemme ich mich an den Armlehnen des Rollstuhls hoch. Nur eine Vierteldrehung und ich sitze auf der Bettkante. Das war leicht. Ich hoffe, er hat gesehen, wie leicht, und geht endlich.

Aber stattdessen tritt er näher an mein Bett. «Ich nehme deine Beine, okay?» Im selben Atemzug streift er meinen linken Schuh ab und hievt meine Beine ins Bett. Ich gebe einen erschrockenen und viel zu lauten Quietschlaut von mir und robbe sofort auf der Matratze von ihm weg.

«Hey, hiergeblieben. Wir sind noch nicht fertig.» Er hält mich am rechten Unterschenkel fest. Sein Griff ist fest und seine Hände deutlich wärmer als die von Kadence. Trotzdem stellen sich die Haare an meinen Beinen auf.

«Du machst das alles sehr gut, Abbi. Wirklich. Aber wenn du dich das nächste Mal so laut beschwerst, wäre es super, wenn du in mein linkes Ohr quietschst.»

«Tut mir leid.»

«Ich meine das ernst», sagt er, aber als ich hochgucke, bin ich mir da nicht so sicher, weil er lächelt. Was ich verlegen erwidere. Zumindest so lang, bis er sagt: «Ich höre kaum etwas auf meinem linken Ohr.» Er deutet mit der Hand darauf. «Wenn du mich also mal anbrüllen willst, nimm einfach die Seite. Dort tut es nicht so weh.»

Meine Mundwinkel erschlaffen. «Du hörst nichts auf deinem linken Ohr», wiederhole ich, weil es etwas ist, was ich nicht mit diesem sportlichen Typ in Einklang bringe. «Wieso?»

Er zuckt mit den Schultern. «Mit neun habe ich einen Schlag drauf bekommen, und das Trommelfell ist geplatzt. Hat sich entzündet, und seitdem ...» Er lässt den Satz unbeendet.

Er hat einen Schlag auf sein Ohr bekommen? Aber ...? Meine Gedanken fangen an zu rotieren, weil seine Worte ein Dutzend Fragen durch meinen Kopf rasen lassen. Aus Versehen? Beim Spielen? Aber wie kann man aus Versehen einen so harten Schlag auf sein Ohr bekommen, dass einem das Trommelfell platzt? Hat ihn jemand mit Absicht geschlagen? Wer schlägt denn bitte ein kleines Kind aufs Ohr? Und dann auch noch so heftig, dass es hinterher taub ist? Also fast taub. Meine wilden Gedanken müssen mir anzusehen sein, denn David schüttelt den Kopf. «Es geht jetzt um dich», sagt er, und seine Finger fangen an, mein Bein vorsichtig abzutasten. «Erzähl mir von deinem Unfall.»

Ich bin immer noch so perplex, dass ich nicht zurückweiche, als seine Hände an meinem Unterschenkel über die Operationsnarben nach oben fahren. Hände, die kräftig sind und warm. Stammelnd antworte ich ihm. «Ich bin ... mit dem Auto ... gegen einen Baum gefahren. Kannst du das nicht einfach in meiner Akte nachlesen?»

«Ich habe deine Akte gelesen. Aber ich würde es gerne von dir hören. Wie ist es passiert?»

«Daran kann ich mich nicht erinnern. Ich weiß noch, wie ich

zu einer Party gefahren bin, aber danach ist alles weg, bis ich im Krankenhaus aufgewacht bin.»

«Du hattest ein Schädel-Hirn-Trauma.»

«Ja.» Ich schlucke.

«Und drei gebrochene Rippen, aber deine Lunge war nicht verletzt.»

Er kennt meine Patientenakte offenbar auswendig.

«Tut es noch weh, wenn du atmest oder wenn du lachen musst?»

«Nein, eigentlich nicht. Also nicht meine Rippen. Aber mein Bein tut weh, wenn ich lachen muss. Oder niesen.»

«Okay, verstehe. Dann verspreche ich dir, ich werde versuchen, dich nicht zum Lachen zu bringen. Oder zum Niesen.» Dabei sieht er völlig ernst aus, und ich bin jetzt schon kurz davor zu lachen. Aber dann fängt er an, mein Bein zu massieren.

«Es tut mir leid, ich weiß, ich bin total verspannt. Ich kann nicht ...»

Er lässt mich los, schnappt sich die Tube, die auf meinem Nachttisch liegt, und drückt etwas von der Creme in seine Handfläche. «Du kannst dich nicht auf Knopfdruck entspannen. Kein Mensch kann das. Also hey, mach dich nicht verrückt. Du machst das großartig. Erzähl mir einfach, was du weißt. Was genau ist mit deinem Bein?»

Mein Bein, ja. Wahrscheinlich hat er mir deshalb die Sache mit seinem Ohr erzählt. Vielleicht ist das seine Masche. Quid pro quo. Ich erzähle dir ein Problem von mir, dafür erzählst du mir etwas von dir. So stellen wir ein Vertrauensverhältnis her. Wer weiß, vielleicht ist das mit seinem Ohr sogar gelogen, und er will mir damit nur weismachen, dass bei ihm auch nicht alles perfekt ist. Dass er nicht einfach nur groß und durchtrainiert ist und einen makellosen Body hat. Mit fünf Sommersprossen auf der Nase.

Und lachenden Augen.

Weil ... ich sehe genau, dass seine Augen lachen. Auch wenn er etwas müde wirkt. Das Gewitter darin hat sich verzogen. Jetzt sind sie nur noch grau, leuchtend grau.

«Am linken Bein hatte ich einen Kreuzbandriss, weil sich beim Stoß gegen das Armaturenbrett meine Kniescheibe verschoben hat.» Ich ziehe scharf die Luft ein, als sein Griff mit einem Mal fester wird und er die Muskelstränge an Wade und Schienbein bearbeitet. Wenn er gleich höher geht, wird es unfassbar weh tun, dann muss ich ihm ganz sicher in sein gesundes Ohr schreien.

«Hast du links noch Beschwerden?»

«Nein. Das ist wieder völlig in Ordnung. Ist ja auch schon eine ganze Weile her.»

«Aber deine Hüfte, damit hast du noch Probleme, oder?»

«Manchmal. Aber vielleicht bilde ich mir das auch nur ein. Meine Mutter denkt das zumindest. Ich ... ich habe einfach unglaubliche Angst vor Schmerzen. Die Ärzte haben beim ersten Mal versucht, mir das Hüftgelenk ohne Narkose einzurenken.»

Stand das etwa nicht in meiner Akte? So entsetzt, wie David mich jetzt ansieht, muss diese Info neu für ihn sein.

«Das ist unfassbar schmerzhaft, würde ich meinen. Und ganz bestimmt bildest du dir das nicht ein.» David will noch etwas sagen, nickt mir dann aber doch nur aufmunternd zu. Seine Daumen berühren die Stelle an meinem Knie, wo die kleinen runden Narben noch zu sehen sind, an denen nach der Operation das Wundsekret abgelaufen ist. Er macht das so sanft, dass ich mich tatsächlich entspanne. Und einfach weiterrede. «Das Blöde ist mein Schienbein. Der Schienbeinkopf war gebrochen, deshalb haben sie mir eine Platte eingesetzt. Eine Metallplatte mit mehreren Schrauben.»

David nickt wieder, und dann lässt er mich auf einmal los und ... hebt völlig unerwartet sein eigenes Knie zur mir aufs Bett, was die Matratze an der Stelle nach unten drückt. Ich bin so geschockt, dass ich diesmal nicht mal ein Quietschen von mir gebe, sondern erstarre. Mehrere Sekunden lang halte ich die Luft an. Und mein Herz – ganz bestimmt hat mein Herz kurz aufgehört zu schlagen.

Er macht das alles ganz anders als Kadence. Kadence hat mich immer vorgewarnt. Vor jeder Bewegung hat sie mir gesagt, was sie gleich tun wird, damit ich mich nicht erschrecke. Lernt man das nicht so im Studium? Ich schlucke meine Panik hinunter, aber dann schiebt David sein Knie einfach unter mein Bein, und jetzt gebe ich doch ein panisches Quietschen von mir.

«Es ist alles in Ordnung, Abbi. Du machst das ganz toll.»

Sein Bein unter meinem zu spüren, ist ... seltsam. Und viel zu intim. Aber es tut nicht weh. Es tut kein bisschen weh. Er muss wissen, was er da tut, denn es fühlt sich gut an. Fest, aber gut.

«Die Platte in deinem Bein ist übrigens aus Titan. Wusstest du, dass Titan eine Zugfestigkeit hat wie Baustahl?»

«N...nein.»

«Es ist extrem stabil, dabei aber sehr leicht, und es gibt keine Allergien dagegen. Das heißt, dass es nicht vom Gewebe abgestoßen wird. Du musst also keine Angst haben, dass es nicht hält. Und du hattest echt Glück, dass deine Weichteile kaum verletzt wurden.»

«Okay.» Auch wenn ich das eigentlich weiß, ist Dankbarkeit nicht wirklich das vorherrschende Gefühl, wenn ich Schmerzen habe. So wie jetzt. Obwohl es, wenn ich ehrlich bin, gerade gar nicht schlimm ist. Ich weiß nicht, wie er das macht, aber die Art, wie er mich berührt, gleichzeitig unnachgiebig und vorsichtig, sorgt dafür, dass meine Angst nachlässt. Bis zu dem Moment, wo ich an mir runterblicke und kapiere, was er da genau macht. Wie er mit seinem Bein mein Knie immer weiter anhebt. Weil das kein bisschen sanft aussieht. Und es gleich ohne Ende weh tun wird, weil er damit mein Kniegelenk jeden Moment in Flammen setzt.

«Wie alt bist du, Abbi?»

«Ein…undzwanzig!» Mit jeder Silbe wird meine Stimme lauter, weil ich panisch auf den Schmerz warte. Der aber nicht kommt.

«Abbi?»

«Ja?»

«Sieh mich an.»

Ich gucke hoch und direkt in Davids Gesicht. Ein entschlossenes Gesicht, das mir sagt: Wir ziehen das jetzt durch.

«Ich werde dir nicht weh tun.»

Ich nicke.

«Nicht sehr», verbessert er sich. «Ich höre auf, bevor es zu schlimm wird.»

Ich nicke noch einmal. Schneller. Vermutlich zu schnell, denn er fängt an zu grinsen. «Nicht auf dein Bein gucken. Schau einfach mich an. Und dann erzähl mir, was du so machst. Hast du gearbeitet vor deinem Unfall? Studiert?»

«Ja.» Ich räuspere mich. «Ich wollte eigentlich nächstes Jahr meinen Bachelor an der UNH machen. In Soziologie.»

«Und was gefällt dir an deinem Studium am besten?»

Hört er mir überhaupt zu, oder lässt er mich nur reden, damit ich irgendwas zu tun habe? Seine Hände schieben sich unter meine Kniekehle und lockern den Muskelstrang, der sich von dort bis zu meinem Oberschenkel hochzieht.

«Dass es … das echte Leben betrifft. Wie wir als Gesellschaft im Ganzen funktionieren und auch im Kleinen. Familien. Wie Familien funktionieren. Und wie sich das a…alles verändert.» Was macht David da? Ich habe das Gefühl, er lockert nicht nur meine Muskeln, er lockert alles. Muskeln, Sehnen, Faszien, was auch immer. Meine rechte Hand greift nach dem Bettgitter, mit der anderen fasse ich unwillkürlich nach Davids Arm, um … ich weiß es auch nicht. Ihn festzuhalten? Aufzuhalten? An dem zu hindern, was er da gerade tut?

«Abbi?» Er löst meine Hand von seinem Unterarm.

«Ja?»

«Welche Augenfarbe habe ich?», fragt er.

«Was?» Ich versuche, meine Atmung wieder unter Kontrolle zu bekommen. «Ich weiß nicht. Grau.»

Er nickt. «Und wie viele Sommersprossen sind in meinem Gesicht?»

«Da ... sind fünf.»

Er schüttelt langsam den Kopf. «Guck noch mal genau hin.»

Ich bin ziemlich atemlos, als meine Augen sein Gesicht abscannen. Da sind drei Sommersprossen direkt auf seiner Nase und zwei etwas seitlich. Er hat ein winziges Muttermal unter dem linken Auge und direkt daneben ...

«Sieben.»

David nickt wieder und grinst. So breit, dass es von einem Ohr zum anderen reicht. Meine Freundin Willow hat irgendwann mal für die verschiedenen Arten zu lächeln Kategorien erstellt und ihnen Schauspieler zugeordnet. Sie reichen vom unentschlossenen, nachdenklichen Lächeln à la Chris Evans über ein stilles, seltenes Lächeln von Daniel Craig bis hin zu einem Lachen mit einem spöttischen, psychopathischen Zug wie bei Jack Nicholson. Aber an diesem Lächeln von David ist gerade gar nichts spöttisch oder schief – es ist einfach nur ein richtig breites Sam-Claflin-Grinsen. Ein ehrliches, eins, das über das ganze Gesicht geht. Und erst jetzt merke ich, dass eine Hand nun meinen Fuß umfasst. Nicht fest, ganz entspannt. Und dass es etwas kitzelt, weil er mit den Fingern leichten Druck auf meine Fußsohle ausübt.

«Das ist ein guter Anfang, Abbi. Darauf lässt sich aufbauen.»

«Auf deinen Sommersprossen?», frage ich.

«Auf dem, was du heute erreicht hast.»

Und als ich es endlich schaffe, meinen Blick von seinem Gesicht zu lösen, fällt mir auf, dass mein Bein in einem völlig ungewohnten Winkel über seinem liegt. Das sind keine hundertzwanzig Grad, keine hundert. Es sind sogar weniger als neunzig, was mich so überrascht, dass ich nur ein Keuchen ausstoßen kann. Er hat mein Bein so weit angewinkelt, wie ich es seit dem Unfall nicht geschafft habe. So weit, dass ich vielleicht wirklich bald nach Hause darf, was ich kaum begreifen kann. Weil es nicht schmerzt. Überhaupt nicht. Ich spüre nur ein leichtes Ziehen und die Wärme von Davids Bein an meiner Kniekehle.

«D...danke», stottere ich. «Das tut überhaupt nicht weh.» Ich kann es immer noch nicht fassen.

«Das ist großartig. *Du* hast das großartig gemacht.»

Ich habe überhaupt nichts gemacht, und dass er mich so lobt – für nichts –, ist mir irgendwie peinlich. Mein Blick heftet sich auf einen Punkt hinter seiner Schulter. Aber als plötzlich die Zimmertür ins Schloss fällt, zucke ich zusammen, weil ich gar nicht gemerkt habe, dass jemand reingekommen ist. David offenbar auch nicht, denn für einen Moment erstarrt er. Unter dem mehr als überraschten Blick meines Dads zieht er langsam sein Bein unter meinem weg. Er hält mich fest. Vorsichtig, damit es für mich nicht unangenehm ist, lässt er mein Bein zurück auf die Matratze gleiten.

«Hallo, Dad.» Ich bin verwundert, dass er heute doch gekommen ist. Noch vor seinem wichtigen Interview. Davon hat er eben am Telefon gar nichts gesagt.

David nickt ihm knapp zu. «Sie können gerne reinkommen, wir sind für heute fertig.»

Dabei ist mein Vater schon mitten im Zimmer. Dass David ihm nachträglich die Erlaubnis erteilt, klingt fast wie ein Vorwurf. Und mit einem Mal ist auch jeder Humor aus Davids Augen verschwunden. Er starrt meinen Dad an wie ... ich weiß nicht. Einen Tsunami? Etwas Zerstörerisches und Unausweichliches?

«Wer sind Sie? Ein ... Therapeut?» Mein Vater wirkt nicht einfach bloß überrascht, sondern beinahe sprachlos, was ich von ihm gar nicht kenne.

«Ja, Sir.» David reißt sich sichtbar zusammen und nickt. «Ich studiere an der Franklin Pierce. David Rivers.» Scheinbar widerwillig streckt er ihm die Hand hin, die mein Dad ergreift.

«Und so was steht in Ihrer Stellenbeschreibung? Dass Sie zu Patientinnen aufs Bett steigen müssen?» Er hält Davids Hand dabei immer noch fest, und ich werde schlagartig rot. Obwohl Dad plötzlich auflacht, ist die Situation seltsam feindselig, und ich suche erfolglos nach Worten, um diese absurde Frage abzumildern. Auch David öffnet den Mund, aber ihm fällt darauf wohl auch nichts Passendes ein.

«Wir sehen uns morgen wieder», sagt er schließlich in meine Richtung, bevor er meinem Vater seine Hand entzieht und steif aus dem Zimmer geht.

4. KAPITEL

# DAVID

Selbst schlimme Dinge passieren aus gutem Grund, hat meine Mom immer gesagt, wenn etwas richtig beschissen lief. Als würde es hinter allem einen geheimen Sinn geben, der sich einem irgendwann später offenbart. Zum Beispiel, als ich das Stipendium für die UNH nicht bekommen habe, an der ich eigentlich Jura studieren wollte. Heute weiß ich, dass dieser Schreibtisch-Job mich umgebracht hätte.

Aber ich bin mir auch absolut sicher, dass nicht mal Mom zu dieser Begegnung eben ein Grund eingefallen wäre. Erst recht kein guter.

Drei Wochen, verdammt. Drei Wochen habe ich es geschafft, diese Begegnung zu umgehen. Drei Wochen habe ich dieses Zimmer gemieden, als wäre es verseucht. Drei Wochen, in denen ich mich verhalten habe, wie ein beschissenes Erdmännchen. Ich habe den Kopf eingezogen und bin untergetaucht. Jede noch so unangenehme Arbeit habe ich gemacht, um nicht zufällig auf dem Flur Mr. Hayden in die Arme zu laufen. Den ganzen Geräteraum habe ich geschrubbt, verdammt noch mal. Und dann brummt Kadence mir ausgerechnet Abigail Hayden als Patientin auf.

Es wäre okay gewesen, wenn ihr nicht diese Angst im Gesicht gestanden hätte. Wirklich. Ich hätte es einfach durchgezogen, hätte ihr nur ein paar Übungen gezeigt, die sie selbst machen kann. Ohne groß Mitleid mit ihr zu haben. Aber Abbi Hayden hatte blanke Panik im Blick, bevor ich sie auch nur angefasst habe. Als würde ich sie gleich mit einer Hand zerquetschen. Und deshalb konnte ich nicht anders. Ich habe mir Mühe gegeben, um ihr zu helfen. Sehr viel Mühe.

Ich kenne ihre Krankengeschichte. Weiß, welche Knochen sie sich gebrochen hat, welche OPs hinter ihr liegen, weiß wahrscheinlich mehr über sie und ihre Familie als sie selbst. Aber was nicht in ihrem Krankenblatt steht, ist die Sache mit dem Einrenken ihres Hüftgelenks ohne Narkose. Und dass sie solch unfassbare Angst hat. Aber trotz ihrer Furcht hat sie doch alles zugelassen, was ich mit ihr angestellt habe. Verdammt. Sie hat mir vertraut. Sie hat sich nur auf mein Gesicht konzentriert und mir vertraut. Einfach so.

Weil sie es nicht weiß. Weil sie keine Ahnung hat, dass es auf diesem Planeten wahrscheinlich niemanden gibt, der ihre Familie mehr hasst als ich. Sie ist eine Hayden. Die leibliche Tochter von Maree und William Hayden. Ihr Hintern ist quasi mit Goldstaub gepudert worden, als sie ein Baby war. Und wenn mir ein Mensch auf der Welt nicht leidtun muss, dann ...

*David, du hast doch ein weiches Herz.*

Ich höre die Stimme von Mrs. Browning in meinem Ohr, obwohl sie jetzt wieder drei Zimmer weiter im Bett liegt. Sie hat recht, und das ist der Grund, warum ich am liebsten etwas zertrümmern würde. Weil Abbi Hayden mir jetzt vertraut, dabei möchte ich sie und ihren Vater einfach nur zum Teufel jagen. Ihm plötzlich gegenüberzustehen, hat sich angefühlt, als wäre ich an ein Bahngleis gekettet und könnte den Zug schon sehen.

Wie er mich betrachtet hat, während er meine Hand wie in einem Schraubstock zusammengedrückt hat – als hätte ich gerade seine Tochter entehrt. Dabei war ich einfach nur professionell. Während er ein gewissenloser Mistkerl ist.

Ich schnappe mir den Wagen auf dem Flur, auf dem das Lymphdrainagegerät steht und der dort schon eine ganze Weile im Weg ist, und schiebe ihn in Richtung Waschraum. Werde ich das verdammte Teil eben auch noch desinfizieren, was soll's. Hauptsache, ich habe was zu tun und komme für einen Moment aus der Schusslinie und vor allem aus Kadence' Blickfeld. Ganz sicher will sie gleich wissen, wie es gelaufen ist, und wenn ich die Wahrheit sage, werde ich das Hayden-Mädchen nie wieder los. Weil es gut gelaufen ist, wahrscheinlich noch besser, als Kadence es erwartet hat.

*Du hast wirklich goldene Hände, mein Junge.*

Danke, Madame Mustache. Das ist genau der Satz, den ich jetzt in meinem verdammten Kopf brauche. Ich schließe die Tür hinter mir, leise und vorsichtig, weil ich mir den Gefühlsausbruch, dem ich gern nachgeben würde, hier nicht erlauben kann. Dem Wagen gebe ich einen Schubs, und er landet auf der anderen Seite des Raums, wo er einige Rollstühle touchiert. Ich stelle einen Eimer in das tiefe Waschbecken und lasse ihn mit dem Desinfektionsmittel volllaufen, das hier direkt aus dem Hahn fließt. Dann werfe ich einen Einmallappen in die Lösung, obwohl es mir wahrscheinlich besser ginge, wenn ich meinen Kopf in diesen Eimer tunken würde. Mehrmals.

Ich fange an, das Gerät zu putzen. Wische vorsichtig über das Display, weil das Kompressionsgerät allein schon an die fünftausend Dollar wert ist. Ich reinige die Verkabelung und nehme mir anschließend die Beine vor, die aufgepumpt aussehen, als würden sie zu einem Weltraumanzug gehören, im Augenblick aber schlapp zusammengefallen sind.

Weil ich viel zu schnell damit fertig bin, es aber immer noch in mir brodelt, desinfiziere ich danach auch noch ein paar Rollstühle und Gehwagen, um sie dann in den Raum zu schieben, wo wir die gereinigten Geräte aufbewahren. Die Handschuhe ziehe ich mit einem Schmatzen ab und desinfiziere mir die Hände. Ich habe noch mehr als eine halbe Stunde, bevor ich unten im Fitnessraum einigen Schreibtischtätern zeigen darf, wie sie gegen ihre Rückenschmerzen antrainieren können, und diese Pause sollte ich nutzen, um endlich an die frische Luft zu kommen. Aber als ich ein paar Minuten später aus der Umkleidekabine trete, wo ich meine Dienstkleidung gegen abgeschnittene Jogginghosen und ein einfaches T-Shirt getauscht habe, werde ich von Mr. Hayden auf dem Flur abgefangen. Er hat ganz offensichtlich auf mich gewartet.

«David», ruft er über den Flur, und als ich nicht reagiere, weil ... scheiße, das kann doch jetzt nicht wahr sein ... verbessert er sich. «Mr. Rivers. Haben Sie einen Moment?»

Was kommt jetzt? Will er mich verklagen, weil ich ein Bein auf dem Bett seiner Tochter hatte? Ich beiße die Zähne zusammen und drehe mich zu ihm um. Ich bin immer noch an Gleise gekettet, und der Scheißzug ist jetzt da.

«Verzeihung», sage ich wie auf Autopilot meine Standardentschuldigung, «auf diesem Ohr höre ich leider nicht gut.» Was er interpretieren kann, wie er will. Und während er diese Info verarbeitet, suche ich sein Gesicht nach irgendwelchen Ähnlichkeiten ab, wie ich das schon Hunderte Male gemacht habe. Bisher allerdings nur mit Fotos von Wahlplakaten oder von der Firmenseite der Hayden Paper Group. Die Haarfarbe hat seine Tochter definitiv von ihm geerbt. Er ist dunkelblond und so akkurat frisiert, als käme er gerade frisch aus der Maske für eine Fernsehübertragung. Und als er nun vor mir stehen bleibt, kann ich nur daran denken, dass dieser Mann mich noch dazu bringen wird, die verdammten Republikaner zu wählen. Weil ich einfach alles an ihm verabscheue. Wie er mich auf einmal betont freundlich anlächelt. Wie er mir dann tatsächlich auf die Schulter klopft, auf diese gönnerhafte, betont joviale Art, die den Wunsch in mir auslöst, meine Faust in sein Gesicht zu rammen. Ich umkrampfe mit den Fingern die kleine Kopfhörerbox in meiner rechten Tasche und atme tief durch.

«Ich habe ganz vergessen, mich vorzustellen», sagt er. «William Hayden.»

Lächerlich. Als würde es irgendjemanden in diesem Bundesstaat geben, der ihn nicht kennt. «Ich weiß, wer Sie sind, Sir.»

Ich weiß ziemlich viel über ihn. William Hayden stammt als einziger Sohn aus einer Familie mit vier Kindern. Er hat seinen Bachelor of Arts an der UNH gemacht und seinen Master an der Harvard Business School. Und er hat einen verdammten *Juris Doctor* aus Georgetown, einer der renommiertesten Universitäten der Welt. Von dem Geld, das seine Ausbildung gekostet hat, hätte man wahrscheinlich ein Jahr lang einen Dritte-Welt-Staat ernähren können. Nach seinem Studium und dem Tod seines Vaters hat er die Leitung der Hayden Paper Group übernommen, einer der größten Papierfabriken an der Ostküste. Wahrscheinlich macht er das jetzt nur noch als Hobby.

Ach ja, und er hat meine Familie zerstört.

William Hayden räuspert sich nun und wischt sich mit zwei Fingern über die rechte Braue. Eine Verlegenheitsgeste, die bei mir nicht zieht. Er ist ein Schauspieler wie alle Politiker.

«Ich war eben sehr unhöflich zu Ihnen.»

Ach, das hat er gemerkt? Es zuckt in meinem Gesicht, aber ich reiße mich zusammen, weil ich ihn mit keiner Regung erkennen lassen will, ob mich sein Gerede auch nur die Bohne interessiert. Nur fürs Protokoll: Tut es nicht.

«Meine Tochter hat mir gerade gehörig den Kopf gewaschen. Sie haben ihr sehr geholfen, und wir sind Ihnen wirklich dankbar. *Ich* bin Ihnen dankbar. Meine Bemerkung war weiß Gott nicht angebracht. Ich war schlicht überrascht und habe die Situation fehlinterpretiert. Mr. Rivers, würden Sie meine Entschuldigung annehmen?» Jetzt streckt er die Hand aus und wartet darauf, dass ich einschlage.

Und verdammt, das ... das kommt unerwartet. William Hayden

entschuldigt sich bei mir. Scheiße, es gäbe eine Million Gründe, sich zu entschuldigen, aber das eben mit seiner Tochter ist im Vergleich dazu ein Witz. Wenn er wüsste, wer ich bin, und nur den Hauch eines Gewissens hätte, müsste er sich ein Loch graben.

«Wir schätzen die Arbeit Ihrer Kollegin Ms. Sawyer sehr. Und Sie setzen offenbar erfolgreich ganz andere Techniken ein. Deshalb wäre ich wirklich froh, wenn Sie meine Entschuldigung annehmen würden. Zumal ich mich sonst bei meiner Tochter nicht mehr blicken lassen darf.» Jetzt lacht er auf.

Seine Tochter hat ihn also um den kleinen Finger gewickelt. Noch mehr Goldpuder auf ihrem Hintern. Ich frage mich, wie lange Mr. Hayden die Hand ausstrecken kann, bis ihm der Arm lahm wird. Aber dann atme ich tief durch, öffne die Faust in meiner Tasche und ziehe sie heraus. Als ich einschlage, wirkt er fast erleichtert, aber das wird zu seiner üblichen Show gehören.

«Nicht der Rede wert», sage ich, und es ist verdammt schwer, überhaupt die Zähne auseinanderzukriegen. Sein Händedruck hat diesmal genau die richtige Intensität. Nicht so schlapp, dass er phlegmatisch wirken könnte, aber auch nicht so fest, dass es unangenehm wird. Ich schätze, so was übt man als Demokrat, um nicht so peinlich und offensichtlich nach Macht zu ringen wie Donald Trump.

Als mir sein teurer Anzug ins Auge fällt und der Manschettenknopf, der aus dem Ärmel rauslugt, wird mir bewusst, wie er mich jetzt ohne Dienstkleidung wahrnehmen muss. Draußen sind es sechsundzwanzig Grad, und er trägt verdammt noch mal einen Designeranzug. Ich hingegen habe sogar die Ärmel meines Shirts hochgekrempelt, weshalb ein Teil des Tattoos auf der Innenseite meines Oberarms zu sehen ist. Meine Jogginghose ist ein uraltes Teil von *Under Armour*. Im Sale gekauft und eine Handbreit über den Knien abgeschnitten, als der Stoff dort zu dünn wurde. «Bitte entschuldigen Sie mich, ich habe noch andere Patienten.» Dann wende ich mich von ihm ab, weil ich jetzt sofort hier rausmuss.

«Danke für Ihr Verständnis, Mr. Rivers.»

Wenn er weiter so freundlich ist, werde ich wirklich etwas zertrümmern. Bevorzugt sein Jochbein. Ich verschwinde so schnell aus dem Flur, wie es gerade noch als normaler Gang durchgehen kann, dann springe ich im Treppenhaus gleich mehrere Stufen auf einmal nach unten. Nur raus hier. Nur weg von diesem Arschloch.

Ich kapiere nicht, warum er sich bei mir entschuldigt hat, wo es ihm eigentlich scheißegal sein kann, was ich von ihm halte. Es sei denn, ihm ist gerade eingefallen, dass ich ein potenzieller Wähler bin. Vielleicht bringt er mir beim nächsten Mal einen Anstecker mit oder eine billige Blume mit Demokratenfähnchen. Mit zusammengebissenen Zähnen stöpsle ich mir den rechten Kopfhörer ins Ohr, um mich abzuschotten, und drehe die Musik schon auf, kaum dass ich durch die Tür in den Hinterhof trete. Hier befindet sich der nicht ganz so schöne Teil des Klinikgeländes. Die Wäscherei, aus der ununterbrochen heiße Dampfwolken austreten, die Müll- und Glascontainer, die Mitarbeiterparkplätze. Ein paar Laternenmaste, die nachts den Hof beleuchten, damit die Zulieferer ihren Weg finden.

An all dem jogge ich vorbei Richtung Klinikpark, lege zwischendurch einen Sprint ein, bis mein Atem keuchend geht und ich spüre, wie mein Körper aufheizt. Vor dieser Begegnung hatte ich seit Wochen den größten Horror. Aber nicht, weil Hayden mir Angst machen würde, nein. Es ist die Wut, die jetzt wieder in mir hochkocht, die mir Angst macht. Erst auf der Wiese unterbreche ich meinen Lauf für ein paar Air Squats und Push-ups, bei denen ich bis zwölf zähle und dann noch einmal bis zwanzig, weil es nicht ausreicht, um runterzukommen. Mit gespreizten Fingern stütze ich mich auf das trockene Gras, und nach dem nächsten

Liegestütz hebe ich die Beine hoch bis in den Handstand, bis jeder Muskel in meinem Körper anfängt zu brennen. Was mir willkommen ist. Es kann gar nicht genug in mir brennen, damit ich meine Gefühle wieder unter Kontrolle kriege. In meinem rechten Ohr singt Jarryd James: *Do you remember the way it made you feel? Do you remember the things it let you feel?*

Und ich kann mich genau erinnern. Hölle, ich weiß genau, was ich gefühlt habe. Kann mich an jede verfickte Nuance des Schmerzes erinnern.

Langsam beuge ich die Arme, lasse mein Gewicht nach unten sinken, bis das Gras mich am Mund kitzelt, und stemme mich wieder hoch. Zweimal, fünfmal, zehnmal mache ich die Liegestütze im Handstand. Ich hebe eine Hand an, halte mich nur noch mit rechts hoch und balanciere meinen Körper aus.

Es gibt keine Schwerkraft.

Nicht für mich, nicht in diesem Moment.

Irgendwann fängt mein Arm an zu zittern, da gebe ich nach, komme erst auf die zweite Hand runter und dann auf die Füße. Sprinte wieder los, laufe bis zum Teil des Parks, wo für Patienten ein Übungsparcours aufgebaut worden ist, der momentan aber menschenleer ist, weil die Sonne vom Himmel brennt und der Platz nicht von Bäumen beschattet wird. Ich gehe zum ersten Gerät und hänge mich an die Reckstange, kneife die Augen gegen die Sonne zusammen und mache Klimmzüge im Rhythmus des Songs in meinem Ohr, den ich in Endlosschleife laufen lasse.

Die Anstrengung hilft mir, klarzukommen. Das mache ich seit acht Jahren. Seit ich fünfzehn bin, trainiere ich mit meinem eigenen Körpergewicht. Und seit drei Monaten wieder hier auf dem Klinikgelände.

Als ich schließlich abspringe und auf dem Boden lande, bin ich schweißgebadet, aber das Pochen hinter meinen Schläfen ist zu einem erträglichen Druck abgeflacht. Trotzdem kann ich die Gedanken an William Hayden nicht vollständig abstellen. Weil ich alles erst vor ein paar Wochen erfahren habe. Und weil ich mir wünschte, ich hätte nie etwas davon herausgefunden.

5. KAPITEL

# ABBI

In der Nacht habe ich kaum ein Auge zugemacht. Ich musste die ganze Zeit an die letzte Physiotherapie-Sitzung denken. Weil ich einerseits unendlich erleichtert bin, dass es ohne Schmerzen vonstattengegangen ist, es mir andererseits aber schrecklich peinlich ist, wie Dad reagiert hat. Er hat mir hoch und heilig versprochen, sich bei David zu entschuldigen, trotzdem fühle ich mich nicht wohl in meiner Haut. Das mag an der Müdigkeit liegen oder daran, dass ich seit ein paar Stunden alle paar Minuten auf die Uhr starre. Ich glaube nicht, dass David heute noch kommt. Es ist schon halb fünf, und Kadence hätte jetzt normalerweise schon Feierabend. Wahrscheinlich kommt er überhaupt nie wieder. Und ganz ehrlich: Ich hoffe es! Denn falls David sich doch noch einmal blicken lässt oder ich ihm zufällig auf dem Flur begegnen sollte, werde ich den Zwischenfall mit Dad ansprechen müssen, weil ... Ich bin erwachsen. Das ist es, was Erwachsene tun, oder? Sie sprechen Dinge an.

Um mich abzulenken, nehme ich die Mappe von meinem Nachttisch, die Kadence mir gestern Nachmittag noch vorbeigebracht hat. Ich klappe den Deckel auf, ziehe die Blätter auf meinen Schoß und befühle die unterschiedlichen Grammaturen. Es sind ganz zarte dabei, deren Gewicht auf den Quadratmeter gerade einmal siebzig Gramm betragen, aber auch dicker Karton. Ich mag die traditionellen Papiersorten, aber noch mehr mag ich meine eigenen, weil sie nicht mit Streichmasse behandelt, sondern naturbelassen sind. Dadurch ist das Papier griffig und ein klein wenig rauer. Ich liebe es, die neuen Musterblätter anzufassen. Sie brauchen in der Herstellung im Vergleich zu gestrichenem Papier viermal so lang zum Trocknen, aber der Aufwand ist es definitiv wert, weil es sich so natürlich anfühlt, so puristisch.

Anstatt hier in der Rehaklinik zu liegen, würde ich jetzt tausendmal lieber durch Dads Fabrik laufen, um zu sehen, wie das Papier auf den Tambour rollt. Ich möchte nach Hause, auch wenn meine Eltern die meiste Zeit sowieso nicht dort, sondern in Concord sind. Ich habe eine solche Sehnsucht nach meinem Zimmer, dass ich manchmal heulen könnte. Ich möchte meine Bettwäsche riechen, meine Bücher, etwas aus meinem Kleiderschrank anziehen, das ich mag und in dem ich mich hübsch fühle, und nicht etwas, womit ich bequem im Bett liegen kann.

Ich vermisse unser Haus und den Garten. Ich vermisse die mürrische Herzlichkeit von Lorraine, unserer Haushälterin, und vor allem die Gardine an meinem Fenster. Wahrscheinlich ist das verschroben, aber ich liebe das weiße Sprossenfenster in meinem Zimmer mit der kitschigen Spitzengardine, weil ich von dort auf die Eichen im Vorgarten sehen kann. Im Dunkeln malt die Beleuchtung der Einfahrt Schattenbilder an die Wände. An einer von ihnen, dort, wo mein Bett steht, ist eine Vintage-Fototapete mit der botanischen Zeichnung eines Urwalds angebracht. Wenn ich dort im Bett liege, bin ich im Dschungel. Ich starre an die weißen Wände in diesem Krankenzimmer, die auch noch mit einem Schutzlack bestrichen sind, damit man sie abwaschen kann, und schüttele über mich selbst den Kopf.

Energisch schiebe ich die Seiten wieder zusammen und lege die Mappe zurück auf den Nachttisch. Damit ich hier rauskomme, muss ich trainieren. Einfach nur trainieren. Weil ich mich aber nicht traue, mein Kniegelenk allein zu belasten, will ich mich in der Zwischenzeit wenigstens oberhalb meiner Hüfte fit halten.

Kadence hat mir schon vor drei Wochen Übungen für meinen Oberkörper gezeigt, nachdem meine Rippenbrüche verheilt waren, und die habe ich auch brav gemacht. Meistens. Aber Willow hat mir eben ein Youtube-Video für Trainingseinheiten mit einem Theraband geschickt, das ... einfach bescheuert ist. Und nicht nur, weil es mit Musik untermalt wird, die eher zu einem Strip passen würde. Sondern weil die Frau im Video auch noch mehr als dürftig bekleidet ist. Mal ehrlich, ich werde garantiert nicht dieses Gummiband in der Zimmertür einklemmen, in einer seltsamen Verrenkung um meinen Oberkörper wickeln, um dann daran meine Arme zu trainieren. Was, wenn jemand von außen die Tür aufmacht und das verflixte Teil klatscht mir ins Gesicht? Ich rufe Willow an, um ihr genau das zu sagen, und glücklicherweise geht sie direkt ran.

«Wo hast du dieses Video denn gefunden? Auf irgendeiner Bondage-Seite?»

«Und wenn es so wäre?», fragt sie in ihrem typisch nasalen Tonfall zurück, der sich immer so anhört, als wäre sie erkältet, und für einen Moment halte ich das tatsächlich für möglich. Willow ist alles zuzutrauen.

«Ich glaube nicht, dass das, was diese Frau da tut, rein physisch überhaupt möglich ist», sage ich.

«Na ja. Die Frau in dem Video kann es, also muss es auch für andere Menschen machbar sein. Außerdem habe ich mir vorgestellt, wie Darcy es macht, und ... oh Gott, ich hoffe, sie kann so was.»

Ich muss lächeln, weil ihre Gedanken ununterbrochen um Darcy kreisen, seit sie im Statistikseminar einmal neben ihr gesessen hat. «Aber wir wissen nicht mit Sicherheit, ob sie es überlebt hat. Die Frau in dem Video, meine ich. Das sieht aus wie eine Anleitung, sich zu strangulieren, Will.»

Jetzt lacht sie auf, nur um sich im nächsten Moment die Hand vor den Mund zu halten, was ich daran merke, wie dumpf ihre Stimme plötzlich klingt. «Verdammt, Abbi, ich muss leise sein, Jacob schläft. Ich glaube, er ist im Zuckerkoma, weil er sich einen ganzen Beutel Marshmallows aus der Küche gemopst hat. Wenn er aufwacht, wird er garantiert superschlecht gelaunt sein, und ich darf babysitten, obwohl ich dringend mit meiner Hausarbeit weitermachen muss.»

Jacob ist ihr kleiner Bruder und erst vier. Willow hat noch drei ältere Geschwister, aber die sind schon von zu Hause ausgezogen, weshalb es meist an ihr hängenbleibt, auf Jacob aufzupassen.

«Wenn ich dir bei deiner Hausarbeit irgendwie helfen kann ...», sage ich, weiß aber nicht, wie ich den Satz beenden soll. Kurz nach meinem Unfall habe ich noch versucht, in der Uni mitzukommen, es aber irgendwann aufgegeben. Willow hat mir Unterlagen gebracht, sogar heimlich einige Vorlesungen mit dem Handy mitgeschnitten, obwohl das verboten ist. Aber ich konnte mich auf nichts konzentrieren. Weil ich Schmerzen hatte, mal ganz abgesehen von den Konzentrationsproblemen infolge des Schädel-Hirn-Traumas. Das ist inzwischen besser geworden, im Gegensatz zu meiner Unruhe, meiner Ängstlichkeit, meiner Unsicherheit – normale Folgeerscheinungen bei polytraumatisierten Patienten, hat mir der Arzt erklärt. Inzwischen habe ich mich damit abgefunden, dass mir dieses Semester einfach verlorengeht.

«Wenn du Langeweile hast, scanne ich dir ein paar Seiten ein, und du analysierst für mich die Zahlen. Es geht um eine UNICEF-Studie, die belegt, dass jedes fünfte Mädchen in Indien mit Beginn ihrer Periode die Schule abbricht. Ich muss die Ergebnisse mit anderen Studien von *Plan International* vergleichen. Du könntest für mich Ruanda analysieren, die Publikation dazu habe ich mir schon runtergeladen.» Sie seufzt. «Das Thema ist so frustrierend.»

«Finde ich auch. Man kann daran aber nur etwas ändern, wenn

man die Ursachen genau untersucht. Und das mach ich echt gerne. Schickst du mir das gleich?»

«Geht klar. Danke.» Ein leises Geräusch verrät mir, dass sie gerade ein Buch zugeklappt hat. «Hat Ryan dich inzwischen mal besucht?»

Die Frage kommt so unvermittelt wie ein Schlag in den Magen, und mir bleibt für eine Sekunde der Atem weg. «Er ...» Ich hole tief Luft. «Wir sind nicht mehr zusammen.»

«Also war er nicht da. Ich wusste schon immer, dass er im Grunde seines Herzens ein Arsch ist.»

Wahrscheinlich hat sie recht. Trotzdem habe ich das Bedürfnis, Ryan zu verteidigen. Weil er mit im Auto saß. Weil ich gefahren bin. Und weil ich mich nicht an den Unfall erinnern kann oder an das, was davor passiert ist. Immer, wenn ich meinen Dad danach frage, wiegelt er ab, weil er der Meinung ist, dass ich mich lieber auf die Zukunft konzentrieren soll. Ich weiß nur noch, dass Ryan und ich uns gestritten haben, danach ist alles weg. «Er war auch verletzt.»

Sie schnaubt. «Ja, der arme Mann und sein steifer Nacken. Wieso meldet er sich nicht und fragt, wie es dir geht?»

«Weil er Schluss gemacht hat. Außerdem hat er nachgefragt. Seine Mom hat mich angerufen.»

«Und du denkst, er hat sie darum gebeten? Glaub ich nicht. Sie mochte dich einfach. Aber eigentlich kannst du froh sein. Ryan hat immer so ein verbissenes Cole-Sprouse-Lächeln. Mit den Zähnen fest aufeinander.»

Meine Mundwinkel ziehen sich ungewollt nach oben, weil sie recht hat. «Ich lass dich jetzt mal weiterarbeiten. Schick mir einfach den Text über Ruanda. Bis wann brauchst du es denn zurück?»

«Es reicht morgen Abend. Dann füge ich das ein, wenn Mom vom Spätdienst zurück ist.»

«Ich drück dir die Daumen, dass Jacobs Zuckerkoma noch etwas länger andauert.»

«Danke, das kann ich brauchen. Und probier dieses Video aus. Nicht das mit der Frau und der Tür, das war nur ein Witz, ich meine das andere. Ich drück dir die Daumen.»

Sie lacht und legt auf. Ein zweites Video? Sofort gehe ich in unseren Chatverlauf und starte dann die Youtube-App, um ihre Videos aufzurufen. Das letzte ist von einer Klinik in San Francisco. Okay, das sieht wirklich nach einer medizinisch sinnvollen Übung aus. Und leicht. Das kriege ich sogar im Bett sitzend hin. Deshalb krame ich das Theraband aus der Schublade meines Nachttischs und mache einen Knoten ins Ende, um es besser festhalten zu können. Das Smartphone balanciere ich auf meinem linken Oberschenkel, während ich den Anweisungen lausche, meinen rechten Arm an die Seite presse und nur den Unterarm gegen den Widerstand des elastischen Bands nach außen und wieder zurückbewege. Leider ist es erschreckend anstrengend, dabei habe ich das rote Anfängerband, das längst nicht so stramm ist wie die anderen Farben. Ich schaffe es gerade so zehnmal, bis mein Arm verkrampft und ich die Seiten wechseln muss. Einmal, zweimal, dreimal ...

Bei vier höre ich ein Klopfen, und fast zeitgleich geht die Tür auf. Ich schrecke zusammen. Das Band flutscht mir aus den Fingern, klatscht auf meinen Nachttisch und fegt die Papiermappe von der Ablage. Erschrocken rolle ich mich auf die Seite, kann aber nur hilflos mitansehen, wie die Blätter durch die Luft flattern. Ein Klappern lässt meinen Blick zum Boden schießen. Mist. Jetzt ist auch noch mein Handy runtergefallen.

«Sorry», sagt eine Männerstimme. «Ich dachte, einmal klopfen wäre genug Warnung.»

Einmal klopfen ist doch keine Warnung! Ich meine, ich hätte theoretisch nackt sein können! Ich erkenne Davids Stimme sofort, sehe aber nur seine Füße, weil ich schon kopfüber nach unten hänge und nach meinem Handy hangle, das ich so aber niemals erreichen kann. «Würdest du vielleicht …?», frage ich gepresst.

«Klar, kein Problem.» David umrundet mein Bett, die Sohlen seiner Turnschuhe geben ein Quietschen von sich, als er sich hinkniet und die Blätter zusammenfegt. «Wichtige Papiere?»

«Nein. Gar nicht. Eigentlich.» Ich will nicht so verlegen sein, aber weil unsere letzte Begegnung so unangenehm geendet hat – und diese gleich wieder mit einer Peinlichkeit begonnen hat –, bin ich es dennoch. Ich wünschte, er wäre Kadence.

David reicht mir die Mappe und die Blätter, und ich schiebe sie schnell wieder zwischen die Pappdeckel. Ein Blatt rutscht mir aus den Fingern, und David fängt es auf, bevor es wieder zu Boden segeln kann. Unschlüssig hält er es für einen Moment in der Hand. Dann legt er es auf meinen Nachttisch ab, bückt sich noch einmal und hält mir mein Smartphone hin.

«Danke», sage ich. Dabei ist es eigentlich seine Schuld. Hätte er mich nicht erschreckt, wäre mir auch nichts runtergefallen. Die gute Nachricht: Das Display ist nicht gerissen. Die schlechte: Aus dem Lautsprecher kommt jetzt Musik. Aber nicht die Hintergrundmusik aus dem Klinik-Video, sondern die laszive Strip-Musik aus dem anderen. Oh nein, oh nein, oh nein. Mit heißem Gesicht drücke ich auf den Knopf an der Seite, woraufhin mein Handy erst einmal einen Screenshot macht. Ich glaube, ich werde Willow umbringen müssen.

Nachdem ich mich beerdigt habe.

Als ich es endlich schaffe, das grauenhafte Video zu beenden, sieht David mich mit einem betont neutralen Blick an, den ich überhaupt nicht deuten kann.

«Das Video hat mir meine Freundin Willow als Scherz geschickt», sage ich und würde am liebsten mit den Zähnen knirschen.

«Es geht mich nichts an, was du dir auf Youtube anguckst. Und ich habe auch gar nicht drauf geachtet.» Sein Tonfall ist distanziert, sachlich. Was ich nach gestern auch nicht anders erwartet habe.

Leider kann ich gegen das Gefühl, mich verteidigen zu müssen, nicht ankämpfen. «Sie ... sie wollte mich einfach zum Lachen bringen. Ich habe eine ganz andere Übung gemacht. Mit einem Video von einer Klinik. Einem professionellen.»

«Das sah auf gewisse Art auch ziemlich professionell aus.»

Mein Kopf geht mit einem Ruck nach oben, aber in seinen Gewitteraugen kann ich kein Lachen erkennen. Oder doch?

«Okay, jetzt habe ich mich geoutet», gibt er zu. «Ich habe doch draufgeguckt, aber nur für eine Sekunde, und in einer Minute habe ich es schon wieder vergessen. Wenn du willst, zeige ich dir ein paar Übungen mit dem Theraband.» Er sammelt das rote Knäuel auf und entwirrt es. «*Professionelle* Übungen.»

Na toll, er kann es nicht lassen. Von wegen, er hat das in einer Minute vergessen. Jetzt ist es jedenfalls nicht mehr zu übersehen, dass seine Augen lachen.

«Vielleicht kann ich dir auch zeigen, welche Übung ich gemacht habe, und du sagst mir, ob das so richtig ist. Weil ich nicht so viele Wiederholungen schaffe wie in dem Video. Also in dem Video, das ich mir *wirklich* angesehen habe.»

Ich kann es offensichtlich auch nicht lassen, darauf rumzureiten. Es gibt für mich nichts Schlimmeres, als wenn mir jemand nicht glaubt, obwohl ich die Wahrheit sage. Wenn ich das so stehenlasse, werde ich heute Nacht schon wieder meinen Schlaf an diesen Therapeuten verlieren.

Er nickt und hält mir das Band hin. «Dann lass sehen.» Dabei guckt er auf einmal wenig begeistert, als wäre ihm gerade bewusst geworden, dass er gelächelt hat, obwohl er das nicht wollte.

An Kadence hatte ich mich gewöhnt. Auch wenn sie manchmal ungeduldig war, so habe ich doch nie gedacht, dass sie sich überwinden muss, mir zu helfen. Sie hat es gerne gemacht. Bei David bin ich mir da nicht so sicher, weil etwas an ihm Widerwillen ausstrahlt. Liegt das nur daran, dass mein Dad gestern diese eine Bemerkung gemacht hat? Irgendwie glaube ich das nicht.

Innerlich seufzend nehme ich das Gummiband aus seiner Hand und mache ihm die Übung damit vor. Schon nach einer Sekunde wendet er sich ab, um zu einem der Schränke zu gehen, die in der Wand eingelassen sind.

Ich weiß nicht, was ich tun soll. Einfach weitermachen?

David holt ein kleines Handtuch heraus und rollt es vor seinem Bauch zusammen. «Du wirst gleich verkrampfen, wenn du den Arm so gegen den Rumpf presst.» Er fasst mich am Ellbogen und klemmt mir das Handtuch zwischen Oberarm und Rippen. «Versuch es jetzt noch mal.»

Ich bewege den Unterarm zur Seite, und David hat recht. Die Bewegung wird dadurch viel angenehmer, und nicht nur mein Arm, auch meine Schulter bleibt entspannter. Jetzt schaffe ich die Wiederholungen ganz easy. Ich zähle bis zwanzig, bevor ich die Seite wechsle und mir das Handtuch unter den anderen Arm packe. Dabei beobachtet er mich.

«Ich würde dir empfehlen, die Übung beim nächsten Mal auf dem Stuhl zu machen. Oder auf der Bettkante, wenn du das mit dem Knie hinbekommst. Ist besser für deine Haltung.» Er tritt an meine Seite, und im nächsten Moment liegt seine Hand auf meinem Schulterblatt, was mich kurz die Luft anhalten lässt. Aber er hebt nur meinen rechten Arm und tastet mit beiden Händen meine Schulter ab. «Du hast dir mal das Schlüsselbein gebrochen.»

Langsam atme ich aus. Das stimmt. Aber es ist ewig her.

«Man sieht, dass es konservativ behandelt worden ist. Der Bruch ist verkürzt verheilt und die Schulter dadurch leicht abgesenkt. Deshalb hast du etwas weniger Kraft in diesem Arm.» Er bewegt meinen Arm in verschiedene Richtungen. «Sieht aber nicht so aus, als wäre es noch problematisch für dich.» Er lässt mich jetzt los und stellt sich wieder vor mich.

An mein gebrochenes Schlüsselbein kann ich mich kaum erinnern, aber ich wage nicht zu hoffen, dass es mir mit meinem Bein irgendwann auch so gehen wird. «Denkst du, dass mein Bein auch wieder richtig verheilt? Ich meine, ganz normal wie vor dem Unfall?»

«Ja.» Er zögert keine Sekunde.

Ich räuspere mich, weil meine nächste Frage ängstlich klingen könnte und ich das vermeiden will. Aber leider Gottes habe ich Angst, und das kann ich nicht verbergen. «Und wird es ... irgendwann auch nicht mehr so weh tun? Vielleicht gar nicht mehr?»

«Ich bin mir ziemlich sicher, dass du in Zukunft keine Schmerzen mehr haben wirst.»

Ich atme schon erleichtert aus, da sagt er: «Allerdings kann ich nicht garantieren, dass du in Zukunft ohne Probleme niesen kannst.»

Macht er sich gerade über mich lustig? Klar. Natürlich macht er das. Ich würde ihm jetzt gerne etwas an den Kopf werfen, aber ich tue es nicht. Ich habe immer noch ein schlechtes Gewissen. Wegen der Sache gestern mit meinem Dad. Weil das ganz sicher auch ein Grund ist, warum er sich überwinden musste, in mein Zimmer zu kommen. Wahrscheinlich hat er meine Therapie den ganzen Tag vor sich hergeschoben wie einen unangenehmen Zahnarzttermin.

Oh Gott, ich sollte es hinter mich bringen. Am besten jetzt gleich. Danach wird es mir besser gehen. «Ich ... ich würde gerne darüber reden, was mein Dad gestern zu dir gesagt hat», fange ich an, werde aber sofort von ihm unterbrochen.

«Und ich würde mich gerne mit deinem Knie beschäftigen.» Er

zieht die Bettdecke zur Seite und umfasst meinen rechten Knöchel. «Hast du die Beugung geübt?»

Ich versuche noch, die Hitze zurückzudrängen, die mir spontan ins Gesicht geschossen ist, weil er wieder einmal etwas macht, ohne es anzukündigen. Nur dass ich diesmal glaube, er tut das mit Absicht. Um mich zu überrumpeln und vom Thema abzulenken.

«Ich habe ... nein, noch nicht», sage ich lahm. «Weil ... Ich dachte, dass Kadence wieder meine Behandlung übernimmt.» *Nach dem, was mein Dad gesagt hat.* Aber das muss ich nicht aussprechen, es steht auch so unüberhörbar im Raum. David geht wieder nicht darauf ein.

«Okay, dann legen wir mal los.» Er lächelt, und diesmal bin ich mir hundertprozentig sicher, dass es gespielt ist. Offenbar ist ihm das Thema ebenso unangenehm wie mir.

«Ich hoffe, mein Vater hat sich bei dir entschuldigt. Ehrlich, normalerweise ist er nicht so. Er ist echt okay. Wahrscheinlich liegt es daran, dass er mit mir in den letzten Monaten einiges durchgestanden hat, und er macht sich einfach Sorgen. Und er ist überarbeitet, weil sein Wahlkampf bald in die heiße Phase geht.» Warum um Himmels willen plappere ich so viel? Ich sollte einfach die Klappe halten. Es ist offensichtlich, dass er das nicht hören will. «Das interessiert dich alles gar nicht, oder?», frage ich, weil David mich nicht einmal ansieht und nun mein Bein leicht anwinkelt, was mich dazu bringt, die Luft zwischen den Zähnen einzuziehen.

«Ist das auszuhalten?»

«Nein», sage ich. Aber nur, weil ich frustriert bin, und nicht, weil es gerade besonders weh tun würde. Jedenfalls nicht mehr als sonst auch. «Es tut mir leid, okay?», quetsche ich heraus. «Ich würde diese blöde Bemerkung von meinem Dad gerne in Ordnung bringen, weil es respektlos war und ich sonst ... sonst ...»

«Weil du sonst niemals aufhören wirst, darüber zu reden.» Er seufzt, dann lässt er mein Bein los, greift in seine Hosentasche und holt sein Handy und eine kleine weiße Plastikbox heraus. «Vergiss es einfach. Ich hab es auch längst vergessen. Es ist nicht wichtig, okay?»

Ich nicke langsam und strecke dann automatisch die Hand aus, weil er mir etwas hinhält. Überrascht starre ich auf den einzelnen, kabellosen Kopfhörer, den er mir auf die Handfläche legt.

«Ist der Linke», sagt er. «Du kannst ihn ohne Bedenken nehmen, ich hab ihn noch nie benutzt. Mein linkes Ohr – hatte ich dir ja erzählt.»

Okay. Nur was soll ich jetzt mit einem Kopfhörer? Bekomme ich Übungsanweisungen darüber? Ich bin unschlüssig, aber weil er nun den anderen Hörer in sein rechtes Ohr steckt, mache ich einfach, was er sagt. David senkt den Blick auf sein Handy und scrollt mit dem Daumen über den Bildschirm. «Versuch einfach, an nichts zu denken. Mach die Augen zu, oder such dir irgendeinen Punkt im Raum.»

Er will nicht mehr, dass ich ihm in die Augen sehe? Ich nicke und beiße mir auf die Unterlippe. Und dann warte ich auf eine Stimme, die mir ins Ohr flüstert, was ich tun soll. Oder Meditationsmusik. Oh Gott. Bitte keine Meditationsmusik. Klangschalen oder Ähnliches sind einfach nur furchtbar. Ich werde lachen oder weinen müssen, und dann wird mein Bein wieder schmerzen.

«Wenn du weiter nur an diesen dämlichen Kommentar denkst oder an das, was ich gleich mache, wird das nichts. Aber vielleicht lenkt dich das hier ab», sagt er und berührt das Display. In der nächsten Sekunde zucke ich zusammen, weil die E-Gitarre von *Eye of the Tiger* an mein Ohr dringt. Als David nun die Augenbrauen anhebt und im Rhythmus der Musik den Kopf bewegt, muss ich so unvermittelt lachen, dass ich mir vorsorglich das Knie festhalte. Ich schüttle den Kopf.

Davids Grinsen wird breiter. «Okay. Das motiviert dich also nicht. Dann trifft das hier vielleicht eher deinen Geschmack.» Die Musik bricht ab, er spult mit dem Regler den nächsten Song ein Stück vor, und dann höre ich die unverkennbare Stimme von Britney Spears: *You want a hot body? ... You better work, bitch!*

Stöhnend halte ich mir beide Hände vors Gesicht, weil ich wahrscheinlich vor Lachen sterbe, wenn ich jetzt auch noch sein Gesicht ansehe.

«Das gefällt dir also auch nicht. Wie wär's dann mit Ava Max?», fragt er und startet *Blood, Sweat & Tears.*

Eigentlich mag ich den Song, aber dabei im Bett Knieübungen machen? Ich schüttle wieder den Kopf, und David stoppt die Musik nach wenigen Takten. «Sie sind wirklich nicht leicht zufriedenzustellen, Ma'am.»

«Wie auch, wenn du so einen grauenhaften Musikgeschmack hast?» Das meine ich nicht ernst, was er hoffentlich merkt. «Lass mich lieber etwas aussuchen.»

Er reicht mir sein Handy, und ich überfliege die Playlist. Er hat sie ‹Best Workout Songs für Jane› genannt, und ich frage mich, ob Jane seine Freundin ist. Wahrscheinlich. Und dann überlege ich, wie süß es ist, dass er für seine Freundin eine Trainings-Playlist erstellt hat. Als ich auf Anhieb nichts finde, gehe ich seine Bibliothek durch und stoße weiter unten auf eine Playlist mit dem Namen ‹Mom's Favs›. Eine Playlist mit den Lieblingsliedern seiner Mutter? Ich muss schlucken.

Es sind fast alles Lieder aus den Achtzigern, und einer davon ist auch der Lieblingssong meines Dads. Ich tippe den Sänger *Black* an, weil das etwas Ruhiges ist, wenn ich mich richtig erinnere. Etwas, bei dem ich vielleicht tatsächlich abschalten und mich entspannen kann.

Doch sobald die ersten Takte der typischen Achtziger-Jahre-Synthesizer-Melodie erklingen, merke ich, dass ich einen Fehler gemacht habe, weil Davids Lächeln in sich zusammenfällt. Er öffnet den Mund, schließt ihn aber sofort wieder. Seine Kiefer spannen sich an.

Ein Lieblingslied seiner Mom auszusuchen, war wohl eine ganz und gar blöde Idee. Ich sollte die verdammte Musik abstellen.

«Warte, es tut mir leid, ich mach was anderes ...», fange ich an, da hält er meine Hand fest. Als sich unsere Blicke treffen, schüttelt David den Kopf und sagt: «Schon okay.» Und dann mit einem betont scherzhaften Unterton: «Wenn es das ist, was Ihnen gefällt, Ma'am.»

Und weil ich nicht weiß, was ich darauf sagen soll, schließe ich einfach die Augen.

6. KAPITEL

# DAVID

Schon okay. Wenn es das ist, was Ihnen gefällt, Ma'am», höre ich mich sagen. Ich lasse die Hand sinken, während Abbi mit geschlossenen Augen mein Handy festhält. Ich könnte mir selbst in den Hintern treten, dass ich ihr die Wahl überlassen habe.

Wieso ausgerechnet dieser Song? Was soll das? Das Schicksal lacht sich vermutlich gerade den Arsch weg, weil es damit ordentlich Zucker aufs Popcorn gestreut hat.

Ich hätte einfach sagen sollen, dass sie einen Song aus einer anderen Playlist nehmen soll. Nicht ausgerechnet aus dieser, die ich für Moms letzten Geburtstag erstellt habe. Warum habe ich sie nicht längst gelöscht? Ich sollte den verfluchten Kopfhörer rausnehmen und sie den Song allein hören lassen. Aber das wäre zu einfach, oder? Und ich hab es mir noch nie leicht gemacht. Zumal ich mich ohnehin daran gewöhnen muss. Warum also nicht gleich jetzt lernen, damit klarzukommen. Wo ich gerade in der besten Gesellschaft dafür bin. Fuck, es wäre zum Totlachen, wenn es nicht so traurig wäre.

Mom stand auf britische Musiker, und dieses Lied hat sie früher ständig gehört, weil es sie daran erinnert hat, dass das Leben ein Geschenk ist, auch wenn es einem gerade nichts schenkt.

*No need to run and hide, it's a wonderful, wonderful life.*

Und weil das Leben gerade ach so wundervoll ist, mache ich einfach meinen Job und fange mit der Therapie an. Halte Abbis

Bein fest und konzentriere mich nur auf die Muskeln, die ich unter ihrer Haut ertaste. Und das macht es echt leichter, weil es das ist, was ich am besten kann. Lesen, wie es einem Körper geht, wo ein Gelenk eingeschränkt ist, wo Muskeln verhärtet sind. Meistens sehe ich das schon an der Art, wie jemand zur Tür reinkommt. Nun konzentriere ich mich ganz auf meine Patientin, streiche erst einmal über das gesamte Bein nach oben, um ihr die Chance zu geben, mit mir warmzuwerden. Ich verdränge alles, was mit ihrer Familie zu tun hat, und denke nur noch daran, dass Abbi Hilfe braucht. Lege dann ihre Ferse in meine linke Hand, um mit den Fingerspitzen der rechten Hand den Knöchel zu umfahren, bevor ich mit beiden Händen nach oben bis zu Abbis Leiste gleite. Dabei ignoriere ich nicht nur die Musik, sondern auch sonst alles, was nicht mit meinem Job zu tun hat. Ich krieg das hin. Trotzdem fällt mir auf, wie weich Abbis Haut ist. Sie hat zwei winzige Muttermale auf dem Oberschenkel, die am Rand ihrer Shorts rausgucken. Und sofort frage ich mich, ob da noch mehr sind.

Was mich nicht interessiert.

Was mich nicht interessieren sollte. Verdammt, geht's noch unprofessioneller, David?

Ich presse die Kiefer aufeinander und beobachte Abbis Reaktion. Das ist mein Job. Ich muss sofort spüren, wo ihre Schmerzgrenze ist. Ihre Augenbrauen sind gerunzelt und viel dunkler als ihr Haar. Sie hält die Augen noch immer geschlossen, und nun spannt sie sich an. Deshalb atme ich tief aus und lockere ihr Bein oberhalb des Knies, erst dorsal, also hinten, dann Richtung ventral. Ihre Oberschenkelmuskulatur ist verkürzt, was daran liegt, dass sie ihr Bein immer noch nicht richtig beugen kann.

Danach gehe ich zum *Pes anserinus*, wo unterhalb ihres Knies gleich drei Muskeln ansetzen, und streiche quer zum Muskelfaserverlauf, was für sie etwas schmerzhaft sein muss, aber sie lässt sich nichts anmerken. Mit den Daumen rolle ich vorsichtig mehrmals über die Narben an ihrem Knie, danach setze ich mich zu ihr aufs Bett und hebe ihren Unterschenkel an. Okay, ich hätte sie vermutlich warnen sollen, denn sofort reißt sie die Augen auf. Sie sind dunkelbraun. Ganz anders als die von Jane, und ich überlege, ob mich das erleichtert.

Nein, tut es nicht.

Denn dieser Blick – als warte sie nur darauf, dass ich ihr Schmerzen zufüge. Dabei bin ich vorsichtig. Ultravorsichtig. Ich sollte etwas sagen, um sie zu beruhigen, aber weil immer noch Moms Playlist läuft, krieg ich die Zähne nicht auseinander. Wenn ich jetzt was sage, habe ich meine Stimme garantiert nicht unter Kontrolle. Ich klemme mir ihren Unterschenkel unter meinen Arm, was Abbi überrascht die Luft anhalten lässt. Es ist alles in Ordnung, sage ich stumm mit jedem Zentimeter, den mein linker Handballen den Fibularis nach oben knetet, und ich hoffe, sie spürt das. *Es ist alles in Ordnung, du kannst mir vertrauen.*

Weil sie jetzt die Augen wieder schließt und mich nicht ansieht, kann ich so tun, als wäre das alles hier normal. Dass ich ihr helfe, obwohl ihr Vater fast unser Leben ruiniert hat. Die nächsten Minuten mache ich genau so weiter. Dann stehe ich auf, packe sie am Fuß und beuge ihr Knie. Dabei vermeide ich jede Rotation nach außen. Abbi ist jetzt so entspannt, ihre Muskeln so weit relaxiert, dass eine passive Flexion unter neunzig Grad ganz leicht möglich ist, und sogar weniger als achtzig, siebzig, bis ich an den Punkt komme, wo ich Widerstand spüre. Langsam bewege ich ihr Bein, verändere die Achse ein wenig nach außen und merke sofort, dass an ihrer Hüfte was nicht stimmt. Aber um das genau zu untersuchen, müsste sie sich ausziehen.

Und das … werde ich definitiv an Kadence abgeben. Nicht, weil ich ein Problem damit hätte – es ist mein verdammter Job! –, sondern weil Abbi das garantiert lieber ist.

«Setz dich mal auf die Bettkante», sage ich und gehe dann vor ihr in die Hocke, als sie sich mühsam aufgerichtet hat. Abbi guckt auf mich runter, als hätte ich sie aus dem Tiefschlaf geweckt und nicht gerade ziemlich heftig ihr Bein bearbeitet. Ihre Haare sind am Hinterkopf ganz zerzaust.

Meine Handflächen sind von der Massage noch warm, und ich lege sie nun auf ihre Schienbeine. «Halte jetzt mal dagegen, als würdest du meine Hände wegdrücken wollen. Versuch einfach, etwas Druck aufzubauen und zu halten.»

Mit einem Nicken spannt sie die Beine an, und ich spüre sofort, wie wenig Kraft sie hat. Trotzdem hält sie tapfer einige Sekunden durch.

«Noch mal.»

Wieder spannt sie die Beine an.

«Reicht das?», fragt sie mit einem Keuchen, und ich schüttele den Kopf.

Das sind Isometrie-Übungen, die sie wirklich täglich machen müsste. Scheiße, was hat sie eigentlich die letzten Wochen hier getan? «Ganz sicher nicht.»

«Dein Ernst?» Sie sieht entgeistert aus.

Genau das fragt Jane mich auch immer. «Mein absoluter Ernst. Mach es noch mal.»

Okay, jetzt guckt sie mich nicht mehr verschlafen an, sondern eher so, als würde sie mir ein Messer reinrammen, sobald ich ihr den Rücken zukehre. Gegen meinen Willen muss ich grinsen und gucke zu Boden, damit sie es nicht sieht. Wir wiederholen das noch zweimal, dann zieht Abbi den Kopfhörer aus ihrem Ohr, was die Musik sofort stoppt. Die plötzliche Stille fühlt sich an, als würde der Luftballon platzen, in dem mein Kopf die letzten Minuten gesteckt hat, und auf einmal sind alle Gedanken wieder da. Kreisen um ihren Vater wie ein Schwarm Fliegen. «Okay.» Ich räuspere mich. *Professionell, David! Sie ist deine Patientin.* «Lass uns für heute aufhören. Das hast du gut gemacht, Abbi. Sehr gut sogar. Ich schätze, du kannst bald nach Hause, wenn du so weitermachst.» Und bei Gott, ich hoffe, dass es so ist. Damit ich das hier abhaken kann und nichts mehr mit der Familie Hayden zu tun haben muss.

Abbi sieht unschlüssig aus, ihr Lächeln ist schief. «Also eigentlich hast du ja die ganze Arbeit gemacht. Danke. Ich ... Es fühlt sich jetzt schon so viel leichter an, und ich werde das üben, versprochen. Außerdem ... ich mag die Playlist von deiner Mom. Sie hat einen tollen Musikgeschmack.»

«Hatte», verbessere ich mit trockener Kehle und spüre dann eine völlig absurde Befriedigung, als ich sehe, wie Abbi zusammenzuckt. Und wie scheiße ist das eigentlich von mir? Ich will nicht, dass sie über meine Mom redet oder auch nur irgendwas über sie weiß, trotzdem konnte ich das nicht zurückhalten. Weil ... vielleicht will ich es doch. Dass sie weiß, wie müde meine Mutter immer war, wie hart sie arbeiten musste. Und dass ihr Vater daran schuld ist, weil er ein gewissenloses Arschloch ist. Und nicht okay, so wie sie das von ihm behauptet. Zum Mitschreiben: William Hayden ist kein netter Kerl.

Wann hört man eigentlich auf, seine Eltern anzuhimmeln? Ist man erwachsen, wenn man kapiert hat, dass sie genauso beschissene Fehler machen wie jeder andere Mensch auch? Wenn es so ist, dann bin ich schon mit neun erwachsen geworden, als mein Trommelfell geplatzt ist. Dann ist damals noch viel mehr kaputtgegangen als nur das.

«Das tut mir leid.» Sie sieht ehrlich betroffen aus, und ich brauche einen Moment, um zu kapieren, dass sie noch vom Tod meiner Mom spricht.

«Das muss dir nicht leidtun», presse ich hervor. «Du konntest es ja nicht wissen.» Sie weiß gar nichts. Was noch einmal mehr ein Grund ist, sie meine Abneigung gegen ihren Vater nicht spüren zu lassen.

«Trotzdem», fängt sie an und verzieht den Mund. «Ich hätte ihre Playlist besser nicht angemacht. Du hättest was sagen sollen. Es tut mir leid.»

«Ich komme damit klar. Ist schon ein paar Wochen her. Herzinfarkt.» Dabei beschreibt dieses einzelne Wort nicht annähernd die Hölle, die dadurch über Jane und mich hereingebrochen ist. Dass ich vielleicht mein Stipendium verliere, weil ich den Nachholtermin für meine Klausur versäumt habe, ist dabei nur eine Randnotiz.

In ihren Augen sehe ich die Fragen so überdeutlich, dass ich mich abwenden muss. *Erst ein paar Wochen? Erst ein paar Wochen, und du tust so, als wäre es Jahre her?*

«Wir sehen uns morgen», sage ich schnell, weil ich ihren mitfühlenden Blick nicht ertragen kann. Nicht von ihr. Nicht von Haydens Tochter. «Kann aber wieder spät werden, weil Kadence freihat und ich ihre Patienten übernehme.»

«Das macht nichts. Ich kann dir ja nicht weglaufen.»

Ich nehme den Kopfhörer von ihr entgegen und schiebe ihren Nachttisch zurück ans Bett, weil ich den eben zur Seite gerückt hatte, um mehr Platz zu haben. Mir fällt die Mappe mit leeren Blättern wieder auf, die sie vorhin nur notdürftig geordnet hat. Das Papier erinnert mich an die Zeit, als Jane im Krankenhaus war und ich ihr Origamis gefaltet habe, um sie abzulenken. Deshalb muss ich verdammt tief einatmen, um die Bilder loszuwerden. Aus einem Impuls heraus stecke ich heimlich das einzelne lose Blatt ein, das obenauf liegt, bevor ich aus dem Zimmer gehe.

In der Umkleidekabine werfe ich mein Handy auf die Ablage meines Spinds und werde endlich die Klamotten los, die ich seit mehr als zehn Stunden trage. In der Metalltür meines Schranks kleben drei Fotos. Eins von Mom und zwei von Jane und mir. Wir stehen im Vorgarten des großen Hauses im Merrimack

County, in dem wir gewohnt haben, als mein Dad noch bei uns war und ich noch nicht wusste, dass Jane eigentlich nur meine Halbschwester ist. Sie ist höchstens vier und schleift eine monsterhässliche Puppe hinter sich her. An die Puppe kann ich mich so gut erinnern, weil ich ihre riesigen Augen gruselig fand und sie irgendwann heimlich zugeklebt habe. Jane hat geheult, weil sie meinte, dass Pru jetzt tot wäre. Und ich hab es echt bereut. Auf dem zweiten Foto posieren wir vor einem anderen Haus. Es sieht längst nicht mehr so gepflegt aus, und ich weiß noch genau, wie es sich angehört hat, wenn diese verdammte Fliegentür, vor der wir stehen, gegen den Rahmen geknallt ist. Jedes Mal, wenn man raus und rein ist.

Das Foto wurde nach Janes letzter Chemo aufgenommen, als sie das erste Mal zur Schule gehen durfte. Nur für das Bild hat sie den Mundschutz abgenommen. Ihre blauen Augen kann man kaum erkennen, weil sie sie gegen das Sonnenlicht zusammenkneift. Ich erinnere mich daran, wie fest ich ihre Hand gehalten und was ich mir in diesem Moment geschworen habe, auch wenn ich erst zehn war und ein Wicht, meine Beine in den kurzen Hosen so dünn wie zwei Pommes. Dass ich Jane vor allem beschützen würde, egal was.

Mein Handy vibriert auf der Ablage, als ich mir die Schuhe zubinde, und mir wird eine Erinnerung angezeigt:

18.00 Uhr Janes Kontrolltermin!

Verdammt, den hab ich ganz vergessen. Der Termin ist in einer halben Stunde, und wie ich Jane kenne, hat sie sich noch nicht mal fertiggemacht. Im Rausgehen wähle ich ihre Nummer und fluche dann, weil sie nicht abhebt und die Mailbox schon nach dreimal klingeln angeht.

«Jane? Ich hoffe, du bist fertig. Ich fahre jetzt erst los und bin in einer Viertelstunde da. Pack was zu trinken ein, wir müssen Wartezeit einplanen, hat mir die Praxis geschrieben. Stell dich am besten schon an die Straße.»

Ich werfe meinen Rucksack in den Kofferraum und kurble beide Fenster runter, weil ich heute Morgen keinen Schattenparkplatz bekommen habe und der Innenraum so heiß ist wie ein Backofen. Das Lenkrad fühlt sich an, als könnte man darauf grillen. Ich krame das Hörgerät aus der Mittelkonsole heraus und stecke es mir ins linke Ohr. Ich hasse dieses Teil. Was der Grund ist, warum ich es vermeide, mit dem Auto zu fahren, und mir jede Fahrt zweimal überlege.

Noch einmal versuche ich, Jane zu erreichen, aber sie geht nicht ran. Erst als ich schon in unsere Straße einbiege, ruft sie mich zurück.

«Lass dir Zeit, ich bin schon in der Praxis.»

«Okay. Gib mir fünfzehn Minuten, dann bin ich bei dir.» Ohne auch nur vor dem Haus zu halten, wende ich mitten auf der Straße.

«David.» Sie seufzt. «Du musst nicht herkommen. Ich kann das auch allein. Ich sitze hier nur rum, und du hast den ganzen Tag gearbeitet. Außerdem habe ich eh schon ein schlechtes Gewissen, weil ich dich neulich Nacht geweckt habe.»

«Aber allein im Wartezimmer rumzusitzen, ist doch langweilig.» Ich fahre die Straße bis zum Ende hinunter und setze erneut den Blinker.

«Ach was. Macht superviel Spaß.» Sie schnaubt und wird dann wieder ernst. «Es bringt doch nichts, wenn wir uns beide langweilen. Das schaffe ich allein, wirklich.»

«Und wer soll dann mit dir das negative Ergebnis feiern?»

«Das Ergebnis bekomme ich heute sowieso noch nicht, das weißt du doch. Wir können uns auch einfach nachher im Diner treffen wie immer.»

Sie meint den Laden, in dem Mom bis zu ihrem Tod gearbeitet hat. Wir haben ihn als unseren Treffpunkt beibehalten, auch wenn es sich die ersten Male echt scheiße angefühlt hat.

«Vergiss es, ich komme. Ich hab es Mom versprochen, also hör auf zu meckern.» Ich lege auf und biege zehn Minuten später auf dem Parkplatz der Gemeinschaftspraxis ein. Unten ist eine Notfallpraxis für Kinder, weshalb dort immer ein Heidenlärm herrscht. Die Praxis für Hämatologie und internistische Onkologie ist im zweiten Stock, und es ist jetzt genau ein Jahr her, dass ich zuletzt mit Jane hier war. Trotzdem erkennen uns die Angestellten dort noch.

«David», begrüßt mich die Sprechstundenhilfe freundlich. Sie heißt Gabriella und arbeitet bestimmt seit sechs Jahren hier. Ich kenne allerdings auch noch ihre Vorgängerin. «Deine Schwester ist schon bei der Blutabnahme. Ihr müsst nicht lange warten, ein anderer Patient hat seinen Termin kurzfristig abgesagt.»

«Danke.» Ich will mich schon abwenden, da sehe ich, wie sie an ihrem Kaffee nippt, und scheiße, auch wenn es draußen sechsundzwanzig Grad sind, ich brauche dringend Koffein. «Gabriella, was muss ich tun, um von Ihnen auch eine Tasse Kaffee zu bekommen?»

«Ist nur fürs Personal.» Sie lächelt milde.

Das kann sie mir nicht antun. Nicht nach diesem Tag. «Okay, verstehe ich. Die Sache ist nur die: Für einen Kaffee würde ich fast alles tun. Wie zum Beispiel singen. Auch wenn ich echt ein beschissener Sänger bin, ich treffe keinen einzigen Ton. Aber ich könnte trotzdem was singen und ...»

«Um Gottes willen!», unterbricht sie mich.

«... und höre erst auf, wenn ich einen heißen Kaffee kriege.» Jetzt grinse ich breit und kann sofort sehen, wie es wirkt.

«Du bist genauso unmöglich wie deine Schwester.» Sie schüttelt lachend den Kopf, was ihren Afro zum Wippen bringt, steht von ihrem Drehstuhl auf und verschwindet in ein angrenzendes Zimmer. «Milch und Zucker?», ruft sie um die Ecke.

«Bitte schwarz, Ma'am.»

Kurz darauf kommt sie zurück und schiebt mir eine dampfende Tasse über die Theke. «Wie schnell das Jahr rumgegangen ist, nicht wahr?»

Ich nicke und merke, dass der Kaffee wirklich verdammt heiß ist. Und stark. Mit einem Wort: perfekt.

«Ich hab das von eurer Mom gehört. Es tut mir schrecklich leid. Das ist so plötzlich passiert.»

Natürlich tut es ihr leid – sie ist mit Abstand die netteste Person in diesem Ärztehaus –, nur dass ich mit Mitleid schon immer schlecht umgehen konnte. Ich brumme etwas Zustimmendes und puste in die Tasse.

«Wir waren alle so geschockt.»

Nickend reibe ich mir mit der freien Hand über den Ellbogen. Was sie zwischen den Zeilen sagt, kann ich auch so hören, ohne dass wir weiter darüber reden. *Jetzt bist du ganz allein verantwortlich für deine Schwester. Das ist bestimmt hart. Wie macht ihr das mit der Miete? Habt ihr noch Verwandte? Was ist eigentlich mit Janes Vater?*

«Wir kommen schon zurecht. Danke für den Kaffee! Ich bringe Ihnen die Tasse gleich zurück.» Ich schiebe die Tür zum Wartezimmer auf und sehe sofort, wo Jane gesessen hat, weil sie immer einen Berg Zeitschriften durchblättert und ihn dann liegen lässt. Deshalb lege ich den Packen zurück auf den Tisch und setze mich auf den Platz neben ihrem. Außer mir wartet nur noch ein alter Herr, und ich könnte schwören, dass er eingepennt ist. Ein paar Minuten beobachte ich ihn, wie er, das Kinn auf die Brust gesunken, so dasitzt, und trinke meinen Kaffee. Dann stelle ich mir die Tasse zwischen die Füße, hole das rechteckige Blatt Papier aus der Tasche, das ich Abbi Hayden geklaut habe, und glätte es auf meinem Oberschenkel. Danach falte ich es einmal diagonal zu einem Dreieck, klappe es wieder auf und dann noch einmal zur anderen Seite. Das habe ich früher so oft gemacht – immer wenn wir mit Jane im Krankenhaus waren –, dass ich es wahrscheinlich für den Rest meines Lebens im Schlaf kann.

Mom hatte einmal nichts zum Spielen mitgenommen, und meinen uralten Nintendo wollte Jane nicht. Deshalb mache ich jetzt genau das, was ich vor vierzehn Jahren das erste Mal aus einer alten Zeitung gemacht habe.

Ich falte die Ecken des Dreiecks zur Mitte, klappe es zu einem noch kleineren Dreieck um und bilde die spitzen Ohren aus. Das Papier fühlt sich gut an. Vertraut. Ich darf nur nicht daran denken, woher es stammt. Obwohl diese Ironie echt was hat.

Der Origami-Fuchs ist das simpelste Tier, und den konnte ich schon mit neun. Mit der Zeit musste ich schwierigere Origamis falten, damit Jane sich nicht langweilte. Als sie nach der Chemo aus dem Krankenhaus entlassen worden ist, haben wir einen ganzen Haufen davon auf der Fensterbank zurückgelassen. Mom meinte, dass es vielleicht Unglück bringt, wenn man was aus dem Krankenhaus mit nach Hause nimmt. Blumen würde man auch nicht mitnehmen. Wie man sieht, hat das mit dem Glück nicht wahnsinnig lang vorgehalten.

Ich stelle den kleinen Fuchs auf den Sitzplatz neben mir und hebe die Tasse auf. Kurz darauf höre ich Jane schon auf dem Flur.

Ich spüle gerade den letzten Schluck Kaffee runter, als sie ins Wartezimmer kommt und über das ganze Gesicht strahlt. Ein Anblick, der mir heute die Luft aus dem Brustkorb quetscht. Weil mir klar ist, dass ich ihr von Abbi Hayden erzählen müsste, das aber nicht fertigbringe. Sie hat ein Recht, es zu wissen, aber ich schiebe das Argument vor, dass ich sie vor allem beschützen muss. Und das tue ich auch damit, indem ich ihr nichts von den Haydens erzähle.

«David, dein Ernst?» Jane hat den weißen Fuchs sofort gesehen und hebt ihn auf, bevor sie sich auf den Stuhl fallen lässt und mich umarmt. «Danke fürs Abholen.» Sie trägt enge Leggings und darüber ein extraweites Shirt, nun schlägt sie die Beine übereinander.

«Alles okay mit dir?», frage ich.

«Du meinst abgesehen davon, dass sie mir viel zu viel Blut abgezapft haben? Beim nächsten Mal werde ich genau darauf achten, ob die Frau mit der Nadel im Sonnenlicht glitzert.» Sie steht wieder auf. «Hast du ausgetrunken? Dann lass uns fahren, ich habe echt Hunger.»

Ich nehme Janes Tasche und folge ihr nach draußen. «Danke für den Kaffee, Ma'am», sage ich zu Gabriella, als ich die Tasse abstelle.

«Danke fürs Nichtsingen. Und kommt nicht so bald wieder, ihr beiden.»

Im Rausgehen gibt Jane mir einen Schubs ins Kreuz. «Du hast echt wieder die Nummer mit dem Singen abgezogen?»

«Ich brauchte Koffein, ich bin verdammt noch mal seit fünf Uhr auf», rechtfertige ich mich. Aber eigentlich könnte ich heute eher puren Alkohol vertragen.

Jane versucht, sich das dunkle Haar aus dem Gesicht zu pusten, und weil einige Strähnen an ihren Lippen hängen bleiben, fegt sie sie mit der Hand beiseite. «Irgendwann lässt dich wirklich mal jemand singen. Ich verstehe sowieso nicht, warum alle davor solche Angst haben. Und dann kommt raus, dass du's sehr wohl kannst. Schätze, dann bist du im Arsch, David.»

Ich bin sowieso schon im Arsch. Auch ohne Singen. Weil ich sie seit Wochen anlüge und darin verdammt schlecht bin. Viel schlechter als unsere Mom. Wortlos schließe ich ihr die Beifahrerseite auf, da die Zentralverriegelung nicht mehr funktioniert, und drücke ihr die Tasche vor den Bauch, bevor ich das Auto umrunde und selbst einsteige.

«Warum lässt du das neue Hörgerät nicht einfach an?», fragt

sie. «Wenn du es immer rausnimmst, gewöhnst du dich nie dran. Es ist viel kleiner als dein altes, man sieht es doch kaum.»

«Es geht nicht darum, ob man es sieht. Ich hasse es einfach, okay? So wie du gekochte Möhren hasst. Und ...», mein Blick schwenkt zu ihr, «... Friseurbesuche. Oder Bürsten.»

Mit einem Schnauben fasst sie sich das verstrubbelte Haar zusammen und wickelt ein Haargummi von ihrem Handgelenk darum, bis es zu einem unordentlichen Knoten gebunden ist, aus dem überall Strähnen raushängen. «Besser so?»

Nicht wirklich. «Vergiss es einfach.» Ich fahre los, als sie sich endlich angeschnallt hat, und sehe im Augenwinkel, wie sie mit dem Origami-Fuchs in ihrer Hand spielt.

«Das hast du früher im Krankenhaus immer für mich gemacht. Dass du noch weißt, wie das geht ...»

«Schätze, ich hab ein gutes Gedächtnis.»

«Kannst du den Kranich auch noch?»

Ich nicke.

«Ich wünschte, ich wäre auch so geschickt mit den Händen. Deine Patienten müssen dich lieben. Vor allem deine Patientinnen.» Als mein Kopf kurz zur Seite schwenkt, sehe ich ihr Grinsen und beiße die Zähne zusammen.

«Die im Durchschnitt fünfzig Jahre älter sind als ich.» Bis auf Abbi Hayden, aber das muss ich verdrängen. «Oder männlich.»

«Na ja, du bist vier Jahre älter als ich», überlegt sie dann mit einem Seufzen. «Wahrscheinlich kannst du dich deshalb so gut an die Zeit damals erinnern.»

Als ob ich irgendwas vergessen könnte, das mit ihrem Krankenhausaufenthalt zu tun hat. Als ob man so was Einschneidendes jemals vergessen könnte! Denn wenn ja, gäbe es da einiges, von dem ich mir wünschen würde, es nicht mehr zu wissen. Das mit Mom und ihren verdammten Lügen zum Beispiel. Oder das mit William Hayden.

Ich denke seit Wochen an nichts anderes. Seit Mom gestorben ist und ich angefangen habe, ihre Unterlagen zu ordnen, kreisen meine Gedanken nur darum, ob ich Jane davon erzählen soll. Aber wenn ich das tun würde, müsste ich ihr auch sagen, dass Mom uns angelogen hat. Und dass sie vor Jahren einen Vertrag mit William Hayden geschlossen hat, der sie fast ruiniert hat. Dass dieser Mistkerl von ihr verlangt hat, eine Verschwiegenheitsklausel zu unterschreiben, damit wir nie die Wahrheit erfahren. Wenn sie nicht so plötzlich gestorben wäre, hätte Mom diesen Beweis ganz sicher verschwinden lassen.

Zur Hölle, ich muss es ihr sagen, aber ich bringe es einfach nicht fertig. Weil es sie verletzen wird. Weil es eine Lawine lostreten könnte. Meine Schwester ist nicht der Typ, der einfach etwas hinnimmt. Wenn sie es erfährt, dann wird sie Hayden damit konfrontieren, und er wird sich vermutlich rächen. Sie verklagen oder was weiß ich. Meine Finger krallen sich um das Lenkrad, weil ich nicht eine Sekunde daran zweifle, dass er das tun würde. Weil er es kann. Weil sie ihm damit in die Quere käme. Weil sie ihn damit vielleicht sogar zu Fall bringen könnte. Denn höchstwahrscheinlich ist William Hayden schon bald der neue Gouverneur von diesem verfickten Bundesstaat. Und ein Arschloch.

Und außerdem auch der leibliche Vater meiner Schwester Jane.

7. KAPITEL

# ABBI

Als er heute reinkommt, wirkt David fast gequält. Ich seufze innerlich, weil ich förmlich zusehen kann, wie er das abschüttelt und sich selbst ein Lächeln aufs Gesicht zwingt.

«Hey», sage ich, um ihn aufzuheitern. «Ich habe ganz viel trainiert. Wie versprochen.» Ich sitze auf der Bettkante, und zur Demonstration hebe ich mein rechtes Bein an und winkle es an. Ich schaffe es nicht so weit wie nach seiner Massage, aber immerhin. Aus irgendeinem Grund möchte ich ihm beweisen, dass ich mir wirklich Mühe gebe. Vielleicht damit er merkt, dass sich seine Arbeit lohnt, und dann nicht mehr so gequält aussieht.

«Großartig.»

Jetzt lächelt er richtig. Sogar mit den Augen, was mich erleichtert. Er hat vor ein paar Wochen seine Mutter verloren. Seine Stimmung hat garantiert nichts mit mir zu tun, und es ist mir unangenehm, dass ich das zuerst auf mich bezogen habe. David öffnet die Tür weit und verschwindet wieder auf den Flur. Sekunden später schiebt er ein monströses Gerät herein, das aussieht wie … ein Gehwagen.

Nein, nein, nein.

Mir wird schon schlecht, wenn ich das Teil nur sehe. Es ist eine Mischung aus einem überdimensionierten Rollator und … keine Ahnung … zwei Joysticks? Zumindest sehen die beiden Griffe, die nach oben zeigen, exakt so aus. Oder wie von einem Fahrradlenker geklaut. Inklusive Handbremse.

Ich lache auf, was sich in meinen Ohren überreizt anhört. «Bleib mir mit dem Ding vom Leib.»

David lässt den Wagen mitten im Raum stehen und kommt auf mich zu. Vor dem Bett geht er in die Hocke, stützt sich mit den Unterarmen auf den Knien ab und schaut eindringlich zu mir hoch. Sein braunes Haar fällt ihm in die Stirn, und ich könnte wetten, dass seit gestern ein paar Sommersprossen dazugekommen sind.

«Du kannst das, da bin ich mir absolut sicher. Mit den Armen stützt du dich so gut ab, dass dein Bein nur gering belastet wird.»

Langsam fange ich an, den Kopf zu schütteln, und er macht genau das Gegenteil und nickt im selben Rhythmus. Das wäre zum Lachen, wenn ich nicht so wahnsinnige Angst vor dem hätte, was er vorhat.

«Es geht nur um den Bewegungsablauf. Deine Beckenrotation, die Knieflexion ...» Er unterbricht sich selbst. «Du sollst einfach wieder in Bewegung kommen. Wieder lernen, wie das geht, okay? Ich sag es nicht gerne, aber das Teil ist eigentlich für Senioren gedacht. Wir könnten auch gleich mit den Krücken anfangen, weil deine Rippenbrüche kein Problem mehr darstellen. Also?»

Ich schüttele weiter den Kopf. Ich wollte ihn ja aufmuntern. Aber deshalb gleich mein Kniegelenk riskieren?

«Nur ein Versuch, Abbi», sagt er.

«Auf keinen Fall.» Ich weiche seinen grauen Gewitteraugen aus, aber dann ... Mist, dieser V-Ausschnitt von seinem blauen Physioshirt! Ganz schlecht. Man kann den Ansatz seiner Brustmuskeln sehen, und die sind ziemlich ausgeprägt. Krampfhaft halte ich meinen Blick deshalb an seinem Ärmel fest. Auch nicht viel besser. Er hat sie heute ein Stück nach oben gekrempelt, und jetzt fällt mir auf, dass er auf der Innenseite seines linken Arms ein Tattoo hat, von dem ich nur ein Paar Beine in einem Kreis erhasche. Aber ich glaube, ich kenne das Motiv.

Ich nicke in die Richtung. «Ist ...» Ich räuspere mich. «Dein Tattoo. Ist das von Leonardo da Vinci?»

Davids graue Augen sind meinem Blick gefolgt, und jetzt nickt er. «Der vitruvianische Mensch. Es zeigt die idealisierten Proportionen des männlichen Körpers. Das Tattoo kannst du unter Jugendsünden einordnen. Versuchst du gerade, vom Thema abzulenken?»

*Der ideale männliche Körper.* «Keine Ahnung», sage ich etwas atemlos. «Funktioniert es denn?»

Jetzt schüttelt er den Kopf. «Ich will dich heute unbedingt aus diesem Bett rauskriegen, okay?»

Mein Puls schnellt panisch in die Höhe, und das muss der Grund sein, warum mein Gehirn plötzlich nicht mehr richtig funktioniert. «Lustig, dass du das sagst. Männer wollen sonst doch eigentlich immer das Gegenteil erreichen, oder?» Ich habe es kaum ausgesprochen, da bin ich von mir selbst entsetzt, weil es völlig daneben ist und wie eine extrem billige Anmache klingt.

Davids Augenbrauen heben sich auch prompt.

«Tut mir leid», sage ich schnell und könnte vor Scham sterben. «Das sollte lustig sein. In meinem Kopf klang es noch gut, bevor ich es ausgesprochen habe.» Ich halte mir kurz eine Hand vor Augen und gebe dabei ein Stöhnen von mir. War das jetzt sexistisch? Das Thema beschäftigt mich in meinem Studium andauernd, deshalb wird mir auch sofort klar, dass ich es in umgekehrter Geschlechterkonstellation auf jeden Fall als sexistisch einstufen würde. Und sagen Männer, die sich sexistisch geäußert haben, dann nicht genau das? Dass es nur ein Witz war?

«Oh Gott, bitte entschuldige», flüstere ich. «Kannst du bitte einfach so tun, als hätte ich in dein linkes Ohr gesprochen?»

Mir ist unerträglich heiß, und ich spüre, dass mir schlagartig der Schweiß ausgebrochen ist. Jetzt würde ich mir gerne die Bettdecke über den Kopf ziehen, aber nach ein paar Sekunden hebt David eine Hand ans Ohr.

«Sorry. Hast du gerade was gesagt? Etwas in der Art, dass du unbedingt diesen wahnsinnig sportiven Unterarmgehwagen ausprobieren willst? Ich meine, ich hätte so was gehört.»

«Kann schon sein.» Ich bin erleichtert, weil er nicht sauer ist, und habe gleichzeitig Panik, weil er immer noch auf den blöden Gehwagen besteht.

«Er hat sogar eine Hydraulik.» Jetzt wackelt David auch noch mit den Augenbrauen.

«Zu einer Hydraulik konnte ich noch nie nein sagen.» Ich gebe nach, weil ich durch meine blöde Bemerkung noch mehr in seiner Schuld stehe als ohnehin schon. Wahrscheinlich habe ich damit sogar die von meinem Dad getoppt.

«Siehst du.» Er fischt meine Schuhe unter dem Bett hervor und hilft mir beim Anziehen. Dann stemmt er sich mit den Händen auf den Knien hoch und positioniert den Gehwagen dicht an mein Bett, sodass meine Beine genau in den u-förmigen Fuß des Wagens passen. Erst fährt er mein Bett ein Stück hoch, dann die Armschienen mit der Hydraulik so weit nach unten, dass ich mich schon im Sitzen mit den Unterarmen darauf abstützen kann.

Okay, ich schaffe das.

Oder nicht?

Definitiv nicht. Wie soll ich bitte mit diesem Knie laufen? Noch dazu, wo ich es mit nicht mehr als zwanzig Kilo belasten darf? Es könnte kaputtgehen. Es könnte etwas schiefgehen, und das wird weh tun. Es wird unfassbar weh tun.

David beobachtet mich. Er hat den Kopf schräg gelegt, als lausche er mit seinem gesunden Ohr. «Abbi? Was geht in deinem Kopf vor?»

«Ich ... ich frage mich gerade, wann ich eigentlich die Kontrolle über mein Leben verloren habe.» Es soll eigentlich ein

Scherz sein, aber weil David mich so ernst ansieht, fällt mir auf, dass es nicht sonderlich lustig geklungen hat. «Ist schon gut. Ich versuch's. Aber was ist, wenn ich es nicht hinkriege? Wenn ich hinfalle, dann ... Ich will nicht noch einmal operiert werden, David.»

«Du wirst nicht fallen. Ich steh direkt hinter dir.»

«Und wenn doch?»

«Dann ...» Mit einem Seufzen rollt er meinen Nachttisch neben den Gehwagen und sagt: «Schubs dein Wasserglas runter.»

«Warum?»

«Schubs es einfach runter, Abbi.» Das erste Mal klingt David tatsächlich ungeduldig. «Feg es vom Tisch.»

Was auch immer er damit bezweckt. Es kostet mich Überwindung, aber ich strecke dennoch die Hand aus und gebe dem halbvollen Glas einen Stoß. David fängt es in der Luft auf, das Wasser schwappt über seine Finger, und er stellt es zurück auf die Ablage.

Oh. Er hat schnelle Reflexe. Wenn ich falle oder mit dem Bein wegknicke, dann fängt er mich auf, das will er mir damit sagen. Ich nicke einmal. Ich nicke noch mal. Und nach dem nächsten Luftholen packe ich die beiden Griffe und lege meine Unterarme auf die Ausbuchtungen.

David fährt die Hydraulik hoch. Krampfhaft halte ich mich an den Griffen fest und stütze mich mit vollem Gewicht nach vorne auf meine Arme. Und dann stehe ich. Mit beiden Füßen auf dem Boden. Wenn man das hier stehen nennen kann, so wie ich auf diesem Gerät hänge. Es ist drei Monate her, dass ich zuletzt auf beiden Beinen gestanden habe. Selbst unter der Dusche habe ich auf einem Hocker gesessen, und wenn ich auf die Toilette gehe, halte ich mein rechtes Bein hoch. Aber jetzt nicht. Und es fühlt sich seltsam an.

«Du bist größer, als ich dachte», sagt David, der sich neben mich gestellt hat, dabei reiche ich ihm gerade mal bis zum Kinn. «Okay, du gibst das Tempo vor. Versuch das Bein ganz normal anzuheben.»

«Kann ich überhaupt so rausgehen?», frage ich plötzlich. Ich schaue an mir runter. Ich trage mal wieder nur kurze Pyjamashorts und darüber ein einfaches T-Shirt. Die Sachen sind frisch gewaschen, aber zerknittert.

David reagiert nicht, und plötzlich ist mir die Frage extrem unangenehm. Ich laufe das erste Mal seit meinem Unfall auf zwei Beinen, und das Erste, woran ich denke, ist mein Aussehen? Er findet das bestimmt total albern, und damit hat er recht. «Entschuldige, ist egal», sage ich im selben Moment, in dem er sagt: «Ich finde, du siehst schön aus.»

Oh. Ich bin froh, dass ich ihm gerade nicht ins Gesicht sehe, weil ich ihn quasi gezwungen habe, etwas Nettes zu sagen. Für einen Moment breitet sich betretenes Schweigen zwischen uns aus, das David nach einem tiefen Atemzug unterbricht.

«Aber du schuldest es niemandem, hübsch zu sein. Genauso wenig wie ich zum Beispiel. Also ...»

Noch mal oh. Aber er hat recht. Ich muss für niemanden hübsch sein. Doch er hätte auch einfach sagen können: *Klar kannst du so rausgehen.* Ich blende meine hin- und herspringenden Gedanken aus und schiebe den Wagen einige Zentimeter nach vorne.

«Wir können ganz kleine Schritte machen», sagt David.

Okay. Vorsichtig setze ich meinen rechten Fuß nach vorne und konzentriere mich darauf, mein ganzes Gewicht auf meine Arme zu stützen. Es zieht und sticht etwas, als ich leicht auftrete. Aber nur eine Sekunde, dann stehe ich schon wieder auf meinem anderen Bein und kann den Wagen ein Stück weiterschieben. «Ich hoffe, du hast heute keine Termine mehr», sage ich und meine es als Entschuldigung, weil ich so langsam bin.

«Wird alles gecancelt, wenn du nur so weitermachst. Das machst du sehr gut. Wirklich.»

Wahrscheinlich redet er immer so mit seinen Patienten. So aufmunternd, nett. Trotzdem kann ich nichts gegen das irrsinnig warme Gefühl in meinem Bauch unternehmen. Ich presse die Lippen zusammen und mache einfach weiter, damit wir irgendwann in diesem Leben auch mal den Flur erreichen.

«Du brauchst keine Angst zu haben. Selbst wenn es ein paar Kilo mehr sind, die auf deinem Bein lasten, ist das in Ordnung. Wir gehen nur auf Nummer sicher.»

David ist die ganze Zeit hinter mir. Erst, als wir auf den Flur kommen, drängt er sich an mir vorbei, um ein Bett an die Wand zu schieben, das jemand mitten im Weg geparkt hat. Und sofort ist er wieder an meiner Seite. Ich wünschte, meine Eltern könnten das sehen. Dad würde sich so freuen, und Mom wäre sicher erleichtert, dass ich endlich mal Fortschritte mache. Schritt für Schritt arbeiten wir uns über den Flur. Es ist unfassbar anstrengend, und meine Arme fangen an zu zittern.

Wir kämpfen uns bis zum Ende des Flurs vor, dann sagt David: «Das reicht erst mal, wir müssen auch noch an den Rückweg denken.» Was sich anhört, als wären wir gerade sechs Meilen durchs Gebirge gewandert und nicht bloß zwanzig Meter über Linoleum.

«Ich weiß nur nicht, wie ich umdrehen soll.»

«Wie du willst. Das ist kein Auto, du musst ja nicht groß rangieren.»

«Danke für den Hinweis.» Ich wende den Kopf, um nach seinem amüsierten Blick zu suchen, gleichzeitig bewegen sich die Rollen nach vorn, weil ich die Bremse nicht fest genug gedrückt habe, und ich komme ins Schwanken.

«Vorsicht.» Sofort schlingt sich Davids Arm fest um meine Taille, und meine Schulter stößt gegen seinen Brustkorb. «Alles okay, ich hab dich.»

Mein Herz rast. Aber nicht, weil ich fast gefallen wäre, sondern weil ich David an meinem Rücken spüre und seine Hand gegen meinen Bauch drückt.

*Ich hab dich.*

Warum muss ich bei diesem Satz schlucken?

David lässt nicht los, bis ich wieder sicher stehe, und in meinem Kopf ploppt der unsinnige Gedanke auf, dass etwas von mir gerade auf dieselbe Weise übergeschwappt ist wie aus dem Wasserglas vorhin. Ein warmes Gefühl, das aus meinem Brustkorb kommt. Ich drehe mich zu ihm um. «Danke.»

David macht einen Schritt zurück und weicht meinem Blick aus.

Langsam drehe ich den Wagen und setze einen Fuß vor den anderen. Meine Hüfte schmerzt, weil ich die Seiten nicht gleichmäßig belasten kann, aber es ist auszuhalten.

«Das fühlt sich so komisch an», sage ich. «Zu stehen, meine ich. Als wäre ich plötzlich an einem Tag einen Meter gewachsen.»

«Das bist du auch, würde ich meinen.»

Ich mag es, wie er das sagt. *Würde ich meinen.* Es klingt nicht so geschliffen, wie mein Dad reden würde. Oder so absolut selbstsicher wie Ryan. Ryan würde so was niemals sagen, weil alles, was er von sich gibt, für ihn Gesetz ist und seiner Meinung nach auch für alle Menschen in seiner Umgebung gelten sollte. Er würde nie betonen, dass etwas nur seine Meinung ist. Ich schlucke und dränge den Gedanken an Ryan zurück, weil ich mir nicht diesen Erfolg vermiesen möchte. Ich habe ihm heute Morgen eine Nachricht geschickt, nur um zu fragen, wie es ihm geht. Nicht, weil mir noch so wahnsinnig viel an ihm liegen würde, weiß Gott nicht, sondern nur, weil ich ein schlechtes Gewissen habe. Schließlich bin ich das Auto gefahren und habe ihn in diesen Unfall verwickelt. Doch nicht mal auf meine freundliche Frage habe ich eine Antwort bekommen.

«Kannst du vielleicht ein Foto von mir machen?», frage ich. «Ich würde es gerne meinen Eltern schicken. Sie können heute nicht vorbeikommen und würden sich sicher freuen.»

«In Ordnung. Fühlst du dich sicher mit dem Wagen? Hältst du die Bremse fest?»

Als ich nicke, geht er an mir vorbei ins Zimmer und holt mein Handy vom Nachttisch. Er tippt es an und hält es mir kurz vors Gesicht, um es zu entsperren, bevor er mehrere Schritte zurücktritt und ein Foto von mir macht. «Solltest du Lust haben, zu tanzen, lass es ruhig raus, dann mach ich ein Video.»

Ich lächle gequält. «Nur wenn du dazu singst.»

«Das würdest du bereuen.»

«Nicht so sehr, wie du es bereuen würdest, wenn ich tanze.» Ich schiebe den Gehwagen nach vorne und glaube, er filmt jetzt wirklich, weil er das Handy immer noch hochhält und parallel zu meiner Bewegung zurückweicht.

«Ich bin froh, dass du mich überredet hast, den Gehwagen auszuprobieren. Können wir das morgen wieder machen?»

«Wir können das jeden Tag machen, aber eigentlich will ich, dass du schnellstmöglich auf Krücken umsteigst. Dann kommst du viel besser allein zurecht und kannst bestimmt nächste Woche nach Hause.»

«Das klingt fast so, als würdest du mich loswerden wollen.» Es sollte nur ein Scherz sein, aber ich bilde mir ein, einen seltsamen Ausdruck über Davids Gesicht huschen zu sehen, der gar nicht zu ihm zu passen scheint. Als er mich eben aufgefangen hat, wirkte er sicher, verlässlich. Aber jetzt sieht er unsicher aus, fast als hätte ich ihn ertappt. Seine Hand, die mein Handy festhält, wackelt für eine Sekunde, dann setzt er ein schiefes Lächeln auf.

«Vor allem will ich dich jetzt ins Bett kriegen.»

Mir wird heiß. Mein Gesicht, mein Hals, alles oberhalb meiner Rippen glüht bei seinen Worten auf, und ich ziehe die Unterlippe zwischen die Zähne. Weil er mich damit an meinen peinlichen Sexismus-Aussetzer von eben erinnert, und das auch noch mit voller Absicht. «Okay, das habe ich wohl verdient», sage ich. «Aber jetzt kann ich dieses Video nicht mehr an meine Eltern schicken.»

«Das war offensichtlich wörtlich gemeint, Abbi. Es wäre alles okay gewesen, wenn du dabei nicht so rot geworden wärst.»

Oh Gott. Jetzt werde ich noch röter.

Was dazu führt, dass er die Aufnahme stoppt und sich betreten entschuldigt. «Das war echt scheiße, tut mir leid. Du kannst die letzten Sekunden einfach rausschneiden. Sorry, dass ich dich so in Verlegenheit gebracht habe.»

«Ist schon okay.»

«Nein, ist es nicht. Das war unprofessionell von mir. Ich weiß, dass du das vorhin nur gesagt hast, weil du Angst hattest. Diese Ausrede habe ich nicht.»

In dem Moment gibt mein Smartphone ein lautes *Pling* von sich. Davids Blick geht reflexartig zum Display, und für den Bruchteil einer Sekunde überfluten die unterschiedlichsten Emotionen sein Gesicht. Das Erste, woran ich denke, ist: Hoffentlich ist das kein neues Video von Willow. Bitte nicht. Das Zweite: bestimmt eine Nachricht von meinem Dad.

David steckt das Handy so schnell in seine Tasche, als hätte er sich daran verbrannt, und kommt mir entgegen. Er sagt nichts, dirigiert den Wagen aber zielstrebig die letzten Meter in mein Zimmer und dann zu meinem Bett. Ich lasse mich auf die Matratze sinken, plötzlich total erschöpft. Es waren nur ein paar Schritte, aber für mich fühlt es sich an wie eine Weltreise. Meine Arme schmerzen, weil ich mich so krampfhaft festgehalten habe.

«Alles okay, Ma'am?», fragt David, aber der Humor, der sonst bei dieser Anrede in seinen Augen aufblitzt, fehlt diesmal völlig.

Ich nicke.

Er holt tief Luft, während er das Handy aus seiner Tasche zieht und auf den Nachttisch legt. «Ich finde, du hast das großartig gemacht, Abbi. Du kannst wirklich stolz auf dich sein. Lass dir in den nächsten Tagen von einer der Schwestern zeigen, wie du dir die Heparinspritzen selbst setzen kannst, denn das wirst du zu Hause noch eine Weile machen müssen.»

«Okay.»

«Wir sehen uns morgen.» Als er rausgeht, schaue ich ihm nach. Dann erst nehme ich mein Handy in die Hand. Die Nachricht, die eben aufgeploppt sein muss, ist weder von Willow noch von meinem Dad. Sie ist von Ryan.

RYAN: Lösch meine Nummer, du Psychopathin! Ich will nichts mehr mit dir zu tun haben. Und hör auf, meiner Mutter was vorzujammern, verdammt.

8. KAPITEL

# DAVID

Was für ein Wichser! Die Nachricht, die ich unfreiwillig auf Abbis Handy gelesen habe, kriege ich nicht mehr aus dem Kopf. Der Absender, dieser Ryan, muss echt ein krankes Arschloch sein. In Abbis Akte habe ich gelesen, dass sie bei ihrem Unfall nicht allein im Auto gesessen hat, und ich kann zwei und zwei zusammenzählen. Ryan war vermutlich ihr Beifahrer. Es ist eine Sache, auf jemanden wütend zu sein, weil man durch ihn in einen Unfall verwickelt wurde, aber sie als Psychopathin zu bezeichnen? Was unterstellt er ihr damit? Dass sie diesen Unfall absichtlich gebaut hat?

Und dass Abbi jammern würde – scheiße, das ist der Punkt, der den Vogel abschießt. Abbis Unfall war vor drei Monaten. Sie hat ein traumatisches Erlebnis hinter sich, wurde innerhalb einer Sekunde aus ihrem Alltag herausgerissen. Sie hat Angst und ist unsicher, was in dieser Situation vollkommen normal ist. Nach dem Unfall war sie wildfremden Menschen völlig ausgeliefert. Und in der Klinik, in der die Erstversorgung stattgefunden hat, hat man totalen Mist gebaut und versucht, ihr die Hüfte bei vollem Bewusstsein einzurenken, wofür man den Arzt verklagen müsste.

Zur Hölle! Damit hat man ihr in einem Moment, als sie ohnehin schon verletzt war, noch einmal unnötige Schmerzen zugefügt. Und ich würde durchdrehen, wenn ich nach drei Monaten immer noch auf fremde Hilfe angewiesen wäre. Jeder normale Mensch würde das.

Abbi jammert nicht.

Die meisten Menschen haben, wenn sie krank sind, einen Horizont, der so groß ist wie das Bett, in dem sie liegen. Bei Abbi ist das anders. Sie interessiert sich für ihre Mitmenschen und denkt nicht nur an sich. Das beweist allein schon ihre Reaktion, als ich ihr von meiner Mom erzählt habe. Sie hat Mitgefühl, und bei Gott, so gern ich das abstreiten würde, das haben ihr auf irgendeine Art auch ihre Eltern mitgegeben.

Muss ihre Mutter gewesen sein.

Mir wird heiß, wenn ich daran denke, was ich eben zu ihr gesagt habe, nur um sie davon abzulenken, dass sie mit ihrer Vermutung, ich wolle sie loswerden, den Nagel auf den Kopf getroffen hat.

*Vor allem will ich dich jetzt ins Bett kriegen.*

Jetzt fühle ich mich wie der letzte Dreckskerl, dabei sollte es mir eigentlich nichts ausmachen. Was sie über mich denkt, sollte scheißegal sein. Sie ist trotz allem Haydens Tochter, und ich muss unbedingt wieder mehr Abstand zu ihr herstellen, bis sie die Klinik verlässt. Aber es ist mir nicht egal, was sie über mich denkt. Als ich sie eben festgehalten habe – ich konnte ihren Herzschlag überall spüren, verdammt. Unter meinem Daumen, der ihren Rippenbogen gestreift hat. An meinem Brustkorb. Bis in meinen Magen hat sich das Rasen ihres Herzens ausgebreitet.

*Ich finde, du siehst schön aus.* Wahnsinn, David, du bist echt ein Held, ihr Aussehen zu thematisieren, ganz große Leistung.

Es wird Zeit, dass ich hier rauskomme. Schnell bringe ich den Gehwagen weg, ziehe mich in Rekordzeit um und knalle meinen Spind zu. Bevor ich die Etage verlasse, winke ich den Schwestern auf der Station noch einmal zu und laufe ein paar Minuten später schon über den Parkplatz.

Kurz darauf landet der Rucksack auf der Rückbank von Moms

altem Toyota. Jane wartet wieder einmal in Chase' Diner auf mich und wird inzwischen wahrscheinlich das Ergebnis von ihrem Bluttest bekommen haben. Das wird eine armselige Bluttest-Party. Ich habe keinen einzigen Dollar Bargeld und kaum noch was auf dem Konto. Wenn ich die Kreditkarte benutze, fällt mir das spätestens nächste Woche auf die Füße. Das einzig Gute ist, dass ich mir wegen der Miete keine Sorgen machen muss. Mom hatte eine kleine Lebensversicherung, und nach den Kosten für die Beerdigung blieb genug übrig, um die Miete für ein Jahr im Voraus zu bezahlen.

Egal, was in diesem Jahr noch passiert, wir haben ein sicheres Dach über dem Kopf. Vor allem Jane. Und danach ... Ich werde meinen DPT, meinen *Doctor of Physical Therapy*, machen und einen Job annehmen, der hoffentlich so viel einbringt, dass ich für meine Schwester sorgen kann. Aber alles steht und fällt damit, dass ich mein Stipendium behalte. Und die Studiengebühren für das letzte Jahr zusammenkriege. Sechstausend Dollar pro Semester, zwölftausend insgesamt. Vielleicht kann ich bei Chase an meinen freien Tagen aushelfen. Mom hat das ganze letzte Jahr bei ihm gearbeitet, und er kennt mich. Er weiß, dass man sich auf mich verlassen kann.

Ich parke den Wagen auf dem Parkplatz hinter dem Gebäude und umrunde das Haus. Chase hat den Diner erst vor einem Jahr eröffnet, nachdem ihm bei seinem Laden in Hanover der Mietvertrag gekündigt worden ist. Aber er hat von dort die Ausstattung mitgenommen, und da es ein altes Kino war, ist das Restaurant hier nun auch mit Filmplakaten gepflastert. *Hatari*, *Casablanca*, *African Queen*, jede Menge Klassiker und noch mehr Humphrey Bogart. Mir gefällt die Atmosphäre.

Jane sitzt am Fenster, sieht mich aber nicht kommen, weil sie in die Speisekarte vertieft ist. Ich hoffe, sie hat noch nicht so viel bestellt. Als ich reinkomme, winkt mir Chase von der Theke aus zu, im Hintergrund läuft die Musik irgendeines monumentalen Epos.

«Musstest du ausgerechnet diesen Tisch nehmen?», frage ich sie und deute auf das Hitchcock-Plakat über ihrem Kopf, bevor ich mich in den Sessel ihr gegenüber fallen lasse.

«Hab gar nicht drauf geachtet.» Sie grinst mich an. «Hi, Dave.»

Ich hasse es, wenn sie Dave sagt. Was sie auch nur macht, um mich zu ärgern. Ein tiefes Seufzen verlässt meinen Mund.

«Hattest du einen harten Tag?», neckt sie mich. Vor ihr steht ein leeres Schälchen, in dem immer Popcorn bereitsteht, um die Gäste beim Warten bei Laune zu halten. Ich steh nicht auf Popcorn, aber jetzt wünschte ich, sie hätte mir was übrig gelassen. Das Loch in meinem Magen ist so groß wie der Grand Canyon.

«Kann man so sagen. Hast du die Ergebnisse bekommen?»

«Es gibt eine gute und eine schlechte Nachricht.» Sie nimmt einen Schluck von ihrem Milchshake.

«Das ist nicht lustig, Jane. Hast du mit dem Arzt gesprochen? Wie sind die Werte?»

«Mit den Blutwerten ist alles in Ordnung. Ich bin gesund, okay?»

«Gott sei Dank.» Ich atme hörbar aus, lehne mich zurück und verschränke die Arme hinter dem Kopf. Die Rezidivwahrscheinlichkeit ist nach mehreren Jahren gering, worüber ich bestens informiert bin, deshalb war mir gar nicht klar, wie angespannt ich trotzdem gewesen bin. Aber jetzt fällt etwas von mir ab.

«Und ich war beim Friseur.» Sie fährt sich durch das offene Haar, und ganz ehrlich, ich sehe keinen Unterschied.

«Bist du nicht drangekommen? Ist das die schlechte Nachricht?»

«Sehr witzig.» Sie verdreht die Augen, wird jedoch gleich wieder ernst. «Es ist eine Rechnung gekommen. Ich habe sie nicht aufgemacht, weil sie an dich adressiert ist, aber es ist ein Stempel vom Emergency Service drauf. Kann das die Rechnung vom Krankenwagen sein, mit dem sie Mom abgeholt haben?»

«Scheiße.»

«Ich habe mir gedacht, dass du das sagen würdest, deshalb habe ich noch nichts bestellt.» Sie kramt in ihrer Tasche und schiebt mir den Briefumschlag über den Tisch.

Ich nehme ihn an mich und deute wortlos auf ihr Getränk.

«Den Shake habe ich umsonst bekommen. Ich habe Chase' Frage richtig beantwortet.»

Ach so. Chase fragt seine Gäste immer nach irgendwelchen obskuren Filmfakten, und wer die Antwort korrekt abliefert, dem spendiert er einen Drink. Ich habe hier noch nie was umsonst bekommen, weil ich keine Ahnung habe, wer wann wofür einen Oscar gekriegt hat. Was wohl bedeutet, dass ich auch diesmal leer ausgehen werde. Ich reiße den Umschlag auf, ziehe die Rechnung heraus und atme tief durch. Sie ist wirklich vom Rettungsdienst. Elf Wochen haben sie gebraucht, um diesen Brief zu schreiben. Fünfzehn Minuten hat Moms Fahrt von zu Hause bis zum Krankenhaus gedauert, und die Zahl auf der Rechnung für diese fünfzehn Minuten steht fett gedruckt auf dem Papier: 1772,42 USD.

«Lass uns gehen.»

«Ich sterbe vor Hunger. Wir könnten doch einfach nur einen Burger nehmen, das ist das Billigste auf der Karte.»

«Auch das Billigste auf der Karte übersteigt unser Budget, wenn wir diese Rechnung hier wirklich bezahlen müssen.» Ich halte ihr den Zettel hin.

Jane pfeift durch die Zähne und stützt dann ihren Kopf in beide Hände. «Ich frage mich, ob die beiden Burger, die wir sparen, bei dieser Summe wirklich groß ins Gewicht fallen. Dafür werden wir sowieso unsere Seelen verkaufen müssen. Also lass uns was essen, damit wir vernünftig darüber nachdenken können, an wen.»

Mein Lächeln muss verzweifelt aussehen, weil Jane über den Tisch greift und meine Hand nimmt. «Wir schaffen das schon.»

Keine Ahnung, woher sie ihren Optimismus nimmt. *Ich* muss das schaffen. Garantiert werde ich Jane da nicht mit reinziehen. Mit der freien Hand reibe ich mir über die Augen, um wacher zu werden, was aber nicht viel bringt. Ein Kaffee könnte helfen. Ich glaube aber nicht, dass ich Chase mit einer angedrohten Gesangseinlage kommen kann.

«Nach Erfolg werden die jedenfalls nicht bezahlt», meint meine Schwester, lässt meine Hand los und schiebt die Rechnung zurück in den Umschlag.

Nein, das kann man nicht sagen. Sie haben Mom zwar zu Hause erfolgreich reanimiert, aber noch im Rettungswagen hatte sie einen zweiten Herzstillstand. «Vielleicht kann ich mit dem Rettungsdienst eine Ratenzahlung vereinbaren», sage ich. Scheiße, das alles wächst mir so was von über den Kopf.

«Jetzt lass uns nicht die ganze Zeit nur über diese Rechnung reden. Übrigens kommen Aubree und Noah gleich noch vorbei.»

Mit Aubree ist Jane befreundet, seit sie im letzten Jahr einen Fitnesskurs in einem Boxclub gemacht hat. Ich mag die beiden, und manchmal treffe ich mich mit Noah zum Sport, weiß aber nicht, ob mir heute noch nach Gesellschaft zumute ist. Nicht nach dieser Rechnung.

Chase kommt an unseren Tisch. Er trägt ein Shirt mit dem Logo des Diners über seinen Jeans und erinnert mich immer an diesen einen blonden Sänger, dessen Name mir einfach nicht einfallen will. George … irgendwas.

«Wollt ihr jetzt was bestellen?»

«Definitiv», sagt Jane. «Wir nehmen zwei Veggie-Burger, dazu Salat und als Nachtisch …»

Ich werfe ihr einen eindringlichen Blick zu.

«... den Nachtisch lassen wir heute weg.»

«Und was zu trinken?»

«Ich hab noch», sagt Jane und knirscht mit den Zähnen.

«Für mich ein Leitungswasser.» Das ist umsonst.

Chase sammelt die Karten ein. «Okay. Wenn du meine Frage richtig beantwortest, mach ich aus deinem Leitungswasser ein Bier.»

«Ein O-Saft wäre mir lieber.» Normalerweise trinke ich immer nur Wasser, aber zur Feier des Tages ...

«Alles klar. Es gibt sogar frisch gepressten», sagt er und verschränkt lächelnd die Arme über der Menükarte vor seinem flachen Bauch. «Bei welchem Film hast du so richtig geheult?»

Verdammt, was soll das denn? Meinen panischen Seitenblick beantwortet Jane damit, dass sie hilflos die Schultern anhebt.

«Wenn du jetzt *Titanic* sagst, mache ich dein Wasserglas nur halbvoll, weil du den garantiert nicht mal gesehen hast.»

Das stimmt. Weil von vornherein klar ist, wie der Film ausgeht. Außerdem heule ich echt selten bei Filmen. «Muss es ein Film sein oder gehen auch Serien?»

Chase wirkt im ersten Moment verdattert, dann wiegt er den Kopf hin und her. «Serien gehen auch.»

«Dann *Normal People*.»

«Das hast du gesehen?» Jane schaut überrascht auf.

«Ja, stell dir vor. Und danach hab ich das Buch gelesen.»

«Macht man das nicht normal andersrum?»

«Was ist schon normal?» Ich zucke mit den Schultern.

Chase zieht die Brauen in die Höhe. «Welche Szene?», hakt er nach. «Bei welcher Szene von *Normal People* hast du geheult?»

Muss er das wirklich so genau wissen? «Da gab es mehrere Stellen.» Es ist mir unangenehm, aber verdammt, was tut man nicht alles für ein Glas O-Saft. «Folge drei. Als Connell mit seiner Mutter im Auto fährt und sie ihm sagt, dass sie sich für ihn schämt.» Ich will eigentlich nicht darüber reden. Meine Mom hat einmal genau dasselbe zu mir gesagt, und dieser Moment gehört ebenfalls zu denen, die ich niemals vergessen werde.

«Oh.» Chase nickt. Langsam. Mehrmals. «Das hätte ich nicht von dir gedacht. Ich glaube, ich mag dich, David Rivers.»

Und ich fühle mich gerade seziert. «Dann ... Ich könnte einen Nebenjob gebrauchen», sage ich, um das Thema zu wechseln. «Du hast noch niemand Neues eingestellt, oder? Besteht noch Bedarf?»

Er wechselt einen schnellen Blick mit Jane. «Schon. Aber ich kann nicht mehr zahlen, als auch deine Mutter bekommen hat.»

«Mein Dienstplan in der Klinik ...»

«Das ist okay», fällt Jane mir ins Wort. «Ich habe Chase eben auch schon gefragt. Und ich nehme den Job. Ich kann morgen anfangen.»

Mein Kopf schwenkt zwischen ihr und Chase hin und her, und Chase fängt an zu grinsen. «Wollt ihr beide euch darüber noch mal austauschen? Ich brauche leider nur eine Aushilfe.»

«Nein», sagt Jane sofort. «Mein Bruder hat schon einen ziemlich anstrengenden Nebenjob in der Rehaklinik, ein zweiter wäre echt zu viel.»

«Jane», raune ich. «Können wir uns mal kurz unterhalten?»

«Ich bringe euch erst mal eure Burger.» Chase lässt uns allein.

«Was soll das?», fahre ich sie an, kaum das Chase außer Hörweite ist. «Du willst dich doch nicht ernsthaft im Service kaputtarbeiten, so wie Mom!»

Sie verschränkt die Arme. «Aber wenn du das neben deinem Studium *und* deiner Arbeit in der Klinik machst, ist das in Ordnung oder was?»

«Es ist ja nur für ein Jahr, bis ich meinen DPT in der Tasche habe. Ich krieg das schon hin.»

«Ich krieg das auch hin. Ich bin gesund, wie du weißt. Ganz

abgesehen davon habe ich mir ohnehin überlegt, dass ich mit dem Studium noch etwas warte. Du musst dich nicht allein um alles kümmern. Ich werde dieses Jahr einfach voll arbeiten und sparen. Fange ich halt ein Jahr später an.»

Das ist das Blödeste, was ich jemals gehört habe. «Du hast schon eine Zusage für die UNH.»

«Aber wir können uns die Gebühren dort nicht leisten, Dave.»

«Ich nehme einen Kredit auf. Ich habe nächste Woche einen Termin bei der Bank.»

«Ich hab schon abgesagt.»

«Was?» Ich muss an mich halten, um nicht aufzuspringen, und beuge mich über den Tisch. «Das hast du nicht!»

«Doch. Schon vor einem Monat, der Platz ist inzwischen längst an jemand anderen vergeben.»

Ich kann es nicht glauben. Verdammt. Verdammt, verdammt, verdammt. «Das ist doch scheiße, Jane. Warum hast du das gemacht? Warum hast du nicht wenigstens vorher mit mir gesprochen?»

«Weil ich genau wusste, dass du mich davon abhalten würdest.» Jetzt redet sie sich in Rage. «Es ist okay, wenn du Tag und Nacht arbeitest. Es ist okay, wenn du in der Klinik schuftest, nebenher zur Uni gehst und dann nachts auch noch lernst. Es ist okay, wenn du alles alleine regelst, was mit Moms Tod zu tun hat. Und mit meinen Arztterminen. Das ist alles okay für dich, ja? Aber ich gehöre auch zu dieser Familie, und ich möchte meinen Teil beitragen. Du willst für mich, für *mein* Studium einen Kredit aufnehmen? Ernsthaft, David?»

«Und du meinst, du hilfst, indem du deinen Collegeplatz aufgibst? Mom hätte das niemals erlaubt.»

«Mom ist tot. Und du bist nicht für mich verantwortlich.»

«Natürlich bin ich das.»

«Ich hasse es, dass ich eine Pflicht für dich bin. Hör endlich auf, mich wie eine Kranke zu behandeln!» Jetzt stemmt sie sich an der Tischplatte hoch und wirft mir einen wütenden Blick zu. «Ich muss auf die Toilette.»

Ich schaue ihr nicht nach, wie sie abdampft, sondern schlage mit der flachen Hand auf den Tisch. Scheiße. Jane hat es einfach durchgezogen und mir nicht mal die Chance gelassen, mit ihr darüber zu reden. Uns wäre schon was eingefallen. Den Kredit hätte ich bekommen, da bin ich sicher. Und natürlich fühle ich mich für sie verantwortlich. Sie ist meine kleine Schwester. Außerdem stimmt es nicht, dass ich sie wie eine Kranke behandle, ich ... ach, verdammt. Ja, sie hat recht: Es ist ihre Entscheidung. Und trotzdem ... Es wäre nur dieses eine harte Jahr. Was ist, wenn sie nie mehr zu studieren anfängt? Was, wenn sie hier hängenbleibt wie Mom? Unsere Mutter hatte zeitweise vier verschiedene Hilfsjobs gleichzeitig, und das Geld hat trotzdem nie gereicht. Es war immer zu wenig.

Als Chase die Burger bringt, ist Jane immer noch nicht von der Toilette zurück, und es würde mich nicht wundern, wenn sie mich sitzengelassen hat.

«Ist Jane gegangen?»

«Sie ist nur kurz an die frische Luft.»

Ich nicke. «Wegen des Jobs ...», fange ich an, werde von Chase aber sofort unterbrochen.

«Die Stelle ist leider schon vergeben, tut mir leid. Sie hat mich zuerst gefragt.»

«In Ordnung.»

Ein paar Minuten lang starre ich auf meinen Burger und sehe zu, wie er kalt wird. Der Appetit ist mir vergangen. Nicht nur wegen der Rechnung vom Rettungsdienst, sondern weil ich jetzt an die Klinik denke und daran, dass ich mit Abbi Hayden schon genug Problem habe. Dann kommt Jane zurück – mit Aubree und Noah im Schlepptau.

«Hey.» Noah hält mir seine Faust hin, und als ich nicht reagiere, drückt er mir die Schulter. «So beschissen?»

«Lass uns gar nicht erst davon anfangen.»

Er setzt sich mir gegenüber, verschränkt die Arme vor sich auf dem Tisch. Sie sind von oben bis unten tätowiert. Ihn neben Aubree zu sehen, die mit den kurzen Haaren und den großen dunklen Augen so zart und verletzlich wirkt, ist ein ziemliches Kontrastprogramm.

Er nickt mir zu. «Wie wär's, wenn wir morgen zusammen trainieren? Ich bin um zwei schon in der Uni fertig.»

«Genau darauf habe ich gehofft», sage ich. Noah ist jemand, der immer über seine Grenzen geht, und mit ihm zusammen zu trainieren, fordert mich jedes Mal heraus und bläst mir den Kopf frei. Außerdem kann ich echt einen Freund gebrauchen. «Ich muss aber arbeiten, es geht leider erst nach sechs.»

«Dann fahre ich vorher in den Stall, kümmere mich um mein Pferd und wir treffen uns danach direkt im Klinikpark.»

«Einverstanden.»

Aubree beugt sich über den Tisch und klaut mir eine Gurke aus meinem Salat. «Sorry, David, ich sterbe vor Hunger. Dafür gebe ich dir gleich was von mir ab.» Sie blinzelt einmal kurz in Janes Richtung. «Ihr seid übrigens eingeladen, also lasst uns noch was bestellen. Ich habe Grund zu feiern. Es gab heute einen dicken Vorschuss.»

Scheiße, Jane hat was zu ihr gesagt. Ich kämpfe gegen den Drang an, das sofort abzublocken. Ich will mein Essen selbst zahlen. Verdammt, wieso fällt es einem eigentlich leichter, von einem Fremden was anzunehmen als von einem Freund? Und Aubree ist eine Freundin. Ich bringe es trotzdem nicht über mich, meinen Einwand runterzuschlucken. «Danke für das Angebot, aber das ist echt nicht nötig.»

«Ich mache es gern.»

«Aubree hat eine neue Sprecherrolle bekommen», erklärt Jane. Sie hat sich offenbar beruhigt. Trotzdem merke ich, dass sie mich immer noch zweifelnd ansieht.

«Ich darf mal wieder einen kleinen Jungen synchronisieren, yeah.» Aubree verdreht die Augen und zuckt dann mit den Schultern. «Nur für eine Comicserie, aber es ist die Hauptrolle, also ist es okay.»

«Es ist mehr als okay», sagt Noah. «Ich frag mich nur, ob sie wirklich einen kleinen Jungen mit einer so sexy Stimme haben wollen.» Er grinst, dann erstarrt er plötzlich und beißt sich auf die Unterlippe. Keine Ahnung, was Aubree gerade unter dem Tisch macht, aber Noahs Reaktion nach ist es etwas, das mich nichts angeht.

«Glückwunsch zur Rolle», sage ich, aber weil sie noch keine Getränke haben, können wir nicht darauf anstoßen.

Chase kommt wieder an unseren Tisch. «Noah, Aubree», begrüßt er die beiden. «Alles klar bei euch? Wie geht es deinem Dad, Noah?»

Noah zieht eine Augenbraue hoch. Sein Vater war früher sein wunder Punkt, aber inzwischen haben die beiden sich wieder angenähert. «Gut. Und wie geht es Winston?», gibt er zurück. «Seid ihr gerade mal wieder zusammen oder getrennt?»

«Das geht dich einen Scheißdreck an, Blakely.»

«Oh Gott, ich liebe es, wenn du so mit mir redest.»

Noah ist gut mit Chase und dessen Schwester Harper befreundet, auch wenn sich das gerade nicht so anhört. Die drei kennen sich seit Jahren.

Chase seufzt. «Und ich hatte kurz mit dem Gedanken gespielt, zu sagen: Wie schön, dich zu sehen.»

«Ich hab dich auch vermisst.» Noah steht lachend auf, und die beiden umarmen sich. «Stell uns einfach die verfickte Frage, okay?»

«Du wirst es sowieso mit einem blöden Spruch versauen.»

«Tja, Filme sind aber mein Fachgebiet. Also ...»

«Bei welchem Film hast du so richtig geheult?»

Einen Moment herrscht Stille.

«Fuck», stößt Noah aus. «Ist das dein Ernst, Chase?»

Aubree fängt an zu lachen und hält sich schon vorsorglich die Hände vor die Ohren. «Ich weiß nicht, ob ich seine Antwort darauf wirklich hören will. Nein, ich will's lieber nicht.»

«Also ich will sie hören», sagt Jane.

Noah überlegt. «Krieg ich Extrapunkte, wenn ich *Brokeback Mountain* sage?»

Chase streckt ihm den Mittelfinger hin.

Da muss ich grinsen und merke, dass ich doch noch verdammt großen Hunger habe. Und für einen Moment denke ich nicht mehr an die Klinik. Nicht an die Rechnung des Rettungsdienstes. Und auch nicht daran, dass ich meine Schwester seit Wochen belüge.

9. KAPITEL

# DAVID

Abbi ist nicht in ihrem Zimmer, als ich am nächsten Tag zur Therapie komme. Ich starre auf ihr zerwühltes Bett und dann auf ihren Nachttisch, wo nur ein Stapel loser Blätter liegt. Wahrscheinlich einfach nur eine neue Sorte der Papierfirma ihres Dads. Ein Blatt nehme ich in die Hand. Und weil es die perfekte Form hat, fangen meine Hände ganz automatisch an, es zu knicken. Als würden meine Finger sich von selbst daran erinnern, wie es geht, habe ich nach zwei Minuten einen Papierkranich gefaltet, so wie ich das früher für Jane gemacht habe. Die Flügel weit ausgebreitet, stelle ich ihn auf die Ablage. Keine Ahnung, warum. Wahrscheinlich nur, damit sie weiß, dass jemand da war, wenn sie ihn entdeckt. Und weil Abbi von diesem Ryan so eine Scheißnachricht bekommen hat und sie etwas gebrauchen kann, was sie für fünf Minuten mal auf andere Gedanken bringt.

*Patientin nicht im Zimmer, keine KG gemacht*, trage ich in die Akte ein, und weil ich eigentlich sowieso schon Feierabend habe, mache ich mich jetzt direkt auf den Weg in den Park, um Noah zu treffen. Meine Klinikklamotten tausche ich gegen eine schwarze Trainingshose, Turnschuhe und ein weißes Shirt. Der Rucksack klebt mir trotzdem am Rücken, als ich ankomme. Noah ist noch nicht zu sehen, und weil kaum Leute unterwegs sind und ich sowieso nichts Wertvolles bei mir habe, werfe ich mein Zeug unter einen Baum und jogge dann ein paar Runden durch den Park, um meine Muskeln aufzuwärmen. Danach ziehe ich mir das verschwitzte T-Shirt über den Kopf, stecke mir den rechten Kopfhörer ins Ohr und starte meine Playlist. Mit einfachen Burpees fange ich an, springe in den Liegestütz und wieder hoch, mache dann ein paar Schersprünge und suche mir eine Parkbank für einfache Dips, bei denen ich mich auf der Sitzfläche abstütze.

Das ist genau das, was ich jetzt brauche. Es tut verdammt gut, meine Muskeln zu spüren und die Sonne auf meinen Schultern. Wenn ich mich nicht auspowern kann, werde ich irgendwann durchdrehen. Nicht nur wegen der verdammten Rechnungen oder wegen Janes Alleingang. Ich kann an nichts anderes denken als daran, dass ich Jane belüge, und ich weiß nicht, wie lange ich das noch durchhalte. Wenn nicht ausgerechnet Haydens Tochter meine Patientin wäre, könnte ich es vielleicht verdrängen. Aber so erinnert mich Abbi Hayden täglich daran, dass Jane eine Halbschwester hat. Und einen Erzeuger, der sich einen Dreck um sie schert.

Hölle, ich will nicht darüber nachdenken, will meinen Kopf ausschalten, also suche ich mir die höchste Reckstange aus und mache Klimmzüge mit angewinkelten Beinen. Ich habe noch nicht bis zehn gezählt, als Noah sich an die zweite Stange neben mir hängt.

«Sorry für die Verspätung», sagt er.

«Kein Ding. Ich bin früher rausgekommen.» Groß reden kann ich jetzt nicht. Ich beende die normalen Pull-ups, schwinge unter der Stange durch, lasse los, und nach einer Drehung um die eigene Achse packe ich sie erneut und schwinge mich in die andere Richtung. Meine Hände brennen, als ich die Metallstange erwische und der Ruck mir durch den ganzen Körper fährt. Danach stemme ich mich hoch in den Handstand, bevor ich mich runterlasse und neben Noah auf dem Boden lande, der mich lieber beobachtet hat, statt selber Klimmzüge zu machen.

«Fuck, David, wenn ich dir länger zugucke, kriege ich Komplexe. Das ist so verdammt krass, was du da machst.»

«Jahre...langes Training.»

«Und nach ein paar Jahren gelten die verfickten Gesetze der Physik nicht mehr, oder was?»

«Das ist ... auch für mich ... anstrengend.» Ich bin noch außer Atem. «Und es sieht ... leichter aus, als es ist. Dafür würdest du mich beim Boxen ... nach zehn Sekunden auf die Bretter schicken.»

«Nach zwei.» Noah wischt sich grinsend ein paar Haarsträhnen aus der Stirn. Dann holt er eine Dose Talkum aus seiner Tasche, knallt die Hände aneinander, und das Puder staubt durch die Luft. «Sag mir bitte, dass du dabei schon verdammt oft runtergefallen bist.»

«Kann es gar nicht mehr zählen.»

«Okay, das gibt mir meinen Glauben zurück.» Noah springt an die Stange und beginnt mit Klimmzügen. Er ist schnell, aber ich zähle nicht mit. Ich habe eine ganz andere Art zu trainieren. Mir geht es nicht um Schnelligkeit, sondern um Konzentration und die perfekte Ausübung der Bewegung. Und weil Noah mit seinen Tattoos nicht gerade unauffällig ist, bleiben einige Spaziergänger stehen.

Noah versucht anschließend, die Schwünge am Reck mit einer einfachen Drehung zu kombinieren, was ihm gelingt. Aber nach der doppelten Drehung trifft er die Stange nicht sauber und rutscht ab. «Fuck», flucht er und lacht auf, als er unfreiwillig auf dem Boden landet. «Okay, David, die Stange gehört dir.»

Bevor ich loslege, sehe ich im Augenwinkel, dass Leute in unsere Richtung kommen. Ein Rollstuhlfahrer mit Begleitung, aber ich achte nicht weiter darauf. Die anderen Zuschauer haben sich inzwischen verstreut, und ich mache wieder Klimmzüge. Diesmal einhändig. Erst rechts, dann links, immer im Wechsel. Den

Arm eng am Oberkörper ziehe ich mich so weit hoch, bis meine andere Schulter die Stange berührt, was verdammt hart ist. Der Kopfhörer fällt mir aus dem Ohr, und nachdem ich abgesprungen bin und auf dem Boden lande, sage ich: «Ist wieder deine. Lass sehen.»

Woraufhin Noah mir ein «Fick dich», an den Kopf wirft. «Scheiße, David, das ist doch abartig. Ich bin froh, wenn ich mich mit zwei Armen da hochkriege.»

Ich muss lachen und bücke mich, um meinen Kopfhörer aufzusammeln. Als ich aufblicke, sehe ich, dass die Leute, die eben auf uns zugekommen sind, uns inzwischen erreicht haben.

Und verdammt, im Rollstuhl sitzt Abbi Hayden. Deshalb war sie also nicht in ihrem Zimmer. Sie hat Besuch bekommen. Meine Augen registrieren sofort, dass sie heute ganz anders aussieht. Beinahe glücklich. Ein Kind sitzt auf ihrem gesunden Bein, und weil sie den Jungen gerade durchkitzelt, lachen sie beide. Die junge Frau hinter ihr hat den Rollstuhl geschoben. Sie muss eine wirklich gute Freundin sein, wenn sie Abbi dazu bewegen konnte, rauszugehen, und jetzt sagt sie etwas. Abbi hebt den Kopf, ihr Blick geht suchend umher. Dann entdeckt sie mich.

Weil sie wegen des Jungen immer noch lächelt, muss ich das plötzlich auch. Selbst wenn ich wollte, könnte ich es wahrscheinlich nicht zurückhalten.

Der Junge zieht ihr nun energisch am T-Shirt, um ihre Aufmerksamkeit zurückzubekommen. Ich hebe grüßend eine Hand und zwinge mich dann dazu, wegzugucken.

«Kennst du die beiden?» Noah lässt sich mit einem Ächzen fallen.

«Nur eine Patientin.» Ich gehe zum Barren, der neben den Reckstangen angebracht ist, und kann fühlen, wie Abbis Blick mir folgt. Sie scheint mit ihrer Freundin zu diskutieren, aber ich verstehe nicht, was sie sagt. Nur ein verzweifeltes «Willow, bitte» ist deutlich zu hören. Ich kann meine Augen nicht daran hindern, wieder zu ihr zu schwenken.

«Na und?» Ihre Freundin Willow gibt sich keine Mühe, leise zu sprechen. «Das ist ein öffentlicher Park. Außerdem haben die beiden ganz offensichtlich nichts dagegen, beobachtet zu werden, sonst würden sie sich was anziehen.»

Okay, jetzt kann ich mein Grinsen definitiv nicht mehr zurückdrängen. Während Noah weiter am Reck trainiert, greife ich nun mit beiden Händen rechts und links an den Barren und gehe mit den Beinen hoch bis in den Handstand. Ich mache Push-ups, ultralangsam gehe ich in den Armen nach unten, nur um mich in derselben Bewegung wieder hochzustemmen. Wieder und wieder. Meine Muskeln beschweren sich. Ich liebe das Gefühl, trotzdem die Kontrolle zu behalten und es bis aufs Letzte auszureizen. Ich greife um, stütze mich nur noch auf eine Stange, verlagere das Gewicht vollständig auf meinen rechten Arm und löse den anderen, hebe ihn hoch, balanciere meinen Körper auf einer Hand aus.

«Willow!» Abbi flüstert eindringlich und wird dann lauter. «WILL!»

Als ich mich langsam nach unten absinken lasse und schließlich wieder auf dem Boden stehe, registriere ich, dass Willow auf uns zugeht. Abbi presst die Lippen fest zusammen und hebt den Jungen von ihrem Schoß herunter, der sofort losläuft und ihrer Freundin folgt. Sie versucht, die Reifen auf dem sandigen Untergrund in Bewegung zu bringen, stößt dann aber gegen eine Kante am Wegesrand und gibt frustriert auf.

«Hey, Leute, wie nennt sich das, was ihr da macht?» Willow hat tiefschwarze Haare, die zu Dutzenden Zöpfen geflochten sind und mit einem Haarband zusammengehalten werden. Sie nimmt den kleinen Jungen an die Hand.

«Noch nie Klimmzüge gesehen?», fragt Noah.

«Ach, das sollten Klimmzüge sein?» Sie reißt übertrieben weit die Augen auf. «Und ich dachte, du übst, wie man am besten von oben runterfällt, ohne sich weh zu tun.»

Noah wird rot, was ich noch nie gesehen habe, und ich beiße die Zähne aufeinander, um nicht zu lachen.

«Nein, im Ernst, was ist das?», fragt sie jetzt versöhnlich. «Ich finde das echt toll, was ihr macht.»

«Calisthenics», sage ich. «Ist einfach nur ein Street Workout mit deinem Eigengewicht.»

«Kann man das als Frau auch machen, oder muss man dafür wie ihr Kerle einen Muskelanteil von tausend Prozent haben?»

«Es braucht nicht viele Muskeln. Es gibt auch leichte Übungen, mit denen man anfangen kann.»

Noah hat seine Sprache wiedergefunden. «Versuch es unbedingt. Ich will sehen, wie du von dieser Stange runterfällst. Aber hey, Kleiner, du kannst das bestimmt.» Noah hält dem Jungen zur Begrüßung die Faust hin.

Ich gehe zum Baum, unter dem ich mein Zeug abgeladen habe, um was zu trinken. Über die Wasserflasche hinweg sehe ich, wie Abbi die Arme vor der Brust verschränkt. Guck einfach nicht hin, sage ich mir. Was sie jetzt hier draußen macht, interessiert mich nicht. Ich hab Feierabend. Und außerdem will ich mir nicht so viele Gedanken um Haydens Tochter machen. Abstand, David! Aber natürlich schaue ich doch wieder zu ihr rüber, weil ich es nicht ertragen kann, dass sie da in ihrem Rollstuhl sitzt und nicht weiß, was sie tun soll. Es ist beschissen, dass sie allein nicht wegkommt.

Ihr Haar glänzt in der Sonne und erinnert mich an einen Sandsturm. Wieso muss sie ihrem Vater so verdammt ähnlich sehen? Und wie kann eigentlich ihr Haar so hell sein, wenn im Gegensatz dazu ihre Brauen und ihre Augen so dunkel sind, als würde man in einen Abgrund gucken?

Ach, scheiß auf Feierabend. Mit einem Seufzen schnappe ich mir mein Shirt vom Boden und streife es über, weil ich sie nicht schon wieder in Verlegenheit bringen will. Als ich auf sie zugehe, sieht sie aus, als würde sie am liebsten vor mir davonlaufen.

«Alles gut bei dir?», frage ich.

«Tut mir leid, dass wir euch gestört haben. Willow hat mich gekidnappt.»

«Ihr stört nicht. Das ist also deine Freundin Willow. Die mit den professionellen Videos.»

Na großartig, David. Wenn das nicht die perfekte Einleitung ist. Sprich einfach über die nächstbeste Peinlichkeit. Natürlich wird sie rot.

«Und ihr kleiner Bruder Jacob.»

«War eine gute Idee von ihr, dich zu kidnappen. So kommst du mal raus.»

«Mmh.»

Ich sollte das Gespräch jetzt beenden. Wir haben Smalltalk gemacht, ihre Freundin wird von Noah inzwischen auch genug haben. *Also los, David, sag brav bye, und das war's!* Ich öffne schon den Mund, da fällt mein Blick auf ihren Schoß.

Sie hat meinen Papierkranich in der Hand.

Er ist etwas zerknittert, vielleicht hat Willows Bruder damit gespielt. Sie hält ihn am Schnabel fest, und ihre Finger ziehen unruhig die Faltung der Schwanzfedern nach.

«Wo du schon mal hier bist», fange ich an und könnte mir dabei selbst in den Hintern treten. *Lass es einfach, David! Lass es!* «Wir können eigentlich dein Training nachholen.»

Ihr Kopf schießt nach oben, dann schirmt sie die Augen vor der Sonne ab. «Du hast doch längst frei, und ich halte dich nur von deinem eigenen Training ab.»

Was bedeutet schon frei, wenn ich gedanklich sowieso jede

verdammte Minute mit ihrem Vater beschäftigt bin? Und je mehr sie trainiert, umso schneller kommt sie nach Hause und ich wieder zu meinem normalen Leben. Vielleicht schaffe ich es dann endlich, das alles zu vergessen.

«Ist keine große Sache, ich bin eh so gut wie fertig.» Damit sie nicht so in die Sonne gucken muss, drehe ich ihren Rollstuhl ein Stück im Uhrzeigersinn und stütze mich auf ihren Armlehnen ab. Ich zwinge mich zu einem aufmunternden Tonfall. «Du hast es vielleicht nicht gehört, aber der Barren da hinten ...» Ich zeige auf die zwei Metallstangen, die parallel wie zwei Handläufe aufgebaut sind und an denen ich gerade noch trainiert habe. «Er hat nach dir gerufen.»

Abbi hat ihre Gesichtsmuskeln so was von nicht unter Kontrolle. Ich weiß sofort, was in ihr vorgeht. Sie hat Angst, muss aber gleichzeitig lächeln. Der Ausdruck, der dabei herauskommt, ist irgendein schräges Ding dazwischen. «Das hat er ganz sicher nicht.»

«Doch. Laut und deutlich.»

Sie deutet zwischen sich und dem Sportgerät hin und her. «Vielleicht sprechen der Barren und ich einfach nicht dieselbe Sprache.»

«Ich kann dir das übersetzen.»

«Aber du bist doch mit deinem Freund hier.»

«Der bestimmt kein Problem damit hat, wenn wir beide ein paar Minuten den Barren belegen.»

«Also ... gut. Wenn du meinst.» Sie klingt immer noch zweifelnd.

Ich schiebe ihren Rollstuhl über die dämliche Rasenkante, die sie nicht überwinden konnte, und dann die paar Meter über die Wiese bis zum Trainingsgerüst. Noah kommt auf uns zu, als ich die Bremsen feststelle.

«Braucht ihr Hilfe?», fragt er.

«Nein», kommt es direkt panisch von Abbi. Ich grinse und schüttele nur leicht den Kopf. Noah bringt es fertig und trägt sie durch den gesamten Parcours, und das wäre ganz und gar nicht hilfreich.

«Okay.» Er hebt eine Hand. «Dann sagt einfach Bescheid.»

Willow ist damit beschäftigt, ihren kleinen Bruder am Reck zu bewachen. Er klebt an der niedrigsten Stange, baumelt hin und her wie ein Uhrenpendel und kreischt begeistert. Ich klappe Abbis Fußstützen zur Seite, um ihr beim Aufstehen zu helfen. «Sorry, ich bin leider ziemlich verschwitzt», warne ich sie vor, weil sie sich die letzten paar Schritte bis zum Barren auf mich stützen muss.

Okay, das scheint ihr gerade so ziemlich egal zu sein. Sie hat die Lippen so fest zusammengepresst, als hätte sie Angst, ihre Zähne zu verlieren. Ich halte sie um die Taille gepackt und versuche, nicht darauf zu achten, wie gut sie sich anfühlt. Ihre Hand hat sich an meiner Schulter so krampfhaft in mein Shirt gekrallt, dass ich den Stoff beinahe wimmern höre. So überbrücken wir den letzten Meter bis zum Barren. Als sie sich am Holm festhalten kann, wirkt sie erleichtert. Ich klettere drunter durch und stelle mich direkt vor sie.

«Musst du mir jetzt nicht irgendwas mit einer Angel vor die Nase halten? Eine Möhre oder so?», fragt sie und lacht unsicher.

Ich zucke mit den Schultern. «Ich schätze, ich bin die Möhre.»

*Verdammt, David, was soll das?* Ich räuspere mich. «Komm einfach auf mich zu. Ich bin sofort da, wenn du Probleme hast, okay?»

Sie nickt und starrt dann auf den Boden. Ihre Hände greifen nach vorn, aber die Höhe des Barrens ist nicht optimal. Doch wir sind draußen. Die Sonne und das Lachen von Jacob sind wahrscheinlich gerade viel wichtiger für Abbi als optimale Trainingsbedingungen, würde ich meinen. Vorsichtig setzt sie den rechten

Fuß auf und lässt dann den linken folgen. Schritt für Schritt geht es vorwärts.

«Sehr gut, Abbi. Versuch dein Gewicht noch mehr mit den Armen abzustützen. Hast du feuchte Hände? Nicht dass du abrutschst.»

«Nein.» Ihre Zungenspitze ist zu sehen, als sie konzentriert weitermacht.

Ich weiche Stück für Stück zurück. «Es sind nur drei Meter. Das schaffst du locker.»

«Das hört sich wenig an, wenn du das sagst, aber ...» Sie unterbricht sich selbst mit einem Kopfschütteln und zieht es durch. Fuß für Fuß, fest auf ihre Arme gestützt. Als wir das Ende erreicht haben, hebt sie plötzlich den Kopf, und der Ausdruck in ihren Augen trifft mich unerwartet. Weil sie in der Sonne schimmern wie Kastanien und sie stolz und glücklich aussieht und mich das auch happy macht. Mehr, als es sollte.

«Drehen wir um und machen das Ganze noch mal», sage ich schnell, um dieses Gefühl zu verdrängen, und klettere wieder unter der Stange durch. Ich müsste nicht unbedingt vor ihr gehen. Sie ist ziemlich sicher auf den Beinen, aber ich mag es, wie sie auf mich zukommt. Und vor allem mag ich es, wenn sie sich etwas zutraut.

«Ich weiß, ich bin total langsam.»

«Du bist nicht langsam. Außerdem ist es egal. Es ist wie bei allem im Leben. Die Richtung, in die du gehst, ist wichtiger als dein Tempo.»

Sie winkelt das verletzte Bein an. Das ist im Vergleich zu ihrer Haltung vor ein paar Tagen schon eine Million Mal besser. Dann geht sie weiter und schaut dabei mit einem Lächeln auf ihre Füße. «Die Richtung ist wichtiger als das Tempo», wiederholt sie. «Kann es sein, dass du eigentlich kein Physiotherapeut bist, sondern Philosoph?»

«Kann es sein, dass du gerade das erste Mal ohne Gehwagen läufst und das trotzdem großartig hinbekommst?»

Sie lächelt. «Du klingst schon wie mein Dad.»

Scheiße.

Ich bleibe zwar nicht ruckartig stehen, aber Abbi merkt trotzdem, dass etwas nicht stimmt. Sie guckt hoch. Wahrscheinlich fällt mir gerade alles aus dem Gesicht. Wie bescheuert bin ich eigentlich, mich gedanklich auf etwas einzulassen, bei dem es um mehr geht als um Knochen und Muskeln?

«Ich meine, weil du genau wie mein Dad immer versuchst, mich zu motivieren», sagt sie schnell. «Das war nett gemeint.»

Ist verdammt noch mal nicht so bei mir angekommen. «Mach einfach weiter.»

Sie setzt sich in Bewegung, schaut dabei aber immer wieder zu mir auf. «Ich habe was Blödes gesagt, oder?», fängt sie an. «Kann ich das irgendwie wiedergutmachen?»

«Sicher. Indem du jetzt umdrehst und denselben Weg noch mal zurückgehst.» Ich sollte das nicht von ihr verlangen. Sie hat längst genug, das ist nicht zu übersehen. Warum sage ich es dann? Nur um sie an ihre Schmerzgrenze zu bringen, so wie sie das gerade bei mir gemacht hat? Wieso habe ich mich nicht besser im Griff?

«Okay.»

Obwohl sie jetzt schon erschöpft ist, dreht sie am Ende des Barrens noch einmal um und kehrt mir den Rücken zu. Diesmal laufe ich nicht vor ihr her. Ich achte auf jede ihrer Bewegungen. Wie sie das Bein anhebt und nach vorne setzt. Wie sich ihre Arme anspannen und die Finger um die Holme verkrampfen, weil sie fast ihr ganzes Gewicht tragen müssen. Wie sich ihre Schulterblätter anheben und das enganliegende T-Shirt darüber spannt. Abbi wirkt trotz der Anstrengung entschlossen, und in mir regt sich der idiotische Wunsch, sie zu beschützen. Das ist doch scheiße. Normalerweise habe ich nicht das Bedürfnis, einem meiner Patienten etwas abzunehmen, zumindest sollte ich das nicht haben. Aber in diesem Moment würde ich das gern.

Als sich mit einem Mal das Zittern in ihren Armen intensiviert und auf ihren ganzen Körper ausdehnt, bin ich mit drei Schritten vor ihr am anderen Ende des Barrens. Auf Abbis Stirn stehen Schweißperlen, und ihre Haut ist blass. Außerdem verzieht sie vor Schmerzen das Gesicht. Das war definitiv zu viel.

Gerade noch rechtzeitig halte ich sie fest, bevor ihr das gesunde Bein wegsackt. Noah hat es gesehen und kommt sofort zu uns.

«Es ist ... alles okay», keucht Abbi atemlos in mein Shirt. «Ist bestimmt nur die Sonne. Ich glaube, ich habe ... einfach zu wenig getrunken.»

«Hast du Wasser dabei?», fragt Noah mich.

«Meine Trinkflasche. In meinem Rucksack.»

Er läuft los, und ich helfe Abbi in den Rollstuhl. Sie ist so erschöpft, dass sie nicht mal protestiert, als ich die Arme um sie lege, um sie richtig in den Sitz zu bekommen, und für eine Sekunde blitzt der Gedanke in mir auf, wie nah das an einer Umarmung ist. Ich kann ihren Atem an meiner Wange spüren, und ihr Haar kitzelt mich am Mund, bevor ich zurückweiche.

Abbi wischt sich den Schweiß von der Stirn. Sie stützt sich erst auf die Armlehne, dann fasst sie sich an die schmerzende Hüfte. Ihre Schwachstelle. Sie tastet nach etwas unter ihrem Bein, und einen Augenblick später zieht sie den Kranich hervor. «Oh nein», sagt sie. «Jetzt habe ich ihn zerdrückt.»

«Ist doch egal. Ich mach dir einen neuen.»

Sie sieht überrascht auf, und ich klemme mir, über mich selbst verärgert, die Unterlippe zwischen die Zähne.

«Ich wusste nicht, dass er von dir ist.»

Noah kehrt mit dem Wasser zurück, deshalb komme ich um

eine Antwort herum. Mit beiden Händen hält Abbi die Flasche umständlich fest und trinkt. Und danach hat sie tatsächlich wieder etwas mehr Farbe im Gesicht.

Ich höre Willows kleinen Bruder kreischend über die Wiese rennen, seine Schwester ruft etwas hinter ihm her, aber ich habe nur Augen für Abbi.

«Was ist mit deinen Händen?», frage ich sie, weil sie sie immer noch seltsam krümmt.

«Nichts, es geht gleich wieder.» Sie lässt die Flasche in ihrem Schoß liegen, dreht die Handfläche nach außen, und weil ich nicht anders kann, taste ich darüber. Sie hat keine Blasen an den Händen, also war es vermutlich nur die verkrampfte Haltung, die ungewohnte Anstrengung. Ich halte sie fest, fange an, Abbis rechte Hand von den Fingern an über die Handfläche auszustreichen, um sie zu lockern.

«Es ist nicht so schlimm. Wirklich.»

Aber ihre Hand ist völlig steif. Mit den Fingerspitzen fahre ich zwischen den Mittelhandknochen entlang bis zur Handwurzel, dann streiche ich jeden einzelnen Finger von ihr aus und knete mit Daumen und Zeigefinger sanft die Muskeln ihres Daumenballens. Das mache ich, ohne aufzusehen, und so lange, bis ich merke, dass ihre Muskeln sich endlich lockern. Ich wechsle zum kleinen Finger und nehme mir ihren Handballen vor.

Abbi gibt einen seltsamen Laut von sich, aber als ich hochgucke, sieht sie entspannt aus. Okay, das ist gut. Ich lasse ihre Rechte los und mache mit der linken Hand weiter, wo ich genau dieselbe Abfolge wiederhole. Glaube ich. Denn weil ich sie beobachte, vergesse ich auf einmal, was ich tun wollte. Abbis Lippen sind leicht geöffnet, und als sie mir auf einmal direkt in die Augen sieht, setzt mein Herz für einen Schlag aus. Verdammt, sie ist kein bisschen entspannt, und ich sollte sofort damit aufhören. Ihre Finger bewegen sich, und auf einmal hält sie mich fest. Unwillkürlich. Ich glaube nicht, dass sie es mit Absicht macht, es ist mehr ein Reflex. Trotzdem werde ich davon überrascht und spüre meinen Herzschlag bis hinauf in den Hals. So hart, dass ich nur mühsam Luft kriege.

Willows Stimme ruft zu uns herüber, aber ich nehme sie kaum wahr.

«Hey.» Noah räuspert sich. «David.» Er stößt mich mit dem Ellbogen an.

Ich zucke zusammen und winde meine Hand aus Abbis Griff. Willow kommt mit ihrem kleinen Bruder im Schlepptau zu uns. «Können wir zur Klinik zurückgehen? Ich muss Jacob spätestens um acht ins Bett bringen.»

Abbi stammelt. «J…ja, klar. Lass uns zurückgehen.» Dann wendet sie sich an mich. «Danke für das Wasser. Und … alles.»

«Kein Problem.» Mit der Hand, die sie eben noch festgehalten hat, fahre ich mir über den Nacken. «Wir sehen uns morgen.»

Die Schatten sind jetzt so lang, die Sonne so tief, dass die drei im Weggehen kaum mehr als schwarze Silhouetten sind.

«Okay», sagt Noah und holt tief Luft. «Was zum Teufel war das gerade?»

«Was meinst du?»

«Das, was du da mit ihren Händen gemacht hast und was sie, nebenbei bemerkt, total benebelt hat. Macht man das so als Physiotherapeut?»

«Wenn's nötig ist.»

«Und du meinst ernsthaft, *das* war nötig?»

«Das war eine medizinische Massage, Noah. Was ist daran ungewöhnlich? Ist schließlich meine Schuld gewesen, dass ihre Hände so verkrampft waren. Ich habe zu viel von ihr verlangt.»

«Das», Noah hebt eine Braue in die Höhe, «war keine *medizinische* Massage. Ich stand die ganze Zeit daneben, falls es dir entgangen ist.»

«Sie hatte Schmerzen, und ich habe ihre Muskeln gelockert. Was ist daran so schlimm? Erklär's mir, ich kapier's nämlich nicht.»

«Hättest du sie auch so *gelockert*, wenn sie ein hässlicher alter weißer Sack gewesen wäre?»

«Natürlich. Das ist mein Job.»

«Du meinst das wirklich ernst, oder? Fuck, David. Wenn das eine Handmassage war, dann solltest du beim nächsten Mal ein Kondom benutzen.» Er bricht in Gelächter aus, und als mir klar wird, was er meint, trifft mich das wie eine Abrissbirne.

«Sie ist meine Patientin», sage ich schroff. Und nicht nur das. Sie ist außerdem auch die Tochter des Mannes, den ich mehr verabscheue als jeden anderen auf der Welt. Es war definitiv nur eine Massage. Nicht mehr. Aber ... wenn Noah das anders sieht, habe ich vielleicht ein noch größeres Problem, als ich dachte. Denn heilige Scheiße, was, wenn Abbi das auch so empfunden hat?

«Nur eine Patientin, klar. Aber eine, mit der du gerade am helllichten Tag im Park fucking ungeschützten Handsex hattest. Mir ist schon vom Zugucken heiß geworden. Scheiße, ich muss das unbedingt mit Aubree machen. Kannst du mir zeigen, wie das geht?»

«Schnauze, Noah.» Ich bin sauer. Das hatte nichts, aber auch gar nichts zu bedeuten, und dass Noah so beschissene Andeutungen macht, kotzt mich gerade richtig an.

«Ich kann gerne die Klappe halten. Aber ich glaube nicht, dass dir das weiterhilft.» Er lacht so laut auf, dass ich ihm am liebsten eine verpassen würde.

Ohne Vorwarnung reiße ich meinen Arm hoch und nehme ihn in den Schwitzkasten. Er wehrt sich nicht mal, lacht nur noch lauter, was es leider ziemlich unbefriedigend macht.

«Ach, verdammt. Lass uns einfach weitertrainieren», fahre ich ihn an. Was ich jetzt brauche, kann mir nur ein hartes Workout bieten. Okay, wahrscheinlich nicht mal das. Was ich brauche, ist Abstand zu Abbi Hayden. Denn sie hat mich eben mit ihren dunklen Augen so angesehen, als würde sie mir noch viel mehr anvertrauen als bloß ihre Hände.

10. KAPITEL

# ABBI

*Wir sehen uns morgen*, hat David gesagt, aber zwei Tage lang lässt er sich nicht blicken. In dieser Zeit laufe ich einfach weiter mit dem Gehwagen, mache meine Übungen und versuche, nicht so viel an ihn zu denken, was aber nicht wirklich funktioniert. Weil er mir einen Papierkranich geschenkt hat und ich nicht weiß, warum. Und weil ich nicht vergessen kann, wie er meine Hände massiert hat. Macht er das bei all seinen Patienten? Wie sanft er war, wie konzentriert. Und dann habe ich ihn festgehalten, was ein blöder Fehler war. Dabei habe ich es nicht mal mit Absicht getan, ich habe einfach nicht nachgedacht. Wie konnte mir das nur passieren? Mir wird jetzt noch heiß, wenn ich mir den Moment in Erinnerung rufe. Vor allem, wie überrascht er mich angesehen hat.

Ich halte den Kranich gerade mal wieder in der Hand, jetzt lege ich ihn seufzend auf meinen Nachttisch auf die Mappe von Dads Firma. Die beiden Flügel stehen hoch, und er sieht aus, als würde er gleich abheben.

Die Schmerzen in meiner Hüfte sind noch schlimmer geworden. Heute Morgen wurde eine Sonographie gemacht, um auszuschließen, dass es eine Entzündung ist. Der Arzt meinte, der Befund sei negativ, es läge nur an der einseitigen Belastung. Auch die Röntgenkontrolle von meinem Knie ist gut ausgefallen. Trotzdem habe ich das Gefühl, auf der Stelle zu treten, hier niemals rauszukommen. Ich werde ewig hier in dieser Klinik festhängen. Wie dieser Kranich, der zwar so aussieht, als könne er fliegen, es aber nicht kann. Und jetzt ist er für immer in dieser Form gefangen.

Wenn man Papier faltet, dann brechen die trockenen Papierfasern. Man kann es mit der Hand glätten, es sogar bügeln, aber es wird nie wieder so sein wie zuvor. Und so fühle ich mich auch. Etwas in mir ist bei dem Unfall zerbrochen, und es ist egal, wie gut es heilt oder wie viel ich trainiere, es wird vielleicht nie wieder so sein wie vorher. Die Vorstellung, wieder mein altes Leben zu leben, aufs College zu gehen, unter der Woche dort im Wohnheim zu wohnen, ist fast surreal. Ich würde Ryan dort begegnen. Ryan, mit dem ich das erste Mal Sex hatte und der mir dabei seine Wünsche aufgedrängt hat. Der mich überrumpelt und mir jede Möglichkeit genommen hat, erst einmal herauszufinden, was ich selbst eigentlich mag. Und der mich jetzt verurteilt, weil wir zusammen diesen Unfall hatten.

*Lösch meine Nummer, du Psychopathin! Ich will nichts mehr mit dir zu tun haben.*

Als mein Handy klingelt, schrecke ich zusammen, weil ich im ersten Moment denke, dass es Ryan sein könnte. Aber es ist meine Mutter. Es läutet viermal, und ich überlege, ob ich nicht lieber die Mailbox drangehen lasse. Nur dass ich keine Ausrede habe. Sie wird mir kaum abkaufen, dass ich schwer beschäftigt bin. Und ich möchte nach Hause. Ich möchte so sehr nach Hause, dass mir sogar beim Foto meiner Mutter die Kehle eng wird.

«Hallo, Mom.»

«Guten Morgen, Abigail. Wie geht es dir?»

«Gut, danke. Ist Dad bei dir?»

«Ich bin mit deinem Vater unterwegs nach Concord, deshalb rufe ich an. Wir werden nachher noch zu dir in die Klinik kommen, aber du kannst dir schon mal einen Termin für morgen notieren.»



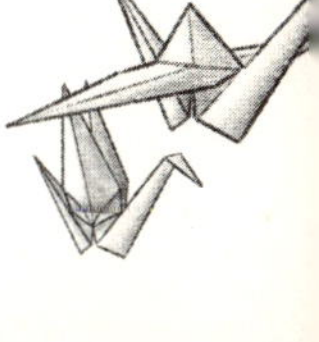

«Was für einen Termin?»

«Beim Schmerztherapeuten. Es war sehr schwer, so kurzfristig etwas zu vereinbaren, aber dank guter Beziehungen ist es geglückt. Um zehn Uhr dreißig musst du dort sein. Die Praxis ist allerdings nicht auf dem Klinikgelände. Du musst also einer der Schwestern Bescheid geben, dass sie dir für spätestens Viertel vor zehn einen Krankentransport organisieren. Ich schicke dir die Kontaktdaten gleich per E-Mail.»

«Wir haben vorher gar nicht darüber gesprochen.» Sie hat mich nicht mal gefragt, ob ich diesen Termin überhaupt möchte.

«Wir haben nur noch drei Wochen, Abigail. Für die Homestory solltest du ohne Krücken stehen können. Inzwischen müssen wir nach jedem Strohhalm greifen, damit du rechtzeitig fit und vorzeigbar bist.»

Fit und vorzeigbar. Und wenn nötig soll ich dann mit Schmerzmitteln vollgepumpt in die Kamera lächeln, damit sie für den Wahlkampf schöne Filmaufnahmen bekommen. Ich schlucke, weil mir Moms Aktionismus Magenschmerzen verursacht. Aber ich will mich meinem Dad zuliebe nicht davor drücken. «Ich kümmere mich um den Krankentransport.»

«Und dann habe ich mit Ryans Mutter telefoniert.»

Mein Magen sackt eine Etage tiefer. Sie sagt es einfach so, als wäre es nebensächlich, aber das ist es nicht. «Hast du sie etwa angerufen?» Bitte nicht. Nicht das auch noch.

«Ich hatte sie um Rückruf gebeten, und wir haben uns für morgen zum Mittagessen verabredet. Dein Vater und ich haben uns überlegt, dass es schön wäre, wenn Ryan beim Dreh mit dabei wäre.»

Ich richte mich im Bett auf. «Was? Das ist doch nicht dein Ernst? Du weißt, dass wir nicht mehr zusammen sind, Mom. Und daran wird sich auch nichts ändern.»

«Wie kannst du da so sicher sein? Ihr seid das perfekte Paar.

Ich verstehe, dass es in eurem Alter manchmal Probleme gibt, aber das lässt sich doch aus der Welt schaffen. Du musst dir einfach mehr Mühe geben. Sei ein bisschen nett zu ihm.»

Mir wird schlecht. Ich soll nett zu ihm sein? Er hält mich für eine Psychopathin. Ganz abgesehen davon, dass er nicht einmal wissen wollte, wie es mir nach dem Unfall geht. «Auf gar keinen Fall. Ich werde mich nicht mit Ryan filmen lassen. Wenn du willst, gehe ich morgen zu diesem Schmerztherapeuten, und ich verspreche dir, dass ich alles dafür tue, in drei Wochen ohne Krücken für diese Aufnahmen bereitzustehen, aber das kannst du nicht von mir verlangen. Ryan hat mit mir Schluss gemacht, Mom. Und ich möchte ihn nie wiedersehen.»

«Wir müssen nicht jetzt darüber diskutieren.»

Mir bricht der Schweiß aus, weil ich diesen Tonfall kenne. Genau diesen Satz sagt sie immer, bevor sie mich vor vollendete Tatsachen stellt. «Wir müssen überhaupt nicht darüber diskutieren. Ich will das nicht. Außerdem wird Ryan sich nicht darauf einlassen.»

«Darum werde ich mich kümmern.»

«Mom!» Ich muss ihr begreiflich machen, dass Ryan für mich gestorben ist. Aber den Grund dafür kann ich ihr auf keinen Fall sagen. Weil ich ihn mir nicht mal selbst eingestehen kann. Weil ich davor unendliche Angst habe. Denn seine Beleidigung und das, was er damit impliziert ... Was, wenn er recht hat? Was, wenn ich in dieser Nacht überreagiert habe? Wir haben uns schon auf der Party gestritten, und womöglich habe ich einen Fehler gemacht. Und der nächste Gedanke zerreißt mich fast: War es meine Schuld? Habe ich im Auto die Nerven verloren? «Kann ich mit Dad sprechen?», bringe ich mühsam heraus.

Meine Mutter seufzt. «Glaub mir, dein Vater ist mit mir einer Meinung.»

«Gibst du ihn mir bitte?»

«Du kannst später mit ihm telefonieren. Er muss sich jetzt auf ein Interview vorbereiten. Sieh bitte zu, dass du das mit der Fahrt morgen regelst. Bis später, mein Liebling.»

Sie legt auf, und ich starre mehrere Minuten lang auf mein Handy. Völlig fassungslos, wie dieses Gespräch gerade verlaufen ist. Mein Blick fällt auf den Kranich. Ich bin wirklich wie dieser Origami-Vogel. Seit Wochen werde ich hin und her geschoben, und schon davor bin ich hilflos herumgeflattert in dem Versuch, das Richtige zu tun. Das Richtige aus Sicht meiner Eltern, das Richtige für mein Studium oder für meine Beziehung zu Ryan. Aber das Richtige ist nicht das, was ich will. Ich werde mich nicht darauf einlassen, mit Ryan Heile-Welt-Aufnahmen für Dads Wahlkampf zu machen. Das kann Mom nicht von mir verlangen. Und was ich jetzt will, ist, einfach nur nach Hause zu gehen. Ich halte es hier nicht mehr aus. Vielleicht kann mir die Schmerztherapie wirklich helfen. Vielleicht komme ich damit schneller von hier fort.

Ich schiebe die Beine über den Bettrand, hangle nach dem Rollstuhl und ziehe ihn an der Armlehne zu mir heran. Der Gehwagen steht von gestern noch in meinem Zimmer, aber um ihn zu erreichen, muss ich mit dem Rollstuhl rüberfahren. Meine Hüfte sticht. Ich stemme mich hoch und streife den Morgenmantel über, weil ich nur Unterwäsche und ein langes Schlafshirt trage. Auch wenn es hier niemanden interessiert, wie ich aussehe – im Nachthemd muss ich nicht unbedingt zum Schwesternzimmer.

Am anderen Ende des Raums stelle ich die Bremsen fest und ziehe mich am Gehwagen hoch. Es ist total umständlich, die Tür aufzubekommen, wenn man gleichzeitig so ein Riesengefährt vor sich herschiebt, aber schließlich schaffe ich es. Schritt für Schritt arbeite ich mich vorwärts über den Flur. Ich fühle mich wie eine Heldin, was eigentlich lächerlich ist. Es ist höchste Zeit, dass ich das hier allein bewältige. David hat recht. Meine Rippenbrüche sind gut verheilt, ich sollte endlich auf Krücken laufen und den Gehwagen für Senioren hinter mir lassen. Und ich sollte aufhören, auf ihn zu warten, und mein Leben selbst in den Griff kriegen.

Aus dem Schwesternzimmer höre ich Gelächter, dann einen Piepston, der es sofort beendet. Die Tür wird aufgerissen, und jemand rennt an mir vorbei. Weil die Tür offen bleibt, kann ich die Leute im Raum jetzt deutlich verstehen. Zuerst höre ich Kadence' Stimme und dann die von David, was mich überrascht. Ich dachte, er wäre gar nicht da. So wie an den letzten beiden Tagen.

«Nur heute», sagt Kadence. «Nur dieses eine Mal noch, versprochen. Ich muss heute unbedingt pünktlich raus.»

«Dann gib mir jemand anderen», sagt David. «Scheiße, Kady, gibt mir fünf andere. Ich mache auch Überstunden für dich, ist mir völlig egal. Aber erspar mir das.»

«Ich weiß echt nicht, was du hast. Sie ist ein nettes Mädchen, und sie hat bei dir so tolle Fortschritte gemacht. Du magst sie doch.» Kadence seufzt, und ich erstarre auf der Stelle.

«Ich erklär's dir irgendwann mal.»

«Na gut. Aber dann nimmst du mir Hamilton ab und die beiden aus der vierzehn.»

David atmet erleichtert aus. «Deal.»

Bevor ich irgendwie reagieren kann, stößt Kadence die Tür noch weiter auf und kommt heraus. David folgt einen Schritt hinter ihr. Wenn ich mir bis dahin noch einreden konnte, dass es bei diesem Gespräch ganz sicher nicht um mich ging, wird mir das Gegenteil spätestens klar, als David mich entdeckt. Er wird schlagartig rot und beißt sich auf die Lippe.

«Hey, Süße», sagt Kadence und lächelt darüber hinweg. «Du bist ganz allein unterwegs. Sehr gut.»

Er will nicht mit mir arbeiten, ist das Einzige, woran ich denken kann, und dabei krümmt sich etwas in mir zusammen. Er macht lieber Überstunden mit anderen Patienten, als noch einmal mit mir zu üben.

«Ja.» Ich räuspere mich, weil meine Kehle zu eng für jedes weitere Wort scheint, doch plötzlich ist der Weg frei, und die Sätze stolpern nur so aus mir heraus. «Ich wollte dir nur Bescheid sagen, dass ich heute keine Krankengymnastik brauche, weil ... ich keine Zeit habe», improvisiere ich. «Meine Freundin Willow kommt vorbei. Wir fahren dann wieder in den Park. Vielleicht gehe ich nachher auch noch runter in den Fitnessraum, um meine Arme zu trainieren, aber dabei komme ich allein zurecht.»

Allein. Ich brauche dich nicht, schwingt es überdeutlich zwischen den Zeilen mit, und ich hoffe, dass David versteht, dass dieser Satz ihm gilt, auch wenn ich ihn dabei nicht ansehe. *Du willst mich nicht, und ich brauche dich nicht.*

Mit der Hand streiche ich mir meine Haare hinters Ohr. Mein Gesicht fühlt sich glühend heiß an. Weil ich lüge. Willow kommt definitiv nicht. Sie ist mit ihrer Mom und Jacob auf dem Weg nach Bristol, um ein paar Tage am Newfound Lake zu verbringen. Und weil David nichts sagt. Und weil ich im Augenwinkel sehe, wie er sich wieder einmal über den Nacken fährt. Was eine Geste ist, von der ich jetzt sicher weiß, dass er sie aus Verlegenheit macht.

«Es ist total schön draußen, oder?» Meine Stimme klingt künstlich, als würde ich die Worte von einem Blatt ablesen.

«Aber es ist superheiß», sagt Kadence. «Nimm auf jeden Fall was zu trinken mit, wenn du rausgehst.»

«Mach ich.» Ich könnte mich jetzt endlich verabschieden, aber wenn ich den Termin morgen verpasse, bringt Mom mich um. «Für morgen brauche ich einen Krankentransport zur Schmerztherapie. Um Viertel vor zehn. Kannst du das vielleicht an die Schwestern weitergeben?»

«Aber klar, mach ich. Dann viel Spaß nachher.»

«Danke.» Oh Gott, meine Augen brennen wie Feuer. Ich blinzle und wende schnell den Kopf ab. Vielleicht war ich gar nicht gemeint. Und wenn doch, dann geht davon die Welt nicht unter. Nur weil ich David mag, heißt das ja nicht, dass dieses Gefühl auf Gegenseitigkeit beruht. Er ist nur mein Therapeut, er muss nicht mit mir befreundet sein. Vielleicht ist er einfach überarbeitet und ... Nein. Ich habe mich einfach getäuscht. Wir haben zwar zusammen gelacht, aber das alles war nur professionelle Freundlichkeit von ihm, keine echte Sympathie. Das ist auch gar nicht schlimm. Ich bin nur gerade etwas empfindlich, weil ich Schmerzen habe und Heimweh. Und weil er meine Hände auf eine Art berührt hat, die viel zu intim war. Was ich mir ganz offensichtlich aber nur eingebildet habe.

Ich schiebe den Wagen um die eigene Achse und stoße dann ein Keuchen aus, weil ich zu fest mit dem rechten Fuß aufgetreten bin und mir der Schmerz sofort ins Knie schießt.

«Warte», höre ich David sagen, aber ich warte nicht. Ich will nicht, dass er mir hilft. Nicht, wo ich jetzt weiß, dass ihm das eigentlich zuwider ist.

Mit meinem ganzen Gewicht stütze ich mich auf den Wagen und schiebe ihn vorwärts. Dieses blöde Knie! Meine Hüfte! Ich könnte wirklich heulen. So schnell es geht, humple ich vorwärts und beiße dabei die Zähne fest zusammen. Es ist egal, ob es weh tut, solange ich nur mein Zimmer erreiche und die Tür zuwerfen kann. Solange ich so tun kann, als hätte ich nicht gehört, was David gesagt hat, und als hätte mich das nicht verletzt. Es ist idiotisch, dass mich das verletzt. Aber die Vorstellung, dass er jetzt Mitleid mit mir hat, ist unerträglich. Er hat gelesen, dass Ryan mich für eine Psychopathin hält. Und dann halte ich im Park seine Hand fest. Offenbar war das so falsch, dass er mich jetzt nicht mal mehr behandeln will.

Davids Turnschuhe. Das Geräusch, das seine Sohlen auf dem Linoleum machen, ist mir lächerlich vertraut. Ich höre genau, dass er mir folgt, und ich wünschte, er würde es nicht.

«Abbi, warte.»

Ich bleibe nicht stehen, und ich sehe mich auch nicht um. Ich wünschte, ich könnte weglaufen.

«Hey.» David hat mich eingeholt und geht neben mir her. «Du hast es ganz schön eilig.»

«Ja», knurre ich durch zusammengepresste Zähne. «Ich trainiere für die Meisterschaft im Gehwagensprint.» Es tut weh. In meiner Hüfte sticht es, als würde jemand mit einem Messer darin herumstochern. Und in meinem Brustkorb sticht es auch. *Bitte hilf mir nicht. Bitte hör auf, so nett zu tun.*

«Die wirst du gewinnen, würde ich meinen.»

Ich gucke ihn nicht an, um zu sehen, ob er lächelt. Weil ... wäre das nicht total verlogen von ihm?

«Ich schaffe das allein, danke», sage ich schnell, um ihn abzuwimmeln. «Ich habe in den letzten Tagen Brustmuskeln bekommen.» Oh Gott, Abbi!

«Und einen Bizeps», füge ich noch hinzu, da sagt er schon: «Ist nicht zu übersehen.»

Mein Blick schießt zu ihm, und nun bleibe ich ruckartig stehen. David bemüht sich um ein freundliches Lächeln, aber es misslingt ihm. Wahrscheinlich, weil er nicht so gut lügen kann, wie er gerne möchte. Und ich weiß nicht, was ich darauf sagen soll.

«Die Sonographie von deiner Hüfte war ohne Befund, habe ich gelesen.»

Heißt das, er hat sich meine Untersuchungsbefunde angesehen? Obwohl er ums Verrecken keine Krankengymnastik mit mir machen will und mir seit Tagen aus dem Weg geht? Warum? Einfach nur, weil er professionell ist?

«Aber es gefällt mir trotzdem nicht, wie du läufst», sagt er. «Du hast Schmerzen, das ist nicht zu übersehen.»

Ist mir egal, ob ihm das gefällt! «Es lässt sich aushalten. Ehrlich.» Ich laufe wieder los, obwohl ich nicht will, dass er mich dabei beobachtet, und bin schon fast an meinem Zimmer, als mein verdammter Körper mich im Stich lässt. Es sticht so stark in meiner Hüfte, dass mir das Bein einfach wegknickt. Mit einem Keuchen halte ich mich fest und fange überall an zu zittern.

«Scheiße», flucht David. Er ist sofort zur Stelle, um mich festzuhalten. «Ich sag doch, das gefällt mir nicht. Kadence sollte sich das unbedingt ansehen.»

«Es ist ... nicht so schlimm. Und Kadence hat keine Zeit. Bitte lass mich einfach nur in mein Zimmer. Bitte.»

«Dann ...» Er kaut sichtbar an seinem nächsten Satz herum. «... dann werde ich mir das ansehen.»

Aber das ist doch genau das, was er um jeden Preis vermeiden will, oder nicht? Was zum Teufel soll das? Wieso wehrt er sich einerseits mit Händen und Füßen, etwas mit mir zu tun zu haben, macht sich andererseits aber Sorgen? Hat er einfach nur ein schlechtes Gewissen? Aber warum? Ich versteh es nicht. «Das ist nicht nötig», sage ich schnell. «Morgen habe ich einen Termin beim Schmerztherapeuten, und ich ... ah!» Ich beiße die Zähne zusammen und kralle mich hilflos am Wagen fest, weil das Stechen mich umbringt.

«Okay, das reicht.»

In der nächsten Sekunde greift David mir unter Arme und Kniekehlen und hebt mich hoch. Ich kann mich nicht dagegen wehren, weil mich gerade jede Kraft verlässt, und gebe ein verzweifeltes Stöhnen von mir. Nicht nur, weil es schmerzt, sondern auch, weil es so demütigend ist, ausgerechnet von David getragen zu werden. Mein Kopf prallt gegen seine Schulter, als er mit mir den Gang runterläuft und mit Ellbogen und Schulter eine Tür aufstößt. Aber nicht die Tür zu meinem Zimmer, sondern zu einem Behandlungsraum. Da ist eine Liege, auf der er mich absetzt, und ich versuche verzweifelt, mein Gesicht wieder auf Normaltemperatur runterzubekommen. Aber ... Oh Gott, es tut so weh! Ich hebe den Po an, um nicht mit meinem ganzen Gewicht auf der rechten Seite zu sitzen, aber das hilft auch nicht. Die Liege ist bretthart.

«Ich weiß, das ist nicht sehr bequem, tut mir leid.» Er tritt zur Tür, um sie zu schließen, dann kommt er zu mir zurück. Er sieht wirklich besorgt aus. Seine Stirn ist gerunzelt, und sein sonst so aufmunterndes Lächeln ist verschwunden. «Du hast Schmerzen. Und ich will endlich wissen, was los ist. Aber dafür musst du dich ausziehen.»

«Du musst dich nicht um mich kümmern. Ich nehme einfach eine Tablette, dann halte ich es aus bis morgen. Bitte, David.»

Als ich ihn mit flehenden Augen ansehe, sagt er: «Der Schmerztherapeut wird dir da auch nicht weiterhelfen können, der behandelt nur Symptome. Lass mich einfach einen Blick drauf werfen, okay? Ich mache ein paar Funktionstests, ist nur eine Sache von Minuten, mach dir keine Sorgen. Du kannst deine Unterwäsche anlassen. Und ich werde ein Handtuch über dir ausbreiten. Ein ziemlich großes Handtuch, wenn dich das beruhigt.»

«Ich weiß nicht», sage ich mit einem Keuchen. Der Schmerz lässt immer noch nicht nach, und ich will einfach nur, dass es nicht mehr sticht. In diesem Moment sollte es mir vielleicht egal sein, dass er eigentlich nichts mit mir zu tun haben will. Aber das ist es nicht. Das ist es kein bisschen.

David muss mir meine Sorgen ansehen. Er ringt sichtlich mit sich, dann holt er tief Luft. «Ich weiß nicht, was du da eben gehört hast, Abbi, aber das hat nichts mit dir zu tun, okay? Ich will dir nur helfen. Und ich bin mir ziemlich sicher, dass ich das kann. Danach kannst du immer noch sauer auf mich sein.»

Langsam nicke ich, und nach einem weiteren Stechen, bei dem ich hart die Luft ausstoßen muss, gebe ich schließlich nach. «Okay.» Mit einer Hand ziehe ich den Gürtel meines Morgenmantels auf und streife ihn mir von den Schultern.

«Du kannst dir das Handtuch selbst umlegen.» Er deutet auf die Liege neben mich, wo tatsächlich ein Handtuch bereitliegt, dann dreht er mir für einen Moment den Rücken zu.

Nach kurzem Zögern ziehe ich mir auch das Schlafshirt über den Kopf und wickle mir, so schnell es geht, das Handtuch eng um den Oberkörper.

«Fertig?»

«Ja.»

David dreht sich wieder zu mir um. Er nimmt meine Beine, um mir beim Hinlegen zu helfen.

«Ich muss die Bänder im Glutealraum ertasten», erklärt er mir. «Dorsal und ventral. Damit meine ich vorne und hinten. Wenn dir irgendetwas weh tut, was ich nicht merke, dann sag mir Bescheid oder schlag mir einfach auf den Arm, okay?»

Ich nicke.

Was um Himmels willen ist der Glutealraum? Worauf habe ich mich da eingelassen? Wo ist Kadence? Warum hat sie bloß keine Zeit? Oh mein Gott.

David beugt sich mit gerunzelter Stirn über mich. Von meinem Oberschenkel aus gleiten seine Fingerkuppen mit leichtem Druck nach oben und tasten über meine Leiste. Und, oh Gott, jetzt verstehe ich, was für eine Region David meint. Er ist erst wenige Zentimeter weit gekommen, da schlage ich ihm schon auf den Arm.

Sofort lässt er los. «Tut das weh?»

«Nein», flüstere ich und unterdrücke die Panik, die in meinem Brustkorb aufsteigt. «Aber das ... kitzelt», lüge ich verzweifelt.

«Dann mache ich das etwas fester, okay? Das sollte eigentlich helfen.»

Aber es hilft nicht. Weil ich weiß, dass David mich eigentlich nicht behandeln will. Das hat er schließlich zu Kadence gesagt. Und jetzt bin ich ihm völlig ausgeliefert. Obwohl ich Schmerzen habe, winde ich mich nicht allein deswegen, sondern weil ich mich noch nie so zurückgewiesen gefühlt habe. Nicht einmal von meiner Mutter. Nicht einmal von Ryan.

David tastet mich ab. Vorsichtig hebt er abwechselnd erst mein rechtes Bein an, um es in der Hüfte anzuwinkeln, dann das linke. Beide Male halte ich die Luft an. Er überkreuzt meine Beine, und das tut noch mehr weh. David sieht es mir sofort an und hört mit der Bewegung auf.

«Nur noch ein Test, Abbi. Wenn es ist, was ich denke, dann wird das jetzt gleich in deinem Gesäßmuskel ziemlich ziehen. Okay?»

Ich nicke, weil ich einfach nur will, dass es schnell vorbei ist. David lässt mein Bein über die Liege nach unten hängen. Er fixiert mein verletztes Knie und dreht ganz leicht meinen Unterschenkel nach außen.

«Aaa... Autsch.»

«Okay, das war's, versprochen. Ich denke, jetzt weiß ich, was los ist. Drehst du dich bitte um? Ich helfe dir, aber leg dich nicht auf das Handtuch.»

Was hat er vor? Zögernd rolle ich mich auf den Bauch, zupfe die Handtuchenden umständlich unter mir heraus, weiß aber nicht, wie ich das mit meinem Knie machen soll. Im nächsten Moment hebt David meinen rechten Fuß an und legt mir eine Schaumstoffrolle unter das Sprunggelenk. Die Spannung lässt sofort nach. «Das ist besser», sage ich überrascht.

«Ich weiß. Du kannst auch ein Kissen unter den Bauch kriegen, wenn du möchtest.»

«Ich glaube, das ist nicht nötig.»

«Okay.» Er breitet ein zweites Handtuch über meinem Rücken

aus, und ich frage mich, wieso. Das erste Handtuch war schon recht groß, und ich habe meine Unterwäsche an. Vielleicht ist David einfach nur besonders rücksichtsvoll, überlege ich. Oder ...

Oh mein Gott, nein, ist er nicht.

Ich habe gerade eine bequeme Position für meinen Kopf gefunden und kann durch die Gesichtsaussparung in der Liege auf den Fußboden gucken, da zieht er das Handtuch über meinen Rücken nach unten. Er greift in mein Haar und kämmt es zur Seite, und im nächsten Moment spüre ich seine Hände auf mir. Zwei Finger schieben sich unter meinen BH-Verschluss, und der springt sofort auf. Oh Gott, das hätte er ruhig ankündigen können.

Ich halte die Luft an und kann hören, dass er Öl in seine Handfläche pumpt. Plötzlich liegen seine Hände warm auf meinem Rücken. Warm und ölig.

«Versuch, dich zu entspannen, Abbi. Ich fange mit deinem Rücken an, damit du dich daran gewöhnst.»

Wie soll ich mich entspannen, wenn ich weiß, dass das erst der Anfang ist? Meine Brust drückt unangenehm gegen das Polster, aber ich traue mich nicht, jetzt doch nach einem Kissen zu fragen. Dann hält er mich für verwöhnt. In meiner Hüfte pocht der Schmerz in ungewohnter Intensität, strahlt bis in meinen Hintern aus und von dort auch noch höher. Und Davids Hände gleiten über meine Haut. Er streicht vom Rücken bis hoch in meinen Nacken und über die Schultern. Erst mit flachen Händen und dann mit den Fingerknöcheln. Die Vorstellung, dass er gleich tiefer gehen wird, verursacht mir jetzt schon Bauchschmerzen. Aber da ist auch etwas anderes. Etwas, das seine Hände auf mich übertragen und mir Ruhe vermitteln. Weil er sie so gleichmäßig bewegt. Fest und verlässlich.

Ich muss mich zusammenreißen, keine Geräusche von mir zu geben, weil die Berührung wirklich schön ist. Sehr fest, aber ... Ich schließe schnell die Augen. David knetet mit den Handflächen die Muskeln an meiner Seite, und dann gebe ich doch einen verräterischen Laut von mir. Er nimmt die Hände nicht von meinem Rücken, bewegt sie für einen Moment aber nicht mehr weiter.

Und dann lächelt er. Ich weiß nicht mal, woran ich es merke, weil ich ihn nicht sehen kann. Vielleicht daran, wie er atmet. Er atmet dieses Lächeln aus, und ich nehme es in mir auf.

Ich schlucke, weil ich jetzt wieder daran denken muss, wie er im Park meine Hände massiert hat. Als ich ihn festgehalten habe, ist er regelrecht erstarrt. Es muss ihm so unangenehm gewesen sein, was mir direkt wieder die Hitze ins Gesicht treibt, und am liebsten würde ich jetzt von der Liege hüpfen und weglaufen. Aber weil ich das nicht kann, muss ich es einfach ansprechen.

«David?» Meine Stimme ist ganz rau. «Ich muss dich was fragen.»

«Eigentlich solltest du jetzt die Augen zumachen und versuchen, mal an nichts zu denken. Und auch nicht zu reden.»

Ich schließe die Augen wieder, aber seine Fingerspitzen gleiten unter meine Achsel und kommen der Außenseite meiner Brust so nah, dass ich den Atem anhalte, bis David damit fertig ist und sich meinen Nacken vornimmt. Es lässt mir keine Ruhe. Ich hole wieder Luft, weil ich nicht mehr zurückkann. Ich will nicht mehr zurück. Ich will mich nie wieder so fühlen wie eben auf dem Flur und lieber die Wahrheit hören, auch wenn sie schmerzhaft ist. Meine Hände ballen sich unwillkürlich zu Fäusten, und ich zwinge mich, sie wieder zu öffnen. «Als du eben mit Kadence gesprochen hast, ging es da um mich?»

11. KAPITEL

# DAVID

Shit. Ich habe nicht erwartet, dass sie das so offensiv ansprechen würde. «Das hatte nichts mit dir zu tun», sage ich ausweichend. Und das stimmt sogar. Es geht hierbei nicht um sie, sondern um das, was ihr Vater getan hat. Ich kann sie schlecht dafür verurteilen, dass sie ein privilegiertes Leben geführt hat und von ihren Eltern verwöhnt wurde, während wir wegen ihres Vaters für alles kämpfen mussten.

«Wirklich nicht?»

«Wirklich.»

«Um wen ging es dann?»

Es geht um mich, verdammt! Ich kann sie nicht so nah an mich ranlassen. Erst recht nicht, nachdem ich heute erfahren habe, dass mein Stipendium gestrichen wurde. Damit ist alles im Arsch. Mein Leben geht gerade komplett den Bach runter. Ich habe keine Kohle für den Krankentransport meiner Mutter, geschweige denn für mein Studium. Die Ratenzahlung haben sie abgelehnt. Keine Ahnung, wie ich so viel Geld auftreiben soll, dass ich das wieder hinkriege. Mir graut es jetzt schon vor dem Banktermin. Was habe ich schon als Sicherheit anzubieten außer meinen verdammten Händen? Und nun geht Jane auch noch jobben, weil ich es allein nicht schaffe. Das Letzte, was ich brauche, ist Kontakt zu der Familie, der ich das alles verdanke. Das Letzte, was ich brauche, ist Abbis Gegenwart, bei der ich das Gefühl bekomme, auch noch den kümmerlichen Rest an Kontrolle zu verlieren.

*Abstand, David!*

«Wir sind hier in einem Behandlungsraum, Abbi. Lass mich dir helfen. Du hast Schmerzen, und ich will einfach nur meinen Job richtig machen.»

Ich kann genau sehen, wie sie schluckt. Und es ist scheiße, dass sie immer noch glauben muss, ich könnte sie nicht leiden. Weil es nicht stimmt, auch wenn ich mir wünschte, es wäre so. Es würde alles viel einfacher machen.

Hölle, ich sollte aufhören, darüber nachzudenken. Und endlich das machen, wofür ich bezahlt werde. Ihre Schmerzen lindern. Und vielleicht kann ich ihr so auch zeigen, dass ich keine persönliche Abneigung hege. Denn nachdem ich eben die Funktionsprüfungen gemacht habe, bin ich mir ziemlich sicher, woher ihre Schmerzen stammen.

«Abbi», fange ich an. «Um dich richtig zu behandeln, muss ich jetzt deine Hüfte und deinen Po berühren. Ist das okay?»

Ihre Zustimmung ist nur ein Flüstern.

«Bist du einverstanden?», hake ich nach.

«Ja.»

Ich weiß inzwischen, dass Abbi nicht überfahren werden will. Und da sie meine Gedanken nicht lesen kann, versuche ich sie vorzuwarnen. Aber ich bin froh, wenn ich jetzt erst mal nicht reden muss. Am liebsten bin ich still und konzentriere mich vollkommen auf das, was ich unter meinen Fingern spüre.

Ich ziehe das Handtuch von ihrem Hintern und reibe den Rest Öl von meinen Händen ab, um ihre Sachen nicht zu beschmutzen, bevor ich zwei Finger jeder Hand in den Bund ihres rosafarbenen Slips einhake und ihn ein Stück zur Mitte ziehe. Abbi hält hörbar den Atem an, und ich kann förmlich zusehen, wie ihr Nacken eine rote Farbe annimmt.

*Konzentrier dich, David.* Ich breite das Handtuch über ihren Beinen aus, um so wenig wie möglich frei zu lassen und ihr Sicherheit zu vermitteln. Aber natürlich registriere ich, dass sie ihren rechten Arm hochgeschoben hat und ihre Finger den Rand der Funktionsliege umfassen. Sie hält sich fest.

Ich schüttele den Kopf. Ich muss meine Sinne ganz auf ihre Muskeln ausrichten. Sie fühlen sich fest an, weil Abbi angespannt ist. Es wird einen Moment dauern, bis sie weich und formbar werden. Ich kann alles ertasten. Organe, Knochen, Muskeln, aber auch Sehnen und einzelne Triggerpunkte. Selbst höherliegende Nerven lassen sich leicht palpieren, wenn man weiß, wo man sie findet.

Mit den Fingerspitzen fahre ich die einzelnen Strukturen ab. Der *Gluteus maximus* ist der große Gesäßmuskel, und er gibt dem Hintern seine Form. Und Abbis Formen ... sind verdammt weiblich. Aber ich blende das aus, ich muss es ausblenden. Doch es ist nicht dasselbe, wenn ich einen alten Mann behandle, da habe ich Noah was vorgemacht. Und auch mir selbst. Abbi hat eine Gänsehaut, obwohl es hier drin warm ist. Obwohl *sie* verdammt warm ist.

Ich unterdrücke jeden weiteren Gedanken und schließe die Augen, taste nach dem *Os sacrum*, dem Kreuzbein, wobei mir ihr verdammter Slip im Weg ist, und fahre mit den Fingerkuppen in Richtung des *Trochanter major*, den Teil des Oberschenkelknochens, an dem die Gesäßmuskeln ansetzen. Und genau da finde ich ihn. Den verdammten Scheißkerl, der dafür sorgt, dass Abbi solche Schmerzen hat. Dass ich ihn überhaupt so leicht ertasten kann, beweist schon, dass es ein Problem gibt. Der kleine Muskel ist total verspannt. Und wegen der Sitzposition, die Abbi wochenlang hauptsächlich eingenommen hat, auch verkürzt. Das wird eine Menge Arbeit, aber ich kann ihr wahrscheinlich jetzt schon kurzfristig helfen, wenn ich auf die Triggerpunkte Druck ausübe. Das wird erst einmal weh tun, aber unmittelbar danach besser werden. Nur muss ich dafür erst einmal ihre Muskeln lockern.

Mit beiden Händen mache ich kreisförmige Bewegungen, streiche die Muskeln aus und fange an, sie zwischen Fingern und Daumenballen kräftig zu kneten. Meine Fingerspitzen gehen seitlich an ihrem Hüftknochen entlang nach innen, Zentimeter für Zentimeter. Nach einer Weile fühlt sich alles viel lockerer an, deshalb kann ich eine Querfriktion durchführen, um die Durchblutung anzuregen. Ich beuge mich über sie, lege beide Hände übereinander, um den Druck zu erhöhen, und bewege die Fingerkuppen nach außen über den Muskel.

«Abbi?»

«Ja?»

«Ich werde jetzt gleich an einer bestimmten Stelle festen Druck ausüben, und es ist sehr wahrscheinlich, dass es weh tun wird.»

«Bitte nicht. Nein.»

Ihre Stimme klingt ganz dünn, deshalb ziehe ich meine Hände zurück und breite das Handtuch wieder über ihr aus. Ich gehe zu ihr ans Kopfende und ziehe mir einen Hocker ran. «Ich erklär's dir.»

Sie hebt den Kopf und legt ihn auf ihrem Unterarm ab, um mich anzusehen, und ich stütze mich auch auf die Arme. Ihre Augen sind so dunkel und glänzend, dass ich für einen Moment extra tief Luft holen muss. Ich überlege, welche Vokabeln ich am besten benutze, damit es sachlich und professionell klingt. So wie ich normal mit Patienten rede. Aber ... Ach, scheiß drauf!

«Es ist so, dass du am Hintern einen verkürzten und verhärteten Muskel hast. Das hat nichts mit der einseitigen Belastung zu tun, sondern kommt vom Sitzen, und höchstwahrscheinlich ist es auch noch eine Nachwirkung vom Einrenken deiner Hüfte. Ich muss mit Dehnübungen vorsichtig sein, wegen deiner Tibiakopffraktur, deshalb möchte ich es so versuchen.»

«Aber es ist jetzt schon viel besser», sagt sie schnell. Ihre Brauen gehen in die Höhe. «Wir können bestimmt aufhören, oder? Vielleicht machen wir das mit dem Druck einfach beim nächsten Mal?»

Das ist so typisch für sie. Sie stellt mir vorhin eine Frage, die sie völlig verwundbar macht, für die die meisten zu feige gewesen wären, und dann hat sie Angst vor einem Druckschmerz?

«Was willst du, Abbi?»

«Ich will einfach nur nach Hause.» Sie blinzelt heftig, und ich kann sehen, dass sie plötzlich gegen Tränen ankämpft. Scheiße, ich glaube, mir wird jetzt erst so richtig klar, wie schlecht es ihr eigentlich geht und wie viel Heimweh sie haben muss. Und dann muss sie auch noch mitanhören, dass ich sie nicht mehr behandeln will. Dass ich Kadence quasi anflehe, sie mir abzunehmen. Und das rammt mir eine Brechstange gegen den Brustkorb.

«Ich ... ich verstehe dich», raune ich. «Du kannst jederzeit nach Hause. Das hier ist kein Knast. Du kannst deine Tasche packen und sofort verschwinden. Aber es wäre ziemlich cool, das ohne Schmerzen machen zu können, oder?»

«Oh Gott, ich werde das bereuen. Ich weiß genau, dass ich das bereuen werde.»

«Du wirst es nicht bereuen, das verspreche ich dir.» Ich beuge mich zu ihr. «Diese Schmerzen, die du hast, kommen nicht nur vom Muskel, sondern auch vom Ischiasnerv. Dadurch, dass der Muskel verhärtet ist, drückt er dagegen und reizt ihn permanent. Ich schätze, dass man beim Einrenken deiner Hüfte den Nerv schon stark manipuliert hat, und durch das ständige Sitzen wird es immer schlimmer. Es gibt da zwei Stellen. Wenn ich darauf Druck ausübe, dann entsteht eine Reizüberlagerung.»

Weil sie mir einen fragenden Blick zuwirft, hole ich weiter aus. «Du musst dir das so vorstellen: Schmerz- und Druckimpulse werden beide durch bestimmte Fasern über dein Rückenmark weitergeleitet, okay? Dir tut es aber erst weh, wenn es bei dir im Gehirn ankommt. Das wollen wir verhindern. Und das schaffen wir, weil Druckimpulse Sprinter sind und Schmerzimpulse eher Dauerläufer. Usain Bolt sprintet also über die Ziellinie und besetzt in deinem Gehirn schon mal die Bar und trinkt ein Bier, bis der Schmerz ankommt. Und dann, sorry, Leute, schon besetzt. So weit klar?»

«Klar, verstehe ich.»

«Gut. Also werden wir jetzt die Bar mit ein paar Kumpels von unserem Team belagern, damit der Schmerz keinen Platz hat, okay?» Ich hoffe auf ein Lächeln, doch Abbi bleibt skeptisch.

«Das klingt irgendwie logisch, aber ...»

«Wir werden es versuchen.»

«Aber was, wenn es zu schlimm wird?»

«Dann sagst du mir das, und ich höre sofort auf. Sind Sie einverstanden, Ma'am?»

Sie runzelt die Stirn und zieht die Augenbrauen zusammen, dann atmet sie mit einem Mal hörbar aus und nickt. «Einverstanden, Mr. Rivers.»

Und bei ihrem unsicheren Lächeln sackt mir das Herz in den Magen. Okay. Ich richte mich wieder auf, während es in mir rumort. Weil sie mir vertraut, was großartig ist, und weil es mich irgendwie anmacht, wenn sie mich Mr. Rivers nennt. *Wie krank ist das eigentlich, David?*

Ich hole tief Luft, schiebe das Handtuch beiseite und orientiere mich erneut am Kreuzbein, um die richtige Stelle zu finden. Wieder mit geschlossenen Augen, damit ich alle taktilen Informationen aufnehmen kann. Als ich den harten Punkt finde, öffne ich sie wieder, drücke meine Fingerspitzen fest runter und halte sie dort.

«Ist das okay?»

«Nein.» Abbi knurrt durch die Zähne. «Oder warte. Doch, es geht. Noch», fügt sie hinzu.

Sie wirkt panisch und gleichzeitig entschlossen. Typisch.

Ich passe auf, achte auf ihre Mimik, ihre Körperspannung, die Hautfarbe, alles, was mir etwas darüber verrät, wie sie sich fühlt. Nach einer Weile lasse ich langsam los, bevor ich dasselbe nach ein paar Sekunden in gleicher Intensität wiederhole. Ich höre ein Geräusch, und als ich wieder aufblicke, sehe ich, dass Abbi nervös mit den Fingern auf die Liege trommelt.

«Da du nichts sagst, ist es noch auszuhalten, nehme ich an.»

«Mach einfach weiter.»

Das tue ich. Einmal zieht sie scharf die Luft ein, sagt aber nichts, und nach einer Weile merke ich, wie sie sich entspannt.

«Du drückst gar nicht mehr so fest», sagt sie.

«Ehrlich gesagt doch. Ich drücke die ganze Zeit gleich stark.»

«Warum tut es dann nicht mehr weh?»

«Na ja», sage ich, und meine Mundwinkel gehen nach oben. «Das ist ja gerade der Trick.»

Sie atmet erleichtert aus, und ich spüre eine seltsame Befriedigung deswegen. Und dann spüre ich, dass sich etwas in Abbi löst. Nicht nur in ihren Muskeln. Nicht bloß körperlich. Ich höre auf, die Triggerpunkte zu drücken, und massiere sie wieder, damit diese Entspannung anhält. Ich knete den Muskel, der sie so gequält hat, bis er sich ganz weich anfühlt. Seit Wochen hat sie dort Schmerzen, und in den letzten Tagen ist es immer schlimmer geworden. Jetzt, wo der permanent stechende Schmerz ausgelöscht ist, öffnet sich etwas in ihr. Als hätte ihr Körper den Unfall und alles, was an Schmerzen damit zusammenhängt, gespeichert, und das fließt jetzt aus ihr raus. Ich kann es mit den Händen fühlen. Abbis Schultern fangen plötzlich an zu beben. Sie gibt ein unterdrücktes Schluchzen von sich, und ich halte mitten in der Bewegung inne.

«Soll ich aufhören?», frage ich.

Ihre Stimme ist erstickt, trotzdem schüttelt sie den Kopf. «Nein, bitte mach weiter.»

Ich tue, worum sie mich gebeten hat, aber es macht mich trotzdem fertig, dass sie jetzt weint. Deshalb ziehe ich das Handtuch hoch und streiche ihr über den Rücken, folge dabei keiner therapeutischen Abfolge, wie ich das gelernt habe, sondern lasse meine Hände einfach übernehmen. Lasse sie machen, was sie wollen. Minutenlang.

«Abbi?»

«Ja?»

«Was du mich eben gefragt hast ...» Ich räuspere mich. «Es tut mir leid, ich habe gelogen. Zumindest teilweise. Ich habe von dir geredet, aber es geht wirklich nicht um dich. Sondern ... um deinen Vater. Ich habe einfach ein Problem mit deinem Dad, okay? Nur deshalb wollte ich, dass Kadence dich wieder übernimmt. Es ist nicht so, dass ich nicht gerne mit dir arbeite.»

Ich glaube, ich habe es nur schlimmer gemacht. Abbi weint immer mehr, und das macht mich hilflos. Ich habe keine Ahnung, wie ich sie trösten soll, weil ich ihr den Grund für meine Abneigung nicht erklären kann, ohne sie noch mehr zu verletzen. Aber es geht auch nicht nur um mich oder um das, was ich gesagt habe. Es scheint, als würde auf einmal alles aus ihr herausbrechen, was sie seit dem Unfall zurückgehalten hat.

«David», sagt sie plötzlich mit halberstickter Stimme. Das, was jetzt kommt, muss sie wirklich Überwindung kosten, denn sie greift nach meiner Hand, nur um sie im nächsten Moment beschämt wieder loszulassen. «Bei meinem Unfall ... Ich kann mich einfach an nichts erinnern. Ich weiß nicht, wie das passieren konnte, und ich habe Angst, dass ich ...»

Weil sie nicht weiterredet, hake ich nach. «Wovor hast du Angst?»

«Ich weiß nicht, was ich getan habe. Ob es wirklich nur ein schrecklicher Unfall war, oder ob ich ...» Erneut bricht ihre Stimme ab.

Scheiße, worum geht es hier? Ich versuche, sie zu beruhigen, und nun halte ich ihre Hand fest.

«Mein Freund hat ... Wir haben uns ständig gestritten, und an diesem Abend war es besonders schlimm, das weiß ich noch. Er denkt, dass ich ...» Sie holt tief Luft. «Du hast seine SMS gelesen. Was, wenn er recht hat? Was, wenn es meine Schuld war? Ich weiß nicht, was ich getan habe. Ich weiß nicht mal, ob ich überhaupt ... Habe ich gebremst, David?», fragt sie wieder. Und dabei starrt sie mich so angsterfüllt an, dass sich mein Brustkorb zusammenquetscht.

«Natürlich hast du gebremst.» Scheiße, ich kann nicht glauben, dass Arschloch-Ryan sie mit seiner Bemerkung derart verunsichert hat. Hat sie nicht mal mit ihren Eltern darüber geredet? Oder mit Willow? Oder mit ihrem verdammten Arzt? Der Operateur hätte ihr wenigstens diese Sorge nehmen können. «Du hast gebremst, Abbi. Okay, ich bin kein Arzt, aber das kann ich an deinen Verletzungen ganz klar erkennen. Die sind absolut typisch. Wenn du ungebremst gegen diesen Scheißbaum gefahren wärst, dann sähe das komplett anders aus. Es ist ganz klar, dass du mit durchgestrecktem Bein aufgeprallt bist.»

«Bist du sicher?»

Ich drücke ihre Hand. «Einhundert Prozent.»

Bebend atmet sie aus. «Danke.» Sie zieht sich das Handtuch über das Gesicht und schluchzt. Ich schätze, es ist gut, dass es rauskommt. Es muss raus, damit es besser werden kann. Aber ich weiß auch, dass ich nicht der Richtige bin, um sie zu trösten. Weil ich ihr nicht die Wahrheit sage, was ihren Vater betrifft, und ich ihr Vertrauen nicht verdiene. Ich sollte sie jetzt in Ruhe lassen.

«Es war einfach nur ein Unfall, Abbi. Nur ein beschissener Unfall. So wie er jeden Tag tausendmal passiert.» Ich ziehe das zweite Handtuch wieder über ihren Rücken, damit sie vollständig bedeckt ist, und bleibe unschlüssig stehen. Dann sage ich: «Ich lasse dich mal allein.»

Sie nickt, aber ihr ganzer Körper bebt unter dem Handtuch. Als ich draußen bin, schließe ich leise die Tür und lehne mich dann schwer dagegen.

Scheiße.

Einfach nur Scheiße.

Wegen dem, was ich gesagt habe.

Und wegen dem, was ich nicht gesagt habe.

Ich lasse den Kopf gegen die Tür sinken und atme ruhig ein und aus. Mein Vorsatz, ihr aus dem Weg zu gehen, hat ja großartig funktioniert. Sie fühlt sich schuldig, und das scheint eine Sache zu sein, die sie seit Wochen quält. Und dann sage ich Vollidiot ihr auch noch, dass ich ein Problem mit ihrem Vater habe. Obwohl ich schon bei unserer ersten Begegnung gemerkt habe, dass sie ihren Dad vergöttert. Er ist wahrscheinlich so was wie ein beschissener Held für sie. Vielleicht habe ich ihr gerade damit den Rest gegeben.

Aber ich habe verflucht noch mal keine Zeit für ein schlechtes Gewissen. Ich kann es mir nicht leisten, dass sie so viel Raum in meinem Kopf einnimmt. Ich habe genug eigene Probleme. Und zu viele Patienten, weil ich Kadence versprochen habe, Hamilton und die beiden Kerle aus der vierzehn zu übernehmen. Auch wenn ich nicht weiß, ob unser Deal jetzt überhaupt noch gilt. Doch vorher muss ich Abbi wieder in ihr Zimmer kriegen. Nur ganz sicher nicht mit diesem verdammten Gehwagen für Greise. Ich werde ihr ein paar Krücken besorgen.

Ich überlege, ob ich ihr Bescheid sage, dass ich kurz weg bin und sie einen Moment warten soll, sehe dann aber, wie ihre Zimmertür auf der gegenüberliegenden Seite des Flurs aufgeht.

Noch mal Scheiße.

Ganz große Scheiße.

Heraus kommen ihre Eltern, die gerade auf der Suche nach ihr sein dürften. Okay, wo ist der Notfall, wenn man ihn braucht? Selbst ein Meteoriteneinschlag wäre mir willkommen. Verdammt, Hayden hat mich schon gesehen und hebt grüßend eine Hand. Ich überlege, wie weit oben auf der Fuck-my-Life-Skala dieser Moment rangiert, und wähle eine satte Acht.

«Ah, David!» Die beiden kommen auf mich zu. Designeranzug und Kostüm, wie in einer verdammten Werbung. Ich bleibe wie festgetackert an der Tür stehen und starre meinem miserablen Schicksal entgegen.

«Maree, das ist der junge Mann, der Abbi behandelt.»

Ich nicke ihnen zu. «Ma'am. Mr. Hayden.»

Mrs. Hayden ist klein und sehr schlank. Alles an ihr scheint ein Gegensatz zu Abbi zu sein. Sie hat dunkles gelocktes Haar, aber ihre schrägstehenden Augen sind so hell, dass es fast schon unangenehm ist, sie anzusehen. Doch sie lächelt, wenn auch eher abwesend. «Abigail ist nicht in ihrem Zimmer.»

Ich stoße mich von der Tür ab. «Sie hatte gerade eine Massagebehandlung. Vielleicht warten Sie einfach noch einen Moment in ihrem Zimmer, dann bringe ich sie gleich.»

«Ist sie dort drin?» Sie deutet auf den Behandlungsraum, und als ich nicke, macht sie Anstalten, an mir vorbeizugehen.

Das kann sie vergessen.

«Verzeihung, Ma'am», höre ich mich sagen, bevor ich richtig darüber nachgedacht habe. Gut möglich, dass dieses Gespräch nicht gut für mich ausgehen wird. Aber Abbi hatte eben einen echt harten Moment, und ihre Mutter sieht nicht wie jemand aus, der sich still zu seinem Kind setzt und einfach seine Hand hält. Alles an ihr strahlt etwas Forderndes aus, und das kann Abbi grad gar nicht gebrauchen. Ich verschränke die Arme vor der Brust und lehne mich wieder an die Tür. «Sie können da jetzt nicht rein.»

«Wieso nicht?»

«Weil ihre Therapie eine Ruhephase erfordert.»

«Ich verstehe.» Sie wirft einen Blick auf die Uhr. «Dabei sollte man eigentlich meinen, dass sie sich in den letzten Wochen genug ausgeruht hat. Nicht wahr, William?»

Okay, es kommt selten vor, dass mich Menschen derart überraschen. Mir begegnen ständig so unterschiedliche Leute, dass ich manchmal denke, ich habe alles gesehen. Aber dieser Typ Arschloch ist neu. «Ich würde eine Reha nicht gerade als Urlaub bezeichnen», sage ich. «Ihre Tochter hatte heute einen ziemlich harten Tag.»

«Es macht sicher nichts, wenn wir ein paar Minuten warten, Liebling.» Mr. Hayden dreht sich um und gibt jemandem auf dem Flur ein Zeichen. Einem großen Kerl mit Knopf im Ohr und einem Anzug, der über den Oberarmen spannt. Wohl eher nicht sein Chauffeur.

«Haben Sie einen Moment Zeit?», fragt er mich. «Können wir uns kurz unterhalten?»

Hölle, nein! Kann ich nicht lieber ein paar Elektroschocks kriegen? Aber anstatt ein Nein auszuspucken, unterdrücke ich ein Stöhnen und nicke.

«Das muss sicher nicht hier auf dem Flur stattfinden», merkt seine Frau an.

«Maree.» Er legt die Hand auf ihren Arm, bevor er mir freundlich zunickt. «Wie geht es meiner Tochter? Abbi hat gestern am Telefon erzählt, dass die Sonographie und das MRT nichts ergeben haben. Der Bruch am Schienbein scheint gut zu verheilen.»

«Das ist richtig, Sir. Aber sie hat leider durch das viele Sitzen andere Probleme, die man nicht durch bildgebende Verfahren nachweisen kann. Ich schreibe alles in den Bericht. Der Arzt kann Ihnen das dann erklären.» Und jetzt würde ich das Gespräch gerne beenden.

«Was für Probleme?»

Frag den verdammten Arzt!

Ich hole tief Luft. «Unter anderem ein Piriformis-Syndrom. Das ist gar nicht selten, aber trotzdem nicht so leicht zu diagnostizieren.» Weil William Hayden ernsthaft interessiert aussieht, erkläre ich mit wenigen Worten, wie der Muskel auf die Nervenbahn drückt und ihr so Schmerzen verursacht. Aber Abbis Mutter macht es mir nicht gerade leicht, ruhig zu bleiben. Sie sieht so angepisst aus, dass ich sie am liebsten fragen wurde, wo ihr verdammtes Problem liegt.

«Und was kann man dagegen tun?»

«Ich habe ihre Triggerpunkte behandelt, was die Schmerzen sofort verbessert hat, und den Muskel relaxiert. Der Arzt wird sicherlich anordnen, diese Behandlung fortzuführen. Und Abbi kann Dehnübungen machen. Das kann sie mit entsprechender Anleitung auch allein, sie muss nur wegen ihres Knies etwas aufpassen.»

«Und wie lange wird es dauern, bis sie endlich wieder gehen kann?», fragt Abbis Mutter. «Ohne Hilfsmittel, die man sieht. Gibt es vielleicht eine Schiene, die sie tragen kann und die sich mit langen Hosen kaschieren lässt?»

Was ist denn bitte so schlimm daran, wenn man was sieht?

«Sie darf ihr rechtes Bein noch nicht so stark beanspruchen, dass sie ohne Gehhilfen laufen kann. Es wird also noch eine Weile dauern. Man geht bei einer Tibiakopffraktur je nach Art der Osteosynthese von vier bis sechs Monaten aus, bis das Knie wieder voll einsatzkräftig ist.»

Sie holt ihr Handy heraus. Zählt sie jetzt ernsthaft die Tage in ihrem Kalender nach?

«Dann müsste sie in vier Wochen so weit sein.»

Ich verschränke die Arme. «Wenn es gut läuft.»

«Und was können wir tun, um in drei Wochen dahinzukommen?» Jetzt lächelt sie.

Will sie darüber verhandeln? Denkt sie, man kann einen Heilungsprozess mit Macht und Geld beschleunigen? Was soll das? «Das kann man nicht erzwingen. Und jeder Versuch wäre mehr als kontraproduktiv. Abbi muss auf ihren Körper hören, und wenn sie sich überfordert, erleidet sie nur einen Rückfall.»

Jetzt habe ich die volle Aufmerksamkeit von beiden.

«Und das können Sie beurteilen, obwohl Sie kein Arzt sind?» Abbis Mutter hat das Handy in ihrer Handtasche verschwinden lassen, jetzt sieht sie wieder auf ihre Uhr, als würde sie mir deutlich machen wollen, dass ich gerade ihre Zeit stehle.

Ich erspare es mir, sie darüber aufzuklären, dass Ärzte nicht allwissend sind. Erst recht nicht, wenn sie ihre Patienten nicht mal ansehen und nur auf Scheißröntgenbilder gucken. Ich bin viel näher dran. Ich schaue meinen Patienten ins Gesicht, ich beobachte sie, ich fasse sie an, kenne sie in- und auswendig.

«Ich kann das beurteilen, weil ich ihr Therapeut bin, würde ich meinen.»

«Sie sind noch Student, wenn ich das richtig verstanden habe. Fällt das denn in Ihren Kompetenzbereich?»

Noch bin ich Student, ja. Und wie es im Augenblick aussieht, einer, der demnächst sein Studium abbrechen muss. Abbis Mutter hat eine juristische Ausbildung genau wie ihr Mann. Sicher haben die beiden sich am College kennengelernt. Und ebenso sicher würde ich ihr jetzt gerne sagen, dass sie mich mal kann.

Diese Situation ist einfach nur lächerlich. Sie wollte meine Meinung hören, oder? «Ich schätze, ich brauche keinen Doktortitel, um zu wissen, dass es ihr schlecht geht. Sie war seit dem Unfall nicht zu Hause und hat Heimweh. Eine ambulante Reha wäre auch eine Option.»

Mr. Hayden nickt nachdenklich. «Wir sind beide beruflich sehr stark eingebunden, und Abbi wäre zu Hause auf sich allein gestellt.»

«Verstehe ich. Mit den Rippenbrüchen konnte sie ja lange Zeit nicht mal mit Hilfsmitteln laufen. Aber inzwischen ist Abbi auf jeden Fall fit genug, die Reha ambulant weiterzumachen. Es würde sie motivieren, denke ich.»

«Die Klinik ist besser für sie», sagt seine Frau. «Wir haben das mit dem Chirurgen besprochen, der Abbi operiert hat. Er ist ein guter Freund der Familie, und wir vertrauen seinem Urteil.»

Na großartig. Der Schlächter, der versucht hat, ihr die Hüfte ohne Narkose einzurenken? Ich kann gerade noch verhindern, dass diese Bemerkung meinen Mund verlässt. «Auch ambulant macht das qualifiziertes Personal, Ma'am. Aber wenn das für Sie nicht in Frage kommt, gibt es auch Therapeuten, die Hausbesuche machen. Ist halt eine Frage des Geldes.» Ich verkneife mir eine Grimasse. Geld sollte in ihrer Familie wohl kein Problem darstellen.

«Denken Sie denn, das würde die Sache beschleunigen?» Jetzt zeigt sie sich plötzlich wieder interessiert. Gott!

Ich zucke mit den Schultern. «Eine gewohnte Umgebung wirkt sich oft positiv auf den Heilungsprozess aus. Fragen Sie Abbi doch einfach, was sie möchte. Oder fallen Abbis Gefühle - Ihrer Meinung nach auch eher in den Zuständigkeitsbereich der Ärzte?»

Okay, das war respektlos, gebe ich zu, aber das konnte ich mir definitiv nicht verkneifen.

«Ich denke, Sie haben genug gesagt, Mr. ...»

«Rivers», helfe ich aus. Soll sie sich doch über mich beschweren, ich bereue nichts von dem, was ich gesagt habe. «David Rivers, Ma'am.»

Mrs. Hayden verzieht das Gesicht, als hätte sie mich gerade dabei erwischt, wie ich mich an den Eiern kraule. Doch dann fange ich den Gesichtsausdruck ihres Mannes auf. Wenn ich nicht wüsste, dass es unmöglich ist, würde ich sagen, er grinst.

Scheiße. William Hayden zwinkert mir zu, und das ... das ist gerade nicht passiert. Ich stehe unter Schock. Ich muss Halluzinationen haben.

Unbehaglich reibe ich mir über den Oberarm. «Wenn Sie dann vielleicht in Abbis Zimmer warten würden ...?»

Hayden nickt seiner Frau zu. «Maree, sei so gut und ruf für mich im State House an, dass wir uns verspäten. Ich habe eine Idee und möchte diese mit Mr. Rivers nur kurz besprechen.»

Na großartig. Mein persönlicher Albtraum ist also noch nicht vorbei. Mit gemischten Gefühlen starre ich der Frau hinterher, die sich mit schmalen Lippen abgewendet hat und nun über den Gang stöckelt. Dass Hayden mit mir allein reden will, kann nichts Gutes bedeuten.

Er schenkt mir sein Politikerlächeln. «Ich möchte Ihnen sagen, dass wir Ihre Hilfe äußerst schätzen, Mr. Rivers.»

Okay, vielen Dank. Kann ich jetzt gehen?

«Abbi hat mir erzählt, dass sie große Fortschritte gemacht hat, und das hat sie nur Ihnen zu verdanken. Sie hat wirklich viel durchgemacht. Man macht sich gar nicht bewusst, was für ein Geschenk es ist, keine Schmerzen zu haben. Ich würde mich deshalb gerne auch in finanzieller Hinsicht erkenntlich zeigen.»

An der Stelle muss ich in der Tasche mal wieder eine Faust machen. Wahrscheinlich starre ich ihn an wie ein Vollidiot, denn das Einzige, woran ich denken kann, ist, dass Abbi fast dieselbe Augenfarbe hat wie er. Nur ihr Haar ist etwas heller, ihre Brauen dunkler.

«Das ist nicht nötig», sage ich mit brennender Kehle, weil mir diese Worte fast den Mund verätzen. Scheiße, ich kann wirklich jeden Cent gebrauchen. Aber von Hayden ein Trinkgeld annehmen, nur damit er sich ein gutes Gewissen kaufen kann? *Vergiss es!* «Ich habe nur meinen Job gemacht, Sir. Außerdem darf ich das von der Klinikleitung aus auch gar nicht.»

«Ich verstehe.» Er nickt langsam. «Aber wie Sie gerade recht eindrucksvoll dargestellt haben, ist Abbi hier unglücklich. Und ich möchte meine Tochter glücklich sehen. Dafür würde ich eine Menge investieren.»

Er will seine Tochter glücklich sehen. Und seiner anderen Tochter hätte er beim Sterben zugesehen, ja? Nur mit Mühe schaffe ich es, den Blick auf einen Punkt hinter ihm zu fixieren und einfach weiterzuatmen, auch wenn das Adrenalin in meinem Blut gerade dafür sorgt, dass der Druck auf meinem Brustkorb kaum auszuhalten ist.

«Wenn meine Tochter ambulant betreut werden soll, brauchen wir einen Therapeuten, dem sie vertraut, und Abbi vertraut Ihnen.»

Ganz falsche Richtung, Mr. Arschloch. Ich ahne, worauf er hinauswill, und verschränke abwehrend die Arme vor der Brust.

«Ich habe mich über Sie erkundigt, David Rivers. Sie haben noch ein Jahr an der Franklin-Pierce-Universität vor sich. Ich halte Sie für einen sehr vielversprechenden Studenten und würde Sie in diesem letzten Jahr gerne fördern und die Studiengebühren übernehmen. Sie könnten es einfach als eine Art privates Stipendium ansehen.»

«Sie wollen meine Studiengebühren übernehmen», wiederhole ich tonlos. Das Blut rauscht mir durch die Ohren. Ich hätte mein Hörgerät einsetzen sollen, verdammt, das kann Hayden gerade unmöglich gesagt haben. Wenn er so großzügig ist, wieso hat er dann damals nicht einfach Janes Behandlungskosten übernommen, anstatt meine Mutter einen Kredit aufnehmen zu lassen, den sie bis an ihr Lebensende abzahlen musste? *Ich habe bereits ein Stipendium*, will ich ihm an den Kopf knallen, aber das ist nicht wahr. Nicht mehr. Ich habe gar nichts mehr außer einem Haufen Schulden beim Emergency Service. Und so gerne ich ihn anbrüllen will, dass er sich sein Angebot sonst wohin stecken kann – verdammt, ich denke echt darüber nach.

«Es wäre kein Geschenk, David, wenn das das Problem sein

sollte. Sie würden bis zum Semesterbeginn für mich arbeiten. Mit meiner Tochter.»

«Verstehe.» Okay, jetzt bricht mir der Schweiß aus. Ich stoße hart den Atem aus und wische mir über die Stirn. Vierundzwanzigtausend Dollar für knapp acht Wochen Arbeit? Vierundzwanzigtausend Dollar, um den hübschen Hintern seiner Tochter zu massieren und ein bisschen Krankengymnastik mit ihr zu machen? In der Welt, in der er lebt, verliert man offenbar jeden Sinn für Realität.

«Wann könnten Sie anfangen? Haben Sie eine Kündigungsfrist, oder sind Sie bereits für Dienste eingeteilt, die Sie nicht absagen können?»

Scheiße, ich habe doch noch gar nicht zugesagt. Denkt er wirklich, er muss nur mit einem Scheck winken und bekommt sofort, was er will? Ich kann das nicht machen. Ich kann unmöglich für Hayden arbeiten. Nicht mal, wenn es die Lösung für sämtliche finanziellen Probleme ist. Ich kann ihm dann nicht mehr aus dem Weg gehen. Ich wäre in seinem verdammten Haus. Ich müsste Jane noch mehr Lügen auftischen als ohnehin schon. «Nein, Sir», höre ich mich sagen. «Ich habe nur einen Aushilfsvertrag.»

«Perfekt», sagt Hayden.

Ich versuche krampfhaft, mich auf die Stimme in meinem Bauch zu konzentrieren, die mir sagt, dass ich dieses Jobangebot auf keinen Fall annehmen kann. Wegen meiner Mom und wegen Jane. Und weil das alles eine einzige Heuchelei wäre. Wenn ich diesen Job mache, kann ich auch gleich über ein Minenfeld tanzen oder auf einen brodelnden Vulkan klettern. Nur flüstert mir die Stimme in meinem Kopf das genaue Gegenteil ein. Das würde meine Geldsorgen auf einen Schlag wegwischen. *Unsere* Geldsorgen. Jane hat gesagt, dass wir uns überlegen müssen, wem wir unsere Seele verkaufen, und ich wäre im Traum nicht auf die Idee gekommen, dass ich meine ausgerechnet Hayden vor die Füße werfe. Aber wenn ich ehrlich zu mir bin: Es gibt nichts zu überlegen. Ich muss das machen, weil es die einzige Möglichkeit ist, weiter zu studieren. Weil es mein einziger Ausweg ist.

Offenbar merkt Hayden, dass ich mit mir kämpfe, denn er redet weiter auf mich ein. «Mir ist klar, dass die Therapie meiner Tochter für Sie keine Herausforderung darstellt. Aber Sie schaffen es auch, sie zu motivieren und aufzubauen. Und das ist nicht weniger wichtig als ihre physische Konstitution.»

«Das ist richtig, Sir.»

«Heißt das, Sie denken darüber nach?»

Wahrscheinlich schaufle ich mir gerade mein eigenes Grab. Ich schiebe Mom in den hintersten Winkel meines Bewusstseins und auch Jane. Ich versuche, nicht daran zu denken, dass ich Abbi mehr mag, als gut für mich ist, und dass ich auch sie wochenlang werde anlügen müssen. Verdammt. «Ich muss nicht darüber nachdenken, Sir. Ich nehme den Job.» Jedes Gefühl aus meinem Bauch verdrängend, halte ich ihm die Hand hin, und Hayden schlägt sofort ein.

«Wunderbar, Mr. Rivers. Dann ist es abgemacht. Meine Frau und ich werden in den nächsten drei Wochen wenig zu Hause sein, deshalb geht es mir auch darum, dass Abbi nicht die ganze Zeit allein ist.»

Hat sie keine Freunde? Was ist mit Willow? Aber klar, für das Geld spiele ich auch gerne ein Animationsprogramm ab, ist kein Ding. Fast hätte ich das laut gesagt. «Also kein neun bis fünf, wollen Sie das damit sagen?»

«Mir wäre es am liebsten, wenn Sie die Zeiten mit Abbi selbst absprechen. Machen Sie ihre Therapie, motivieren Sie sie und begleiten Sie sie zum Arzt, wenn sie einen Termin hat. Ich werde Professor Muller bitten, in den nächsten Tagen nach Abbi zu sehen, um den Heilungsverlauf zu prüfen und mit Ihnen den weiteren Verlauf zu besprechen.»

«Ist das der Arzt, der sie operiert hat?»

«Ja, das ist er. Er wird wahrscheinlich erst abends kommen. Sie werden an diesem Tag länger bleiben müssen, um ihm Fragen zu Abbis Therapie zu beantworten.»

«Natürlich, das ist kein Problem.» Der gute Freund der Familie also. Der mir allein dadurch wahnsinnig sympathisch ist, dass er eine junge Frau behandelt hat, als wäre sie ein Soldat im Afghanistaneinsatz und ihm bei der OP gerade das verdammte Narkosemittel ausgegangen. Was für ein Dreckskerl. «Wann soll ich anfangen?»

«Übermorgen, wenn Sie einverstanden sind. Ich lasse Ihnen von meinem Büro den Papierkram übermitteln.» Er reicht mir seine Visitenkarte mit den Kontaktdaten. «Es wird ein Vertrag aufgesetzt, und Sie müssen eine Verschwiegenheitsklausel unterzeichnen, aber das sollte selbstverständlich sein.»

Ich schlucke den sauren Geschmack in meinem Mund runter. Mit Verschwiegenheitsklauseln kennt er sich aus. Verdammt, ich fass es nicht, dass ich mich darauf einlasse. Wie kann ich für ihn arbeiten, nachdem ich weiß, was er mit Mom abgezogen hat? «Ja, Sir.» In den nächsten Wochen werde ich mich ans Runterschlucken gewöhnen müssen. Ich werde verdammt viel zu verdauen haben, aber ich mache das für uns. Für Jane und mich, damit wir das irgendwie hinkriegen, auch ohne Mom. «Um wie viel Uhr soll ich morgens da sein?»

«Kommen Sie an Ihrem ersten Tag um zehn, und sprechen Sie dann mit Abbi. Wenn sich das in den letzten Wochen nicht signifikant geändert hat, ist sie keine Frühaufsteherin.»

«Sie hat Schlafstörungen», sage ich. «Seit dem Unfall hat sie eigentlich keine Nacht richtig durchgeschlafen, ich würde sie also nicht früher als nötig wecken.»

Einen Moment starrt er mich irritiert an. «Ist das normal?» Er klingt besorgt. «Und wieso weiß ich davon nichts?»

«Ich schätze, weil es nur im Pflegebericht steht. Wenn Abbi Ihnen nichts davon erzählt hat ...»

«Aber Sie wissen davon.» Es ist keine Frage.

«Na ja. Ich lese alles. Nicht nur das, was im Arztbericht steht. Und dass man Schlafprobleme hat, ist relativ häufig nach einem Trauma dieser Größenordnung. Abbi war zwar nicht lebensbedrohlich verletzt, aber die Kombination der Verletzungen ...»

«Mr. Rivers», unterbricht er mich. «Ich bin mir absolut sicher, dass Sie der richtige Therapeut für meine Tochter sind.»

Und ich bin mir absolut sicher, dass ich diesen Tag noch verfluchen werde.

Hayden erklärt mir, dass er den Vertrag von einem Kurier in die Klinik bringen lässt und ich auch von ihm alles Weitere erhalte: Schlüssel fürs Haus, den Code für die Einfahrt, eine Liste mit Telefonnummern, als wäre seine Tochter drei und ich der verdammte Babysitter.

Ich nicke nur und schwanke zwischen Verzweiflung und Erleichterung. Ich werde viel Geld verdienen, keine Frage, aber ich werde auch für den Mann arbeiten, der meine Mutter mit einem kranken Kind im Stich gelassen hat. Scheiße, ich fühle mich, als würde ich gerade ungebremst auf eine Schlucht zurasen.

12. KAPITEL

# DAVID

Drei Dinge in meinem Leben muss ich gerade dringend angehen: Das Loch in meinem Magen beseitigen, Jane beibringen, ihr verdammtes Frühstücksgeschirr selber abzuwaschen, und mir überlegen, wie ich die nächsten acht Wochen bei den Haydens überstehen soll. An der ersten Sache bin ich dran. Ich habe die Bohnen aufgesetzt, Zwiebeln und Knoblauch kleingehackt und bin nun dabei, das Ganze in einer Pfanne anzubraten. Die zweite Sache ist grundsätzlich zum Scheitern verurteilt, denn Jane übersieht solche Dinge wie schmutziges Geschirr einfach. Und Nummer drei ...

Die verdammte Visitenkarte und der Schlüssel von Haydens Haus brennen mir fast ein Loch in die Hosentasche. Dass ich den Arbeitsvertrag und die Verschwiegenheitsklausel unterschrieben habe, sorgt dafür, dass ich bald durchdrehe. Aber am Dienstag hätte ich einen Termin bei der Bank, den ich jetzt nicht mehr brauche, und daran klammere ich mich. Wenn ich die nächsten Wochen hinter mich bringe, kann ich das letzte Jahr an der Uni durchziehen und danach Jane unterstützen. Ich werde nach diesem Job wieder in der Klinik arbeiten und Jane im Diner. Wir werden eine Zukunftsperspektive haben. Also ist Abbi Hayden meine Rettung. Oder mein Untergang, wer weiß das schon.

Sobald Abbi gesund ist, werde ich sie nie wiedersehen und kann anfangen, die Existenz dieser Familie zu verdrängen. Der Gedanke sollte mich erleichtern. Warum tut er das dann nicht?

Ich wische meine feuchten Finger am Küchenhandtuch ab und ziehe die Karte aus der Tasche. Exklusivstes Papier der Hayden Paper Group. Die Karte wirkt äußerst stabil. Die Oberfläche fühlt sich ähnlich an wie das Blatt, das ich Abbi geklaut hatte. Die Schrift ist blau. Demokratenblau. Und der Name ist nicht einfach nur aufgedruckt, sondern wurde in das Papier geprägt.

Ich knülle die Visitenkarte zusammen und stopfe sie im Mülleimer unter Janes Pizzareste von gestern, damit sie die Karte nicht zufällig findet. Adresse und Telefonnummer habe ich sowieso in meinem Handy abgespeichert. Die Haustür wird geöffnet und knallt eine Sekunde später zu. Jane ist da. Gott sei Dank keine Minute zu früh. Hoffentlich hören meine Gedanken jetzt endlich auf, Rodeo zu reiten.

Sie kommt in die Küche, schnuppert demonstrativ und verzieht dann das Gesicht. «Es riecht ... gesund.»

«Chili sin Carne.»

«Bitte sag mir, dass du vorhast, zusätzlich noch zwei Tassen ekelhaft fettigen, fertig geriebenen mexikanischen Käse drüberzustreuen.»

Ich schnaube. «Ganz sicher nicht.»

«David!» Sie lässt sich auf einen der drei Küchenstühle fallen. «Du machst mich fertig mit deinem Gesundheitstick. Ich hatte so eine beschissene Schicht im Diner, ich brauche unbedingt was Fettiges.»

Ich gebe nach, weil ich das echt gut verstehen kann. So viel ungesundes Zeug, wie ich nach diesem Tag bräuchte, könnte ich gar nicht essen. «Da ist noch ein Rest Sour Cream. Im Kühlschrank.»

Sie seufzt. «In der Not nehme ich auch die. Wie lange dauert es noch?»

«Wenn ich die Linsen und Chilis dazugetan habe, muss es nur noch etwas einkochen. Maximal fünfzehn Minuten. Du hättest den Studienplatz nicht absagen sollen.»

«Das würde auch nichts daran ändern, dass ich nebenbei im Diner arbeite und Studenten mit Poloshirts bediene.»

Gott sei Dank quatscht Jane nur über ihren alltäglichen Kram. Das kann ich gerade gut gebrauchen. «Was hast du gegen Poloshirts?»

«Grundsätzlich nichts. Nur in der Kombination mit Chinohosen, Slippern und einem arroganten Studenten in den Polos finde ich sie scheiße.»

Ich schneide schnell noch zwei Tomaten und eine Paprika klein, rühre einmal um und lege den Kochlöffel über den Rand, so wie Mom das immer gemacht hat. Dass ich ständig daran denken muss – Mom hat das so oder so oder so gemacht –, nervt mich langsam selbst. Deshalb nehme ich den Kochlöffel wieder runter und lege ihn neben der Pfanne ab. «Woher weißt du, dass es ein Student war? Es ist Sommer, vielleicht war es auch ein Gebrauchtwarenhändler.»

«Sah nicht nach Klamotten von Walmart aus. Das Shirt war von Ralph Lauren. War an der Stickerei auf der Brusttasche zu erkennen. Die kosten neunzig Dollar, habe ich im Onlineshop nachgeguckt. Neunzig Dollar für ein verdammtes T-Shirt! Außerdem hatte er Bücher auf dem Tisch liegen.»

Sie kickt ihre Turnschuhe von den Füßen und schiebt sie unter den Tisch. Da werden sie garantiert noch morgen früh liegen. Jane wird sie suchen und mich anmotzen, dass ich ihre Schuhe verschleppt habe. Ich weiß jetzt schon, dass ich mich zwingen muss, sie dort liegen zu lassen.

«Grausam», sage ich. «Ein Typ, der Bücher liest, geht gar nicht.»

«Idiot.» Sie steht auf, rempelt mich von der Seite an und klaut mir ein Stück von der rohen Paprika. «Es waren Bücher über Statistik und Politikwissenschaften. Ich bin schon eingeschlafen, bevor ich die Buchtitel zu Ende gelesen habe. Können wir vor dem Fernseher essen?»

«Du weißt genau, dass Mom das ...» Okay, jetzt könnte ich mir selbst in den Arsch treten. «Ach, vergiss es. Mach, was du willst, aber schalt wenigstens nicht so einen Müll ein.» Ich habe schon Tomatenmark in der Pfanne verteilt und hacke noch ein paar Kräuter klein, während Jane das Besteck aus der Schublade holt.

«Ich habe ein Jobangebot bekommen.» Und wieder einmal rede ich, ohne vorher nachzudenken. Verdammt, warum kann ich nicht einfach die Klappe halten?

«Was für ein Job denn?» Jane zieht die Kühlschranktür auf und holt die Sour Cream und eine Wasserflasche heraus. «Ich dachte, du suchst jetzt nichts Zusätzliches mehr. Wir waren uns doch einig, dass ich im Diner arbeite und du an deinen freien Tagen in Ruhe lernst.»

«Es wäre nicht zusätzlich. Ist ein Fulltimejob, bei dem ich mich nur um einen einzigen Patienten kümmern muss. Und das auch nur befristet bis zum Semesterstart.»

«So ein schlimmer Pflegefall?»

«Nein, gar nicht. Eigentlich ist es lächerlich, sich dafür einen Therapeuten ins Haus zu holen. Das sind einfach Leute mit zu viel Geld, die die beste Behandlung für ihre Tochter wollen.»

«Aber das klingt doch gut. Warum siehst du dann aus, als solltest du für die nächsten zwei Monate Rückbildungsgymnastik für Mütter anbieten?»

Gute Frage, Jane. Ich versuche, sie möglichst knapp zu beantworten. «Ich kann sie einfach nicht ab.»

«Die Patientin?»

«Nein, die ist in Ordnung. Aber ihre Eltern sind das Letzte. Ihre Mutter ist total fordernd und meint, ihre Tochter, die einen schweren Autounfall hinter sich hat, mache seit Wochen eigentlich bloß Wellnessurlaub. Und ihr Vater ist ... speziell. Vordergründig nett, aber in Wirklichkeit ein Dreckskerl. Das versteckt er nur hinter einer ziemlich guten Maske.»

«Und das hast du so schnell durchschaut?» Sie klemmt sich die Wasserflasche unter den Arm und verschwindet durch die Tür, ohne auf meine Antwort zu warten. Als sie zurückkommt, habe ich die Tortillas aus dem Ofen geholt.

«Und was müsstest du machen? Bei dieser Patientin, meine ich. Sitzt sie im Rollstuhl?»

«Sie ist eigentlich schon wieder recht fit. Sie muss sich nur mehr zutrauen. Muskelaufbau vor allem vom Trizeps, damit sie vernünftig auf Krücken gehen kann. Massage, Dehnübungen beim Hüftbeuger, weil sie durch das viele Sitzen zusätzliche Schmerzen hat. Langsam die Belastung ihres Knies erhöhen. In ein paar Wochen wird sie wieder normal laufen und zur Uni gehen können.»

«Aber das klingt supereasy. Kann ich das nicht machen? Wir tauschen. Du bedienst die Poloshirt-Idioten, und ich mache Sport mit deiner Patientin. Wie heißt sie eigentlich?»

«Abbi.» Scheiße. Bin ich eigentlich bescheuert? Ich muss völlig durchgeknallt sein, Jane so viel von ihr zu erzählen. Ich unterdrücke einen Fluch und stelle schnell den Herd aus.

«Okay, ich kümmere mich gerne um Abbi, wenn sie mich dafür bezahlen. Das bisschen Krankengymnastik kannst du mir bestimmt beibringen. So schwer kann das ja nicht sein.» Sie streckt mir die Zunge raus.

Davon lasse ich mich nicht provozieren und hebe nur eine Braue an. «Nur bist du für diesen Job leider nicht vertrauenswürdig genug. Das Wichtigste ist diesen Leuten ihre Privatsphäre, und das ist etwas, was du nicht kennst.»

«Haha. Trotzdem wäre ich dafür besser geeignet als du, denn zumindest habe ich keine Vorurteile gegen Reiche.»

«Klar. Ich sag nur *Poloshirt-Idioten.*»

«Erwischt.» Sie lacht und schlägt sich mit der flachen Hand gegen die Stirn. «In der Beziehung ist wohl keiner von uns ein

Heiliger. Eigentlich sollten wir es besser wissen. Man kann doch nicht zwangsläufig davon ausgehen, dass Reiche unmoralisch sind, nur weil sie es zu Reichtum gebracht haben.»

«Ja», knurre ich. Allerdings weiß sie auch nichts über William Hayden. «Man kann mit seinem Geld auch verdammt viel Gutes tun, wenn man kein Arschloch ist.»

«Eben.»

«Darüber kannst du ja das nächste Mal mit dem Poloshirt-Typ mit den Politik-Büchern diskutieren.»

«Da rede ich lieber mit einem einfachen Pfleger wie dir.»

«Einfacher Pfleger, klar.» Ich wasche mir noch schnell die Hände an der Spüle und werfe das Küchenhandtuch dann auf die Theke, um nicht auf die Idee zu kommen, sie damit zu erwürgen. «Du hättest deinen verdammten Studienplatz nicht aufgeben sollen, Jane.»

«Und du solltest diesen Job annehmen, wenn es so leicht verdientes Geld ist.»

Okay, jetzt kommt der haarige Teil. «Ich habe ihn schon angenommen.»

«Wirklich? Wie viel wollen sie dir zahlen?»

«Zu viel.»

Jane fängt schallend an zu lachen. «Wie kann man jemandem bitte zu viel zahlen?»

«Ganz einfach.» Ich nehme Jane einen der leeren Teller ab, die sie mir hinhält, und häufe etwas von dem Chili auf eine Tortilla. «Wenn man so viel Geld bietet, will man damit viel mehr kaufen als bloß eine Arbeitsleistung.»

«Du spinnst, David. Sie wollen nicht deine Seele, sondern nur deine Hände. Und die auch nur für ein paar Wochen. Ich wette, am Ende wird es dir gefallen, weil du halt so nett bist und mit jedem gut auskommst. Du kannst sowieso nie nein sagen, wenn dich jemand um Hilfe bittet.» Sie schwirrt mit ihrem Teller durch die Tür.

Ich starre ihr nach und bleibe noch eine Minute lang stehen, weil sich das, was sie gesagt hat, scheiße anfühlt. Ich kann es mir nicht leisten, nein zu sagen. Und für William Hayden zu arbeiten, ist, als würde ich unsere Mutter verraten. Allein bei dem Gedanken dreht sich mir der Magen um.

Und wenn Jane wüsste, dass der Mann, von dem ich gesprochen habe, ihr Erzeuger ist, der ihr als Kleinkind jede Unterstützung und Hilfe verweigert hat, würde sie mich umbringen.

Ich kann nicht mehr zählen, wie oft ich mir vorgestellt habe, ihn damit zu konfrontieren. Das alles öffentlich zu machen, würde Hayden vielleicht sogar die Kandidatur kosten. Eine verdammt befriedigende Phantasie.

*Weil du halt so nett bist …*

Sieht Jane mich wirklich so? Als wäre ich irgendein rückgratloser Typ, mit dem man alles machen kann? Dann hier einmal zum Mitschreiben: Bin ich nicht!

Aber das hier betrifft nicht nur mich. Ich habe mir geschworen, Jane zu beschützen, und William Hayden könnte uns das Leben zur Hölle machen. Er könnte Jane das ganze Leben kaputtmachen. Ich wäre ein Idiot, das zu riskieren.

Nach dem Essen verschwindet Jane in ihrem Zimmer, und ich krame die Ordner mit Moms Unterlagen noch einmal raus. Weil ich es einfach nicht in den Kopf kriege, dass Hayden mal eben so ein Vermögen für die Therapie seiner Tochter auszugeben bereit ist, Jane damals aber mit keinem Cent unterstützen wollte.

Verdammt, es war ein Fehler, mir die Behandlungskosten noch einmal genauer anzusehen, das weiß ich jetzt. Der Ordner liegt auf meinem Schoß, und ich sitze im Schneidersitz auf dem Fußboden mit dem Rücken an Moms altes Bett gelehnt. Wenn ich mich bisher noch gefragt habe, wieso Mom so viel gearbeitet hat und wir trotzdem nie genug Geld hatten, dann kenne ich nun die Antwort.

Jahrelang hat sie das Geld in Raten abgestottert. Und die letzte Rate hat sie Anfang des Jahres bezahlt. Die Quittung dafür halte ich gerade in der Hand.

Am Valentinstag hatte sie uns zum Essen eingeladen und war so gut gelaunt wie lange nicht. Sie bräuchte keinen Grund, um mit uns zu feiern, hat sie behauptet, aber die Wahrheit ist, dass sie an diesem Tag endlich die Schulden abbezahlt hatte. Nach vierzehn Jahren. Es tut scheiße weh, zu wissen, dass sie nur fünf Wochen später den Herzinfarkt hatte. Fünf Wochen. Nur fünf verdammte Wochen, in denen sie sorglos sein durfte.

Ich trinke nie Alkohol, aber das wäre echt ein Grund, sich zu betrinken. Doch das würde nichts daran ändern, dass meine Kehle trocken ist und meine Augen brennen, als hätte mir jemand Säure reingeträufelt.

Ich hefte die Quittung wieder ab, dabei sollte ich den ganzen Ordner verbrennen. Ganz hinten ist der Vertrag, den meine Mutter damals mit William Hayden geschlossen hat. Er hat ihr eine einmalige Summe von dreißigtausend Dollar bezahlt, damit sie für den Rest ihres Lebens totschweigt, dass er Jane gezeugt hat. Keine Ahnung, wie Mom das vor meinem Vater verheimlicht hat. Sie hat einen Fehler gemacht, einen großen Fehler, ja, aber sie hat dafür auch bitter bezahlt. Als Jane krank geworden ist, ist bei der Suche nach potenziellen Stammzellspendern herausgekommen, dass Jane nicht mit meinem Vater verwandt ist, und er hat ihr das nie verziehen. Seit die Ehe meiner Eltern wegen Moms Betrug in die Brüche gegangen ist, sind wir sechsmal umgezogen, und vor drei Jahren dann hier hängengeblieben. Mom hat ihren Mädchennamen nie abgelegt, was der Grund ist, warum William Hayden mit dem Namen Rivers ganz sicher nichts verbindet.

Aber es ändert nichts daran, dass Anthony Rivers fünf Jahre

lang auch Janes Vater war. Kann man dieses Gefühl einfach so abstellen? Kann man danach einfach ausziehen, seine beiden Kinder zurücklassen und sich eine neue Familie besorgen und nur ab und zu eine beschissene Weihnachtskarte schicken? Ich habe meinen Dad dafür gehasst, aber noch mehr als ihn hasse ich William Hayden. Nicht nur wegen des Vertrags, sondern weil er Mom nicht geholfen hat. Wie viel Überwindung muss es sie gekostet haben, ihn um Geld zu bitten? Einen Mann anzubetteln, der sich vertraglich von seiner Verantwortung hat entbinden lassen. Der sich noch vor Janes Geburt von seinen Verpflichtungen mit einer Einmalsumme freigekauft hat.

Ich ziehe mein Handy aus der Tasche. Google hat mir gezeigt, auf welchem Anwesen die Haydens in Hopkinton wohnen, einer Kleinstadt, in der das Durchschnittseinkommen bei mehr als achtzigtausend US-Dollar liegt. Die ursprüngliche Fabrik von Hayden Paper liegt in unmittelbarer Nähe, direkt am Contoocook-River, aber er hat noch ein Dutzend andere. Es gibt jede Menge Häuser mit Pool, das konnte ich in der Satellitenansicht an den kleinen blauen Flecken erkennen, und manche der Privatgrundstücke sind fast so groß wie das Klinikgelände hier in Nashua.

Das sollte mich nicht stören, aber wir hatten früher auch ein großes Haus im Merrimack County, bevor Jane krank geworden ist, deshalb beiße ich die Zähne zusammen.

Ich frage mich, wie Hayden damit leben kann. Wie er sich morgens im Spiegel ansehen kann, ohne sich selbst zu verabscheuen. Verdrängt man so was? So wie man eine unbezahlte Stromrechnung verdrängt oder dass man seine Steuererklärung noch abgeben muss? Kann man beim Spielen mit seiner heißgeliebten Tochter vergessen, dass man noch eine zweite hat, die todkrank ist? Oder hat er sogar darauf gehofft? Dass Jane das nicht überlebt, weil er dann seinen Fehltritt endgültig ad acta legen kann?

Scheiße, ich hätte den Job nicht annehmen sollen, weil ich nicht weiß, wie ich damit klarkommen soll. Und vor allem weiß ich nicht, wie ich mit Abbi Hayden morgen umgehe. Ich werde allein mit ihr sein. Im Haus ihrer Eltern. Und es wird die Hölle sein.

13. KAPITEL

# ABBI

Der Schweiß läuft mir zwischen den Schulterblättern nach unten, und dabei trainieren David und ich noch gar nicht so lange. Es ist unglaublich warm für Juni. Schon im letzten Jahr hat Lorraine geschimpft, es wäre der heißeste Sommer seit der Präsidentschaft von Ulysses S. Grant. In diesem Jahr scheint es nicht besser zu sein. Lorraine, unsere Haushälterin, hat heute Morgen gleich drei Kannen mit Minztee in den Kühlschrank gestellt. Bei diesem Wetter bin ich geradezu süchtig danach.

Gestern bin ich aus der Klinik entlassen worden, und seit vorgestern habe ich David nicht mehr gesehen. Dass mein Vater ihn dazu überreden konnte, die Therapie ambulant weiterzuführen, hat mich völlig überrascht. Er meinte, wir bräuchten jemanden, der für mich die Vampire von unserer Haustür fernhält, wenn er und Mom nicht da sind, und im ersten Moment habe ich gar nicht verstanden, was Dad damit sagen wollte. Dann musste ich lächeln, weil mir aufging, dass es ein Zitat aus seinem Lieblingssong *The Power Of Love* ist, den er oft im Auto hört. Und ich musste daran denken, dass David dieses Lied auch in der Playlist seiner Mom hatte.

Trotzdem verstehe ich nicht, wieso David zugesagt hat.

Erst recht, nachdem er mir gestanden hat, dass er ein Problem mit meinem Vater hat. In den letzten beiden Tagen war ich so erleichtert darüber, dass ich endlich nach Hause durfte, dass ich kaum über seine Beweggründe nachgedacht habe. Dafür tue ich das jetzt umso mehr. Denn David ist so abweisend wie nie zuvor.

Er hat mich schon ein paar Übungen für meinen Oberkörper machen lassen, nun liege ich flach auf dem Rücken auf einer Matte in dem Zimmer, das Dad extra hat freiräumen lassen. Normalerweise befindet sich an der Stelle, wo ich liege, ein alter Mahagoni-Esstisch. Rechts von mir ragt eine antike Vitrine mit Porzellan auf, daneben steht ein alter Sekretär aus Wurzelholz, die Platte ist hochgeklappt und der Schlüssel steckt im Schloss. Ich stelle meine Beine auf, soweit ich das kann, und mein Blick fliegt an die Decke, wo ein hölzerner Ventilator kreist, weil es in diesem Zimmer keine Klimaanlage gibt. Die Flügel bewegen sich langsam, trotzdem bauschen sich die zarten Gardinen am Fenster immer wieder auf.

Ich trage eine kurze Sporthose und ein ärmelloses Top. Mein verletztes Bein soll ich anwinkeln und mit beiden Händen das Knie festhalten und hochziehen.

«Nicht gerade, Abbi. Versuch, dein Knie diagonal in Richtung deiner linken Schulter zu ziehen. Nur ganz leicht, bis du die Dehnung spürst.» Er klingt fast tonlos. Als würde er einen auswendiggelernten Text aufsagen, und das verunsichert mich. Vielleicht war es falsch, ihm von meinen Ängsten wegen des Unfalls zu erzählen. Aber als er mir diese Schmerzen genommen hat, habe ich mich so schwach und hilflos gefühlt, und David ist der Einzige, dem ich genug vertraue, um ihn danach zu fragen. Nur dass es mir jetzt unendlich peinlich ist, dass ich so geheult habe. Vielleicht ist er deshalb so frostig, weil er Angst vor einem weiteren Gefühlsausbruch hat.

David steht neben meinen Füßen und guckt mit seinen Gewitteraugen auf mich runter. Es ist erst das zweite Mal, dass ich ihn in normalen Klamotten sehe, und sie sind am ehesten als unauffällig zu beschreiben. Weißes T-Shirt ohne Aufdruck – kein

V-Ausschnitt – und eine kurze dunkelblaue Trainingshose. Als er vor einer halben Stunde angekommen ist, hat Lorraine ihn mürrisch begrüßt, so wie das ihre Art ist, und ist dann gegangen, ohne sich zu verabschieden.

«Und jetzt für dreißig Sekunden halten.»

Ich kann mich kaum aufs Zählen konzentrieren, weil David so distanziert wirkt. Ganz anders als noch in der Klinik hält er mehr als nötig Abstand und gibt mir nur Anweisungen. Als ich bis dreißig gezählt habe, lasse ich mein Bein wieder runter.

«Kurze Pause, dann machst du das noch einmal.»

Mit einem gespielten Ächzen ziehe ich mein Knie erneut hoch, aber David lächelt nicht einmal. «Ich finde ja, du siehst aus, als würdest du eine Pause brauchen. Lange Nacht?», frage ich mehr zum Spaß und auch ein wenig, um ihn vom Mitzählen abzulenken.

David reagiert nicht darauf, vielleicht ist er in Gedanken. Erst als ich nach quälenden dreißig Sekunden nachlasse, antwortet er. «Ich habe kaum geschlafen. Wir haben keine Klimaanlage in der Wohnung.»

Ich nicke, weil ich mir gut vorstellen kann, wie drückend das bei diesem Wetter ist. «Wer ist wir?»

«Meine Schwester und ich.»

«Ich wusste gar nicht, dass du eine Schwester hast.»

Nun sieht er aus, als würde er es bereuen, davon angefangen zu haben.

«Entschuldige, du musst mir nichts erzählen. Vergiss einfach, dass ich gefragt habe.» Ich versuche, mich wieder auf die Übung zu konzentrieren, bemerke aber sein Stirnrunzeln.

«Nein, ist schon okay. Sie heißt Jane. Ist ungefähr zwei Jahre jünger als du.»

«Oh. Ich habe gedacht, Jane wäre deine Freundin. Wegen der Playlist auf deinem Handy.» Gott, das klingt wie eine versteckte

Frage nach seinem Beziehungsstatus, oder? Und ein bisschen auch nach Stalking. Jetzt ist mir noch heißer, und das liegt nicht am Wetter.

«Ich habe aktuell keine Freundin. Ich will mich auf mein Studium konzentrieren. Und auf meine Arbeit. Im Augenblick auf meine Arbeit mit dir. Also werden Sie die Übung jetzt mit dem anderen Bein wiederholen, Ma'am.»

«Okay.» Aber weil er so grimmig aussieht und so reserviert ist, will ich die Situation auflockern. «Ja, Sir, Mr. Rivers, Sir», hauche ich deshalb gespielt demütig. Und als ich aufblicke, stelle ich fest, dass David mich anstarrt. Und dann färbt sich sein Hals für einen Moment rosa. Er presst die Lippen zusammen, als er schluckt.

«Vielleicht ... ähm ... machen wir doch erst mal eine Pause.» Er schluckt wieder, als hätte er eine trockene Kehle.

«Oh, hast du Durst?» Das hätte mir auch früher einfallen können. «Sorry, ich hab nicht dran gedacht, dir was anzubieten. Am besten zeige ich dir einfach, wo in der Küche alles steht.» Ich schaue an mir runter und überlege, wie ich vom Boden aufstehen soll. «Sobald ich hochkomme. Falls ich *jemals* wieder hochkomme.»

«Klar.»

Er sieht immer noch so unnahbar aus. Vielleicht hätte ich das mit dem Sir nicht sagen sollen. Ich hoffe, er denkt nicht, ich wollte mich über ihn lustig machen.

Ich probiere aus, mich auf die Seite zu rollen, aber von dort komme ich auch nicht weiter. Ich muss lachen, weil ich mir so unbeholfen vorkomme. Keine Ahnung, wie ich aufstehen soll, ohne das Knie zu stark anzuwinkeln oder zu belasten, und David macht keine Anstalten, mir zu helfen. Nachdem er mir eine Weile bei meinen hilflosen Versuchen zugeguckt hat, sagt er: «Vielleicht üben wir besser das Aufstehen. Falls du mal hinfällst, solltest du allein wieder hochkommen können.»

«Ich habe nicht vor zu fallen.»

«Und ich habe nicht vor, dich hochzuheben.»

Jetzt glüht mein Gesicht auf. Hat er gedacht, dass ich das von ihm erwarte? Dass er mich durchs Haus trägt? Wieso ist er so abweisend? Ich habe das Gefühl, dass sein Widerwillen jetzt noch größer ist als in der Klinik, dabei kann das eigentlich nicht sein. Er hat doch freiwillig diesen Job angenommen, niemand hat ihn gezwungen. Allerdings ... Ein leeres Konto ist ein verdammt guter Grund, bei etwas einzuwilligen, was man eigentlich nicht möchte. Seine Mutter ist tot, und er hat noch eine Schwester. Da er noch nie von seinem Vater gesprochen hat, gehe ich davon aus, dass sie beide auf sich allein gestellt sind. Dass sie Geldsorgen haben könnten, ist naheliegend.

«Kann ich dich was fragen, David?»

Als er widerstrebend nickt, muss ich tief Luft holen, weil mir das nicht so leicht fällt. Außerdem steht er immer noch über mir, was auch nicht dafür sorgt, dass ich mich selbstsicherer fühle. Ich werde ihn ganz sicher nicht fragen, ob er so dringend Geld braucht, dass er quasi gezwungen war, diesen Job anzunehmen, aber ...

«Du wärst lieber woanders, oder?» Ich warte seine Reaktion nicht ab, sondern rede schnell weiter, während ich einen Punkt an der Wand hinter ihm hypnotisiere. «Wahrscheinlich kannst du dir was Spannenderes vorstellen, als mit mir Krankengymnastik zu machen. Wahrscheinlich findest du das alles hier ziemlich lächerlich. Ich erwarte nicht, dass du mir irgendwas abnimmst, mich hochhebst, mich bedienst oder mir Sachen hinterherträgst. Du bist auch nicht hier, um mich zu unterhalten. Ich ... wenn das so bei dir angekommen ist, dann tut mir das wirklich leid.» Ich weiß nicht, warum mir jetzt die Augen brennen, und als ich mich traue, David anzusehen, muss ich gegen die Tränen anblinzeln. David sieht betroffen aus, wodurch ich mich noch schlechter fühle. Wahrscheinlich bekommt er jetzt Angst, dass ich ihm wieder was vorheule. «Bitte entschuldige. Normalerweise bin ich nicht so emotional. Aber im Moment ... Ich spreche die Dinge lieber an, bevor sie schlimmer werden. Wenn du also lieber nicht herkommen möchtest, dann ...» Das Geld, Abbi! Das Geld! «... du könntest einfach nur für eine Stunde am Tag vorbeikommen. Das muss mein Dad nicht wissen, und du musst mir nicht Gesellschaft leisten. Ich bin schon groß», schließe ich meine Rede begleitet von einer Grimasse.

«Okay, einen Moment mal.» David geht vor mir auf die Knie. Er setzt mehrmals an, bis er schließlich einmal tief Luft holt. «Lass mich bitte einige Dinge klarstellen.» Er fährt sich mit der Hand über die müden Augen, als müsse er sich erst sammeln. «Ich habe nie gesagt, dass ich nicht gerne mit dir arbeite. Das hier ist nicht lächerlich, ist das klar? Ich halte dich im Gegenteil sogar für eine ziemliche Herausforderung, weil du mehrere Wochen lang versucht hast, deine Probleme buchstäblich auszusitzen. Du bist dem Schmerz aus dem Weg gegangen, hast die Dinge, die weh tun, einfach vermieden und dich zurückgezogen. Passives Coping, nennen wir das. Aber du hast solche Fortschritte gemacht, Abbi, und das ist großartig. Wirklich. Also lass uns weitermachen. Ich zeige dir jetzt, wie du aufstehen kannst, ohne dein Knie zu belasten.»

Er weicht mir aus. Ich frage ihn, was in ihm vorgeht, und er spricht nur von mir. Das macht er sehr geschickt, aber ich bin nicht blöd. Nur ... Ich will nicht weiter in ihn dringen und ihn damit nerven. Also versuche ich, mich zusammenzureißen und mir nichts anmerken zu lassen. «In Ordnung, Mr. Rivers.»

Er atmet geräuschvoll aus. «Eine Sache nur. Kannst du das mit dem Mr. Rivers sein lassen? Sag lieber nur David, okay?»

«Warum?» Die Frage hat meinen Mund so schnell verlassen, dass ich mich über mich selbst ärgere.

«Weil …» Er rubbelt sich einmal schnell über den Kopf. «Aus persönlichen Gründen, okay?»

Als ich nicke, setzt er sich direkt neben mich auf den Fußboden, die Hände hinter seinem Rücken abgestützt. Der Geruch von seinem Waschmittel ist mir vertraut. Es ist seltsam, wie schnell man sich so etwas einprägt. David benutzt nie Aftershave, zumindest riecht er nicht danach, und ich frage mich, ob er das mit Absicht weglässt, um seine Patienten nicht mit einem intensiven Duft zu stören.

Seine Handflächen schlagen leicht auf den Boden. «Es ist ganz einfach», sagt er. «Du legst dein operiertes Bein über das linke …» Er macht es mir vor. «… und dann nimmst du den rechten Arm nach vorn auf die linke Seite und stützt dich mit der Handfläche am Boden auf. Das linke Knie anwinkeln und damit vom Boden abdrücken, dabei machst du eine Vierteldrehung und kannst dich mit den Händen hochstemmen.»

Bei ihm sieht es ganz leicht aus. Und … das ist es auch. Ich wünschte, ich hätte das schon früher gewusst. Nur dass ich ihm jetzt den Hintern hinstrecken muss, weil ich mich auf die Seite rolle. Ich beiße die Zähne zusammen. David hat schon viel mehr von mir gesehen, und das hier, na ja, kann wohl kaum schlimmer sein als das, was auf der Massageliege passiert ist.

Ein paar Sekunden später stehe ich. Allein. Und ohne, dass er mir helfen musste. David bückt sich, um meine Krücken aufzuheben.

«Du könntest mir jetzt das Haus zeigen, damit ich einen Überblick bekomme. Schließlich werde ich die nächsten acht Wochen den ganzen Tag hier sein.»

So deprimiert, wie seine Stimme klingt, ist das für ihn eindeutig keine schöne Aussicht.

Ich schlucke. Na gut. Mit den Armen schlüpfe ich in die Stützen und setze jeden Schritt bewusst. Die Krücken gehen zeitgleich mit meinem verletzten Bein nach vorne, dann stütze ich mich ab und ziehe das linke Bein nach. Genau so, wie David mir den Drei-Punkt-Gang erklärt hat. Ich kann genau spüren, dass er mich beobachtet, und frage mich, was er dabei sieht. Rattern in seinem Kopf jetzt die physiologischen Details runter? Wie sehr ich das Bein anhebe oder wie gerade mein Becken steht?

«Ich zeige dir erst mal die Küche. Kommst du?» Das Klappern der Krücken schallt durch die gesamte Eingangshalle. Der Boden ist mit Steinplatten gefliest, und weil ich barfuß bin, spüre ich jede Fuge und wie angenehm kühl das ist.

«Die Küche wurde erst in den vierziger Jahren nach drinnen verlegt», erkläre ich. Mit dem Ellbogen drücke ich die Klinke nach unten und stoße die Tür auf.

Beim Reingehen höre ich David murmeln. «Ich schätze, hier würde unsere komplette Wohnung reinpassen.»

Okay, ich gebe zu, der Raum ist groß. Aber seine ganze Wohnung? Das meint er sicher nicht ernst. Ich gehe zielstrebig zum Side-by-Side-Kühlschrank. Er ist das einzige Gerät hier drin, das wirklich modern aussieht. Der riesige Gasherd hat einen Vintage-Look, und der Rest der Küche besteht aus weißen Holzschränken mit messingfarbenen Griffen.

Ich klemme mir die rechte Krücke unter den Arm und ziehe eine der Kühlschranktüren auf. «Magst du Minztee?»

«Am liebsten einfach nur Wasser.»

Ich zeige David, wo unsere Gläser stehen, und er holt zwei davon aus dem Schrank, während ich eine der Kannen rausstelle.

«Lorraine hat für uns etwas zu essen vorbereitet. Wenn du Hunger hast, nimm dir einfach, was du magst. Du musst hier niemanden um Erlaubnis fragen. Weil es so heiß ist, hat sie Panzanella gemacht. Ich hoffe, du magst das. Bei uns gibt es nicht so oft Fleisch, aber falls du etwas Bestimmtes möchtest, kann ich Lorraine bitten, das morgen einzukaufen.»

«Nicht nötig, danke. Ich esse kein Fleisch ...» Er hält inne. «Egal. Panzanella, das klingt italienisch. Was genau ist das?» Er hebt erst den kalten Tee hoch und schenkt mir etwas ein, bevor er sich selbst Wasser nimmt.

«Eine Art Brotsalat. Eigentlich ein Resteessen, aber echt lecker. Besteht nur aus kleingeschnittenem altem Weißbrot, Tomaten, Gurken, Zwiebeln, Basilikum, Essig und Olivenöl.»

«Das habe ich noch nie gegessen. Klingt aber gut.»

«Soll ich dir dann jetzt den Rest des Hauses zeigen?»

Als er nickt, stelle ich mein Glas ab und beeile mich, aus der Küche zu kommen. Erst einmal zeige ich ihm das Erdgeschoss. Das Büro meines Dads mit dem Kamin, das Zimmer, das wir Bibliothek nennen, das aber mehr und mehr zu einer Rumpelkammer wird, weil Dad dort alte Akten sammelt, die ihn in seinem Büro stören. Das riesige Wohnzimmer, auch scherzhaft Ballsaal genannt, mit der bequemen Sitzecke vor einem weiteren Kamin. Das Badezimmer, den großen Salon mit der hässlichen babyblauen Tapete, auch wieder mit Kamin. Den kleinen Salon, den er schon kennt, weil wir da eben geübt haben, lasse ich weg.

«Es gibt ziemlich viele Kamine in eurem Haus», stellt David fest, als wir wieder die Eingangshalle erreichen.

«Weil es so alt ist.» Ich nicke. «Das Haus wurde *ante bellum* gebaut. So hat es mein Grandpa immer ausgedrückt. Also vor dem Bürgerkrieg. Ich glaube, 1839.» Ich hebe die Schultern an.

Mit den Krücken die Treppe hochzusteigen, ist definitiv keine meiner Lieblingsbeschäftigungen, aber die Stufen sind breit, und es gibt ein durchgehendes Geländer. Ich stütze mich nur auf einer Krücke ab und fasse mit der rechten Hand den Handlauf. David geht dicht hinter mir. Im Augenwinkel sehe ich, dass er für den Notfall schon einen Arm ausgestreckt hat. Aber als er meinen Blick bemerkt, zieht er ihn wieder zurück. Seine Nähe spüre ich trotzdem bei jedem Schritt.

An der obersten Stufe angekommen, versuche ich, vor Anstrengung keuchend, die zweite Krücke aus meiner linken Hand zu winden. Dafür muss ich den Handlauf loslassen, deshalb wanke ich für einen Moment auf einem Bein. Nur kurz, ich kann das Gleichgewicht halten, trotzdem schlingt sich von hinten ein Arm um meinen Bauch. Davids Oberkörper stößt gegen meinen Rücken, warm und fest, und sein Atem streift über meinen Nacken. Ich halte überrascht die Luft an, die Krücke fällt klappernd auf den Boden.

«Alles okay?»

«Ja.» Langsam lasse ich die Luft aus meinem Brustkorb entweichen. Ganz automatisch habe ich nach Davids Arm gegriffen, um mich festzuhalten. Seine Muskeln sind angespannt. Unter meinen Fingern stellen sich die Haare an seinem Unterarm auf, und weil ich auch nackte Arme habe, scheint sich seine Gänsehaut direkt auf mich zu übertragen. Bis gerade stand ich noch sicher, aber jetzt hat mein Körper scheinbar vergessen, dass er Knie hat.

«Ich dachte, du verlierst das Gleichgewicht. Tut mir leid», sagt David schnell, und es klingt irgendwie atemlos. Er lockert seinen Griff und tritt von mir weg, und obwohl ich fest stehe, fühlt es sich an, als würde ich jetzt fallen.

14. KAPITEL

# ABBI

Am liebsten hätte ich David gebeten, mich weiter festzuhalten, mit seinem Arm um meinen Bauch, seinem Oberkörper an meinem Rücken. Ich möchte noch einmal seinen warmen Atem hinter meinem Ohr spüren und stelle mir vor, wie es sich wohl anfühlen würde, wenn er noch näher wäre, wenn sein Mund mich dort berühren würde, und das schockiert mich selbst.

In meinem Magen flattert es. David ist so schnell auf Abstand gegangen, dass es fast einer Flucht gleichkam. Ich beobachte ihn, wie er sich nun mit wachen Augen die Etage ansieht. Das Schlafzimmer meiner Eltern, das angrenzende Bad und den Raum, den sie als Ankleidezimmer nutzen. Aber mir fällt auf, wie er dabei die Schultern anzieht und die Hände in den Hosentaschen vergräbt, als hätte er grundsätzlich Sorge, aus Versehen etwas zu berühren.

Es gibt noch einen weiteren Raum auf dieser Etage, den meine Eltern als begehbaren Kleiderschrank benutzen, weil Dad wirklich viele Anzüge besitzt und meine Mutter nicht weniger Abendkleider, die sie für repräsentative Veranstaltungen brauchen. Allein Moms Schuhe nehmen zwei Regale ein. Als David das alles sieht, runzelt sich seine Stirn. Ich weiß nicht, was er dabei denkt, aber als er bemerkt, dass ich ihn beobachte, schüttelt er den Gedanken anscheinend ab, und seine Stirn glättet sich wieder.

«Hier im Flur ist noch ein kleines Büro, das meine Mutter benutzt.» Ich öffne die Tür und zeige den wahrscheinlich am modernsten ausgestatteten Raum in diesem Haus. Er wirkt mit dem Glasschreibtisch, dem großen Rollladenschrank und dem Whiteboard an der Wand im Kontrast zum Rest des Hauses fast steril, deshalb ziehe ich die Tür schnell wieder zu. Als Nächstes kommt ein Gästezimmer und daneben ein kleines Bad.

«Solltest du irgendwann in die Verlegenheit kommen, könntest du hier übernachten. Es wird selten benutzt, die meisten Besucher bleiben nur zum Essen, berufliche Treffen hat mein Vater fast immer im State House in Concord, dann bleibt er dort im Hotel.» David öffnet den Mund, und ich greife seinem Protest vor. «Nein, du wirst natürlich nicht in die Verlegenheit kommen. Ich wollte es nur gesagt haben, falls du irgendwann mal so genervt bist, dass du unser Training nur noch mit Whiskey überstehst.»

«Ich bezweifle, dass es so weit kommt», sagt er. «Ich hasse Whiskey.»

«Wer weiß.» Ich ziehe die Tür wieder zu, und das große Polsterbett mit dem hellen Bettüberwurf und einem Dutzend Kissen verschwindet aus meinem Blick. Mein eigenes Zimmer zeigt nach vorne zur Straßenseite, die Tür steht offen, deshalb kann ich sie mit der Krücke aufstoßen.

«Hier ist mein Schlafzimmer. Ich habe zwar auch ein Zimmer im Wohnheim, damit es für mich nicht so weit zur Uni ist, aber da ich das Semester aussetze, haben wir meine ganzen Sachen nach Hause geholt.»

Ich lasse David den Vortritt, und er bleibt kurz hinter der Tür überrascht stehen und starrt die Wand an, an der mein Bett steht. «Das ist ... krass. So was habe ich echt noch nie gesehen.»

Er meint die Bildertapete. Über die ganze Seite, vom Fußboden bis zur Decke breitet sich das Motiv aus. Es besteht zwar nur aus Grautönen, ist aber so detailreich und plastisch festgehalten, dass es wie eine Zeichnung aus dem Skizzenbuch eines Botanikers wirkt. «Wenn man sich auf das Bett legt und an der Wand hochguckt, hat man das Gefühl, die Palmen würde sich über einem ausbreiten und man könnte die Farne mit den Händen greifen. Willst du es mal ausprobieren?»

«Nein», sagt er und wendet sich so schnell ab, dass mir klar ist, mal wieder eine Grenze übertreten zu haben. Ich sollte dringend versuchen, mich Davids professionellem Verhalten anzupassen.

David geht zu meinem Schreibtisch, der ziemlich unordentlich ist. Wie immer liegt dort jede Menge Papier durcheinander. Einzelne Blätter, Mappen, Bücher, zwei kleine Figuren, die zu dem antiken Papiertheater gehören, mit dem schon mein Grandpa gespielt hat und das auf dem schmalen Tischchen an der Wand steht. Die Figuren waren eingerissen, und ich habe sie auf der Rückseite mit einem schmalen Papierstreifen und etwas Leim geklebt und zum Trocknen liegen lassen. Jetzt nehme ich die beiden Papierfiguren auf und stecke sie zurück in das kleine Theater, das nur von einem dünnen Holzrahmen zusammengehalten wird.

Als ich mich umdrehe, steht David an meinem Schreibtisch und faltet ein quadratisches Stück stark vergilbtes Papier zu einem Dreieck. Es ist der Rest von dem Material, das ich zum Flicken verwendet habe. Ich schaue ihm zu, wie er mit geübten Fingern aus dem Dreieck ein noch kleineres Dreieck macht, die spitzen Seiten hochklappt und einige Sekunden später einen Schmetterling in den Händen hält.

Von mir aus könnte er stundenlang so weitermachen, und ich würde ihm zufrieden dabei zusehen. Er wirkt das erste Mal, seit er hier ist, fast entspannt. David setzt den Schmetterling auf meinen Schreibtisch, dann schüttelt er mit einem Mal den Kopf und fährt zu mir herum.

«Wenn das okay für dich ist, würde ich jetzt gerne rausgehen.» Er rubbelt mit der Hand über seinen Oberarm. «Eure Klimaanlage hier oben ist der Wahnsinn. Hier drin ist es eiskalt.»

«Ja, natürlich.» Ich überlege krampfhaft, was ich noch sagen soll. «Ich wollte sowieso etwas für die Uni tun.» Was gelogen ist, weil ich nichts für die Uni machen muss.

«Ich meinte eigentlich, wir könnten in eurem Garten trainieren.»

Was er mir damit sagen will, ist offensichtlich. Er ist nicht zum Spaß hier.

«Wie du willst. Aber wir haben auch noch Zeit, bis Dr. Muller kommt.» Allein bei seinem Namen läuft mir ein Schauer über den Rücken, was ich zu unterdrücken versuche. «Du kannst auch schwimmen gehen, wenn du willst.»

«Ihr habt einen Pool?»

«Schon, nur ist er eigentlich ...»

«Nicht fürs Personal?», hakt er mit einem künstlichen Grinsen nach.

Es ärgert mich, dass er das sagt. Diese Grenze hat er selbst gezogen, nicht ich. «Ziemlich zugewachsen. Und alt. Der ganze Schwimmbereich liegt im Schatten, weil mein Vater sich nicht von den Hecken trennen kann.»

David legt den Kopf schief. «Warum sind wir bei diesem Wetter eigentlich noch hier drinnen, wenn ihr draußen einen verdammten Pool habt?»

«Weil wir Krankengymnastik machen?»

«Und?»

«Auf einer Matte? Auf dem Fußboden?»

«Krankengymnastik, die man großartig auch im Pool machen kann?», gibt er in demselben fragenden Tonfall zurück. «Ein Pool ist perfekt, Abbi.» Er scheint davon richtig begeistert zu sein. Und natürlich denkt er wieder nur an den therapeutischen Vorteil. «Dein Körpergewicht wird durch den Auftrieb des Wassers mitgetragen. Das schont deine Gelenke, stärkt deine Muskulatur und ist wirklich gut für dein Herz-Kreislauf-System. Zieh dir einen Badeanzug an und komm raus. Ich gebe dir fünf Minuten.»

«Was?» Ich bin völlig überfordert von dieser Wendung. Ich hatte mich eben noch darauf eingestellt, allein in meinem Zimmer zu hocken, damit er ein paar Minuten seine Ruhe hat, und jetzt will er plötzlich, dass wir schwimmen gehen?

«Ich warte vor der Tür, dann kannst du dich umziehen.»

«Aber ich habe keinen Badeanzug.»

«Echt nicht? Dann leih dir einfach was von deiner Mutter.»

Mir wird nichts anderes übrigbleiben, denn einen meiner Bikinis kann ich bei der Therapie auf keinen Fall anziehen. Und überhaupt ... Ich atme geräuschvoll aus, weil David nicht abwartet, sondern rausgeht und leise die Tür hinter sich schließt. Er hat das jetzt einfach so beschlossen, oder wie?

Okay, eigentlich hat er ja recht. Es ist verdammt heiß, und an Gymnastik im Wasser hatte ich überhaupt nicht gedacht. Nur dass ich bei Wassergymnastik ein Bild von Omas mit Schwimmnudeln vor Augen habe. Oh Gott, ich will keinesfalls eine Schwimmnudel. Bitte nicht!

Aber Schwimmnudel hin oder her, das würde mich von Dr. Muller ablenken. Und ich bekomme jetzt schon Magenschmerzen, wenn ich daran denke, dass er nachher vorbeikommt, um mein Knie und meine Hüfte zu untersuchen. Das letzte Mal habe ich ihn im Krankenhaus nach der zweiten Operation gesehen. Er hat mir die Bettdecke weggerissen, auf meinem Knie und meiner Leiste herumgedrückt, bis mir die Tränen in den Augen standen. Die Schmerzen hatten schon begonnen, bevor er mich überhaupt angerührt hat. Als würde allein der Anblick seiner breiten Hände mich triggern. Wie weh er mir getan hat, als er meine Hüfte einrenken wollte, werde ich wahrscheinlich in meinem ganzen Leben nicht vergessen. Wie sein Kollege mich festgehalten hat und er dann mit Kraft an meinem Bein riss ... Mein verletztes Knie ... Ich erschauere und schiebe den Gedanken weit weg. So weit es geht.

Wassergymnastik. Also gut. Als ich höre, wie Davids Schritte sich die Treppe hinunter entfernen, laufe ich mit den Krücken in das Ankleidezimmer meiner Mutter, wo ich sie neben die Tür lehne. Auf einem Bein hüpfe ich zum Kleiderschrank und ziehe ihre Unterwäscheschubladen heraus.

Meine Mutter hat eine ganze Batterie von Bikinis, aber ganz unten finde ich einen Badeanzug, und ich erinnere mich, dass sie den kaum trägt, weil er ihr nicht eng genug anliegt, was ihn für mich prädestiniert. Leider ist er weiß. Dafür ist das Material relativ dick, und er hat ein Vintage-Design mit geradem Beinausschnitt. Definitiv die beste Option. Im Badeanzug ist man doch irgendwie angezogener. Hektisch streife ich meine Klamotten ab und ziehe ihn an. Passt perfekt. Ich winde mich durch die Träger, die im unteren Rücken zusammengenäht sind und sich erst recht weit oben trennen, deshalb sieht es von vorne fast wie ein Neckholder aus. Ich habe nicht auf die Uhr gesehen, aber David wartet bestimmt schon länger als fünf Minuten.

Schnell schlüpfe ich in einen von Moms Morgenmänteln, ziehe den Gürtel so fest, dass mir die Luft wegbleibt, und klemme mir dann zwei Handtücher unter den Arm. Auf geht's. Wassergymnastik. Gott steh mir bei.

15. KAPITEL

# DAVID

Mit Abbi zum Pool zu gehen, war eine beschissene Idee. Seit meiner Ankunft war ich die Neutralität in Person. Habe mir nicht anmerken lassen, was es mir allein abverlangt, dieses verdammte Anwesen zu betreten. Es ist heiß, und ich brauche dringend eine Abkühlung. Aber es gibt Regeln in diesem Spiel. Und die wichtigste lautet: Der Therapeut geht nicht mit ins Wasser.

Ich habe unten an der Treppe auf Abbi gewartet, um zu sehen, ob sie allein mit den Stufen zurechtkommt, und ihr dann die zwei Handtücher abgenommen, die sie mitgebracht hat. Jetzt zeigt sie mir den Garten, den ich mir komplett anders vorgestellt habe. Okay, mir war eigentlich schon klar, dass nichts hier meinen Vorstellungen entsprechen wird, als ich heute Vormittag den Code in das Tor eingegeben habe. Ich habe eine moderne Villa mit Sicherheitsdienst erwartet, und stattdessen stehe ich jetzt in einem Roman von Frances Hodgson Burnett. *Der geheime Garten* ist früher eins von Janes Lieblingsbüchern gewesen, und das hier ist ein verdammt geheimer Garten. Ich wäre gar nicht auf die Idee gekommen, dass das Grundstück der Haydens an dieser Stelle noch weitergeht, weil hohe Hecken hier eine natürliche Abgrenzung bilden. Aber dann zeigt Abbi mir die schmale schmiedeeiserne Tür, die darin regelrecht eingewachsen ist.

«Vorsicht, da sind Dornen», warnt sie mich, als ich für uns öffnen will, nachdem sie keine Anstalten macht, vorzugehen. Und dann entdecke ich die Rosen, die sich durch die immergrüne

Hecke gekämpft haben und bis über den Eingang hinausragen. Ich drücke die Zweige vorsichtig beiseite und schiebe die Tür auf, die sich mit einem so lauten Quietschen wehrt, dass ich das sogar in meinem linken Ohr hören kann.

Ich gehe durch das Tor, und *holy shit*, das, was ich jetzt sehe, kenne ich nur von Fotos alter Herrenhäuser aus Europa. Die weit mehr als mannshohe Hecke, die ich für das Ende des Grundstücks gehalten habe, ist in Wahrheit der Rahmen für einen alten Pool, der aber eher aussieht wie ... ein Springbrunnen?

An der Seite uns gegenüber ragt eine Mauer in die Höhe, die Steine sind versetzt, deshalb hat man fast den Eindruck, dort würde eine steile Treppe in die Höhe führen. Eine mit Moos überwucherte Treppe.

«Früher war das ein Wasserfall», erklärt Abbi. «Noch bevor das Becken als Pool genutzt wurde. Ursprünglich hat man das hier als Teich mit Wasserpflanzen angelegt. Erst in den zwanziger Jahren wurde es dann zum Schwimmbecken umfunktioniert. Das Becken wird einmal die Woche gereinigt, aber der Betrieb lohnt sich eigentlich gar nicht, weil wir es kaum nutzen.»

Kaum nutzen? Verdammt, wenn ich hier wohnen würde, müsste man mich aus diesem Pool rausoperieren. Ich habe noch nie etwas so Mystisches gesehen wie diesen Ort. Vor allem die Frauenstatue mitten im Wasser. Sie steht auf einer Säule, aber weil der Wasserspiegel so hoch reicht, wirkt es, als würde sie auf dem Wasser laufen. Ich versuche mir vorzustellen, wie es aussieht, wenn es regnet und das Regenwasser von ihrer ausgestreckten Hand tropft.

«Kein Wunder, dass du so Heimweh hattest», sage ich in Gedanken und mehr zu mir selbst. «Ich werde wahrscheinlich heute Abend schon Heimweh nach diesem Pool haben.»

«Das wirst du nicht mehr sagen, wenn du merkst, wie kalt das Wasser ist.»

Der größte Teil des Beckens liegt wegen der hohen Hecken im Schatten, vermutlich ist es trotz der hohen Temperaturen deswegen recht kühl. Nur dass ich das nicht am eigenen Leib spüren werde, weil: Der Therapeut geht nicht mit ins Wasser, verdammt!

An dem Ende, an dem wir stehen, führt eine gemauerte Treppe ins Becken. Es ist nicht gefliest, weshalb das Wasser über dem grauen Stein fast dunkel wirkt. Okay, jetzt ist es Fakt: Das ist mein erstes Mal. Das erste Mal bin ich verliebt in einen Pool, in einen Garten. Man fühlt sich hier vollkommen abgeschieden von der Welt. Die Hecken verschlucken jedes Geräusch, und diese Farben, die Stille, der verdammte Rosenduft, das alles lässt mich tief Luft holen.

Dann zieht Abbi ihren Morgenmantel aus und legt ihn auf einer steinernen Sitzbank ab, die sich nah an die Hecken schmiegt. Ich sehe sie nur von hinten und, bei Gott, ich kann den Blick nicht von ihr abwenden. Die Träger ihres Badeanzugs laufen zwischen ihren Schulterblättern in einem kleinen Metallring zusammen. Von dort zieht sich ein einzelner schmaler Streifen über ihre gesamte Wirbelsäule nach unten. Bis zu einem Punkt, wo irgendwann wieder mehr Stoff da ist.

Obwohl es so heiß ist, reibt sie sich über die Arme, und ich spüre den spontanen Drang, mich hinter sie zu stellen und ihre Hände durch meine zu ersetzen. Den spontanen und für einen Therapeuten absolut unangebrachten Drang.

Kann ich das unterdrücken?

Ja.

Fällt mir das leicht?

Hölle, nein!

«Willst du dich nicht auch ausziehen?», fragt sie mich, als sie sich zu mir umdreht und ich immer noch wie festgenagelt auf der Stelle stehe.

Am liebsten würde ich auflachen. Wen interessiert schon, was ich will? «Du gehst allein ins Wasser, ich kann vom Rand aus viel besser sehen, ob du die Übung richtig machst.» Was der Wahrheit entspricht.

«Oh, okay.»

Mit den Krücken humpelt sie in Richtung Beckenrand. Ich schätze, das dauert jetzt. Jane braucht immer eine Ewigkeit, wenn das Wasser auch nur ein klitzekleines bisschen kalt ist. Es ist jedes Mal ein Riesentheater, sie macht erst ihre Füße nass, dann die Beine. Kreischt auf, wenn das Wasser an ihren Bauch kommt und stößt in Panik wüste Drohungen aus, wenn man auch nur einen einzelnen Wassertropfen in ihre Richtung spritzt. Und Abbi ist im Gegensatz zu Jane auch noch gehandicapt. Ich warte darauf, dass sie zur Treppe geht und sich dort erst mal auf die erste Stufe stellt, aber sie geht direkt an den Rand, wo es tief ist, balanciert auf einem Bein und lässt die Krücken langsam zu Boden gleiten.

«Soll ich dir helfen?», frage ich sie in derselben Sekunde, in der sie plötzlich die Arme nach vorne nimmt und einfach kopfüber ins Becken springt. Ich bekomme fast eine Herzattacke, als sie untertaucht und dann keuchend wieder an die Oberfläche gelangt.

«Was war das denn?»

Sie wischt sich ein paar nasse Haarsträhnen aus dem Gesicht. «Ich dachte, ich ... bringe es lieber hinter mich», bringt sie zitternd hervor. «D-du hast gesagt, ich wäre passiv. Also dass ich passive Bewältigungsstrategien hätte. Das ... konnte ich nicht auf mir sitzen lassen.» Sie japst nach Luft.

Weil ich das zu ihr gesagt habe, macht sie einen Kopfsprung ins kalte Wasser und riskiert einen Kreislaufkollaps? Na großartig, David.

«Mach nie wieder etwas, nur weil ich Idiot was Bescheuertes sage, okay?»

Sie nickt und grinst, aber dann hüpft sie auf der Stelle. «Es ist so kalt, es ist so kalt. Oh Gott, oh Gott, ist das kalt.» Dann taucht sie plötzlich wieder unter, kommt aber nach nur einem Meter prustend wieder hoch und stellt sich direkt vor mich hin. Das Wasser ist nicht so tief, wie ich dachte. Es geht ihr gerade einmal bis zum Brustkorb. Für die Übungen ideal, für mein Seelenheil wäre es allerdings besser, es würde ihr bis zum Kinn reichen, weil ... Sie hat überall Gänsehaut, auf den Armen, ihrem Hals, und ich will keinesfalls sehen, wie sich ihre Brustwarzen unter dem weißen Stoff zusammenziehen. Scheiße, jetzt habe ich doch hingesehen. Und mein verdammtes Gehirn hat davon natürlich sofort einen Screenshot gemacht.

Ich senke den Kopf, fahre mir mehrmals durch die verschwitzten Haare in meinem Nacken, dann hefte ich meinen Blick krampfhaft auf Abbis Gesicht. «Für deinen Kreislauf wäre es besser, das beim nächsten Mal einen Hauch langsamer anzugehen.»

Sie schlingt die Arme um sich, nickt mehrmals und klappert dabei mit den Zähnen. «Ja, du hast bestimmt recht. Nur ... einen Moment, ich muss ... mich ... bewegen ...» Sie dreht mir den Rücken zu und schwimmt. Es sieht witzig aus, weil sie versucht, nur mit dem linken Bein vorwärtszukommen. Ich beobachte, wie sie im Kreis einmal um die Statue herumschwimmt, dann hält sie zielstrebig auf die einzige Stelle des Pools zu, wo ein Streifen Sonnenlicht hinfällt, und ich laufe neben ihr her.

«Ist das okay, wenn ich hierbleibe?»

«Klar. Am besten kommst du näher an den Rand, dann kannst du dich bei der Übung festhalten.»

Sie folgt meiner Aufforderung, und in meinem Hirn höre ich ihre Stimme dazu ganz sanft «Ja, Mr. Rivers» hauchen. Eine Stimme, die ich gerade ganz und gar nicht gebrauchen kann.

Ich hole tief Luft, dann erkläre ich ihr einen Bewegungsablauf, den sie mit dem operierten Bein machen soll, und Abbi hebt ihr Bein langsam nach hinten, um dann in die entgegengesetzte

Richtung gegen das Wasser zu treten. Sie hält sich seitlich am Beckenrand fest, und das Wasser schwappt ihr über die Brüste. Das war wirklich eine beschissene Idee. Wenn Noah wüsste, was gerade in meinem Kopf vor sich geht, würde er sich totlachen. Und wenn Abbi es wüsste, dann ...

Meine Hände schiebe ich in die Hosentaschen, wo ich sie zu Fäusten balle. Ich ärgere mich über mich selbst, weil das einfach lächerlich ist. Ich habe Abbi schon in Unterwäsche gesehen, das hier sollte mich völlig kaltlassen. Ich muss mich jetzt verdammt noch mal darauf konzentrieren, einfach meinen Job zu machen. Und ich sollte anstatt an einen weißen Badeanzug an William Hayden denken und daran, was er meiner Familie angetan hat.

Mom hat sich kaputtgearbeitet, um die Arztrechnungen für Jane zu bezahlen und uns allein großzuziehen. Wenn ich an früher zurückdenke, sehe ich Mom immer nur todmüde vor mir. Morgens am Frühstückstisch hat sie uns das Müsli vor die Nase gestellt und dabei die Augen kaum aufbekommen. Nach der Arbeit ist sie mit uns zum Arzt gefahren, in die Klinik und manchmal auch zu Freunden, aber sie war dabei immer erledigt. Oft musste sie danach zu einem weiteren Job. Urlaub war nicht drin. Aber einmal haben wir ein verdammtes Zelt hinter unserem Haus auf einem winzigen Stück Rasen aufgestellt und ein Lagerfeuer angezündet, wo wir Marshmallows entweder in die Flammen tropfen oder verkokeln ließen. Den Gestank von dem verbrannten süßen Zeug habe ich heute noch in der Nase.

Und jetzt stehe ich im Garten von William Hayden, wo es nach verfluchten Rosen duftet. Was ist das hier? Eine Scheiß-Downton-Abbey-Kopie?

Ich sollte mich zusammenreißen und an das Geld denken. Und nur an das Geld. Und nicht daran, wie sich Abbis Brustwarzen dunkel unter dem weißen Stoff abzeichnen.

«Willst du nicht auch irgendwann ins Wasser?», fragt sie mich in diesem Moment, und es fühlt sich an wie ein Schlag in den Magen. Scheiße, hoffentlich sieht sie nicht, dass ich rot geworden bin. Mein Gesicht fühlt sich so heiß an, da könnten mir die Gedanken auch in Laserschrift auf der Stirn stehen.

«Als Therapeut geht man nicht mit ins Wasser», leiere ich mein Mantra runter. Und das in einem Tonfall, der nicht das Geringste darüber verrät, was in meinem Brustkorb tobt.

«Ist das eine feste Regel?»

«Ist es. Kein Therapeut macht das.»

«Und wie viele Therapeuten kennst du, die im Hochsommer eine private Stelle in einem Haus mit Pool antreten?»

Ich habe den Mund schon geöffnet, um ihre Frage abzuwehren, aber darauf fällt mir nicht wirklich was ein. «Ich mach's trotzdem nicht.»

«Und warum nicht?»

«Ich hab keinen Bikini.»

Sie schnaubt. «Aber Unterwäsche.»

Scheiße, ich habe wirklich nicht vor, mit Abbi über meine Unterwäsche zu diskutieren. «Und ich bin nicht zum Spaß hier.»

«Ach so.» Abbi tippt sich mit der Hand an die Stirn. «Ich habe völlig vergessen, wie unseriös und unprofessionell es wäre, bei seiner Arbeit Spaß zu haben. Mein Fehler.» Im nächsten Moment pflügt ihre Hand durchs Wasser, und eiskalte Tropfen treffen mich mitten im Gesicht und sprenkeln mein T-Shirt.

Ich will nicht grinsen, aber ich bin machtlos dagegen. Vor allem, weil Abbi mich mit einem unschuldigen Lächeln ansieht, das nur darauf zu warten scheint, dass ich mich räche. Was ich aber nicht tun werde. Um das zu demonstrieren, verschränke ich die Arme vor der Brust. Sofort trifft mich der nächste Schwall Wasser.

Jane hat mal gesagt, dass ich die Ruhe eines Elefanten besitze, und damit liegt sie nicht ganz falsch. Nur dass in Abbis Gegenwart nichts so ist wie normalerweise. Es kostet mich übermenschliche Kraft, jetzt nicht einfach in diesen verdammten Pool zu springen und Abbi das bereuen zu lassen.

«Du lässt dich wirklich nicht provozieren, oder? Wie lange hältst du das für gewöhnlich durch?»

«Lange. Habe ich trainiert. Ich warte einfach darauf, dass du die Lust an diesem Spiel verlierst.»

«Dann hast du jetzt schon gewonnen.» Sie sieht enttäuscht aus, und nun tut es mir leid. Ich bin kein Prinzipienarsch. Prinzipien sind etwas für Leute, die keinen Charakter besitzen. Aber jetzt zu Abbi in diesen Pool zu steigen, wäre masochistisch. So kalt kann das Wasser gar nicht sein.

«Lass uns einfach weitermachen», sage ich, und sie nickt mit zusammengepressten Lippen. Ich erkläre ihr, wie die nächste Übung für ihr Kniegelenk funktioniert, und sehe ihr stumm zu, wie sie sie ausführt. Minutenlang. Erst mit dem einen, dann mit dem anderen Bein. Okay, das ist gut, eine normale Therapieroutine. Nur leider kann ich aus dieser Entfernung nicht so richtig viel erkennen, weil der Boden des Pools so dunkel ist. Da macht es wenig Sinn, sie als Nächstes mit dem Fuß eine Acht zeichnen zu lassen, wenn ich nicht kontrollieren kann, wie viel sie die Hüfte dabei bewegt. Ich müsste sie mit den Händen festhalten, und das kommt definitiv nicht in Frage.

«Ich würde meinen, das reicht für heute», sage ich nach einer Weile, auch wenn wir noch nicht viel getan haben. «Du hast schon ganz blaue Lippen, Abbi.»

Und außerdem zittert sie. Als sie langsam zur Treppe watet, hole ich schon mal eins der zwei Handtücher und sammle die Krücken auf. Ich lasse den flauschigen Stoff auseinanderfallen und reiche ihn ihr. Sie trocknet sich das Gesicht ab, rubbelt über ihre Arme und schlingt das Handtuch um ihren Oberkörper. Doch bevor sie es feststecken kann, rutscht ihr das andere Ende aus den Fingern. Automatisch strecke ich die Hand danach aus, ziehe sie aber sofort wieder weg, als mir das bewusst wird. Geht's noch, David?

Abbi klappert mit den Zähnen. «H-hast d-du Hunger? Sollen w-wir was essen?»

«Ja, klar. Geh schon mal vor, ich komme gleich nach.» Ich wende mich ab, weil ich dringend ein paar Minuten für mich brauche. Und eiskaltes Wasser.

Sie fragt nicht mal nach, warum. Ich lausche auf das Geräusch, das die Krücken auf dem Steinboden machen, und dann auf das Quietschen, das mir verrät, dass sie durch die schmiedeeiserne Tür gegangen sein muss. Dann zerre ich mir das Shirt über den Kopf, werfe es auf die Wiese und streife die Schuhe ab. Meine Hose folgt nur wenige Sekunden später. Ich gehe zum Beckenrand, bücke mich und springe rein.

Der Laut aus meinem Brustkorb, als ich wieder auftauche, kommt einem Brüllen gleich. Hölle!

Es ist so arschkalt, dass ich mir nicht vorstellen kann, wie Abbi das so lange ausgehalten hat. Aber ich habe diese Abkühlung wirklich gebraucht. Ich tauche unter und mache mehrere Züge unter Wasser. Es ist glasklar, und ich kann den Sockel der Statue genau erkennen. Erst als ich ihn umrundet habe, komme ich wieder hoch. Während ich das Wasser aus meinen Augen blinzele, sehe ich unscharf ein weißes Handtuch und Abbis Beine, die jetzt erst durch die Tür verschwinden. Hat sie mir zugesehen? Offenbar.

Scheiße, ist das kalt. Auf der Stelle stehen bleiben ist nicht. Ich muss mich bewegen, um mich an den Temperaturunterschied zu gewöhnen, deshalb kraule ich bis zur anderen Seite und wieder zurück. Noch einmal. Und dann bis zur Mitte des Beckens. An der Säule richte ich mich auf und berühre den kalten Stein der Statue. Abbi hat gesagt, das Becken wäre in den zwanziger Jahren umfunktioniert worden. Dann muss diese Statue älter als hundert Jahre sein.

Das macht mich seltsam ehrfürchtig. Obwohl das Bullshit ist. Einen echten Menschen anzufassen, sollte einen viel mehr berühren, oder? Es sollte viel mehr Ehrfurcht in einem auslösen und man müsste ihn mit mehr Respekt behandeln als eine beschissene Steinfigur. Ich muss an den Vertrag denken, den meine Mom unterschrieben hat. Und an den, den ich selbst gestern unterschrieben habe und in dem steht, dass ich schweigen muss. Dass ich niemandem jemals erzählen darf, was Abbi für Verletzungen oder Erkrankungen hat, und dass alles, was hinter diesem Eingangstor stattfindet, auch für immer hinter diesem Tor bleibt.

Ein paar Minuten ziehe ich noch Bahnen, dann stemme ich mich am Rand hoch und springe auf den Rasen. Es ist niemand hier, deshalb ziehe ich die nassen Boxershorts aus, trockne mich mit dem zweiten Handtuch ab, das Abbi hiergelassen hat, und steige ohne Unterwäsche in meine kurze Sporthose. Das T-Shirt streife ich über meine noch feuchte Haut.

Meine Schuhe, das nasse Handtuch und alles andere lasse ich draußen auf der Terrasse, bevor ich ins Haus gehe.

«Du warst doch noch im Wasser», sagt Abbi, auf eine einzige Krücke gestützt, als ich in die Küche komme.

Ich zucke mit den Schultern. «Die Therapiestunde war zu Ende, oder?»

Sie antwortet nicht darauf, aber der Blick, den sie mir zuwirft, spricht Bände. Sie ist verletzt. Wahrscheinlich fühlt sie sich wie eine Aussätzige, weil ich so krampfhaft Abstand halte.

Die Schüssel mit dem italienischen Brotsalat steht bereits auf dem Tisch, und sie hat uns etwas zu trinken eingeschenkt. Ich gehe wie selbstverständlich zur Anrichte und ziehe eine der Schubladen auf, von denen ich vermute, dass sie Besteck beinhaltet. Treffer. Ich spüre ihren Blick an mir runterwandern, und als ich zum Tisch zurückkomme, wendet sie sich schnell ab.

«Hast du was dagegen, dass ich im Haus barfuß bin? Dann hole ich meine Schuhe.»

«Nein, gar nicht.» Ihr Blick streift über mich hinweg, kommt wieder zurück und bleibt dann auf Hüfthöhe an mir hängen, dabei färbt sich ihr Hals rosa. Oh, fuck. Sie hat gar nicht auf meine Füße geguckt. Abbi muss klar sein, dass ich unter der Sporthose nichts anhabe, und jetzt starrt sie mir auf den Schritt. Ich könnte direkt noch mal in den Pool springen. Verlegen greife ich mir ins nasse Haar und spüre, wie Wasser über meinem Ohr nach unten bis über meinen Hals rinnt.

Abbis Augen sind dunkel, und das kann nicht nur an dem dämmrigen Licht in der Küche liegen. Und obwohl sie so dunkel sind, fühlt sich ihr Blick an, als würde sie damit einen glühenden Scheinwerfer auf mich richten.

Ich ziehe für sie einen Stuhl vom Tisch zurück und setze mich an die Ecke daneben. Als sie sich ebenfalls gesetzt hat und den Stuhl heranrückt, stößt sie dabei mit dem nackten Knie gegen meins, und wir zucken beide zusammen.

«Das ist albern, oder?», fragt sie und lacht unsicher. «Nur weil wir nicht mehr in der Klinik sind, sollte die Situation nicht so seltsam sein. Tut mir leid, dass ich dich gerade so angestarrt habe. Das mache ich normalerweise nicht. Also nicht so offensichtlich.»

Ich fass es nicht, dass sie das jetzt anspricht.

«Kein Ding. Wir müssen nicht darüber reden.»

«Ja, natürlich. Nur ...» Sie zieht den Morgenmantel enger um sich. «Wenn ich ehrlich bin, dann tut es mir vor allem leid, dass du es gemerkt hast.» Jetzt wird sie richtig rot.

Wow. In meinem Brustkorb sackt etwas nach unten. Ich wollte gerade einen Schluck trinken und halte das Glas in der Hand, nun könnte ich es vor Anspannung filmreif zerdrücken. Ich muss mich zwingen, es wieder abzustellen. Was bitte soll das heißen?

Dass sie es nicht bereut, mich angestarrt zu haben? Dass sie mich gerne anguckt? Und warum spricht sie überhaupt darüber, wenn ihr das unangenehm ist? Ich schwöre bei Gott, mir ist noch nie eine Frau begegnet, die gleichzeitig so unsicher und herausfordernd ist. Ich schlucke. Wie zum Teufel komme ich aus diesem Gespräch raus? «Ich schätze, ich habe schon mehr von dir gesehen als du von mir, also kann ich mich kaum beschweren.»

Ihr Morgenmantel ist an manchen Stellen feucht, wahrscheinlich hat sie den Badeanzug noch darunter an. Und darüber sollte ich – verdammt noch mal – nicht nachdenken.

Als könnte Abbi meine Gedanken lesen, wird sie noch röter.

Ich zwinge mich, meine Stimme völlig ruhig klingen zu lassen. Viel ruhiger, als ich mich fühle, denn mein Herz hämmert gerade los, als müsste es in meinem Brustkorb Metall verbiegen. «Einigen wir uns darauf, dass wir einfach nur Menschen sind. Und dass man manchmal über Dinge nachdenkt, die absolut unangebracht sind, ist menschlich, würde ich meinen. Und vielleicht sollten wir jetzt endlich essen.»

«Natürlich, entschuldige. Mein Dad hat mir gerade geschrieben, dass Dr. Muller für heute abgesagt hat. Er hat noch einen Notfall reinbekommen und den Termin auf morgen verschoben. Du musst also nicht länger hierbleiben.»

«Okay.» Ich fange an zu essen, und wahrscheinlich mache ich das deutlich schneller, als es noch als zivilisiert durchgeht. «Dann fahre ich gleich.»

«Du musst morgen auch nicht so früh herkommen.»

«In Ordnung.»

Der Salat schmeckt echt lecker, aber Abbi stochert nur darin herum. «Du könntest deine Bücher mitbringen, für die Uni. Damit deine Zeit hier nicht völlig vergeudet ist, meine ich. Wir trainieren ja nicht acht Stunden am Tag. Hoffe ich», fügt sie schnell hinzu.

Weil meine Mundwinkel sich auf einmal nach oben ziehen, stoße ich mit der Gabel an die Zähne. «Nein, tun wir nicht.» Aber dann verrutscht mein Grinsen, und die Kehle wird mir trocken, weil mir beim Anblick der feuchten Stellen von Abbis Morgenmantel ganz andere Sachen in den Sinn kommen, die wir acht Stunden lang machen könnten.

## 16. KAPITEL

# ABBI

Ich habe gedacht, es würde besser. Jetzt wo ich endlich zu Hause bin, habe ich gehofft, meine Schlafprobleme nähmen ein Ende. Die erste Nacht war es auch so, aber heute bin ich bestimmt sechsmal aufgewacht. Da ist dieser diffuse Druck auf meinem Brustkorb, zu schwach, um mir weh zu tun, und doch bedrohlich, als würde mich etwas zerdrücken wollen. Irgendwann bekomme ich kaum noch Luft. Ich bilde mir ein, etwas würde an mir reißen, an meinen Armen und Beinen. Es lässt nicht nach, gibt nicht auf, wird erst dann aufhören, wenn ich vollständig zerrissen bin.

Und dann wache ich auf und bin panisch und hellwach.

Ich habe Angst vor der Untersuchung von Dr. Muller, vielleicht ist das der Grund. Ich hätte es gerne hinter mich gebracht, diese Gnadenfrist hat meine Panik nur noch verstärkt. Eigentlich weiß ich, dass es nicht schlimm werden kann, weil es mir inzwischen so viel besser geht. Meine Hüfte schmerzt kaum noch, und mit meinem Knie komme ich gut zurecht. Alle anderen Verletzungen sind vollständig verheilt. Trotzdem presst sich allein bei dem Gedanken an Dr. Muller mein Brustkorb zusammen.

Ich bin froh, dass David dabei sein wird. Was absurd ist, denn es ist mir unendlich peinlich, ihn heute wiederzusehen. Ich habe ihn angestarrt. Ich habe ihn angestarrt, und er hat es auch noch gemerkt. Ich habe ihn angestarrt, er hat es gemerkt, *und* ich habe es dann auch noch angesprochen. Schlimmer kann es eigentlich gar nicht sein.

Gott sei Dank kann er keine Gedanken lesen, sonst würde ich ihm nie wieder unter die Augen treten. Ich habe mir vorgestellt, wie feucht und kühl seine Haut noch sein muss und wie es sich anfühlen würde, ihn zu berühren. Das Schlimme ist, dass ich diese Vorstellung nicht mehr abstellen kann. Er hat mich so oft schon berührt, und nun will ich das auch. Er berührt mich auch, selbst wenn er mich nicht berührt, und ich weiß, dass das keinen Sinn ergibt. Aber es ist innerlich. Er berührt nicht nur meine Haut, sondern etwas darunter, tief in mir, und das ist nichts, was man einfach abstreifen kann.

Die Uhr auf meinem Handy zeigt an, dass es erst halb zehn ist. Keine Ahnung, wann David kommt, vermutlich nicht vor elf. Mit dem Hintern rutsche ich bis zur Bettkante und schiebe die Beine über den Rand, bevor ich den Oberkörper zur Seite kippe und mich aufrichte. Was noch dämlicher aussehen muss als mein Aufstehen vom Fußboden gestern. Ich greife nach den Krücken, um damit ins Bad zu laufen. Aber als ich die Zimmertür öffne und die Krücken vor mir aufsetze, entdecke ich etwas auf dem Boden. Auf dem linken Bein balancierend, bücke ich mich und nehme es auf. Es ist eine kleine Blume. Eine Papierblume.

Mein Puls geht schlagartig in die Höhe, und in meinem Brustkorb flattert es. David ist schon hier, und er hat mir eine Papierblume aus einer alten Buchseite gefaltet. Auf den Blütenblättern sieht man die Druckbuchstaben, und das Papier ist leicht nachgedunkelt, als hätte das Buch längere Zeit im Sonnenlicht gestanden. Ich versuche anhand der Wörter zu erkennen, aus welchem Roman die Seite stammen könnte, sie sagen mir aber nichts. Mit der ausgestreckten Hand hüpfe ich zurück in mein Zimmer – vorsichtig, weil ich die Blume nicht zerdrücken will – und lege sie auf die Fensterbank.

Innerhalb von zehn Minuten habe ich geduscht und mich angezogen. Diesmal ein weites flaschengrünes T-Shirt mit überschnittenen Ärmeln und kurze Jeansshorts. Meine noch nassen Haare binde ich zu einem Knoten hoch. Ich überlege tatsächlich, ob ich etwas Make-up auflegen soll, aber wie auffällig wäre das? Ganz abgesehen davon, dass David mich nur ungeschminkt kennt, Lorraine würde es mit Sicherheit auffallen, und da sie kein Blatt vor den Mund nimmt, kann das für mich nur peinlich ausgehen.

Ich packe meine beiden Krücken und gehe damit bis zur Treppe, wo ich mich am Handlauf abstütze. Die Küchentür steht offen, und leise Musik dudelt aus der Bluetoothbox, die Lorraine überall mit hinschleppt. Sie ist wahrscheinlich der größte Elvis-Presley-Fan außerhalb von Tennessee und spielt ununterbrochen seine Songs ab. Ich höre da schon gar nicht mehr hin, das ist für mich wie Fahrstuhlmusik.

«Lorraine, was muss ich tun, um auch eine Tasse Kaffee zu bekommen?», höre ich David sagen.

Lorraine ist schlecht gelaunt. «Zum nächsten Coffeeshop fahren», blafft sie.

Wie bitte? Ich schnappe nach Luft und kralle mich am Geländer fest.

Aber Lorraine ist noch nicht fertig mit ihm. «So ein mit Milch aufgeschäumtes aromatisiertes Zeug, wie ihr jungen Leute das heutzutage trinkt, gibt es bei mir nicht. Willst womöglich noch Karamellsirup, was?» Sie stößt einen angewiderten Laut aus.

Oh Mist. Ich bin an Lorraines rauen Charme gewöhnt, aber dass sie David gegenüber so barsch ist, kann ich nicht fassen. Ich beeile mich, die Stufen runterzukommen, aber leider bin ich nicht so schnell.

«Nicht wirklich», antwortet David ungerührt. «Mit Milch aufgeschäumtes aromatisiertes Zeug ist nämlich das Letzte, was ich trinken würde. Ich stehe auf stinknormalen Filterkaffee.»

«Es sind nur zwölf Meilen bis zum nächsten Starbucks.»

Ich bin kurz davor, etwas die Treppe runterzurufen. Das kann sie doch nicht bringen!

«In Ordnung, Ma'am. Sie wollen nicht irgendeinen dahergelaufenen Kerl in Ihrer Küche sitzen haben, verstehe ich. Außerdem wollen Sie bestimmt in Ruhe Ihre Musik hören und Ihren Job machen. Das haben wir beide gemeinsam. Ich will auch nur meinen Job machen. Aber ich hatte heute noch keinen Kaffee, und für eine Tasse von Ihrem würde ich fast alles tun.»

Ich muss grinsen, als ich endlich die letzten Stufen erreicht habe. David ist aber noch nicht fertig.

«Ich könnte Ihnen was von Elvis vorsingen. Nur bin ich echt kein guter Sänger. Aber für einen Kaffee würde ich es darauf ankommen lassen.»

«Hnh», erwidert Lorraine.

«Und ich höre erst auf, den King zu geben, wenn ich von Ihnen diesen Kaffee kriege. Ich trinke ihn auch draußen, wenn Ihnen das lieber ist. Bitte schwarz, Ma'am.»

Ist das sein Ernst? Geschockt bleibe ich auf der untersten Stufe stehen.

«Na gut», höre ich sie antworten. «Ich gebe dir eine Chance.»

«W-was?» David klingt nicht so, als hätte er diese Antwort erwartet.

«Wenn du gut genug bist, bekommst du von mir eine Tasse. Aber wenn nicht, dann schiebst du deinen frechen Hintern ohne Widerworte aus meiner Küche.»

«Scheiße.»

«Solche Kraftausdrücke will ich hier nicht hören, junger Mann.»

«Verzeihung, Ma'am.» David atmet geräuschvoll aus. «Okay.» Wieder geräuschvolles Ausatmen. «Welcher Song?»

«*Fever*», sagt Lorraine ungerührt, und als ich mich vorbeuge, kann ich durch die leicht geöffnete Tür sehen, wie sie herausfordernd mit ihren breiten Hüften wackelt. Schnell ziehe ich mich zurück.

«Manche finden das Original von Little Willie John besser», sagt David. «Ich gehöre natürlich nicht dazu, aber seine Stimme ist wirklich unglaublich.»

Ich kann mir seinen Gesichtsausdruck dazu gut vorstellen. Ganz sicher lachen seine Augen.

«Jetzt werd nicht blasphemisch!»

Ich könnte etwas sagen. Ich *sollte* jetzt etwas sagen. Lorraine soll ihm einfach den blöden Kaffee einschenken. Aber ... andererseits ... Wäre es schlimm, einfach noch eine Minute an der Treppe stehen zu bleiben? Schließlich muss ich meine Krücken erst noch sortieren. Es dauert nur wenige Sekunden, bis aus der Bluetoothbox gemächlich der Kontrabass zu hören ist und Lorraine rhythmisch mit den Fingern schnippst. Der Song ist simpel, aber weil der Bass so dominant ist, wirkt er doch ziemlich genial, muss ich zugeben. Ich verstehe zwar vom Cello mehr, aber ich höre immerhin c-Moll heraus.

Doch dann kommt Elvis' Einsatz, und David fängt sofort an mitzusingen.

*«Never know how much I love you, never know how much I care. When you put your arms around me I get a fever that's so hard to bear. You give me fever ...»*

Oh wow. Seine Stimme ist tief und ein kleines bisschen kratzig, und es stimmt eindeutig nicht, dass er kein guter Sänger ist. Jetzt beginnt er auch noch, seine Hüften kreisen zu lassen und Lorraine anzutanzen. Ich sehe nur einen Teil von ihm durch die Tür, aber der genügt, um mir das Herz in die Hose rutschen zu lassen.

Lorraine sieht völlig verzückt aus, lässt zu, dass David ihre Hand ergreift, sie damit auf der Stelle dreht und anschließend zum Tanzen an sich zieht. Er raunt ihr den Song ins Ohr, und ich könnte schwören, dass Lorraine rot anläuft.

*«... when you kiss me, fever when you hold me tight. Fever in the morning, fever all through the night ...»*

Ich kann nicht glauben, dass die beiden miteinander tanzen. Morgens um zehn in unserer Küche. Eigentlich sollte es witzig sein, aber statt einem Lachen bildet sich ein Kloß in meinem Hals. Lorraine ist fast siebzig und hat schon für meinen Grandpa gearbeitet. Ich kenne sie mein ganzes Leben, aber so habe ich sie noch nie gesehen. Und David singen zu hören ... Ich liebe es, wie er den Song auf diese sexy Art interpretiert. Am liebsten würde ich ihnen einfach weiter zusehen. Nein, das stimmt nicht. Eigentlich würde ich viel lieber selbst mit David tanzen und mir das Lied von ihm ins Ohr raunen lassen. Ich schlucke.

Aber ich will Lorraine den Moment auf keinen Fall kaputtmachen, und wenn sie mich bemerkt, wird sie garantiert zu tanzen aufhören.

So leise wie möglich, und ohne meine klappernden Krücken zu benutzen, hüpfe ich deshalb auf einem Bein an der Küche vorbei zum Büro meines Dads und schließe dort geräuschlos die Tür hinter mir. Nur gedämpft höre ich noch Davids Stimme, und einmal lacht Lorraine rauchig auf. Doch irgendwann wird es still. Falls sie sehen, wie ich aus Dads Büro komme, muss ich eine gute Erklärung dafür haben, überlege ich.

Na ja. Ich habe einfach etwas gesucht. Aber was?

Ich gehe zu Dads Schreibtisch, lehne eine Krücke dagegen und fahre mit der Hand über die Arbeitsplatte. Einen Locher? Einen Radiergummi? Klar, ich brauche morgens zum Frühstück ganz dringend einen Radiergummi, logisch. Ich will die oberste Schublade öffnen, aber sie ist abgeschlossen. Ich ziehe die darunter auf, aber da sind nur Register drin, deshalb schiebe ich sie direkt wieder zu. Für einen Moment setze ich mich auf den Schreibtischstuhl. Er ist aus Leder und fühlt sich kalt an meinen Oberschenkeln an. Wenn ich noch etwas länger hierbleibe, wirkt es vermutlich unverdächtiger und nicht so, als hätte ich darauf gewartet, dass sie fertig werden. Reichen zwei Minuten?

Mit den Fingerspitzen trommle ich auf die Arbeitsplatte. Und dabei höre ich immer noch den Song in meinem Kopf.

*He gives me fever with his kisses, fever when he holds me tight. Fever, I'm his misses, oh daddy, won't you treat him right.*

Dad hat ein paar völlig unlesbare Post-its auf der Schreibtischunterlage kleben, und links lugt darunter Papier mit dem Firmenlogo der Hayden Paper Group heraus. Eigentlich bin ich nicht zwanghaft neugierig, aber allein, um mich abzulenken, ziehe ich es nun heraus.

Es ist nur ein Vertrag. Ich will ihn zurücklegen, da fällt mir ganz oben der Vertragsgegenstand ins Auge.

Physiotherapeutische Begleitung von Abigail Hayden.

Das muss die Vereinbarung sein, die mein Vater mit David getroffen hat. Meine Güte, das sind bestimmt sechs Seiten. Ich überfliege die Kontaktdaten und die ersten Abschnitte.

Die Vertragspartner verpflichten sich …

Bla, bla …

… nach bestem therapeutischem Wissen …
… ausnahmslos nach ärztlicher Anordnung …
… unter Berücksichtigung des Heilungsverlaufs …

Ich halte inne, als ich zum nächsten Absatz komme.

… in der der physische Kontakt ausschließlich basierend auf die therapeutische Zielsetzung erfolgt. Jegliche körperliche

Interaktion, die nicht in direktem Zusammenhang mit einer kurativen Behandlung steht, ist strikt zu vermeiden. Der Vertragspartner verpflichtet sich, die Grenzen der physiotherapeutischen Zusammenarbeit jederzeit einzuhalten ...

Das ist ja lachhaft. Fehlt eigentlich nur noch, dass aufgelistet wird, welche Stellen meines Körpers David nicht anfassen darf. Kein Wunder, dass er zusammengezuckt ist, als ich gestern aus Versehen an sein Knie gestoßen bin. Nach dem Wortlaut dieses dämlichen Vertrags dürfte er mir nicht mal die Hand schütteln, weil das keinen therapeutischen Zweck hat. Deswegen hat er sich bestimmt auch geweigert, mit mir zusammen in den Pool zu gehen. Oh mein Gott, was haben Dads Anwälte sich denn bitte dabei gedacht?

Am Ende des Vertrags folgt noch eine Verschwiegenheitsklausel, die David quasi untersagt, außerhalb dieses Grundstücks auch nur die ersten drei Buchstaben meines Vornamens auszusprechen. Er muss uns für paranoid halten. Mit einem unguten Gefühl klemme ich die Unterlagen wieder unter die Ablage. Als ich aus dem Büro komme, bin ich seltsam ernüchtert. Und ich habe ganz vergessen, mir ein Alibi auszudenken, was mir aber erst klar wird, als Lorraine mich in der Halle anspricht.

«Was hast du denn im Büro deines Vaters gemacht? Du weißt doch, er kann es nicht leiden, wenn du dir Sachen leihst. Nachher heißt es wieder, ich hätte beim Staubwischen alles durcheinandergebracht.»

«Ich ... ich habe nur etwas zurückgebracht. Guten Morgen, Lorraine.»

Sie wird ein bisschen rot. «Guten Morgen. Geh in die Küche, ich mach dir dein Frühstück. Du bist ganz blass, brauchst bestimmt mehr Vitamine.»

David sitzt am Küchentisch, als ich reinkomme, und hat eine

Tasse dampfenden Kaffee vor sich, deshalb muss ich lächeln. Ziemlich breit lächeln, befürchte ich, und das scheint ihn zu verunsichern. «Hey.» Er fährt sich mit der Hand in den Nacken. Das macht er öfter. Eigentlich immer, wenn er verlegen ist. Und das macht mich auch verlegen. Oder es liegt daran, dass ich gerade seinen Körper abgescannt habe und plötzlich darüber nachdenke, dass er jetzt wahrscheinlich wieder Unterwäsche trägt. Ich summe leise vor mich hin. Aber um diese Bilder aus meinem Kopf zu vertreiben und die Erinnerung an seine Stimme zu übertönen, müsste ich schon einen Death-Metal-Song brüllen.

Ich humple zum anderen Ende des Tischs, möglichst weit weg von ihm, weil mir die Vertragsklauseln immer noch durch den Kopf schwirren. Lorraine stellt mir einen Moment später ein Tablett vor die Nase.

«Danke.» Abwesend greife ich nach einem Löffel und fülle aus jedem Glas, das darauf steht, die gleiche Menge in eine Schale. Haferflocken, Trockenfrüchte, Nüsse. Alles wie immer, wie vor meinem Unfall. Lorraine gießt mir einen großen Schluck warme Mandelmilch auf die Mischung, und ich rühre gedankenverloren um.

«Vitamine, Abbi», erinnert Lorraine mich, und gehorsam greife ich nach einem Apfel, schneide ihn klein und verteile die Stücke über mein Essen.

«Machst du immer genau das, was man dir sagt?», fragt David, und als ich überrascht aufblicke, wird mir klar, dass er mich schon eine Weile beobachtet.

«Nein, eigentlich ...» Ich starre auf meine Müslischale. «Na ja, manchmal. Eigentlich habe ich noch gar keinen Hunger.»

«Ich frühstücke auch nie.»

«Bring mir das Mädchen nicht auf dumme Ideen!» Lorraine schlägt David mit der Zeitung auf den Arm, gerade als er trinken will, und etwas von dem heißen Kaffee schwappt ihm über die

Finger. Er unterdrückt einen Fluch und schüttelt seine Hand aus.

Um meinen Mundwinkel zuckt es. *Jetzt weißt du, warum,* sagt ihm mein Blick.

David legt den Kopf schräg. *Hab's kapiert.*

Seine Augen lächeln dabei, und ich senke den Kopf, um etwas von meinem Müsli zu essen und Lorraine dadurch zufriedenzustellen.

Nach dem Frühstück gehen wir raus in den Garten. David hat einige Sachen aus der Klinik mitgebracht. Nur ausgeliehen, wie er sagt. Darunter eine zweite Matte, eine Faszienrolle – und einen Gymnastikball. Ich hasse Gymnastikbälle. Liegt vermutlich daran, dass ich als Kind mal von einem runtergefallen und auf dem Steißbein gelandet bin. Deshalb betrachte ich das blöde Ding kritisch.

Aber David hockt sich erst mal auf den Boden und weist mich an, mich flach auf den Rücken zu legen. Das mache ich auch, aber weil der Haarknoten unangenehm drückt, ziehe ich das Gummi heraus und streife mein Haar in meinem Nacken nach oben.

David sieht etwas irritiert aus, aber dann fängt er an, mein Knie zu massieren, wie ich das schon kenne. Nur ... kann ich mich nicht wirklich entspannen wegen dem, was ich eben in diesem Vertrag gelesen habe. Jetzt mache ich mir viel zu viele Gedanken.

«Ich lege nun deinen Fuß auf meine Schulter, Abbi.»

Er wartet darauf, dass ich nicke, dann hebt er mein Bein hoch. Seine Finger an meinem Knöchel sind warm, und ich halte den Atem an. Und dann denke ich, dass ich das auch selber machen kann, habe aber zu viel Schwung, und mein Fuß streift seinen Hals.

«Tut mir leid», lache ich auf. «Ich wollte dich nicht k. o. schlagen oder so.» Ich will den Fuß wegziehen, aber David schüttelt den Kopf und legt wieder seine Hand darauf.

«Ist schon okay», murmelt er. Doch ich glaube, das ist es nicht. Weil sein Daumen meine Fußsohle berührt und das irgendeine Nervenbahn trifft, die durch meinen ganzen Körper jagt. Weil seine Hände mich nicht festhalten, sondern viel zu leicht über meine Haut streichen, sodass es eigentlich mehr ein Streicheln ist. Es ist nicht okay, weil mein Herz so schnell schlägt, dass es jetzt irgendwo in meiner Kehle festhängt. Zumindest fühlt es sich so an, und ich fasse mir ganz automatisch an den Hals.

Als David das sieht, presst er die Lippen zusammen. Er verschränkt seine Finger oberhalb meines Knies miteinander und fährt damit über meinen Oberschenkel. Das macht er mehrmals, dann lockert er das Gelenk, indem er mit den Fingerspitzen seitlich hineindrückt.

«Ich dehne dein Bein jetzt in die Extension. Wegen der Verletzung hast du es immer noch zu oft angewinkelt, und das wird dir ganz schnell weitere Probleme bereiten.» Er drückt gegen mein Knie, bis es durchgestreckt ist, und das zieht ganz schön.

«Alles gut?»

«Ja.»

Seine Hände fahren meine Kniekehle entlang nach oben bis zu meinem Oberschenkel. Und jetzt muss ich schlucken, weil das, was mir gerade durch den Kopf geht, nichts mehr mit der Therapie zu tun hat. Vielleicht liegt es daran, dass mein Fuß immer noch auf seiner Schulter ruht, vielleicht aber auch an seinen Händen. In diesem Moment will ich David auf mich ziehen. Zwischen meine Schenkel. Der Gedanke ist so plötzlich da, dass ich von mir selbst überrascht bin und Adrenalin meinen Körper überschwemmt. Mein Puls rast los, und ich versuche unwillkürlich, ein Stück zurückzuweichen.

Was David natürlich merkt.

Er sieht mich einen Moment stirnrunzelnd an, und ich bin kurz davor, in Panik auszubrechen, als er sagt: «Okay, weißt du was, wir nehmen vielleicht doch lieber den Ball.» Langsam setzt er mein Bein wieder ab, steht auf und holt den Gymnastikball. Obwohl ich das Teil hasse, bin ich jetzt erleichtert.

Ich soll den Fuß meines operierten Beins auf den Ball legen, und weil der Ball was bei mir guthat und ich auf dem Boden liegend schlecht fallen kann, tue ich es.

«Du ziehst ihn mit der Ferse zu dir ran. Einfach vor- und zurückrollen. So weit beugen, wie es für dein Knie noch okay ist.»

Mittlerweile kann ich das Knie schon ziemlich weit knicken, stelle ich fest. David lässt mich das eine ganze Weile wiederholen, danach auch mit dem anderen Bein.

«Jetzt probieren wir das mit der Streckung. Leg beide Füße auf den Ball, stütz dich mit den Handflächen auf dem Boden ab und drück den Hintern hoch.»

«Ist das nicht zu viel Belastung für mein Knie, wenn ich mein ganzes Gewicht in der Luft halten muss?»

«Nein, du benutzt bei dieser Übung vor allem die Muskeln in deinem Hintern. Die *Glute Bridge* stärkt aber auch die gesamte Rumpfmuskulatur. Deswegen empfehle ich die Übung, auch wenn manche sie nicht gern machen, weil sie ... na ja, etwas unanständig aussieht.»

Wie meint er das denn?

Ich hebe meine Füße auf den Gymnastikball, stütze mich mit den Händen seitlich am Boden ab und hebe den Po an. Meine Hüfte bewegt sich hoch und runter. David grinst schief, und mein Gesicht glüht auf. Okay, ich glaube, jetzt habe ich kapiert, wie er das meint. Schnell lenke ich meinen Blick woandershin. Irgendwohin, nur weg von diesen grauen Augen. Mit den Fersen schiebe ich nach Davids Anweisung den Ball so weit weg, dass meine Beine fast ausgestreckt sind, danach rolle ich ihn wieder zurück und winkle die Beine an. Dabei mit dem Hintern nicht den Boden zu berühren, ist ganz schön anstrengend.

«Danke für die Papierblume», sage ich, als ich nach ein paar Wiederholungen eine Pause einlege, um Luft zu holen. «Sie ist wunderschön, ich habe sie in meinem Zimmer auf die Fensterbank gelegt.»

«Mmh. Keine Pause, Abbi. Mach das noch zehnmal.»

Ich stemme den Hintern in die Höhe und ziehe den Ball zu mir, David lässt meine Beine nicht aus den Augen, und ich hypnotisiere hochkonzentriert den nächsten Baum.

«Ich wollte nur, dass du weißt, dass ich schon da bin. Deshalb die Blume. Zieht das in der Leiste?»

«Es geht.»

David rollt eine zweite Matte mit einigem Abstand zu mir aus und legt sich hin, um mir vorzumachen, wie ich weitere Dehnübungen für meine Leiste machen kann.

Dass er jede meiner Bewegungen so genau beobachtet, macht mich wahnsinnig. «Du musst das nicht mitmachen», sage ich deshalb. «Ich hab verstanden, wie es geht. Kannst du nicht einfach ... keine Ahnung ... neben mir ein paar von deinen Calisthenics-Übungen machen?»

Er hält inne und starrt mich überrascht an. «Ich bin nicht hier, um meinen Sport zu machen, also ...»

So langsam macht er mich wütend. Ja, er ist Profi, ich hab's begriffen. «Es würde mich entspannen, wenn du nicht den ganzen Tag jede noch so kleine Bewegung von mir analysierst. Kannst du nicht einfach irgendwas machen? Ich schaffe diese Übung alleine, okay?»

«Okay.» David presst die Lippen zusammen. Dann richtet er sich mit einem Seufzen auf und dreht sich auf den Bauch.

Ich habe gedacht, dass mir meine Übungen nun leichter fallen. Nur dass ich mich nicht darauf konzentrieren kann, wenn David neben mir Liegestütze macht. Oder was auch immer er da macht. Er stützt die Hände in Höhe seines Rippenbogens auf den Boden und drückt sich hoch. Nicht schnell, sondern quälend langsam, dann stößt er sich mit den Händen ab, führt sie blitzschnell zusammen und kommt federnd wieder auf. Ich würde mit Sicherheit auf der Nase landen, das heißt, wenn ich das überhaupt so weit hinbekäme.

Ich kann nicht anders, als mitzuzählen, und als ich bei fünfundzwanzig ankomme, bemerkt David es und fängt meinen Blick auf. Wenn er mich so ernst ansieht, die Stirn gerunzelt, und dabei seinen Körper sinken lässt, bewirkt das bei mir eine verdammte Hitzewelle, weil ich mir sofort vorstelle, wie er das über mir macht. *Oh Gott, Abbi!* Ich muss mich wirklich zusammenreißen.

Nun hält er mit ausgestreckten Armen an und stößt ein atemloses Lachen aus. «Hey, es gibt noch keine Pause.»

«Du hast mich abgelenkt.» Schnell hebe ich mein Bein an und ziehe mit den Händen demonstrativ das Knie zu mir ran. «Ich meine, diese Push-ups? Gib's zu, du hast doch eine Vorliebe für unanständige Sportübungen.»

David muss so lachen, dass er auf dem Bauch landet, dann schüttelt er den Kopf, atmet kontrolliert ein und aus, bevor er erneut in die Liegestützposition geht, mit den Händen in Brusthöhe. Nur dass er bei dieser Variante seinen Oberkörper nach vorne schiebt und dann auf einmal die Füße vom Boden abhebt. Er hält sich für Sekunden in der Luft, bevor er sich wie in Zeitlupe wieder nach hinten bewegt und auf die Zehenspitzen runterkommt. Ich finde es faszinierend, wie langsam er das macht, mit wie viel Ruhe und Präzision er die Bewegung ausführt, obwohl ihn das höllisch viel Kraft kosten muss. Jedes einzelne Mal. «Machst du das etwa jeden Morgen?» Ich traue mich erst, das zu fragen, als er die Übung nach mehreren Wiederholungen beendet hat.

«Ja.» Er kommt hoch und setzt sich zurück auf die Fersen. Jetzt ist ihm auch anzusehen, wie anstrengend das war. Er wischt sich den verschwitzten Pony aus der Stirn. Sein Brustkorb hebt und senkt sich schnell, und die Adern an seinen Armen treten deutlich hervor. «Das ist mein Frühstück. Eine Flasche Wasser und einhundert Push-ups.»

«Und die Normalsterblichen? Hassen die dich nicht dafür?»

Jetzt grinst er. «Meine Schwester hasst mich dafür. Ihr wäre ein Omelett lieber.»

«Ich glaube, ich mag deine Schwester. Es muss schlimm sein, wenn der eigene Bruder so kontrolliert ist und man selbst vermutlich nicht.»

Bei meinem ersten Satz erstarrt er kurz, aber dann scheint er abzuschütteln, was auch immer ihm grad durch den Kopf ging. «Ich bin nicht kontrolliert, also nicht immer. Ich habe auch mal einen schlechten Tag, an dem ich nicht trainiere. Aber ich habe lang gebraucht, um da hinzukommen, wo ich jetzt bin. Ich war früher ...» Er atmet tief ein. «Ich war ein dicker Teenager.»

«Im Ernst?» Das kann ich mir überhaupt nicht vorstellen. Und ich bin davon so überrascht, dass ich ihn ungläubig anstarre. «Was genau verstehst du unter dick?»

«Na ja», sagt er. «Nicht wirklich dick, vielleicht eher pummelig. Auf jeden Fall war ich dick und träge genug, dass mich niemand in sein Team wählen wollte.» Jetzt lächelt er schief. «Meine Mom hatte damals nie viel Zeit für uns, und es gab ständig Fastfood. Sie hatte nicht die Nerven, um mit uns über die richtige Ernährung zu diskutieren, also hing ich nach der Schule vor dem Fernseher ab und habe Burger in mich reingestopft. So mit dreizehn, vierzehn wurde das richtig schlimm. Da hat es sich dann auch auf meine Psyche ausgewirkt, ich wurde total unkonzentriert und immer schlechter in der Schule.»

«Wurdest du gehänselt?»

«Abbi.» Er schaut mich mit hochgezogenen Augenbrauen an. «Ich war auf einer öffentlichen Highschool in einer miesen

Gegend. Und ich musste im Unterricht ein Hörgerät tragen. Was denkst du denn?»

«Das tut mir leid.»

«Muss es nicht. Ich bin damit klargekommen. Mit fünfzehn bin ich irgendwann nach der Schule an einem Park vorbeigekommen, wo jemand Calisthenics gemacht hat. Ich war sofort angefixt davon, dass man seinen Körper so beherrschen kann. Das wollte ich auch. Also habe ich von da an das Fastfood weggelassen und kochen gelernt. Außerdem war das ein Sport, für den man kein Geld brauchte. Perfekt für einen Jungen aus Rochester. Und okay, ich gebe es zu, ich wollte auch gut aussehen.»

«Deshalb also das Tattoo auf deinem Arm», überlege ich laut. Er wollte den perfekten Körper haben. Und das hat er ganz offensichtlich auch geschafft.

«Wie gesagt, Jugendsünde. Ich habe mein ganzes Erspartes dafür ausgegeben, um den Tätowierer dazu zu bringen, mir das mit sechzehn zu stechen. Meine Mutter ist total ausgeflippt, als sie es gesehen hat. Sie wollte ihn anzeigen, aber ich habe seinen Namen nicht rausgerückt.»

«Wirklich nicht?»

«Nein. Und deshalb hatte ich monatelang Küchendienst zu Hause. Ich kenne mich also aus. Wenn du mal einen Spülprofi brauchst, frag mich.»

«War deine Mutter streng?»

«Eigentlich nicht. Sie hat viel gearbeitet, um uns durchzubringen, und wenn sie nach Hause gekommen ist, war sie stehend k. o. Da war nicht mehr genug Kraft übrig, um wirklich streng zu sein. So was wie Hausarrest hätte sie gar nicht kontrollieren können.» Er legt sich zurück und starrt in den Himmel. Die Sonne steht jetzt schon so hoch, dass er die Augen abschirmen muss. «Aber ich schätze, wir haben das trotzdem gut hinbekommen.»

Was David da beschreibt, ist das völlige Gegenteil von dem,

was ich als Teenager erlebt habe. Obwohl ich auch nicht viel von meiner Mutter gesehen habe. Dadurch dass mein Dad eigentlich immer schon in der Öffentlichkeit stand, wurde ich ständig beobachtet. Alles an mir wurde kontrolliert und kritisiert, am meisten von meiner Mutter. Sie hat auch viel gearbeitet und war wenig zu Hause, aber wenn sie da war, dann hatte sie leider immer noch genügend Kraft, mich mit ihren Regeln zu bombardieren.

*Sei nicht so schüchtern.*

*Sprich nur, wenn du gefragt wirst.*

*Sei nett, sonst fällt das auf deinen Vater zurück.*

*Lass dich nicht herumschubsen.*

*Sei nicht anstrengend.*

*Nur dicke Mädchen finden keinen Freund.*

*Rasier dir die Beine.*

*Zieh ein Kleid an.*

*Zieh nicht so ein kurzes Kleid an, oder willst du es drauf anlegen?*

Mein Dad war da ganz anders. Er hat mich nicht in eine stereotype Rolle gedrängt, sondern mich als Mensch gefördert. In der Schule herrschten jedoch genau die starren Vorstellungen vor, denen auch meine Mutter anhing, deshalb habe ich mich dort irgendwann immer mehr zurückgezogen. Bis ich mich mit Willow angefreundet habe. Es war nicht immer leicht. Aber trotzdem … Meine Situation ist nicht mit Davids zu vergleichen. Weil wir Geld haben. Meine Eltern hatten niemals die Art von Sorgen, die die Familie Rivers vermutlich zu gut kennt. Lorraine war immer für mich da. Sie hat dafür gesorgt, dass ich eben nicht mit Fastfood vor dem Fernseher hänge.

Ich würde in diesem Moment so gern Davids Hand nehmen und festhalten, aber ich weiß, dass das nicht angebracht wäre. Weil er bestimmt nicht von mir getröstet werden will. Wahrscheinlich braucht er es auch nicht.

«Ihr habt das großartig hinbekommen. Und es tut mir so leid, dass deine Mom so früh gestorben ist. Ich ... ich finde, du bist ein wahnsinnig guter Physiotherapeut. Wenn du von deinem Job sprichst ... Man merkt, dass deine Patienten dir etwas bedeuten und nicht nur Nummern für dich sind oder irgendwelche Handicaps. Du magst sie einfach als Menschen, oder?»

David dreht sich auf die Seite und sieht mich an, und deshalb winkle ich auch meinen Arm an und lege den Kopf darauf ab. Wie ein Spiegelbild.

«Ja, ich mag meine Patienten.» Und weil er dabei lächelt, interpretiere ich das so, dass er mich auch mag. «Mir sind Menschen einfach wichtig, würde ich meinen.»

«Das geht mir auch so.»

«Klar, sonst hättest du dir kaum Soziologie als Studienfach ausgesucht, oder?»

Es freut mich, dass er sich das gemerkt hat. Sein Lächeln ist aufrichtig, aber es wirkt auch immer noch ein bisschen traurig. Deswegen will ich ihn zum Lachen bringen. «Tja», fange ich an und muss jetzt schon schmunzeln, «und sollte es als Physiotherapeut aus irgendeinem Grund nicht klappen, könntest du immer noch Elvis-Imitator werden.»

«Fuck», stößt er lachend aus, dreht sich auf den Rücken und reibt sich mit beiden Händen über das Gesicht.

«Ich habe nicht alles mitbekommen», sage ich schnell. «Ich bin ins Büro gegangen, um euch nicht zu stören. Aber ich glaube, du hast Lorraine ziemlich glücklich gemacht.» *Und mich auch.*

«Deshalb hat sie mich eben also mit ihrer Zeitung verprügelt, verstehe.»

«Das ist einfach ihre liebevolle Art, du wirst dich daran gewöhnen.»

«Ich schätze, ich habe mich schon daran gewöhnt. Schließlich erkläre ich dir jetzt auch auf ganz liebevolle Art, dass noch eine weitere anstrengende Übung für dich ansteht.»

Er springt auf, rollt seine Matte zusammen und stellt sich neben meine. Von oben schaut er auf mich runter. Seine Augen liegen im Schatten, aber ich erkenne trotzdem, wie klar sie nun sind. Er deutet auf sein gesundes rechtes Ohr. «Ich habe übrigens deine Krücken gehört», sagt er. «Auf der Treppe. Ich wusste, dass du uns zusiehst.»

17. KAPITEL

# ABBI

*Ich wusste, dass du uns zusiehst.*

Das habe ich nicht erwartet. Und wenn er mich bemerkt hat, wieso hat er dann so getanzt? Ich muss das ganz schnell wieder aus meinem Kopf rausbekommen. Und da mir immer noch Dr. Muller bevorsteht, habe ich genug anderes, um mich verrückt zu machen.

Damit verbringe ich auch fast den ganzen Tag. Hätte ich gewusst, wie spät Dr. Muller kommt, hätte ich David heute Vormittag nach dem Training nach Hause geschickt. So haben wir etliche Stunden mehr oder weniger parallel im selben Haus verbracht, was wirklich seltsam war.

Ich habe auf der Terrasse gesessen und versucht, etwas Stoff für die Uni nachzuholen. Wenigstens die Literaturliste von diesem Semester kann ich durcharbeiten. David hat währenddessen in dem Zimmer gelernt, das für die Therapie freigeräumt worden ist. Ein ganzer Stapel Bücher lag neben ihm auf dem kleinen Sekretär. Alles Fachbücher über Anatomie, Physiologie, Psychologie, Traumatologie, Massagetechniken und Muskelfunktionen. Bücher mit Fallbeispielen. Ich habe nur kurz einen Blick darauf geworfen und ihn dann in Ruhe gelassen. Auf die Terrasse wollte er sich nicht setzen. Er meinte, draußen kann er sich nicht konzentrieren.

Am Nachmittag haben wir noch mal eine Stunde miteinander trainiert. Ich war dafür auch wieder im Pool, und erneut ist

David erst ins Wasser gegangen, als ich längst draußen war. Abgesehen von der Zeit, in der wir zusammen trainieren, habe ich das Gefühl, dass wir uns bei allem abwechseln, um so wenig Berührungspunkte wie möglich zu haben. Er ist sehr professionell, Dads Anwälte wären sicher begeistert.

Inzwischen ist es nach acht, und die Sonne geht schon unter. Ich habe ein schlechtes Gewissen und hoffe, David hat seiner Schwester Bescheid gegeben, damit sie sich keine Sorgen macht. Eigentlich sollte er fahren. Ich glaube nicht, dass Dr. Muller noch kommt, bestimmt hat er mich vergessen. Gott, ich wünschte, er würde mich für immer vergessen. Auf Krücken gehe ich ins Badezimmer, wasche mir die Hände und dann das Gesicht. Kämme mir die Haare und binde sie ordentlich zusammen.

Als ich unten in der Halle ankomme, steht die Tür zum Therapiezimmer offen, und der Lichtschein vom Schreibtisch fällt bis auf den Fußboden.

«David?»

Er steht am Fenster und blickt nach draußen, jetzt dreht er sich um, die Hälfte seines Gesichts bleibt im Schatten.

«Ich glaube nicht, dass Dr. Muller noch kommt. Sorry, dass du den ganzen Tag umsonst gewartet hast. Fahr ruhig nach Hause, ich werde meinem Dad sagen, dass er einen anderen Termin ausmachen soll. Oder vielleicht kann ich zu ihm in die Klinik fahren.» Ich unterdrücke ein Schaudern.

«Ich glaube, er ist gerade gekommen.» David deutet nach draußen. «Falls er den Code für das Tor hat. Das ist gerade aufgegangen, und es kam ein BMW die Einfahrt hoch.»

«Oh, dann ...» Unschlüssig drehe ich mich erst zur Tür und wieder zu ihm. «Dann mache ich ihm mal auf.»

«Das übernehme ich. Geh doch schon mal ins Wohnzimmer. Ich hole nur noch deine Unterlagen.»

«Ja, okay ... soll ich ... also ...»

«Was ist los? Bist du nervös? Mit deinem Knie ist alles in Ordnung, das kann Dr. Muller auf den Kontrollbildern sehen. Normalerweise sollte er nur deine Reflexe kontrollieren, die Gelenke durchbewegen und dich fragen, wie es dir geht. Keine große Sache.»

«Nein, nein, ich bin nicht nervös.» Natürlich bin ich das. Auch wenn es wahrscheinlich idiotisch ist. Dad vertraut ihm schließlich.

David sieht mich zweifelnd an. «Sag es mir einfach, Abbi. Ich kann nicht in deinen Kopf gucken. Ist es wegen deiner Hüftluxation? Ich weiß, wie schlimm das für dich gewesen ist. Ehrlich gesagt ...» Er atmet einmal tief ein. «Ich habe mich gewundert, dass du weiter von ihm behandelt werden willst.»

Will ich nicht!

«Dad und er waren zusammen auf der Highschool», sage ich, als würde das irgendwas erklären.

«Ist das ein Qualitätsmerkmal?» David lächelt, aber seine Augen sind ernst, und zwischen seinen Augenbrauen ist eine steile Falte entstanden.

Ich reiße mich zusammen. «Lass uns das einfach hinter uns bringen.»

«Na gut.» David gibt nach, dann geht er an mir vorbei, und ich humple durch die Halle ins Wohnzimmer, als es auch schon an der Haustür klingelt.

«Dr. Muller», höre ich David zur Begrüßung sagen.

«Und Sie sind?»

«Der Physiotherapeut. David Rivers.» Ein Handschlag. «Abbi wartet im Wohnzimmer.»

«Machen Sie sich nicht die Mühe, ich kenne den Weg.»

Ich stehe neben dem Sofa, als der Arzt reinkommt. «Sehr gut, Abigail», sagt Dr. Muller in seinem typischen, etwas gelangweilten Tonfall. «Es ist schön, dich auf den Beinen zu sehen.» Er hebt das Kinn in Richtung meiner Krücken, stellt seine Tasche ab und nickt anerkennend. «Zäh wie ein Zwei-Dollar-Steak, das Mädchen, das habe ich schon zu deiner Mutter gesagt.»

Dr. Muller ist Anfang fünfzig, genau wie mein Dad, und recht groß. Er hat noch fast volles Haar, ein tiefes Grübchen, das sein Kinn beinahe in zwei Hälften teilt, und riecht immer nach dem holzigen Aftershave, das seine Frau für ihn kauft. Zumindest hat meine Mom mir das erzählt. «Wie klappt es mit dem Laufen?»

«Gut, danke. Es wird immer besser.»

David kommt hinter ihm rein und legt ihm die Mappe mit den medizinischen Unterlagen auf den Tisch. «Falls Sie sich die Bilder vom MRT ansehen möchten, Sir.»

«Ja. Vielleicht mache ich das. Wo ist der Bericht, den meine Kollegen in der Klinik verfasst haben?»

«Der liegt auch hier.»

«Ah. Würden Sie netterweise die Lampe dort hinten ...» Er beendet den Satz nicht, und David geht zum Lichtschalter und schaltet ihn ein.

«Das wäre dann alles. Machen Sie bitte die Tür hinter sich zu.»

Ich lehne meine Krücken gegen das Sofa und setze mich. David schaut unschlüssig zu mir, als er am Sofa vorbeikommt. Etwas scheint ihm Unbehagen zu bereiten. «Wenn Sie noch Fragen haben, was Abbis Physiotherapie betrifft, ich bin nebenan. Rufen Sie einfach, wenn Sie irgendwas brauchen.»

Warum habe ich das Gefühl, dass dieser Satz an mich geht?

«Mmh, ich denke nicht, dass sich da Fragen ergeben. Aber, David? Seien Sie so gut und bringen Sie mir aus Williams Büro ein Glas von seinem Bourbon, ja?» Als David nur eine Braue anhebt, fügt er hinzu: «Die Karaffe auf der Bar.» Er winkt mit der Hand. «Sie werden sie schon finden. Bitte kein Eis und keinen Tumbler, sondern ein Glencairn-Kristallglas, etwa zwei Finger breit gefüllt. Ich danke Ihnen.»

Mir schießt das Blut ins Gesicht, weil er mit David redet, als wäre er so was wie ein Hausdiener. Zwar höflich, aber unverkennbar von oben herab. Ich versuche, Davids Blick einzufangen, aber Dr. Muller verdeckt mir die Sicht. Er wartet Davids Reaktion nicht ab, sondern setzt sich dicht neben mich. Am liebsten würde ich etwas sagen, aber was? Dass David kein Kellner ist? Meine Mutter würde mich umbringen. Wenn ich könnte, würde ich den Bourbon selbst holen, aber das klappt mit den Krücken nicht, und David geht nun tatsächlich raus.

Dr. Muller seufzt. «Ich hoffe, der junge Mann ist nicht immer so schwerfällig.» Mir dringt sein Aftershave in die Nase, als er sich zu mir beugt. Holzig, würzig wie Old Spice, und dieser Geruch weckt eine unangenehme Erinnerung in mir. Vor meiner zweiten Operation, als ich mit ihm und dem zweiten Arzt im Behandlungsraum war, hat er auch so stark danach gerochen.

«Jetzt können wir es uns bequem machen, Prinzessin. Leg dich ruhig hin.»

Bei dieser Anrede zucke ich zusammen. Das hat er damals auch zu mir gesagt. Und dass ich mich nicht so anstellen soll, er wisse schließlich, was er tue. Danach habe ich nur noch geschrien, weil die Schmerzen unerträglich waren. Ich weiß noch, wie er mit dem anderen Arzt diskutiert hat. Nach der Narkose hat Dr. Muller mir Vorwürfe gemacht. Das Einrenken meiner Hüfte wäre in ein paar Minuten erledigt gewesen, wenn ich mich hätte zusammenreißen können.

Auch wenn ich weiß, dass er mir heute nicht weh tun wird, verkrampft sich alles in mir. Als ich zögerlich die Beine auf das Sofa hebe, tätschelt seine Hand meinen Unterschenkel, so wie man einem Pferd den Hals klopft.

Er fasst nach meinem Knie und tastet es mit seinen kräftigen Fingern ab. Seine Handflächen sind verschwitzt, und er wischt einmal über das Sofapolster, bevor er weitermacht. «Die paar

Narben sieht man kaum. Du kannst wieder ohne Probleme Miniröcke tragen, mach dir mal keine Sorgen.»

Ich nicke gequält. Das ist wirklich das Letzte, worüber ich mir Sorgen mache. Er fixiert meinen Knöchel und fängt an, mein Kniegelenk zu bewegen. Ich bin so angespannt, dass mein Kiefer jetzt schon schmerzt. Außerdem ist er nicht gerade vorsichtig.

«Mein Job ist es, Dinge zusammenzusetzen, die andere zertrümmern, und ich denke, das ist mir hier gut gelungen.»

«Ja.» Ich räuspere mich. Dann drückt er mein Gelenk auf einmal so heftig, dass ich einen überraschten Laut ausstoße und sofort auf dem Sofa nach hinten rutsche.

«Schsch, alles in Ordnung. Keine Angst, Prinzessin.» Unter seinem Ärmel blitzt eine goldene Uhr hervor, als er den Arm ausstreckt und mein Bein wieder heranzieht.

«Aber das tut weh.»

«Du hast schon Schlimmeres überstanden, mein Mädchen. Reiß dich zusammen.» Er lächelt, als er mein Bein erneut anwinkelt und nach außen dreht. Ich ziehe die Luft ein.

David kommt herein und stellt unsanft ein Glas auf dem Tisch ab. «Ihr Bourbon, Sir.» Er hält die Karaffe noch in der Hand.

«Ich danke Ihnen.» Dr. Muller lässt mein Bein los, um das Glas hochzunehmen und den Inhalt zu begutachten. Weil mein Knie jetzt wirklich brennt, werfe ich David einen Hilfe suchenden Blick zu, während Dr. Muller den ersten Schluck nimmt.

«Sie können gehen», sagt er dann, und als David nicht reagiert, fügt er hinzu: «Ich bin nicht sehr geduldig, wenn man mir meine Zeit raubt. Und mich wiederholen zu müssen, ist eindeutig Zeitverschwendung.»

«Entschuldigen Sie, Sir, aber so, wie Sie gerade Abbis Bein untersuchen, kommt mir das auch wie Zeitverschwendung vor.» Er runzelt die Stirn und stellt die Karaffe ab. «Oder wollen Sie meine Arbeit der letzten Wochen zunichtemachen?»

«Ihre Arbeit?» Er spuckt die Worte geradezu aus. «Ich kann den Zustand eines Gelenks wohl besser beurteilen als Sie.»

«Das stelle ich gar nicht in Frage. Nur vielleicht nicht unbedingt unter dem Einfluss von Bourbon.»

Dieser Satz hallt in meinem Kopf wider. Dr. Muller lacht zwar auf, aber ich halte entsetzt den Atem an. Doch David lässt es damit nicht auf sich beruhen. «Ich will nicht respektlos erscheinen, Sir. Aber wie viel haben Sie heute schon getrunken?»

«David», flüstere ich. Die Frage ist so ungeheuerlich, dass mir die Luft wegbleibt. Oh mein Gott. Wirft er meinem Arzt gerade wirklich vor, betrunken zu sein? Wie kommt er darauf?

«Längst nicht genug, um mir eine solche Frage gefallen zu lassen. Von einem Studenten.» Mit zwei Fingern öffnet Dr. Muller die beiden Knöpfe an seinem Handgelenk und krempelt gemächlich den Ärmel zurück.

Meint David das wirklich ernst? Meine Gedanken rasen. Hat er von seinen Kollegen etwas über ihn gehört?

Jetzt schiebt David seine Hände in die Hosentaschen. Das macht er immer, wenn er sich zurückhalten will, das ist mir schon ein paarmal aufgefallen. «Dr. Muller, ich denke nicht, dass Sie noch in der Verfassung sind, Patienten zu behandeln.»

«Nun, Sie sagen es, Junge. Sie denken nicht!» Dr. Muller richtet sich erbost auf. «Raus mit Ihnen!»

Mein Puls jagt. Mein Vater wird David rausschmeißen. Ich muss Dr. Muller irgendwie beschwichtigen, aber ich weiß nicht, wie. «Vielleicht sollten wir ...» Oh Gott, ich weiß nicht, wie der Satz enden soll.

«Abbi?» David wirft mir einen fragenden Blick zu.

Ich will nicht, dass er geht, aber ... aber ich kann mir nicht vorstellen, dass Dr. Muller wirklich betrunken ist. Er ist nur launisch und ungeduldig wie eigentlich immer. Wenn ich darauf bestehe, dass David dabeibleibt, wird er vermutlich erst recht ausflippen.

«Ist schon gut, David», höre ich mich sagen. «Es dauert ja nicht lange.»

«Sicher?»

Der Arzt hat sich mein Knie schon angesehen, wenn ich jetzt den Mund halte, ist es in fünf Minuten vorbei, und er geht, ohne dass die Situation eskaliert. «Ja, klar.» Ich bemühe mich, zuversichtlich zu lächeln.

Dr. Muller verliert die Geduld. «Verschwinden Sie gefälligst, Junge!»

David reagiert nicht darauf, spricht weiterhin nur mit mir. «Es ist deine Entscheidung.» Er presst die Kiefer aufeinander, und weil ich nichts mehr erwidere, geht er. Aber ich kann sehen, dass er die Tür nur anlehnt.

«Unverschämter Kerl», sagt Dr. Muller mit einem abfälligen Kopfschütteln und nimmt noch einen Schluck, bevor er das Glas abstellt. «Dabei bist du einem guten Bourbon doch auch nicht abgeneigt, nicht wahr, Prinzessin? Und jetzt einmal das Höschen ausziehen, bitte, damit ich mir deine Hüfte ansehen kann.»

Mir bricht der Schweiß aus. Was soll das denn? «Das ist gar nicht nötig, glaube ich.»

«Ich habe nicht den ganzen Abend Zeit, Abigail. Du kennst das doch von deinem Vater. Ich muss noch zu einem Dinner, und ich bin schon spät dran.»

Ich nicke und knöpfe meine Jeans auf. Mir ist bewusst, dass sein Verhalten nicht in Ordnung ist, aber ich weiß nicht, wie ich aus dieser Situation rauskommen soll, ohne ihn zu brüskieren. Er ist ein Freund meiner Eltern, und er ist der Arzt, der mich operiert hat und dem ich eigentlich dankbar sein müsste. Trotzdem schlägt mir das Herz bis in den Hals, weil er so unwirsch ist, so ungehalten.

Ich streife die Hose nach unten zu meinen Knöcheln, wo Dr. Muller sie ungeduldig wegzerrt. Lass es einfach nur schnell vorbei sein, bitte. Ich will an etwas Schönes denken. An die Therapie, als ich mit David Musik gehört habe, zum Beispiel. Sie hat mich abgelenkt, und nun versuche ich, die Erinnerung daran heraufzubeschwören. In Gedanken summe ich das Lied, das David auf der Playlist für seine Mutter hat.

*No need to run and hide, it's a wonderful, wonderful life.*

Aber als Dr. Muller sich jetzt über mich beugt, ist das Leben nicht schön, ich kann den Alkohol in seinem Atem riechen, und das kann unmöglich allein von dem bisschen stammen, das er hier getrunken hat. Oh Gott, David hat recht. Er ist betrunken.

Vielleicht ist das nicht das erste Mal. Vielleicht passiert ihm das öfter. Vielleicht hatte er getrunken, bevor ich nach dem Unfall von ihm behandelt wurde.

Diese Gedanken fressen sich in meinen Kopf. Ich will nur noch, dass es vorbei ist. Ich werde freundlich bleiben, er untersucht kurz meine Hüfte, trinkt sein Glas aus und fährt zu seinem Dinner. Und danach werde ich meinem Dad sagen, dass ich nie wieder von ihm untersucht werden will. Er wird das akzeptieren müssen.

«Das war ein ganz schöner Akt mit deinem Hüftgelenk. Aber du bist ein robustes Mädchen. Scheinst inzwischen keine Beschwerden mehr damit zu haben.»

«Es ist viel besser geworden», sage ich schnell und rede einfach weiter, um ihn bei Laune zu halten. «Die Röntgenkontrolle war ohne Befund. Ich hatte trotzdem noch Schmerzen, aber David hat herausgefunden, wodurch der Ischiasnerv gereizt wurde, und durch die Übungen, die wir machen, ist das fast ganz verschwunden.»

«Ja, wenn David das rausgefunden hat ...» Im nächsten Moment spreizt er mein Bein nach außen. Und das so plötzlich, dass ich einen Schmerzenslaut kaum noch unterdrücken kann. «Was denn, mein Mädchen? So schlimm?» Er schiebt meinen Oberkörper zurück, und ich kralle mich im Sofakissen fest.

*No need to run and hide, it's a wonderful, wonderful life.*

Seine Finger tasten sich nach oben. Ich weiß nicht, was ich tun soll. Er ist grob, er ist betrunken, und er hat mir schon wieder weh getan. Und nun drückt er mit den Fingerspitzen in meine Leiste, was mir Übelkeit verursacht. Als seine andere Hand die Innenseite meines Oberschenkels entlangfährt, überläuft mich ein Schauer. Es ist die Hand, an der er seinen Ärmel hochgekrempelt hat, und nun reibt sein nackter Unterarm über meine Haut.

«Du bist doch schon einundzwanzig, oder?»

Ich nicke nur, weil ich es nicht schaffe, eine Antwort herauszupressen.

«Ich habe gehört, dass dir leider dein Prinz abhandengekommen ist. Deine Mutter hat es erwähnt. Das ist so schade.»

*Konzentrier dich, Abbi!* Mit aller Gewalt schlucke ich die aufkommende Panik hinunter. Er ist betrunken, er ist übergriffig, und ich muss das beenden. Ich kann nicht meiner Mutter zuliebe so tun, als wäre das hier okay. Ich kann das nicht einfach aussitzen. Ich will es nicht. David hat gesagt, dass ich nach dem Unfall passive Bewältigungsstrategien entwickelt habe – aber etwas einfach auszuhalten, macht es oft nur schlimmer.

Dr. Mullers Finger kneten meinen Oberschenkel.

«Können Sie bitte damit aufhören?»

«Aber wir fangen doch gerade erst an.» Er lächelt, und dabei fällt mir das erste Mal auf, wie unnatürlich weiß seine Zähne sind. Außerdem atmet er schwer, und mit jedem Atemzug, den er ausstößt, weht mir der Alkoholgeruch ins Gesicht. Er muss völlig betrunken sein, sonst würde er sich nicht so aufführen. David ist direkt nebenan. Ist ihm das völlig egal?

«Ich will das nicht. Hören Sie auf!» Ich versuche, seine Hand wegzudrücken, aber er ist verdammt stark. Und nun werde ich doch panisch. Mit beiden Händen schiebe ich ihn von mir weg, doch er bekommt meine Handgelenke zu fassen und nimmt sie wie in einer Schraubzwinge gefangen.

«David», schreie ich. Reflexartig ziehe ich mein gesundes Bein an und trete aus. Ich bin von mir selbst schockiert, und auch Dr. Muller ist darauf nicht gefasst gewesen, deshalb lässt er überrascht meine Hände los. Die Zimmertür kracht gegen die Wand. Und nun stemme ich mit ganzer Kraft meinen Fuß gegen seine Seite, bis er vom Sofa runterrutscht und gegen den Tisch stößt. Oh Gott, ich habe ihn getreten. Ich spüre ein hysterisches Lachen in mir aufsteigen. Vielleicht ist es auch ein Schluchzen.

«Was bist du nur für ein dummes Miststück!», blafft er mich an.

«Das reicht.» David sieht so grimmig aus, dass ich mir sicher bin, er hat nur auf diesen Moment gewartet. Er packt Dr. Muller an der Schulter.

«Nimm sofort deine Pfoten weg, Junge.» Sein Haar ist nun nicht mehr ordentlich zurückgegelt, sondern fällt ihm strähnig ins Gesicht. Im nächsten Moment wird er am Hemd vom Boden hochgerissen. In derselben Sekunde, in der er steht, lässt David ihn wieder los, und Dr. Muller taumelt zurück. «Du kleiner Hurensohn», stößt er aufgebracht hervor. «Was erlaubst du dir?» Mit fahrigen Bewegungen glättet er sein zerknittertes Hemd und stopft es zurück in seinen Hosenbund.

«Sie sind betrunken, Sir. Wenn Sie noch einen Rest Klarheit im Kopf haben, werden Sie sich jetzt bei Abbi entschuldigen.» David bedroht ihn nicht, er wirkt auf den ersten Blick völlig gefasst, aber an der Art, wie er die Fäuste ballt, kann ich erkennen, wie mühsam er sich beherrscht. Langsam tritt er einen Schritt nach hinten, um Dr. Muller Raum zu geben. Als unsere Blicke sich für eine Sekunde treffen, muss ich schlucken.

Meine Hüfte brennt wie Feuer. Aber vor allem brennt mein Gesicht vor Scham, weil ich David nicht geglaubt habe, weil ich nicht sofort verstanden habe, was hier passiert. Ich weiche bis zum Ende des Sofas zurück und schlinge die Arme um meine nackten Knie.

Dr. Muller lacht auf. Überrumpelt und völlig fassungslos. «Ich entschuldige mich nicht.»

«Das spielt eigentlich auch keine Rolle mehr. Die Untersuchung ist hiermit beendet, Sir.»

«Ich lasse mir doch nicht von einem dämlichen Arzthelfer sagen, wann meine Untersuchung beendet ist. Das ist lächerlich. Verpiss dich, Junge.»

«Sie können das gerne lächerlich finden.» Davids Stimme klingt immer noch ruhig. «Aber draußen.» Er zeigt zur Tür.

Dr. Muller lacht nur wieder. Er bückt sich, greift gemächlich nach dem Bourbonglas und trinkt es in aller Seelenruhe aus. Er sieht nicht so aus, als würde das, was David gesagt hat, ihn irgendwie beeindrucken. Was, wenn er jetzt handgreiflich wird? Dr. Muller kommt mir unberechenbar vor. Wenn er David angreift, dann muss ich die Polizei rufen. Fieberhaft überlege ich, wo mein Handy ist. Wahrscheinlich oben auf meinem Schreibtisch. Neben der Lampe, die David vorhin eingeschaltet hat, steht aber das alte Festnetztelefon, das kaum noch jemand nutzt, das kann ich mit ein paar Schritten erreichen. Zur Not auch ohne Krücken.

«Es tut mir leid, Dr. Muller», sage ich schnell, um die Aufmerksamkeit auf mich zu lenken. «Bitte … bitte gehen Sie einfach. Ich kann Ihnen ein Taxi rufen.»

In dem Moment knallt er das Glas auf den Tisch. Mit so viel Wucht, dass der Fuß abbricht und der Rest auf dem Boden landet, wo das Glas klirrend kaputtgeht.

18. KAPITEL

# DAVID

Ich bringe ihn um. Wenn er Abbi auch nur noch einmal anfasst, bringe ich ihn um. Es ist mir egal, ob der Dreckskerl betrunken ist. Er weiß genau, was er tut.

Ich wünschte, ich hätte ihn gar nicht erst reingelassen. Ich wusste, dass Abbi wegen ihm nervös ist. Und schon als er zur Tür reingekommen ist, meinte ich, Alkohol zu riechen, aber er hat so viel von diesem ekelhaften Aftershave benutzt, dass ich mir nicht sicher sein konnte. Ich hätte auf mein Bauchgefühl hören sollen.

Verdammt, ich bin unendlich wütend auf mich selbst, weil Abbi sich das wahrscheinlich nur von ihm hat gefallen lassen, um ihn wegen mir zu beschwichtigen.

Das Glas zerbricht, als er es abstellt, und das ist jetzt wirklich genug. Ich schnappe mir seine Arzttasche. «Ich bringe Sie jetzt raus, Sir.»

Muller dreht sich mit einem gelangweilten Lächeln zu mir um. Und dann …

Das Schlimme ist: Ich sehe es kommen. Seine Reaktion ist nicht mehr die schnellste, und ich sehe genau, wie er ausholt. Für den Bruchteil einer Sekunde schießt mir der Gedanke durch den Kopf, dass ich ausweichen muss. Aber ich bin wie gelähmt. Ich kann mich nicht wegducken. Als wäre ich wieder neun Jahre alt, bleibe ich schuldbewusst stehen und schütze mich nicht. Hebe nicht mal einen Arm. Und die Faust trifft genau mein linkes Ohr.

Der Schlag hat viel mehr Wucht als damals, aber der Schmerz

schießt mir diesmal nicht ins Herz. Ich bleibe einfach stehen, in der Hand immer noch die blöde Tasche. Erst Abbis Aufschrei reißt mich aus meiner Erstarrung, ich brauche eine Sekunde, um mich zu orientieren, aber dann lasse ich die Tasche fallen, packe Muller mit beiden Händen am Kragen und ziehe ihn mit mir zur Tür. Erst in der Halle lasse ich ihn los, reiße die Haustür auf und gebe ihm einen Stoß in die richtige Richtung. «Ihre Tasche kommt sofort, Sir.»

Er fährt zu mir herum. «Das wirst du bereuen.»

«Es gibt eine ganze Menge Dinge, die ich bereue, aber das hier gehört garantiert nicht dazu.»

Ich sehe ihm lieber nicht dabei zu, wie er aufgebracht die Treppe runterstolpert, weil ich so geladen bin, dass ich ihm dann vielleicht nachsetze. Nur Sekunden später werfe ich seine Tasche in den Hof, wo sie mit einem Poltern im Kies landet. «Ich rufe Ihnen ein Taxi.»

Muller antwortet nicht, aber er wankt zu seinem Wagen. Das Licht der Zentralverriegelung leuchtet auf.

Scheiße. Ich hätte ihm die Schlüssel abnehmen sollen. Jetzt steigt der Dreckskerl auch noch in diesem Zustand in seine verdammte Karre.

«David?» Abbis Stimme lässt mich herumfahren. Sie hat Angst, was ich gut verstehen kann, mir steht das Adrenalin selbst bis zum Hals. Aber ich muss erst ... Ich habe den Gedanken noch nicht zu Ende gedacht, da fährt der Wagen mit quietschenden Reifen los.

Gottverdammt.

Ich werfe die Haustür wieder zu, ziehe mein Handy aus der Tasche und wähle, ohne groß nachzudenken, die 911. Die andere Hand lege ich auf meine brennende Ohrmuschel. Es klingelt nur zweimal, bis der Anruf angenommen wird. Ich gebe meinen Namen und die Adresse durch, dann schildere ich kurz den Sachverhalt. «Ein 7er BMW Sedan, Farbe wahrscheinlich schwarz, das konnte ich im Dunkeln nicht genau erkennen.» Ich habe mir das Nummernschild gemerkt und gebe auch diese Information weiter, dabei gehe ich zurück ins Wohnzimmer, wo Abbi ohne Krücken mitten im Raum steht. «Der Fahrer ist stark alkoholisiert und aufgebracht. Er fährt gleich auf die 89 und dann Richtung Concord. Wenn er so weit kommt», füge ich noch hinzu. Der Mann am Telefon lässt mich noch mal meine Personalien wiederholen, dann lege ich auf und stecke das Handy in die Tasche.

«Du hast die Polizei angerufen?» Abbi sieht schockiert aus, und ich verstehe nicht wieso.

«Natürlich habe ich die verdammte Polizei angerufen. Der Dreckskerl hat sich betrunken hinters Steuer gesetzt. Genauso gut könnte er mit einer ungesicherten Waffe herumfuchteln, Abbi. Er bringt damit auch andere in Lebensgefahr.»

«Ja, das ... das stimmt, aber du ... du hast ...» Sie sieht aus, als würde sie jeden Moment umkippen. Abbi steht nur in Unterwäsche und T-Shirt vor mir, und mir schnürt sich die Kehle zu, weil sie für dieses Dreckschwein auch noch ihre Hose ausziehen musste. Ich will sie fragen, ob es ihr gutgeht, aber ich sehe auch so, dass das nicht der Fall ist.

«Ist ... ist alles okay mit dir?», fragt sie stattdessen mich, und ich würde lachen, wenn die Situation nicht so beschissen wäre. Humpelnd kommt sie auf mich zu. Ohne Krücken, und das muss ihr ziemliche Schmerzen bereiten, denn sie verzieht gequält das Gesicht. «Dein Ohr.»

«Was?» Und jetzt erst dämmert mir, warum sie so schockiert aussieht. Nicht weil ich die Polizei gerufen oder Muller vor die Tür gesetzt habe, sondern weil ihr Arzt mich geschlagen hat.

«Du hältst dein Ohr fest, David.» Schritt für Schritt kommt sie mir näher. «Hat er dich verletzt? Tut es weh?»

Sie sieht aus, als würde sie jeden Moment in Tränen ausbrechen, und erst jetzt wird mir bewusst, dass es stimmt, was sie sagt. Ich presse die ganze Zeit eine Hand auf mein Ohr. Aber ich kann nicht anders, es glüht wie Eisen.

Als Abbi mich erreicht, berührt sie vorsichtig meinen Handrücken, und ich lasse zu, dass sie meine Hand wegzieht. Es ist egal, ich höre darauf so oder so kaum etwas. Aber ihre Finger sind eiskalt, was sich echt gut anfühlt. Sie legt die Handfläche schützend über mein Ohr, mit der anderen Hand streicht sie mir das Haar aus der Stirn, und aus irgendeinem Grund hört sie nicht mehr damit auf. Als wäre ich derjenige, der getröstet werden müsste, was totaler Schwachsinn ist. Wieder und wieder fährt sie mir über die Stirn, dann streichelt sie über meine Wange bis runter zu meinem rauen Kinn, und ich starre wie ein Idiot ihren Mund an.

Dann schlingt sie auf einmal ihre Arme um meinen Nacken, sodass ich sie ganz automatisch festhalte. Sie in den Arm nehme. Nur damit sie nicht umfällt, sage ich mir. Nicht weil ich mir gerade ausmale, wie ich sie hochhebe und ihre nackten Beine sich um meine Hüften klammern. Ich versuche die Vorstellung sofort abzuschütteln, weil ... Es würde ihr Schmerzen verursachen, und sie ist verstört nach dem, was Muller gerade mit ihr angestellt hat. Und das ruft mir in Erinnerung, dass sie meine Patientin ist.

Nur ...

Hölle, ich spüre Abbis Atem an meinem Gesicht. Ihre Lippen berühren heiß meine Wange, und während ihre eine Hand mich im Nacken festhält, streichelt ihre andere meine Ohrmuschel. Sie legt ihren Mund auf meine Schläfe, meinen Wangenknochen und dann meinen Kiefer. Ich rede mir ein, dass das mit Küssen überhaupt nichts zu tun hat.

«Abbi.» Ich spüre ihre weichen Brüste, die sich an mich drängen, und verdammt, jetzt fallen mir tausend Stellungen ein, die ihr keine Schmerzen zufügen würden, und am liebsten möchte ich meine Hände auf ihren Hintern legen und sie an mich pressen. Aber ich bin ihr Physiotherapeut. Und sie ist nicht die erste Patientin, die meine Nähe sucht. Nur dass meine Hände gerade an ihrem Rücken nach oben fahren und ich sie einfach nicht loslassen kann, was wohl bedeutet, dass sie die erste Patientin ist, deren Nähe auch ich suche. Was absolut nicht angebracht ist. Sie ist nicht einfach nur irgendeine Frau, die ich zufällig behandle. Sie ist die Tochter von William Hayden. Und das vergesse ich viel zu oft. Viel zu leicht.

«Abbi», raune ich und versuche, mich zusammenzureißen. «Ich glaube, du stehst unter Schock.»

Sie legt ihre Stirn an mein Kinn. «Ja», sagt sie, streichelt aber immer noch mein Ohr, hält mich immer noch fest. «Wahrscheinlich hast du recht.»

Okay, spätestens jetzt sollte ich sie wirklich loslassen. Aber nicht nur ihre Haut, auch ihr Haar riecht so gut. Das ist bestimmt der Grund, warum ich anfange, mir Ausreden zu überlegen. Ob es nicht scheißegal wäre, wenn ich sie jetzt küsse, weil mir spätestens morgen sowieso gekündigt wird. Dass sie es vielleicht gar nicht bereuen würde, selbst wenn der Schock nachlässt. Dass es eigentlich nichts bedeuten würde und dass diese Hitze, die ich in meinen Eingeweiden spüre, keine weiteren Auswirkungen haben wird. Aber das ist Bullshit. Weil ihre Hitze mit meiner zusammengenommen einfach alles niederbrennen könnte.

Ich stoße ein frustriertes Stöhnen aus. Gegen meinen Willen löse ich mich aus Abbis Umarmung und trete einen Schritt zurück. Muller. Ich muss mich darauf konzentrieren, was jetzt wichtig ist.

«Warum hast du nichts gesagt, Abbi? Deinen Eltern, warum hast du ihnen nicht gesagt, was Muller für ein Dreckskerl ist? Es kann doch nicht sein, dass ihr so jemanden überhaupt noch in euer Haus lasst.»

«Ich wusste es nicht», sagt sie und schluckt. «Dass er trinkt.

Und ich komme mir so bescheuert vor, dass ich das nicht gemerkt habe. Dass ich dir nicht geglaubt habe. Es tut mir leid.»

«Dann war sein bisheriges Verhalten für euch etwa okay? Wissen deine Eltern überhaupt, dass er sich wie ein Metzger aufgeführt hat und was vor deiner zweiten Narkose passiert ist?»

«Nein, ich ... Er ... er hat mir gesagt, ich wäre überempfindlich. Ich würde mich anstellen und hätte ihm nur Probleme bereitet. Ich habe mich dafür geschämt, okay?»

Ich glaub's einfach nicht. Und das sage ich nun auch laut. «Scheiße, das glaub ich jetzt nicht. Und das hast du dir einreden lassen? Du hast gedacht, solche Schmerzen wären normal? Muller hätte das Einrenken deiner Hüfte gleich bei der ersten OP miterledigen müssen. Das kann er doch nicht übersehen haben! Dafür brauche ich nicht mal ein MRT. So was sieht man mit bloßem Auge, so besoffen kann man gar nicht sein.»

Muller ist ein brutales Arschloch. Ein brutales Arschloch mit einem Alkoholproblem, das auch noch von seinen Kollegen gedeckt wird. Fuck, aber das ist kein Grund, Abbi so anzufahren. Ganz im Gegenteil. Sie ist hier das Opfer. *Komm runter, David!* Nur fällt mir das gerade verdammt schwer. Ich atme tief ein und aus und konzentriere mich auf Abbis Gesicht, das mir mittlerweile so vertraut ist. Auf ihren weichen Mund und die dunklen braunen Augen, die so gar nicht zu ihrer hellen Haarfarbe passen wollen, mit den dunklen Brauen darüber, die man zwangsläufig berühren will, weil sie eine Form haben, die man einfach perfekt mit den Daumen nachzeichnen könnte, wenn man ihr Gesicht in beide Hände nehmen würde. Was ich natürlich nicht tue.

«Ich muss mit deinen Eltern reden», sage ich jetzt deutlich ruhiger. «Weißt du, wann sie nach Hause kommen?»

«Ich werde meinen Dad anrufen, das musst du nicht machen. Ich erkläre ihm alles.»

Ich schüttele den Kopf. «Meine Kündigung hole ich mir schon

selbst ab.» Verdammt, ich habe gerade einen alten Schulfreund von William Hayden aus dem Haus geworfen. Egal, was Abbi ihm erzählt, egal, ob er ihr glaubt, so ein Verhalten wird er auf keinen Fall auf sich beruhen lassen.

«Das ist doch kein Kündigungsgrund, David. Du hast mir nur geholfen und ihm nicht mal ein Haar gekrümmt. Im Gegensatz zu mir. Ich habe schließlich nach ihm getreten.» Sie stößt ein verzweifeltes Lachen aus. «Ich habe meinen Arzt getreten. Oh Gott.»

Ein Grinsen breitet sich auf meinem Gesicht aus. «Allein dafür hat sich das Training schon gelohnt, würde ich meinen. Du solltest damit weitermachen.»

Abbi will einen Schritt auf das Sofa zugehen, zieht aber dann scharf die Luft ein.

Das geht definitiv auf Mullers Konto. Ihr muss jetzt alles weh tun.

«Kommst du einen Moment allein zurecht?», frage ich sie, nachdem ich ihr zum Sofa geholfen habe, und als sie nickt, atme ich erleichtert aus. «Okay. Ich habe Schmerzmittel im Auto. Bin sofort wieder da. Und dann bringe ich dich hoch in dein Zimmer.»

«Ich weiß nicht, ob ich die Treppe heute noch schaffe, David, vielleicht bleibe ich einfach hier unten.» Sie sieht mich besorgt an.

«Dann werde ich dich tragen.»

19. KAPITEL

# DAVID

Ich wollte Abbi die verdammte Treppe hochtragen, weil sie kaum noch stehen konnte, geschweige denn laufen, aber sie hat sich geweigert. Also hat sie sich, auf meine Schulter gestützt, wie eine alte Frau nach oben geschleppt. Ich kann für mich selbst nur hoffen, dass dieser Muller mir nie wieder begegnet.

Es ist inzwischen fast elf, und Jane hat mich angerufen, um zu fragen, ob ich vorhabe, heute überhaupt noch mal nach Hause zu kommen. Ja, habe ich. Sobald William und Maree Hayden hier eintreffen. Ich habe Abbi versprochen, sie vorher nicht allein zu lassen. Jetzt gehe ich ins Wohnzimmer und räume auf. Schüttele die Kissen auf dem Sofa auf, sammle die Scherben in meine Hand und werfe sie in den Müll. Die Karaffe mit Bourbon bringe ich zurück in Haydens Büro. Und als mir dabei sein Schreibtisch ins Blickfeld gerät, drängen sich richtig miese Gedanken in mein Gehirn. Mies, weil Abbi da oben nichtsahnend schläft und ich darüber nachdenke, nach etwas zu suchen, das ich gegen Hayden verwenden könnte. Irgendetwas, das mir beweist, dass er noch mehr Leichen im Keller hat.

Ich gehe zum Fenster, das genau unter dem von Abbis Zimmer liegt und denselben Blick auf die Einfahrt bietet. Die alten Eichen, den breiten Kiesweg, das beleuchtete Tor mit den Überwachungskameras. Unwillkürlich sehe ich mich dann im Raum um, scanne die getäfelte Holzdecke ab und die Lampen, die eingeschaltet sind, seit ich für Muller den Bourbon geholt habe.

Hayden wird wohl kaum sein eigenes Büro überwachen lassen, oder?

Ich schalte das Licht aus. Falls ein Auto die Auffahrt hochkommt, kriege ich das mit. Selbst wenn ich es wegen meines tauben Ohrs nicht hören sollte, die Lichter werden zuerst die Bäume anstrahlen, bevor sie auf die Hausfassade fallen. Ich hätte also genug Zeit, aus dem Büro zu verschwinden. Ich denke an Jane und an meine Mom. Und daran, dass sie nur ein paar Wochen, nachdem sie den Kredit abbezahlt hat, gestorben ist. Das allein sollte mir genug Motivation verschaffen, einfach mal einen Blick in Haydens Schreibtisch zu werfen. Aber nach dem, was Muller eben getan hat, will ich Abbis Vertrauen nicht auch noch missbrauchen.

Ich hole mein Handy aus der Hosentasche, um noch einmal nach der Uhr zu sehen, und dabei fällt mir auf, dass Noah mir eine Nachricht geschickt hat. Er fragt, ob wir uns morgen zum Sport treffen und danach in Chase' Diner gehen. Ich schicke ihm ein knappes Okay, und keine dreißig Sekunden später vibriert mein Handy von seinem Anruf.

«Jane hat gesagt, du bist immer noch nicht zu Hause. Bist du etwa noch bei Abbi?»

«Ja, aber es ist nicht so, wie du denkst», antworte ich und verziehe den Mund, weil das ein dämliches Klischee ist. «Abbi schläft. Ich warte darauf, dass ihre Eltern zurückkommen, weil ich was mit ihrem Vater besprechen muss.»

«Du hörst dich wütend an. Was ist los?»

Eigentlich dachte ich, ich hätte mich inzwischen beruhigt, aber jetzt kocht es doch wieder in mir hoch. «Du meinst abgesehen von der absolut beschissenen Situation, dass ich für einen Mann arbeite, den ich hasse? Mmh, lass mich überlegen. Vielleicht bin ich wütend, weil Abbis behandelnder Arzt ein brutales Arschloch ist, das sie heute Abend im Vollrausch massiv belästigt hat. Seine

Patientin. Jemand, der ihm vertraut hat, der ihm hilflos ausgeliefert war. Ich könnte kotzen, Noah. Er hat ihr weh getan. Er ...» Ich muss Luft holen und bekomme anscheinend wieder genug Sauerstoff in mein Gehirn. «Sorry, ich sollte jetzt dringend runter von diesem Karussell. Und da ist es offensichtlich kein bisschen hilfreich, das Ganze noch einmal mit dir durchzukauen.»

Am anderen Ende der Leitung ist es für einen Moment still, dann höre ich Noah tief ein- und ausatmen. «Ihr fucking Arzt, ernsthaft?»

«Er ist ein Säufer. Und hält sich ganz offenbar für Gott. Oder das, was danach als Nächstes kommt. Seine Patienten liebt er auf die Art, wie Haie Blut lieben, würde ich meinen.»

«Fuck.» Wieder ist es still. «David, ich habe dir das nie erzählt, aber letztes Jahr, als ich Aubree kennengelernt habe ... Sie hat eine ähnliche Erfahrung gemacht, und sie war völlig fertig. Wie geht es Abbi?»

«Das tut mir echt leid. Es ist ... Abbi schläft jetzt. Sie war vor allem geschockt, glaube ich.» Sonst hätte sie mich nicht auf diese Art berührt. Mich nicht so umarmt und festgehalten, als würde sie am liebsten in mich reinkriechen. Und das lässt mir die Brust eng werden. Weil ich mir wünschte, es wäre nicht nur der Moment gewesen. Weil sie Haydens Tochter ist, weil es mir eigentlich nur ums Geld gehen sollte. Und weil ich keine Ahnung habe, wie ich das alles auch nur einen Tag länger aushalten soll.

Während ich telefoniere, fasse ich mir wieder ans Ohr, aber inzwischen brennt es nicht mehr. «Ich muss das mit Abbis Vater klären. Sie sollte diesem Mann nie wieder begegnen müssen.»

«Und jetzt wartest du darauf, dass ihre Eltern nach Hause kommen?»

«Ja, verdammt.»

«Und warum hasst du ihren Vater?»

Weil Jane seinetwegen hätte sterben können, will ich am liebsten in den Hörer brüllen. Mit der flachen Hand schlage ich gegen die Wand. Und weil Noah vermutlich der einzige Mensch ist, dem ich die Wahrheit sagen kann, ohne dass er mich verurteilt, bricht es aus mir raus. «Er ist auch Janes Vater. Er ist der leibliche Vater meiner Schwester, Noah.»

Es dauert mehrere Sekunden, bis Noah reagiert. Er atmet scharf ein, und dann stößt er ein leises «Fuck» aus.

Es ist, als würde ein Damm brechen. Ich erzähle ihm, was ich seit dem Tod meiner Mutter mit mir rumschleppe, dass ich Jane nicht einweihen kann, dass ich mein Stipendium verloren habe und nur deshalb diesen Job angenommen habe, obwohl ich mir dabei vorkomme, als würde ich mich prostituieren. Wenn Abbi nicht wäre.

Noah gibt mehr als einen Fluch von sich, aber er macht mir auch keine Vorwürfe. «Hayden ist so ein Arschloch. Wie er deine Mom hängengelassen hat ...»

«Er hat sie nicht einfach nur hängenlassen. Er hat in Kauf genommen, dass Jane keine Chemotherapie bekommt.»

«Okay, das ist abartig, und ganz ehrlich, ich weiß echt nicht, was ich dazu sagen soll. Aber Fakt ist, er ist immer noch Abbis Vater, oder? Du solltest mit ihr reden. Denn du stehst voll auf sie.»

«Das kann ich gerade echt gar nicht gebrauchen, Noah. Ich will einfach nur meinen Job machen, ohne dass Jane etwas davon erfährt.» Mit dem Hinterkopf lehne ich mich an die Zimmertür und warte darauf, dass das Tempo meines Herzschlags sich wieder nach unten regelt. «Vierundzwanzigtausend Dollar, Noah. Ich wollte mit der verdammten Kohle hier rausgehen. Ich brauch das Geld, weil sonst alles den Bach runtergeht. Für Jane.»

«Du willst es ihr wirklich nicht erzählen?»

«Was ich will, ist doch völlig egal. Ich kann dir sagen, was ich *nicht* will. Ich will nicht, dass Hayden ihr weh tut. Du kennst Jane. Sie würde sich das doch nicht einfach nur anhören und es dann abhaken. Niemand würde das. Hayden hat nicht nur jeden Kontakt abgeblockt. Wahrscheinlich hat er sogar darauf spekuliert, dass sie keine medizinische Behandlung bekommt. Wie würdest du dich denn fühlen, wenn dein leiblicher Vater bereit wäre, dich einfach so sterben zu lassen?»

Ich kann hören, wie Noah schluckt. «Scheiße. Ich würde mich richtig scheiße fühlen.»

«Deshalb werde ich es Jane nicht sagen. Vor allem wenn Hayden mich heute feuert. Ich habe seinen alten Schulfreund vor die Tür gesetzt.»

«Vielleicht hast du recht.» Noah klingt nachdenklich, aber bevor einer von uns noch mehr dazu sagen kann, flackert Licht vor dem Fenster auf. Ich presse das Handy fest an mein Ohr, damit die Displaybeleuchtung nicht zu sehen ist, und schiebe mich durch die Zimmertür in die Halle.

«Okay, die Haydens kommen nach Hause, lass uns morgen weiterreden.» Ohne Noahs Antwort abzuwarten, lege ich auf, schiebe das Telefon in meine Hosentasche und starre auf die Haustür. Durch die Scheiben sehe ich die verschwommenen Scheinwerfer. Meine Bücher habe ich schon zusammengepackt, die Tasche steht neben dem Eingang. In meiner Hosentasche steckt ein Zettel, den ich für Hayden vorbereitet habe. Darauf stehen vier Namen. Zwei von Ärztinnen, bei denen Abbi gut aufgehoben wäre, und die anderen beiden von Physiotherapeutinnen, die ich gut kenne. Ich kann Abbi nicht einfach so im Stich lassen. Wenn er mich feuert, dann kann ich nur hoffen, dass sie eine gute Therapeutin bekommt. Als die Haydens reinkommen, sehen beide ziemlich erschöpft aus. Mrs. Hayden wirft mir im Vorbeigehen nur einen flüchtigen Blick zu. «Ist Abbi oben in ihrem Zimmer?»

«Ja, sie schläft, schätze ich.»

Sie geht nach oben, während Mr. Hayden einen Mann im dunklen Anzug verabschiedet, vermutlich einer seiner Personenschützer, und die Tür schließt. «Abbi hat uns angerufen und erzählt, was passiert ist. Gut, dass Sie auf uns gewartet haben, David.»

Abbi hat sie angerufen? Aber wann? Sie war so fertig, ich dachte, sie wäre sofort eingeschlafen.

«Was ist das?» Hayden deutet auf meine gepackte Tasche. «Haben Sie vor, uns zu verlassen?»

Meine Finger verkrampfen sich um den Zettel in meiner Hosentasche. «Ich gehe nicht davon aus, dass Sie mich weiter hier im Haus haben wollen, nach dem, was heute Abend passiert ist.»

Hayden lässt die Brauen nach oben schnellen. «Jetzt bin ich überrascht.»

«So wie ich es verstanden habe, sind Sie und Dr. Muller befreundet, Sir. Mag sein, dass er ein herausragender Operateur ist, aber das garantiert nur, wenn er keinen Bourbon intus hat. Ich habe die Polizei informiert. Wenn sie ihn auf der Straße erwischt haben, sitzt er jetzt schon in Arrest. Also ...» Ich hebe die Schultern an. Soll er sich den Rest denken.

«David, Sie ...» Er schüttelt den Kopf. Dann macht er unerwartet einen Schritt auf mich zu. Im nächsten Augenblick packt er mich an den Schultern. Scheiße, was hat er vor? Aber als ich ihm ins Gesicht sehe, registriere ich, dass er nicht wütend ist. Ganz im Gegenteil, ihm stehen Tränen in den Augen, und davon bin ich erst einmal geschockt. Verdammt, ich wünschte, er würde mir das nur vorspielen, aber er sieht echt betroffen aus. «Sie haben das richtig gemacht, mein Junge.» Er nickt mir zu, und dann umarmt er mich so plötzlich, dass ich nicht zurückweichen kann.

Für einen endlosen Moment liegt seine Hand in meinem Nacken, und ich stehe da wie ein Idiot mit den Fäusten in den Taschen, um mich daran zu hindern, ihn von mir zu stoßen. Das Blut steigt mir in den Kopf, pocht mir in den Ohren. Hölle, lieber würde ich mir noch eine Ohrfeige von Dr. Muller einfangen als diese Umarmung. Mein Brustkorb fühlt sich an, als würde er innerlich zerquetscht. Keine Ahnung, wann ich das letzte Mal von einem Mann umarmt wurde. Wahrscheinlich mit zwölf bei einem der seltenen Treffen mit meinem Dad an irgendeinem beschissenen neutralen Ort.

Scheiße, ich weiß nicht, wie ich die Umarmung aushalten soll. Es fühlt sich schmerzhaft an, als würde ich auf einmal Säure atmen statt Luft. Und für einen Sekundenbruchteil stelle ich mir vor, wie es für Jane sein würde, ihn als Vater zu haben. Als einen Vater, der sie wirklich liebt, so wie er Abbi liebt. Aber dann setzt die Erinnerung ein, was er wirklich getan hat, und bei dem Gedanken könnte ich ihm auf seine Schuhe kotzen. Das ist der Moment, wo ich versuche, mich aus seinen Armen zu befreien, weil ich sonst jede Sekunde zerbersten werde. Weil Hayden mit dieser wohlwollenden, väterlichen Scheiße sonst etwas in mir aufbricht.

Ich strecke die Hände zu den Seiten aus, aber Hayden weicht nur minimal von mir zurück. Er hält mich immer noch fest und spricht mir nun direkt in mein gesundes Ohr. «Ich bin Ihnen unendlich dankbar dafür, dass Sie Frank Muller aus dem Haus geworfen haben. Wenn ich auch nur geahnt hätte, wie er sich verhalten würde, wenn er Abbi verletzt hätte …» Er schluckt hörbar. «Ich habe mit ihm gesprochen. Er ist zu Hause angekommen. Die Polizei hat ihn leider verpasst. Gott sei Dank hat es keinen Unfall auf dem Weg gegeben.»

Scheiße.

«Sie sind ein guter Therapeut, und Sie lesen gerne Berichte, haben Sie mir erzählt. Leider ist es so, dass Frank gerne Berichte schreibt. Ich stehe deshalb in seiner Schuld.»

Muss ich das verstehen? Was für ein Bericht, verdammt? Etwa ein Bericht über Abbi?

Für einen Moment wird sein Griff um meine Schulter fester, bevor er sich endlich – endlich – von mir löst. Er räuspert sich.

«Entschuldigen Sie, David, gerade ist wohl etwas mit mir durchgegangen.»

Allerdings.

«Ich werde jetzt gehen, Sir.» Meine Stimme habe ich völlig unter Kontrolle, was mich selbst überrascht, weil es hinter meinen Rippen hämmert, als würde mich jemand mit einem Schlagbohrer bearbeiten. «Dr. Muller hat den Code für das Tor. Sie sollten ihn ändern lassen, aber das wissen Sie wahrscheinlich selbst.»

Ich kann förmlich zusehen, wie sich sein Gesichtsausdruck ändert, wie er seine glatte Politikermaske überzieht, bei der jede Mimik perfekt inszeniert ist. Sie zeigt nur die Emotion, die er gerade brauchen kann. Jetzt ist es die des jovialen Arbeitgebers. «Es reicht, wenn Sie morgen Nachmittag wiederkommen.» Er wirft einen Blick auf seine Uhr. «Schlafen Sie sich aus, meine Frau und ich werden erst mittags in Concord erwartet und so lange bei Abbi bleiben.»

«In Ordnung, Sir.»

«Ach, und David?» Er lockert seinen Krawattenknoten und zieht sie dann mit einem Ruck aus dem Hemdkragen heraus. «Noch eine Sache: Rufen Sie nicht noch einmal die Polizei. Vor dem Tor steht nun rund um die Uhr ein Wagen mit meinen Leuten. Jeder, der kommt oder geht, wird in ein Besucherbuch eingetragen.»

«Ja, Sir. Gute Nacht.» Ich schultere meine Tasche, trete nach draußen, und als sich die Tür hinter mir schließt, kann ich endlich wieder frei atmen. Doch dann fängt mein Hirn wieder an zu rattern.

Es muss einen Bericht von Dr. Muller über Abbi geben, alles andere ergibt gar keinen Sinn.

Und den werde ich mir ansehen.

Noch auf dem Weg zu meinem Wagen ziehe ich mein Mobiltelefon aus der Hosentasche und schicke Kadence eine Sprachnachricht. Weil es verdammt spät ist, wird sie sie erst morgen abhören, aber das spielt keine Rolle.

«Hey, Kadence. Du hast doch gute Kontakte zum Concord-Hospital. Kannst du mir eine Kopie von Abbi Haydens Akte besorgen? Ich muss da mal etwas nachgucken. Und nein, frag besser nicht.»

Denn das, was Hayden da angedeutet hat, kann ich nicht einfach so stehenlassen. Und danach rufe ich Noah an, um ihn zu fragen, ob er oder sein Dad jemanden von der Presse kennen. Falls Muller verhaftet worden ist, dann werden sie ganz sicher keinen Namen rausgeben, aber sie müssen der Presse bestätigen, dass es eine Festnahme eines betrunkenen Autofahrers gegeben hat.

William Hayden glaube ich nicht ein einziges Wort, das aus seinem verdammten Mund kommt.

20. KAPITEL

# ABBI

Seit dem Vorfall mit Dr. Muller steht vierundzwanzig Stunden am Tag ein schwarzer SUV vor unserem Tor. Der Wagen ist immer derselbe, nur die Fahrer wechseln. Lorraine hat sich beschwert, dass sie jedes Mal, wenn sie das Grundstück betritt, wie eine Kriminelle behandelt wird. Sie muss sich ausweisen und in ein Gästebuch eintragen.

Am ersten Tag nach diesem grauenvollen Abend hat David das gemacht, was er *Soft Tissue Therapy* nennt, eine Kombination von Massage, Triggerpunkttherapie und ischämischer Kompression, bei der er mich mit Ellbogen, Daumen oder Fingern bearbeitet. Danach ging es mir zwar körperlich besser, aber ... Gott, Muller hat ihn geschlagen. Das sind Bilder, die so schlimm sind, dass ich sie einfach nicht verdrängen kann. David vor mir zu sehen, wie er unbewusst die Hand auf sein taubes Ohr presst, bricht mir jetzt noch das Herz. David ist nicht schwach. Er hätte zurückschlagen können, aber er hat es nicht getan, weil ihm Gewalt offenbar völlig fremd ist. Und ununterbrochen denke ich daran, wie ich ihn danach berührt und getröstet habe. Ich kann immer noch seine Schläfe an meinem Mund spüren, seine Wange oder wie sich sein Haar angefühlt hat und seine Hände an meinem Rücken.

Meine Eltern sind inzwischen seit sechs Tagen in ganz New Hampshire auf Wahlkampftour unterwegs. Aber jeden Morgen finde ich ein anderes Origami vor meiner Zimmertür und weiß, dass David da ist. Ich sammle sie alle auf meiner Fensterbank. Manchmal sind sie aus einer alten Buchseite, manchmal nur aus weißem Papier. Aber jedes Mal, wenn ich eins davon entdecke, strömt Wärme durch meinen Brustkorb. Etwas hat sich seit dieser Nacht verändert. David zuckt nicht mehr zurück, wenn ich ihn aus Versehen berühre. Aber ich habe bemerkt, dass er dabei jedes Mal den Atem anhält. Vielleicht hat es nichts zu bedeuten. Vielleicht bilde ich mir das auch nur ein. Nur eins ist sicher: Ich kann mich nicht daran gewöhnen. Im Gegenteil.

Ich ertappe mich dabei, wie ich immer öfter seinen Blick suche. Wie ich darauf warte, dass er mich mit seinen Gewitteraugen ansieht. Er lächelt nicht dabei, aber manchmal flackert etwas in seinem Blick auf, das ich nicht deuten kann. Etwas, wonach ich mich sehne. Etwas, das dunkel ist und wild. Und ich wünschte, er würde mir sagen, was in ihm vorgeht.

David ist still. Aber er ist auch der geduldigste Mann der Welt, das merke ich bei jeder einzelnen Therapieeinheit. *Das einzig schlechte Workout ist kein Workout*, sagt er, wenn ich nicht zufrieden mit mir bin. Und inzwischen bin ich tatsächlich so weit, dass ich morgens, noch bevor ich aus dem Zimmer humpele und sein Origami finde, Push-ups gegen die Zimmerwand mache. Achtzig schaffe ich jetzt mit einer kleinen Pause dazwischen und kann meinen Bizeps wieder spüren. Irgendwann, wenn es meinem Knie nichts mehr ausmacht, will ich das auf dem Boden können so wie David, aber davon bin ich noch weit entfernt.

Im Moment liege ich flach auf dem Rücken auf der mobilen Liege im Esszimmer, in dem auch der kleine Sekretär steht, an dem David immer lernt. Weil er das heute den ganzen Nachmittag über gemacht hat, liegen die Bücher noch offen auf dem Tisch. Über mir dreht sich der Ventilator, und ich trage nur meine Unterwäsche und ein übergroßes Handtuch. Mein rechtes Bein liegt frei. David hebt es am Knöchel hoch und spreizt es vorsichtig gestreckt nach außen, testet aus, wie flexibel das Hüftgelenk ist, wie weit er es dehnen kann, ohne dass es unangenehm zieht. Nun stellt er meinen Fuß gegen seine Leiste auf.

Die Sonne steht schon tief, Staubkörner tanzen in dem Lichtschein, der durch die zarten Gardinen fällt. Aber ich habe nur Augen für Davids Gesicht. Ich mag es sehr, wie sich zwei kleine Falten schräg über seinen beiden Brauen bilden, wenn er sich konzentriert, und sich dann sein Adamsapfel bewegt, wenn ihm auffällt, dass er so in seine Arbeit versunken war, dass er vergessen hat, zu schlucken.

Der Geruch nach Premax, der Massagecreme, die David benutzt, breitet sich nun im ganzen Raum aus, als er etwas davon auf meinem Oberschenkel verteilt. Es ist eine Mischung aus Pfefferminz und Lavendel, und wahrscheinlich werde ich für den Rest meines Lebens an David denken, wenn ich eins dieser Kräuter rieche. Ich denke schon morgens daran, wenn ich den kalten Minztee aus dem Kühlschrank hole.

Erst mit den Fingern, dann mit der Handkante fährt David über die Innenseite meines Oberschenkels. Bei der nächsten Bewegung streicht er hoch bis zu meiner Leiste, und mein Bein zuckt, deshalb hält David mich kurz fest. Er fängt an zu grinsen. «Irgendwann binde ich dich an, Abigail Hayden.»

«Verzeihung, Mr. Rivers», antworte ich. Trotz des Ventilators ist es unglaublich warm in diesem Zimmer, und in der Kombination mit dem Geruch der Massagecreme wird mir fast schwindelig.

Als sich unsere Blicke treffen, bekomme ich eine trockene Kehle. Weil David die Kiefer aufeinanderpresst und sein Hals sich rötet. Mit dem Unterarm wischt er sich über die Stirn und pustet geräuschvoll den Atem aus. «Okay, ähm, es gibt hier zwei Triggerpunkte an deinem Oberschenkel. Aber das muss ich langsam angehen, weil es eine heikle Zone ist. Ich meine, empfindlich, eine empfindliche Zone», verbessert er sich. «Ich stabilisiere jetzt dein Knie mit der linken Hand, dann streiche ich mit der Faust deinen Muskel aus, okay?»

«Okay.»

Seine Faust drückt sich langsam Zentimeter für Zentimeter vorwärts bis in meine Leiste. Er benutzt diese Massagecreme, weil er damit besseren Grip hat, hat er erzählt. Wenn er Öl nimmt, rutscht er leichter ab. Wenn er jetzt gerade abrutschen würde ... Daran muss ich denken, was nicht gerade dazu beiträgt, meinen Puls zu beruhigen. Ich halte jedes Mal den Atem an, wenn er an meiner Leiste angekommen ist, und hole tief Luft, bevor er wieder von vorne anfängt. Ich wünschte, er wäre nicht so weit weg, und die Vorstellung, ihn an mich ranzuziehen, lässt es in mir pulsieren.

«Ist das noch angenehm für dich?», fragt er.

«Ja, sehr.» Oh Gott, Abbi!

«Ähm, okay.» Er hört auf und hebt mein Bein, winkelt damit mein Hüftgelenk und mein Knie um neunzig Grad an und bewegt es nach außen. «Ich teste nur aus, ob es einen Widerstand gibt. Wenn dir was weh tut, sag es sofort.»

Ich nicke.

David scheint mit dem Ergebnis nicht ganz zufrieden zu sein, denn er stellt meinen Fuß wieder auf die Liege und nimmt noch mehr Premax aus der Dose, bevor er mit rechts mein Knie nach innen drückt und mit der linken Hand anfängt, die Außenseite meines Oberschenkels nach oben zu kneten. Ich drehe mich zur Seite mit dem Rücken zu ihm, und David schiebt sein rechtes Knie auf die Liege unter meine Kniekehle. Daran bin ich schon gewöhnt, aber diesmal kleben seine Shorts durch das Premax an mir fest und haben sich mit nach oben bewegt. Seine nackte Haut trifft auf meine. Ich muss schlucken und schließe schnell die Augen. Ich habe keine Ahnung, was er jetzt macht, und es ist auch egal. Seine Hände sind warm und fest. Keine Sekunde lässt er mich los, was dazu führt, dass ich mich fallen lasse.

Ich vertraue David.

In diesem Moment wird mir einmal mehr klar, wie sehr ich ihm vertraue. Es ist ganz egal, was er macht, es ist auch egal, ob er es ankündigt, mich vorwarnt oder nicht. Ich habe seine Hände schon an so vielen Stellen meines Körpers gespürt, und immer hat es mir geholfen, hat mir Schmerz genommen oder mich entspannt. Er könnte mich wirklich festbinden. Er könnte mir zusätzlich noch die Augen verbinden, und ich würde mich trotzdem sicher fühlen. Was das genaue Gegenteil von dem ist, wie ich mich bei Ryan gefühlt habe. Bei Ryan konnte ich mich nie fallen lassen. Er war hektisch, irgendwie unbeholfen und zuletzt auch noch verletzend.

Alles an David ist verlässlich, fest, gleichmäßig. Alles an ihm ist anziehend. Oh Gott, wenn er auch nur ahnen würde, wie sehr er mich anzieht! Er weiß immer genau, was er tut – und was nicht. Und das sorgt dafür, dass mein Brustkorb sich vor Sehnsucht zusammenkrampft. Ich halte die Augen geschlossen und rieche ihn. Ich fühle ihn. Seine Faust, die meinen Muskel lockert, seine Fingerkante, die ihn langsam und gemächlich ausstreicht. Selbst die Art, wie er atmet, ist verlässlich, gleichmäßig und verführerisch. Ich möchte diesen Atem auf meiner Haut spüren, an meinem Ohr, meinem Hals, in meinem Mund.

Oh Gott, jetzt in diesem Augenblick will ich ihn so sehr anfassen, dass es mich verbrennt. Ich kann nicht mehr klar denken, und dann höre ich ganz damit auf. Weil ich ihm das, was in mir vorgeht, sowieso nicht sagen kann. Nicht mit Worten.

David fährt mit der Hand runter bis zu meinem Unterschenkel, um die Lage meines Beins zu korrigieren, und das ist der Augenblick, wo ich die Hand ausstrecke. Ohne irgendeinen Plan, ohne irgendwas zu denken. Meine Fingerspitzen berühren erst mein eigenes Bein, dann seins darunter. Ich kann einfach nicht anders. Selbst wenn jetzt eine Bombe in diesem Zimmer detonieren würde, könnte ich nicht damit aufhören. David bewegt sich keinen Millimeter. Ich habe die Augen immer noch geschlossen und fahre an seinem Oberschenkel nach oben, gleite unter den Saum seiner Shorts, streichle ihn und seufze auf. Ich ziehe die Hand zurück und lasse sie langsam zu Davids Hintern gleiten.

Mein Atem geht schwer, als würde ich gerade Klimmzüge machen, dabei tastet meine Hand weiter über Davids angespannte Muskeln, schieben sein Shirt nach oben, bis ich die Haut oberhalb seines Hosenbunds spüren kann. Gänsehaut. Die habe ich auch. Überall. Drängender fährt meine Hand wieder runter über seinen Hintern bis zum Oberschenkel, wo ich sie erneut in seine Shorts schiebe. Ich liebe es, wie warm seine Haut ist, wie sich die feinen Haare an seinem Bein anfühlen und sich nun auch dort eine Gänsehaut bildet. Ich drücke mich fester an ihn und gebe ein Stöhnen von mir. Sein Name kommt mir atemlos über die Lippen. Eben hatte ich sie noch zusammengepresst, aber das Keuchen aus meiner Kehle hat mich aufgebrochen.

«Abbi.» David klingt ganz anders als sonst. Fremd und gepresst. In der nächsten Sekunde schiebt er meine Hand weg. Sein Bein löst sich von meinem, und ich schlage panisch die Augen auf.

«Oh mein Gott!» Und jetzt detoniert wirklich etwas in diesem Raum. Mein Kopf. Nach mehreren Sekunden setzt mein Denken wieder ein, und mir wird klar, dass ich ihn gerade einfach so angefasst habe. Sehr intim angefasst habe. Heilige Mutter Gottes, ich habe meinen Therapeuten sexuell belästigt! Und ich bin so schockiert über mich selbst, dass ich mich auf der Liege wegrolle.

Ich muss hier weg.

Sofort.

Aber die Liege ist zu schmal. Plötzlich ist da nichts mehr unter mir. Ich merke noch, wie David versucht, mich am Bein festzuhalten, dann falle ich von der schmalen Pritsche runter und knalle hart auf dem Fußboden auf. Autsch. Mein Ellbogen, meine Hüfte, mein Knie. Alles pocht wie verrückt, alles steht in Flammen. Aber am meisten brennt mein Gesicht.

Mit einem Satz ist David da und kniet neben mir. «Scheiße, Abbi. Hast du dir weh getan?»

Natürlich habe ich mir weh getan. «Nein. Nein!» Ich kann ihm nicht mal in die Augen sehen. Scham überflutet mich in einer heißen Welle, erstickt mich. Keuchend will ich mich von ihm wegbewegen, aber meine Handgelenke stechen wie verrückt, weil ich mich im Sturz damit abgefangen habe. Ich starre auf den Fußboden. «Bitte geh weg, David.»

«Hey.» Seine Stimme ist beruhigend, und er berührt mich sanft am Arm. «Ich helfe dir. Komm schon, Abbi. Lass mich dir hochhelfen.»

«Nein. Oh Gott. Bitte lass mich allein.» Ich schiebe seine Hände weg und drehe das Gesicht zur Seite.

«Verdammt, ich will nur sehen, ob alles in Ordnung ist, dann gehe ich, versprochen.»

«Geh *jetzt!*», fauche ich. Mein Puls rast, und meine Hände zittern, ich lege das Gesicht hinein, um ihn nicht ansehen zu müssen. David berührt immer noch meine Schulter, und ich spüre, wie unentschlossen er ist. «Sicher, dass du keine Hilfe brauchst?»

«Verschwinde! Geh!»

Seine Hand zieht sich zurück, und was bleibt, ist eine kalte Stelle. Die einzige Stelle meines Körpers, die nicht vor Reue brennt.

«Okay. Dann ... Ich warte draußen auf dich.»

Ich hoffe, das meint er nicht ernst. Ich hoffe, er fährt nach Hause. Ich hoffe, das alles ist nur ein Albtraum. Oh Gott, ich habe ihn angefasst, obwohl er das nicht wollte. Das Ganze ist so entsetzlich, dass ich nicht weiß, wie ich ihm jemals wieder unter die Augen treten soll.

Als ich höre, wie er leise und vorsichtig die Zimmertür schließt, breche ich in Tränen aus. Ich habe alles kaputtgemacht. Alles.

21. KAPITEL

# DAVID

Scheiße.

Sie muss sich weh getan haben bei diesem Sturz. Diese verdammte Liege! Ich habe nicht aufgepasst, war so verdattert, dass ich zu spät reagiert habe.

Ich glaube, Abbi ist völlig verwirrt. Und ich bin es irgendwie auch. Keine Ahnung, was das gerade war, aber diese Entwicklung kommt mir auf einmal so logisch vor, dass ich wie ein Schwachkopf auflachen könnte. Ich weiß, dass das keinen Sinn ergibt. Wie kann etwas gleichzeitig logisch und unvernünftig sein? Etwas Vergleichbares ist mir noch nie passiert, und ich habe keinen blassen Schimmer, wie ich damit umgehen soll. Es gibt Patienten, die reflexartig nach einem greifen, ja. Es kommt sogar vor, dass es jemand mit Absicht tut, um mich anzumachen. Mir ist es auch schon passiert, dass ein Patient mich direkt gefragt hat, ob er bei der Massage ein Happy End bekommen kann, aber das traut er sich nach meinem Vortrag vermutlich nie wieder. Eine medizinische Behandlung hat nichts, aber auch gar nichts damit zu tun, was irgendjemand sich in seiner dreckigen Phantasie ausmalt.

Nur dass Abbi in keine dieser Kategorien passt. Ich glaube, sie hat nicht mal darüber nachgedacht, was sie gerade tut. Sie hat nicht gedacht, sondern nur gefühlt, und das reißt mich von den Füßen. Weil ich nicht wollte, dass sie aufhört. Fuck, ich wollte, dass sie mich anfasst, am liebsten ohne die Scheißklamotten zwischen uns. Für einen Moment hat mein Gehirn ausgesetzt, und ich hätte in Abbi fallen können wie in einen Abgrund. Hätte mich in ihr verlieren können. Als sie sich an mich gedrängt, mich festgehalten hat, habe ich nachgegeben, habe es genossen, sie an mir zu spüren. Und als ich realisiert habe, was da gerade eigentlich passiert, ist es irgendwie auch zu ihr durchgedrungen.

Ich gehe in die Knie, fahre mir durchs Haar und stoße ein lautes Fuck aus, bevor ich einfach loslaufe. Nach draußen, auf die Terrasse, die Stufen runter über das kurzgeschorene Gras. Mein Kopf ist so voll, dass die Gedanken einfach aus mir rausbrechen. Lauter wirres Zeug. Ich halte mich nicht an den Weg, sondern jogge quer über die Wiese. Dann im Slalom um die alten Eichen, die hier überall stehen, vorbei an dem kleinen Pavillon, von dem die weiße Farbe abblättert und der von Pflanzen halb überwuchert ist. An den dichten Büschen vorbei, treffe ich wieder auf den sich schlängelnden Kiesweg und lande am Ende des Grundstücks, wo die haushohe Hecke den Pool abschirmt. Als ich die schmiedeeiserne Tür aufstoße, geht mein Atem keuchend. Einer der herabhängenden Rosenzweige kratzt mir mitten durchs Gesicht, als ich hindurchgehe. Verdammt.

Nach Luft ringend, halte ich vor dem alten Becken an. Das Wasser steht vollkommen still. Die letzten Sonnenstrahlen erhellen nur einen kleinen Teil des Beckens, alles andere liegt im Schatten. Es riecht nach Rosen, nach dem säuerlichen Aroma der Heckenpflanzen und ganz leicht nach Chlor. Die Frauengestalt in der Mitte des Wassers breitet ihre Arme aus. Sie steht seit einer Ewigkeit hier und wird auch noch Ewigkeiten hier stehen, und ich starre auf ihre fleckigen, alten Hände mit den moosbewachsenen Fingern. Ich denke an Abbis Hände. Und daran, wie sie die Augen geschlossen und den Mund leicht geöffnet hatte, als sie mich eben gestreichelt hat.

Verdammt.

Ich streife mir das Shirt über den Kopf und werfe es mit meinen Shorts zusammen auf die Steinbank. Eine Sekunde später springe ich ins Becken und tauche unter, schwimme unter Wasser weiter. Zwei Runden schaffe ich um die Frauenstatue herum, bevor ich prustend an die Oberfläche komme, weil mir der Atem für mehr fehlt. Und dann fluche ich, weil das verdammte Wasser längst nicht kalt genug ist. Längst nicht so kalt, wie ich es in Erinnerung habe, und längst nicht so kalt, wie ich es bräuchte, um von diesem Trip runterzukommen. Unter meinem linken Auge, wo der Rosenzweig mich gestreift hat, brennt das Chlorwasser, und als ich mit den Fingern darüberfahre, ist da Blut. Nur sorgt das leider auch nicht dafür, dass ich endlich einen klaren Kopf kriege.

Vielleicht sollte ich lieber nach Hause fahren. Abbi ist wahrscheinlich froh, wenn sie mich heute nicht mehr sehen muss. Aber ich kann nicht einfach so weg. Das geht erst, wenn ich weiß, dass sie wirklich allein zurechtkommt und sich nicht ernsthaft weh getan hat. Ich hätte sie nicht allein lassen sollen. Andererseits – sie hat mich mehr oder weniger rausgeworfen.

Ach verdammt.

Mit schnellen Zügen gleite ich durch den Pool bis zu den Stufen und steige aus dem Wasser. Als ich die Eisentür quietschen höre, blicke ich auf. Abbi steht, auf ihre Krücken gestützt, im Tor und sieht völlig verloren aus. Ihre Augen sind gerötet, und sie hat sich nur ihren Morgenmantel übergezogen. Ich erstarre, während das Wasser an mir hinabrinnt.

«Ist alles okay mit dir?», frage ich nach einem Moment.

«Ich glaube ja. Aber eigentlich nein, weil ...» Sie starrt auf ihre nackten Füße und holt tief Luft. «David, das tut mir so leid. So was ist mir noch nie passiert, und ich fühle mich einfach nur schrecklich.»

«Hast du Schmerzen? Verdammt, du bist genau auf die Seite geknallt.»

Ihre Arme in den Krücken fangen an zu zittern. «Das ist doch jetzt egal.» Endlich sieht sie mich an. «Können wir bitte darüber reden?» Sie nickt zu der Steinbank, auf die ich meine Klamotten geworfen habe. «Ich verspreche auch, dass ich dich nicht anfallen werde, wenn du dich neben mich setzt.»

«Das ist doch scheiße, Abbi. Hör auf damit.» Verdammt. Für einen Moment hatte ich komplett vergessen, wer sie ist. Wer ich bin.

Sie humpelt zur Bank und lässt die Krücken davor fallen. Ganz automatisch nimmt sie meine Sachen und faltet sie ordentlich zusammen. Als ihr das bewusst wird, legt sie sie schnell beiseite. Ich setze mich neben sie und stütze mich mit den Händen auf der Bank ab. Das Wasser tropft immer noch von mir herab, verdunkelt den Stein unter mir, und ich starre die Stelle an, als könnte ich dort die Antwort darauf finden, was ich jetzt sagen soll.

Sie will reden, großartig. Denn ich will in diesem Moment nichts weniger, als über das reden, was da eben passiert ist. Weil ich nicht weiß, wie ich darüber denke. Okay, das ist nicht ganz richtig. Ich weiß, wie ich darüber denken *sollte*. Nur dass das kein bisschen widerspiegelt, wie es in mir aussieht. Es gibt keine Worte dafür.

Aber Abbi sieht das offenbar anders. Sie verkrampft die Hände in ihrem Schoß. «Es fällt mir wirklich schwer, über meine Gefühle zu sprechen.»

«Wir müssen nicht darüber reden. Wir können es einfach vergessen.» Scheiße, sie macht mir echt Angst. Wenn sie über ihre Gefühle redet, muss ich das auch, und das geht so was von gar nicht! Ich kann ihr nicht sagen, dass ich eben am liebsten den Arm um sie geschlungen und sie noch fester an mich gezogen hätte. Weil sie Haydens Tochter ist.

Jetzt lacht sie hilflos auf. «Ich kann nicht so tun, als wäre nichts gewesen. Ich muss mich bei dir entschuldigen. Ernsthaft entschuldigen. Weil ich dir sonst nie wieder in die Augen sehen kann. Ich habe dich eben überrumpelt, und das war nicht in Ordnung. Die Sache ist nur die, dass ... Es hat mich auch überrumpelt.» Jetzt guckt sie mich an und sieht dabei ziemlich verzweifelt aus. «Ich habe nicht nachgedacht. Nicht eine Sekunde habe ich darüber nachgedacht, was ich dir da antue, und ich weiß nicht, wie ich dir das erklären soll.» Sie holt tief Luft, atmet aus und wieder ein, und ich würde ihr am liebsten eine Hand auf den Mund legen, damit sie nicht weiterredet.

«Du hast mir gar nichts angetan. Lass uns einfach ...»

«Ich kann verstehen, wenn du jetzt nicht mehr mein Therapeut sein willst», bricht es aus ihr heraus. «Ich sorge dafür, dass du dein Geld trotzdem bekommst, ich werde das meinem Vater irgendwie erklären. Ich weiß nur noch nicht wie. Aber es ist mein Fehler, das werde ich ihm klarmachen. Gerade nach dem, was mit Dr. Muller passiert ist ... David, ich ... ich habe eine Grenze überschritten, weil ... ich dich sehr mag. Und ganz offensichtlich nicht nur als einen Therapeuten. Oder Freund.» Sie blinzelt nach oben in den Himmel. Dann fährt sie sich mit beiden Händen über das Gesicht. «Oh Gott, das ist mir so peinlich. Aber es nützt auch nichts, wenn ich dich und mich selbst belüge, oder? Ich mag dich wirklich sehr, und ich vertraue dir. Und dadurch, dass wir so viel Zeit zusammen verbracht haben ... Du bist einfach ... Du bist mir sehr nahegekommen. Mir ist völlig klar, dass das aus deiner Sicht nur therapeutisch gewesen ist.» Sie deutet auf die Krücken zu ihren Füßen. «Du bist absolut professionell gewesen. Immer. Nur ich ... Ich bin es nicht, okay? Ich bin nicht professionell. Ich komme mir so dumm vor, weil ich ... Ich meine, schau dich an. Und dann schau mich an.»

Ich habe keine Ahnung, worauf sie hinauswill. Meint sie ihre

Krücken? Dass sie noch gehandicapt ist? Denkt sie, das würde mich aus welchem Grund auch immer abschrecken? Oh Gott, ich wünschte, das wäre das einzige Problem zwischen uns.

«Es ist nicht so, dass ich irgendetwas in dein Verhalten hineininterpretiert hätte. Ich habe mir nichts eingebildet, nur vielleicht etwas ... gewünscht. So sehr, dass ich kurz die Realität aus den Augen verloren habe. Mir ist völlig klar, dass ich gerade einen großen Fehler gemacht habe. Und wenn man Fehler macht, muss man dafür geradestehen, richtig? Es tut mir leid, dass ich dich auf diese Art angefasst habe. Damit habe ich dich nicht nur in Verlegenheit gebracht, sondern es war auch respektlos. Und ich respektiere dich. Ich respektiere dich sogar sehr. Ich schäme mich unendlich dafür, dass ich mich dir aufgedrängt habe. Das war einfach nur völlig daneben, und die einzige Entschuldigung, die ich dafür habe, ist ...»

Sie sucht nach Worten, und dabei kann ich ihr nicht helfen. Ich habe selbst keine Scheißahnung, was ich dazu sagen soll. Außer das, was mir völlig unprofessionell durch den Kopf schießt.

«... nein, ich habe keine Entschuldigung. Es gibt keine, David. Du hast nichts getan, um das zu provozieren.»

Wahrscheinlich hat meine Zunge nicht mal mehr eine Vorstellung davon, welche Sprache sie spricht, und jetzt poltert auch noch etwas völlig Bescheuertes aus mir heraus. «Lass uns einfach schwimmen gehen, Abbi.»

«W-was?» Sie blinzelt.

«Schwimmen.» Ich räuspere mich. «Ich glaube, wir können beide eine Abkühlung gebrauchen. Hey, ich bin grad mehr ins Schwitzen gekommen als bei jedem Calisthenics-Workout.»

Super, David. Ganz großes Kino, einen blöden Witz zu reißen, nachdem sie gerade einen Seelenstriptease hingelegt hat. Ich könnte mir mal wieder selbst in den Arsch treten. Aber ich kann nicht weiterreden. Ich kann einfach nicht mehr. Dass sie so ehrlich zu mir ist, macht alles nur noch schlimmer. Denn ich lüge sie andauernd an. Seit dem ersten Moment, in dem wir uns begegnet sind, habe ich ihr verheimlicht, was ich über ihren Vater weiß.

«Du willst schwimmen.» Sie formuliert es nicht als Frage, aber als sie danach auflacht, klingt sie verwirrt. «Ich habe keinen Badeanzug an.»

«Aber du trägst doch sicher Unterwäsche.» Mir fällt auf, dass sie dasselbe zu mir gesagt hat und dass ich ziemlich dämlich darauf rumgeritten bin, dass der Therapeut nicht mit ins Wasser geht. Aber ich will jetzt mit ihr in das verdammte Wasser. Weil ...

Weil ich ein Mistkerl bin, der nach jedem Strohhalm greift? Ich habe keine Ahnung, was ich hier tue. Nur eins weiß ich ohne jeden Zweifel: Wenn es nur sie und mich gäbe ohne ihre Familie, ohne Jane, dann hätte ich sie vorhin nie im Leben unterbrochen. Wenn ich alles verdränge und wegschiebe und vergesse, wenn ich nur darauf höre, was ich will, dann ist das Abbi. Ich will ihr verdammt noch mal nah sein. So sehr, wie ich das bei unserer ersten Begegnung verhindern wollte, so sehr will ich es jetzt. Und als mir das klar wird, scheint mein Herz doppelt so viel Blut durch meinen Körper zu pumpen wie sonst. Ich warte Abbis Reaktion nicht ab, gehe zum Becken und wate über die Treppe in den Pool. Ein paar Schritte, dann drehe ich mich um und nicke ihr zu. «Komm rein. Das Wasser ist gar nicht mehr so kalt.»

«Aber ...» Nur das eine Wort, mehr sagt sie nicht.

«Du solltest dein Training nicht vernachlässigen.»

Bin ich eigentlich komplett bescheuert? Ich fange jetzt mit dem Scheißtraining an, nur weil ich ihr nicht sagen kann, wie es in mir aussieht?

Abbi steht auf und humpelt zum Beckenrand. Für einen Moment scheint sie unschlüssig zu sein, sie saugt die Unterlippe zwischen die Zähne und runzelt die Stirn. Ein Moment, in dem mir das Herz gegen die Rippen hämmert. Wenn sie einen Rückzieher macht, dann komme ich vielleicht wieder zur Vernunft. Das ist meine letzte Chance. Aber dann zieht Abbi den Gürtel auf und lässt den Morgenmantel über ihre Schultern gleiten. Ihr langgezogener Schatten fällt auf dem Wasser bis zu mir. Mein Blick folgt diesem Schatten zurück zu ihr. Ich schlucke, denn … verdammt, diese hellrosa Unterwäsche wird sich im Wasser wahrscheinlich gleich zu nichts auflösen.

«Bist du sicher?», fragt sie. Und ich ahne, was sie damit meint. Nicht das Schwimmen, sondern den professionellen Abstand, den wir einhalten sollten. Sie will mich nicht bedrängen.

Also bin ich mir sicher? Dass ich sie jetzt bei mir im Wasser haben will? Ja! Dass es ein Fehler ist? Scheiße, ja! Dass ich es trotzdem will? «Absolut», sage ich.

In meinen Augen ist Abbi die mutigste Frau der Welt. Sie ist hundertmal mutiger als ich. Wenn ich auch nur den Bruchteil ihrer Courage besäße, würde ich ihr jetzt alles sagen. Warum ich diesen Job angenommen habe, was zwischen ihrem Dad und meiner Mom vorgefallen ist. Wer Jane wirklich ist. Aber ich will sie nicht verletzen. Und auch nicht Jane. Dass Abbi so mutig ist und jeden Konflikt offen anspricht, hat einen Grund, und genau dieser Grund ist das Problem. Ich schätze, es liegt daran, dass ihr Vater ihr immer Rückhalt gegeben hat. Er hat ihr beigebracht, so mutig zu sein. Er ist so was wie ihr verfickter Fels in der Brandung. Und wenn ich ihr alles sage, was ich weiß, bin ich schuld, dass dieser Fels unter ihr wegbricht. Dann wird sie den gleichen Scheißschmerz kennenlernen, den ich seit Jahren mit mir rumtrage.

Diesmal springt Abbi nicht kopfüber ins Wasser. Sie kommt überhaupt nicht ins Wasser, sondern setzt sich vorsichtig auf den Beckenrand, die Beine bis zu den Waden im Nass. «Es ist wirklich nicht mehr so kalt.»

«Die letzten Tage haben das Wasser aufgeheizt, würde ich meinen.» Rede ruhig weiter über so einen unwichtigen Scheiß, David, kein Ding. Wenn es hilft.

Abbi nickt, dann stützt sie sich auf die Arme ab und lässt sich nun doch langsam in den Pool gleiten. Für einen Moment hält sie die Luft an, dann entspannt sie sich.

«Dreh dich um.» Ich zeichne mit dem Zeigefinger einen Kreis in die Luft.

«Warum?»

Weil dein verdammter BH jetzt in etwa so blickdicht ist wie Glas, wäre die eine Wahrheit. Die andere wäre: Damit ich dir auch etwas sagen kann und dir dabei nicht ins Gesicht sehen muss. Weil ich wahrscheinlich gerade das größte Arschloch aller Zeiten bin.

Scheiße, was mache ich hier?

Ich schüttele diese Gedanken schnell ab. «Damit du dich am Beckenrand festhalten kannst.»

Natürlich macht sie es. Klar. Ich bin ihr Therapeut und gebe die Anweisungen. Das wiegt uns beide in Sicherheit, denn so ist es bisher immer zwischen uns gewesen. Bis auf eben, als sie einfach das gemacht hat, was sie wollte. Und wie schnell hat mich das aus der Bahn geworfen? Nach einer Hundertstelsekunde?

Sie hält sich fest, und ich komme näher. Ich räuspere mich und sage mit meiner neutralsten Therapeutenstimme: «Jetzt zeichnest du mit dem Fuß eine Acht auf den Boden.»

Sie streckt das Bein aus und macht genau, was ich ihr gesagt habe. Das Wasser bewegt sich, schwappt um ihren Rücken, und ihre Hüfte bewegt sich mit, nicht optimal. «Ich werde dich jetzt festhalten, um deine Hüfte zu stabilisieren, okay?»

«Ja.»

Ich trete noch dichter an sie ran, umfasse mit beiden Händen rechts und links ihre Hüfte, schlucke alles runter, was sich gerade in meinem Mund ansammelt, und sage: «Mach es jetzt noch mal.»

Sie wiederholt die Bewegung, während ich sie festhalte. Meine Finger liegen auf ihrem Beckenkamm, und mir fällt nicht mal mehr der lateinische Name dafür ein.

Alles weg. Ausgelöscht.

Mehrmals zeichnet sie die Acht nach, und genauso unendlich wie diese Linie verläuft, so unendlich ist das Ziehen in meinem Brustkorb. Und in meiner verdammten Hose.

Abbi wechselt die Seite. «Und jetzt?», fragt sie, als sie nach einigen Wiederholungen auch damit fertig ist.

Und jetzt begehe ich den größten Fehler meines Lebens. Weil ich eine Entscheidung getroffen habe, die ganz sicher total egoistisch ist. Weil die Zeit mit Abbi Himmel und Hölle zugleich ist, und ich das nicht mehr aushalte. Nicht eine Sekunde länger.

Ich schlucke. «Jetzt bin ich dran.»

Sie will sich umdrehen, aber das lasse ich nicht zu. Ich schlinge einen Arm um ihren Bauch, und Abbi stößt einen überraschten Laut aus. Ich ziehe sie an mich. So wie ich es eben im Behandlungsraum am liebsten gemacht hätte. So wie ich es seit langem machen will und in Gedanken schon tausendmal gemacht habe. Mir stockt der Atem, weil da nichts mehr zwischen uns ist als der hauchdünne Stoff ihrer Unterwäsche und meiner nassen Boxershorts. Über Abbis Rücken läuft ein Schauer. Ich kann zusehen, wie sich die kleinen blonden Härchen in ihrem Nacken aufstellen. Ihre Schulterblätter drücken gegen meinen Brustkorb, und ihre feuchte Haut an meiner jagt meinen Puls in die Höhe. Mit der linken Hand greife ich nach ihrem Pferdeschwanz und ziehe ganz langsam das Haarband heraus.

«Was machst du da?»

«Ich weiß es nicht.» Ich weiß gar nichts mehr, und ich sollte schnellstmöglich wieder anfangen zu denken. Daran, dass sie meine Patientin ist. Und nicht daran, wie gut sie sich anfühlt. Oder wie es wäre, meine Hand über ihren Körper gleiten zu lassen. Sie festzuhalten, sie auszuziehen und dann tief und langsam zu lieben. So tief, dass das Einzige, was sie noch über die Lippen bringt, mein Name ist.

22. KAPITEL

# DAVID

Ich bin nicht mehr Abbis Therapeut. Denn wenn ich das wäre, würde ich jetzt aus dem Pool klettern und nicht meine Hand, die gerade noch ihr Haar berührt hat, auf ihren Hals legen.

«David, bist du ...»

Meine Finger fahren ihr über den Mund. Nur ganz leicht, aber sie hört sofort auf zu reden. Mit dem Daumen streife ich ihre Unterlippe. Ich beuge mich hinunter, bis zu der Stelle hinter ihrem Ohr, die so zart ist. Ich muss es ihr jetzt sagen, weil ich sonst berste. Weil ich es nicht länger aushalte, dass sie sich Vorwürfe macht, wenn es überhaupt keinen Grund dafür gibt. Der einzige Mensch, der sich Vorwürfe machen sollte, bin ich.

«Du bist mir auch nahegekommen, Abbi», flüstere ich. Sie ist so angespannt, dass sie beinahe vibriert, ich spüre es mit jeder Faser. «Die Wahrheit ist, ich fühle dasselbe. Ich fühle genau dasselbe wie du.» Meine Kehle ist so trocken, dass ich kaum schlucken kann. Meine Stimme klingt rau, gepresst, als täte es weh, das auszusprechen. Dabei ist es fast so was wie ein Wunder. Dasselbe zu fühlen wie jemand anderes, ist ein verdammtes Wunder. «Ich mag dich, Abbi. Ich mag alles an dir. Und wenn ich nicht gewollt hätte, dass du mich anfasst, dann hätte ich das in der ersten Sekunde beendet. Aber das habe ich nicht. Weil ich es auch wollte. Und ich will es jetzt immer noch, auch wenn es ganz sicher falsch ist.» Ich will es, weil sie mich dazu bringt, alles andere, alles Schlechte zu vergessen. Weil ich mich endlich nicht mehr gefangen fühle, wenn sie mich berührt. Weil sie so viel mehr berührt als nur meine Haut.

Als Abbi bebend ausatmet, merke ich erst, dass sie die ganze Zeit die Luft angehalten hat. Sie gibt einen seltsamen Laut von sich. Eine Mischung aus Überraschung und Unglauben. Aber weil sich das nicht ablehnend anhört, streiche ich mit der freien Hand über ihren Arm. «Darf ich dich küssen?» Ich habe nicht mal selbst gewusst, dass ich sie das fragen würde, und in meinem Brustkorb hämmert mein Herz jetzt so heftig los, dass sie das an ihrem Rücken spüren muss.

«Ja.»

Die Antwort kommt so schnell, dass das Hämmern einmal aussetzt. Bevor sie sich umdrehen kann, wird mein Griff um ihren Bauch fester. Ich senke den Kopf, berühre mit dem Mund ihre Schulter, nehme mit den Lippen einzelne Wassertropfen auf, fahre über ihren Nacken hoch bis zu ihrem Ohr. Langsam und ganz leicht gleiten meine Lippen über die Stelle, an der das feuchte Haar auf ihrer Haut klebt. «Ich mag es, wie du riechst, Abbi.»

«Ich ... ich mag es auch, wie du riechst, David Rivers.» Sie keucht auf. «Viel zu sehr. Und ich ... ich kann nicht glauben, dass das hier gerade wirklich passiert.» Ihre Stimme wird mit jedem Wort mehr und mehr zu einem Flüstern.

Ich reibe mit meiner Nase über ihre Haut und ihr Haar, und das macht es mir noch schwerer, zu atmen. «Abbi», raune ich. Und für eine ganze Weile sagt keiner von uns etwas. Schließlich lockere ich den Griff um ihren Bauch, und Abbi dreht sich zu mir um. Das Wasser bewegt sich zwischen uns in kleinen Wellen. Sie streckt eine Hand aus. «Du hast dich da verletzt.»

«An den Rosen.» Ich versuche, meine Gedanken zu einem vernünftigen Satz zu ordnen, aber das fällt mir schwer, wenn sie mich so ansieht. Ihre Augen sind dunkel, in ihren Wimpern hängen noch Wassertropfen, und ihr Mund ist leicht geöffnet. «Ich will dich anfassen, überall. Und vor allem ...», ich hole tief Luft, «... dein Gesicht.»

Ich will so sehr ihr Gesicht berühren, dass es schmerzt. Ich berühre nie andere Menschen im Gesicht. Aber ich will ihren Atem an meiner Hand spüren und mit den Daumen über ihre Brauen fahren. Und das mache ich jetzt auch. Sie schließt die Augen, und ich hinterlasse mit meinen nassen Fingern Spuren auf ihrer Stirn und den Augenlidern. Streife über ihre Nasenwurzel nach unten bis über ihre Nasenspitze und lande auf ihrer Oberlippe.

Plötzlich schlingt sie die Arme um meinen Nacken, und dann trifft ihr Mund auf meinen. Heiß von ihrem Atem. Ihre Lippen öffnen sich, und mich durchläuft ein Schauer, als ich ihre Zunge schmecke. Fuck. Ich hatte, glaube ich, noch nie weiche Knie, aber jetzt weiß ich genau, was damit gemeint ist. Wir halten uns aneinander fest. Eigentlich dachte ich auch, ich kenne alle Nerven, aber ihre Zunge stößt sofort Nervenbahnen an, die ich so noch nie gespürt habe. Die Berührung fährt mir tief bis in den Unterleib, und ich hoffe, es fühlt sich für Abbi genauso an.

Meine Zunge spielt mit ihr, umkreist ihre. Ganz sanft stupse ich dann ihre Lippen an, ziehe mich zurück und stoße wieder vor, und am liebsten würde ich nie wieder damit aufhören.

Ich könnte das mit Abbi stundenlang machen. Stundenlang an nichts denken. Stundenlang alles vergessen. Als ich die Arme um ihren Oberkörper lege und sie ein winziges Stück anhebe, gibt Abbi sofort ein Stöhnen von sich. Ihr BH reibt über meinen Brustkorb, und ich kann es kaum erwarten, sie auch dort zu berühren.

Ich wünschte, wir wären nicht im Pool. Weil ich ihre Haut spüren will. So richtig. Und wenn sie feucht ist, dann verdammt noch mal nicht vom Poolwasser. Aber ich kann nicht aufhören, sie zu küssen. Fuck, ich komme einfach nicht von ihr los und verliere jedes Gefühl für Zeit. Abbi streicht mir durchs Haar, hält sich daran fest, zieht daran, als ich auch nur einen Millimeter von ihr abrücken will, und macht die süßesten Geräusche dabei. Irgendwann hebe ich sie ganz hoch, und am liebsten wäre es mir, Abbis Schenkel würden sich wie selbstverständlich um mich schlingen, als hätten wir das schon immer so gemacht. Aber das wäre wahrscheinlich ziemlich unangenehm für sie, deshalb umfasse ich ihren Po, um sie einfach nur festzuhalten. Wie sehr ihr das gefällt, merke ich an ihrem sehnsuchtsvollen Stöhnen. Hölle, jetzt bin ich echt hart.

«Gott, Abbi», murmle ich an ihren Mund. In diesem Moment ist mir scheißegal, was mit ihrem Dad ist oder mit Jane. Jetzt in diesem Augenblick kann ich nicht darüber nachdenken. Ich will es verdammt noch mal nicht. Ich will nur eins: ihren Mund auf meinem. Weil ich das Gefühl habe, nie wieder ohne sie atmen zu können.

Langsam dirigiere ich sie durchs Wasser und kann dabei nicht aufhören, an ihrer Unterlippe zu saugen und wieder und wieder mit meiner Zunge in sie einzudringen. Sie klammert sich an mich, als ich aus dem Wasser steige, und mich ein paar Schritte später von ihr zu lösen, ist ein unmenschlicher Akt. Langsam lasse ich sie vor der Bank auf die Füße runter.

«Dir ist bestimmt kalt.» Meine Stimme klingt total eingerostet. «Ich ... ich hole Handtücher, okay?»

Sie gibt ein «Nein» von sich und schüttelt den Kopf, als ich versuche, mich von ihr zu lösen. Mir fällt auf, dass es schon dämmert. Gott, wie lange haben wir im Wasser gestanden und uns geküsst? Es kam mir nur wie Minuten vor, aber die Sonne ist in dieser Zeit hinter dem Horizont versunken. Überall auf dem Grundstück schaltet sich die Beleuchtung an.

Abbi lässt mich erst los, als ich vorschlage, dass wir uns anziehen. Ich wende ihr den Rücken zu, um die nassen Shorts gegen meine kurze Hose zu tauschen und das T-Shirt überzuziehen, und als ich mich wieder zu ihr umdrehe, hat sie ihren Morgenmantel angezogen. Mein Blick registriert sofort, dass auf der Steinbank ihre nasse Unterwäsche liegt. Mein Atem stockt. Zu wissen, dass sie unter diesem dünnen Seidending nichts anhat, lässt das Blut in mir pulsieren.

Unsere Blicke begegnen sich. Sie hat mich die ganze Zeit beobachtet, und das ist … verdammt heiß.

Ich schlucke, dann lasse ich mich ins Gras fallen. Und als sie sich, auf ihren linken Arm gestützt, neben mich setzt und ihre Hand mein Bein berührt, weiß ich, dass ich jetzt nicht mehr aufhören kann. Ich kann nicht. Nicht, wenn sie es genauso sehr will wie ich.

Ich hebe eine Hand und halte vor ihrem Gesicht inne. Sie zuckt nicht zurück, trotzdem frage ich lieber nach. «Darf ich?»

Als sie nickt, streifen meine Finger ihre Wange, ihren Hals und fahren dann den Kragen des Seidenstoffs entlang bis zu dem Punkt, wo die beiden Seiten sich über ihren Brüsten zu einem V schließen. Ich beuge mich runter zu Abbis Hals. «Und hier? Darf ich dich hier küssen?»

«Ja.» Das Wort ist nur ein Hauch.

Ich lasse meine Zungenspitze langsam an ihrem Hals hinunterwandern, stupse mit der Zunge in die kleine Kuhle unter ihrer Kehle, fahre mit den Lippen eine feuchte Spur bis zum Kragen ihres Morgenmantels und ziehe mit den Zähnen den Stoff ein Stück beiseite, um ihr Schlüsselbein zu erreichen.

«David», seufzt sie. Ihre Hände legen sich um meinen Nacken. Der Morgenmantel fällt ein kleines Stück auseinander, und … heilige Scheiße. Ich hatte keine Ahnung, dass ein Morgenmantel so sexy sein kann. Es macht mich total an. Das Verhüllende. Das, was mich Dinge nur ahnen lässt. Der zarte Stoff auf Abbis noch feuchtem Körper. Die Brustspitze, die sich darunter abzeichnet und mich reizt, sie zu umkreisen, und die Wölbung ihrer Brust, die sichtbar wird, als ich die Seide noch einige Zentimeter weiter zur Seite ziehe. «Darf ich ...»

«Ja, David. Ja.» Sie klingt fast ungeduldig, weshalb sich meine Mundwinkel unwillkürlich nach oben ziehen. Ich will mir Zeit lassen. Will das in meinem Tempo machen. Und der Gedanke, dass Abbi dadurch ungeduldig vor Erregung wird, gefällt mir. Er gefällt mir sehr. Ich streiche mit der Nase an der Rundung ihrer Brust entlang, dann nehme ich ihre Brustwarze durch den Stoff in den Mund. Meine Zungenspitze berührt sie, und ich lasse sie ganz sanft meine Zähne spüren. Als Abbi leise stöhnt, vibriert das in meinem Mund. Es klingt nicht hell, sondern unendlich dunkel, und ich sauge die harte Spitze zwischen die Lippen ein. Mehr. Ich will mehr. Mit meinem Gesicht schiebe ich den Stoff beiseite und senke meinen Mund heiß auf ihre Haut.

«Oh Gott.» Abbis Griff in meinem Nacken wird für einen Moment fester, dann krallt sich ihre Hand in mein Haar.

«Ich weiß, dass du gerne vorgewarnt wirst», wispere ich. «Ist es okay, wenn ich dir einfach Zeit lasse? Ich meine Zeit, nein zu sagen. Oder stopp. Oder ‹Nimm deine Dreckspfoten von mir, David Rivers!›.»

«Ja, Mr. Rivers», haucht sie.

Oh fuck. Ihre Antwort schießt mir direkt in den Schwanz. «Du musst nicht mal was sagen. Wenn du eine Hand hebst, reicht das auch. Oder zurückweichst. Oder ... Es ist egal. Ich werde es merken und aufhören. Das verspreche ich dir.»

Sie erschauert. «Was hast du vor?»

«Alles.»

Ich kann an meiner Wange spüren, wie sie schluckt.

«Sorry, das klang fast wie eine Drohung, oder? Ich meine eigentlich nur alles, was ich mit meinen Händen machen kann, Abbi. Ich will dich anfassen, wenn das okay ist.»

Sie nickt.

«Überall.»

Sie nickt wieder.

«Ich will dich mit meinen Fingern zum Kommen bringen.» Oh fuck, ich will das so unbedingt, wenn sie jetzt nein sagt, habe ich ein Problem. Ich will, dass sie für mich stöhnt und sich komplett fallen lässt und alles andere vergisst. Genau wie ich. Aber Abbi stöhnt jetzt schon auf. «War das ein Ja?» Ich lehne mich zurück, um ihr ins Gesicht sehen zu können.

Ihre Augen sind weit geöffnet, sie sieht ziemlich entschlossen aus. «Ja, David. Immer nur ja.» Sie lächelt.

Mein Brustkorb zieht sich zusammen, weil ich ihre Stimme liebe. Jedes Geräusch, das aus ihrem Mund kommt, schlägt etwas in mir an. Im Augenblick meinen Herzschlag, der so laut in meinen Ohren wummert, dass ich mir sogar einbilde, etwas in meinem linken Ohr zu hören. Ich kann kaum glauben, dass sie zu allem ja gesagt hat. Das war mit Abstand die beste Reaktion, auf die ich hoffen konnte.

«Aber nur, wenn ich Sie auch überall anfassen darf, Mr. Rivers.»

Okay, Kommando zurück. *Das* ist die beste Reaktion, die ich kriegen kann. *Hölle, ja!*, denke ich, aber laut sage ich: «In Ordnung, Ma'am. Wenn Sie das gerne möchten.»

23. KAPITEL

# ABBI

Ich glaube, ich sterbe, wenn David jetzt aufhört. Noch nie in meinem Leben war ich so aufgeregt wie jetzt. Ich bin mir ziemlich sicher, dass David weiß, was er tut, aber ebenso sicher habe ich keine Ahnung, was ich tun soll. Ob ich sitzen bleiben oder mich zurücklegen soll. Wie ich ihn anfassen soll. Was Männern überhaupt gefällt, was *ihm* gefällt. Ich will seinen Körper kennenlernen und herausfinden, was sich gut für ihn anfühlt.

Bei David ist alles anders. Oh Gott, sobald er mich berührt, wird alles, was vor ihm war, einfach nur weggefegt. Ich vergesse, was passiert ist. Vergesse Ryan, vergesse den Unfall, vergesse sogar, dass ich mich immer noch nicht normal bewegen kann. Weil David genau weiß, was ich kann oder nicht kann, welche Bewegung für mich in Ordnung ist und was ich mit meinem Knie noch nicht tun sollte.

Inzwischen ist es so dunkel, dass die Außenstrahler im Garten die einzige Lichtquelle sind. Sie werfen helle Kegel auf die Hecke, der Pool schimmert dunkelgrün, und Davids Gesicht liegt im Schatten. Ich höre noch vereinzelt Grillen zirpen und ein leises Schwirren, weil zu dieser Abendzeit kleine Fledermäuse auf der Jagd nach Mücken über das Wasser flattern. Aber die Dunkelheit ist warm und sicher, weil David sie sicher macht. Und plötzlich muss ich trotz der Finsternis blinzeln, weil dieses Gefühl so überwältigend ist.

David streift sanft über meine Arme. Und ich bin erleichtert, dass ich diesmal nicht vor ihm verbergen muss, wie unglaublich gut mir das gefällt. Als er meine Finger erreicht, hebt er mein Handgelenk und drückt es an seinen Mund. Das Gefühl seiner Zunge an meinem Puls entlockt mir ein lautes Stöhnen. Jeder Nerv in meinem Körper ist verbunden. Jeder Impuls scheint sich nur noch in einem Punkt zu sammeln und schickt Blitze in meinen Unterleib. Ist das normal? Denn selbst, wenn nur sein Daumen über meinen Ellbogen kreist, schießt mir Hitze bis in den Schoß. Gott, ich hoffe, das ist normal. Aber wenn nicht, dann ... ist es auch egal. Weil es schön ist, weil ich nicht will, dass er jemals damit aufhört, weil mit ihm alles so einfach ist, so klar. Wenn es eine Art gibt, wie es sein sollte, dann so.

Ich schließe die Augen, als Davids Hände sich auf meinen Hals legen, und als er mit den Daumen leicht gegen meinen Kiefer drückt, strecke ich den Kopf nach hinten und keuche auf.

Sein Griff lockert sich. «Nicht gut?», fragt er nach.

«Doch, ja!»

Unendlich langsam streichelt er von dort runter, teilt den Stoff zwischen meinen Brüsten, fasst sie aber nicht an, sondern fährt wieder nach oben, und das macht mich wahnsinnig. Am liebsten würde ich mich hinlegen, aber dann kann ich ihn nicht mehr so gut berühren, und das habe ich mir fest vorgenommen. Weil er mich so sanft streichelt, meine Brüste aber nicht berührt, schließe ich meine Hände zu Fäusten und stemme sie ins Gras. Er macht das mehrmals, bis ich frustriert aufstöhne, dann endlich schiebt er seine Hände unter den Stoff und knetet meine Brüste. Erst sanft, dann fester, dann wieder zart, bis mich schließlich nur noch seine Fingerspitzen streifen. So leicht, dass ich mir nicht mal sicher bin, ob das real ist. Ich will mehr, viel mehr, aber mein Morgenmantel ist im Weg. Also lege ich mich doch zurück auf die Wiese, taste nach dem Gürtel, will den Knoten lösen, um ihn loszuwerden, aber David hindert mich daran. «Nicht», sagt er. Und dann: «Nicht so schnell.»

Das findet er schnell? Oh Gott, ich weiß nicht, wie ich das aushalten soll. «Kannst du ... dein T-Shirt ausziehen? Kannst du bitte irgendwas von dir ausziehen?»

Ich liebe es, wie er lächelt, wie seine Augen jetzt lächeln. Er zieht sich das Shirt über den Kopf, und ich stoße ruckartig den Atem aus. Er hat gesagt, dass er mich mag, dass er alles an mir mag, aber das ist nicht dasselbe, was ich empfinde. Ich liebe alles an ihm. «Du bist so schön.» Oh Gott, ich liebe es auch, wie er den Kopf schräg legt, um mich mit dem rechten Ohr besser zu hören, wenn ich so wie jetzt flüstere. «Du bist so wunderschön, David.» Ich muss schlucken, weil das hier nicht echt sein kann. Plötzlich schnürt mir die Angst davor die Luft ab, dass das nur ein Traum ist und ich morgen mit Schmerzen in meinem Brustkorb aufwache.

David stützt sich mit den Händen neben meinem Kopf ab und beugt sich tief zu mir runter. Aber das ist nicht genug, ich will ihn zwischen meinen Beinen spüren, deshalb winde ich mich unter ihn und bugsiere ein Bein unter ihm durch. «Abbi», keucht er. «Mach langsam, okay?» Doch für eine Sekunde kann ich seine Erektion durch den Stoff an meiner Mitte spüren, und das setzt alles in mir in Flammen. Mit den Händen will ich seinen Po an mich ziehen, aber David schüttelt den Kopf.

Immer noch zu schnell? Heilige Mutter Gottes, ich werde heute wahrscheinlich noch vor Sehnsucht sterben.

David beugt sich tiefer zu mir, aber er berührt mich nicht mit seinem Körper, verharrt über mir, und das bringt mich um den Verstand. Seine Zunge hinterlässt eine feuchte Spur auf meinem Brustbein. Ganz automatisch greife ich in sein Haar, streichle seinen Hals, seine Schultern, gleite hinunter zu seinen Shorts. Aber David nimmt erst meine rechte, dann meine linke Hand und hält sie neben meinem Kopf am Boden fest. Als seine Lippen wieder über mein Brustbein wandern, hebe ich mich ihm entgegen, weil ich will, dass er wieder meine Brustspitze in den Mund nimmt, und dabei fällt mein Morgenmantel weiter auseinander. David gibt ein so sehnsüchtiges Stöhnen von sich, dass mir die Tränen in die Augen schießen. Weil ich ihn endlich auch anfassen will, er mich aber nicht lässt.

Ich weiß nicht, wie viel Zeit vergangen ist, als er endlich meine Hände loslässt, sich dann aber nach hinten auf die Fersen setzt. Langsam zieht er den Stoff über meinen Brüsten wieder zusammen.

«Willst du aufhören?», frage ich ihn und kann nicht verhindern, dass ich mich enttäuscht anhöre. Ich räuspere mich. «Es ist natürlich okay, wenn du das willst.»

Im ersten Moment bin ich mir sicher, dass er nicken will, aber dann schluckt er und schüttelt langsam den Kopf. «Du?»

«Nein.» Ich beiße mir auf die Lippe.

Mit aufreizender Langsamkeit greift David nach meinem Gürtel. Aber er löst den Knoten nicht, sondern fährt nur mit den Händen darunter und dann über meinen Bauch. Nach unten. Er streichelt mich über dem Stoff zwischen meinen Beinen, und ich gebe ein überraschtes Quietschen von mir.

«Zu viel?»

«Nein. Ich ... ich habe nur nicht damit gerechnet.»

«Ach wirklich?», fragt er überrascht. Sein Haar fällt ihm in die Stirn, und das lässt mein Herz auf die Höhe meiner Kniekehlen rutschen.

«Ich meine, ich habe nicht damit gerechnet, dass sich das so gut anfühlt.»

Seine Miene wird ernst, und er atmet schwer aus. «Verdammt, Abbi.» Er wiederholt die Bewegung, nur dass er mich jetzt nicht mehr zwischen den Beinen berührt. Er gleitet vom Bauch runter über meine Leiste. Und bei jedem Mal geht der Stoff meines Morgenmantels einen Zentimeter weiter auseinander. Jedes Mal prickelt es wie verrückt zwischen meinen Beinen. Und plötzlich werde ich nervös, weil es da etwas gibt, worüber wir nicht gesprochen haben. Und ich habe noch Ryans Bemerkungen über mich im Ohr.

«David, ich ...»

Er hört sofort auf.

«Ich muss dir was sagen. Also ...» Ich presse mir die Handflächen einige Sekunden vors Gesicht. Das ist mir so unangenehm, aber lieber sage ich es ihm vorher, als noch mal eine Reaktion wie bei Ryan zu riskieren. «Ich habe nicht erwartet, dass wir ... also ... Du solltest vielleicht wissen, dass ich ... ich habe mich nicht rasiert oder so.» Großartig, Abbi. Ihm das jetzt in diesem Moment zu sagen, ist wahrscheinlich das beschissenste Timing überhaupt. Selbst wenn es ihn nicht stört, ist die Stimmung jetzt dahin. Ich meine, wie unsexy ist bitte so ein Geständnis? Ich schlucke.

«Okay.» David bläst geräuschvoll den Atem aus. «Ich dachte, jetzt kommt was Schlimmes. Gott sei Dank. Das ist mir völlig egal. Außerdem ist mir das schon aufgefallen, als wir im Pool waren. Deine Unterwäsche war verdammt durchsichtig.»

Ich gebe ein Ächzen von mir.

«Hey.» Er lacht leise. «Denkst du, das würde mir nicht gefallen? Ich habe dir doch gesagt, ich mag alles an dir. Und falls es dich beruhigt, ich habe mich auch nicht rasiert.» Er zuckt mit den Schultern. «Mache ich nie, weil ... das ist echt unangenehm, wenn es nachwächst, findest du nicht?»

Ich nicke, presse mir aber wieder die Hände vor die Augen. Und komme mir dabei völlig bescheuert vor. Wie dämlich ist es bitte, dass man mit jemandem so intim wird, und sich dann nicht traut, über so etwas zu sprechen und sich dabei anzusehen? Ich schlucke meine Scham runter und zwinge mich, die Arme runterzunehmen. Mich stört es bei ihm kein bisschen, wenn er nicht rasiert ist. Weil es zu ihm gehört, weil es natürlich ist, weil ich es, wenn ich ehrlich bin, eigentlich sogar ziemlich sexy finde. Aber ich finde auch alles an David sexy.

David fährt sich verlegen mit einer Hand in den Nacken. «Du bist nicht allein mit solchen Sorgen, Abbi. Glaubst du, Männer machen sich nie Gedanken darüber, wie sie aussehen? Ob sie zu klein sind, zu groß, zu dick, zu dünn? Glaubst du, ich frag mich das nicht? Wenn ich ehrlich bin ... also wo wir gerade bei dem Thema sind ... mein Penis ist auch nicht hundert Prozent gerade wie ein Lineal.»

Oh mein Gott. Ich darf jetzt nicht lachen und presse sofort die Lippen zusammen. Nach einer Sekunde kann ich die Frage, die mir sofort durch den Kopf geschossen ist, aber nicht mehr zurückhalten. «Hast du ein Lineal drangehalten, um das zu testen?»

Er grinst. «Ja, klar, als ich fünfzehn war. Und vor ein paar Jahren musste ich noch mal den Umfang neu messen, um zu wissen, welche Größe ich bei Gummis brauche.»

Ich nicke und hole tief Luft. «Alles an dir ist schön, David. Und anziehend.»

Ich kann sehen, wie er schluckt, dann hält er meine Hände fest, vermutlich damit ich mich nicht wieder dahinter verstecken kann. Er küsst meine Nase, meine Wange, meinen Unterkiefer entlang. Sein Atem ist so warm, so beruhigend und zärtlich auf meiner Haut, dass ich mich sofort wieder entspanne. «Ich will dich so, wie du bist. Ehrlich, ich mag es, wenn Frauen auch wie erwachsene Frauen aussehen. Du bist wunderschön und ...», er schluckt, «begehrenswert. Ich begehre dich, Abbi. Sehr. Merkst du das nicht?»

Ich halte sein Gesicht fest, um ihn auf den Mund zu küssen, und seine Finger fahren in mein Haar, als er den Kuss erwidert.

Oh Gott, er schmeckt so gut. Jede Bewegung seiner Zunge sendet kleine Stromschläge durch mich hindurch. Endlich lässt er sich auf mich sinken und liegt schwer auf mir. Er drückt seine Erektion gegen meinen Schoß und lässt mich spüren, wie sehr er mich will. Und nun vergesse ich auch die allerletzte Sorge, weil ich ihn auch anfassen will. Ich streichle seine Arme, seine Schultern, gleite über seine Brust. Leider komme ich in dieser Position mit dem Mund nicht so weit hinunter, deshalb umspiele ich nur mit dem Daumen seine Brustwarzen und lasse meine Finger dann über seinen Bauch nach unten gleiten. Ich liebe es, wie er sich anfühlt, wie er sich bewegt, wie er riecht. Es macht mich verrückt, dass er immer noch seine Hose trägt. Ich recke mich ihm entgegen, streichle ihn ganz leicht über den Schulterblättern und dann über seine Wirbelsäule nach unten.

Dann schiebe ich meine Finger in seinen Hosenbund und gebe ein Stöhnen von mir, weil er sich so warm und unfassbar gut anfühlt. Davids Muskeln spannen sich an. Am liebsten möchte ich ihn ganz nackt auf mir spüren. Ich halte ihn fest, knete seine Pobacken. Erst nach ein paar Minuten lasse ich davon ab und bewege meine Hand unter dem Stoff nach vorn, über die Hüfte, zu seiner Leiste und ... David hebt seine Hüfte an. Mit pochendem Herzen taste ich mich vor, berühre mit den Fingerspitzen seine Erektion und, als ich Davids bestätigendes Brummen an meinem Hals spüre, traue ich mich, ihn richtig zu umfassen und zu streicheln. Oh Gott, ich wusste nicht, wie weich die Haut an dieser Stelle ist. Weicher als Samt, weicher als alles, was ich bisher angefasst habe. Ich nehme die zweite Hand dazu, fahre sanft auf und ab.

Ich hoffe nur, ich mache das richtig. Meine Daumen kreisen zart über seine Eichel. «Bitte sag mir, was ich machen soll, David. Ich weiß nicht, ob ich ...»

Er presst seine Lippen auf meine, küsst mich dann sehr heiß

und tief. Aber plötzlich hält er inne, zieht sich von mir zurück, und meine Hände rutschen aus seiner Hose heraus. «Später, okay?» Er richtet sich auf. Sein Gesichtsausdruck ist ernst, als er seine Hände auf meinen Bauch legt. Er fährt nach unten und presst sein Gesicht gegen meinen Bauch. Drückt seine Lippen dagegen, und mein Herzschlag stolpert. Sein Kopf wandert tiefer, und dann atmet er heiß gegen meinen Schoß, was mich völlig elektrisiert.

Aber er fasst mich immer noch nicht an, berührt mich dort nicht. Wieder und wieder streichelt er über meine Leiste, und einmal streifen seine Daumen dabei wie unabsichtlich meine Mitte. Nur dass da immer noch zu viel Stoff ist. Oh Gott, ich weiß genau, dass er das absichtlich macht, und das bringt mich um. Ganz bestimmt kann er die Ungeduld in meinem Gesicht sehen, und ich glaube, er genießt das sogar.

Der Druck, der sich in mir aufbaut, ist kaum noch zu ertragen, und als mein Atem immer schneller geht und ich schon überlege, ihn anzuflehen, schieben seine Finger endlich den Stoff auseinander. Seine Daumen streichen über mich, massieren mich. Langsam und mit unterschiedlichem Druck. Ich kann nicht mehr stillhalten und würde seine Hände am liebsten an Ort und Stelle festhalten.

Und dann dringt er mit einem Finger sehr sanft in mich ein. «Oh Gott, David!» Ich spreize die Beine, weil ich einfach nicht anders kann, und David wiederholt die Bewegung. Ebenso behutsam, ebenso zärtlich. Ich schließe die Augen und kralle die Finger in das Gras unter mir, als er beginnt, mich gleichzeitig von außen und innen zu streicheln. Wahrscheinlich werde ich das nicht lange aushalten. Nur dass es David schon wieder zu schnell geht. Er zieht seine Hand erneut zurück, und ich gebe einen frustrierten Laut von mir und schlinge mein linkes Bein um seine Hüfte. Als er mich küsst, keuche ich seinen Namen, und

David dringt mit zwei Fingern in mich ein, dreht seine Hand und, oh Gott, wahrscheinlich kann ich keine Minute standhalten. Es fühlt sich so unfassbar gut an, dass ich nur mühsam einen Schrei zurückhalte.

Er küsst meinen Hals, als ich mich ihm entgegenwölbe. «Abbi, ich glaube, ich verliebe mich gerade in diese kleine raue Stelle», raunt er und krümmt seine Finger in mir. «Genau da.»

Ich stöhne seinen Namen. Meine Hände zerwühlen sein Haar, ich ziehe ihn hoch zu mir und küsse ihn verzweifelt. Jetzt hört David nicht mehr auf, seine Finger in mir zu bewegen, er wird fester, schneller, und sein Handballen drückt dabei gegen mich. Als alles in mir zuckt und mein ganzer Körper bebt, presst er sein Gesicht an meinen Hals.

Er hält mich fest.

So lange, bis das Beben nachlässt.

Hält mich.

Hält mich.

Hält mich.

Irgendwann umfasst er sanft meine Schultern und rollt sich mit mir auf die Seite, zieht mich an sich, während mein Herzschlag sich nur sehr langsam wieder beruhigt. Streicht mein Haar zurück, küsst meine Schläfe und legt die Arme dabei schützend um mich. Minutenlang bleiben wir so liegen.

«Geh nicht weg», sage ich, als ich wieder zu Atem gekommen bin, weil ich Angst habe, dass jetzt alles vorbei ist.

David löst sich trotzdem von mir und steht auf. Er sieht unschlüssig aus, aber als ich mich hastig aufsetze und die Arme nach ihm ausstrecke, lässt er zu, dass ich seine Shorts nach unten ziehe. David steigt aus der Hose und geht vor mir auf die Knie. Er nimmt mich in die Arme, so fest und gleichzeitig so liebevoll, dass ich plötzlich einen Kloß im Hals habe. Ich möchte ihn auch streicheln und ihm zeigen, wie sehr ich ihn begehre. Also lasse ich meine Hand langsam über seinen Bauch nach unten gleiten und umfasse seinen Penis, bewege meine Finger vorsichtig auf und ab.

«Es geht besser, wenn er feucht ist», sagt David und schluckt. Er nimmt meine Hand und führt sie zwischen meine eigenen Beine, und dann wird mir klar, was er von mir will.

Okay. Das ist völlig okay. Aber es kostet mich trotzdem Überwindung, mich selbst vor David anzufassen. Nur dass er gar nicht hinsieht. Er nimmt meinen Kopf in beide Hände und saugt sanft an meiner Unterlippe. Deshalb mache ich es einfach und umschließe dann seine Erektion mit meiner feuchten Hand. Ich bin unsicher, wahrscheinlich zittern meine Finger ein bisschen, als ich daran auf- und abgleite, bis David mich mit einem sanften Knurren stoppt. «Langsamer, Abbi», raunt er.

«Tut mir leid. Ich ... vielleicht zeigst du mir, wie ich es machen soll.»

«Ich glaube nicht, dass ich ... dir irgendwas zeigen muss», keucht er. «Weil ... du das verdammt ... gut machst. Nur bitte nicht ... so schnell, okay? Ich will nicht, dass es so schnell vorbei ist.»

Ich nehme die zweite Hand dazu, und bei jeder Aufwärtsbewegung gleite ich mit den Daumen vorsichtig über seine Eichel. Langsam. Sehr langsam. Aber mit stetem Druck, so wie David es immer bei seiner Massage macht. Ich hoffe, dass er das so gerne mag.

«Ja», sagt er mit einem Stöhnen. «Das ist eher ... meine Geschwindigkeit.»

Ich passe mich an, horche auf seinen Atem an meinem Hals, spüre, wie er sich mir entziehen will, wenn ich zu schnell werde, oder sich mir entgegendrängt, wenn ich zu langsam bin. Ich lasse eine Hand tiefer gleiten und umschließe damit seine Hoden. «Ist das okay so? Ich meine, darf ich dich da anfassen? Fühlt sich das gut für dich an?»

«Hölle, ja.»

Ihm gefällt, was ich mache. Und das löst etwas in mir aus. Als würde sich in mir eine unerwartete und fremde Wärme ausbreiten. Etwas Betörendes, etwas ganz Neues, etwas geradezu Berauschendes. Er schiebt meine Hand noch ein Stück tiefer und drückt meine Finger gegen eine Stelle unterhalb seiner Hoden, und als David dabei aufstöhnt, mache ich es von allein sogar noch etwas fester.

«Gott, Abbi, ja.»

David vertraut mir, vertraut sich mir an, liefert sich mir aus, und das steigert das Gefühl in mir zu einer Hitze, die mich völlig atemlos macht. Vorsichtig richte ich mich auf, gehe auf die Knie, um besser an ihn ranzukommen. Ich teste aus, ob ich das mit meinem Kniegelenk aushalte, und es zieht wirklich nur ein bisschen. Aber selbst, wenn es schmerzen würde, wäre mir das in diesem Moment völlig egal, weil ... wow. Wie er sich immer mehr in meine Hände drängt, ist einfach nur sinnlich, es erregt mich.

Plötzlich presst David sich noch näher an mich und drängt seine Erektion zwischen meine Beine, sodass ich ihn loslassen muss. Er umfasst meinen Po und stößt gegen mich, während er meine Schenkel eng zusammenpresst. Mehrmals. Und das bringt mich dazu, überrascht aufzukeuchen, weil alles in mir in Flammen aufgeht und pulsiert.

«Oh Gott, Abbi» sagt er und stoppt sich. «Sorry, ich ... das ging zu schnell. Und es ist bestimmt unbequem für dich. Und viel zu gefährlich, weil ... Ich habe nichts zur Verhütung dabei. Und du fühlst dich so gut an, das macht mich wahnsinnig.» Er bewegt sich wieder, hält dann inne und gibt ein Stöhnen von sich, als würde er gegen sich selbst ankämpfen müssen. «Tut mir leid.»

«Du machst mich auch wahnsinnig, David. Hör nicht auf.»

«Aber dein Knie, Abbi.»

«Vergiss mein Knie.» Ich würde darüber lachen, dass er in diesem Moment daran denkt, wenn ich nicht so eine trockene Kehle hätte. Weil … Ich möchte ihn so unbedingt in mir spüren, dass die Sehnsucht mich zittern lässt. Und wenn das nicht geht, dann wenigstens so. Aber David zieht sich jetzt ganz zurück. Er schiebt seine Hand zwischen meine Schenkel, und diesmal komme ich nach wenigen Sekunden. Schwer atmend und am ganzen Körper bebend umfasse ich danach seine Härte und genieße es, wie er sich in meinen Händen bewegt, endlich schneller wird und sich an meiner Hüfte festhält. Und es ist perfekt, weil er mit seinem rauen Atem immer wieder meinen Namen sagt.

Und dann bin ich diejenige, die ihn hält, bis sein Puls sich wieder beruhigt.

24. KAPITEL

# ABBI

Am nächsten Morgen finde ich einen Schwan vor meinem Zimmer auf dem Fußboden. David ist gestern Abend noch gefahren, weil vor dem Tor immer noch der SUV mit einem von Dads Personenschützern steht. Rund um die Uhr. Und er schreibt genau auf, wann jemand das Haus betritt oder verlässt. Ich habe mich noch nie so einsam in diesem Haus gefühlt wie in dieser Nacht.

Der Papierschwan liegt federleicht in meiner Hand. Vom Schnabel bis zu den Schwanzfedern ist er vielleicht drei Zentimeter groß und sieht sehr komplex aus. David muss ziemlich lange daran gearbeitet haben. Er ist diesmal nicht aus einer Buchseite, sondern aus einfachem weißem Papier. Aber auf den linken Flügel hat David etwas geschrieben. Ich erkenne nur ein einzelnes Wort mit einem Fragezeichen: *tun?*

Der Rest der Frage verschwindet hinter den Falten des Papiers.

Nur mit einer Krücke gehe ich zum Fenster, setze den Schwan vorsichtig auf der Fensterbank zu den anderen und drehe ihn hin und her. Ich seufze, weil das Origami so hübsch ist, und ich es eigentlich nicht zerstören möchte, aber dann zögere ich doch nur kurz, bevor ich es auseinanderfalte. Behutsam, weil ich Angst habe, das Papier könnte reißen.

*Würdest du es wieder tun?*

Mein Herz pocht wie wild los. Ja, die Antwort ist ja. Aber dass er mich damit indirekt fragt, ob ich es bereue, verunsichert mich. Bereut er es? Wegen dieses blöden Vertrags?

Während er diesen kleinen Schwan gefaltet hat, hat er bestimmt die ganze Zeit darüber nachgedacht. Was, wenn er es bereut und das damit andeuten will? Aber vielleicht ist er auch nur unsicher. So wie ich.

Ich lasse die Krücke liegen, auch wenn ich mein Bein eigentlich noch nicht voll belasten darf, schnappe mir mein Handy und humple damit ins Bad. Heute dusche ich so schnell, dass ich bei den Marines Eindruck schinden könnte, und als ich danach meine Zähne putze, tippe ich gleichzeitig mit der linken Hand in die Suchzeile meines Browsers. Ich möchte David mit einem Origami antworten, nur dass ich dafür eine Anleitung brauche, weil das Einzige, was ich auch ohne falten könnte, ein langweiliges Papierboot ist. Der Schwan ist definitiv nichts für Anfänger. Ich finde eine Schwalbe, die ganz einfach aussieht, nur dass man dafür eine Schere benutzen muss. Und eine Schere ist ein absolutes No-Go beim traditionellen Papierfalten, so viel weiß sogar ich. Ich füge meiner Suchanfrage noch ein «leicht» hinzu und «ohne Schere». Dann klicke ich auf das Bild einer Lotusblüte.

In ein Handtuch gewickelt, humple ich zurück in mein Zimmer und schlüpfe in Unterwäsche, eine bequeme Yogahose, die ich liebe, weil sie an den Knöcheln ganz enge Bündchen hat, und ziehe dazu ein extraweites T-Shirt an. Ein passendes quadratisches Papier finde ich auf meinem Schreibtisch in der neuen Mustermappe und schreibe meine Antwort in die Mitte des Blatts, wo sie auf der fertigen Blüte nicht sofort zu sehen sein dürfte. Dann falte ich es, stelle aber fest, dass meine Antwort an David nicht in den Falten versteckt wird, sondern auf dem Boden der Blüte steht. Er muss es nicht einmal auffalten, sondern einfach nur rumdrehen. Nicht sehr aufregend. Aber egal.

Die Blüte schiebe ich vorsichtig in meine Hosentasche, und als ich auf Krücken in die Küche komme, sitzt David am Tisch und wird von Lorraine angemeckert. Im Hintergrund singt Elvis *You're the devil in disguise*. Die Ironie würde mich amüsieren, wenn ich nicht gerade so aufgewühlt wäre.

«... und dann die Handtücher. Ich habe nichts dagegen, wenn ihr sie nach dem Schwimmen draußen lasst, aber hängt sie um Himmels willen auf, damit sie trocknen können.»

«Tut mir sehr leid. Wird nicht wieder vorkommen.»

Als David mich über seine Kaffeetasse hinweg ansieht, flattert es in meinem Bauch. Oh Gott, wie unwiderstehlich er ist, wenn er so lächelt. Die ganze Nacht hatte ich ein komisches Gefühl, und jetzt weiß ich auch, warum. David muss ein Stück von meinem Herzen mitgenommen haben, und jetzt, wo er wieder hier ist, setzt er es wieder ein. Es ist merkwürdig, wie sehr ich mich nach ihm gesehnt habe, obwohl er nur ein paar Stunden fort war.

«Guten Morgen. Ich habe die Handtücher draußen vergessen, tut mir leid. Ich bring sie gleich in die Waschküche.»

«Nicht nötig, ich habe die Maschine jetzt schon angestellt. Aber beim nächsten Mal kann dieser junge Mann hier das ruhig machen, er hat gesunde Arme und Beine, und ich halte absolut nichts davon, Männer vor Hausarbeit zu verschonen.»

«Natürlich, Ma'am.»

Lorraine bedenkt ihn mit einem nachsichtigen Grummeln. Sie gießt etwas Mandelmilch in einen Topf, um sie aufzuwärmen. «Und jetzt wird ordentlich gefrühstückt.»

Ich verkneife mir jeden Widerspruch, gehe in einem Bogen um den Tisch herum, lehne die Krücken gegen die Tischplatte und setze mich David gegenüber. «Guten Morgen, Mr. Rivers.» Ich flüstere, damit Lorraine nicht merkt, dass mein Tonfall so gar nicht zu einer Patienten-Therapeuten-Beziehung passt. Es ist schwer genug, äußerlich ruhig zu bleiben. Vor allem, wenn ich sehe, wie krampfhaft David den Henkel seiner Tasse hält.

«Guten Morgen, Ms. Hayden.»

Ich senke den Blick, weil ich ihn nicht wie eine Idiotin anstarren will, und hole die Blüte aus der Hosentasche. Sie ist jetzt ein bisschen geknickt. Und nachdem ich mir einen Kaffee eingeschenkt und mich versichert habe, dass David gerade nicht guckt, lege ich sie möglichst unauffällig auf den Tisch und beuge ich mich über meine Müslischale. Meine Finger zittern, deshalb fasse ich den Löffel fester. Als Lorraine mit dem Milchtopf an den Tisch kommt und mir eingießt, murmle ich noch einen Dank, da stößt sie plötzlich einen Seufzer aus. «Ach, wie hübsch. Abbi, hast du das gemacht?»

Oh Gott, nein. Sie hat die Blüte vor David entdeckt. Ich lasse den Löffel fallen und strecke automatisch die Hand aus, aber weil Lorraine schneller ist, ziehe ich sie sofort wieder zurück und streiche mir reflexartig das Haar hinters Ohr. «Das ist nichts, nur ...» Ich begegne Davids Blick, der zwischen dem Origami und mir hin- und herwandert. «... Dekoration», beende ich meinen Satz.

*Würdest du es wieder tun?*

Lorraine dreht die Blüte in ihrer Hand. «Ich wusste gar nicht, dass du so was kannst.»

«Das war nur ein Versuch. David kann das ziemlich gut. Vor allem Tiere.» Hektisch rühre ich in meinem Müsli die Mandelmilch unter und starre auf die Tischplatte.

«Wirklich?», fragt Lorraine. «Woher kannst du so was, David?»

«Ergotherapeuten machen das mit Patienten, die Probleme mit der Feinmotorik haben», antwortet er ausweichend.

«Ah, verstehe. Aber Abbi, für deinen ersten Versuch ist es richtig gut worden.» Mit Schrecken stelle ich fest, dass sie die Blüte von allen Seiten begutachtet. Verdammt, sie hat entdeckt, was ich geschrieben habe. «*Immer und immer wieder*», liest sie vor. «Was soll das bedeuten?»

«Keine Ahnung, ich ... ich habe einfach eine Seite aus meinem Notizbuch rausgerissen und gar nicht gesehen, dass auf der Rückseite was draufstand.» Mir wird ziemlich warm, weil ich Davids Blick auf mir spüre.

*Immer und immer wieder.*

*Ever and ever again.*

Als ich hochgucke, lächelt er nicht. Vielmehr sieht er so aus, als würde ihn meine Antwort quälen. Er stößt hörbar die Luft aus.

Ich wollte ja, dass er meine Nachricht bekommt, aber nicht von Lorraine. Und nun zupft sie auch noch an der verdammten Blüte herum und fängt an, von der Hochzeit ihrer Nichte zu erzählen, bei der sie den Tisch mit Lotusblüten geschmückt hatten. «Die Servietten hatten genau dieselbe Form. Nur waren sie rot.»

«Oh. Ich wusste nicht, dass solche Blumen für Hochzeiten typisch sind.» Wie peinlich. Und dann sieht David auch noch so ... so unglücklich aus. Ich schiebe ruckartig den Stuhl zurück. «Tut mir leid, ich habe doch keinen Hunger.» Humpelnd trage ich die Schüssel zur Anrichte, aber meine Hände sind so verschwitzt, dass sie mir aus der Hand rutscht. Sie knallt auf die Arbeitsplatte, und etwas von der Milch schwappt über den Rand. «Ich esse das später, okay?»

Lorraine nimmt die Schüssel hoch und wischt mit einem Lappen die verschüttete Mandelmilch ab. «Dann stell ich das so lange in den Kühlschrank. Aber nicht, dass du es vergisst.»

«Werde ich nicht.»

Sie schließt die Kühlschranktür und geht aus der Küche. Im Rausgehen sagt sie noch: «Ich muss in eurem Zimmer noch staubsaugen. Wenn ihr dort Krankengymnastik machen wollt, dann müsst ihr eine halbe Stunde warten.»

«Danke, Ma'am», sagt David, der auch aufgestanden ist. «Wahrscheinlich gehen wir sowieso in den Garten.»

Aus der Bluetoothbox schmachtet Elvis jetzt *You were always on my mind*. Ich will schnell auf den Powerknopf drücken, um es auszuschalten, aber David hält mich davon ab.

«Ich mag den Song», sagt er. Er stellt seine Tasse in die Spülmaschine. Mit dem Rücken lehnt er sich gegen die Arbeitsplatte direkt neben mich. Einige Sekunden hören wir zu, wie Elvis singt, dann räuspert sich David. «Danke für die Blume. Ich meine, deine Antwort.»

Hat er eine andere erwartet? Als er gestern gefahren ist, haben wir uns geküsst. Er schien nicht gehen zu wollen, und er schien auch nichts zu bereuen. «Und du?» Das Herz pocht mir plötzlich bis in den Hals. «Ich meine, das gestern Abend – würdest du es denn wieder ...?»

Er lässt sich Zeit mit seiner Antwort. «Ja», sagt er dann, aber es ist nur ein Flüstern. Mit den Knöcheln streift er meinen Handrücken, und ganz automatisch verschränken sich meine Finger mit seinen. «Abbi ...» Er beugt sich runter zu mir und legt seinen Mund an meine Schläfe. «Gestern Abend ... Ich glaube, ich war völlig betrunken von dir, sonst hätte ich nicht ... Ich meine ... ich muss mit dir reden.»

Ich bin es auch. Betrunken von ihm. Sehr. Wir können über alles reden. Aber ich würde ihn jetzt viel lieber küssen, nur geht er viel zu schnell wieder auf Abstand. Wahrscheinlich liegt es an Lorraine, die gerade durch den Flur läuft und den Staubsauger hinter sich herzieht.

Ein leises Seufzen entkommt mir. «Ich hatte Angst, du könntest es bereuen. Weil ... weil ich ja eigentlich deine Patientin bin und wegen Dads Vertrag.»

«Hast du ihn gelesen?»

Ich nicke. «Ich weiß, dass du zu meinem Vater nicht so einen guten Draht hast. Aber er ist nicht so, wie du dir einen Politiker vielleicht vorstellst. Nicht so kalt und berechnend. Den Vertrag haben seine Anwälte aufgesetzt, nicht er.»

David will etwas sagen, presst dann aber die Lippen zusammen und lehnt sich zurück. Es dauert einen langen Moment, bevor er schließlich etwas erwidert. «Dein Vater ist selber Jurist, Abbi. Er weiß ganz genau, was da drinsteht, würde ich meinen.»

«Aber ich habe diesen Vertrag nicht unterschrieben, also war das keine Vereinbarung zwischen uns beiden.»

«Okay, ich gebe zu, ich habe über diesen verdammten Vertrag nachgedacht.»

«Und zu welchem Schluss bist du gekommen?»

«Dass er mir egal ist, Abbi. Aber da ist etwas anderes.»

Oh Gott, soll ich ihm sagen, dass ich gerade dabei bin, mich ziemlich heftig in ihn zu verlieben? Vielleicht kann ich es ihm zeigen. Berührung ist eine Sprache, die David ohnehin viel besser versteht.

Ich muss nur die Hand nach ihm ausstrecken.

Und ihn anfassen.

«Lass uns lieber rausgehen», meint er, bevor ich irgendetwas tun kann. Er holt meine Krücken vom Tisch und reicht sie mir. Betont neutral sagt er: «Wir dürfen dein Training nicht vernachlässigen. So viel Zeit haben wir nicht mehr bis zu euren Filmaufnahmen. Außerdem habe ich etwas ziemlich Cooles entdeckt.»

«Was denn?»

«Ihr habt auf der anderen Seite hinterm Haus eine alte Scheune.»

Eine Scheune, die ziemlich abgelegen ist und wo wir ungestört von Lorraine reden können. Will er mir das damit sagen? «Ja, ich weiß. Da habe ich aber schon ewig nicht mehr reingesehen. Steht sie nicht leer?»

«Bis auf die Sachen, die ich eben reingetragen habe. Es ist perfekt zum Trainieren. Man ist im Schatten, und durch das Tor geht genug Wind, sodass es drinnen recht angenehm ist.»

Das blöde Training interessiert mich gerade überhaupt nicht. Aber vielleicht braucht David die Routine, um sich zu sammeln, bevor er aussprechen kann, was ihn wirklich beschäftigt. Ich wünschte, er würde sich mir endlich anvertrauen.

«Und keine Ahnung, wofür ihr sie früher benutzt habt, aber darin ist so was Ähnliches wie eine Reckstange. Ziemlich alt, aber nicht verrostet, und stabil genug, dass sie mein Gewicht locker aushält.»

Weil er meinem Blick immer noch ausweicht, lasse ich mich darauf ein und verziehe gespielt das Gesicht. «Soll ich dir wirklich sagen, wofür das früher benutzt wurde?»

«Zum Teppichausklopfen?»

«In einer Scheune? Schön wär's.» Langsam schüttle ich den Kopf. «Es ist ewig her», fange ich an. «Gramps hat früher ... Ach, ich zeige es dir lieber. Hoffentlich hast du einen starken Magen.»

«Was ist das denn bitte für eine Andeutung? Verdammt, ich habe eben Klimmzüge an dieser Stange gemacht.»

«Na ja», sage ich mit Grabesstimme. «Du konntest es ja nicht wissen.» Aber dann muss ich lachen, umfasse die Griffe meine Armstützen und gehe nach draußen.

«Ich war wirklich schon seit Jahren nicht mehr in dieser Scheune», sage ich zu David, als wir uns dem Holzschuppen nähern. «Hier ist der eher weniger repräsentative Teil des Grundstücks. Mein Grandpa war früher immer viel draußen. Er ist fischen gegangen, hat sich um das Stück Wald gekümmert, das an unser Grundstück grenzt, und Hühner und Schweine gehalten. Siehst du das umzäunte Stück dort hinten neben der Scheune? Darin stand eigentlich immer mindestens ein Schwein. In dem Vorbau war der eigentliche Stall, da konnten sie überwintern und sich im Sommer vor der Sonne schützen. Schweine haben empfindliche Haut, weißt du?»

«Oh, okay. Ich bin mir nicht sicher, ob ich den Rest wirklich hören will.» David schiebt das Tor für uns auf, und ich gehe hindurch. Die Scheune ist viel größer, als sie von außen wirkt. In der Mitte ist ein Oberlicht im Dach, durch das ein breiter Streifen Licht genau auf die Querstange fällt, die waagerecht zwischen zwei Eisenpfeiler geschweißt wurde. Die Höhe beträgt mehr als zweieinhalb Meter. «Die Schweine, die Gramps geschlachtet hat, haben weit über hundert Kilo gewogen. Die Konstruktion musste deshalb ganz schön was aushalten. Nachdem das Tier getötet wurde, haben sie es mit zwei Mann aufgehängt. Ein Bein rechts, eins links, und danach wird es in der Mitte durchgesägt. Das ist ein absoluter Gewaltakt, ich habe das ein einziges Mal gesehen und danach immer einen Riesenbogen um diese Scheune gemacht.»

«Okay», sagt David und bläst langsam den Atem aus. «Und du bist danach nicht Vegetarierin geworden?»

«Ich habe nie wieder Schwein gegessen. Aber so was verdrängt man auch wieder. Wahrscheinlich geht es den meisten Menschen so. Man sieht das Fleisch schön rechteckig verpackt im Walmart, da hat es nichts mehr mit einem intelligenten und sensiblen Tier zu tun. In der Soziologie wurde dieses Thema bisher auch vernachlässigt, weil Tiere zur Natur gehören und deshalb aus der menschlichen Kultur und Gesellschaft ausgegrenzt werden. Aber das ist nicht richtig.»

«Wieso findest du das nicht richtig?»

«Na ja, wir interagieren ständig mit Tieren, oder? Und damit meine ich nicht nur, dass wir sie essen. Man schläft auf einem Kopfkissen mit Federn, trägt Lederschuhe, wäscht sich mit Seife, die oft aus tierischen Fetten hergestellt wird. Wir gehen mit unseren Hunden spazieren und streicheln die Katze auf unserem Schoß. An jeder Ecke findet man Tiere als Symbol. Auf Autos, an

Tankstellen oder irgendwelchen Fashion-Labels. Wie wir auf bestimmte Tiere reagieren, ist kulturell geprägt. Wir würden in den Staaten zum Beispiel keine Hunde essen, aber auch keine Insekten. Wobei ich damit nicht meine, dass man diese Tiere gleichstellen kann. Kann man definitiv nicht. Aber manches finden wir ekelhaft oder barbarisch, was in anderen Kulturen ganz normal ist. Man kann also für das örtliche Tierheim spenden und trotzdem Spareribs essen, ohne einen Widerspruch darin zu sehen. Aber eben immer abhängig von den gesellschaftlichen Normen, mit denen man aufgewachsen ist.»

David hat mir aufmerksam zugehört, jetzt hakt er ein. «Du klingst nicht so, als würdest du das verurteilen.»

«In der Soziologie wertet man nicht. Man beobachtet. Aber verrückt ist es schon, dass man Menschen, die auf tierische Produkte verzichten, extra ein Label wie vegetarisch oder vegan anhängt, und diejenigen, die Fleisch essen, sind einfach nur normal. Dabei ist es eine gesellschaftlich verankerte Weltsicht, also eine Ideologie, aber wir behaupten, es wäre normal oder natürlich und geben es so an unsere Kinder weiter.»

«Also, ähm.» Er stockt kurz. «Ich esse, seit ich fünfzehn bin, nur pflanzliche Produkte und halte mich für ziemlich normal.»

Ich bin überrascht, weil ich das nicht wusste. «Davon hast du gar nichts gesagt.»

«Ich rede nicht gern drüber. Essen ist eine ziemlich persönliche Angelegenheit, würde ich meinen.»

Da hat er recht. «Du hast deine Ernährung damals mit Hilfe deines Sports verändert und dadurch mit anderen Emotionen verknüpft, das finde ich wirklich bewundernswert.»

«Na ja», sagt er. «So bewundernswert auch wieder nicht, weil ich dabei eigentlich nur an mich gedacht habe. Es hat eine Weile gedauert, bis ich kapiert habe, dass ich grundsätzlich so leben will. Irgendwie mitfühlender, was andere Lebewesen angeht.»

Er spielt das runter, aber das ändert nichts daran, dass ich ihn dafür sehr wohl bewundere. «Es ist aber nicht so leicht, sein Verhalten zu ändern. Ich habe es schon ein paarmal versucht, aber ...» Ich verziehe den Mund, als mir aufgeht, dass ich ihm gerade einen ganz schön langen Vortrag gehalten habe. «Entschuldige, jetzt habe ich dich damit total vollgequatscht.»

«Hey, ich finde das interessant. Außerdem quatsche ich dich ständig mit Muskelfunktionen und so was voll. Das hast du hoffentlich auch nicht als Mansplaining gesehen.»

«Natürlich nicht. Ich habe keine Ahnung von Physiotherapie.»

«Und ich habe keine Ahnung von Soziologie. Ich beschäftige mich sonst immer nur mit einzelnen Menschen und damit, wie sie sich bewegen. Der gesellschaftliche Aspekt kommt da nicht so oft vor. Außer wenn ich mich darüber aufrege, dass Madame Mustache kaum noch Kontakt zu ihrer Familie hat und immer allein ist. Es gibt so viele alte Menschen, die einfach nur abgeschoben werden. Was sagt die Soziologie dazu?»

«Dass das scheiße ist», platze ich heraus.

David zieht einen Mundwinkel hoch. «Ich dachte, in der Soziologie wertet man nicht, man beobachtet nur?»

«Ich studiere ja noch.»

Jetzt grinst er richtig, und ich erwidere es. Vielleicht habe ich mir seine schlechte Stimmung eben doch nur eingebildet. «Du kommst gut mit Menschen aus, oder? Ich fand es so schön, als du mit Lorraine getanzt hast. Ich glaube, das hat ihr sehr gefallen.»

«Aber das war nicht uneigennützig. Ich habe dafür eine Tasse Kaffee gekriegt.»

«Du hättest es auch ohne Belohnung gemacht.»

Er nickt. «Stimmt. Ich mag ältere Menschen einfach. Wie war das bei dir? Hattest du ein gutes Verhältnis zu deinem Grandpa?»

«Er war nicht unbedingt ein herzlicher Typ. Aber ich mochte ihn sehr. Er hatte immer viele interessante Geschichten zu erzählen. Doch erst als er gestorben ist, habe ich wirklich gemerkt, dass ich ihm auch viel bedeutet habe.» Ich lächle traurig. «Gramps hat mir seinen größten Schatz hinterlassen. Das alte Papiertheater, das in meinem Zimmer steht. Es besteht nur aus Papier und etwas Holz, aber ich habe es schon als Kind geliebt.» Für andere wäre das vermutlich unbedeutend im Vergleich mit den Anteilen an der Hayden Paper Group und dem Barvermögen, das er mir ebenfalls vermacht hat. Aber ich weiß, wie viel ihm dieses Papiertheater bedeutet hat.

«Wann ist er denn gestorben?»

«Ist schon über zehn Jahre her.»

«Dann warst du noch ein Kind, als du das hier mitgekriegt hast.» Er deutet auf die Stange.

«Für Gramps war das normal. Aber du findest es bestimmt furchtbar. Willst du jetzt immer noch hier trainieren?»

«Klar. Wir schaffen damit neue Erinnerungen für diesen Ort.» Er macht zwei Schritt nach vorn, springt hoch und ergreift die Stange. Ich gehe zur Seite, weil er daran hin- und herschwingt, dann mit den Beinen zwischen seinen Armen durchtaucht und nach wenigen Sekunden oben auf der Stange sitzt. «Wenn sie mein Gewicht aushält, brauchst du dir keine Gedanken zu machen.»

«Mach ich auch nicht», sage ich sofort. «Weil ich nämlich gar nicht vorhabe, das Ding zu benutzen.»

«Wir werden sehen.» David lässt sich nach hinten fallen, pendelt einige Male an den Knien hin und her, bis er sich wieder mit den Händen festhält und dann langsam zu Boden sinkt. «Du hast in letzter Zeit so oft deine Arme trainiert, du kannst es doch einmal ausprobieren. Klimmzüge, meine ich.»

Das stimmt, aber wieso habe ich das Gefühl, dass dieses Training heute nur ein Vorwand ist? Als würde er das alles nur vorschieben, um nicht mit mir reden zu müssen. David kommt auf mich zu. Im nächsten Moment geht er vor mir in die Hocke, packt mich um die Oberschenkel und hebt mich hoch. «Festhalten», sagt er, und ich bin so perplex, dass ich ganz automatisch nach der Stange über mir greife. Was ein Fehler ist.

Langsam lässt David mich runter, bis ich an langen Armen daran hänge. Das Blöde ist, ich kann mich wegen meines Knies nicht fallen lassen und bin nun auf Davids Hilfe angewiesen. «Holst du mich auch wieder runter?»

«Das muss ich mir noch überlegen.»

«David», keuche ich auf. «Das ist nicht witzig.»

«Sollte auch kein Witz sein.»

«David!»

«Halt dich gut fest.» Er springt an die Stange und hangelt sich zu mir, bis sein Brustkorb gegen meinen stößt. Seine Hände sind nur wenige Zentimeter von meinen entfernt und rahmen mich ein.

«Ich will, dass du wenigstens einmal versuchst, dich hochzuziehen.»

«Und ich möchte viel lieber wissen, worüber du mit mir reden wolltest.»

«Nicht beim Training, Abbi. Also los, versuch es.»

«Das kann ich nicht. Wirklich nicht.» Aber es fühlt sich irgendwie gut an, zusammen mit ihm an dieser Stange zu hängen.

«Probier es einfach mal, okay? Mir zuliebe», sagt er mit einer Stimme, die mich regelrecht schwach macht.

Okay. Ihm zuliebe würde ich eine ganze Menge versuchen. Ich spanne die Arme an, aber ich schaffe es gerade mal so hoch, dass ich mit der Stirn bis an die Stange reiche, danach verlässt mich die Kraft.

«Wir machen es gemeinsam, einverstanden? Und ich kann dich dabei auch etwas unterstützen.» Was er damit meint, merke ich, als er mir im nächsten Moment einen Turnschuh unter den Fuß schiebt.

«Auf drei.»

Er zählt, und dann spanne ich alles an, spüre, wie er dabei von unten meinen Fuß hochdrückt, und ich ziehe, ziehe, ziehe. Es brennt in meinen Schulterblättern, meinen Schultern, den Oberarmen. Bauch an Bauch kommen wir nach oben. Ich muss es schaffen. Die letzten Zentimeter sind die schlimmsten, und dann auf einmal funktioniert es. Ich recke den Kopf über die Stange, und zusammen lassen wir uns wieder absinken.

«Noch mal?», fragt er.

«Ja.»

Ich schaffe es noch zweimal, komme hoch bis über die Stange, dann zittern meine Arme so sehr, dass ich nicht mehr kann. Sofort lässt David eine Hand los und hält mich fest. Sein Arm legt sich um meinen Rücken, und aus einem Impuls heraus schlinge ich beide Beine um ihn und hake sie hinter ihm ein.

«Abbi», keucht er auf.

«Entschuldige, bin ich zu schwer?»

«Nein. Aber dein Knie.»

Zwischen meinen Beinen kann ich spüren, wie er sich anspannt. Wie viel Kraft es ihn kostet, uns beide an der Stange zu halten. Dann berührt mein Mund seinen Kiefer, seinen Mundwinkel, trifft auf seine Lippen. Er will sich zurückziehen, ich merke es an der Art, wie er zögert, innehält. Aber dann gibt er doch nach. Ich stoße seine Lippen mit der Zungenspitze an, und als er sie öffnet, berühren sich unsere Zungen drängend, fordernd. Es ist kein sanfter, flüchtiger Kuss, denn Davids Nähe und die Berührung lässt sofort Hitze durch meinen Bauch schießen. Vorsichtig lässt er uns nach unten gleiten. Als wir auf dem Boden aufkommen, presst er für einen Moment seine Stirn an meine, bevor er mich etwas atemlos von sich schiebt.

Ich möchte ihm stundenlang in die Augen sehen. Sie ziehen mich immer an. Wie Magnete. Aber gerade jetzt in diesem Augenblick sehen sie aus wie kurz vor einem Orkan. David runzelt die Stirn, er öffnet den Mund, stößt hart den Atem aus.

«Ich muss dir etwas sagen, Abbi.» Diese wüste Dunkelheit in seinen Augen und dass er auf einmal so ernst klingt, macht mir Angst. David rauft sich mit beiden Händen durch das Haar, was mir klarmacht, dass er sich sammeln muss. Und das heißt, dass – worum auch immer es geht – es wirklich wichtig ist.

«Du hast ein gutes Verhältnis zu deinem Vater. Du hängst sehr an ihm, oder?»

Ich nicke, flüstere dann aber noch ein «Ja», weil er mich nicht mehr ansieht, sondern zur Decke starrt, an der die Spinnweben um das Oberlicht hängen und der Staub tanzt. «David, was immer du von meinem Vater denkst, ... du musst nicht mit ihm einer Meinung sein. Es ist völlig okay, wenn du Dinge anders siehst als er.»

«Klar.»

Nach dieser knappen Antwort ist er erst einmal still. Und als ich nach seiner Hand greife, merke ich, dass er sie zu einer Faust geballt hat und nur unter Anstrengung wieder lösen kann. Da ist mehr. Ich bin mir plötzlich sicher, dass zwischen meinem Vater und ihm etwas vorgefallen sein muss, das nichts mit seinem Beruf als Politiker zu tun hat. Und auch nichts damit, dass Dad bei ihrer ersten Begegnung so eine verdammt blöde Bemerkung gemacht hat. Es muss um mehr gehen, sonst würde David doch mit mir darüber reden. Und weil ich es nicht ertrage, zu sehen, wie er sich damit quält, setze ich zu einer Frage an. «Hat mein Vater etwas ...»

«Es ist so, dass ...» David hat im selben Augenblick begonnen zu reden, und ich halte inne, schlucke meine Frage hinunter, um ihn nicht zu unterbrechen. «Es geht um meine Schwester. Jane bedeutet mir alles. Ich habe nur noch sie. Und ich ...» Er holt tief Luft und erwidert endlich den Druck meiner Finger. «Ich möchte, dass du sie kennenlernst», schließt er.

Er hat es kaum ausgesprochen, da presst er die Lippen zusammen, und sein Kiefer spannt sich an. Deshalb sage ich schnell: «Ich möchte sie auch kennenlernen. Sehr gerne sogar. Denkst du, sie würde hierherkommen, wenn ich sie einlade?»

Jetzt schießt sein Blick zu mir, und ich bin schockiert über den hoffnungslosen Ausdruck in seinem Gesicht. «Keine gute Idee.» David scheint sich regelrecht zu zwingen, weiterzureden. «Aber Jane arbeitet in einem Diner, wir könnten uns dort mit ihr treffen.» Und als müsse er mit jedem Wort sich selbst von dieser Idee überzeugen, redet er weiter: «Ihr könnt euch kennenlernen, und vielleicht ... Ich meine, Kadence und Noah werden heute Abend auch dort sein. Du mochtest ihn, oder? Du wirst also nicht unter lauter Fremden sein. Du könntest auch Willow fragen, ob sie mitkommt, wenn dir das lieber ist.»

Er möchte, dass ich seine Schwester kennenlerne, aber gleichzeitig sorgt er dafür, dass wir nur ja nicht allein sind? Ich nicke schnell, weil David so angespannt wirkt. Nur dass ich das Haus eigentlich nicht verlassen soll. Nicht solange ich noch mit den Krücken unterwegs bin, weil das zu viele Fragen aufwerfen würde, wenn mich jemand als William Haydens Tochter erkennt. Den Unfall konnte das Team meines Vaters bisher aus der Presse heraushalten, wofür ich mehr als dankbar bin.

Ich war schon ewig nicht mehr aus und hoffe nur, dass ich das mit den Krücken hinbekomme. Aber David ist es wichtig, also kriege ich das schon irgendwie hin. Ich werde Willow bitten, mich hier rauszuschmuggeln. Und vorher werde ich meinen Dad anrufen. Ich muss endlich wissen, was zwischen David und ihm vorgefallen ist.

25. KAPITEL

# DAVID

Halb acht und Abbi ist immer noch nicht da. Hätte ich geahnt, wie voll es heute im Diner sein würde, ich hätte einen anderen Tag vorgeschlagen. Chase hat Geburtstag, und anscheinend hat er Gott und die Welt eingeladen. Abbi wollte eigentlich schon um sieben kommen, deshalb behalte ich den Eingang im Auge, während ich mit Noahs Bruder Asher Smalltalk mache. Was ich normalerweise gern mache, weil ich dabei wenigstens sicher sein kann, keine unangenehmen Fragen gestellt zu bekommen. Keine Politik, keine Religion, kein Geld, alles Themen, über die ich echt nicht reden will. Nur dass ich mich heute nicht darauf konzentrieren kann, weil diese Anspannung mich umbringt. Weil ich sowohl Jane als auch Abbi die Wahrheit sagen muss. Die beiden zusammenzubringen ... ich weiß nicht genau, was ich mir davon erhoffe. Vielleicht dass es das irgendwie einfacher macht für sie. Denn diese Scheißlügen – Lügen, die ich Hayden und meiner Mutter verdanke, die sie mir verdammt noch mal vererbt haben, obwohl ich sie nicht haben wollte – müssen aufhören. Heute. Ich werde es heute tun. Ich werde Abbi nachher die Wahrheit sagen. Fuck.

Asher ist ziemlich gut in Smalltalk, was daran liegen muss, dass er einen verdammten Konzern leitet, und er checkt sofort, dass ich nicht bei der Sache bin.

«Du starrst die ganze Zeit auf diese verdammte Tür, als würdest du damit rechnen, dass ein Axtmörder reinkommt.»

Ich verschränke die Arme. «Ich warte auf jemanden.»

«Ach», sagt er trocken. Er trägt noch sein Business-Hemd, hat es aber an den Ärmeln hochgekrempelt. Sieht verdammt teuer aus. Ich schätze, er ist direkt vom Büro hierhergefahren. Und dass er und Hayden denselben Schneider haben.

Ich selbst habe einen dünnen schwarzen Strickpullover angezogen und die Shorts gegen ein paar lange Jeans getauscht. Und obwohl Asher mich gerade damit aufgezogen hat, schaffe ich es nicht, länger als zehn Sekunden von der Tür wegzusehen. Scheiße, ich bin noch viel nervöser, als ich dachte. Was, wenn die beiden sich nicht mögen? Was, wenn Jane irgendwas ahnt oder Abbi Probleme mit ihrem Bein bekommt? Was, wenn Noah eine Bemerkung rausrutscht? Mir fallen ein Dutzend Horrorszenarien ein, die diesen Abend in eine absolute Katastrophe verwandeln könnten. «Erzähl mir einfach was, keine Ahnung ... über Baseball?»

Asher sieht mich an, als wäre ich nicht ganz dicht. «Ich habe keine Ahnung von Baseball. Ich weiß nicht mal, wie die verdammten Regeln sind. Frag mich was über Seife, da kann ich dich stundenlang mit zutexten, bis die Frau endlich auftaucht, die deine Gedanken beherrscht.»

«Sie beherrscht nicht ... ach verdammt. Erzähl mir was über Seife.»

Asher grinst und nimmt einen Schluck von seinem Drink. Sieht zwar nach Whiskey on the rocks aus, aber weil Chase nur eine Lizenz für Wein und Bier hat, ist es wahrscheinlich eher Eistee. «Wir können auch einfach zusammen die Tür anstarren, kein Ding. Ich warte auch noch auf Ivy. Sie ist mit unserem Dad zum Tierheim gefahren.»

«Warum das denn?» Jetzt hat er meine volle Aufmerksamkeit.

«Phoenix ist gestorben.» Asher schluckt, dann stellt er sein Glas geräuschvoll ab.

So viel zum Thema Smalltalk. Eigentlich hatte ich nicht vor, deprimierende Gespräche zu führen. Deprimierend ist mein Leben schon von ganz allein. «Euer Hund, oder?»

«Einer unserer beiden Boxer.»

«Tut mir echt leid. War er krank?»

«Er war einfach alt. Seine Nieren haben nicht mehr mitgemacht. Scheiße, ich vermisse ihn, und Simon leidet wie ein Hund.» Er lacht bitter auf. «Na ja, wie soll er auch sonst leiden. Er schnüffelt ständig die Stellen im Haus ab, an denen sein Kumpel immer gelegen hat. Ich hasse es, ihn so zu sehen. Wir suchen nun nach einem Hund, der zu Simon passen könnte und auch nicht mehr so jung ist. Sorry, das ist scheiße von mir, oder? Ihr habt vor kurzem eure Mom verloren. Da muss dir das mit unseren Haustieren lächerlich vorkommen.»

Kein Thema, bei dem ich verharren möchte. Gott sei Dank kommt Kadence jetzt zu uns. «Hey, Ash.»

«Kady.»

«Hab das von Phoenix gehört, tut mir so leid.»

Sie umarmen sich kurz. So kurz, dass ich mir fast sicher bin, dass zwischen den beiden mal was gelaufen sein muss. Kadence stellt sich neben mich, und weil sie High Heels trägt, ist sie fast so groß wie ich. Wir haben das letzte Mal nach meiner Sprachnachricht miteinander geredet. Sie wollte versuchen, an Abbis Akte zu kommen, und mir dann Bescheid geben. Was sie bisher nicht getan hat.

«Wie läuft's in der Klinik? Was macht Madame Mustache?», frage ich sie, weil ich vor Asher nicht damit anfangen will.

«Sie sitzt neuerdings immer neben Hamilton beim Essen, um ihn zu bewachen. Ich schätze, sobald er auch nur einmal einen Blick über eine der Schwestern gleiten lässt, wird sie ihm eine Gabel in den Handrücken jagen.»

Ihr rauchiges Lachen bringt mich zum Grinsen, lässt mich

aber trotzdem nicht vergessen, was mir heute Abend noch bevorsteht. «Ich werde auf jeden Fall versuchen, nächste Woche mal vorbeizukommen, um sie zu besuchen.» Nach einem kurzen Seitenblick auf Asher raune ich ihr zu: «Und wo du gerade hier bist: Hast du …?»

Sie zieht ihr Smartphone aus der Hosentasche, bevor ich die Frage beenden kann. «War nicht so leicht, an den Bericht ranzukommen, aber man hat so seine Beziehungen. Ich hab's dir eben noch eingescannt.» Sie tippt auf ihr Display. «Und schon ist es in deinem E-Mail-Postfach», summt sie.

«Danke. Ich bin dir was schuldig.»

«Nein, bist du nicht. Ich hab dir das Mädchen aufgehalst, und jetzt hängst du da drin.»

Aufgehalst. Scheiße, habe ich das wirklich so gesagt? Hinter meiner Stirn fängt es an zu hämmern. Himmel und Hölle. Abbi zu treffen, war beides für mich, aber die Vorstellung, wie sehr ich ihr heute noch weh tun muss, ist noch schlimmer. Es reißt mir das Herz in Stücke.

«Aber ich habe mir ihre Akte auch noch mal gründlich angesehen und nichts Ungewöhnliches entdeckt», flüstert Kadence mir ins Ohr. «Keine Ahnung, was du da zu finden hoffst.»

«Ehrlich gesagt, weiß ich das auch nicht.» Dabei ist das Blödsinn. Ich weiß genau, wonach ich suche. Ich will wissen, womit Muller Abbis Vater unter Druck setzt. Womit hat er Hayden in der Hand? Denn dass dieser Dreckskerl ihn mehr oder weniger erpresst, hat Hayden so gut wie zugegeben. Auch wenn ich ihm sonst kein Wort glaube – an dem Abend mit Muller war Hayden unkontrolliert. Da hatte er sich das erste Mal nicht komplett im Griff und war wahrscheinlich ehrlicher als je zuvor. Abbi hat keine Erinnerung an den Unfall und macht sich seit Wochen Vorwürfe. Ich kann mir nicht vorstellen, dass sie Grund dazu hat, aber …

«Was?» Verdammt, ich habe nicht aufgepasst, was Kadence gesagt hat, und ihrem Gesichtsausdruck nach zu urteilen, macht sie sich gerade über mich lustig.

«Vergiss es, war nicht wichtig. Na dann, viel Glück bei dem, was du suchst.» Sie drückt meinen Arm und lässt uns stehen, als Noah zu uns stößt, der ihr kurz hinterhersieht. «Du solltest dich von Ivy besser nicht mit Kadence erwischen lassen», rät er seinem Bruder grinsend. Okay, das bestätigt meine Vermutung.

«Noah, halt die Klappe.»

«Oh, trinkst du wieder nur Wasser, David?» Er schnalzt mit der Zunge. «Gott, das zieht mich runter. Wo steckt Chase? Ich hab ihm noch nicht mal gratuliert.»

Das habe ich auch nicht, und ich habe auch kein Geschenk. Ob ich ihm stattdessen anbieten kann, eine Runde für ihn zu spülen? Wohl eher nicht.

Mehrmals atme ich tief durch, nur um dann noch ein paar Sekunden wie ein Idiot auf mein leeres Glas und dann wieder zur Tür zu starren. Am liebsten würde ich jetzt sofort Abbis Akte durchgehen, aber nun auch noch mein Handy aus der Tasche zu holen, wäre verdammt unhöflich. Ein paar Minuten lang antworte ich einsilbig auf Ashers Fragen, bis er es aufgibt. Als die Tür zum Diner endlich aufgeht, donnert mein Herz los, aber es ist nur Ashers Freundin Ivy. Sie kommt zielstrebig zu uns, flüstert erst ihrem Freund etwas zu und fragt mich dann, wie es mir geht. Und ich fasele irgendwas vom Wetter, was unfassbar lustig sein muss, weil beide losprusten.

Jane, die ich bisher kaum gesprochen habe, weil sie mit Bedienen beschäftigt ist, zieht mir mein leeres Glas aus der verkrampften Hand. «Was ist los mit dir?»

Bei ihrem besorgten Blick stoße ich ein eher verzweifeltes Lachen aus. «Keine Ahnung. Ich bin einfach gestresst, okay?»

«Du bist nie gestresst.»

Ashers Augenbrauen schießen skeptisch in die Höhe. «Jeder Mensch ist mal gestresst.»

«Ja, aber nicht David», beharrt Jane. «David ist ein Elefant.»

«Ich schätze, du meinst das nett.» Ivy grinst schief und fährt sich durch den dichten dunklen Pony, der ihr bis zu den Augen reicht.

«Natürlich meine ich das nett. David ist der geduldigste Mensch, den ich kenne. Er macht einfach immer sein Ding, ist nie hektisch oder gestresst. Er hat die innere Ruhe eines Elefanten.»

Innere Ruhe, klar. Wenn Jane wüsste, wie es in mir aussieht. Ich hab das Gefühl, ich werde bald implodieren.

«Machst du dir Sorgen wegen deines neuen Jobs? Das musst du echt nicht. Es läuft doch gerade super für dich.»

Mm, es läuft *extrem* super für mich. «Jane, können wir vielleicht einfach aufhören, über mich zu reden? Wo ist das Geburtstagskind eigentlich? Du hättest mich echt erinnern können, etwas zu besorgen.»

«Ich habe mich darum gekümmert, keine Sorge. Hab sicherheitshalber sogar die Karte für dich mitunterschrieben. Chase kriegt von uns ein Kochbuch mit Rezepten aus Hollywoodfilmen.»

«Was hast du für einen neuen Job?», will Asher wissen. «Ich dachte, du arbeitest mit Kadence in der Rehaklinik.»

Ich bin echt nicht scharf darauf, das zu einem Party-Thema zu machen. «Ist nicht sonderlich spannend. Ich ...»

«Er arbeitet bei einer reichen Familie», unterbricht mich Jane. «So ähnlich wie deine, Asher Blakely.» Sie zwinkert ihm provozierend zu. «David macht für acht Wochen mit der Tochter des Hauses Krankengymnastik. Sie ist wohl ganz nett, und der Job wird auch richtig gut bezahlt.»

Mit den Augen schicke ich ihr eine eindeutige Botschaft: *Halt die Klappe, Jane.* Was sie natürlich nicht interessiert.

«Ich meine, bei der Kohle würde ich es auch machen, sogar wenn sie eine Schreckschraube ...»

Mit einem Seufzen unterbreche ich sie: «Du kannst dich gleich selbst davon überzeugen, ob Abbi nett ist. Sie kommt heute noch dazu.»

«Dein Ernst? Wow, das ist ... Musst du dich auch abends um sie kümmern? Bist du deshalb gestern so spät nach Hause gekommen?»

«Nein, verdammt.» Jetzt habe ich nicht nur Janes volle Aufmerksamkeit, sondern auch die vom Rest der Blakelys.

«Was dann?», bohrt Jane nach. «Ich weiß, dass dir deine Arbeit wichtig ist, aber ...»

«Jane», knurre ich, bevor sie den Satz beenden kann.

Noah betrachtet mich nachdenklich, dann schwenkt sein Blick kurz zu meiner Schwester und wieder zurück zu mir. «Ich bin mir ziemlich sicher, dass die Arbeit gerade das Letzte ist, woran David denkt.»

Abwehrend hebe ich beide Hände. «Können wir bitte das Thema wechseln? Es gibt genug anderes, das euch einen Scheißdreck angeht. Ihr könntet über mein Jahreseinkommen spekulieren, über meinen Alkoholkonsum oder darüber, wie oft in der Woche ich mir einen runterhole.»

«Du trinkst doch nie Alkohol», sagt Jane mit einem breiten Grinsen.

«Jane ...» Ich knurre schon wieder. Großartig.

Sie und Ivy werfen sich einen amüsierten Blick zu, und Asher verschluckt sich fast an seinem Getränk.

Noah hingegen scheint Mitleid mit mir zu haben, denn er drückt meine Schulter. «Wären dir diese Themen wirklich angenehmer als Abbi?», fragt er leise.

Hölle, ja!

Und genau in diesem Moment kommt Abbi durch die Tür.

26. KAPITEL

# ABBI

Wir sind viel zu spät. Als wir endlich im Diner ankommen, ist es fast halb neun. Ich habe mit meinem Dad telefoniert und versucht, etwas aus ihm rauszubekommen, aber er ist sich wirklich keiner Schuld bewusst. Weil er und Mom noch in einem Meeting sind, war er aber auch ziemlich kurz angebunden. Ich bin also genauso schlau wie vorher.

Willow hält mir die Tür auf, ich gehe mit meinen Krücken hindurch und bleibe erst einmal stehen, um mich zu orientieren. Dass es so voll sein würde, habe ich nicht erwartet. Aus irgendeinem Grund dachte ich, dass wir mit Davids Schwester einfach gemütlich etwas essen würden, aber stattdessen findet hier offenbar eine Stehparty statt. Mein Blick schweift über die Gäste. Ich entdecke David keine drei Meter von mir entfernt. Mein Herz hämmert sofort los, als ich ihn sehe. Er unterhält sich mit Noah und ein paar anderen Leuten, jetzt drückt Noah ihm die Schulter. Eine Geste, die mitfühlend auf mich wirkt, als hätten sie gerade über etwas Unangenehmes gesprochen. David trägt einen dünnen schwarzen Pullover ... mit V-Ausschnitt, oh mein Gott. Und dazu Jeans, die verdammt eng anliegen.

Diesen Moment, als David den Kopf hebt und mich bemerkt, werde ich wahrscheinlich für immer in meinem Gedächtnis behalten. Nicht, weil im Hintergrund die Musik von James Bonds *The World Is Not Enough* spielt oder David sich erst einmal verlegen mit der Hand in den Nacken fährt, wie er das so oft macht, sondern weil seine gerunzelte Stirn sich sofort glättet und er erst mit seinen Augen lächelt und dann mit dem Mund. Er tritt direkt auf uns zu. Und ich bekomme eine trockene Kehle.

David starrt auf meinen Mund, und am liebsten würde ich ihn jetzt küssen. Aber das geht natürlich nicht, weil ich nicht weiß, wie er mich seiner Schwester vorstellen wird. Als Patientin? Als Freundin? Besser ich halte mich zurück, auch wenn es mir schwerfällt.

«Hey», sagt er, und mein Herz macht sofort einen Satz.

«Hi, David.» Willow ringt sich ein Lächeln ab und sieht dabei irgendwie misstrauisch aus. «Sicher, dass wir hier nicht stören?»

«Ist nicht so privat, wie es aussieht», erwidert er. «Chase, der Besitzer des Cafés, feiert zwar Geburtstag, aber auch alle seine Stammkunden sind eingeladen. Das heißt, dass ihr ab sofort ständig herkommen müsst.»

Willow taut sichtlich auf. Sie erwidert sein Grinsen und blickt dann zu mir. «Nicht die schlechteste Idee, oder Abbi? Mir gefällt der Laden.»

«Ist das so was wie dein zweites Zuhause?», frage ich ihn. «Kommst du immer hierher, wenn du mal rauswillst?»

«Kann man so sagen. Wenn ich nicht im Park trainiere.»

«Es ist gemütlich hier. Tut mir leid, dass wir so spät sind, wir mussten noch ... etwas besorgen.» Genau genommen haben wir eine halbe Ewigkeit im Drugstore verbracht, weil ich ... na ja, in Zukunft vorbereitet sein wollte und mich der Kondomeinkauf echt überfordert hat. Warum zum Teufel muss es denn so viele unterschiedliche Sorten geben? Willow meinte nur, wie froh sie ist, dass sie auf Frauen steht.

«Ja klar.» Willow schnaubt. «Wir haben eine ganze Stunde gebraucht und definitiv keine Zeit vertrödelt, weil Abbi ein ganzes Sortiment an ...»

«Willow», zische ich eindringlich durch zusammengebissene

Zähne. Am liebsten würde ich mit der Krücke nach ihr schlagen. Gott sei Dank beendet sie den Satz nicht.

«Hey, dein tätowierter Freund ist auch hier.»

«Mit seinem Bruder und seiner Freundin, ja.»

«Das musst du nicht extra betonen. Ich stehe nicht auf ihn, nur damit das klar ist.»

«Vollkommen klar. Kommt mit, dann stelle ich euch Jane vor.»

Seine Schwester. Das macht mich sofort nervös. Sie ist David sehr wichtig, und wenn sie mich nicht mag ...

Wir folgen ihm, aber wegen der vielen Leute komme ich mit meinen Krücken nur schlecht durch. David bahnt uns einen Weg, und wenn es zu eng für mich wird, klopft er jemandem freundlich auf die Schulter, damit er beiseitegeht. «Sorry», entschuldige ich mich bei jedem zweiten Schritt. Ich verfluche meine Krücken, denn auch wenn ich mich nicht mehr mit meinem ganzen Gewicht darauf stützen muss, bin ich immer noch auf sie angewiesen. An der Theke ist eine Kellnerin gerade mit einem der Gäste beschäftigt und wirkt ziemlich aufgebracht.

«Okay, ich hab's begriffen», faucht sie einen Mann an. «Aber nur, weil ich hier arbeite, gibt dir das nicht das Recht, so überheblich zu sein. Es macht dich nicht gleich zu Al Gore, mit einem beknackten Politikbuch rumzulaufen. Ich hoffe, du ...» Sie sucht nach Worten, «... hoffentlich trittst du demnächst barfuß auf einen richtig fetten ...»

«Wowowowow», schreitet ein Kollege ein.

«... Legostein», beendet sie den Satz.

«Jane, komm mal wieder runter!»

Okay, das ist also Davids Schwester. Und der Mann, der sie grad ermahnt hat, muss Chase sein. Er ist an seinem Auftreten unschwer als der Boss des Ladens zu erkennen.

Janes blaue Augen blitzen, und sie sieht den Typ in den Khakihosen und dem Poloshirt mit einer solchen Todesverachtung an, dass mir ganz heiß wird. Sie ist David bis auf den Mund überhaupt nicht ähnlich, und ganz offenbar ist sie auch nicht so gelassen wie ihr Bruder.

«Gib mir einfach ein Bier», sagt der Mann im Polo. «Das solltest du auch ohne Collegeabschluss hinkriegen.»

Okay, jetzt wäre ich auch nicht mehr gelassen.

David spricht ihn von der Seite an. «Geht's noch?»

Jane hebt eine Hand. «Halt die Klappe, Dave! Mit dem werde ich allein fertig.» Sie verschwindet hinter der Theke, holt eine Bierflasche und lässt demonstrativ den Kronkorken über die Theke hüpfen. «Hier ist dein Bier. Ach, Moment, hab die Spezialzutat vergessen.» Sie zieht die Flasche noch einmal zurück, gerade als der Mann im Poloshirt danach greifen will.

Nun hebt Jane die Bierflasche an ihren Mund, und dann halten Willow und ich beide die Luft an, weil sie ihre Zunge für alle sichtbar in die Öffnung steckt und dann sehr feucht auch noch den Flaschenhals ableckt. Oh mein Gott.

«Fuck, Jane!», stößt der Mann, den ich als Chase identifiziert habe, erschrocken aus, und David reibt sich stöhnend mit einer Hand über die Augen.

Jane hebt das Kinn, dann schiebt sie das Bier zu Polohemd über die polierte Theke. «Kleiner Tipp, Alex Garland. Es ist nicht sonderlich klug, sich mit Kellnerinnen anzulegen. Man kann sich sonst nie sicher sein, was man so kriegt.»

«Gottverdammt», geht Chase dazwischen und will die Flasche an sich nehmen, aber dieser Alex schnappt sie sich, setzt sie ungerührt an den Mund und nimmt einen tiefen Schluck. Als er absetzt, sagt er: «Interessante Note, dein neues Bier, Chase. Schmeckt ein bisschen bitchy.» Er streckt Jane einen Mittelfinger entgegen und verschwindet mit seinem Bier in der Menge.

Jane ruft ihm noch hinterher. «Steck dir doch einfach einen Daumen in den ...»

«Jane!»

«... Mund.» Sie fährt zu ihrem Bruder herum und senkt ihre Stimme. «Was denn? Er ist so ein Arschloch», raunt sie.

«Das habe ich mitgekriegt, aber das hier ist immer noch dein Job.»

Chase verschränkt die Arme. «Du wirst dich entschuldigen.»

Jane schnaubt, dann reißt sie sich ihr Haargummi heraus, um ihr wirres, dunkles Haar neu zu bändigen, dessen Farbe durch den Kontrast ihre blasse Haut betont. «Tut mir leid, Chase.»

«Nicht bei mir, bei Alex.»

Sie schnappt empört nach Luft, hält dann aber inne, weil ihr Bruder die Augenbrauen anhebt. «Ich mach es wieder gut, versprochen, Boss.»

«Und warum klingt das wie eine Drohung?»

«Keine Ahnung. Paranoia? Ich verspreche hoch und heilig, ich werde in den nächsten Tagen besonders freundlich zu Mister Polohemd sein. Hey», sagt sie, als sie Willow und mich entdeckt. «Was wollt ihr beiden trinken?»

«Ich nehme einen Eistee», sagt Willow. «Ohne Spucke, bitte.»

Sie grinst. «Kommt sofort. Und für dich? Oh, was ist passiert? Kampf gegen einen Laster verloren?» Sie deutet auf meine Krücken, und ich schließe kurz die Augen, weil ich das noch nicht kann. Ich kann nicht darüber scherzen, egal wie gern ich jetzt etwas Lockeres erwidern würde. «Auch einen Eistee, bitte.»

«Oh», stößt sie plötzlich hervor, als wäre ihr etwas eingefallen. «Dann bist du Davids Patientin, oder?» Sie sieht ihren Bruder mit gehobenen Augenbrauen an, dessen Blick zwischen uns hin- und herpendelt.

«Jane, das ist Abbi.» Er räuspert sich. «Ich habe dir von ihr erzählt. Und ihre Freundin Willow.»

«Freut mich, euch kennenzulernen. Moment, ich mach euch

nur schnell eure Drinks, dann können wir ein bisschen quatschen.»

*Davids Patientin.* Das ist es, was er ihr von mir erzählt hat. Jetzt weiß ich Bescheid. Es ist okay, nur habe ich es mir anders gewünscht. Aber vielleicht ist es besser so. Die Sache mit David und mir ist zu frisch, um das gleich an die große Glocke zu hängen. Außerdem weiß ich gar nicht, was genau das überhaupt zwischen uns ist. Trotzdem spüre ich Willows Blick fragend auf mir ruhen.

«Warte, ich nehme dir was ab.» David hält meine linke Gehstütze fest, damit ich das Glas annehmen kann, das seine Schwester mir reicht. Ich spüre seine andere Hand für einen Moment an meinem Rücken. Warm und sanft. Doch als Jane hinter der Theke hervorkommt und sich zu uns stellt, zieht er sie wieder weg.

«Tut mir leid, dass ihr das eben mitbekommen habt. Aber der Typ macht mich rasend. Irgendwann bringt er mich noch dazu, ihm in sein Bier zu pinkeln.»

Ich muss grinsen und spüre Davids Finger an meinem Handrücken. Als ich zu ihm hochsehe, blitzen seine Augen auf.

«Ist dieser Alex ein Stammgast?», fragt Willow.

«Leider ja. Er gibt immer Supertrinkgeld, als würde das sein Verhalten irgendwie wettmachen. Am liebsten würde ich ihm sein Geld an den Kopf werfen, aber wir können jeden Cent gebrauchen.»

Davids Gesicht verfärbt sich leicht. «So schlimm ist es auch wieder nicht.» Er knirscht mit den Zähnen.

«Oh, okay.» Ihr scheint eingefallen zu sein, dass David bei meinem Vater angestellt ist, und jetzt wird auch sie rot. Aber dann hebt sie wieder das Kinn. «Klar, wir können es uns leisten, nur die Jobs anzunehmen, die wir auch wirklich gerne und mit ganzem Herzen machen wollen, nicht wahr, Dave?»

David stöhnt, und ich verkrampfe die Finger um mein Glas.

«Und wie macht sich mein Bruder als Physiotherapeut?», will

sie dann von mir wissen. «Bist du zufrieden mit ihm, oder lässt er dich den ganzen Tag mit diesem ekelhaften Gummiband arbeiten?»

Im ersten Moment will ich den Kopf schütteln, aber dann muss ich schmunzeln. «Beides. Das Gummiband ist auch nicht gerade mein Lieblingshilfsmittel.»

«Furchtbar, oder? Das Teil wollte er mir auch mal andrehen. Aber dieser Plastikgeruch.» Sie schüttelt sich demonstrativ. «Den bekommt man ewig nicht von den Händen ab. Was machst du denn sonst so? Studiert ihr beide an der UNH?» Ihr Blick schließt Willow mit ein.

«Ja, Soziologie. Noch ein Jahr bis zu meinem Bachelor», erklärt Will.

«Bei mir dauert es noch etwas länger. Ich setze gerade ein Semester aus. Wegen meines Unfalls.» Ich hebe eine der Krücken an, dann versuche ich, darüber hinwegzulächeln.

Mein Ausdruck muss wohl etwas gequält wirken, denn Jane verzieht mitfühlend das Gesicht. «Tut mir echt leid mit deinem Unfall. Aber hey, das sieht schon ziemlich gut aus, wie du das mit diesen Dingern hinbekommst. Willst du dich vielleicht lieber irgendwo hinsetzen?» Ihr Blick geht vorwurfsvoll zu ihrem Bruder.

Aber bevor David etwas erwidern kann, winke ich ab. «Danke. Es geht schon. Ich muss das sowieso üben.»

«Du hast irgendeinen wichtigen Termin, für den du wieder fit sein musst, oder? David hat so was angedeutet.»

Das «ja, leider» kann ich gerade noch unterdrücken, aber Jane scheint mir das auch so vom Gesicht ablesen zu können. Ich nicke und ergänze: «Mit meinen Eltern.»

«Ist dein Vater irgendein hohes Tier? Ein Promi? Aus meinem Bruder ist wirklich nichts rauszukriegen.»

«Jane.» David wirft ihr einen eindringlichen Blick zu. «Ich glaube, Chase will was von dir.»

Was ganz offensichtlich nicht stimmt, denn ich kann ihren Chef nirgendwo entdecken. Trotzdem bin ich froh über diese Unterbrechung, weil die Politikkarriere meines Dads nichts ist, worüber ich sprechen möchte. Auch weil David so ein Problem mit ihm hat. Jane rollt mit den Augen, und als sie sich an ihrem Bruder vorbeidrängt, zischt sie ihm noch etwas zu.

Ich beuge mich zu ihm. «Deine Schwester ist toll», flüstere ich ihm ins Ohr, weil er so unglücklich aussieht. «Ich mag sie.»

Seine Brauen gehen fragend in die Höhe. «Weil sie dieselbe Abneigung gegen Therabänder hat wie du?»

«Was denn? Das ist etwas, das einen wirklich sofort verbindet.» Obwohl ich jetzt breit grinsen muss, sieht David immer noch zweifelnd aus. «Deine Schwester ist witzig und unheimlich nett, und ich wünschte, ich hätte nur die Hälfte ihrer Schlagfertigkeit.»

Er schluckt, dann nickt er, und ich merke, wie meine Anspannung sich langsam löst. Und als Noah mit seiner Freundin zu uns kommt, kann ich mich richtig entspannen. Er erzählt uns von seinem Dad und dass einer seiner Hunde vor kurzem gestorben ist. «Wie es aussieht, haben meine Schwester und Dad im Tierheim eben einen älteren Labrador kennengelernt, mit dem Simon sich gut verstanden hat. Ivy hat mich angerufen.»

«Oh, ich dachte, Ivy ist die Freundin deines Bruders. Ich glaube, ich bin durcheinandergekommen», entschuldige ich mich.

«Das ... ist auch so. Die Sache ist kompliziert.»

«So kompliziert auch wieder nicht», sagt seine Freundin Aubree. Eine zierliche junge Frau mit dunklen Haaren, die mir sofort sympathisch ist. «Ivy ist seine Stiefschwester *und* die Freundin seines Bruders und nebenbei bemerkt auch meine beste Freundin.» Sie nickt mir freundlich, aber entschieden zu. Sache geklärt, Thema erledigt. Dann fragt sie Willow und mich nach unserem Studium, und da ich pausiere, lasse ich lieber Willow erzählen.

Ich spüre eine Berührung an meiner Hüfte. Davids Handrücken streift mich ganz leicht, dann nimmt er den Stoff meines Kleides zwischen die Finger und hält ihn für einen Moment fest. Das ist eine so vertraute Geste, dass ich schlucken muss, und obwohl es kaum zu spüren ist, breitet sich Wärme in meinem Brustkorb aus. Ich strecke auch die Hand aus und berühre seine Jeans, fahre mit der Daumenkuppe langsam an der Außennaht entlang. Dass David den Atem anhält, merke ich einige Herzschläge später, als er die Luft wieder ausstößt.

David trinkt etwas und lacht dann über das, was Noah gesagt hat. Kurz darauf beugt er sich herab, um mir etwas ins Ohr zu flüstern, doch er lässt sich Zeit. Seine Lippen berühren meine Wange und streifen kurz mein Ohr. In meinem ganzen Körper fängt es an zu kribbeln. «Jane war eben viel aufmerksamer als ich. Sag mir Bescheid, wenn du dich lieber hinsetzen willst. Dann suche ich uns einen Platz.»

«Schon in Ordnung. Ich kann noch stehen.» Genauer gesagt will ich lieber stehen bleiben, weil ich so näher bei ihm sein kann. Als ich nach meinem auf der Theke abgestellten Glas greife, streicht mein Unterarm an Davids entlang, und das fährt wie Strom durch mich hindurch.

David beantwortet meine Berührung nur einen Moment später, indem seine Hüfte leicht gegen meine stößt. Er dreht sich zur Seite und nickt jemandem zu, dabei gleitet seine Hand an meinem Rücken nach unten, bis seine Finger für eine Sekunde meinen Oberschenkel berühren. Oh Gott, mein Puls jagt, als wären wir beide kurz davor, von einer Klippe zu springen. Er pocht mir bis in den Hals, und ich weiß nicht, wie lange ich das hier aushalten soll, ohne dass für alle sichtbar wird, wie sehr ich auf meinen Therapeuten stehe. Weil es mit den vielen Menschen sowieso viel zu eng ist, fällt es vielleicht nicht sofort auf, aber …

Ich will mit ihm allein sein. Ich habe mich sehr darauf gefreut, seine Schwester kennenzulernen, weil das ein großer Vertrauensbeweis ist, aber jetzt wäre ich lieber mit ihm allein.

Es wird langsam immer stickiger und wärmer im Raum, und mit der Zeit wird auch das lange Stehen unangenehm. Durch die vielen Leute, das Lachen und das Bier ist die Stimmung inzwischen ausgelassen. Willow singt mit Chase' Schwester Harper, die uns eben vorgestellt wurde, leidenschaftlich *Hungry Eyes* aus Dirty Dancing mit, was im Hintergrund läuft. Ich würde alles dafür geben, ebenso ausgelassen zu sein, aber meine Hüfte schmerzt, weil ich mich die ganze Zeit auf mein linkes Bein stütze. Meine Hand tastet nach Davids.

«Entschuldigt mich für einen Augenblick», sage ich und kann das Stöhnen nur mühsam zurückhalten. «Ich bin gleich wieder da.»

Tausend Entschuldigungen murmelnd, kämpfe ich mich durch die Leute bis zur Toilette. Oh Gott, ich werde gleich wegschmelzen, so heiß ist mir. Das Kleid klebt mir geradezu auf der Haut, und zwischen meinen Brüsten spüre ich einen Schweißtropfen hinunterrinnen. In der Kabine setze ich mich nur einen Moment auf den geschlossenen Toilettendeckel, um mein Bein zu entlasten. Nach einer Weile raffe ich mich wieder auf, lasse am Waschbecken Wasser über meine Hände laufen und fahre mir mit den feuchten Fingern über meinen verschwitzten Nacken. Als ich aus der Toilette auf den schwach beleuchteten Flur trete, wartet ein Schatten auf mich. Das Licht ist schummrig, deshalb kann ich Davids Gesichtsausdruck nicht richtig erkennen, aber das ist auch nicht notwendig, weil er mich in der nächsten Sekunde gegen die Wand drängt und mir die Gehstützen aus der Hand rutschen.

Mit den Lippen sucht er meinen Mund. Sein Atem ist heiß, und ich keuche auf, als er mich mit offenem Mund, aber ohne Zunge küsst. «Hölle, Abbi, ich halte das keine Minute länger aus.»

«Weil es so warm ist?» Meine Hände schieben sich wie auf Autopilot unter seinen dünnen Pullover. Er ist genauso verschwitzt wie ich und bekommt sofort eine Gänsehaut. Seine Haut fühlt sich viel zu gut an, ich kann nicht genug davon bekommen. Mit den Fingerspitzen taste ich über die Wölbungen an seinem angespannten Bauch und schlucke trocken.

«Nein, deswegen nicht.» Er umfasst meine Hüfte, hält sie fest. «Sondern wegen dir. Aber du hast Schmerzen, oder? Das war eben nicht zu übersehen. Warum sagst du nichts, wenn es so schlimm ist?»

«Nein, es ist nicht schlimm. Ich bin nur etwas ... erschöpft.»

«Dann fahre ich dich nach Hause. Ich will auch nicht länger hierbleiben, und außerdem muss ich dir etwas sagen. In Ruhe und ohne das alles hier.»

Ich nicke. «Meine Tasche ist noch in Willows Auto.»

«Okay.» Er bückt sich nach meinen Gehstützen und hebt sie auf.

«Ich sage Willow nur schnell Bescheid.»

Ich umfasse meine Gehstützen und humple zurück in den Gastraum. Als ich mir meinen Weg zur Theke erkämpft habe, wo Willow mit Aubree spricht, frage ich sie, ob sie etwas dagegen hat, wenn ich mich jetzt schon verabschiede. «David kann mich fahren, dann musst du nicht extra in die falsche Richtung.»

«Ach, hat er das angeboten?» Sie tauscht mit Aubree einen Blick.

«Nur, wenn es dir nichts ausmacht.»

«Nein, gar nicht. Ich hab mir schon gedacht, dass du nicht so lange aushältst.»

«Ja», sagt Aubree mit einem Schmunzeln. «Und wir haben uns auch ausgerechnet, dass David dich bestimmt nach Hause bringen will.»

«Genau», ergänzt Willow. «Falls du unterwegs Hilfe brauchst, ist er der richtige Mann dafür.»

«Wieso sollte ich unterwegs Hilfe brauchen? Seid ihr betrunken?»

«Nur Eistee.» Aubree legt den Kopf schief und nickt dann mitfühlend. «Das ist anstrengend für dich hier mit den Krücken, oder? Vielleicht solltest du dich im Auto direkt hinlegen.»

Mit jedem Satz wird mir heißer. «Verarscht ihr mich gerade?»

«Nein, überhaupt nicht» und «Wie kommst du denn darauf» flöten die beiden, und spätestens jetzt ist die Sache klar.

«Ich muss noch meine Tasche aus deinem Auto holen. Gibst du mir den Schlüssel?»

Willow hält ihn mir zwar unschuldig lächelnd hin, aber ich wette, die beiden werden gleich in haltloses Gelächter ausbrechen, sobald ich ihnen den Rücken zukehre.

Na, herzlichen Dank auch.

Aber schon eine Sekunde später denke ich nicht mehr darüber nach. Weil ich gleich mit David allein sein werde und weil er mit mir reden will. Ich weiß nicht, was von beidem meinen Puls mehr beschleunigt.

27. KAPITEL

# DAVID

Der Typ leuchtet mir echt ins Auto, ich fass es nicht. Vor fünf Minuten hat Abbi dem Personenschützer Bescheid gegeben, dass ich heute Abend noch mal komme, um ihr etwas vorbeizubringen, trotzdem steht Steve jetzt neben meinem Auto und leuchtet mir mit einer Taschenlampe ins Gesicht und über den Beifahrersitz. Er kennt mich, sieht mich jeden gottverdammten Tag. Das hier ist einfach nur beschissenes Machtgehabe. Völlig überflüssig, würde ich meinen. Und wenn Abbi nicht auf der Rückbank läge, wäre es mir völlig egal.

Sie hat sich eine Decke über den Kopf gezogen, die Krücken sind unauffällig im Fußraum verstaut. Es ist lächerlich, dass sie sich als erwachsene Frau verstecken muss. Ein Grund mehr, warum ich niemals einen Job haben möchte, bei dem man in der Öffentlichkeit steht. Ein Grund mehr, Hayden zu verfluchen, weil er seiner Tochter so was zumutet. «Alles okay?», flüstere ich, als Steve endlich die Taschenlampe sinken lässt und zurücktritt.

«Ja», kommt es dumpf unter der Decke hervor. «Abgesehen davon, dass ich mich fühle, als würde ich irgendwas Illegales machen.» Als ich einen raschen Blick in den Rückspiegel werfe, der auf die Rückbank ausgerichtet ist, zieht sie die Decke ein Stück von ihrem Gesicht. «Oh David, können wir bitte etwas Verbotenes machen, damit sich das Ganze auch lohnt?» Mit einem Seufzen zieht sie sich die Decke wieder über das Gesicht.

Steve macht keine Anstalten, das Tor für mich zu öffnen, deshalb lasse ich den Motor laufen und steige aus, um es selbst zu tun. «Ich schätze, Steve kann mich nicht leiden», sage ich, als ich wieder im Auto sitze.

«Na ja, er war früher bei den Marines», erklärt Abbi. «Mein Dad hat mir erzählt, dass er in Afghanistan und Bahrain gekämpft hat. Jetzt den Babysitter für die Tochter eines Kongressabgeordneten zu spielen, muss ihm ziemlich lächerlich vorkommen.»

«Möglich. Er könnte aber auch froh sein, dass er jetzt einen weniger gefährlichen Job hat.» Ich fahre bis vor das Haus und am Eingang vorbei, um den Wagen auf dem Fleckchen Kies zu parken, das nicht beleuchtet wird. «Wie machen wir das jetzt? Ich gehe ins Haus und sperre die Terrassentür für dich auf, damit du dich von hinten reinschleichen kannst? Und nachher inszenieren wir einen Abschied an der offenen Haustür?»

Garantiert kann Abbi an meiner Stimme hören, wie absurd und scheiße ich das alles finde. Dabei würde ich viel lieber diesen Moment genießen. Denn das macht mir wirklich zu schaffen. Das hier ist der letzte Moment, den wir haben. Der letzte Moment, in dem sie noch nicht weiß, dass Jane ihre Halbschwester ist. Der letzte Moment, bevor ich ihr die Wahrheit über ihren Dad sagen werde. Womöglich auch der letzte Moment, in dem sie mich noch nicht hassen wird.

Oder ich könnte einfach so tun, als wäre das alles hier normal, und sie die ganze Nacht lieben. Das würde ich deutlich dem anderen Szenario vorziehen, in dem ich hoffen muss, dass die Handgranate doch nicht explodiert, obwohl ich sie schon fallen gelassen habe.

«Du könntest auch einfach ganz normal aus dem Auto steigen», sage ich schroff. «Scheiß auf Steve, scheiß auf die beschissenen Anweisungen deiner Eltern, Abbi.»

Sie richtet sich auf. «Aber ich will nicht, dass du deswegen Probleme bekommst.»

Morgen wird eh alles anders sein, da spielt so eine Kleinigkeit jetzt wirklich keine Rolle mehr. «Tu, was für dich richtig ist», erwidere ich. «Nicht für deine Eltern. Oder für mich.» Denk nicht an mich, denk nicht an den Typen, der dich seit Wochen belügt.

Für einen Moment sieht sie mich unschlüssig an, dann nickt sie. Sie tastet im Fußraum nach ihren Krücken und stößt die Tür auf. Ich steige sofort aus, um ihr zu helfen, aber sie ist schneller. Mit dem Ellbogen drückt sie die Autotür zu und geht zur Haustür. Ich kann das Fernglas förmlich in meinem Nacken spüren und frage mich, wie schnell ihr Dad den Anruf von seinem Sicherheitsdienst bekommen wird.

«Du hast das Licht angelassen», sage ich, als Abbi aufschließt.

«Weil ich es nie lösche, wenn ich allein bin. Es wäre auffällig gewesen, wenn ich es heute gemacht hätte.»

«Hast du Angst im Dunkeln?»

Abbi lässt mich vorgehen und schließt die Tür hinter uns. «Nein.» Sie zieht eine Grimasse. «Na ja, vielleicht ein bisschen. Meine Eltern sind ständig über Nacht weg. Es ist ein altes Haus, und es knarzt wirklich überall. Ich weiß nicht warum, aber im Dunkeln ist es noch viel lauter.»

«Macht es dir eigentlich gar nichts aus, so viel allein zu sein?»

«Ich verstehe, dass es nötig ist. Als Politiker braucht mein Vater eine gute Infrastruktur und eine solide Spendenbasis. Die Partei investiert in ihn, also muss er auch in sich investieren. Das ist mit viel Zeit verbunden. Und damit man ihn auch außerhalb von New Hampshire kennt, knüpft er überall Kontakte und muss eben ... na ja, überall sein.»

«Man kennt deinen Dad außerhalb von New Hampshire schon ziemlich gut, würde ich meinen.» Ich sollte einfach die Klappe halten. «Aber du hast meine Frage nicht beantwortet. Macht es dir nichts aus?»

«Doch. Natürlich. Es ist manchmal einsam.»

Sie stützt sich auf ihre Krücken und geht durch die Halle, und mich macht es fertig, dass sie das einfach so sagt, als würde es nichts bedeuten. Denn das tut es. Es bedeutet alles.

Was mache ich hier eigentlich? Habe ich wirklich gedacht, ich bringe Abbi nach Hause, sag ihr die Wahrheit, gucke zu, wie sie zusammenbricht, und dann fahre ich in unsere kleine Wohnung zurück und mache mit meiner Schwester weiter? Oder wollte ich es doch noch vor mir herschieben? Einfach mit Abbi hoch in ihr Zimmer gehen, um sie auf ihrem Riesenbett unter den gezeichneten Palmen zu lieben, als gäb's kein Morgen?

Dieser Job, die ganzen Lügen, ihr Dad – das ist alles ein Albtraum. Aber diese Zeit allein mit Abbi ist das genaue Gegenteil. Abbi ist ein Traum, der nie wahr werden wird. Und ich bringe es einfach nicht fertig, das jetzt schon aufzugeben. Doch was ist mit Mom? Auch sie hatte vielleicht irgendwann mal solche Träume, nur weiß ich nichts darüber. Weil sie nie darüber gesprochen hat. Sie hat immer nur an uns gedacht, und als wir beide, Jane und ich, so weit erwachsen waren, dass sie sich um uns nicht mehr sorgen musste, und sie endlich die letzte Rate von diesem verfluchten Kredit abbezahlt hatte, da war sie plötzlich tot. Sie hätte jetzt endlich leben können, und damit komme ich nicht klar.

Ich kann diesen Moment mit Abbi nicht genießen, weil er nur eine Illusion ist. Das ist nicht das reale Leben. Das reale Leben der Familie Rivers waren Rechnungen, ein leerer Kühlschrank und ein heulendes, krankes Kleinkind, das nicht das verfickte Spielzeug bekommt, das es haben will, und stattdessen mit ein paar Papiertieren bei Laune gehalten wird. Das reale Leben ist eine Ohrfeige, die man bekommt, weil man es verdient hat. Das reale Leben ist ein geplatztes Trommelfell und geplatzte Träume. Es sind Schmerzen und Taubheit. Und Verantwortung. Für die eigenen Kinder oder die kleine Schwester.

Mein Leben ist immer ein «Pass auf deine kleine Schwester

auf» und ein «Ich verlasse mich auf dich» gewesen. Mein Leben ist ein «Fahr mit Jane zum Arzt, ich muss arbeiten» und ein «Hier ist etwas Geld, David, kümmere dich um den Wochenendeinkauf». Mein Leben ist ein «Du bist vier Jahre älter, also musst du vernünftig sein».

Manchmal habe ich Jane zum Teufel gewünscht, weil ich einmal nicht der Vernünftige von uns beiden sein wollte. Weil ich auch mal Scheiße bauen und für nichts die Verantwortung tragen wollte außer für mich selbst. Manchmal habe ich Mom für diese Worte gehasst. Und jetzt wird mir klar, dass ich ihr nicht verzeihen kann. Weil sie sich einfach so davongemacht und mich mit allem zurückgelassen hat. Was ist mit meinem Leben?

Ganz sicher ist es nicht das hier. Nicht dieses Haus und noch viel weniger dieser geheime Garten mit der rätselhaften Frauenstatue, dem kleinen Wasserfall und dem Stück Wiese hinter der Steinbank, auf der Abbi für mich gestöhnt hat. Mein Leben ist nichts davon.

Aber ich wünschte, es wäre so.

Bei Gott, ich wünschte, es wäre genau das hier. Mit Abbi einfach die Treppen hochzugehen und nichts davon bereuen zu müssen.

«David?»

Auf einmal nehme ich wahr, dass Abbi direkt vor mir steht. Sie muss mich schon mehrmals angesprochen haben, denn ihr Blick ist besorgt. Nun fasst sie nach meinem Arm. «Du siehst aus, als würdest du am liebsten weglaufen.»

Langsam schüttele ich den Kopf. «Ich laufe nie vor irgendwas weg.» Augen zu und durch, so habe ich das immer gemacht, egal wie schmerzhaft oder schwierig es war. Weil alles andere sinnlos ist.

«So meinte ich das auch nicht. Was ist los? Du bist so nachdenklich.»

Ich schüttele meine Gedanken ab und bemühe mich, zu lächeln. «Gar nichts, alles okay.»

«Mein Dad hat mir eine Nachricht geschickt.» Sie aktiviert ihr Smartphone, öffnet die Nachrichten-App und tippt ein Bild an, um es mir in voller Bildschirmdiagonale zu zeigen. Auf dem Foto ist zu sehen, wie wir beide vom Auto zur Haustür gehen. Und darunter steht nur eine Frage: *Wo warst du?*

Also hat Steve echt keine Zeit verloren.

«Was soll ich ihm antworten?»

Fuck, ich habe es so satt, immer alles richtig zu machen. Immer vernünftig zu sein. Immer der nette anständige Junge zu sein, der alles runterschluckt. Ich nehme ihr das Handy ab, tippe eine Antwort, schicke sie aber nicht ab, sondern reiche ihr das Handy mit noch blinkendem Cursor zurück.

Abbi liest die Nachricht. Ihr Kopf schießt wieder hoch zu mir, dann beißt sie sich auf die Lippe. Sie sollte den Text löschen, aber verdammt, sie guckt mich viel zu vertrauensvoll an. So als würde sie mir ihr Herz und ihr Leben, ohne zu zögern, in die Hand legen. Eine Sekunde später tippt ihr Daumen auf Absenden.

Mir fällt alles aus dem Gesicht.

Heilige Scheiße, ich hätte nie gedacht, dass sie das macht.

ABBI: Das geht dich einen Scheißdreck an, Dad. Ich bin erwachsen und kann selbst entscheiden, was ich will. Meine Entscheidungen können niemals so beschissen sein wie deine.

28. KAPITEL

# DAVID

Abbi hat die Nachricht abgeschickt. Einfach so. Ohne auch nur ein Wort zu ändern oder mich danach zu fragen, was sie überhaupt bedeutet.

Sie hat sie wirklich abgeschickt. An ihren Dad. An William Hayden, unseren zukünftigen Gouverneur. Ich will auflachen und kann gleichzeitig vor Entsetzen keinen Laut mehr rausbringen, aber weil beides zusammen nicht geht, bleibe ich irgendwo dazwischen stecken. «Du hast sie abgeschickt. Abbi», sage ich schwach, weil ich es immer noch nicht in meinen Schädel kriege. «Bist du irre?»

Sie grinst so süß, dass es bis in meinen Magen zieht, und schweigt.

«Ich meine, du hättest es auch einfach nur als Vorlage nehmen können, um es mit deinen Worten irgendwie ... anzupassen.»

«Ich fand es gut so. Klang ehrlich.»

«Aber du hast mich nicht mal gefragt, warum.» Mit beiden Händen fahre ich mir übers Gesicht, weil sie damit gerade jede Sicherheitsleine durchtrennt hat. Jetzt muss ich es ihr sagen, und damit ist alles aus. Damit verliere ich diesen Job, die Kohle, die ich unbedingt brauche, und ich verliere Abbi.

Sie dreht sich zur Treppe und hebt beide Krücken auf die erste Stufe, um sich hochzubewegen. «Kommst du?», fragt sie über ihre Schulter.

Ihre Frage klingt nach so viel mehr. Sie klingt nach Vertrauen, das ich nicht verdiene. *Ich will es. Ich will dich. Ich will dich jetzt. Ich will dich, auch wenn ich nicht alles von dir weiß.*

«Halt deine Krücken fest.» Ich hebe sie auf meine Arme und trage sie die Treppe hoch. Nicht damit es schneller geht, ich habe es nicht eilig, mir mein eigenes Grab zu schaufeln, sondern einfach nur, weil ich ihr ein letztes Mal so nah sein will.

Als wir in ihrem Zimmer angekommen sind, fällt die Tür hinter uns ins Schloss, und ich setze sie sanft ab.

«Tu das nicht», sage ich schnell, als sie die Krücken zur Seite legt und Anstalten macht, ihr Kleid aufzuknöpfen.

«Warum nicht?»

*Weil ich das nicht kann. Ich kann nicht mit dir schlafen.* «Tu es einfach nicht, okay?»

Abbi lässt die Arme sinken, aber sie ballt die Hände zu Fäusten, ist am ganzen Körper angespannt. Ich komme näher. Ihr Kleid ist hochgeschlossen, es hat einen kleinen Stehkragen mit einem einzigen Knopf am Hals. Darunter kommt fast zwanzig Zentimeter nichts, was bedeutet, dass ich von der Seite durch den Spalt ihre nackte Haut sehen kann. Nicht nötig, sich auszuziehen, um das Blut durch meine Adern zu jagen. Verdammt, ich kann nicht widerstehen. Mit dem Zeigefinger fahre ich unterhalb des Knopfes zwischen den Stoff und gleite nach unten. Wobei ich mehr Stoff berühre als Abbi und sie nur mit dem Knöchel streife, trotzdem hält sie die Luft an und lässt sie nur langsam wieder entweichen. Ich liebe es, aber Hölle, ich muss sofort damit aufhören!

Nur dass ich es nicht kann. Aufhören ist genauso unmöglich wie weitermachen. Abbi streckt ihre Hand aus und fährt mit den Fingerspitzen über den Kragen meines Pullovers. Sie kommt mir näher, und weil ich zurückweiche, stoße ich irgendwann an ihr Bett. Ich weiß, dass jede weitere Berührung, die ich zulasse, nur falsch sein kann. Trotzdem setze ich mich auf das Bett und lasse mich fallen, starre zur Wand, wo die Farne über uns hinausragen.

Und dabei versuche ich, an nichts zu denken. An nichts, das mich dazu bringen könnte, an dieser Stelle abzubrechen. Aber das funktioniert nicht.

Im nächsten Moment senkt sich die Matratze, als Abbi zu mir aufs Bett klettert. Dann ist sie über mir. Sie schiebt ihre Hände unter meinen Pullover, senkt den Kopf, um ihre Lippen über meinen Bauch wandern zu lassen. Feucht und warm. Und als ihr Atem dann diese nasse Spur trifft, bekomme ich eine brutale Gänsehaut. Sie schiebt meinen Pullover höher, hakt ihre Finger in den Bund meiner Jeans ein, lässt sie ganz langsam an der gesamten Breite entlangstreifen, und ich bin jetzt schon steinhart. Ich stelle mir vor, wie sie ihr Kleid ein Stück hochzieht und sich auf mich setzt, was ich auf keinen Fall zulassen kann.

Ich werde nie wieder mit ihr zusammen sein. Ich schlucke, weil Abbi mich so vertrauensvoll anlächelt. Etwas an diesem Lächeln zerstört mich. Aber etwas daran bringt mich auch dazu, alle Gedanken aus meinem Kopf zu zwingen. Und dann strecke ich eine Hand nach ihr aus, schiebe sie in den Schlitz unterhalb des Knopfes an ihrem Kragen, umfasse ihre Brust, reibe über die harte Spitze, richte mich auf, küsse sie durch den Stoff, bevor ich den Knopf löse und mein Blick auf ihre schwarze Unterwäsche fällt. Abbi lässt sich zurückfallen, und wahrscheinlich bin ich das letzte Arschloch, weil ich jetzt sofort mein Gesicht an ihren Schoß dränge und sie damit zum Stöhnen bringe. Mit beiden Händen schiebe ich ihr Kleid hoch, senke meine Lippen auf ihren Slip, atme ihren Duft ein und lasse meine Zunge über den dünnen Stoff gleiten.

*Lügner*, sagt die Stimme in meinem Kopf. *Lügner. Lügner. Lügner.*

Ich fasse unter den Bund ihres Slips und ziehe ihn nach unten.

*Fuck, David, hör sofort auf!*

Aber dann gewinnt die Schwerkraft, die mich immer zu Abbi hinzieht, und alles, was durch meinen Kopf rast, alles, was dagegenspricht, ist vergessen. Weil ich mich nicht zurückhalten kann, weil ich sie für mich will. Ich liebe sie. Ich liebe sie mit dem Mund, mit meiner Zunge, dringe mit zwei Fingern in sie ein. Abbi stöhnt meinen Namen, was mit Abstand die beste Art ist, ihn zu sagen. Sie krallt sich in meinem Haar fest, zieht mich zwischen ihren Beinen nach oben. Gott, wie gern würde ich jetzt in sie sinken. Aber das geht nicht, weil ich nichts zum Schutz dabeihabe. Und noch viel mehr, weil ich sie betrüge. Aber verdammt, ihre Hände fühlen sich so gut an. Ich schließe die Augen, als sie sich über mich beugt, mit ihrem Mund erst meinen Brustkorb und dann meinen Bauch liebkost. Gebe nach, als sie meine Hose runterzieht.

Ich hoffe, sie hört nie wieder damit auf. Scheiße, nein, ich hoffe, sie hört sofort damit auf, berichtige ich mich, als sie plötzlich meinen Penis umfasst und ich ihren Atem spüre. Langsam gleitet ihre Zunge an mir nach oben. Hölle, hat sie heimlich meinen Wunschzettel gelesen? Und noch mal Hölle, wie heiß ist bitte ihr Atem?

Ich halte ihre Schultern fest, als sie die Zunge um meine Eichel kreisen lässt, fasse in ihr Haar, das mich am Oberschenkel kitzelt, und stöhne dunkel auf, weil ich es verdammt noch mal nicht aushalte.

Manchmal ist es gar nicht gut, wenn Santa deine Wünsche erfüllt, weil … fuck, als Abbi ihn das erste Mal ganz in den Mund nimmt, bin ich bereits kurz davor zu kommen. «Abbi», keuche ich auf und versuche, mich zurückzuziehen. Aber weil es sich so unfassbar gut anfühlt, lasse ich zu, dass sie weitermacht, und genieße die Hitze in ihrem Mund. Genieße ihre Zunge, und wie eng sich ihre Lippen um mich schließen und sie gleichzeitig ihre Hände mit genau dem richtigen Druck und mit einer Drehung an mir hoch und runter bewegt. Und als sie dann auch noch diese eine bestimmte Stelle unterhalb meiner Hoden drückt, deren

Name mir jetzt wahrscheinlich nie wieder einfallen wird, ist es zu viel. «Abbi ... stopp ... jetzt ...» Ich kann das nicht. Ich kann das einfach nicht.

Mit einem Stöhnen ziehe ich sie an mir hoch, presse meinen Mund auf ihre Schläfe. «Sorry», keuche ich atemlos. «Tut mir leid, dass ich ... so ein Idiot bin.» Ich brauche einen Moment, um wieder ruhig atmen zu können, weil ich immer noch ihre Lippen auf mir spüren kann und mich von diesem Gefühl schnellstmöglich verabschieden muss.

«Es ist okay. Ich dachte nur, dass du vielleicht ... Nein, es ist okay», verbessert sie sich. Ihre Hand streichelt meine Schulter. Sie fragt nicht, was mit mir los ist oder warum ich sie unterbrochen habe, sondern hält mich nur fest. Keine Ahnung, wie lange wir so daliegen, ohne etwas zu sagen, aber irgendwann muss ich endlich damit anfangen.

«Abbi?»

Sie räuspert sich und berührt mit den Fingerspitzen mein Ohr. «Wirst du mir jetzt erzählen, wie es passiert ist?»

Es ist klar, was sie meint. Und nein, auf keinen Fall, will ich sofort sagen, aber das ist nicht richtig. Vielleicht kann sie mich besser verstehen, wenn sie alles weiß. Wenn sie genau weiß, was damals passiert ist.

Während ich immer noch nach Worten suche, fragt sie: «War das dein Dad? Hat er dich geschlagen?»

«Nein.» Am liebsten würde ich die Augen schließen, aber weil es ziemlich dunkel ist und sowieso nur wenig Licht von der Einfahrt zu uns hochdringt, kann ich das auch gleich lassen. «Meine Mom.»

Keine Ahnung, ob sie das schockiert, aber sie hält für einen Moment den Atem an. Würde es das Ganze besser machen, wenn es mein Vater gewesen wäre? Nein. Wäre es weniger schockierend, weil wir daran eher gewöhnt sind? Wahrscheinlich. Und wie scheiße ist das eigentlich, dass wir das fast achselzuckend hinnehmen, wenn es ein Mann macht? Wie scheiße ist es, dass man das eher von einem Mann erwartet? Man sollte das von niemandem erwarten.

«Aber du warst erst neun.»

Ja. Ein Neunjähriger, der etwas sehr Dummes gesagt hat.

«Ich schätze, meine Mutter war einfach überfordert», erwidere ich. Was stimmt, es aber nicht rechtfertigt, das weiß ich selbst. «Jane hatte als Kind Leukämie.»

«Oh Gott ...»

«Jetzt ist alles okay. Sie ist vollkommen gesund, du hast sie ja erlebt.» Ich ziehe unwillkürlich einen Mundwinkel nach oben. «Aber mit fünf war sie wirklich krank. Sie hätte einen Knochenmarkspender gebrauchen können, aber weder meine Mutter noch mein Vater waren kompatibel. Dabei ist rausgekommen, dass mein Vater nicht Janes Vater ist.» Wie nah ich jetzt schon der Wahrheit komme, zwängt mir direkt die Kehle zusammen. Wie soll ich es ihr sagen? Wie?

«Dein Dad ... er hat das vorher nicht gewusst?»

«Er hatte keine Ahnung, dass meine Mom fremdgegangen war. Sie hat ihn in dem Glauben gelassen, Jane wäre von ihm. Wahrscheinlich wüsste er es bis heute nicht, wenn sie nicht krank geworden wäre.»

Abbi sagt darauf nichts, aber sie schlingt den Arm fester um mich, was ich kaum ertragen kann. Scheiße, Scheiße, Scheiße. *Konzentrier dich, David! Sag einfach, wie es war!*

Ich schlucke meine Angst runter und zwinge mich dazu weiterzureden. «Mein Vater kam damit nicht klar. Er hat es versucht, aber er und Mom haben sich nur noch gestritten. Am Anfang hat er uns noch finanziell unterstützt, aber mit der Zeit ... Er hat uns immer seltener besucht, und Jane wollte er gar nicht mehr um sich haben. Dann hat er eine neue Frau kennengelernt, die geschieden war und auch schon zwei Kinder hatte. Es ist bescheuert, aber offensichtlich war es leichter für ihn, sich um diese zwei Kinder zu kümmern, als um seine eigenen.»

«Das tut mir leid, David.»

«Es ist okay. Ich habe inzwischen kapiert, dass er damit sich selbst gegenüber nicht eingestehen musste, als Vater gescheitert zu sein. Wahrscheinlich redet er sich sogar ein, dass es besser für uns gewesen ist, und hält sich für einen Helden, der großzügig auf seine Kinder verzichtet hat. Oder er wollte nur meine Mutter bestrafen und hat nicht gemerkt, dass er eigentlich uns bestraft. Ich habe keine Ahnung. Ich kann mich kaum noch daran erinnern, wie die beiden miteinander umgegangen sind, aber meine Mom hat eigentlich nie schlecht über ihn geredet.»

«Hast du noch Kontakt zu ihm?»

Ich verziehe den Mund. «Er schickt mir jedes Jahr eine Weihnachtskarte.»

Ihre Finger kreisen langsam über meinem Rücken. «Ich weiß gar nicht, wie deine Mom heißt.»

«Rachel. Sie hieß Rachel.» Ich kämpfe gegen den Reflex an, einfach aus dem Bett zu springen. Jetzt würde ich doch am liebsten weglaufen, aber Abbi verdient mehr als einen Feigling und Lügner. «Willst du ein Foto von ihr sehen?»

«Ja, gerne.»

Über den Bettrand hangle ich nach meinen Jeans. In meine Geldbörse habe ich die drei Fotos gepackt, die sonst in meinem Spind in der Klinik kleben, und jetzt ziehe ich das eine heraus, auf dem nur meine Mom zu sehen ist. Es ist ein knappes Jahr alt, sie trägt das T-Shirt von Chase' Diner und hat sich ein paar Menükarten unter den Arm geklemmt.

Abbi schluckt. «Deine Schwester sieht ihr so ähnlich. Sie war wirklich hübsch. Man schaut ihr gern in die Augen.» Sie gibt mir das Foto zurück. «Ist dein Vater zur Beerdigung gekommen?»

«Er war da, ja. Aber er hat damit nur eine moralische Pflicht erfüllt, schätze ich. Ich glaube nicht, dass er denkt, einer von uns würde ihn jetzt noch brauchen.»

«Brauchst du ihn denn?»

«Ich habe damit abgeschlossen.»

Sie seufzt leise. Wahrscheinlich glaubt sie mir kein Wort. Kann ich ihr nicht mal verübeln, ich glaube mir das selbst auch nicht. «Nach der Trennung war ich verdammt wütend auf meine Mom. Ich habe ihr die Schuld an allem gegeben. Daran, dass Jane krank geworden ist und dass mein Vater uns verlassen hat. Irgendwann bei Janes viertem, oder vielleicht war es auch der fünfte, Krankenhausaufenthalt bin ich ausgeflippt und habe im Wartezimmer einen Stuhl umgeworfen und sie angebrüllt, dass mir Jane egal ist, dass ich mir sogar wünschte, sie wäre tot, weil ich dann endlich wieder mit meinen Kumpels spielen könnte und nicht mehr im Krankenhaus rumhängen müsste. Da hat sie mir eine geknallt, ich habe angefangen zu heulen und sie gleich mit mir. Dabei hat sie sich ungefähr eine Million Mal entschuldigt.»

«Aber dein Trommelfell ist geplatzt, du musst doch Schmerzen gehabt haben. Vor allem, als es sich entzündet hat. Ich kann mir gar nicht vorstellen, wie schlimm das gewesen sein muss. Hat sie dich nicht untersuchen lassen?»

«Wenn sie es gewusst hätte, hätte sie das natürlich gemacht. Aber ich habe ihr nie gesagt, dass es immer noch weh tut. Tagsüber habe ich das ganz gut ausgehalten, nur nachts war es schlimm. Nachts ist alles schlimmer. Ich habe so gut wie nie durchgeschlafen, war am nächsten Tag aggressiv und habe meine Lehrer provoziert. Erst als meine Mutter mit mir zur Schulpsychologin gegangen ist, hat die herausgefunden, dass ich auf meinem linken Ohr kaum noch was höre, weil es total vernarbt ist.»

«Aber warum nicht? Warum hast du nichts gesagt?»

«Weil ich mich so geschämt habe, Abbi. Weil ich das alles

bereut habe. Wie selbstsüchtig ist es, dass ich meine kleine Schwester am liebsten weghaben wollte, wenn auch nur für einen Moment?»

Ich hasse es, wie mitleidig sie mich jetzt ansieht. «Du warst neun, David! Da ist es doch verständlich, dass man auch mal böse Gedanken hat, wenn man immer zurückstecken muss.»

Darauf antworte ich nicht. «Meine Mom hatte damals nicht mal Freunde, die ihr hätten helfen können. Sie hatte echt genug um die Ohren mit einem schwerkranken Kind und dem Drama, dass ihre Ehe darüber in die Brüche gegangen ist, da konnte sie den Scheiß mit mir wirklich nicht gebrauchen.»

«Ich wünschte, sie wäre mit dir zum Arzt gegangen. Sie hätte merken müssen, dass etwas nicht stimmt.»

«Abbi», sage ich schwer atmend und rücke von ihr ab. «Sie hat es jeden gottverdammten Tag bereut, nachdem sie es herausgefunden hat. Genauso, wie ich jeden gottverdammten Tag bereut habe, was ich über Jane gesagt habe. Was glaubst du, woher ich dieses superteure Hörgerät habe? Das hat meine Mutter gekauft, und das war nicht das erste. Sie hat sich den Arsch für uns aufgerissen. Für Jane und auch für mich. Es sind nicht alle so privilegiert wie in deiner Familie.» *Klasse, David, du bist ein echter Held.* Die Bemerkung kann sie jetzt bestimmt gut gebrauchen.

Abbi ist zusammengezuckt. «Du ... du hast recht. Es tut mir leid, das war nicht richtig von mir, ich hätte das nicht sagen sollen. Und ich wollte deine Mutter nicht verurteilen, wirklich nicht. Ich wünschte nur, du hättest das alles nicht durchmachen müssen.»

«So ist das Leben», sage ich. «Einige erleben so was früher, die anderen später.»

«Was meinst du damit?»

Dass der Schmerz, den ich schon hinter mir habe, ihr noch bevorsteht. Wenn sie die Wahrheit erfährt. Aber jetzt in diesem

Augenblick überlege ich mir, was wäre, wenn ich einfach gehen würde. Wenn ich einfach aus ihrem Leben verschwinden würde, ohne es ihr zu sagen. Wenn sie einfach weiter in dem Glauben leben könnte, dass ihr Dad ein Superheld ist. Der zwar wenig Zeit für sie hat, aber dafür die verfickte Menschheit rettet.

«Abbi», flüstere ich und muss schlucken, weil meine Kehle vom vielen Reden wie ausgedörrt ist. Vom Reden und noch viel mehr von der Angst, die mir im Hals festsitzt wie ein trockenes, durchgekautes Stück Fleisch. «Was ist, wenn ich jemanden hasse, den du liebst?»

## 29. KAPITEL

# ABBI

Was ist, wenn ich jemanden hasse, den du liebst?», fragt David.

Mit diesem Satz zerbricht etwas in mir. Noch viel mehr als bei meinem Unfall zerschmettern Davids Worte einen Teil von mir, der niemals heilen kann. Die Art, wie er es sagt, klingt endgültig. Er zweifelt nicht daran. Das ist keine hypothetische Frage, nicht mal ein ‹Was wäre wenn?›. Ich sehe es in seinem Blick, der schwarz und hoffnungslos ist.

Er hasst meinen Dad.

David ist nicht der Mensch, der so etwas leicht dahinsagt. Er meint damit nicht, dass er ihn nicht besonders gut leiden kann. Er meint das ernst. Und das lässt den Raum, obwohl ich im Bett liege, um mich herum schwanken. Ich halte meinen Kopf fest.

«Sag das nicht.» Ein Schluchzen bricht aus mir heraus, so unmittelbar, dass ich nicht einmal die Chance habe, es zu unterdrücken. «Bitte sag so was nicht, David.»

«Was ist, wenn dein Dad viel schlimmer ist als meiner? Wenn ich jeden Tag daran denken muss und gleichzeitig weiß, dass du ihn liebst? Abbi, was ist dann?»

Ich muss auf Abstand gehen, weil ich das Gefühl habe, zu ersticken. Ich richte mich auf, rutsche zur Bettkante. Ich spüre, wie David sich ebenfalls aufsetzt. Die Bewegung der Matratze, als er aufsteht. Höre, wie er sich anzieht. Die Hose. Die einzelnen Knöpfe seiner Jeans. Die Schritte, die er um das Bett herum macht.

Was ist nur passiert? Ich habe Angst, diese Frage zu stellen, aber ich kann sie auch nicht zurückhalten. «Warum, David?»

David hatte von Anfang an eine Abneigung gegen ihn, schon als ich noch in der Rehaklinik lag. Er wollte mich nicht als Patientin. Er hat Kadence angefleht, mich ihm abzunehmen. Hat immer Abstand zu mir eingehalten, ist vor mir zurückgezuckt, wenn ich ihn unabsichtlich berührt habe. Ich habe das darauf geschoben, dass er professionell bleiben wollte. Und jetzt frage ich mich, wie dumm ich eigentlich sein kann. Es hat gar nichts mit Dads Beruf als Politiker zu tun. Es ist etwas Persönliches.

Gerade eben hätte ich den neunjährigen David gerne in den Arm genommen, einen Jungen, der alles für seine Mom und seine kleine Schwester getan hat. Und daran hat sich seitdem nichts geändert, oder? Auch wenn seine Mutter gestorben ist, macht er alles in seinem Leben für sie und Jane. Immer noch. Meine Gedanken rasen.

David bleibt neben dem Bett stehen. «Sie hat uns nie gesagt, wer Janes Vater ist, Abbi. Die ganze Zeit nicht.»

Was? Aber ...

Mein Kopf schießt zu ihm hoch. Davids ganzer Körper ist angespannt. Sein Blick geht zur Tür, und ich frage mich, ob er jetzt doch das erste Mal in seinem Leben weglaufen wird. Aber er bewegt sich nicht, atmet nur ein und aus, als würde ihn jeder Atemzug Kraft kosten.

Nach Janes leiblichem Vater habe ich ihn nicht gefragt. Kein einziger fassbarer Gedanke will sich in meinem Kopf ausformen, und unbewusst wiederhole ich einfach seine Worte. «Sie hat euch nie gesagt, wer Janes Vater ist.»

«Nein.»

Er kämpft mit sich, und ich verstehe nicht, wieso. «Aber jetzt weißt du es?»

David sieht mich an. Ich bin schon fast sicher, dass er mir

nicht antworten wird, weil er die Lippen zusammenpresst, aber dann holt er Luft und fängt doch an zu reden. «Nach Moms Herzinfarkt musste ich mich um die Beerdigung kümmern und um die ganzen Rechnungen, weil ... Es war einfach niemand anderer da. Jane und ich sind allein. Und dabei habe ich etwas gefunden, das ich am liebsten nie gesehen hätte. In ihren Unterlagen gab es einen alten Vertrag. Er wurde kurz nach Janes Geburt aufgesetzt. Ein Vertrag, den meine Mom mit Janes Vater geschlossen hat. Er beinhaltet eine finanzielle Abfindung und eine Verschwiegenheitsklausel. Niemand sollte je erfahren, dass er ein uneheliches Kind hat.»

Als könnte man ein Kind einfach wegradieren, mit einem Schriftstück dafür sorgen, dass es nie existiert hat. Das ist schrecklich. Aber was hat das mit meinem Vater zu tun? Oh Gott, warum erzählt David mir das? «Wer ist Janes Vater? Kennst du ihn? Hast du mit ihm gesprochen?»

«Abbi.» Davids Stimme klingt verzweifelt. «Ich kannte ihn nur von Fotos. Aber ... verdammt, jeder kennt ihn. Ich wollte nicht mit ihm reden. Er hat meine Mom und Jane im Stich gelassen und sie verleugnet. Er hat ... Hölle, Abbi, ich ...»

Jeder kennt ihn. Jeder kennt ihn, ich also auch. Und David wollte unbedingt, dass ich seine Schwester kennenlerne. Das war ihm wichtig. Oh Gott, nein, das ... das kann nicht sein.

«Ich bin ihm aus dem Weg gegangen. Zumindest habe ich es versucht. Abbi, ich habe versucht, deinem Vater aus dem Weg zu gehen. Aber dann sollte ich dich als Patientin übernehmen, und das war ...»

Er rauft sich durch das Haar und spricht den Satz nicht zu Ende. Aber ich weiß auch so, wie er weitergeht. Ein Albtraum. Ich war ein Albtraum für ihn. Und jetzt ist es meiner. Mein ganz persönlicher Albtraum.

*Ich habe versucht, deinem Vater aus dem Weg zu gehen.*

Ich denke an die SMS, die David an meinen Vater getippt hat und die ich abgeschickt habe, weil ich ihm zu einhundert Prozent vertraue: *Meine Entscheidungen können niemals so beschissen sein wie deine.*

Und mit einem Mal taucht die Erinnerung an die erste Begegnung der beiden vor meinen Augen auf. Unsere erste Therapiesitzung, als Dad uns überrascht hat. David sah so geschockt aus. Ich habe gedacht, dass es nur Dads blöde Bemerkung war, die ihn so aus der Fassung gebracht hat, aber jetzt kenne ich den wahren Grund. Oh mein Gott.

Mein

Vater

ist

Janes

Vater.

Ich kann nicht begreifen, wie das sein kann, aber es muss wahr sein, weil David mir niemals weh tun würde. Nicht absichtlich. Er würde mich nicht … anlügen? Hat er das die ganze Zeit getan? Nein, ich schüttele den Kopf. Er wollte mir nicht weh tun, das ist der Grund, warum er nichts gesagt hat, da bin ich mir sicher. Er war nett zu mir und hat mir geholfen. Er hat mir die Schmerzen genommen, obwohl er meinen Dad hasst. Ich habe gemerkt, dass ihn etwas belastet. Und dann hier zu Hause – ich habe den ersten Schritt gemacht. Ich habe ihn berührt und ihm gesagt, dass ich mehr für ihn empfinde, und er hat darauf reagiert. Er wollte mir nicht von Dads Vergangenheit erzählen. Er wollte nicht, dass ich so leide wie er.

Aber er wollte das Geld, das Dad ihm angeboten hat. Dieser Gedanke blitzt für eine Millisekunde in mir auf, und sofort wird mein Gesicht heiß vor Scham. Ich habe keine Ahnung, wie es ist, allein zu sein. Ich habe keine Ahnung, wie es ist, wenn die eigene Schwester todkrank ist, man als Kind von seinem Vater im Stich gelassen wird und dann auch noch seine Mutter verliert. Ich weiß nichts von Davids Sorgen, von den finanziellen Problemen, die Jane und er haben, und wie verzweifelt er gewesen sein muss, um diesen Job anzunehmen. Bei einem Mann, den er hasst. Dafür kann ich ihn unmöglich verurteilen. Vor allem, da es Sorgen sind, die sie nicht haben würden, wenn ... Jane ist Dads uneheliche Tochter. Oh Gott. Das ist so absurd und so furchtbar, dass ich es nicht wahrhaben will.

Die Erkenntnis tröpfelt nur langsam in mein Gehirn. Ich muss es mir immer wieder sagen und kann das Gefühl doch nicht fassen. Wenn Gramps das gewusst hätte ... Er hätte Jane niemals so im Stich gelassen wie Dad. Er hätte für sie gesorgt. Gramps war bodenständig, ehrlich. Wenn er es gewusst hätte ...

«Meine Mutter», fange ich an, muss mich aber unterbrechen, weil meine Kehle so rau ist, und schlucke hart. «Weiß meine Mutter das alles?»

«Das kann ich dir nicht sagen.»

Okay, ich nicke, starre auf den Fußboden vor mir und atme konzentriert ein und aus. Vielleicht weiß meine Mutter nichts davon. Vielleicht haben meine Eltern mich nicht beide angelogen. Vielleicht haben sie mich nicht MEIN GANZES VERDAMMTES LEBEN LANG BELOGEN! Meine Stimme bebt, als ich die nächste Frage stelle. «Wie alt ist Jane?»

«Sie ist neunzehn.»

Ich war ein Kleinkind, als Dad noch einmal Vater geworden ist. Was, wenn sie vor mir geboren worden wäre? Was, wenn er sich nicht für meine Mutter und mich entschieden hätte, sondern für Jane? Hätte er dann genauso versucht, mich mit einem Vertrag aus seinem Leben zu streichen?

Als ich anfange, zu realisieren, was das bedeutet, wird mir das Herz so fest in meinem Brustkorb zusammengepresst, dass ich mich festhalten muss. Ich schlinge beide Arme um meinen Oberkörper, wiege mich, bis David fragt: «Soll ich gehen? Abbi, bitte sag etwas. Soll ich verschwinden und dich allein lassen?»

Ich schüttele den Kopf. Und als mir das Entsetzen über das, was ich gerade erfahren habe, aus den Augen quillt, krabble ich wieder ganz aufs Bett, verschränke die Hände über meinem Kopf, drücke mein Gesicht ins Kissen, um nicht laut zu schreien.

Irgendwann spüre ich Bewegung, als David näher ans Bett kommt. Er geht neben mir auf die Knie, seine Hand berührt mich am Arm, und als ich nach ihm taste, ihn festhalte, atmet er zitternd aus und stößt ein verzweifeltes «Es tut mir leid» aus.

«Verdammt, es tut mir so leid, Abbi. Ich wollte es dir nicht sagen. Ich habe gedacht, ich kriege das hin. Dass ich das ausblenden kann und einfach diesen Job erledige, weil ich das Geld brauche. Ich habe mein Stipendium verloren. Nach Moms Herzinfarkt war ich am Ende. Ich habe Prüfungen verpasst, und diese Scheißrechnungen haben mich erdrückt. Als dein Vater mir diesen Job angeboten hat ...» Er flucht. «Ach, verdammt. Ich wollte dir nie die Wahrheit sagen. Ich war so bescheuert zu glauben, dass ich danach einfach in mein altes Leben zurückkann. Ich wollte nicht auch noch dein Leben ruinieren.» Er setzt sich auf. «Und nun habe ich es doch getan.» Er drückt meine Hand, und ich weiß, dass er damit unterstreichen will, was jetzt kommt. «Ich hoffe, du kannst mir das alles irgendwann verzeihen.»

Als ich nicht antworte, versucht er, aufzustehen, aber ich halte ihn fest. Schlucke die Tränen hinunter, traue aber meiner Stimme nicht so ganz, weil meine Gedanken so konfus sind, dass ich sie kaum formulieren kann. *Konzentrier dich, Abbi!* «Ich bin froh, dass du es mir gesagt hast», flüstere ich. Und dann fließen die Worte einfach aus mir heraus. «Du hast mein Leben nicht ruiniert, David. Mein ... mein Dad hat das getan, und ich bin ... Ich kann nicht begreifen, wie er das deiner Mutter und Jane antun konnte. Mir tut es leid. Es tut mir leid, dass du allein warst und niemanden hattest, der dir hilft. Es tut mir leid, dass du dein Stipendium verloren hast und diesen Job annehmen musstest. Wenn ich nur gewusst hätte, wie schrecklich das alles für dich ist.»

Er schüttelt den Kopf. «Nein. Das war es nicht. Nicht nur. Nicht mit dir. Es war ... Himmel und Hölle zugleich.»

Ich bin unschlüssig, ob ich ihn berühren darf. Aber dann zieht er mich plötzlich an sich, und ich presse mein Gesicht an seinen Hals. «Deine Schwester muss mich hassen.»

«Sie weiß es nicht. Ich habe es noch nicht geschafft, ihr die Wahrheit zu sagen. Das alles ist zu viel. Scheiße, Mom ist gerade einmal drei Monate tot. Ich habe es einfach nicht fertiggebracht. Ich dachte, wenn du sie kennenlernst, wenn ihr euch mögt, dass es vielleicht leichter wird. Ich habe keine Familie mehr, ich habe nur noch Jane. Und wahrscheinlich habe ich irgendwie gehofft, dass ihr beide ...» Er hebt die Schultern an. «Keine Ahnung, was ich mir dabei gedacht habe.»

Vielleicht, dass wir so etwas wie eine Familie sein könnten? Wie viel Sehnsucht muss er in sich tragen, dass alles ... einfach wieder gut wird? Ich traue mich nicht, diesen Gedanken auszusprechen, weil ich dann garantiert wieder losheulen muss. «Ich habe nur kurz mit Jane geredet», sage ich vorsichtig. «Aber ich glaube, sie ist viel stärker, als du denkst. Du musst sie nicht länger beschützen, David.»

«Ich weiß», bricht es aus ihm heraus. «Ich weiß das, verdammt!»

Und erst jetzt realisiere ich, wie verzweifelt er wirklich ist. Ich habe noch nie einen Mann weinen sehen, und David so zu erleben, bricht mir das Herz. Wie schlimm das alles für ihn gewesen sein muss, wie viel er in den letzten Wochen mit sich allein ausmachen und aushalten musste. Und ich halte ihn fest, während all das aus ihm herausfließt.

30. KAPITEL

# DAVID

Das Laken klebt an mir, als ich aufwache, obwohl die Klimaanlage auf Hochtouren läuft, und ich spüre sofort, dass Abbi noch schläft. Sie atmet tief und ruhig, was nach dem, was letzte Nacht war, eigentlich unmöglich sein sollte. Genauso unmöglich, wie dass ich noch hier bin. Hier bei ihr.

Wir haben die ganze Nacht geredet. Über Jane, über meine Mutter und über das wenige, was ich über die Beziehung von ihr und Abbis Vater weiß, und irgendwann war ich so fertig, dass ich tatsächlich eingeschlafen bin. Und doch habe ich Abbi nicht alles erzählt. Ich konnte ihr das mit den Behandlungsschulden nicht sagen. Wenn sie wüsste, dass ihr Vater Jane nicht geholfen hat, als sie krank war, würde sie das umbringen. Aber ich werde Hayden damit konfrontieren. Ich kann nicht länger so tun, als wäre ich nur der Physiotherapeut seiner Tochter. Ich will verdammt noch mal, dass er mir ins Gesicht sieht und sich dafür rechtfertigen muss.

Gott, mein Hals ist staubtrocken. Vorsichtig, um Abbi nicht zu wecken, ziehe ich meinen Arm unter ihrem Kopf weg. Mit der anderen Hand taste ich über die Matratze nach meinem Handy. Das Display ist so grell, dass ich die Augen zusammenkneife und halbblind erst einmal die Helligkeit runterregle. Fast elf. Ich fass es nicht. Ich habe geschlafen wie ein Toter, was eigentlich nicht sein kann, weil ich sonst nie besonders tief schlafe. Ausgerechnet hier. Ausgerechnet heute.

Ich raffe meine Klamotten zusammen. Als ich die Tür öffne, hallt von unten noch kurz das Echo leiser Schritte zu mir hoch, dann ist es still.

Wahrscheinlich bin ich der größte Idiot auf Gottes Erdboden, weil ich hiergeblieben bin, um mich mit William Hayden anzulegen. Obwohl ich seine Tochter liebe. Und er der Erzeuger meiner Schwester ist. Was zu viel ist, um es mit dem Brei zu bewältigen, der gerade durch mein Gehirn schwimmt. Ich laufe über den Flur und schließe die Badezimmertür ab, bevor ich hinter die Glastür der Dusche trete.

Ist schon ein Unterschied, ob man sich in eine winzige kalkweiße Kabine quetscht, wo das Wasser fünf Minuten lang kalt bleibt und es in den Silikonfugen schimmelt, oder ob man wie hier auf eine anthrazitfarbene Steinplatte guckt und sich das wohltemperierte Wasser aus einem Duschkopf auf den Kopf regnen lässt, der so riesig ist, dass man ein Fußballfeld damit bewässern könnte.

Mit tropfnassen Haaren steige ich anschließend auf die Fußmatte und rubble mich mit einem abartig flauschigen Handtuch ab, auf dem ein H für Hayden eingestickt ist. Ich hänge das Handtuch auf und stelle fest, dass mir ein kratziges normales Billigteil lieber ist. Mit dem hier kann man sich kaum abtrocknen.

Mein Handy gibt einen Ton von sich. Eine Nachricht von Kadence. Sie hat heute Spätdienst und ist wahrscheinlich auch gerade erst aufgestanden. Der Gedanke erinnert mich so sehr an mein normales Leben, dass ich den Kopf schütteln muss. Es gibt kein normales Leben mehr, verdammt.

KADENCE: Und? Hast du was in der Akte gefunden?

Scheiße. Das hatte ich vollkommen vergessen. Mal abgesehen davon, dass ich mich auch richtig mies dabei fühle, Abbi jetzt noch hinterherzuschnüffeln. Ich lege das Telefon erst mal beiseite, schlüpfe in meine Klamotten von gestern, was schwer genug ist, weil meine Haut noch überall feucht ist. Danach setze ich mich auf den geschlossenen Klodeckel, um mir die Akte anzusehen, die Kadence eingescannt hat.

Ich sollte sie löschen. Wenn Kady nichts Ungewöhnliches aufgefallen ist, wird das bei mir kaum anders sein. Aber dann sehe ich sie mir doch an. Weil ich Sachen nicht auf sich beruhen lassen kann und damit vielleicht mehr mit Jane gemeinsam habe, als ich dachte. Und weil ich immer noch hoffe, etwas zu erfahren, damit Abbi nie wieder einen Gedanken an Arschloch-Ryan verschwenden und sich schuldig fühlen muss.

Langsam öffnet sich die Datei, während mir ein Wassertropfen aus den Haaren rinnt und mich an der Wange kitzelt. Schnell wische ich ihn weg und ziehe dann auf dem Display die einzelnen Seiten groß, um sie besser lesen zu können. Den Unfallbericht, die Untersuchungsbefunde vom CT, Ultraschall, Röntgenbilder, die beiden OP-Berichte, Blutuntersuchungen, Medikamentenliste, der Barcode einer einzelnen Blutkonserve, Berichte vom Pflegepersonal, Konsile von der Neurochirurgie und der Anästhesie, als Letztes der Entlassungsbericht von Dr. Muller. Den kannte ich schon, weil wir eine Kopie davon in der Akte der Rehaklinik hatten, aber der Rest ist für mich neu. Da ich keine Ahnung habe, wonach ich überhaupt suche, gehe ich jedes Blatt der Reihe nach durch, angefangen beim Unfallbericht. Es gibt keine Fotos vom Unfallort, die sind bei der Polizei – ich bin auch nicht besonders scharf darauf, mir Abbis zerquetschtes Auto anzugucken.

Ich lese die Pflegeberichte, danach fange ich noch mal ganz von vorne an, gucke mir die Laborbefunde an und gehe dann die Liste mit Medikamenten durch, die Abbi bekommen hat. Da ist nirgends etwas Ungewöhnliches. Nur dass sie eine Blutkonserve bekommen hat, habe ich nicht gewusst. Am ersten Tag nach der OP steht im Pflegebericht, dass Abbis Hämoglobin-Wert nach der Gabe des Erythrozytenkonzentrats mit 12,6 wieder im Normbereich lag. Ich wische über mein Display, um nachzugucken, wie niedrig er vorher gewesen ist, finde aber keinen Befund dazu.

Okay, das ist seltsam.

Dass der Erstbefund fehlt, kann eigentlich nur zwei Gründe haben: Er wurde verschlampt, oder er wurde absichtlich entfernt. Aber weshalb würde jemand die Blutwerte verschwinden lassen? Abbi ist als Tochter von William Hayden eine VIP-Patientin, dass bei ihr aus Versehen etwas verlorengeht, kann ich mir absolut nicht vorstellen. Nicht nur, weil er Gouverneurskandidat ist, sondern vor allem, weil er ein verdammter Jurist ist, und damit gehört er zu den unangenehmsten Patientenangehörigen der Welt. Da passieren keine Fehler. Also was hatte Abbi im Blut, als sie den Unfall gebaut hat, das es nötig machte, den Befund verschwinden zu lassen? Was könnte Hayden in seinem Wahlkampf gefährlich werden?

Nachdenklich stopfe ich das Telefon in meine Hosentasche. Abbi schläft immer noch; als ich vor ihrem Zimmer stehen bleibe, ist es hinter der Tür ganz still. Deshalb straffe ich die Schultern und gehe nach unten. Abbi hat zwar gesagt, dass sie ihre Eltern erst am Nachmittag erwartet, aber ich bin mir sicher, dass ich Hayden gehört habe. Was jetzt kommt, ist ein Augen-zu-und-durch-Moment, darin habe ich eigentlich Übung. Und dass Abbi endlich die Wahrheit kennt, gibt mir die nötige Kraft, um die Treppe nach unten zu gehen. Lorraines Stimme ist in der Küche zu hören, dann Haydens Lachen.

Ich habe das Bedürfnis anzuklopfen, um mich bemerkbar zu machen, was bescheuert ist und was ich deshalb auch unterdrücke. Ich bin hier kein Gast, ich arbeite hier. Noch.

«… hat er mich mit der Handykamera bis in den Toilettenraum

verfolgt», erzählt Hayden gerade. «Manche Leute schrecken wirklich vor nichts zurück. Als würde es dort etwas aufzudecken geben. Es ist ... Oh, guten Morgen, David», sagt Hayden gut gelaunt, sobald ich die Tür aufgeschoben habe und eintrete. Dass er nach der SMS seiner Tochter heute Morgen so gute Laune hat, macht mich fertig. Hat er denn überhaupt kein Gewissen?

«Guten Morgen, Sir.»

Hayden mustert mich, lehnt sich im Stuhl zurück und schlägt die Beine bequem übereinander, als wäre das hier ein Kinosaal. Jemand sollte ihm eine Schüssel Nachos servieren.

«Haben Sie gut geschlafen?», fragt er mich, und sein liebenswürdiger Tonfall kotzt mich jetzt schon an.

«Ja, Sir, danke für Ihre Gastfreundschaft.» Scheiße, ich kann nicht anders, als provozierend zu grinsen. *Todessehnsucht, David?* Womöglich malt er sich schon aus, wie er gleich einen Revolver auf mich richtet, würde mich nicht wundern.

Lorraine schenkt mir einen Kaffee ein und schnalzt mit der Zunge, als sie mir die Tasse reicht. «Ich war eben im Gästezimmer, als du unter der Dusche warst. Du hättest wirklich nicht so eine Unordnung hinterlassen müssen, mein Junge.» Und kaum hat sie das gesagt, wird sie tatsächlich ein bisschen rot und fängt an, hektisch mit dem Spüllappen über die Theke zu wischen.

«Sorry, Ma'am.»

«Aber schön, dass du so gut geschlafen hast. Im Gästezimmer.»

Was soll das? Ich schnappe Haydens Blick auf, der zwischen Lorraine und mir hin- und herwandert. Er scheint das wirklich amüsant zu finden. «Lorraine», sagt er, «Sie waren schon immer eine miserable Lügnerin. Aber das ehrt Sie natürlich.»

Der Kaffee ist verdammt heiß – und jetzt schwappt mir etwas davon über den Rand, weil Hayden das so lässig sagt und ich meine Motorik nicht im Griff habe.

Die Haushälterin legt den Lappen weg und schüttelt den Kopf. «Ich überlege wirklich, Ihnen nicht meine Stimme zu geben.»

«Nur weil ich am Morgen kein Elvis-Gesäusel in meiner Küche hören möchte?»

«Nein, weil ich wirklich keine Zeit für so einen Blödsinn habe», brummt Lorraine. «Sie haben mir von Ihrer Reise wieder einen Riesenberg Wäsche mitgebracht. Wie zwei Menschen so viel Kleidung verbrauchen können, ist mir ein Rätsel. Und die Hälfte davon muss ich in die Reinigung tragen.» Damit geht sie aus dem Raum.

«Tut mir leid, Lorraine, aber das ist Ihr Job», ruft er ihr hinterher und sagt dann zu mir: «Ich traue ihr zu, dass sie mich wirklich nicht wählt. Vielleicht schaut sie sogar heimlich Fox News. Und Sie, Mr. Rivers, was haben Sie heute vor? Wo ist Abbi?», fragt er.

«Ich schätze, sie ist in ihrem Zimmer.»

«Und was macht das Training?»

«Wollen Sie ernsthaft mit mir über Krankengymnastik reden?» Ich habe keinen Bock mehr auf dieses Spiel mit ihm. Ich habe keinen Bock mehr, höflich zu ihm zu sein, nur weil er der Mann mit der Kohle ist und ich sein Angestellter. Wir sollten das einfach hinter uns bringen.

Ich habe den Gedanken noch nicht richtig zu Ende gedacht, da klopft Hayden sich auf die Oberschenkel und steht auf. «David, Sie haben vollkommen recht. Ich habe wirklich nicht das Bedürfnis, mehr über Ihre Arbeit zu erfahren. Aber ich habe dennoch etwas unter vier Augen mit Ihnen zu besprechen. Gehen wir doch in mein Büro.»

Nichts lieber als das. «In Ordnung, Sir.»

Hayden sollte nicht so verdammt selbstsicher sein, weil das Gespräch garantiert nicht ganz so einseitig ablaufen wird, wie er sich das vielleicht vorstellt.

«Sehr gut.» Hayden geht mir voran zur Tür. «Nehmen Sie Ihren Kaffee ruhig mit, David.»

Wie großzügig er ist. Dabei ist Großzügigkeit auch nur eine weitere Art, seine Macht zu demonstrieren. Ich lasse die Tasse stehen und folge ihm, und mit jedem Schritt bin ich mir meiner Sache sicherer. Karten auf den Tisch. Das hier muss jetzt endlich ein Ende haben.

«Schließen Sie die Tür.»

Im Anweisungengeben ist er verdammt gut. Muss ein grandioses Gefühl sein, wenn alle Menschen in deiner Umgebung nach deiner Pfeife tanzen, deshalb werfe ich die Tür geräuschvoller zu als beabsichtigt.

Hayden lehnt sich an seinen Schreibtisch und gibt mir einen Wink, dass ich mich in den breiten Sessel davor setzen soll. Sein Smartphone dreht er auf der Tischplatte herum, dann tippt er es mit dem Finger an, um es zu entsperren. Er hat nicht mal einen Sicherheitscode aktiviert, so sicher fühlt er sich in seinem Leben. Mit der Fingerkuppe navigiert er über das Display, dann nimmt er das Handy auf und hält es mir hin.

«Ich habe gestern Abend eine doch recht ungewöhnliche Nachricht von meiner Tochter bekommen. Was sagen Sie dazu, Mr. Rivers?»

Die SMS von Abbi. Ich muss nicht mal hinsehen. «Gar nichts.»

Er lächelt milde. «Wollen Sie sie sich nicht erst einmal ansehen?»

«Das ist nicht nötig. Ich weiß, was da steht, weil ich es geschrieben habe.»

«Wie bitte?» Jetzt beugt er sich interessiert vor. «Soll das ein Witz sein?»

«Sie wusste nicht, was sie Ihnen auf Ihre Frage antworten sollte, und das war mein Vorschlag. Korrekterweise hätten wir antworten sollen, dass wir nur auf einer privaten Party waren, und ich habe Ihre Tochter danach nach Hause gebracht. Ich denke nicht, dass irgendjemand wusste, dass sie Ihre Tochter ist, falls das ein Problem sein sollte.»

«Das ist in der Tat ein Problem, und ich habe Steve heute Morgen entlassen müssen, weil er einen unverzeihlichen Fehler begangen hat.»

Scheiße. Okay, an diese Möglichkeit hätte ich denken können. Und dass ich es nicht getan habe, macht mir jetzt ein schlechtes Gewissen. Ich habe Abbi dazu überredet, und Steve hat nun keinen Job mehr. *Großartig, David.*

«Im Grunde muss ich Ihnen dafür dankbar sein, weil er ganz offensichtlich für andere Aufgaben besser geeignet ist.»

Danke, jetzt fühle ich mich null Komma null besser. Und dass er das so positiv formuliert, lässt es in mir brodeln. «Und was für Aufgaben sollen das sein? Wird er Sie beim nächsten Amtsmissbrauch unterstützen? Womöglich brauchen Sie noch mal jemanden, der ärztliche Befunde für Sie verschwinden lässt. Oder einen alten Schulfreund vor dem Knast bewahrt.»

Hayden nickt langsam, und weil er so ruhig bleibt und nicht mal überrascht reagiert, hämmert mir der Puls bis in den Hals. Es sollte ihn wenigstens nervös machen, würde ich meinen.

«Offenbar sind Sie ein Mann mit Vorstellungskraft, das gefällt mir.» Er lächelt. «Dann stellen Sie sich doch mal vor, was ich mit der Karriere eines Mannes anstellen würde, der in mein Haus kommt, einen Arbeitsvertrag unterschreibt und sich verpflichtet, sich an meine Regeln zu halten, und dann eklatant dagegen verstößt.»

Ich schlucke und schweige. Gott, ich hasse es, wie herablassend er lächeln kann.

«Sie sind ein leidenschaftlicher junger Mann, David, und ich mag Sie, das muss ich zugeben. Deshalb sollten Sie sich gut überlegen, welche Anschuldigungen Sie hervorbringen.

Möglich, dass Sie den Geist nicht zurück in die Flasche stopfen können.»

Und ich hasse seine Scheißmetaphern! Wieso lasse ich mich überhaupt auf diese Art Gespräch ein? Wieso versuche ich überhaupt, bei seinem beschissenen Spiel mitzumachen?

«Ficken Sie meine Tochter, David?»

Heilige Scheiße.

Meine Kehle ist schlagartig eine Wüste. Kleine Korrektur: Mir sind seine Metaphern doch lieber.

Hayden sieht nicht aus, als würde er mich am liebsten verprügeln, sondern lächelt fast liebenswürdig. Ob er Abbi das auch fragen würde? Nur mit anderen Worten? Er weiß doch längst, was Sache ist. Von Abbi würde er jedenfalls eine ehrliche Antwort bekommen. Sie ist ehrlich und mutig, und in dieser Beziehung wäre ich gern mehr wie sie. Also sag ich jetzt auch die Wahrheit.

«Bitte entschuldigen Sie meine Ausdrucksweise, Sir, aber was zwischen Abbi und mir ist, geht Sie einen Scheißdreck an.» Ich atme tief ein und aus, um meinen Puls runterzukriegen, was aber nicht wirklich funktioniert. «Ja, sie ist meine Patientin, und ganz sicher habe ich einen Fehler begangen, aber anders als Sie denken. Nur ist das nichts, was man mit dem vergleichen könnte, was Sie getan haben.»

«Wovon reden Sie, David? Was sollte diese Anspielung in der Nachricht?»

«Ich habe mir eben Abbis Krankenakte noch einmal genau angesehen. Es fehlt der erste Laborbefund nach dem Unfall. Ich habe keine Ahnung, was Sie vertuschen, aber es ist sehr bezeichnend für Ihre ... Arbeitsweise. Abbi kann sich an den Unfall nicht erinnern. Auch alles, was kurz davor passiert ist, ist weg. Was hat sie genommen? Waren es Drogen, irgendwelche Medikamente oder Alkohol?»

Hayden nickt langsam. «Sie hatte 0,3 Promille im Blut», sagt er, und seine Offenheit nimmt mir komplett den Wind aus den Segeln. Damit habe ich nicht gerechnet und kann ihn nur entgeistert anstarren.

«Sie war am Tag des Unfalls noch keine einundzwanzig», erklärt er. «Wegen der Nulltoleranzgrenze wäre sie damit vorbestraft gewesen.»

Okay, das macht Sinn. Und noch viel mehr, dass er Abbi nichts davon erzählt hat. Sie würde sich wahrscheinlich innerlich zerfleischen, wenn sie das wüsste.

«Abbi hat an diesem Abend nur ein einziges Glas Sekt getrunken, was ein Witz ist, ihrem Ex-Freund Ryan aber trotzdem ein hübsches Taschengeld beschert hat, damit er das für sich behält. Es ist absurd, dass einen so etwas in Schwierigkeiten bringen kann, aber so ist es. Es könnte meine Kandidatur gefährden.»

«Und die ist Ihnen wichtiger als alles andere, oder? Deshalb haben Sie auch Muller geholfen, als der an diesem Abend von der Polizei aufgegriffen wurde, obwohl er ein übergriffiger Dreckskerl ist und seine Patienten gefährdet.» Ein Schuss ins Blaue, aber er scheint zu treffen, denn Hayden nickt.

«Eine Notwendigkeit, um dafür zu sorgen, dass alles Weitere nicht mit mir in Verbindung gebracht werden kann.»

«Aber er hat Abbi verletzt, verdammt!»

«Wie bitte? Haben Sie und Abbi mir etwas verschwiegen, was an diesem Abend …»

«Ich rede nicht von diesem Abend. Sondern von Abbis Unfall. Er hat versucht, ihre Hüfte ohne Vollnarkose einzurenken, und sie damit total traumatisiert. Er hat ihr eingeredet, dass sie das Problem ist. Ihr vorgeworfen, dass sie sich anstellt und zu empfindlich ist. Muller ist ein Sadist. Und ich fass es nicht, dass Sie das einfach so hinnehmen.» Noch während ich diese Worte ausspreche, kapiere ich, dass Hayden davon gar keine Ahnung hatte. Weil sein Gesicht zu einer Maske einfriert und mir damit alles verrät. «Sie hat es Ihnen immer noch nicht erzählt», stelle ich fest. «Klar, wann auch, wenn Sie nur unterwegs sind.» Ich zucke mit den Schultern.

Hayden presst die Lippen zusammen, seine Fingerknöchel werden weiß, als er die Tischkante mit den Händen umfasst. «In der kommenden Woche wird Muller von achtundzwanzig Patientenanwälten Post bekommen. Es wird eine einstweilige Verfügung geben, und er wird nie wieder Patienten behandeln, weder unter Alkoholeinfluss noch nüchtern, weil er seine Approbation verliert.»

«Okay.» Das erleichtert mich wirklich, auch wenn ich es scheiße finde, wie er das angeht.

«David, ich weiß, wie schwer es ist, das Narrativ zu ändern, wenn man sich einmal für eine Geschichte entschieden hat.» Er seufzt. «Sie haben sich ganz offensichtlich dafür entschieden, in mir einen schlechten Menschen zu sehen. Das steht Ihnen frei, aber ich werde nicht zulassen, dass Sie meine Tochter aufwiegeln. Entweder, Sie finden sich damit ab, dass Menschen in meiner Position bestimmte Dinge tun müssen, oder Sie werden es in Ihrem Berufsleben äußerst schwer haben.»

Kommt nun der Part mit den Drohungen? Darauf habe ich mich fast gefreut.

Hayden dreht sich um und greift auf dem Schreibtisch nach einem Stift. «Ich verstehe Ihr Dilemma. Auch dass Sie das Geld eigentlich gut gebrauchen können. Deshalb mache ich es Ihnen jetzt leicht.» Er kritzelt etwas auf einen Block.

Scheiße, es ist sein Scheckbuch. Ist das die Steigerung zur Drohung? Und was kommt danach? Kramt er dann endlich einen Revolver aus seiner Schublade? Mir ist nicht nach Lachen zumute, aber ich kann ein angespanntes, einem Lachen ähnliches Geräusch nicht zurückhalten.

Als er fertig geschrieben hat, reißt er das Blatt ab und hält es mir hin. Ich nehme es, aber das ist nur ein Reflex. Ich gucke nicht mal, was draufsteht.

«Hunderttausend Dollar, David, und Sie spazieren einfach hier raus und vergessen das Ganze. Sie werden keinen Kontakt mehr zu meiner Tochter aufnehmen, ich werde Sie nicht wegen Vertragsbruch anzeigen, und Sie können komfortabel Ihr Studium beenden. Nun schauen Sie nicht so schockiert, das ist kein so radikaler Vorschlag. Was wollen Sie sonst tun? Mich öffentlich anprangern, um meine Kandidatur zu ruinieren? Sie würden damit Abbi und sich selbst ebenfalls in den Schmutz ziehen. Davon haben Sie doch nichts.»

Er bietet mir hunderttausend Dollar Schweigegeld an. Einhunderttausend Dollar, verdammt! Das ist fast die Summe, die Janes Therapie gekostet hat und die Mom vierzehn Jahre lang abbezahlt hat. Ich weiß nicht, ob ich weinen oder ihn anbrüllen soll. Einhunderttausend Dollar. Und trotzdem bin ich nicht mal in Versuchung. Null. Nicht für eine Millisekunde. Ich habe immer noch keine Ahnung, wie ich die verdammte Rechnung vom Krankentransport zahlen soll. Vielleicht werde ich bei der Bank keinen Kredit bekommen und mein Studium abbrechen müssen. Vielleicht ist alles am Arsch, was ich mir für meine Zukunft ausgemalt habe. Aber wenn ich dieses Geld nehme, dann habe ich ohnehin keine Zukunft mehr. Weil dann nichts mehr zählen würde, weil ich aufgegeben hätte, weil es nichts mehr zu retten gäbe. Also scheiß auf sein Geld, scheiß auf meine Träume, scheiß auf alles.

«Sie haben recht», sage ich. «Es ist verdammt schwer, sein Narrativ zu ändern.» Ich stehe auf, um mit ihm wieder auf Augenhöhe zu sein, knülle den Scheck zusammen und werfe ihn auf seinen Schreibtisch. «Nur sind Sie, Sir, sogar ein noch größeres Arschloch, als ich dachte, wenn Sie mich für jemanden halten, der Schweigegeld annimmt.»

Ich will verschwinden. Sofort. Ich will einfach gehen und nie wieder eine Sekunde meines Lebens an William Hayden verplempern, aber der Gedanke, Abbi hier zurückzulassen, fühlt sich an, als würde mir jemand das Herz aus dem Brustkorb flexen. Ich kann nicht ohne sie gehen.

Hayden stellt sich mir in den Weg. Er wirkt nicht mal aufgebracht. Ich beleidige ihn, und er bleibt freundlich. Als Politiker bekommt man wohl ein verdammt dickes Fell.

«Finden Sie nicht, dass Sie überreagieren, David? Setzen Sie sich wieder. Lassen Sie uns darüber reden. Wenn Sie sich durch dieses Angebot in Ihrer Ehre gekränkt fühlen sollten, dann glauben Sie mir, das vergeht. Und Sie brauchen das Geld doch. Abbi hat mir erzählt, dass Ihre Mutter erst vor kurzem gestorben ist. Sicher machen Sie deswegen eine schwere Zeit durch ...»

Hayden redet weiter auf mich ein, aber in dem Moment, in dem er meine Mutter erwähnt, sehe ich vor meinen Augen nur noch rot. Ich wünschte, Gewalt würde mir irgendwas geben, dann könnte ich ihm die Nase brechen und mich vielleicht besser fühlen. Aber ich verabscheue das. «Halten Sie den Mund! Sie haben keine Ahnung, was eine schwere Zeit ist. Sie haben keine Ahnung, wer meine Mutter war. Und ich kann nicht begreifen, wieso Abbi Ihnen so wichtig ist, wenn Sie Ihre zweite Tochter einfach aus Ihrem Leben streichen. Ich kapier's einfach nicht. Erklären Sie mir, wie man das macht. Kann man das verdrängen? Radiert man diese Gedanken einfach aus, oder redet man sich irgendwie ein, dass es richtig war, sein todkrankes Kind zu ignorieren? Wie geht das, Sir?»

Hayden starrt mich entgeistert an.

«Sie wissen gar nicht, was ich meine, oder? Dann werde ich Ihnen erklären, was die SMS gestern wirklich zu bedeuten hat.» Ich glaube, mein Schädel platzt gleich, so hart pumpt das Blut durch meinen Kopf. Ich reiße die Geldbörse aus meiner Hosentasche und werfe ihm im nächsten Moment die Fotos auf den

Schreibtisch. «Das ist meine Mutter. Vielleicht kommt sie Ihnen ja noch vage bekannt vor. Immerhin haben Sie mit ihr ein Kind gezeugt.»

«Gott, Junge!» Hayden greift nach den Fotos, und auch wenn sie alt sind und zerknittert, muss er meine Mutter darauf trotzdem erkennen.

Ich zittere am ganzen Körper. Noch nie war ich so wütend wie in diesem Moment. Nicht mal, als Jane krank war. Nicht mal, als Mom den Herzinfarkt hatte. Nicht mal, als ich das alles erfahren habe. Aber jetzt kocht mein Blut geradezu über.

Hayden sieht sich die Bilder an, als hätte er noch nie Fotos in der Hand gehabt. Eine Ewigkeit. Dann lässt er die Hände sinken. «Rachel. Du bist Rachel Conways Sohn.» Seine Stimme ist komplett tonlos, und er schüttelt fassungslos den Kopf. «Mein Gott. Rachels kleiner David.»

Rachels kleiner David? Was geht bei ihm ab?

«Dieses Foto ...» Sein Adamsapfel bewegt sich hoch und runter, als er schluckt. «Das habe ich gemacht, als wir uns das letzte Mal getroffen haben.» Er tippt auf das Bild, auf dem Jane und ich als Kinder zu sehen sind.

Das ist nicht sein Ernst. Ich hoffe, das ist ein Witz.

«Deine Schwester hatte diese unglaublich hässliche Puppe mit den großen Augen. Sie hatte etwas Albtraumhaftes an sich. Ich habe nicht verstanden, was sie daran so mochte. Sie muss fünf gewesen sein und du vielleicht neun. Rachel hatte kurz vorher von der Diagnose erfahren. Sie hat mich darum gebeten, dass ich mich testen lasse, um herauszufinden, ob ich als Knochenmarkspender für das Kind in Frage komme.»

«Das Kind heißt Jane.»

«Das weiß ich.»

Er ist trotzdem zusammengezuckt, und das bereitet mir Genugtuung. Deshalb rede ich weiter. «Jane ist neunzehn und eines der cleversten Mädchen, das ich kenne. Sie ist schlagfertig und witzig. Sie liebt fettiges Essen, obwohl sie es nicht verträgt, und hört am liebsten Songs aus den Achtzigern wie unsere Mom. Auf ihrem Nachttisch liegen Bücher von Mikki Kendall, Stacey Abrams oder Richard Rothstein. Sie interessiert sich für Politik. Sie hatte ein Stipendium für die UNH, aber sie hat ihren Platz aufgegeben, damit sie arbeiten und mich in meinem letzten Collegejahr unterstützen kann. Jetzt macht sie Moms Job in einem Diner, und wenn sie dort hängenbleibt, werde ich mir das nie verzeihen.»

Ich habe mich heißgeredet, aber jetzt sickert doch etwas zu mir durch. Hat er sich wirklich testen lassen, um Jane Knochenmark zu spenden?

«Neunzehn», wiederholt Hayden. Dann geht er zu seinem Schreibtischstuhl und lässt sich schwer darauf fallen. Alles an ihm hat sich verändert. Seine Haltung, der Ausdruck in seinen Augen, als er mich ansieht, alles. Als würde die Tatsache, wer meine Mutter ist, auf einmal die Welt neu ordnen. Er beugt sich nach vorn, die Ellbogen auf die Knie gestützt, und starrt wieder die Fotos an. «Wie ist Rachel gestorben?»

«Sie hatte einen Herzinfarkt. Sie kam vom Einkaufen und hatte gerade die Tüten die Treppe hochgeschleppt.» Das müsste ich ihm alles gar nicht erzählen, aber ich kann nicht aufhören, als würde ich in einer Wunde stochern. «Ich hatte schon Nudelwasser aufgesetzt, um zu kochen. Später hat der Rettungssanitäter den Herd ausgemacht, da war schon kein Wasser mehr im Topf. Alles verdampft.» Wieso erinnere ich mich ausgerechnet an dieses Detail?

Wenn er jetzt etwas Mitfühlendes sagt, dann weiß ich nicht, was ich tue. Aber Hayden reißt sich zusammen. Er öffnet den obersten Knopf seines Hemdes und fährt sich über die Kehle. «Ich könnte jetzt einen Brandy gebrauchen. Sie auch?»

«Ich trinke nicht.»

«Nein, natürlich nicht.» Er lacht auf, dann stockt seine Stimme. Er atmet mehrmals ein und aus. «Sie haben recht, David. Alles, was Sie mir vorwerfen, entspricht der Wahrheit. Ich habe das alles verdrängt. Ich habe nicht mehr an Rachel gedacht oder an Sie und Ihre Schwester. Seit Jahren nicht. Es war nötig, um weiterzumachen, weil ich einen Plan habe. Mir ist klar, dass Sie das nicht verstehen, aber das ist mein Leben.»

«Damit sind Sie verdammt billig davongekommen im Vergleich zu meiner Mutter.»

«Spielen Sie auf den Vertrag an, den wir geschlossen haben? Mit der Abfindung und der Verschwiegenheitsklausel? Ist Ihnen eigentlich klar, dass der für beide Seiten gilt? Ihre Mutter hatte selbst einiges zu verlieren. Sie hatte ihren kleinen Jungen und einen Mann, als sie schwanger wurde. Und ihre Ehe war ihr wichtig, sie wollte sie nicht aufgeben. Und für mich war es auch undenkbar, mich von meiner Frau zu trennen. Nicht, weil wir eine wahnsinnig glückliche Beziehung geführt hätten, sondern weil ich Abbi hatte. Und ja, auch weil ich Politik machen wollte und immer schon wusste, dass ich dafür eine saubere Familie brauche. Damals ging es der Firma nicht gut. Auch wenn Ihnen das heute lächerlich vorkommt, für mich war die Abfindung für Ihre Mutter zu dieser Zeit nicht wenig Geld. Den Vertrag haben Rachel und ich gemeinsam besprochen. Sie wollte nicht, dass ich ihre Ehe in Gefahr bringe, und ich wollte nicht, dass mir Jahre später irgendwann ein uneheliches Kind auf die Füße fällt und meine politische Laufbahn ruiniert.»

«Sie biegen sich die Vergangenheit so zurecht, wie es Ihnen passt. Meine Mutter kann nichts mehr dazu sagen. Alles, was Sie mir erzählen, ist doch nur Ihre eigene Wahrheit.»

«Dann fragen Sie verdammt noch mal Ihren Vater, David! Er weiß das alles. Als Ihre Schwester krank geworden ist, musste

Rachel ihm alles gestehen. Aber weder er noch ich kamen als Spender in Frage. Ihre Mutter und ich haben uns deswegen gestritten. Ich gebe zu, das war keine Glanzleistung von mir. Wir hatten nie einen Vaterschaftstest machen lassen, und ich habe mir eingeredet, dass ich nicht Janes Vater sein kann und sie mich auch belogen und nur ausgenutzt hat. Gott, Rachel war fassungslos. Ein Wort ergab das andere. Sie hat sich danach nie wieder bei mir gemeldet.»

«Wie praktisch für Sie, wenn sich das Problem dann fast von allein erledigt.»

«Was soll das heißen?»

Ich stoße ein bitteres Lachen aus. «Nun, wenn Jane gestorben wäre ...» Den Rest kann er sich selber denken. «Sie wäre beinahe nicht behandelt worden, weil wir die Chemo nicht bezahlen konnten.»

«Aber Rachel hat mir gesagt, dass die Versicherung ihres Mannes das übernimmt. Dass sie deshalb die Ehe aufrechterhält.»

Auf einmal wird mir etwas klar. Und das trifft mich so unerwartet und hart, dass ich für einen Moment keine Luft mehr bekomme. «Mein Dad hat uns verlassen. Mom musste nach der Scheidung für die Behandlungskosten einen Kredit aufnehmen. Sie hat ihn erst vor ein paar Monaten abbezahlt, kurz bevor sie den Herzinfarkt hatte.»

Hayden muss davon ausgegangen sein, dass es mit der Versicherung keine Probleme gibt, weil Mom ihm das weisgemacht hat. Ich muss ihn das jetzt fragen, weil es alles, was ich zu wissen denke, in ein neues Licht rücken kann. Und ich bete, dass es nicht stimmt.

«Meine Mutter hat Sie nie um Hilfe gebeten, oder?»

«Nein, das hat sie nicht.»

«Ist das wahr? Ist das wirklich die Wahrheit?» Das kann nicht wahr sein. Denn wenn es das wäre, dann ... «Sind Sie nie auf die

Idee gekommen, sie zu fragen oder von sich aus Ihre Hilfe anzubieten?»

«Ich wollte nur wissen, ob das Kind wieder gesund ist, alles andere ging mich nichts an. Ich gebe nicht vor, ein Heiliger zu sein, David. Ich habe ein Ziel und dem ordne ich alles andere unter. Das können Sie mir gerne vorwerfen. Aber ich wollte auch, dass Rachels Kind wieder gesund wird.»

«Woher wollten Sie das denn wissen, wenn Sie keinen Kontakt hatten?»

Er atmet einmal durch, bevor er antwortet. «Meine Frau hat sich damals nach ihr erkundigt. Sie wusste es, sie weiß alles. Ich habe keine Geheimnisse vor ihr, weil ich es nicht riskieren kann, sie zu verlieren. Maree hat sie einmal getroffen, aber Rachel wollte nicht mit ihr reden. Kurz darauf ist sie mit Ihnen und Jane umgezogen. Sie sind sehr oft umgezogen.»

Er hat recht. Und es hört sich alles so verdammt plausibel an. Ich kann kaum noch stehen, beuge mich nach vorn, drücke mir beide Handballen auf die Augen, weil es brennt. Es brennt wie Hölle. Hayden redet weiter.

«Ihre Mutter und ich ... das war keine einmalige Sache. Wir waren etwa ein Jahr lang zusammen, aber Rachel hat mich immer auf Distanz gehalten. Ich wusste nicht einmal den Namen ihres Mannes, kannte nur ihren Mädchennamen. Sie müssen wissen, dass ich sie ... Mir hat viel an ihr gelegen. Nur hatte das mit uns keine Zukunft. Denken Sie ernsthaft, ich hätte sie im Stich gelassen, wenn sie mir die Wahrheit gesagt hätte? Ich hätte einen Weg gefunden, ihr zu helfen, ohne meine Familie zu kompromittieren. Ich hätte ihr auch geholfen, selbst wenn Jane nicht von mir wäre, David.»

Oh Gott! Das macht alles noch viel schlimmer. Weil nicht allein er es war, der keinen Kontakt zu Jane wollte, sondern weil auch Mom daran schuld ist. Ich habe so viele Scheißstunden meines Lebens im Krankenhaus mit Jane verbracht. Und als ich älter wurde, war ich so oft allein mit ihr, weil Mom arbeiten musste und nie Zeit für uns hatte. So viel Zeit, in der wir auf uns gestellt waren oder ich Dinge übernehmen musste, die eigentlich Eltern tun sollten. Ich war schon mit zehn allein einkaufen und habe die Wohnung geputzt, mit Jane Hausaufgaben gemacht und vor den Nachbarn so getan, als wäre alles in bester Ordnung. Ich war nicht erwachsen, verdammt, und trotzdem hat sie von mir immer erwartet, es zu sein.

Ich komme nicht dagegen an. Ich habe das Gefühl, es nicht mehr auszuhalten. Die drückende Verantwortung, das alles zu wissen, es vor Jane geheim zu halten ... Ich kann das nicht mehr. Dass mein ganzer Körper bebt, merke ich erst, als Hayden mich auf einmal festhält. Und das ist ... scheiße. Ausgerechnet von Hayden getröstet zu werden. Ich verberge den Kopf in meinen Armen, und er zieht mich an sich, drückt mich an seinen Brustkorb, während ich Idiot losheule wie ein Kleinkind. Minutenlang. So lange, bis ich das Gefühl habe, vom Geruch seines Aftershaves zu ersticken, weil ich ihn doch eigentlich hasse. Noch mehr als meinen eigenen Vater.

«Ich bin selten ratlos, David.» Ich höre ihn seufzen. «Wie kann ich euch helfen? Sag mir, was ich tun kann.» Er streicht mir über den Rücken, und es schnürt mir regelrecht die Kehle zu, alles in mir zieht sich wieder zusammen.

Ich schiebe mich von ihm weg, wische mir über das Gesicht und versuche, meine Gefühle unter Kontrolle zu bekommen und mich nicht selbst dafür zu verabscheuen, diese Schwäche gezeigt zu haben. Und das ausgerechnet vor ihm. Das wird mir nie wieder passieren. «Sie können uns nicht helfen. Meine Mutter ist tot.» Ich will mir die Fotos von seinem Schreibtisch schnappen, aber er geht dazwischen und kommt mir zuvor. Will er sie wegwerfen? Etwa weil ich sie gegen ihn verwenden könnte? Scheiß drauf. Ich brauche keine Fotos, um mich an alles zu erinnern, und dränge mich an ihm vorbei.

«David!»

«Was?» An der Tür fahre ich herum.

Er zieht die Manschetten seines Hemdes nach unten, die hochgerutscht sind. «Das ändert einiges für mich, aber nicht alles. Ich werde nicht zulassen, dass du oder deine Schwester sich meinen Ambitionen in den Weg stellen. Wir können darüber reden, wie ich Jane unterstützen kann, aber ich werde nicht ihr Vater sein.»

Okay, er ist ebenfalls schwach geworden, und das rückt er nun wieder gerade. Eigentlich sollte ich ihm dafür dankbar sein, das macht es leichter. «Ich verstehe Sie vollkommen, Sir. Und ich glaube auch nicht, dass Jane darauf Wert legt.»

«Und was Abbi betrifft ...» Er strafft sich. Jetzt ist er wieder ganz in seiner souveränen Rolle. «Ich bin kein Idiot, David. Dass sich zwischen euch eine enge Bindung aufgebaut hat, war mir bewusst. Aber das hat nichts zu bedeuten, das weißt du so gut wie ich.»

«Natürlich», sage ich durch zusammengebissene Zähne.

«Das sind keine echten Gefühle. Das ist nur eine hormonelle Geschichte, die mit der Therapie zusammenhängt.»

Ich weiß genau, was er damit sagen will. Dass Abbi nur mit mir zusammen sein wollte, weil ihr Körper bei der Massage ein bisschen Kuschelhormon Oxytocin ausgeschüttet hat und sie bloß dieses gute Gefühl mit mir verbindet.

Fick dich, Hayden!

Ich presse die Kiefer aufeinander, um ihm das nicht an den Kopf zu werfen.

Bei seinen nächsten Worten ist seine Miene eiskalt. «Du wirst sie mir nicht wegnehmen.»

Ich brauche einen Moment, um zu begreifen, was er damit meint. Dass er denkt, Abbi wüsste noch nichts und ich würde sie nun gegen ihn aufbringen, einen bescheuerten Satz aus einem Film zitieren wie zum Beispiel «Mein Baby gehört zu mir» und sie dann mitnehmen. Das ist lächerlich. Abbi entscheidet selbst, wohin sie gehört.

«Abbi weiß es.» Nur diesen einen Satz, mehr sage ich nicht, und Hayden fällt innerlich zusammen. Jetzt wird mir klar, wie jemand aussieht, von dem man sagt, er sei ein gebrochener Mann. Hayden wirkt in diesem Moment wie ein Schatten. Dabei kann ich ihm Abbi nicht wegnehmen. Ich kann ihm gar nichts wegnehmen. Weil mir nichts gehört. Ich kann von Abbi nicht verlangen, sich gegen ihren Vater zu stellen. Aber ich wünsche mir, dass sie es tut, verdammt. Dass sie zu mir hält. Weil ihr Dad niemals zulassen wird, dass wir uns sehen. «Leben Sie wohl, Mr. Hayden», sage ich und verlasse sein Büro, ohne auf eine Antwort zu warten.

Im Flur bleibe ich unschlüssig stehen. Wenn ich noch eine Minute länger hierbleibe, wird Hayden ganz sicher einen seiner Bullterrier im Anzug auf mich loslassen, aber ich kann auch nicht einfach abhauen, ohne Abbi eine Nachricht zu hinterlassen. Scheiße, ich muss nachdenken. Und mit Jane reden.

Der Gedanke frisst sich in meinen Kopf. Ich muss es Jane sagen. Ihr die Chance lassen, das selbst zu regeln. Hayden ist ihr verdammter Vater und hat vor, sie weiter zu verleugnen. Und wenn sie das persönlich mit ihm klären will, werde ich ihr beistehen. Ich werde sie nicht im Stich lassen.

In meiner Tasche finde ich einen alten Einkaufszettel. Er ist total zerknittert, aber das spielt keine Rolle. Noch im Gehen kritzle ich meine Handynummer auf das Papier und falte ein einfaches Papierboot daraus, das ich auf dem Beistelltisch in der Eingangshalle zurücklasse.

Jetzt muss Abbi entscheiden, was sie tun will.

Ein paar Sekunden später schlage ich die Haustür hinter mir zu und laufe über die Stufen nach unten. Kann sein, dass ich nur auf Autopilot funktioniere. Kann sein, dass ich heule. Kann sein, dass ich mein Scheißherz hier zurücklassen muss, weil ich Abbi vielleicht für immer verliere. Aber ich habe meine Autoschlüssel, mein Handy, knapp sechs Dollar in der Tasche und ein 1-a-Hörgerät. Und vor allem habe ich Jane.

Mehr habe ich doch sonst auch nicht gebraucht.

31. KAPITEL

# ABBI

David ist nicht da, als ich aufwache. Jeder einzelne Muskel tut mir weh, so verspannt bin ich. Dabei müsste es eigentlich mein Herz sein, das schmerzt. Weil David geweint hat und mein Vater der Grund dafür ist. Mein ganzes Leben scheint zu zerbrechen, alles, was mir immer Sicherheit gegeben hat, ist plötzlich weg. Mein Dad ... Gott!

Ich muss David finden.

Ich trage immer noch das Kleid von gestern Abend, aber das ist egal. Ich schnappe mir meine Gehstützen, um nur schnell im Bad meine Zähne zu putzen und etwas Wasser über mein Gesicht laufen zu lassen.

Vielleicht ist David in der Küche bei Lorraine. Oder er ist im Garten. Ich weiß, dass das der einzige Ort auf diesem Grundstück ist, wo er sich richtig wohlfühlt. Meine Eltern werden erst heute Nachmittag nach Hause kommen, und ich habe keine Ahnung, ob ich es schaffe, mit ihnen zu reden, ohne sie anzuschreien. Keine Ahnung, wie es jetzt weitergehen soll, aber eine Sache ist mir klar: Ich will wenigstens versuchen, etwas von dem in Ordnung zu bringen, was mein Dad Jane angetan hat. Das ist das Mindeste, was ich tun kann. Das ist es, was Gramps tun würde.

Als ich auf den Flur trete, geht mein Blick ganz automatisch zu Boden, aber dort ist kein Origami, wie es sonst jeden Morgen auf mich wartet. Mein Herz krampft sich zusammen. Vielleicht ist nun auch das anders.

Stufe für Stufe hangle ich mich die Treppe nach unten. In der Küche ist alles still, das Frühstücksgeschirr abgeräumt. Falls David mit Lorraine wie sonst auch Kaffee getrunken hat, ist davon jedenfalls nichts mehr zu sehen.

Ich schlüpfe durch die Terrassentür nach draußen, um nach ihm zu suchen. Am Pool ist er nicht, das Tor ist geschlossen, und dahinter wirkt die Wasseroberfläche glatt wie ein Spiegel. Vielleicht trainiert er in der alten Scheune? Doch je näher ich dem Gebäude komme, umso schneller gehe ich und umso rasender geht mein Puls. Denn die Türen sind zu. Ich haste trotzdem weiter und schiebe sie auf, obwohl mir schon bewusst ist, dass David nicht hier sein kann. Und natürlich – das Gebäude ist leer. *Wo bist du?*

Auf die Krücken gestützt, umrunde ich das Haus. Der Schweiß steht mir jetzt schon auf der Stirn, und meine Arme brennen. Was ist das für ein Wagen? Umständlich halte ich beide Krücken mit einer Hand fest und schirme die Augen gegen die Sonne ab. Verdammt! Anstelle von Davids altem Wagen parkt der SUV meiner Eltern vor dem Haus. Wieso sind sie schon da? Wieso müssen sie ausgerechnet heute früher nach Hause kommen? Nur wegen meiner SMS? Nur weil ich ihnen mit Davids Worten geschrieben habe, wie sehr es mich nervt, von ihnen ständig kontrolliert zu werden?

Alles ist still, als ich ins Haus zurückkehre. Wo zum Teufel sind sie? Und wieso ist David gefahren, ohne mir Bescheid zu sagen? Was ist passiert? Hat er mit meinem Vater gesprochen? Ich weiß, wie unnachgiebig mein Vater sein kann, wie hart er mit seinen Mitarbeitern umgeht, wenn er es für nötig hält, und jetzt habe ich Angst davor, was er zu David gesagt haben könnte. Die Tür zum Büro meines Vaters ist geschlossen. Ich höre einen Ventilator summen, sonst nichts. Mein Herz hämmert, als ich die Türklinke berühre. Ohne anzuklopfen, drücke ich sie runter und halte dann überrascht die Luft an, weil mein Vater vornübergebeugt an seinem Schreibtisch sitzt, das Gesicht auf seinen Armen gebettet. Meine Mutter ist bei ihm und streicht ihm gerade über den Hinterkopf. Sie blickt für eine Sekunde auf, deshalb weiß ich, dass sie mich bemerkt hat. «Ich erwarte mehr von dir als das», raunt sie meinem Vater zu. «Reiß dich zusammen, William.»

Oh Gott, meine Mutter weiß es. Sie muss es wissen! Also hat auch sie mich die ganze Zeit belogen. *Reiß dich zusammen*. Ich habe das untrügliche Gefühl, dass dieser Satz nicht allein meinem Dad gilt. Sie schließt mich damit ein, erwartet von mir, dass ich meine Gefühle in Zaum halte. «Ihr seid schon zurück?», quetsche ich heraus, aber Dad reagiert nicht.

Als sie sich seufzend aufrichtet und auf mich zukommt, suche ich nach irgendwelchen Anzeichen in ihrem Gesicht, die mir verraten, ob sie mit David gesprochen hat, ob sie irgendwie erschüttert ist. Aber das ist sie nicht. Kein bisschen. «Abigail», begrüßt sie mich mit einem Seufzen. «Wir sind etwas früher gefahren, weil ich wieder meine Migräne habe. Ich bin oben in meinem Arbeitszimmer, falls du mich suchst. Aber ich denke, ihr beide habt etwas in Ruhe zu besprechen.»

Ich nicke, bringe aber keine Antwort heraus. Die Worte, die ich ihnen am liebsten ins Gesicht brüllen würde, stecken plötzlich in meiner Kehle fest.

Auf Dads Schreibtisch stehen eine angebrochene Flasche Brandy und ein leeres Glas, obwohl es nicht mal Mittag ist. Dad trinkt nie um diese Uhrzeit, und so habe ich ihn auch noch nie gesehen. Er ist immer souverän und beherrscht, hat immer einen aufmunternden Spruch auf den Lippen. Aber jetzt wirkt er beinahe hilflos auf mich. Ob er überhaupt gemerkt hat, dass Mom gegangen ist? In seiner Hand hält er etwas fest, und obwohl er es fast zerdrückt, erkenne ich trotzdem das Foto darin, das David mir letzte Nacht gezeigt hat.

Oh mein Gott.

Was soll ich sagen? Wie soll ich anfangen? Mein Herz rast, und ich will das alles einfach nicht wahrhaben. «Dad?»

Er schreckt auf, sieht sich um und bemerkt jetzt erst, dass wir alleine sind. «Wo ist deine Mutter?»

«Sie ist in ihr Arbeitszimmer gegangen. Was ist passiert? Wo ist David? Was ... Wieso ist er gefahren?» Als mein Dad den Kopf auf die Brust sinken lässt, platze ich heraus: «Was um Gottes willen hast du zu ihm gesagt?»

Er legt das Foto auf den Tisch zu zwei anderen und seine Hand darauf, als wäre ihm gerade erst bewusst geworden, dass er sie vor mir verbergen sollte. «Ich habe ihn darum gebeten, unser Haus zu verlassen, Abbi. Er hat gegen seinen Arbeitsvertrag verstoßen. Es tut mir leid, aber wir müssen einen neuen Physiotherapeuten für dich einstellen.»

In mir bildet sich das irre Verlangen, loszulachen. Wie bescheuert ist es, dass Dad immer noch so tut, als würde es hier um meine Therapie oder irgendeinen Vertrag gehen? Als würde das noch irgendeine Rolle spielen. Als wäre nicht meine ganze Welt auf den Kopf gestellt worden. «Ist das wirklich dein Ernst?», fahre ich ihn an. «Wir wissen beide, dass es nicht darum geht. Kommt das von Mom oder von dir? Wer von euch will David unbedingt loswerden?» Oh Gott, er hat David aus dem Haus geworfen. Er ist weg.

«Das war eine gemeinsame Entscheidung, und ich bin absolut sicher, dass es die richtige war. Jetzt mehr denn je.» Seine Finger streichen über die Fotos unter seiner Hand.

Soll ich ihn fragen, was er da macht, warum er das Foto einer fremden Frau streichelt, als würde sie ihm etwas bedeuten? Was soll ich nur tun? «Hast du ... Oh Gott, Dad, du bist ...»

«Es ist alles in Ordnung, Liebling. Ich habe nur gerade erfahren, dass jemand gestorben ist. Jemand, den ich ... der mir einmal sehr nahestand. Gib mir einen Moment, ja?»

«Davids Mom?» Ich habe meine Stimme kaum unter Kontrolle. «David hat mir alles erzählt.»

«Abbi, das ... Gott, es ist fast zwanzig Jahre her. Kannst du mich nur einen Moment allein lassen?»

Er gibt es zu. Einfach so, und versucht gleichzeitig, es durch die Anzahl der vergangenen Jahre zu relativieren. Aber das funktioniert nicht. Nicht für mich. «Und mehr hast du mir nicht zu sagen? Was bedeutet dir Davids Mom? Wie kann es sein, dass du sie ... Verdammt, Dad, was ist mit Jane? Wie konntest du das tun?»

Jetzt sieht er mich an. «Du musst dir deswegen keine Sorgen machen, Abbi. Zwischen uns bleibt alles beim Alten.»

Das kann er nicht wirklich glauben. Obwohl ich schon geahnt habe, wie wenig ich meinen eigenen Vater eigentlich kenne, fühlt es sich an, als würde er mir mit diesen Worten eine Faust in den Magen rammen. Ich schnappe nach Luft, wahrscheinlich begreife ich es in diesem Augenblick erst richtig. Dass er wirklich etwas mit Davids Mom hatte. Dass die beiden mal zusammen waren. Dass Jane seine uneheliche Tochter ist und dass er es nicht einmal fertigbringt, ihren Namen zu nennen. «Weiß Mom es?»

Er nickt langsam.

*Oh mein Gott, Dad!*

«Es tut mir leid, dass du das erfahren musstest. Ich hatte nicht vor, dich damit zu belasten.»

«Mich belasten?» Fassungslos schüttele ich den Kopf. Es tut ihm leid, dass ich es erfahren habe? Ist das sein verdammter Ernst? Es tut ihm ganz offensichtlich nicht leid, dass er Mom betrogen hat. Oder mich. Es tut ihm nicht leid, dass er Jane ihr ganzes Leben lang verleugnet hat. «Du hast ein uneheliches Kind! Denkst du nicht, ich sollte das wissen? Denkst du nicht, ich habe verdammt noch mal ein Recht zu wissen, dass ich eine Halbschwester habe? Oder Jane, wer ihr Vater ist?»

«Ihre Mutter und ich haben diese Entscheidung gemeinsam

getroffen. Es war nicht nur das Beste für unsere Familie, sondern auch für Rachels.»

«Ihr habt das einfach mal eben so beschlossen? Merkst du eigentlich, wie grausam das ist? Sie ist meine Schwester. Wie konntet ihr mir das all die Jahre verheimlichen?» Weil mein Vater wie betäubt vor sich hinstarrt, schreie ich ihn an. «Verdammt, Dad, rede mit mir!»

Er zuckt zusammen und bewegt dann den Kopf, als würde er abschütteln wollen, was gerade in ihm vorgeht. «Verzeih mir, Abbi. Ich kann jetzt nicht mit dir darüber reden. Es ist ... Es ist geradezu lächerlich, dass mich das nach all der Zeit so trifft. Ich habe jahrelang nicht mal an sie gedacht.»

Ich kann sehen, wie seine Hand zittert, als er die Fotos nun unter die Schreibtischablage schiebt. Ich glaube ihm nicht. Ich glaube gar nichts mehr, weil alles, was bisher unsere Familie ausgemacht hat, nicht wahr ist. Er hat mich jahrelang belogen, und nicht nur mich, auch sich selbst. Er belügt sich auch jetzt noch. Wie kann etwas lächerlich sein, wenn es ihn so sehr trifft? Wie kann er seine ... andere Tochter lächerlich nennen?

Mein Vater reibt sich mit einer Hand über das Gesicht, bevor er sich ein weiteres Glas Brandy einschenkt und es in einem Zug austrinkt, nur um danach wieder ins Leere zu starren.

«Was hast du nun vor?», frage ich mit zitternder Stimme.

Er sieht auf, mit einem Blick, als könne er nicht begreifen, wie ich eine solche Frage überhaupt stellen kann. «Ich muss mich um meinen Wahlkampf kümmern, Abbi. Nichts hat sich geändert. Ich habe einen vollen Terminkalender, es stehen Reisen an, Interviews. Da warten Menschen auf mich.»

Ich kann nicht ... Wie kann er ... Er kann doch nicht einfach so weitermachen wie bisher. «Ich meine nicht deinen verdammten Wahlkampf, Dad! Ich meine Jane! Willst du sie nicht kennenlernen? Sie ... oh Gott, sie sieht ihrer Mutter so ähnlich.»

«Hör auf, Abbi.»

«Du würdest sie bestimmt mögen, du ...»

«Hör. Auf», wiederholt er in einem harten Tonfall, in dem er noch nie mit mir gesprochen hat. «Es spielt keine Rolle, ob ich sie mögen würde. Weißt du, was David eben zu mir gesagt hat?» Plötzlich lacht er auf. «Er hat mich ein Arschloch genannt. Und weißt du was, Abbi? Er hat recht damit. Er hat vollkommen recht. Und er hätte mich auch einen Feigling nennen können, weil ich nicht bereit bin, etwas zu riskieren, wofür ich mein halbes Leben lang gearbeitet habe.»

Mein Herz zieht sich zusammen. Was, wenn es andersherum gewesen wäre? Wenn er Davids Mutter zuerst kennengelernt hätte und ich sein uneheliches Kind gewesen wäre? Hätte er mich dann genauso im Stich gelassen und jahrelang nicht mal an mich gedacht? Nur um seine politische Karriere nicht zu gefährden? Oh Gott, es tut so weh. Dass er so hart sein kann, tut unendlich weh. Er und Mom haben viel mehr gemeinsam, als ich dachte. Sie wäre sicher stolz, zu sehen, wie gut er sich gerade unter Kontrolle hat. Wie beherrscht er nun wieder ist. Und das lässt meinen Puls vor Wut rasen.

«Du hast recht», sage ich und muss an mich halten, mit meinen Krücken nicht gegen seinen Tisch zu schlagen, weil ich am liebsten etwas zerstören möchte. So wie er auch alles zerstört hat. «Du bist ein Feigling.»

«Nicht in diesem Ton, Abbi!»

«Warum? Weil ich die Wahrheit sage? Weil ich das einzige Mitglied dieser Familie bin, das sich nicht selbst etwas vormacht?» Meine Finger umkrampfen die Griffe meiner Gehstützen, als ich mich straffe. Es kostet mich unendliche Überwindung, aber ich muss ihm das jetzt sagen. «Ich habe keine Ahnung, wie du es geschafft hast, das vor dir selbst zu rechtfertigen. Dir einzureden, so egoistisch zu sein, wäre legitim. Denn das ist es nicht, es ist nicht in Ordnung! Du hast Menschen für deine Ziele verletzt, Dad. Du hast mich verletzt. Und du hast David und seine Schwester verletzt. Was auch immer zwischen euch vorgefallen ist, zwischen David und dir, ich ... ich bin auf Davids Seite. Ich werde zu ihm halten.» Irgendetwas zerreißt in mir. Ich weiß, dass es richtig ist, ich habe nicht den geringsten Zweifel, aber es fällt mir so unendlich schwer. «Und ich kann auch nicht einfach so tun, als gäbe es Jane nicht, Dad. Und du solltest das auch nicht. *Gramps* würde das auch nicht.»

Sein Gesicht ist wie versteinert. So habe ich ihn noch nie erlebt. Aber ich hätte auch nie gedacht, dass ich mal so etwas zu ihm sage. Zu meinem Dad, der immer der wichtigste Mensch in meinem Leben gewesen ist. Auf einmal ist er ein Fremder, und das kann ich kaum ertragen. Ich gehe zu ihm, und als ich nach seiner Hand greife, stößt er schwer den Atem aus. «Ich weiß nicht, wie ich jetzt mit dir umgehen soll», schluchze ich. Und dann lege ich den Kopf auf seine Schulter und versuche vergeblich, das Gefühl heraufzubeschwören, das ich immer hatte, wenn wir uns umarmt haben. Das Gefühl, mich immer auf ihn verlassen und ihm vollkommen vertrauen zu können. Ich atme seinen vertrauten Geruch ein, doch selbst der stimmt nicht mehr, weil er nach dem Brandy riecht, den er getrunken hat.

«Dann hat er dich mir also weggenommen», murmelt er, und seine Berührung fühlt sich unsicher, gehemmt an. Mit einem Räuspern löst er sich von mir. «Lass mich bitte für einen Moment allein, Abbi. Nur ein paar Minuten. Ich muss ... nachdenken, danach bin ich für dich da, und wir unterhalten uns in Ruhe, einverstanden?»

Nur ein paar Minuten. Mehr als ein paar Minuten erlaubt er sich nicht, um sich wieder so weit zusammenzureißen, wie man es von ihm erwartet. Vielleicht auch nur, wie meine Mutter es erwartet.

Dad verschränkt die Hände ineinander, legt sie auf dem Schreibtisch ab und lässt seinen Kopf darauf sinken. Seine Schultern fangen an zu beben, völlig lautlos.

Als ich die Tür leise hinter mir schließe, laufen auch mir Tränen über die Wangen.

32. KAPITEL

# ABBI

Draußen vor der Tür lehne ich mich erst mal dagegen, wische mir übers Gesicht und atme tief durch. Ich muss David suchen. Und mit Jane reden. Mit meiner Halbschwester. Oh Gott, wie verrückt das klingt. Aber dafür muss ich mir ein Auto besorgen. Nur dass ich weder Davids Adresse habe noch seine Handynummer. Wie erschreckend ist das eigentlich? Ich habe seine Nummer nie gebraucht, weil er immer da war. Wenn ich morgens aufgewacht bin, hatte er mir bereits eines seiner Origami-Tiere vor meine Zimmertür gelegt und in der Küche bei Lorraine auf mich gewartet. Er ist immer für andere da. Für mich, für seine Schwester, für seine Patienten ... Und schon wieder fange ich an zu schluchzen, weil ich solche Angst habe, ihn zu verlieren. Ich habe schon so viel verloren. Meine Sicherheit, meinen Dad ... oder zumindest den Menschen, für den ich meinen Dad gehalten habe.

Mit dem Handrücken wische ich mir erneut die Tränen weg, weil ich mich jetzt sammeln muss. Aber, oh Gott, ich brauche David. Ich brauche ihn. Und ich will für ihn da sein, so wie er immer für andere da ist. Aber vor allem muss ich jetzt hier weg. Ich werde Willow anrufen und sie fragen, ob ich ein paar Tage bei ihr übernachten kann. Um nachzudenken. Um mir darüber klar zu werden, was ich jetzt tun soll.

Ich gehe ins leergeräumte Esszimmer. Davids Sachen sind alle noch da, so überstürzt ist er aufgebrochen. Also klemme ich den

Henkel von seiner Sporttasche am Griff meiner Krücke fest und trage sie zum Sekretär. Ich packe Davids Bücher und seine Notizen ein, ziehe den Reißverschluss zu und lasse alles stehen, weil ich erst noch nach oben in mein Zimmer muss, um meine eigene Tasche zu holen. Vorher besorge ich mir noch ein Schmerzmittel, weil mein Knie sticht. Wie soll ich damit nur Auto fahren? Wie soll ich überhaupt Auto fahren, wenn es Monate her ist und mir allein beim Gedanken daran, mich wieder hinter ein Steuer zu setzen, der Schweiß ausbricht?

Ich schlucke gleich zwei von den Tabletten, die David mir nach Dr. Mullers Besuch gegeben hat. Oben in meinem Zimmer werfe ich ein paar Klamotten und die Haustürschlüssel in meine Tasche und kontrolliere, ob mein Portemonnaie drin ist. Bargeld habe ich kaum, aber mehrere Kreditkarten. Dann ziehe ich das Kleid aus, schlüpfe in Jeans und Turnschuhe und suche mir ein frisches T-Shirt aus dem Schrank. Die Krücken lehne ich kurz gegen mein Bett, um mir die Tasche über die Schulter hängen zu können, und humple dann über den Flur zum Büro meiner Mutter.

Sie sitzt am Schreibtisch, hat mehrere Stapel Papiere mit dicken Heftklammern vor sich. Wahrscheinlich redigiert sie irgendein juristisches Schreiben oder auch eine Rede von Dad. Als ich reinkomme, blickt sie auf. Sie wirkt ernst, aber als sie mich sieht, lächelt sie leicht. «Wie geht es deinem Vater? Das alles war ein ziemlicher Schock für ihn.»

«Für dich nicht?»

«Ach, Abbi.» Sie seufzt. «Wir sind jetzt seit fast fünfundzwanzig Jahren verheiratet. Ich kenne deinen Vater. Viel besser als du. Nur hast du aus irgendeinem Grund für ihn immer viel mehr Verständnis aufgebracht als für mich. Nun ja. Habt ihr euch für einen neuen Therapeuten entschieden?» Sie hält einen Zettel hoch. «Ich hatte mich sicherheitshalber schon vor ein paar Wochen über Alternativen informiert. Du solltest sofort mit dem Training weitermachen, es ist nicht mehr lang bis zu unserem Drehtermin.»

Es ist deprimierend, wie sich für meine Mutter einfach alles weiterdreht, als wäre das Leben noch genauso wie gestern. «Ich brauche keinen anderen Therapeuten, Mom. Was ich jetzt brauche, ist dein Auto. Kann ich mir das ausleihen? Ich verspreche, ich passe auf.»

«Du bist seit dem Unfall nicht gefahren, Abbi. Ich denke nicht, dass du das mit dem Bein schon schaffst. Übrigens habe ich inzwischen mit Ryan gesprochen. Er hat sich bereiterklärt, die Homestory mit uns zu machen. Ich habe ihn darauf hingewiesen, dass er demnächst sein Studium beendet und sich dann um Jobs bewerben muss. Mit der Tochter des Gouverneurs liiert zu sein, ist auch für ihn ein Türöffner.»

Ich würde lachen, wenn es nicht so entsetzlich wäre. Meine Mutter tut gerade so, als wäre man ein Mensch zweiter Klasse, wenn man allein ist. «Ich werde keine Fotos mit Ryan machen, Mom.»

Meine Mutter wirft ihren Stift auf den Tisch und fährt mit dem Stuhl ganz zu mir herum. «Abbi, ich glaube, du hast den Ernst der Situation nicht verstanden. Es geht hier nicht um ein paar Fotos fürs Familienalbum. Das ist der Wahlkampf deines Vaters. Wir werden dabei vollständig durchleuchtet, begreifst du das denn nicht? Was uns bevorsteht, ist wie eine Darmspiegelung. Und zwar eine, die niemals endet. Sie werden uns in Zukunft genauestens beobachten. Was wir tun, was wir tragen, was wir sagen. Sie werden jedes Wort von deinem Vater analysieren und aufzeichnen. Man wird unsere ganze Familie sezieren. Wir können uns da keine Entgleisungen leisten.»

Eine Entgleisung wie ohne einen Partner auf Familienfotos oder einem Video zu sehen zu sein? Ich beiße die Zähne zusammen und versuche sachlich zu bleiben. Momentan bin ich mir nicht mal sicher, ob ich dieses Haus je wieder betreten werde, aber bevor ich weiß, was ich tun will, werde ich dieses Gespräch nicht führen.

«Ich verstehe, wie wichtig das für euch ist. Aber ich werde nicht lügen und Gefühle für einen Mann heucheln, den ich verabscheue.»

Ich will Ryan nie wiedersehen.

«Du verstehst das nicht. Es geht nicht nur darum, dass du mit ihm ein gutes Bild abgibst. Indem wir ihn involvieren, können wir auch sichergehen, dass er nicht über deinen Unfall spricht.»

«Was ist denn so schlimm daran, wenn jemand davon erfährt? Ich hatte einen Unfall, ja, aber ich war verletzt, nicht Ryan. Du tust ja gerade so, als hätte ich jemanden umgebracht.»

Sie seufzt. «Ryan weiß, dass du etwas getrunken hattest. Wenn er das an die Presse weitergibt, wenn auch nur ein derartiges Gerücht entsteht, fällt das auf deinen Vater zurück.»

Ich bin wie vor den Kopf geschlagen. «Was meinst du damit? Ich habe nicht ... Wovon redest du überhaupt?»

«Eigentlich waren dein Vater und ich uns einig, dass wir dir nichts davon erzählen, um dich nicht zu beunruhigen, aber du lässt mir keine andere Wahl.»

Ich kenne dieses Spiel von Mom. Sie wird mir nun Vorwürfe machen, gegen die ich mich nicht wehren kann. Es ist so sinnlos, mit ihr zu diskutieren.

«Du hast an diesem Abend Sekt getrunken, Abigail. Danach bist du mit Ryan ins Auto gestiegen. Ihr habt euch gestritten. Ich bin sicher, dass Ryan daran nicht unschuldig war. Aber Fakt ist: Du bist gefahren und hattest Alkohol im Blut und hast die Kontrolle über das Fahrzeug verloren.»

Ich bin unter Alkoholeinfluss Auto gefahren. Oh Gott, wieso habe ich das getan? Sofort muss ich an Muller denken und daran, was er zu mir gesagt hat. Dass ich einem Bourbon doch auch nicht abgeneigt wäre. Mir wird schlecht.

Mein Entsetzen muss mir anzusehen sein, denn die Stimme meiner Mutter wird sanfter. «Es war nur ein Glas. Ryan hat uns erzählt, dass du mit ein paar Freundinnen angestoßen hast. Doch auch diese geringe Menge war in deinem Blutbild noch nachweisbar. Du weißt nicht, was es deinen Vater gekostet hat, das unter den Teppich zu kehren. Wenn es zu einer Anzeige gekommen wäre, wärst du vorbestraft gewesen. Ryan hat deinen Vater damit konfrontiert, und wir haben uns dazu entschieden, ihn mit einem Geldbetrag zu unterstützen, damit er es für sich behält.»

«Ihr habt ihn bestochen.» Ich erwarte, dass sie das von sich weist oder zumindest meine Wortwahl kritisiert, aber meine Mutter überrascht mich, indem sie langsam nickt.

«Wir haben ihn bestochen.» Sie steht auf, tritt zu mir und streicht mir tröstend über den Arm. «Wir haben dich damit geschützt und auch deinen Vater. Es war nur ein Glas. Wir können nicht riskieren, dass unsere Pläne deswegen gefährdet werden. Deshalb solltest du noch einmal über die Sache mit Ryan nachdenken und dann das Richtige tun.»

Wenn es wirklich wahr ist, dann ist das nur ein Grund mehr, nie wieder mit Ryan zu sprechen. Er hat meinen Vater erpresst. Das ist es doch, was Mom damit ausgesagt hat, oder nicht? Ich habe einen Fehler gemacht, einen schrecklichen Fehler, aber ich kann daran nichts mehr ändern. Ich kann nur dafür sorgen, dass mir so etwas nie wieder passiert. Es *wird* nie wieder passieren.

Nur kann ich nicht verstehen, wie meine Mutter diesen Fehler nehmen kann und versucht, mir daraus eine Schlinge zu drehen. Sie hat so viel für meinen Dad getan, so viel hingenommen und ertragen, und nun erwartet sie von mir dasselbe? Er hat sie betrogen!

Ich brauche das Auto meiner Mutter nicht. Ich rufe mir einfach ein Uber, oder vielleicht ist Lorraine noch da.

«Weißt du was, Mom, du hast recht. Ich werde das Richtige tun. Und das Richtige ist, zu dem zu stehen, was man getan hat. Ich kann es nicht rückgängig machen, aber wenn Ryan glaubt, dass er uns damit erpressen kann, dann liegt er falsch. Ich spiele da nicht mit. Dads Karriere ist nicht jedes Opfer wert. Oder denkst du wirklich, das alles war richtig?» Ich glaube, sie weiß, dass ich damit Jane meine. Aber da ich keine Antwort erwarte, wende ich mich zur Tür.

«Vielleicht war es wirklich ein Fehler, dir nichts zu sagen.»

Überrascht hebe ich den Kopf.

«Es ist für mich auch nicht leicht gewesen, Abbi.»

Ihr Tonfall, der auf einmal so anders klingt, versetzt mir einen Stich. Ich kann mich nicht erinnern, wann sie mich das letzte Mal Abbi genannt hat. Und dann nimmt sie mich auf einmal in den Arm. Ich muss blinzeln, doch Mom lässt mich so schnell wieder los, dass ich keine Gelegenheit habe, die Umarmung zu erwidern. «Vielleicht habe ich in meinem Leben wirklich zu viele Opfer für deinen Vater gebracht», sagt sie leise. «Aber irgendwann ist man an einem Punkt angekommen, wo es kein Zurück mehr gibt. Wo man weitergehen muss, damit alles, was man davor getan hat, nicht umsonst war. Verstehst du das?»

Nein, ich kann sie nicht verstehen. Aber ich will es wenigstens versuchen, deshalb nicke ich.

«Aber das gilt natürlich nicht für dich.» Sie geht um ihren Schreibtisch herum, und im ersten Moment kann ich kaum glauben, dass sie tatsächlich ihren Autoschlüssel aus der Handtasche holt. «Sei vorsichtig.»

Meine Finger schließen sich um den Smart Key. «Danke, Mom.» Wir sehen uns noch einen Moment an, in dem Bewusstsein, dass sich heute zwischen uns etwas Grundsätzliches geändert hat. Dann nicke ich, drehe mich um und verschwinde aus ihrem Büro.

Langsam arbeite ich mich die Treppe nach unten, wie ein Kind, das auf jeder Stufe einmal stehen bleibt, und ich weiß genau, was David sagen würde. Dass ich das großartig mache, dass wir einfach weiter kleine Schritte machen und dass es nicht auf die Geschwindigkeit ankommt, sondern darauf, in die richtige Richtung zu gehen. Und dabei würde er mit seinen Augen lächeln.

Ich habe einen Kloß im Hals. Und der wird nicht kleiner, als ich Lorraine in der Küche am Herd stehen sehe, wie sie das Gemüse kleinschneidet. Denn sie hat ihre Bluetoothbox wieder angestellt, und Elvis singt *Always On My Mind*. Ich muss daran denken, wie ich erst gestern Morgen hier neben David gestanden habe, als er gesagt hat, er würde den Song mögen. Gestern, nachdem wir im Pool das erste Mal eine Grenze überschritten haben und er mich mit Hilfe des Origami-Schwans gefragt hat, ob ich es wieder tun würde.

Ja, würde ich. Immer und immer wieder.

Von hinten lege ich die Arme um Lorraine, und sie gibt einen erschrockenen Laut von sich. «Abbi, wieso schleichst du dich so an? Ich habe dich gar nicht gehört.»

Bei ihr fällt es mir so leicht, einfach ich zu sein, meine Gefühle zu zeigen. Ich drücke mich an sie, weil ich so dankbar dafür bin, dass sie immer für mich da war, und weil sie David so sehr mag. «Danke, Lorraine.»

«Wofür denn? Sag bloß, das Lied macht dich auch so rührselig.» Sie legt das Messer weg, dreht sich um und tätschelt mir die Wange mit ihrer Hand, die nach Möhren, Lauch und einfach nach Lorraine riecht.

«Nur dafür, dass es dich gibt.» Ich gebe ihr einen Kuss auf die Wange.

«Sei nicht albern, Mädchen.» Sie schnalzt mit der Zunge. «Wo hast du David gelassen? Ich habe noch ein Hühnchen mit ihm zu rupfen. Wenn er das nächste Mal hier übernachtet, dann soll er gefälligst dafür sorgen, dass das Gästezimmer benutzt aussieht. Und du könntest auch ein bisschen vorsichtiger sein, junge Dame.» Ihre Augenbrauen gehen mahnend in die Höhe.

«Das geht leider nicht. Ich muss jetzt etwas tun, was meinen Eltern ganz und gar nicht gefallen wird.»

«Und dafür möchtest du meinen Segen?» Sie gibt ein Brummen von sich und zwinkert mir dann verschwörerisch zu. «Es ist höchste Zeit, dass du mal etwas tust, was deinen Eltern nicht gefällt, wenn du mich fragst.»

Ich lache erstickt auf und schließe sie noch einmal fest in die Arme.

Ein paar Minuten später trage ich Davids Sporttasche auf dem Rücken, je einen Henkel um eine Schulter, und schleiche nach draußen zu Moms Wagen. Meine eigene Tasche habe ich schon vorher ins Auto verfrachtet. Mein Knie schmerzt, aber das ist mir egal. Es wird schon nichts passieren. Ich habe noch Davids Stimme im Ohr, als er mich im Krankenhaus beruhigen wollte.

*Die Platte in deinem Bein ist übrigens aus Titan. Wusstest du, dass Titan eine Zugfestigkeit hat wie Baustahl?*

Zur Not werde ich mir bei Willow Eis auf mein Knie legen, während ich mir überlege, was ich tun und wie ich David finden soll. Ich habe keine Ahnung, wo er wohnt, aber ich weiß, wo seine Schwester arbeitet. Die ... oh Gott, die eigentlich auch meine Schwester ist. Dieser Gedanke ist vollkommen surreal. Mit einem mulmigen Gefühl schließe ich den Wagen auf und überlege, was ich mache, wenn der Personenschützer am Tor ganz genau hinguckt und bemerkt, dass es nicht meine Mom ist, die in diesem Auto sitzt. Wahrscheinlich hilft da nur beten.

Moms Wagen ist ein schwarzer Chevrolet, der losschießt wie eine Raubkatze, wenn man zu fest aufs Gas tritt, deshalb fahre ich ganz sanft an. Als ich an das Tor komme, hat der Personenschützer bereits sein Telefon am Ohr. Das Herz schlägt mir bis zum Hals, weil er mich natürlich nicht einfach durchwinkt, sondern langsam auf den Wagen zukommt und dann direkt neben der Fahrertür stehen bleibt. Verdammt. Mit einer Geste bittet er mich darum, das Fenster runterzufahren.

Als ich den Knopf drücke und die Scheibe sich absenkt, hält er mir sein Telefon hin. «Ihr Vater möchte Sie sprechen, Ms. Hayden.»

Verdammt, verdammt, verdammt. Ich schließe die Augen und schlage mit dem Hinterkopf gegen die Kopfstütze. Einmal, zweimal. Dann nehme ich das Handy ans Ohr. «Dad?»

«Ich werde dich nicht überzeugen können, diesen jungen Mann aufzugeben, oder?»

Für einen Moment blitzt das alte Gefühl wieder in mir auf. Dad und ich gegen den Rest der Welt. Ich habe einen Kloß im Hals, den ich nicht runterschlucken kann. Weil ich wünschte, es wäre alles wie früher, aber das ist vorbei. Für immer. «Nein.»

«Das habe ich mir gedacht.» Er atmet geräuschvoll aus. Und die sekundenlange Stille danach sagt mir so viel mehr. Sie sagt ‹Ich liebe dich› und sie sagt ‹Ich will nur, dass du glücklich bist›. Aber Dad kann einfach nicht aus seiner Haut. Er kann nicht aufgeben. Nicht seine Ziele, nicht das, wofür er die letzten zwanzig Jahre gearbeitet hat.

«Ich verstehe dich, Abbi. Ich mag David auch, mochte ihn von Anfang an. Wahrscheinlich war noch nie jemand so unfreundlich und abweisend zu mir wie er.» Er lacht bitter auf. «Und ich habe eben ein paar sehr harte Dinge zu ihm gesagt, die ich ... bereue.»

Oh, Dad.

«Aber egal, wie sehr ich es bereue, ich würde wahrscheinlich genau dasselbe wieder sagen. Auch wenn es falsch ist.»

Es klingt unnachgiebig, aber vollkommen ehrlich, und dafür

muss ich ihn bewundern, weil er nicht versucht, sein Verhalten schönzureden oder mich davon zu überzeugen, meine Meinung zu ändern.

«Versprichst du mir, dass du mich anrufst, wenn du Hilfe brauchst?»

«Ja.» In meinem Brustkorb breitet sich ein kleiner Funke Wärme aus. «Aber ich bin okay, Dad, ich komme schon zurecht.» Meine Hände zittern, sind völlig verschwitzt, und ich muss das Handy mit beiden festhalten, damit es mir nicht runterfällt.

«Pass auf dich auf, Abbi.»

Ich gebe dem Mann sein Telefon zurück und warte, bis er seine Anweisungen entgegengenommen hat. Das Tor gleitet zur Seite, und mein Blick verschwimmt, als ich losfahre.

33. KAPITEL

# DAVID

Ich hätte den Brandy von Hayden annehmen sollen, am besten die ganze Flasche. Vielleicht hätte sich damit der Schmerz betäuben lassen, von dem ich mir sicher bin, dass er für den Rest meines Lebens meinen Brustkorb abfackeln wird.

Seit zwei Stunden trainiere ich mit Noah im Park und habe dabei nicht mal für eine Sekunde an etwas anderes gedacht. Ich hatte gehofft, es hilft, weil es mir sonst immer etwas bringt, mich körperlich auszupowern. Aber diesmal nicht. Ich hätte nicht fahren sollen. Ich wollte es nicht, nicht ohne sie. Aber wie schwachsinnig wäre es gewesen, Abbi zu fragen, ob sie mit mir kommt? Ich weiß nicht mal, wie ich selbst zurechtkommen soll, ohne die Kohle, die ich bei Hayden verdient hätte. Was habe ich ihr da schon zu bieten?

Zum hundertsten Mal checke ich mein Handy, aber Abbi hat sich nicht gemeldet. Vielleicht hat sie das Origami nicht gefunden. Vielleicht ist jetzt sowieso alles aus. Keine Ahnung, was sie denkt. Ob sie ihrem Vater glaubt, was auch immer er ihr erzählt. Er kann sehr überzeugend sein. Ich habe selbst für einen kurzen Moment geglaubt, dass ihn Moms Tod getroffen hat. Dass es ihm leidtut und er Jane helfen will. Aber das ist natürlich Blödsinn. Das Einzige, was er bereit ist, für Jane zu tun, hat mit Geld zu tun. Aber es geht nicht um Geld. Es geht um Familie. Es geht darum, nachts aufzustehen, weil Jane sich übergeben muss, oder alles stehen und liegen zu lassen, weil sie von einer Party abgeholt werden will. Um tausend kleine Sachen, die man für jemand anderes erledigt, die Termine, die man sich abspeichert. Aber vor allem geht es um die Umarmung, die man bekommt, weil man einen Kuchen für die Schule gebacken hat, damit Jane nicht die Einzige ist, die nie was mitbringt. Oder weil man sich noch ein Youtube-Video reingezogen hat, um zu wissen, wie man diesen Riss in ihrer Lieblingsjacke zusammennäht.

Und das will Hayden nicht. Nicht mit Jane.

«Steck dein verdammtes Handy weg!», sagt Noah keuchend und reißt mich damit aus meinen zermürbenden Gedanken.

Ich werfe das Telefon zurück in meinen Rucksack und ziehe mich wortlos an der verdammten Stange hoch, weil ich mich immer noch kein bisschen abreagiert habe. Mit beiden Händen. Mit einer Hand. Verdammt, wenn es möglich wäre, würde ich mich auch mit den Zähnen hochziehen, so angespannt bin ich. Ich mache so lange weiter, bis jeder Scheißmuskel in meinem Körper brennt und Noah mit einem Ächzen seine Stange loslässt und die Arme ausschüttelt. «Du machst mich fertig. Ich krieg gleich einen Krampf.»

Ein letztes Mal ziehe ich mich hoch und schwinge mich dann unter der Stange durch. Lasse los, drehe mich in der Luft um die eigene Achse und schwinge in die andere Richtung zurück. Doch bei der nächsten Drehung bekomme ich die Stange nicht richtig zu packen und rutsche ab. Fuck, anstatt auf den Füßen zu landen, knalle ich mit voller Wucht auf den Boden.

«Alles okay?» Noah hält mir eine Hand hin und zieht mich hoch.

Hölle, nein. Nichts ist okay. Mein Hintern schmerzt, aber mein verdammtes Herz schmerzt noch viel mehr. Ich betrachte meine Hand. Die Hornhaut auf meiner Handfläche ist eingerissen, und es blutet. Das kommt davon, wenn man es übertreibt.

«Fuck, sieht gar nicht gut aus. Hast du Verbandszeug mit?»

«In meinem Rucksack.»

Noah bückt sich und kramt in meiner Tasche, dann klebt er mir ein Pflaster auf die Stelle.

Wenn das nur mein einziges Problem wäre. Das Geld für mein Studium kriege ich niemals zusammen, nachdem ich meinen Job verloren habe. Das Erste, was ich deshalb gemacht habe, war, bei Kadence zu Kreuze zu kriechen. Vor ein paar Stunden, als ich mich halbwegs wieder unter Kontrolle hatte, habe ich sie angerufen und sie gefragt, ob sie mich in diesem Monat noch einteilen kann. Völlig egal, für welche Station oder welchen Dienst, ich nehme alles. Sie hat nicht nachgefragt, nur einmal laut geatmet und dann ein rauchiges Okay von sich gegeben. Sie wird sehen, was sie für mich tun kann. Ohne Janes Job im Diner hätten wir nicht mal Geld fürs Essen, und bis der verdammte Emergency Service die erste Mahnung rausschickt, kann es auch nicht mehr lang dauern.

Noah klopft sich den Rest Talkum von den Händen und zieht dann seine Trinkflasche mit den Zähnen auf. «Sehen wir uns nachher im Diner? Ich treffe mich mit Aubree dort zum Essen, und Jane arbeitet heute auch, oder?»

«Ich muss heute Abend mit ihr reden. Und ich kann nicht vorher im Diner sitzen und so tun, als wäre alles in Ordnung, wenn ... Es wird ihr den Boden unter den Füßen wegziehen und ... Ich kann den Gedanken nicht ertragen, ihr so weh zu tun.»

«Fuck, ich möchte echt nicht in deiner Haut stecken.»

Ich möchte verdammt noch mal auch nicht in meiner Haut stecken. «Danke, genau das habe ich jetzt gebraucht.»

Noah verzieht das Gesicht. «Sorry, Mann, aber du weißt, wie ich das meine. Was ist denn mit Hayden? Kriegst du deine Kohle für den Job bei ihm denn wenigstens anteilmäßig?»

Ich lache auf. «Ich habe seinen Vertrag gebrochen. Ich kann froh sein, wenn er mich nicht verklagt. Außerdem kann man das auch nicht wirklich Arbeit nennen. Abbi und ich haben ein bisschen Sport zusammen gemacht und waren schwimmen. War wie Urlaub.»

«Ah, ja. Wie Urlaub, ist klar.» Noah nickt. «Bist du das eigentlich selbst, der dieses Zeug da redet, oder ist das der Scheißroboter, der deinen Körper übernommen hat, nachdem dir heute Morgen das Herz rausgerissen wurde?»

Darauf kann ich ihm nicht antworten, weil es verdammt noch mal stimmt. Mir wurde das Herz rausgerissen. Von Hayden. Und inzwischen glaube ich fast selbst, was er gesagt hat. Dass Abbi keine echten Gefühle für mich haben kann. Dass sie sich das nur eingebildet hat, weil wir verdammt viel Zeit zusammen verbracht haben und ja, weil ich sie auch verdammt oft angefasst habe.

*Wir waren schwimmen.* Wie hohl sich das anhört. Und wie hohl sich das erst anfühlt. Mit Abbi zusammen in diesem Pool zu stehen, sie zu küssen, unter den blinden Augen dieser Statue und eingerahmt von einer Hecke, als wären wir in einer komplett anderen Welt ... Das waren womöglich die schönsten Stunden meines Lebens. Nein, wenn ich länger darüber nachdenke, bin ich mir sogar absolut sicher, dass ich nie in meinem Leben etwas Besseres erlebt habe.

Ist es masochistisch, mir das gerade wieder auszumalen? So was von. Kann ich damit aufhören? Wahrscheinlich niemals. Ich ziehe noch einmal das Handy aus dem Rucksack und checke meine Nachrichten. Nichts. Ich überlege echt, ob ich bei den Haydens anrufen soll. Aber bei meinem Glück habe ich wahrscheinlich nicht Lorraine, sondern direkt Abbis Mutter in der Leitung. Keine gute Idee. Ich gebe Noah trotzdem ein Zeichen, dass ich kurz telefonieren muss, nehme das Handy ans Ohr und wähle die Nummer vom Diner, um Jane zu fragen, ob ich sie nachher abholen soll. Ich könnte zu Hause irgendwas aus Resten für uns kochen und dann ... ihre Welt zerstören. Großartige Aussicht.

Es klingelt eine halbe Ewigkeit, bis endlich abgenommen wird, und dann ist es nicht meine Schwester, sondern Chase. Als ich nach Jane frage, stößt er ein genervtes Schnauben aus. «Jane ist nicht da. Sie hat sich für heute krankgemeldet.»

«Was?»

«Hat mir eine Nachricht geschrieben und abgesagt. Du kannst ihr ausrichten, sie soll sich heute unbedingt noch bei mir melden. Bei mir brennt echt die Hütte. Ich muss wissen, ob sie morgen wiederkommt, damit ich mich notfalls um Ersatz kümmern kann.»

Noah sieht mich fragend an. Ich runzle die Stirn und hebe die Schultern an. «Ich richte es ihr aus. Aber Chase …?», füge ich schnell hinzu, als er schon auflegen will. «Falls Jane immer noch krank sein sollte, kann ich für sie einspringen.»

«Kann ich mich darauf verlassen?»

«Einhundert Prozent.»

«Geht in Ordnung. Dann bestell ihr gute Besserung.» Er legt auf.

Für einen Augenblick starre ich den Hörer an. Fuck, wieso hat Jane mich nicht angerufen? Sofort mache ich mir Sorgen, weil zig Möglichkeiten durch meinen Kopf rasen. Hoffentlich ist es nur eine Scheißerkältung. Ganz bestimmt ist es das, aber das schlechte Gewissen bläht sich sofort in mir auf. Ich war nicht da, ich habe sie allein gelassen. Wenn ihr Immunsystem im Keller ist, dann könnte das auch daran liegen, dass ihre Blutwerte … Stopp! Ich zwinge diese Gedanken mit Gewalt zurück und wähle sofort Janes Nummer. Es klingelt keine dreimal, dann werde ich weggedrückt.

«Was ist los?» Noah stopft sein Zeug in seinen Rucksack und zieht den Reißverschluss zu.

Scheiße. «Jane hat mich weggedrückt.»

«Vielleicht ist sie gerade beschäftigt.»

Ja, vielleicht. Vielleicht ist aber auch etwas ganz und gar nicht in Ordnung. «Das hat sie noch nie gemacht. Ich muss sofort nach Hause.»

«Dann los.»

Wir schultern unsere Rucksäcke und laufen gemeinsam zum Parkplatz auf dem Klinikgelände, wo ich meinen und Noah den Wagen seines Dads geparkt hat, mit dem er immer unterwegs ist.

«Meld dich bei mir, wenn was nicht in Ordnung ist. Und sag verdammt noch mal nicht einfach nur ja, sondern mach es auch, kapiert?»

Ich nicke und springe dann ins Auto, wo ich nur noch mein Hörgerät aus der Mittelkonsole krame, bevor ich mit einem lauten Röhren anfahre.

«Jane?» Ich lasse die Haustür hinter mir ins Schloss fallen, und nachdem ich mich vergewissert habe, dass ihre Schuhe im Flur stehen, laufe ich direkt zu ihrem Zimmer. «Es tut mir leid, dass ich mich gestern nicht mehr ...» Die Tür steht offen, aber Jane ist nicht da. Und dann fängt mein Puls an zu jagen, weil unter dem Schlitz von Moms Zimmertür ein schmaler Lichtstreifen herauskriecht.

Ich klopfe. Gott, ich weiß nicht mal, warum ich das tue. Zumal ich nicht auf eine Antwort warte, sondern die Tür direkt aufstoße. Die Jalousien sind heruntergelassen, und die Nachttischlampe brennt. Jane sitzt auf Moms Bett, die Haare stehen ihr zerzaust vom Kopf ab, und ihre Augen sind rot und verquollen. «Bist du krank? Ich habe mit Chase telefoniert, weil ich dich abholen ...» Erst jetzt nehme ich die Papiere wahr, die sich überall um sie herum ausbreiten. Der Ordner, der aufgeschlagen auf dem Bett liegt. Moms Ordner. Sie muss seit Stunden darin gelesen haben, denn der Inhalt verteilt sich über dem gesamten Bett. Sie hat Moms Unterlagen gefunden. Scheiße.

Scheiße, scheiße, scheiße.

Gerade nimmt sie den verdammten Vertrag vom Bett auf. Haydens Vertrag mit der Abfindung und Verschwiegenheitsklausel. Ich erkenne ihn sofort am Logo der Hayden Paper Group, und mir bricht der Schweiß aus, weil ich einfach nicht weiß, was ich jetzt sagen soll. «Jane, ich ...»

«Das ist also mein Vater.» Das Papier zittert in ihren Händen, und sie ist so blass, dass ihr Gesicht fast durchsichtig scheint. «William Hayden.» Sie wiederholt den Namen noch einmal, als horche sie auf den Klang, als würde der ganze Mist dadurch irgendwie verständlicher werden.

Hölle, ich bekomme die Zähne kaum auseinander. «Ja.» Ich stehe immer noch im Türrahmen, und nun zwinge ich mich, einen Schritt vor den anderen zu setzen.

«Mom hatte eine Affäre mit William Hayden.» Sie leckt sich über die trockenen Lippen, während ich wie ein Idiot zu ihr stolpere und nicht weiß, was ich sagen soll.

Schließlich bringe ich doch etwas heraus. «Ein Jahr lang. So lange hat das zwischen den beiden angehalten.»

«Wie lange weißt du es schon?»

Das ist die Preisfrage, die, vor der ich am meisten Angst hatte. Weil meine Antwort Jane noch mehr schockieren, verletzen, wütend machen wird, das volle Programm, und ich kann nichts mehr daran ändern. «Seit ich Moms Unterlagen ordnen musste. Seit die ersten Rechnungen eingetrudelt sind und ich die bescheuerte Hoffnung hatte, irgendwas zu finden, was das finanzielle Chaos beseitigen könnte. Ich wusste nicht, wie ich ...»

«Warum hast du es mir nicht einfach gesagt?»

«Ich wollte dir nicht weh tun.» Verdammt, das klingt so abgefuckt, so unehrlich.

«Weißt du was, David? Ich habe echt immer gedacht, du bist der netteste und anständigste Kerl der Welt.» Sie gibt ein Geräusch von sich, das nur vage an ein bitteres Lachen erinnert. «Aber da lag ich so was von daneben.»

Okay, sie hat jedes Recht, wütend auf mich zu sein. Ich bin selbst verdammt wütend auf mich, auf diese Situation, darüber, dass wir das durchmachen müssen. «Ich wollte es dir sagen, aber ... Dieser Vertrag ist das Letzte. Hayden wollte seine Politikerkarriere nicht gefährden, er konnte sich kein uneheliches Kind leisten. Wie scheiße ist das bitte? Außerdem ... ich dachte, dass er Mom unter Druck gesetzt hat, diesen Vertrag zu unterschreiben. Aber das ist nicht die Wahrheit.»

Sie presst die Lippen zusammen.

«Mom wollte ihre Ehe mit Dad schützen. Und wie es aussieht, haben die beiden sich das zusammen überlegt.»

«So ein Blödsinn. Mom hätte niemals ...»

«Und wenn doch? Verdammt, ich trage diese Scheiße jetzt seit Wochen mit mir rum und wusste nicht, wie ich es dir sagen sollte, weil ich genau dasselbe gedacht habe. *Mom hätte niemals.* Aber das ist nicht wahr. Sie hat das gemacht, weil sie es so wollte. Und ich habe diesen Typen gehasst, weil er Mom nicht unterstützt hat. Sie nimmt diesen Kredit für deine Behandlung auf und er ... tut nichts.»

«Woher weißt du das alles?» Sie sieht sich beinahe panisch auf dem Bett um. «Gibt es noch mehr? Hast du noch Briefe oder so was gefunden?»

Ich hasse es. Ich hasse diese beschissene Situation. «Die Familie, für die ich die letzten Wochen gearbeitet habe. Das waren die Haydens.»

Der Ausdruck in ihrem Gesicht dreht das Messer in meiner Brust noch einmal um. «Wie ... wie konntest du das tun? Verdammt, David, warum machst du das? Warum arbeitest du für ihn?»

«Hayden hat mich eingestellt, ohne zu wissen, wer ich bin.»

Sie richtet sich auf und beugt sich nach vorn. «Aber du wusstest es doch. Verdammt, du wusstest es! Wie kannst du wochenlang mit seiner Tochter arbeiten, ohne was zu sagen, wenn du genau weißt, dass Abbi ... oh Gott. Deshalb hast du sie mit in den Diner gebracht.»

Mein Herz krampft sich zusammen, als ich sehe, wie sie in sich zusammensackt. «Abbi wusste nichts davon. Ich schwöre dir, dass sie keine Ahnung hatte, als du sie getroffen hast. Und ich wollte nichts mit den Haydens zu tun haben, klar? Das Letzte, was ich wollte, war, Haydens Tochter zu therapieren.»

«Und trotzdem hast du es getan. Du hast das einfach für uns entschieden, ohne mit mir darüber zu reden, ohne mich zu fragen. Und das ist ...», ihre Stimme bricht, «...das ist nicht okay!»

«Ja, du hast recht. Mit allem. Es ist nicht okay. Für Hayden zu arbeiten, ist nicht okay. Nur mit ihm zu reden, ist nicht okay. Und vor allem dir nichts davon zu sagen, ist nicht okay. Aber wie hätte ich dir das antun können, nachdem Mom gerade erst gestorben ist?»

«Du glaubst immer noch, dass du alles allein regeln musst. Aber ich bin auch erwachsen, verdammt noch mal!», schluchzt sie auf. «Ich bin es so leid! Ich habe dich nicht darum gebeten, alles für mich zu tun. Mir alles abzunehmen. Ich bin nicht mehr krank. Ich bin vollkommen gesund. Du bist nicht für mich verantwortlich!»

Sie hat ja recht, und ich weiß genau, was in ihr vorgeht.

«Es fällt mir schwer, okay? Wir waren fast immer allein, und ich musste so viel für Mom übernehmen. Es tut mir leid, dass ich dir das Gefühl gebe, du bräuchtest einen Aufpasser. Ich weiß, dass du gut zurechtkommst. Aber verdammt, ich hatte keine andere Wahl, als diesen Job bei Hayden anzunehmen.» Ich hole tief Luft. «Ich habe mein Stipendium verloren, Jane. Ich wollte es dir erst sagen, wenn ich eine Lösung gefunden habe. Ich hatte es gerade erfahren, und dann hat Hayden mir plötzlich einen Haufen Kohle geboten. Ich dachte, ich kann das irgendwie hinter mich bringen und damit alle Probleme lösen, aber ... das hat ganz offensichtlich nicht funktioniert.»

«Du hast dein Stipendium verloren.» Sie flüstert es, und dann plötzlich fängt sie an zu lachen, aber auf eine Art, die mir Sorge bereitet. Und es dauert auch nur ein paar Sekunden, bis es umschlägt und ihr Tränen über die Wangen laufen, die sie energisch wegzuwischen versucht.

«Und heute auch noch meinen Job», sage ich, um jetzt alles loszuwerden. «Hayden hat mich eingestellt, ohne zu ahnen, wer ich bin. Aber heute hat er es erfahren. Und mich gefeuert.»

«Du hast es ihm gesagt?»

«Ja, weil ...» Oh fuck, das würde ich am liebsten für mich behalten. Aber keine Geheimnisse mehr. «Als ich den Job angenommen habe, ging es mir nur um das verdammte Geld.» Wobei ich mir nicht mal sicher bin, ob das die Wahrheit ist. Vielleicht wollte ich schon damals irgendwie in Abbis Nähe sein. «Aber dann hat sich was verändert. Ich hatte das nicht geplant ...»

«Was?» Sie schluckt. «Was hat sich verändert?»

«Abbi ... Abbi ist nicht das verwöhnte Mädchen, das von ihren Eltern jeden Wunsch erfüllt bekommt. Sie hatte von all dem genauso wenig Ahnung wie du. Aber sie vertraut mir. Und sie ist so unfassbar ehrlich und mutig. Abbi und ich ...»

«Oh mein Gott.» Jane sieht völlig entgeistert aus. «Du hast mit ihr geschlafen, oder? Du hast mit meiner Halbschwester geschlafen. Du ... das ist ...»

Ich lasse mich neben ihr auf das Bett fallen. «Es tut mir leid, Jane.»

Sie setzt zum Reden an, schnappt nach Luft und bricht wieder ab. Dann verzieht sie das Gesicht. «Hat sie gedacht, das wäre im

Preis mit inbegriffen?», fragt sie. «Sex zur Entspannung? So als nette Beigabe zur Physiotherapie?»

Jedes Blut weicht mir aus dem Gesicht. Im ersten Moment bin ich zu geschockt, um zu reagieren. Dann will ich sie am liebsten an den Schultern packen und schütteln, weil ich es nicht ertrage, was sie Abbi damit unterstellt. Und auch mir. Aber ich schaffe es, meine Gefühle unter Kontrolle zu halten. «Sie würde mich niemals ausnutzen, sie gibt *mir* etwas, okay? Und wir haben auch nicht miteinander geschlafen. Also zumindest nicht ...» *So richtig?* Was für ein Schwachsinn. Als ob das einen Unterschied machen würde. Und außerdem ist es echt nichts, was ich mit Jane besprechen will. «Für was für ein Arschloch hältst du mich eigentlich? Habe ich mich jemals mit einer Frau eingelassen, die ich als Therapeut betreue?»

Sie sieht mich gequält an und hält mich am Arm fest. «Das ist es ja gerade. Du machst so was nicht.» Dann weiten sich ihre Augen. «Du liebst sie. Oh mein Gott, du liebst sie.»

Ich stoße schwer den Atem aus.

Jane steht unter Schock. Genau wie ich. «Oh Gott, das ist ... Dave, das ist so verrückt und ... und verrückt und ...»

Sie hat mich Dave genannt. Was ich normalerweise nicht abkann. Aber jetzt in diesem Augenblick ist da nur Erleichterung. Weil es Hoffnung in mir aufkeimen lässt, dass sie mir doch verzeiht. Und dass sie damit klarkommt. Irgendwie. Das Ganze war ein totaler Schock für sie, aber sie steht das durch. Sie ist stark. Stärker, als ich es manchmal wahrhaben will.

«Ich weiß selbst, wie seltsam das ist. Aber Abbi ist ganz anders als ihr Dad. Und ich ... ich will sie, verstehst du das?» Ich will mir ein Stück von meinem Traum zurückholen, auch wenn das völlig unrealistisch ist. Aber jetzt in diesem Moment geht es überhaupt nicht um mich. Es geht um Jane. «Was sollen wir jetzt tun? Ich meine, was willst *du* jetzt tun? William Hayden ist dein Vater.

Willst du ihn zur Rede stellen? Ihn treffen? Ihn auf entgangenen Unterhalt verklagen?» Ich ziehe eine Grimasse. «Einen Skandal anzetteln?»

Jane erstarrt für einen Moment, dann strafft sie sich und steht vom Bett auf. Sie fängt an, die Papiere auf einen Haufen zusammenzuschieben. «So wie es aussieht, will er nichts von mir wissen. Das ist ... scheiße, aber ... ich kann damit umgehen. Ich meine, wir hatten Mom, oder? Und so wie er drauf ist, kann ich wahrscheinlich froh sein, dass er sich nie für mich interessiert hat. Also ... will ich dieses Zeug hier wegschmeißen.»

«Was?» Ich springe schockiert auf. «Das sind die einzigen Beweise, die wir haben, Jane. Das kannst du nicht machen.»

Sie beißt sich nachdenklich auf die Lippe, dann nickt sie. «Doch, kann ich.»

34. KAPITEL

# DAVID

Jane hat gestern alle Unterlagen, die mit Hayden und Moms Kredit zu tun haben, zerrissen und dann mit dem Restmüll in eine der Tonnen unten im Hof gestopft. Ich konnte sie nicht davon abhalten, habe es aber auch nicht ernsthaft versucht. Es ist ihre Entscheidung. Ich kann sie nur dabei unterstützen, was auch immer sie tun will. Danach ist sie in ihre Turnschuhe geschlüpft und ein paar Runden allein um den Block gelaufen. Um in Ruhe nachzudenken, hat sie gesagt. Aber ich schätze, auch weil sie mich für eine Weile nicht sehen wollte.

Jetzt bin ich auf dem Weg zur Klinik, weil Kadence mir meinen neuen Dienstplan geben will. Am liebsten würde ich sofort anfangen, allein schon, damit mich die Arbeit davon abhält, ständig aufs Handy zu starren in der Hoffnung, dass Abbi wider Erwarten doch noch anruft. Sie wird es nicht tun. Entweder hat sie das verfluchte Papierboot nicht gefunden. Oder ...

Scheiße. Ich brauche Gewissheit.

Ich setze den Blinker und halte einfach am Straßenrand, bevor ich mein Handy heraushole und die Nummer von Haydens Haus in Hopkinton wähle. Wenn Hayden persönlich rangeht, lege ich auf. Es klingelt eine Ewigkeit, aber niemand nimmt ab, dabei warte ich so lange, bis das Tuten unerträglich wird. Tja, ich habe ganz offensichtlich mein Glück schon ausgereizt. Verdammt. Mit beiden Händen schlage ich gegen das Lenkrad und stoße einen Fluch aus. Dann beiße ich die Zähne zusammen und fahre weiter.

Das einzig Gute ist meine Aussicht auf den neuen Dienstplan. Solange ich in der Klinik arbeiten kann, weiß ich zumindest, dass es irgendwie weitergeht. Nachdem ich das Auto geparkt habe, schaue ich kurz nach, wie viel Bargeld ich noch habe. Es reicht für ein Abendessen mit Jane. Aber wenn ich selbst koche auch noch für ein Mitbringsel für Madame Mustache, deshalb springe ich schnell noch in die Bäckerei um die Ecke rein, in der es New Yorker Cheesecake gibt, von dem ich weiß, dass die alte Dame ihn liebt. Damit bewaffnet mache ich mich auf den Weg zu meiner alten Station. Ich lasse den Aufzug stehen und laufe im Treppenhaus nach oben.

«Hey, David», begrüßt mich eine der Schwestern, und ich frage sie direkt nach Kadence.

«Die ist gerade noch mit einer Patientin unterwegs, du hättest sie eigentlich am Aufzug treffen müssen.»

«Hab die Treppe genommen, aber danke, dann warte ich.» Im Aufenthaltsraum besorge ich für Mrs. Browning noch eine Gabel und klopfe dann an ihrem Zimmer an. Die alte Dame sitzt gut gelaunt in einem Stuhl am Fenster. Vor ihr auf dem Tisch steht ein Teller mit Kuchenresten.

«Okay, Ma'am, ich komme wohl zu spät. Sie hatten schon Besuch.» Wahrscheinlich keine Verwandte, sondern eher jemand vom Sozialdienst, würde ich meinen. «Ein Verehrer?»

«David, lieber Junge, komm rein. Du warst viel zu lange nicht mehr hier, ich habe dich vermisst.» Sie strahlt mich an. «Ich hatte heute ganz zauberhaften Besuch von einer jungen Dame, sie hat mir Kuchen mitgebracht.»

Das freut mich für sie. Ich nehme sie in den Arm und setze mich dann zu ihr an den Tisch. «Eine Freundin von Ihnen?»

«Nein, ich kannte sie gar nicht, und leider habe ich auch ihren Namen schon wieder vergessen. Aber ich glaube, sie war Patientin hier. Kadence hat sie mir vorgestellt, und wir haben eine Zeitlang geplaudert. Und dann hat sie mir noch diesen entzückenden Vogel dagelassen. Natürlich ist er nicht so hübsch wie die Schmetterlinge, die du für mich gemacht hast, aber eine wirklich nette Überraschung.» Sie hebt einen kleinen Papierkranich an der Schwanzspitze hoch und versucht dann, ihn wieder hinzustellen, ohne dass er umfällt.

Scheiße. Das Loch in meinem Brustkorb reißt sofort weiter auf.

«Sie hat mir dazu eine Geschichte erzählt, von einem Mädchen aus Japan, das Leukämie hatte und eintausend Kraniche gefaltet hat, um wieder gesund zu werden. Ich weiß nur nicht mehr, wie es ausgegangen ist.»

Noch mal Scheiße. In meinem Hals fängt es an zu pochen. Das kann nicht Abbi gewesen sein. Ich gebe zu, es ist ein echt extremer Zufall, dass jemand ausgerechnet ein Origami für Madame Mustache faltet, aber es ist dennoch ein Zufall, oder?

«Ihr Besuch», sage ich und räuspere mich. «Sie hatte nicht zufällig dunkelblonde Haare und sehr dunkle Augenbrauen? Ist sie ... Ich meine, ist sie mit Krücken gelaufen?»

Madame Mustache überlegt und schüttelt dann den Kopf. «An Krücken kann ich mich nicht erinnern. Und ihre Haare ...? Ich weiß nicht mehr. Sie kam mir aber bekannt vor, ich habe sie bestimmt schon mal auf dem Flur gesehen.»

Okay, ich glaube nicht an solche Zufälle. Aber was ich definitiv glaube, ist, dass ich gerade den Verstand verliere. Was für einen Grund sollte Abbi haben, in die Rehaklinik zu kommen und Madame Mustache zu besuchen? Warum sollte sie überhaupt hierherkommen? Hat sie Schmerzen? Ist irgendwas mit ihrem Knie? Scheiße, ich hoffe, sie hat sich nicht das Knie verdreht.

«Tut mir leid, Ma'am, ich glaube, ich muss mich dringend mit Ms. Sawyer unterhalten. Ist es in Ordnung, wenn ich morgen wiederkomme?»

«Natürlich, mein Junge. Und danke für den Käsekuchen, ich esse ihn heute Abend zum Nachtisch.» Sie kneift mich so fest in den Arm, dass ich zusammenzucke. Ich springe auf und bin schon auf halbem Weg zur Tür, als die alte Dame sagt: «Ich finde den Vogel ja wirklich interessant, ich verstehe nur nicht, was dieser Spruch bedeuten soll. *Immer und immer wieder.*» Als ich mit quietschender Sohle herumfahre, hat sie den Kranich wieder in der Hand. «Die Sprüche aus diesen Glückskeksen mag ich lieber. Die versteht man wenigstens gleich.»

Hölle, jetzt kriege ich Herzrasen. Das ist kein Zufall. «Ähm, darf ich mal sehen?» Ich nehme ihr den Vogel ab, als sie ihn mir hinhält, und klappe den Flügel nach unten. Und da stehen diese Worte in Abbis Handschrift. Ich erkenne sie, weil ich sie auf der Blume, die sie für mich gefaltet hatte, ungefähr hunderttausendmal gelesen habe. «Ich denke, es ist ein gutes Omen für die Zukunft, Ma'am. Besser als ein Glückskeks. Viel besser als ein Glückskeks.» Und ich spüre, wie sich Hoffnung in mir ausbreitet. «Bis morgen, Mad... Mrs. Browning.»

Kann sein, dass ich etwas zu schnell unterwegs bin, als ich über den Flur zum Schwesternzimmer sprinte. «Ist Kadence immer noch nicht da?», frage ich eine Kollegin, die am PC sitzt und wahrscheinlich irgendwelche Medikamentenbestellungen eingibt.

Sie schüttelt den Kopf, und als ich meine nächste Frage nach Abigail Hayden anhänge, geht ihr Kopfschütteln nahtlos in ein Nicken über. «Ja, die war hier, ist aber schon wieder weg.»

«Wann?»

«Vor einer halben Stunde etwa.»

«Weißt du, warum? Gab es irgendwelche Probleme mit ihrem Knie, oder hatte sie einen Termin?» Ein Termin, von dem ich nichts weiß? Klar, David.

«Kann ich dir nicht sagen. Frag einen der Docs. Oder Kadence.»

Sehr witzig, würde ich ja gern, wenn Kadence mal auftauchen würde. *Okay, komm runter, David!* Ich überlege, wie ich die Zeit besser nutzen kann, als während des Wartens durchzudrehen, und weil ich meinen Spind sowieso noch nicht ausgeräumt hatte, kann ich schon mal nachgucken, ob ich genug Wechselsachen hierhabe. Und die Patientendusche im großen Badezimmer nutzen, um Nebenkosten zu sparen. Ist das erbärmlich? Ja. Aber was soll's.

In der Umkleide werfe ich meinen Rucksack auf den Boden und drehe die Nummern vom Zahlenschloss auf. Ich ziehe die Tür auf, und sofort flattert mir etwas entgegen und landet auf dem Boden.

Okay, Leute, wo ist die versteckte Kamera?

Ich gehe in die Knie, um den Kranich aufzuheben, den jemand durch den schmalen Spalt in der Tür geschoben haben muss. Jemand. Abbi. Ich klappe die Flügel auf.

*Immer und immer wieder.*

Die Kehle wird mir eng. Abbi war hier. Auf meiner Station. An meinem Spind. Vor einer halben Stunde. Ich habe keine Ahnung, was sie vorhat. Ist das so was wie eine Schnitzeljagd? Warum schreibt sie das immer und immer wieder? Und darf ich mir wirklich Hoffnung erlauben? Hölle, ich hoffe so sehr. Bitte lass sie das ernst meinen.

Ich ziehe mein Handy aus der Tasche und wische über den Bildschirm, obwohl es sinnlos ist. Das einzige Mal, dass wir uns geschrieben haben, haben wir dafür Origamis benutzt. So wie jetzt. Aber ich weiß nicht, ob sie es ernst meint, und das macht mich fertig. Was hat ihr Vater ihr erzählt? Weiß sie, was ich ihm alles an den Kopf geknallt habe? Weiß sie, dass meine Mom diesen verdammten Vertrag genauso haben wollte wie er? Oder dass er mir ein Scheißvermögen angeboten hat, damit ich sie nie wiedersehe? Shit, ich hoffe, dann weiß sie auch, dass ich es abgelehnt habe. Dass ich nichts von ihm will außer seiner Tochter.

Mit zitternden Fingern zerre ich ein paar Wechselsachen aus dem Spind und schnappe mir ein frisches Patientenhandtuch, um damit im Bad zu verschwinden. Ich stelle das Wasser auf eiskalt, um einen klaren Kopf zu bekommen, merke dann, dass das ein Fehler ist, weil es mich noch mehr aufputscht. Scheiße, von wegen Elefant. Ich bin kein bisschen ruhig.

Fünf Minuten später bin ich gerade in frische Sachen geschlüpft – Jeans und ein T-Shirt mit V-Ausschnitt, von dem ich weiß, dass es Abbi zum Grinsen bringen würde – und binde mir die Schuhe, als es an der Tür klopft und Kadence nach mir ruft.

«David, bist du hier im Bad?»

Ich schließe die Tür auf. Mein Haar ist noch nass, und Wasser tropft mir auf die Schultern.

Kadence trägt eine dünne Mappe unter ihren Arm geklemmt und trommelt mit den Fingern darauf. «Wow. Verdammt, David, so was solltest du nicht auf Station machen, das bringt mein Kopfkino in Gang, und ich habe heute Abend ein Date mit einem Mann, der zwanzig Jahre älter ist als du.» Sie spitzt die Lippen und lacht dann rau.

Darauf kann ich jetzt nicht eingehen, selbst wenn ich wollte. «Wo ist Abbi? Hast du mit ihr gesprochen? War sie hier?» Natürlich war sie hier. Der verdammte Papiervogel kann schlecht von allein hergeflogen sein. «Ich meine, warum war sie hier? Ist was mit ihrem Knie nicht in Ordnung?»

«Es ist alles bestens.» Sie wiegt den Kopf zur Seite und nickt dann. «Ich soll dir schöne Grüße ausrichten.»

«Nicht witzig, Kady. Was hat sie gesagt? Weißt du, wo sie nach ihrem Besuch hier hinwollte?»

«Kann ich dir nicht sagen. Aber ihr habt gute Fortschritte

gemacht. Sie kam ganz flott mit den Krücken über den Flur, sah ziemlich gut aus. Hat einen richtigen Bizeps bekommen, die Kleine.»

«Kadence», knurre ich. «Was genau hat sie gesagt? Einfach nur: *Bestell David schöne Grüße*, oder was?»

«Komm mal wieder runter, David. Erzähl mir lieber, warum du unbedingt ihre Akte haben wolltest. Ist irgendwas dabei rausgekommen?»

«Nein, gar nichts.» Nervös fahre ich mir durch das nasse Haar und in den Nacken. «Aber danke noch mal.»

«Da hat sich der ganze Aufwand ja gelohnt», sagt sie mit einem Schnauben und zieht dann die Mappe unter ihrem Arm hervor. Sie blättert einmal schnell durch, dann holt sie ein Blatt heraus und reicht mir meinen Dienstplan. «Mehr als sechs Dienste sind in diesem Monat leider nicht mehr drin gewesen. Aber ich kann dich vormerken, falls jemand krank wird.»

«Ja, mach das auf jeden Fall. Ich nehme echt alles, was ich kriegen kann.»

«Okay, dann weiß ich Bescheid.» Sie klemmt die Mappe wieder unter ihren Arm und holt dann etwas aus ihrer Tasche. «Hier, das soll ich dir noch von Abbi geben.»

Sie hält mir einen verdammten Papiervogel hin. Ich drehe durch.

Kadence grinst. «Was auch immer das für ein Spiel ist, ich hoffe, mein Date heute Abend ist für so etwas auch offen.»

Scheiße, ich kriege sofort einen heißen Kopf. «Es ist nicht so, wie es … na ja …»

«Du glaubst nicht, wie oft ich diesen Satz schon gehört habe. Mach dich vom Acker. Vielleicht erwischst du Abbi noch.»

«Was? Ich dachte, sie ist schon lange weg?»

«Ich bin eben mit ihr zu den Aufzügen gegangen. Denke, sie ist jetzt auf dem Weg zum Parkplatz.»

«Scheiße, warum sagst du das denn nicht sofort? Ich … fuck …» Im Laufen stopfe ich meine Klamotten in den Rucksack, ziehe den Reißverschluss zu und überlege, nach welchem Auto ich Ausschau halten muss. Schätze, sie ist mit einem der Personenschützer hier, weil sie noch nicht selbst fahren kann. Dann also ein schwarzer SUV. Das sollte einfach sein, Autos in der Größenordnung sieht man hier nicht so oft.

Aber als ich am Parkplatz ankomme, wird mir klar, dass ich nicht alles überblicken kann. Ich sehe nur jede Menge Autodächer. Deshalb konzentriere ich mich auf die Ausfahrt. Ganz egal, wo sie geparkt hat, sie hat nur die eine Möglichkeit, den Parkplatz zu verlassen, und die ist dort, wo die Schranke ist.

Ich versuche, nicht wie der letzte Stalker in jedes Auto zu glotzen, aber ich will kein Risiko eingehen, falls sie doch ein anderes Auto fährt. Ich binde mir einen Schuh neu, schlendere ein paar Meter weiter und beobachte jede verdammte Karre, die rausfährt. Es taucht kein einziger schwarzer SUV auf. Irgendwann binde ich mir den anderen Schuh, obwohl das nicht nötig ist, aber es wird langsam peinlich, hier so rumzulungern. Nach einer Viertelstunde gebe ich auf und gehe zu meinem eigenen Auto. Abbi muss schon rausgefahren sein, bevor ich auf dem Parkplatz angekommen bin.

Ich schließe auf, lasse mich mit einem Ächzen auf den Sitz fallen und sehe, dass etwas an meiner Windschutzscheibe klebt. Ich werd wahnsinnig.

«Abbi!», brülle ich über den gesamten Parkplatz, aber bis auf zwei Senioren dreht sich niemand zu mir um.

Ich hebe den Scheibenwischer an, um den Kranich hervorzuziehen, den sie darunter festgeklemmt hat, und muss tief Luft holen. Wenn sie jetzt vor mir stünde, würde ich … keine Ahnung … sie wahrscheinlich gegen meine Motorhaube drücken und nie wieder loslassen.

35. KAPITEL

# ABBI

Mein Handy leuchtet auf, als ich das Display antippe und auf die unbekannte Nummer starre. Ich sitze in Moms Auto vor dem Diner und warte darauf, dass David rauskommt. Eben hat mich Lorraine angerufen, weil sie beim Aufräumen ein kleines Papierboot im Flur gefunden hat, auf dem eine Nummer stand. Sie kann nur von David sein, aber ich traue mich nicht, auf den grünen Hörer zu drücken. Vielleicht hat er meine Origami-Nachrichten gar nicht bekommen und mich schon abgeschrieben. Okay, die am Auto muss er gesehen haben, aber vielleicht hat er den Kranich weggeworfen, ohne zu lesen, was draufsteht. Vielleicht bedeutet es ihm auch nichts. Nicht mehr.

Mein Knie pocht. Nicht nur vom Laufen, auch vom Autofahren. Das war heute einfach zu viel auf einmal. Willow ist mit mir zur Rehaklinik gefahren und hat mich danach auch noch zu Dads Anwälten begleitet. Ohne sie hätte ich das alles nicht geschafft. Und als ich eben wieder in das Auto gestiegen bin, habe ich nicht mal an meinen Unfall gedacht. Aber irgendwie habe ich hier nun plötzlich doch ein mulmiges Gefühl. Also stecke ich das Handy weg, steige aus und lehne mich an den Wagen. Der Diner schließt erst in einer guten Stunde, ich bin viel zu früh, trotzdem behalte ich die ganze Zeit die Tür im Auge. Und dann sehe ich durch die Fenster David, der kurz mit seiner … mit … mit Jane spricht, die einen Tisch abräumt und mit den Tellern im hinteren Bereich des Diners verschwindet.

Nun hole ich das Telefon doch wieder hervor, und mein Puls schnellt in die Höhe. Ich schreibe eine Textnachricht an die unbekannte Nummer. Zwischendurch halte ich inne, lösche, lösche, lösche und tippe dann erneut. Feile so lange daran herum, bis jedes einzelne Wort passt.

ABBI: Es gibt da etwas, was ich von Gramps gelernt habe: Wenn man Papier faltet, dann brechen die trockenen Papierfasern. Man kann es mit der Hand glätten, es sogar bügeln, aber es wird nie wieder so sein wie zuvor. Die Stelle, an der man es gefaltet hat, bleibt für immer sichtbar. Als ich meinen Unfall hatte, ist etwas in mir gebrochen, David. Ich weiß, ich werde nie wieder so sein wie früher, aber nicht, weil etwas in mir kaputt ist, sondern weil du mich mit deinen Händen geglättet und mein Herz berührt hast. Ich würde es immer und immer wieder tun.
Abbi

Ich schicke die Nachricht ab und atme zitternd aus, weil sich mein Brustkorb vor Sehnsucht so hart zusammenzieht.

Ein paar Leute kommen aus dem Diner, gehen lachend zum Auto. Und da ist David wieder, er hilft seiner Schwester, sammelt Gläser ein und trägt sie auf einem Tablett in Richtung Theke. Auf halber Strecke bleibt er plötzlich stehen und guckt auf sein Handy. Und das ist der Moment, wo mich mein Mut plötzlich verlässt. Am liebsten würde ich die Augen schließen, um nicht sehen zu müssen, wie er reagiert. Ich habe solche Angst, dass das, was mein Vater zu ihm gesagt hat, alles zerstört haben könnte. Dass er nie wieder mit mir reden will, dass für ihn zu viel zwischen uns steht. Dass ich ihn verloren habe.

Aber ich kann die Augen nicht von ihm abwenden. Ich bin wie erstarrt. David liest die Nachricht. Er liest sehr lange. Entweder er hat außer meiner noch viel mehr Nachrichten bekommen, die er nun alle durchgeht, oder, oh Gott, er liest meine Nachricht öfter als einmal. Auf einmal schnellt sein Kopf hoch, er sagt etwas, und dann kommt Noah auf ihn zu und nimmt ihm das Tablett ab, gibt ihm einen Stoß. David hebt eine Hand, als würde er sich verabschieden, und läuft zur Tür. Ich höre seine Autoschlüssel klimpern, als er rauskommt. Er tippt auf sein Handy, und es fängt in meiner Hand erst an zu vibrieren, und dann klingelt es. Das Geräusch ist laut und deutlich über den gesamten Parkplatz zu hören. David ist vielleicht zwanzig Meter von mir entfernt, und weil ich nur darauf warte, dass er sich umdreht, verpasse ich den Moment, den Anruf anzunehmen, und meine Mailbox springt an.

«Verdammt, geh doch ran!», höre ich ihn fluchen, dann läuft er zu seinem Auto und steckt den Schlüssel ins Schloss. Er wählt noch mal, es klingelt wieder in meiner Hand, und jetzt ... jetzt steht er in einem anderen Winkel zu mir, mit seinem gesunden Ohr in meine Richtung. David hat es gehört. Er legt auf, und das Klingeln verstummt. Das Herz pocht mir bis zum Hals. Oh Gott, ich brauche ihn so sehr, dass ich heulen könnte.

Er lässt es noch einmal klingeln. «Abbi?»

Ohne den Schlüssel abzuziehen, dreht er sich vom Auto weg und kommt in meine Richtung. Mein Auto steht im Dunkeln, sodass er vermutlich nur einen Schemen davon sieht.

«Ja», krächze ich, weil meine Kehle vollkommen ausgetrocknet ist. Mein Bein ist steif und schmerzt, sobald ich einen Schritt nach vorne mache, sodass ich nur noch unbeholfen humpeln kann. «Ich bin hier.» Ich lasse mein Display aufleuchten.

David geht langsam auf mich zu. Er läuft nicht, er macht das in seinem Tempo, und weil dieser Gedanke in mir aufploppt, gehen meine Mundwinkel trotz der Schmerzen in meinem Bein in die Höhe. Ich liebe es, dass er alles in seiner Geschwindigkeit macht, und er muss auch nicht schnell zu mir kommen, nur die Richtung, die er eingeschlagen hat, ist wichtig.

«Versteckst du dich?»

«Nein, ich ... Es ist nur mein Bein, ich kann kaum noch laufen. Ich glaube, ich war heute etwas zu viel unterwegs.»

«Du hättest vorsichtiger sein sollen.» Er schluckt. «Wenn ich noch dein Physiotherapeut wäre, würde ich mich darum kümmern.»

«Wenn ich noch deine Patientin wäre, hätte ich heute nicht so viel laufen müssen», antworte ich. «Hast du meine Nachricht gelesen?»

Was für eine blöde Frage, natürlich hat er meine Nachricht gelesen.

«Ja», sagt er. «Alle vier.» Er hält sein Handy in die Höhe. «Mit dieser hier fünf. Oder waren es noch mehr?»

«Es lag noch ein Kranich im Park, den hast du wahrscheinlich nicht gefunden.»

Er lacht überrascht auf. «Du bist ... Verdammt, wie bist du auf die Idee gekommen, Madame Mustache zu besuchen?»

Mein Herz weitet sich, weil er als Erstes an andere denkt und das so typisch für ihn ist. «Ich weiß, wie wichtig dir deine Patienten sind. Ich dachte mir, dass du bestimmt noch regelmäßig in die Klinik fährst. Kadence hat mich ihr vorgestellt. Wir haben uns nett unterhalten.» Sie grinst. «Und so ausgeprägt ist ihr Bärtchen gar nicht.»

«Abbi, ich ... Ich hätte dich angerufen, aber ich hatte deine Nummer nicht. Und deinen Vater konnte ich nicht fragen. Ich schätze, er hätte sie mir sowieso nicht gegeben.»

«Nein, hätte er wahrscheinlich nicht.» Ich würde ihm gerne sagen, dass es anders wäre, um ihm zu beweisen, dass nicht alles an meinem Vater schlecht ist und er mich unterstützt, auch wenn er meine Entscheidungen nicht mag. Aber in diesem Fall wäre das nicht die Wahrheit. «Lorraine hat mir deine Nummer gegeben. Sie hat das Origami vorhin im Flur gefunden.»

Er atmet stockend aus. Es klingt wie ein Lachen, aber sicher bin ich mir nicht. Ich humple noch einen Schritt vorwärts. «Ich weiß nicht, was mein Dad alles zu dir gesagt hat, aber er hat zugegeben, dass er sehr hart zu dir gewesen ist. Wahrscheinlich willst du das alles gar nicht hören, aber er ... er bereut es, er kann nur nicht aus seiner Haut.»

David nickt, was mich darin bestärkt, weiterzureden. «Ich glaube, ich habe jetzt erst verstanden, wie wichtig ihm das alles ist. Seine Politik, meine ich. Und dass einfach alles andere dahinter zurückstehen muss. Auch meine Mutter. Auch ich. Nur deshalb konnte er so hart zu euch sein. Aber er ist es auch zu sich selbst. Er würde es nicht zugeben, aber er ist am Boden zerstört, weil deine Mutter gestorben ist. Ich weiß, dass das kein Trost ist, und es entschuldigt auch nichts, aber ich hoffe, du kannst irgendwie verstehen, dass ich ihn trotzdem ... Er ist immer noch mein Dad.»

«Er ist nicht der Einzige, der Fehler gemacht hat. Meine Mutter hat sie auch gemacht.» David presst die Lippen zusammen, das kann ich selbst in dem diffusen Licht sehen.

«Es tut mir unendlich leid, dass er euch so im Stich gelassen hat. Ich bin immer noch ... ich weiß nicht, was ich denken soll.»

Er kommt näher. So nah, dass ich nur den Arm heben müsste, um meine Hand auf sein taubes Ohr zu legen. Was ich sofort tun möchte, weil dieses Handicap von ihm so viel über ihn aussagt. Dass er die Schmerzen damals ertragen hat, ohne etwas zu sagen, was mir immer noch das Herz bricht. Dass er auch gebrochen war und nie wieder so sein wird wie davor. Dass er trotzdem nicht kaputt, sondern vermutlich der mitfühlendste Mensch ist, den ich kenne.

«Ich hätte viel früher mit dir darüber reden sollen», sagt er. «Aber ich wusste nicht wie. Du bist deinem Vater so wichtig, während er sich für Jane nie interessiert hat. Das ist etwas, was ich einfach nicht kapiere. Und ich wollte dir das alles nicht kaputtmachen. Diese Sicherheit, mit der du aufgewachsen bist.» Seine Stirn ist gerunzelt, und trotz der Dunkelheit kann ich das Gewitter in seinen Augen erahnen. «Gott, du bist so anders, als ich mir Haydens Tochter vorgestellt habe. So ehrlich. So offen. Verdammt, Abbi, du hast mir von der ersten Sekunde an vertraut, und damit habe ich nicht gerechnet. Es hat mich umgehauen. Und deshalb wollte ich dir unbedingt helfen, es für dich besser machen. Und irgendwie konnte ich nicht loslassen. Ich war so wütend auf deinen Dad. Aber nicht nur auf ihn. Auch auf meine Mutter und ihre Lügen. Weil sie mich mit allem allein gelassen hat. Mal wieder. Aber man kann das jemandem, der tot ist, nicht sagen. Das muss man mit sich allein ausmachen.»

«Es ist okay, wütend zu sein. Du hast allen Grund dazu.» Ich trete noch einen vorsichtigen Schritt näher. «Ich hoffe nur, dass das nicht alles zwischen uns zerstört hat. Bitte sag mir, dass das nicht so ist.»

David antwortet nicht sofort darauf. «Ehrlich gesagt, ich habe keine Ahnung, wie ich deinem Vater begegnen soll, wenn du wirklich mit mir zusammen sein willst. Wenn ... ich meine ... Willst du?»

Ob ich das will? Dass er sich da immer noch nicht sicher ist, lässt mich schlucken. «Ja.»

«Wow. Okay ... ich ...» Er scheint die Distanz zwischen uns verringern zu wollen, doch dann zieht er sich ein Stück zurück. «Was ist mit Jane?»

«Ich werde zu ihr stehen, wenn sie mich lässt.» Mein Ton ist entschieden. Weil ich es genau so meine. «Und wenn die ganze Sache dadurch an die Öffentlichkeit gerät, ist mir das egal. Das ist Dads Problem. Vielleicht ist es sogar das, was wir tun sollten. Ihn dazu zwingen, sich damit auseinanderzusetzen.»

«Ich glaube nicht, dass Jane das will.» Plötzlich ist er mir wieder nah. Seine Hände umfassen mein Gesicht. Ich spüre seinen Atem an meiner Wange. Und dann streift mich sein Mund, seine Daumen fahren über meine Augenbrauen, seine Nase streichelt ganz sanft an meiner entlang, und endlich pressen sich seine Lippen auf meine. «Ich will keinen dämlichen Fehler machen, oder dass das nur ein Scheißtraum bleibt, Abbi», raunt er. «Ich will mit dir zusammen sein. In echt. Nicht nur in eurem Garten, wo man sich wie in einer anderen Welt fühlt, oder in eurem Haus, wo einem von Lorraine alles abgenommen wird. Auch wenn ich das echt vermissen werde.» Er lacht verzweifelt auf. «Würdest du mit zu mir kommen? Jetzt? In meine Realität? Bei uns ist nicht alles schön, und das musst du wissen. Wir haben keine Regenwaldbrause in der Dusche oder weiche Handtücher oder einen Kamin im Wohnzimmer, aber ... verdammt, es ist immer jemand da. Man muss im Dunkeln keine Angst haben, weil es niemals so einsam ist, dass man die Stille hört wie bei euch. Rede ich gerade totalen Müll? Verdammt, ich meine ... Was ich nur wissen will, ist: Bist du dir sicher? Weil ich es nämlich auch immer und immer wieder tun würde.»

Ich könnte jetzt «Ja, Mr. Rivers» sagen, aber das tue ich nicht, weil Worte in diesem Moment nicht ausreichen. Also zeige ich ihm, was ich fühle. Ich nehme seine Hand. Die Hand, mit der er mich massiert hat, die mich festgehalten und mir geholfen hat. Und an der er jetzt ein Pflaster trägt, das sich über seine Handfläche zieht. «Was hast du mit deiner Hand angestellt?»

«Ist beim Sport passiert.» Er will sie schon wegziehen, aber ich halte ihn fest. Ganz vorsichtig streiche ich über seine Finger und lasse die Stelle, an der er sich verletzt hat, aus. Ich hebe seine Hand an meinen Mund, fahre mit den Lippen über sein Handgelenk, dann den Handballen, den Daumenballen, jeden einzelnen Finger. Jedes Fingerglied berühre ich mit dem Mund und lege dann mein Gesicht in seine Hand hinein, halte sie sekundenlang auf diese Art fest und atme, küsse sie wieder. Zentimeter für Zentimeter, jede einzelne Stelle noch einmal, und als ich damit fertig bin, lege ich seine Hand auf mein Herz.

Es pocht wie wild für ihn, das muss er spüren.

Oh Gott, ich kann an seiner Mimik sehen, dass er es genau spürt, weil er schluckt und dann die Unterlippe zwischen die Zähne nimmt. Mit der freien Hand streicht er mein Haar zur Seite und flüstert an meine Schläfe.

«Ich auch, Abbi.»

36. KAPITEL

# DAVID

Die Haustür klemmt. Verdammt. Falls Abbi noch nicht klar war, worauf sie sich hier einlässt, muss sie es spätestens jetzt kapieren, als ich den Türgriff festhalte und mich, während ich den Schlüssel umdrehe, mit der Schulter dagegenstemme. Als das verfluchte Schloss endlich nachgibt, lasse ich ihr den Vortritt.

Wir sind direkt vom Diner hierhergefahren. Ich bin noch mal kurz rein, um mit Jane zu sprechen. Als ich sie gefragt habe, ob es für sie okay ist, wenn ich Abbi mit zu uns bringe, hat sie nur genickt und ist dann abgerauscht, um die Bestellung einer heftig winkenden Studentengruppe aufzunehmen. Und Noah hat versprochen, Jane nach ihrer Schicht nach Hause zu bringen.

Es fällt mir schwer, mir vorzustellen, wie Abbi unsere Wohnung sieht. Ich weiß, dass sie nicht oberflächlich ist, aber sie ist so ganz anders aufgewachsen als wir. Ich kann damit leben, wenn sie sie im Vergleich zum Haus ihrer Eltern für armselig hält – das ist sie ja auch –, aber sie soll sich nicht unwohl fühlen. Zumindest ist es sauber. Ich habe die ganze Wohnung heute Morgen geputzt, nachdem Jane zum Diner gefahren ist. Aber das ändert natürlich nichts daran, dass der Teppich abgewetzt ist und die Möbel ziemlich alt. So alt, dass auf einer der Schranktüren im Wohnzimmer noch Aufkleber aus Janes kurzer My-Little-Pony-Phase haften. Warum habe ich diesen Mist nicht längst mal abgekratzt?

Ich will lieber gar nicht mitkriegen, wie Abbi sich umsieht, also bringe ich die Taschen vom Flur in die Wohnung. Aber weil sie so lange in der Küchentür stehen bleibt, beobachte ich sie am Ende doch. Klar, wir haben uns Mühe gegeben, es gemütlich einzurichten, aber es ist nichts Besonderes, einfach stinknormale Möbel. Da stehen Kräuter auf der Fensterbank, nur habe ich heute vergessen, sie zu gießen, deshalb hängen die Blätter schlaff nach unten. Ich unterdrücke den Drang, das jetzt nachzuholen. «Soll ich dir den Rest zeigen?»

«Ja, klar.» Sie dreht sich zu mir um und lächelt. Sieht nicht so aus, als fände sie es schlimm, aber sicher bin ich mir nicht. Ich zeige ihr das Wohnzimmer, in dem überall Bücher rumliegen. Den größten Teil habe ich in den mit Glitzerponys beklebten Schrank gestopft, aber der Platz ist begrenzt, und weil Jane ständig neue anschleppt, die sie sich gebraucht besorgt, und ich auch genug von der Uni hierhabe, wirkt es trotzdem nicht superordentlich. Janes Zimmer ist noch chaotischer, weil überall bunte Klamotten verteilt sind. «Bei Jane sieht es immer aus, als wäre ein Kaugummiautomat explodiert.»

«Ich finde es toll. Und es riecht gut.»

«Duftkerzen. Da steht sie voll drauf.» Ich zucke mit den Schultern und lotse sie weiter. «Das war das Zimmer meiner Mom.» Diesmal gehe ich vor. Alles ist in den warmen Farben gehalten, die Mom mochte. Braun und Rosa. Mom hat überall Bilder aufgehängt und sogar eine Lichterkette. Die Fotos sind fast alle von Jane und mir. Aber es gibt auch ein paar, auf denen sie ohne uns zu sehen ist. Jünger und mit einem Lachen. «Meine Mutter hatte angefangen, Jura zu studieren», sage ich, als sie vor einem Foto stehen bleibt, auf dem Mom auf dem Campus der UNH abgebildet ist. «Aber sie hat nach zwei Semestern abgebrochen.» Vielleicht hat sie Hayden damals schon kennengelernt.

«Ich kann verstehen, dass Dad sich in sie verliebt hat. Sie sieht ganz anders aus als meine Mutter. Fröhlicher. Warmherziger.» Ihre Stimme klingt gepresst, als sie das sagt. Schwer stützt sie sich auf ihren Krücken ab, und das ruft mir in Erinnerung, dass Abbi einen echt harten Tag hatte. Ich lotse sie in mein Zimmer weiter. Ich kann nachher in Moms schlafen, damit sie ihre Ruhe hat.

«Leider keine Urwald-Tapete», sage ich, als wir durch die Tür treten. Gott sei Dank war ich heute Morgen gründlich, habe sogar mein Bett frisch bezogen und den Schreibtisch aufgeräumt. An meinen Wänden hängen nur zwei Plakate über menschliche Anatomie. Und in der Ecke stehen Parallettes, zwei Mini-Barren aus Holz und Metall, mit denen ich oft trainiere. Abbi nimmt einen Papierwürfel in die Hand, den ich irgendwann mal aus mehreren alten Buchseiten gefaltet habe, und lässt ihn über die Tischplatte kullern.

«Mir gefällt eure Wohnung», sagt sie plötzlich und dreht sich zu mir um. Sie lächelt, und das so süß, dass ich ihr glauben möchte. «Sehr sogar. Man sieht überall, dass du hier zu Hause bist. Es ist freundlich, warm. Und total gemütlich.»

Okay, jetzt laufe ich wahrscheinlich rot an. «Noch gemütlicher ist es, wenn es nach Essen riecht, würde ich meinen. Hast du Hunger?»

«Ich dachte, du fragst nie.» Sie geht mit ihren Krücken zurück in die Küche, wo ich sie überrede, sich auf einen der Stühle zu setzen, bevor sie mir noch umkippt. Ich schalte das Küchenradio ein und ziehe die Kühlschranktür auf. Wir haben noch Reis vom Vortag übrig. «Ist Reis mit Gemüse okay für dich?»

«Sehr okay, ja.»

«Gut. Das wird der beste Bratreis, den du je gegessen hast», prophezeie ich ihr, weil ich das schon eine Million Mal gemacht habe und da nichts schiefgehen kann.

Oder doch.

Denn als ich die Möhren gewaschen habe und anfange, sie in kleine Stücke zu schneiden, bleibt Abbi nicht sitzen, sondern will

mir helfen. Und das macht sie, indem sie ein Stück Möhre klaut und mir dann, als ich mich beschwere, auch etwas davon in den Mund schiebt. Auf einmal sind ihre Finger in meinem Mund, und sie steht genau zwischen mir und der Arbeitsplatte. Ich kann nicht anders, als an ihren Fingern zu saugen und meine Hand in ihren Nacken zu schieben. Im Radio läuft etwas von Bastille.

*When I watch the world burn, all I think about is you.*

Verdammt, ich liebe diesen Song. Und Abbi. Ich halte sie fest, lasse meinen Mund über ihren Kiefer wandern und küsse sie, bis wir beide total außer Atem sind, und dann – werden wir unterbrochen, weil die Haustür auf einmal zuknallt.

«Scheiße, Jane.»

Wahrscheinlich sehen wir beide ziemlich ertappt aus, als Jane in die Küche kommt. Wie in Trance widme ich mich den grünen Bohnen, und Abbi greift verlegen nach der leeren Bratpfanne.

Jane betrachtet uns einen Moment, dann plappert sie wild drauflos. «Ich hoffe, das dauert nicht mehr lang. Ich sterbe, wenn ich nicht gleich was zu essen bekomme.»

«Hi, Jane», sagt Abbi. «Hast du was dagegen, wenn ich zum Essen ... wenn ich hier bin?»

«Ist schon okay», sagt sie knapp. «Ich bin übrigens schon wieder mit Alex aneinandergeraten. Heute ist er ausgeflippt, als ich die blöde Kerze an seinem Tisch anzünden wollte. Ich schwöre dir, Dave, ich mixe ihm irgendwann etwas in sein Essen, von dem er mindestens drei Tage Durchfall kriegt. Sorry», schickt sie dann in Abbis Richtung und verstummt plötzlich.

Abbi stellt die Pfanne ab und bleibt unschlüssig stehen. «Wenn ich doch lieber gehen soll ...»

«Nein, alles gut.»

Die beiden starren sich an. Abbi lächelt unsicher, und Jane zieht eine Grimasse.

«Ich habe nicht gewusst ...», fängt Abbi im selben Moment

an, in dem Jane «Was für eine Scheiße» sagt. Und dann lege ich das Messer weg, weil meine Schwester auf sie zugeht und sie umarmt, und ich deshalb einen verdammten Kloß im Hals habe und verschwinden muss. Hölle, ich kann nicht schon wieder heulen. Ich renne über den Flur, ziehe die Badezimmertür hinter mir zu und lasse den Wasserhahn ohne Grund laufen. Nach einigen Minuten schaffe ich es, das runterzuschlucken, was mir in der Kehle brennt. Ich gehe erst zurück in die Küche, als ich die beiden wieder reden höre, setze mich an den Tisch und schaue zu, wie Abbi das Gemüse anbrät und Jane nach und nach Gewürze drüberstreut. Jane würzt nach Farbe, wahrscheinlich wird es superscharf. Aber das kann ich gut gebrauchen, nachdem wir gerade so was wie eine Scheißfamilienzusammenführung hatten. Verdammt, dabei zuzusehen, wie sie miteinander umgehen, irgendwo zwischen Neugier und Unsicherheit, macht mich fertig.

Wir vermeiden es, über Hayden zu reden. Und irgendwann wird es besser. Abbi probiert direkt aus der Pfanne und kriegt einen Hustenanfall. Jane prustet deshalb vor Lachen auf den Stapel leerer Teller, die sie in der Hand hält, nur um dann zu verkünden, dass der obere jetzt wohl ihrer ist.

Als Jane uns nach dem Essen allein lässt, habe ich das erste Mal seit Moms Tod das Gefühl, dass wieder etwas richtig läuft. Dass es egal ist, was noch kommt. Dass wir zusammen alles irgendwie hinkriegen. Und dass Abbi und ich eine Zukunft haben, weil ich sie liebe. Was wahrscheinlich das Mutigste ist, was ich je getan habe. Denn lieben bedeutet, zuzulassen, dass man jemanden braucht, und jetzt brauche ich sie. Und das sage ich ihr tausendmal, immer und immer wieder, mit jeder einzelnen Berührung.

EPILOG

# ABBI

Der Mann vom Sicherheitsdienst starrt Davids Auto an, als erwarte er, dass wir Drogen schmuggeln würden. Er ist neu und will deshalb anscheinend alles nach Vorschrift machen. Er geht einmal um das komplette Auto herum, öffnet den Kofferraum, dann nimmt er Davids Personalien auf und kontrolliert auch meinen Führerschein, bevor er endlich das Tor auffahren lässt. Oh Gott, ich war schon seit Wochen nicht zu Hause, und ich vibriere beinahe vor Anspannung. Ich habe Lorraine so sehr vermisst. Und meinen Dad. Sogar Mom, auch wenn sie mich in den letzten Tagen mit ihren Kontrollanrufen unendlich genervt hat.

David wirkt äußerlich gelassen. Aber ich weiß, dass es in ihm völlig anders aussieht, weil es das erste Mal ist, dass er meinen Eltern wiederbegegnet. Vor ein paar Wochen hat er einen Kredit für sein letztes Studienjahr genehmigt bekommen, obwohl er den nach meinem Termin bei Dads Anwälten nicht mehr hätte beantragen müssen. Ich habe die Hälfte meiner Erbschaft auf Jane überschrieben, weil es das ist, was Gramps getan hätte, wenn er damals von ihr gewusst hätte.

Dad hat mir keine Vorwürfe gemacht, na ja, er hat gar nicht mit mir darüber gesprochen. Ich hoffe, dass er es für richtig hält, auch wenn er selbst diesen Schritt nicht gehen konnte. Doch vielleicht ist das auch nur Wunschdenken von mir. So wie Mom sich gewünscht hat, dass ich zu den Aufnahmen komme, die heute stattfinden. Zweimal habe ich abgelehnt, zweimal hat sie den Drehtermin meinetwegen verschoben. Wenn alles nach Plan verlaufen ist, dann ist das Filmteam jetzt schon seit Stunden da, hat das Haus ausgeleuchtet, Dad interviewt und die beiden bei der Gartenarbeit gefilmt, die sie normalerweise nie selbst tun. Ich komme nur für ein paar Fotos dazu.

Beim letzten Mal, als ich mit Dad gesprochen habe, habe ich darauf bestanden, dass er Jane kennenlernt, aber er wollte sich nicht darauf einlassen. Tage später hat er mich angerufen und dann doch eingewilligt, wenn ich dafür heute komme. Wahrscheinlich hat meine Mutter den Ausschlag gegeben, weil sie auf meiner Seite steht. Das ist so ungewohnt, dass ich mir das auch jetzt wieder in Erinnerung rufen muss. Zwischen Dad und mir wird es nie wieder so sein wie vorher, aber ich habe die Hoffnung, dass wir eines Tages wieder Vertrauen zueinander aufbauen können.

Wann er Jane treffen wird, haben wir noch nicht vereinbart, aber er hat ja gesagt, und ich versuche, mich daran festzuhalten und optimistisch zu sein. Und vor allem hoffe ich, dass Jane dazu bereit ist.

Als wir jetzt aussteigen, merke ich David deutlich an, dass es ihn nicht kaltlässt, wieder hier zu sein. Sein Blick geht unruhig zur Haustür und dann am Gebäude vorbei in den Garten. Ich drücke seine Hand, und als er mich ansieht, versuche ich ganz viel Zuversicht in meinen Blick zu legen. Lorraine ist völlig aus dem Häuschen, als sie sieht, dass ich keine Krücken mehr brauche. Sie führt uns durchs Haus und schimpft mit rotem Gesicht über das Filmteam, das mit Coffee-to-go-Bechern hier ankam.

Ich bin so froh, dass David mir beisteht und mich das hier nicht alleine durchmachen lässt. Und das flüstere ich ihm auch zu, während wir hinter Lorraine herlaufen. «Danke, dass du mitgekommen bist.»

Er umfasst meine Hand fester. Ich weiß genau, was er damit sagt. *Ich liebe dich. Wir schaffen das. Es gibt nichts, was uns auseinanderbringen kann.* Dann holen wir beide tief Luft, bevor wir auf die Terrasse treten, wo meine Mutter uns als Erste begrüßt. Dad lässt sich seine Gefühle nicht anmerken, er ist perfekt gekleidet und souverän wie immer und gibt mir einen Kuss auf die Wange. «Hallo, Abbi.»

Er wendet sich an David, und für einen Moment scheint seine Sicherheit zu schwanken. «David.»

David schluckt, bevor er sich strafft. «Mr. Hayden.»

«Kommt bitte hier entlang.» Dad streckt den Arm aus, berührt David an der Schulter, zieht die Hand aber weg, als der ihn daraufhin ansieht.

Während wir uns im Garten aufstellen, sucht sich David etwas abseits einen Platz unter den Eichen. Mom, Dad und ich lächeln für das Kamerateam. Sie schießen Dutzende Fotos, während einer der Fotografen dämliche Witze macht und mich fragt, ob ich denn auch Demokratin wäre. Und dann, ob ich mich eigentlich von meinem Autounfall schon vollständig erholt hätte. Mein Blick schießt zu Dad. Was um Himmels willen hat er im Interview zu ihnen gesagt?

«Sie waren mehrere Monate im Krankenhaus. War es hart, in dieser Zeit auf Ihre Eltern zu verzichten, die so stark im Wahlkampf eingebunden sind?»

«Ja», krächze ich. «Aber ich hatte die beste Unterstützung, die ich mir wünschen konnte.» Meine Augen suchen David, der mit verschränkten Armen im Schatten steht. Ich bin mir sicher, dass er selbst auf die Entfernung jedes Wort versteht.

«Meine Tochter wurde die ganze Zeit bestens betreut», höre ich meinen Dad sagen. «Sie hatte einen professionellen Therapeuten an ihrer Seite. Wir konnten uns voll und ganz auf ihn verlassen.»

«Und, Ms. Hayden? Werden Sie im November dann auch Ihren Vater wählen?», witzelt der Fotograf.

Wahrscheinlich bin ich nicht die Einzige, die für einen Moment die Luft anhält. Dads Gesicht wird zu einer Maske.

Und ich überlege, wie ich diese Frage beantworten soll. Sage ich einfach ja? Oder das, was mir wirklich auf dem Herzen liegt? Als ich anfange zu sprechen, sehe ich Dad direkt an. «Ich liebe meinen Vater. Und ich glaube an ihn.» Im Augenwinkel nehme ich wahr, dass meine Mutter mir erleichtert zunickt, doch mir pocht das Blut immer noch bis in den Hals, weil ich Angst davor habe, wie Dad reagieren wird, bei dem, was ich als Nächstes sagen werde. «Mein Vater ist ein Mensch wie jeder andere auch. Und Menschen machen Fehler. Ich glaube aber, wir definieren uns nicht über diese Fehler, sondern darüber, wie wir mit ihnen umgehen. Und ich bin überzeugt davon, dass mein Vater den richtigen Weg dafür findet.»

Die Reporter sehen sich fragend an, weil keiner weiß, wovon ich rede, und ich beiße mir auf die Lippe.

«In der Tat.» Dad hat in der ganzen Zeit nicht einmal den Blick von mir abgewandt. Ich kann den Ausdruck in seinem Gesicht nicht deuten und hoffe nur, ich habe mit meinen Worten gerade nicht jeden Fortschritt zunichtegemacht. Aber ich werde nicht für ihn lügen und so tun, als wäre alles in bester Ordnung. Das wussten er und Mom, bevor ich heute hierhergekommen bin.

Er dreht sich wieder zu den Journalisten um. «Ich habe meine Tochter in letzter Zeit nicht so unterstützt, wie es richtig gewesen wäre. Aber ich werde alles tun, um diesen Fehler wiedergutzumachen.»

Die Kehle wird mir eng. *Oh Dad.*

Ich bin gerade dabei, erleichtert auszuatmen, als mein Vater weiterspricht. «David, möchten Sie vielleicht für ein paar Fotos mit aufs Bild kommen?» Mit der Hand winkt er ihn zu uns.

David sieht genauso schockiert aus, wie ich mich fühle. Für einen Moment starren wir uns an, bis er sich wie in Zeitlupe vom

Baum abstößt und in Bewegung setzt. Er kommt auf uns zu, doch ich erwache erst aus meiner Erstarrung, als ich das warme, beruhigende Gefühl seiner Hand auf meinem Rücken spüre.

«Ist das Ihr Freund, Ms. Hayden?», fragt einer der Reporter.

Ich nicke und räuspere mich, aber bevor ich eine Antwort formulieren und David richtig vorstellen kann, übernimmt mein Vater.

«Ja, das ist er. David hat Abbi geholfen, als wir es nicht konnten, und wir sind sehr dankbar, dass er für sie da war. Und auch, dass er ... ein Teil unseres Lebens geworden ist.»

Als mein Vater lächelt, ist es nicht sein Politikerlächeln, sondern ein echtes, eines, das ein bisschen traurig und doch sehr zärtlich ist. Ein vertrautes Gefühl breitet sich in mir aus und sorgt dafür, dass ich kaum mitbekomme, wie der Fotograf die letzten Bilder knipst.

Mom und Dad begleiten die Reporter hinaus. Ich lasse die Stirn an Davids Brust sinken und spüre, wie er tief durchatmet. Dann flüstert er an meiner Schläfe: «Kann ich dich irgendwo hinfahren?»

Ich sehe zu ihm auf. Genau das hat er mich gefragt, als wir uns das erste Mal begegnet sind. Im Krankenhaus, als ich mit meinem Rollstuhl gekämpft habe. Nur dass ich jetzt auf zwei Beinen stehe und bei seinem Lächeln trotzdem sofort wieder weiche Knie bekomme.

«Zu den *Glen Ellis Falls* zum Beispiel?», frage ich. «Ich habe gehört, die Wasserfälle dort sollen wirklich schön sein. Denkst du, das schaffe ich schon?»

«Klar. Aber wir können auch ganz kleine Schritte machen.» Er überlegt, dann nickt er in Richtung Garten. «Und zuerst einfach hier schwimmen gehen.»

«Was?» Ich lache verwirrt auf, als er mich zielstrebig durch den Garten zum Tor in der Hecke zieht. Das blöde Kleid behindert mich beim Laufen, deshalb halte ich es mit meiner freien Hand bis zu den Knien hoch, um mit David Schritt halten zu können. Er drückt das Tor auf und hält vorsorglich die herabhängenden Rosenzweige für mich hoch.

«Ist das dein Ernst? Du willst jetzt wirklich schwimmen gehen?»

«Gott, ja, ich hab das hier echt vermisst.» Er zeigt auf den Pool und die Statue in der Mitte, die uns blind anschaut. «Außerdem trägst du doch sicher Unterwäsche, oder?» Mit einem breiten Grinsen fängt er an, Schuhe, Jackett und Hemd auszuziehen. Seine Hose landet auf der Steinbank.

«Das Wasser ist bestimmt eiskalt.»

David zuckt mit den Schultern. Er hält mir seine Hand hin, und jetzt habe ich es auch eilig, mein Kleid abzustreifen. Ich lasse es auf die Wiese fallen und nehme Davids Hand.

«Auf drei?»

Ich nicke ihm zu, und einen Moment später laufen wir zusammen los. Wie schnell, darauf kommt es nicht an. Nur die Richtung, die ist wichtig.

# DANKE

Dieses Buch habe ich zu großen Teilen im Auto geschrieben. Durch den Corona-Lockdown war mein Arbeitsplatz von meinen drei Jungs mit Homeschooling und Online-Uni-Vorlesungen belegt. Das Auto, irgendwo abgestellt auf einem einsamen Waldweg oder Parkplatz, war zeitweise mein einziger Zufluchtsort.

An erster Stelle danke ich deshalb meinen liebsten Schreibkolleginnen, ohne die ich in dieser Isolation garantiert durchgedreht wäre: Liebe Katharina Herzog und liebe Marah Woolf, ich drücke, umarme und vermisse euch! Danke und Bussis auch an Anne Sanders und Anya Omah dafür, dass ihr mir, wann immer es nötig war, Memes vom Duke of Hastings geschickt habt. (If only I was that spoon ...)

Danke an meine Lieblingscousine Carina Strüver für ihre Hilfe bei meinen Fragen zur Physiotherapie. Danke für das lustige und unendlich lange Telefonat, für deine Vorschläge, welche Übungen womöglich (und natürlich absolut ungewollt!) sexy sind, und dafür, dass du mir diesen Satz geschenkt hast: «Der Therapeut geht nicht mit ins Wasser!» Ich liebe ihn.

Danke an die beste Lektorin Anne Rudolph für ihre harte Arbeit. Du bringst mich an meine Grenzen und hilfst mir dann immer wieder darüber hinaus. Ich wüsste gar nicht, was ich ohne dich tun würde, und bin dankbar dafür, eine Lektorin zu haben, der ich so vertrauen kann. Danke an den Rowohlt Verlag und das wunderbare KYSS-Team, ohne die das alles nicht möglich wäre.

Das erste Mal habe ich ein Buch einem fiktiven Charakter gewidmet. Das reicht aber nicht aus. Und während ich das hier schreibe, muss ich leider wieder heulen, weil der Gedanke daran, dass du eigentlich gar nicht real … Halt, nein, stopp! Ich danke dir, David, dafür, dass du in mein Leben getreten bist. Danke für deine Motivation, deine unendliche Geduld, deine Sanftheit, deine Stärke, deine Liebe, deine Hilfsbereitschaft, deine Ermutigung. Ich durfte dich in einer Zeit kennenlernen, in der es mir gar nicht gut ging, und du hast mich gerettet. Ich habe nicht gewusst, wie sehr ich dich gebraucht habe, bis du auf einmal da warst. Du hast mir beigebracht, dass Menschen, die eine schwere Zeit durchmachen, besonders viel Empathie für andere aufbringen können. Von dir habe ich auch gelernt, dass es nicht auf Schnelligkeit ankommt, sondern nur auf die Richtung, in die man geht. Und dass man vielleicht überschätzt, was man in einem Monat schafft, aber auch deutlich unterschätzt, was man in einem Jahr erreichen kann. Du hast mich auf so unterschiedliche Arten berührt und beeinflusst, dafür werde ich dir ewig dankbar sein. Und ich weiß genau, was du durchgemacht hast. Ganz viel Liebe für dich.

Ein unendlich großes Dankeschön für seine Unterstützung geht an meinen Mann Arndt, der genau wie David in einem helfenden Beruf arbeitet und ein Herz für seine Patienten hat. Und auch ein taubes Ohr.

Danke an meine Leser:innen, die mich so oft mit liebevollen Nachrichten bedenken. Danke dafür, dass ihr meinen Held:innen eure Zeit schenkt. Haltet eure Herzen und eure Arme weiterhin so offen für die anderen Männlichkeiten dort draußen. Und falls ihr jemanden braucht, der euch unterstützt und motiviert, wünsche ich euch einen Menschen an die Seite, der genauso wie David bereit ist, mit euch kleine Schritte zu gehen.

FALTANLEITUNG

# KRANICH

## SCHRITT 1

Lege das Blatt mit der farbigen Seite nach unten vor dich hin. Falte es erst horizontal, dann vertikal und öffne es wieder.

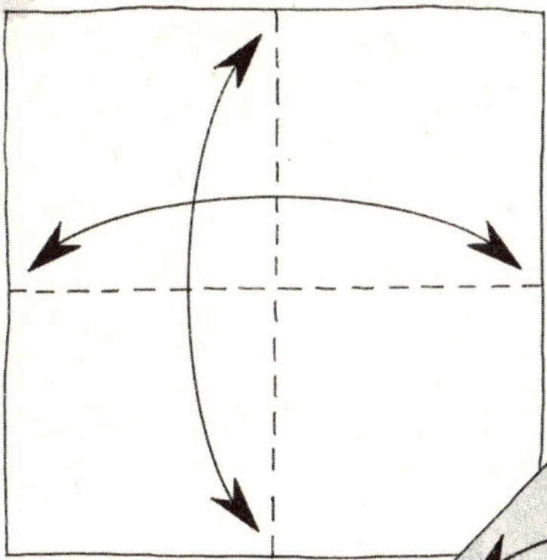

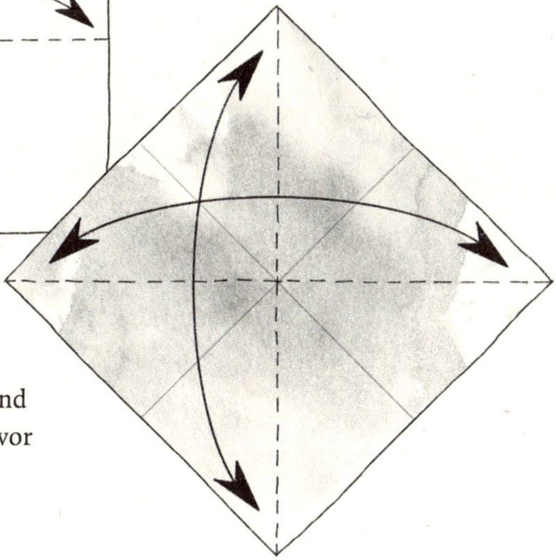

## SCHRITT 2

Wende das Blatt, sodass die farbige Seite nun oben liegt, und falte beide Seiten diagonal, bevor du sie wieder aufklappst.

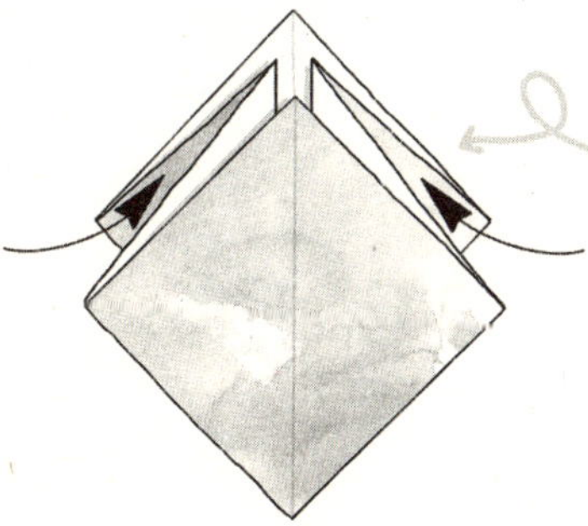

## SCHRITT 3

Schiebe das Papier nun an den vorgefalteten Knicken zusammen, damit es wieder ein Quadrat ergibt. Drehe es im Anschluss um 180°. Die offene Seite liegt nun unten.

## SCHRITT 4

Die Flügel rechts und links zur Mitte falten, das Origami wenden und dasselbe auf der Rückseite wiederholen. Anschließend das obere Dreieck an der gestrichelten Linie nach unten klappen und wieder öffnen.

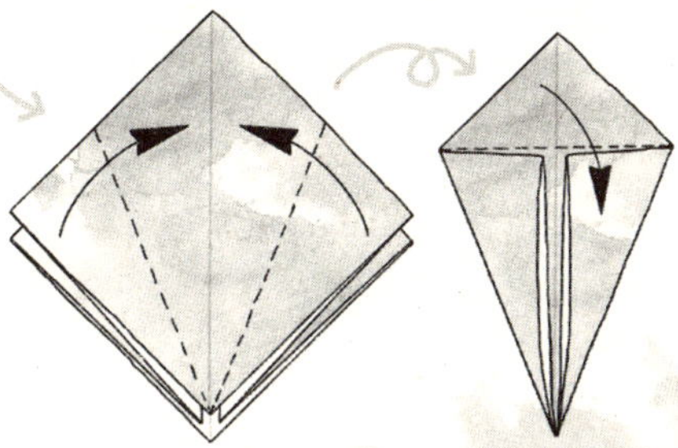

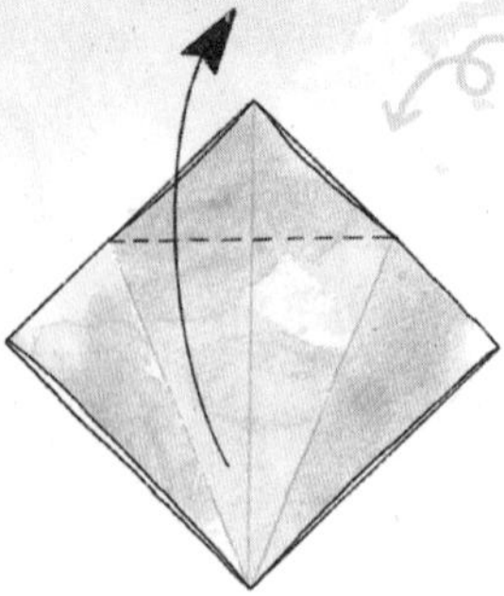

### SCHRITT 5

Falte die Flügel auf beiden Seiten nun wieder auf und klappe die oberste Papierlage der Spitze an der gestrichelten Linie nach oben.

### SCHRITT 6

Gleichzeitig werden die Seitenteile nach innen bis zur Mittellinie gefaltet. Das Origami wenden und auf der Rückseite wiederholen.

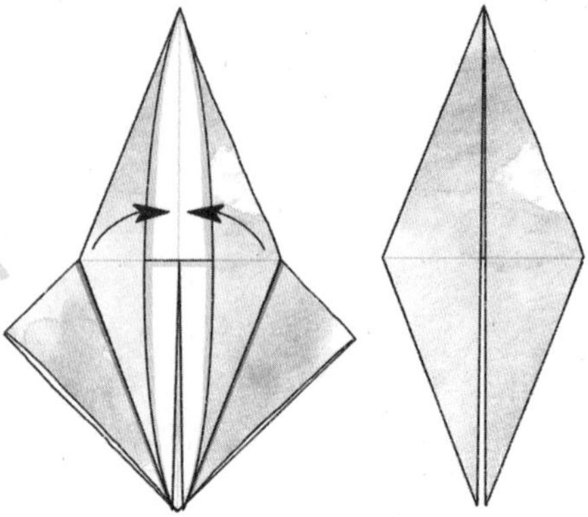

Dein Origami hat nun eine Rautenform, die geteilten Schenkel zeigen nach unten.

### SCHRITT 7

Die Oberseite des Papiers wird an der gestrichelten Linie bis zur Mitte gefaltet. Auf der Rückseite wiederholen. Anschließend die beiden Schenkel an der schräg verlaufenden gestrichelten Linie nach außen hochknicken.

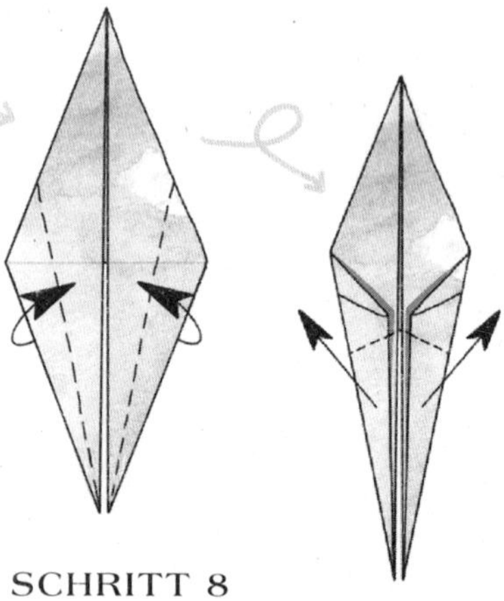

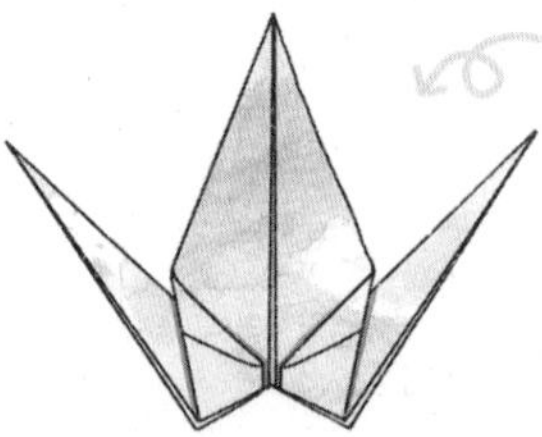

### SCHRITT 8

Das Origami sieht jetzt schon fast wie ein Kranich aus. Die Schenkel werden nun wieder runtergeklappt, den Knick brauchen wir für den nächsten Schritt nur als Hilfslinie.

## SCHRITT 9

An der Seite die Faltung öffnen und die Spitze nach innen hochklappen, sodass die offene Seite des Schenkels nach unten zeigt. Mit der anderen Spitze wiederholen.

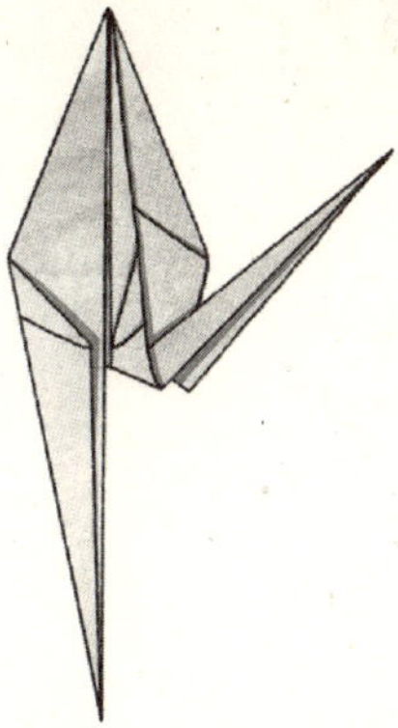

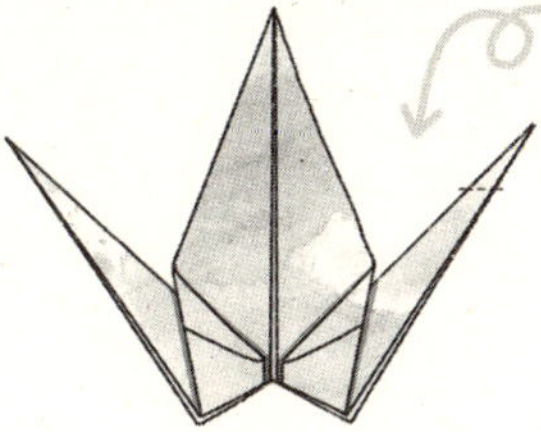

## SCHRITT 10

Aus einer Seite wird nun der Schnabel geformt. Dazu den hochgeklappten Schenkel leicht spreizen und die Spitze an der gestrichelten Linie nach innen knicken.

## SCHRITT 11

Als Letztes nur noch die Flügel an der gestrichelten Linie nach unten klappen, schon ist dein Origami-Kranich fertig.

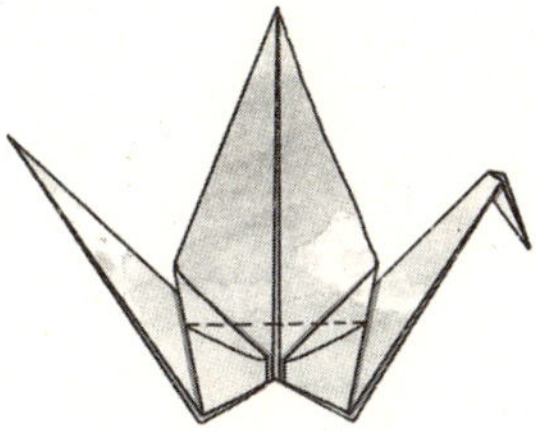

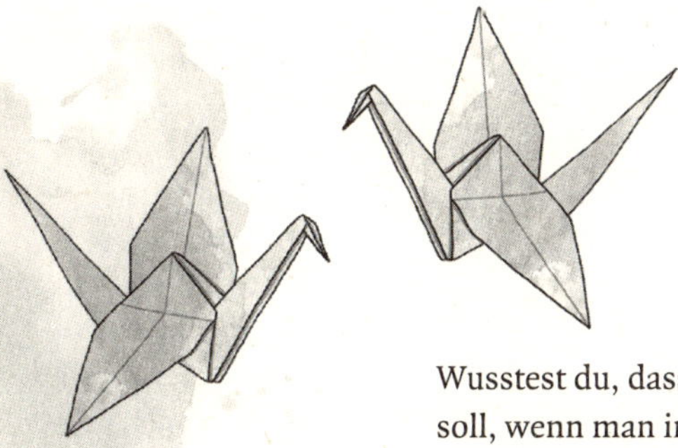

Wusstest du, dass es Glück bringen soll, wenn man in seinem Leben 1000 Kraniche faltet?

FALTANLEITUNG

# LOTUSBLÜTE

## SCHRITT 1

Lege das Blatt mit der farbigen Seite nach unten vor dich hin. Falte es diagonal und öffne es wieder. Dasselbe mit der anderen Seite wiederholen.

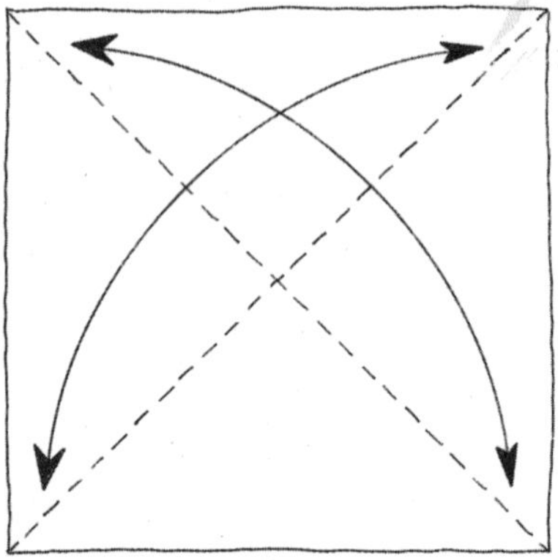

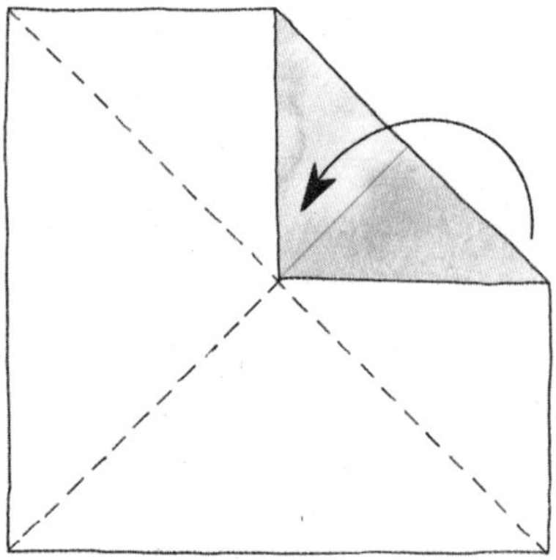

## SCHRITT 2

Falte nun alle vier Ecken zur Mitte, bis du wieder ein Quadrat vor dir hast.

## SCHRITT 3

Erneut alle vier Ecken zur Mitte falten und das Origami einmal wenden.

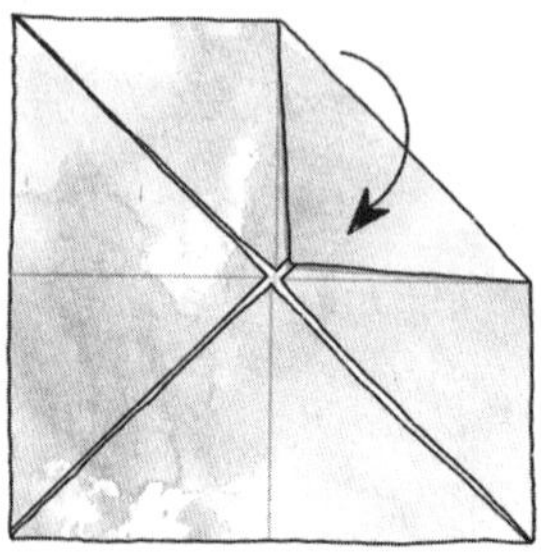

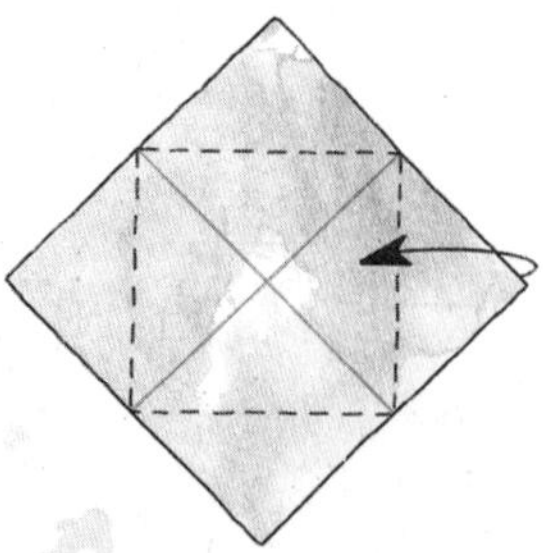

## SCHRITT 4

Auf der Rückseite des Origamis noch ein drittes Mal alle vier Spitzen zur Mitte falten.

So sieht das Origami jetzt aus.

## SCHRITT 5

Die vier Ecken, die du zuletzt gefaltet hast, werden nun wieder aufgeklappt. Danach das Origami einmal wenden und auf der Rückseite die Spitzen an den gestrichelten Linien nach außen umknicken.

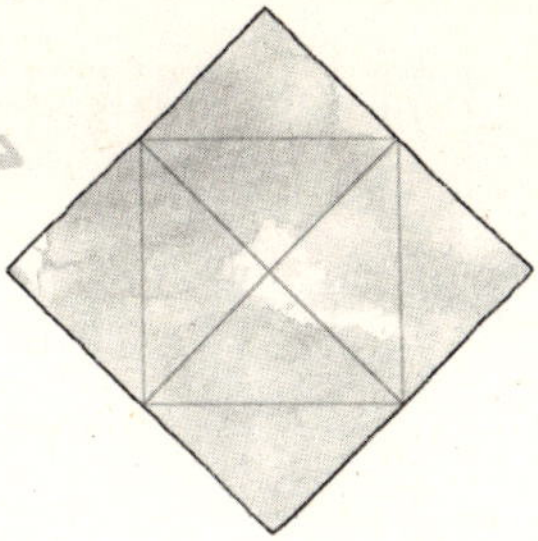

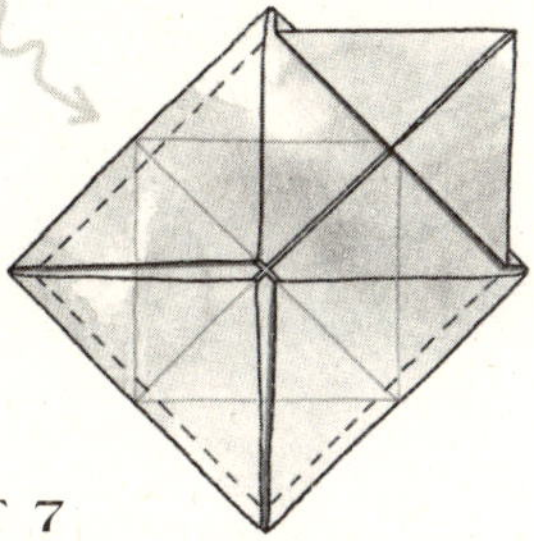

## SCHRITT 6

Das Origami erneut wenden. Es sieht nun so aus.

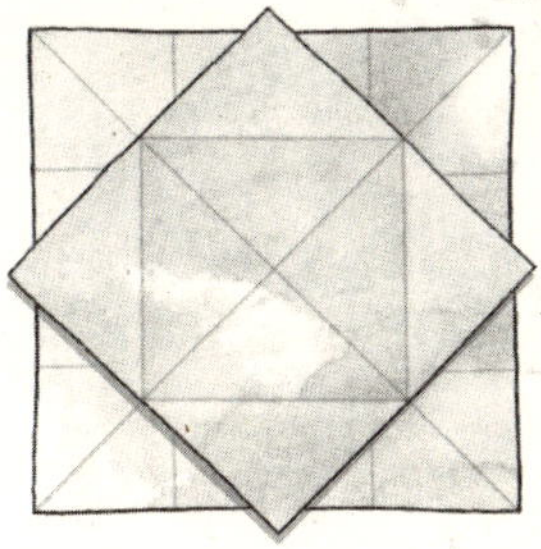

## SCHRITT 7

Alle vier kleinen Spitzen werden jetzt nach innen umgeklappt. Mit dem Daumen kannst du sie in der Mitte festhalten, während du mit der anderen Hand die Blütenblätter ausformst.

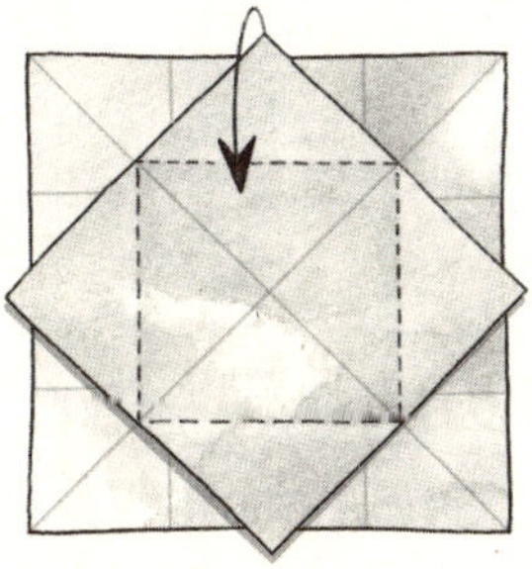

Deine Lotusblüte ist schon fast fertig.

## SCHRITT 8

Jetzt fehlt nur noch die zweite Lage Blütenblätter. Dafür werden die vier Dreiecke von der Rückseite umgestülpt. Vorsichtig, damit das Papier nicht einreißt.

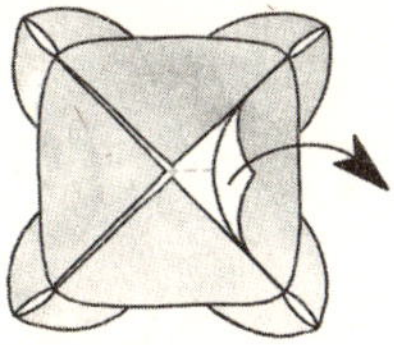

TIPP: Wenn du ein Blatt von mindestens 20 x 20 cm benutzt, ist die Blüte groß genug, um ein kleines Teelichtglas in die Mitte zu setzen.

FALTANLEITUNG

# SCHMETTERLING

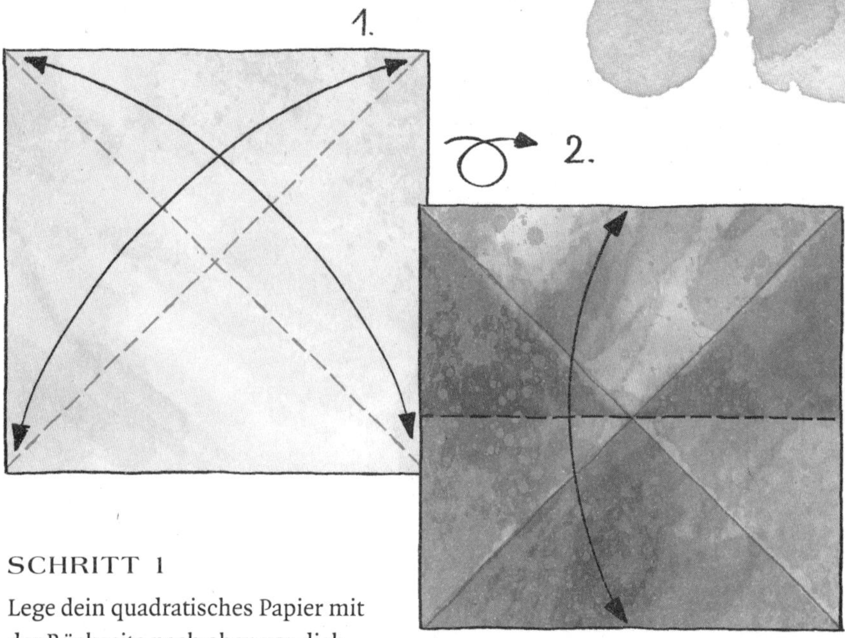


## SCHRITT 1

Lege dein quadratisches Papier mit der Rückseite nach oben vor dich. Falte es diagonal und entfalte es wieder. Dann führst du dies für die andere Diagonale durch. Anschließend wendest du das Papier, legst es zur Hälfte um und öffnest es ebenfalls wieder.

## SCHRITT 2

Wende das Papier noch einmal. Von rechts und links schiebst du das Papier nun nach innen, sodass ein Dreieck entsteht.

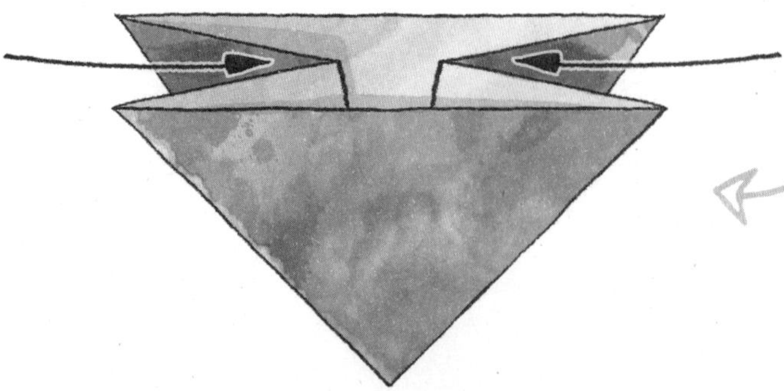

## SCHRITT 3

Nun faltest du die linke und die rechte Spitze zur Mitte, allerdings nimmst du hierfür nur die obere Papierlage. Wenn alles passt, liegt dann ein kleines Quadrat auf dem großen Dreieck. Wende das Papier dann.

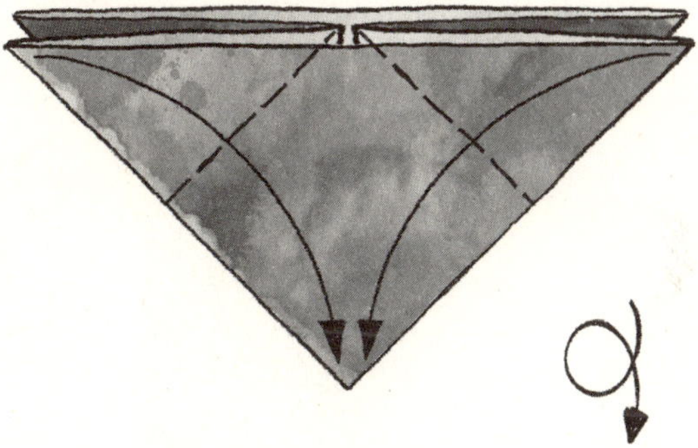

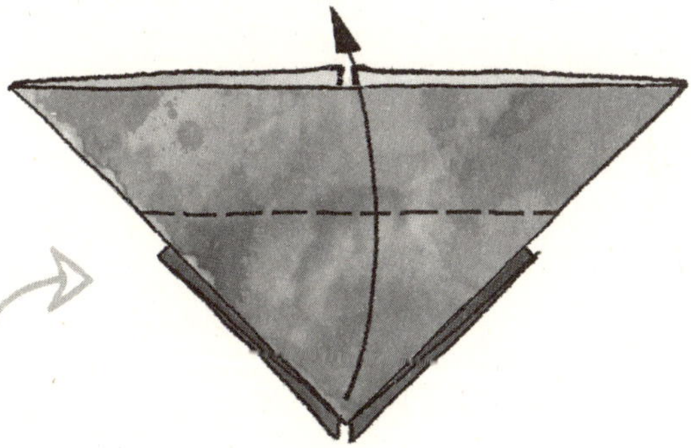

## SCHRITT 4

Klappe die untere Dreiecksspitze auf und lege die oberen Papierlagen nach oben – unten bleibt eine Art «Schwalbenschwanz» stehen.

Weiter geht es auf der nächsten Seite.

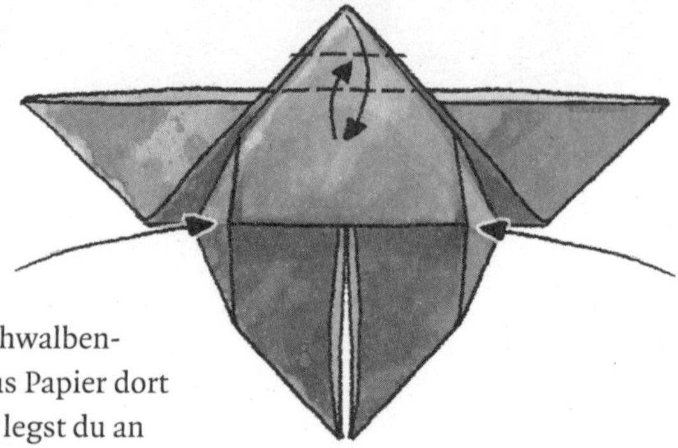

SCHRITT 5

Stelle die Seiten an dem «Schwalbenschwanz» auf und bringe das Papier dort in Form. Die vordere Spitze legst du an der hinteren gestrichelten Linie erst nach unten und an der zweiten gestrichelten Linie wieder nach oben. Es entsteht ein kleiner Schmetterlingskopf.

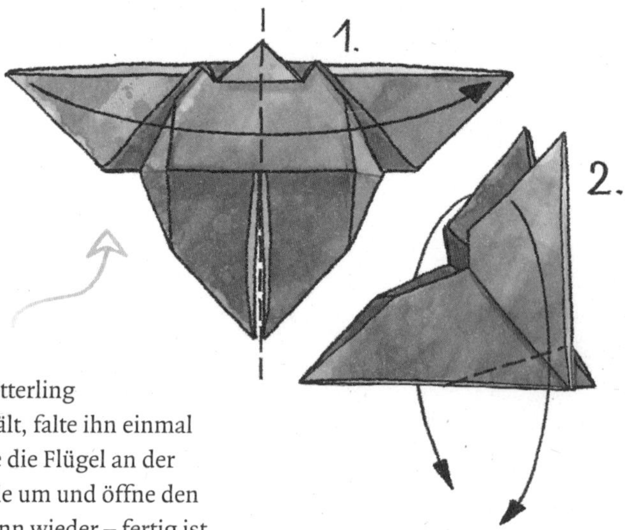


SCHRITT 6

Damit der Schmetterling einen Rumpf erhält, falte ihn einmal in der Mitte. Lege die Flügel an der gestrichelten Linie um und öffne den Schmetterling dann wieder – fertig ist er in all seiner Schönheit.

Die Rowohlt Verlage haben sich zu einer nachhaltigen Buchproduktion verpflichtet. Gemeinsam mit unseren Partnern und Lieferanten setzen wir uns für eine klimaneutrale Buchproduktion ein, die den Erwerb von Klimazertifikaten zur Kompensation des $CO_2$-Ausstoßes einschließt.
www.klimaneutralerverlag.de

FSC www.fsc.org MIX Papier aus verantwortungsvollen Quellen FSC® C083411